伊人睽睽
著

人民文学出版社

少年行
第二卷

尚公主

图书在版编目（CIP）数据

尚公主．第二卷，少年行／伊人睽睽著．－－北京：
人民文学出版社，2025（2025.8 重印）．－－ ISBN 978－7
－02－019098－0

Ⅰ．I247.5

中国国家版本馆CIP数据核字第20242RS075号

选题策划　胡玉萍
责任编辑　秦雪莹
装帧设计　李思安
责任印制　张　娜

出版发行　人民文学出版社
社　　址　北京市朝内大街166号
邮政编码　100705

印　　刷　侨友印刷（河北）有限公司
经　　销　全国新华书店等

字　　数　480千字
开　　本　890毫米×1290毫米　1/32
印　　张　14.75　插页3
版　　次　2025年4月北京第1版
印　　次　2025年8月第2次印刷

书　　号　978-7-02-019098-0
定　　价　66.00元

如有印装质量问题，请与本社图书销售中心调换。电话：010－59905336

第一章

少年侠气,交结五都雄。肝胆洞,毛发耸。立谈中,死生同。一诺千金重。推翘勇,矜豪纵。轻盖拥,联飞鞚,斗城东。轰饮酒垆,春色浮寒瓮。吸海垂虹。闲呼鹰嗾犬,白羽摘雕弓,狡穴俄空。乐匆匆。

——《六州歌头·少年侠气》

十月中旬,制考结果出来,各位待诏官通过者,即刻为官。

言尚的开局分外不错。吏部给他安排的官位是中书省主事。这个官位,乃是从八品下。在本朝,初初为官的士人,哪怕是状元,一开始都得老老实实从九品芝麻官做起。言尚一上来就是从八品的官,不可谓不让人羡慕。更让人羡慕的是这个从八品的官位从属于中书省。中书省乃是朝廷中枢,一开始当官就从这个起点开始,难说日后没有为相的机会。何况长安士人皆知,刘相公刚收了言尚为自己的小弟子。那刘相公执宰数十年,门下的学生弟子众多,其资源都会倾向言尚。

如此,当真羡煞众人。长安中急着和言二郎结交的人,比之前多了何止百倍。一时间,丹阳公主府所在的巷子车马络绎不绝,门庭若市。这些人偏偏都是来拜访隔壁的言二郎,不是来拜访丹阳公主的。

据说丹阳公主还为此发了很大一通脾气,骂着让言二郎搬家。然而丹阳公主暮晚摇最近也是春风得意。她曾推举过的言二郎虽然没有和她成秦晋之好,但言二郎入了中书省,太子沉默了两日后,便也做出高兴的样子派人来贺喜。

因为之前暮晚摇和太子私下的交易,如今太子正在帮着运作,将年底大典宫宴的操办权交给暮晚摇。

为此,晋王的生母娴妃都有些不乐意。但这么多年宫中权力娴妃从来没争过贵妃，而今贵妃正在因为儿子朝堂的事被牵连得焦头烂额，娴妃左右踟蹰之后，还是试图和暮晚摇争上一争……虽然娴妃自己都觉得争不过。毕竟暮晚摇有太子保驾护航。

暮晚摇高兴的事还不止在此。其实长安最近最为人津津乐道的并不是言尚，而是来自洛阳韦氏的韦七郎韦树。

言尚初入朝，不过担的是一个中书省主事的打杂职务。然而韦树也通过了博学宏词科的考试，并且成绩优异。韦树在朝廷的开局，乃是监察御史。言尚的中书省主事只是从八品的官，韦树的监察御史却直接正八品。不止如此，监察御史隶属于御史台，这个官位最有趣的地方在于，虽然只是八品官，却可监察所有为官者。是以，监察御史这个官一度被人传为"小相公"。说其是个品级小一些的宰相，也十分合理。韦树如今堪堪十五岁，这么小的年龄就成了监察御史，朝野间如何不惊奇，如何不想来结交？

只是这样的开局，却几人欢喜几人愁。

"什么？"韦树的大兄韦楷一介秘书丞，回到自家府邸，听到家中妻说起韦七郎如今当了监察御史，口中的茶直接喷了出来。

他妻子嗔道："郎君！你这么惊讶做什么？"

韦楷又气又笑，拿过帕子擦自己衣襟上被溅到的茶渍，还是觉得不可思议："中枢给七郎安排做监察御史了？"

他妻子道："是呀。郎君，七郎如今可是很有本事的。我们是不是也该去送送礼，和七郎和缓一下关系啊？"

韦楷瞥妻子一眼，呵斥道："你以为这个官被称为小相公，就真的很好吗？"他若有所思，"这可是一个得罪所有人的官位啊。"看着风光，但是一个小小八品官，从上到下所有官员都可监察，这是好事吗？官小权却大，实在有些为难人。

而这种官，分明是给世家留着用的。且不是一般世家，是那种地位极高的世家子弟，才有勇气出任这样的官。因得罪满朝官员，非大家，不能护。

韦楷道："中枢这是将韦家架在火上烤啊……会不会是陛下亲自批的？"他妻子不懂政治，自然不能给出意见。韦楷略有些烦躁，皱着眉。韦家要给韦树安排一条和旁人不一样的路，所以一开始韦楷就没打算和自己这个七弟在朝上互相扶持。甚至曲江宴时，他还刻意去和韦树将关系闹得更僵。

然而如今中枢直接把韦树架在火上，分明是不想他好过，也是在试探韦家到底和韦树的关系如何。

韦楷沉吟片刻，决定给洛阳的家主去封信，说明此间情况。长安并不信任洛阳韦氏，韦家还需蛰伏。至于韦树这时候的难题，就看韦树自己能不能应付了。

到底从小不喜欢那个外室养的七郎，韦楷打算去写信时，想起此事，仍有一丝幸灾乐祸。他笑道："老皇帝真是个妙人啊。让我那个不善言辞的七弟去和人言说，四处得罪人……这不是为难七郎吗？"

朝廷这一手，玩得实在精妙。外人看着鲜花着锦，韦树却不是很开心。好在有暮晚摇帮他。暮晚摇一知道这个小可怜儿刚入朝就被架上监察御史这个火坑，便开始心疼韦树了。换作旁人也罢，怎么能让一个不喜欢和人说话、结交的少年去当这个必须和人说话、结交的官呢？而且这个官监察众大臣，也太得罪人了。得罪的人多了，日后说不定都升不上去。这种官位，交给言尚这种八面玲珑的人最好，怎么能交给韦树呢？朝廷对韦巨源的恶意，实在大得让暮晚摇心疼。

于是，暮晚摇为了帮韦树，特意在府上设了宴，邀请韦树来，邀请在朝上那些和自己一个战线的大臣来。倒也不是说让他们如何照顾韦树，这些大臣毕竟听太子的，和韦树走的根本不是一条路。但是在力所能及范围内，对韦树睁只眼闭只眼，总是可以的吧？韦树便不太高兴地来参加这个宴，由暮晚摇带着他认人去了。

户部侍郎是户部尚书以下最大的官了，而如今户部尚书不管事，一直在等着何时能辞官，户部侍郎如今便是户部的一把手。更好的是，比起其他人，户部侍郎是真正从丹阳公主府上走出去的。这位户部侍郎，以前是做过暮晚摇的幕僚的。

暮晚摇领着韦树来，户部侍郎看眼那个安静淡漠的小少年，笑着向公主保证："殿下且放心，至少在我户部，我能保证众臣不找巨源的麻烦。巨源小小年纪，却担此大任，前途不可限量啊。"

暮晚摇笑一下。这个官做得好，自然是前途不可限量；但若是做不好，就一辈子可能折在这里了。刘文吉的父亲以前不就当过御史吗，现在却被贬到岭南，自己的儿子还……算了，不想也罢。

院中宴席热闹，暮晚摇只是一开始陪了一下，户部侍郎将一直漠着张脸的韦树领走后，暮晚摇就回到了寝舍中休憩。

她给自己倒杯茶，对屏风后的那人说："所以说，你老师等人太过可恶。为了制衡洛阳韦氏，就将巨源扔去做监察御史。听着多风光，但也不看看巨源的性情，是能当得了那种官的吗？偏偏这个官是朝廷给出的最好品级，外人还说不了什么不好！你老师那种老狐狸，实在太过分了。"

以题字装饰的屏风后，隐约能看到一个人影。那人在窸窸窣窣地换衣，就一直听暮晚摇喋喋不休地抱怨外加怜惜韦树。

暮晚摇道："这种得罪人的官不应该给巨源，应该给你这种人才是。你能应付的事，巨源却应付不了。你可以得罪人后又把人心拢过来，巨源得罪人后大约就老死不相往来了。可见你老师偏向你，把你护在他自己的地盘，却把巨源扔出去吸引外人的目光。巨源就是给你挡了箭。"

好一会儿，暮晚摇不抱怨了，才听到屏风后的人无奈地说道："怎能如此说呢？监察御史被称为'小相公'，确实是当朝状元才该有的风光。巨源是性情安静一些……但入朝为官，怎能怕与人说话呢？这是老师给的历练啊。"这把清润醇和的声音来自言尚。他口中的老师，自然是刘相公了。

暮晚摇托腮扭头，眼睛眯着看那屏风，见人影落拓，他慢条斯理，竟然还没穿好衣服。言尚再顿了一顿，说道："何况这得罪人的官如何就应该我去做？殿下怜惜巨源，便觉得、觉得……我活该吗？我得罪人，你就觉得无所谓了吗？"

暮晚摇扬眉，认真看着屏风，似笑非笑："怎么，难道言二郎在吃醋吗？我只是就事论事而已。巨源不适合这个官。"

言尚缓缓说道："我自然会找机会与巨源多说说的。监察御史这个官……确实难为了他。"

暮晚摇欣然："是，你就该教教他，怎么和人相处。怎么把人卖了，还要人欢喜给你数钱……哎我越说越觉得你才应该……算了，说了你又不高兴，我不说了。"

屏风后安静。暮晚摇却等得不耐烦了，她手敲着案几："你到底换没换好衣服？一件官袍你要换几年才能穿好吗？你要是不会穿，跟我说一声，我进去帮你也罢。"

言尚连忙："快好了、快好了。"他慌慌张张的,似乎担心她进去看。

暮晚摇侧头看窗外风光,无聊地拨弄着面前的熏香小炉。一会儿,听到脚步声,暮晚摇才漫不经心地回头,看向从屏风后走出的、一身碧色官服的言尚。看到他慢吞吞地走出,身量修长,一身绿袍偏偏被穿出玉树临风的感觉……暮晚摇的眼睛如点了星一般,一点点亮了起来。

因大魏民风的缘故,皇帝上朝不穿龙袍,臣子们上朝也不穿官服。而八九品这种连上朝都不需要的小官,更是全年没有穿官服的习惯。在大魏朝,一般朝臣们穿官袍只有两种情况:一、大祭祀、大典、大宴这样极为重要的场合;二、这位大臣打算行大事,便穿官服以警示众臣,例如"以死相谏"。所以言尚虽有了官职,也入了中书省,还得了几身官服,但他只要不是想闹事,正常情况下都是不可能穿官服的。

然而暮晚摇多么稀奇。她大约是第一次见到活生生的八品小官站在自己面前,颇有一种亲自看着他成长的欢喜感。何况言尚又是这般好看。暮晚摇就撺掇着言尚一定要私下穿官袍给她看一眼。

见暮晚摇目不转睛地盯着自己,言尚垂目,玉白面皮微有些红,被她那种直接的目光看得几分羞赧:"可以了吧?"

暮晚摇慢悠悠:"你这么着急做什么? 不过你穿官袍也就这样吧……嗯,我还是觉得你脱衣更好看些。"

言尚:"……"他的脸更红,无奈地望她一眼。他原本想脱下这身官袍,但是暮晚摇这么一说,好像他脱衣就是为了迫不及待给她看似的……言尚手放在腰带上,略有些迟疑。他的君子之风又在作怪了。

暮晚摇扑哧一笑,一下子起身,丢开案上的熏炉不管。她走过来,不似言尚那般犹疑不决,轻轻松松就揽住他的脖颈,抱住了他。她无所谓地往前走,踢掉珠履踩在他鞋履上。他略有些愕然,当下被迫后退。这样退着退着,膝盖磕在了后方的床栏上,言尚一下子跌向后方,倒在床畔间。暮晚摇笑盈盈地跟着他就上了床,跪在他腿间,低头笑看他。她细长的手指钩着他的领子,眼波如笑:"你总慌慌张张干什么呀? 闹得我们像在做什么坏事一样。"

言尚:"殿下……这样本就不好。青天白日……"

暮晚摇哼道:"我又没有白日宣淫,哪里就不好了? 怎么,我连亲亲你都是过错吗?"说罢她俯下身,扣住他的下巴让他抬脸,一口咬在了他的唇角。

言尚:"唔!"他吃痛张口时,香软灵舌就来作怪。之后他呼吸开始滚烫,气息开始不稳,被暮晚摇钩着下巴折磨了。他脸红得不行,僵硬地躺在床上,闭着眼,分明有些喜欢,却有更多的不好意思。碧色长袖搭在床沿上,一身青袍被她扯开,黑玉腰带也凌乱勾绕。一身本是威严气势象征的官袍,鹌鹑从他领口腰上绕过,又曲着颈弯着翅,周折无比地被拽在了俯在他上方的女郎手中。实在不成体统。

暮晚摇太喜欢他红着脸躺在下方的样子了,他这副不反抗的、任她胡作非为的样子,每次都让她对他亲了又亲,越看越欢喜。她喜欢他干净的气息,喜欢他柔软的唇舌,喜欢他这般包容地任她欺负的样子。暮晚摇依然没有想好未来该如何,但她禁不住言尚的诱惑,只觉得自己若是错过了他,白白将他便宜给旁人,那可太可惜了……别以为那晚雪夜天黑她没有看清,她可是非常清楚地看到了刘相公的孙女,对言尚露出的那种欣赏又喜欢的目光。言尚这种温和脾性本就很吸引女郎,暮晚摇那晚鬼使神差地答应和他在一起后,硬着头皮决定先这样了。

反正言尚说他一两年都不急着成亲。而一两年后,谁知道局势如何呢?说不定到那时候,暮晚摇已经和言尚和平分开,两人再无别的关系了。说不定不是她抛弃言尚,而是言尚受不了她这个糟糕的脾气,要和她分开。总之……人生还是及时行乐为好。暮晚摇就决定做个不负责任的坏女人了。不承诺,但是和言尚好好玩一场。也不辜负她对他一直……这么强烈的感觉啊。暮晚摇胡思乱想间,感觉自己的腰好似被人轻轻钩了下。她一下子看向下面某人,似笑非笑,与他唇分开:"你干吗?"

言尚好不容易才轻轻在她腰上搭了一下的手,微微一僵,便又挪开了。他望着上方那千娇百媚的女郎,说:"没什么。"

暮晚摇瞥他一眼,心里兀自后悔。想自己干吗要多嘴这么一句。不多嘴的话,言尚说不定就搂住她的腰了。哎,她倒是想知道他什么时候才有勇气碰她一下。他也就玩玩她的手那点勇气了。再多的……都没有了。

言尚垂目轻声:"殿下,不要胡闹了,我该去前院见见巨源了。我回来这么半天,一直不出去,不太好。"

暮晚摇便让开位子,让他坐起来。她屈膝跪在褥间,看他坐起整理衣襟,这么正儿八经地真要出去见人,心里又不高兴了,觉得他只在乎那些朝臣,她不重要。暮晚摇:"你知道我在想什么吗?"

言尚低着头，微微一笑，轻声："殿下放心，我会帮巨源的。监察御史也没那么难做……巨源做好此官，日后前程才会好。"

暮晚摇愣了一下，然后无言，她仰头看着床帐上空发呆。刚在床上闹了一会儿，他脑中就想着政务了。

言尚偏偏还温声细语道："我与殿下这般关系，殿下想什么，我自然是清楚的。"

暮晚摇心想你根本不清楚。她嘲讽道："我和你什么关系呀？"

言尚仍垂着目，却已经穿好了衣衫，整齐端正，随时能够出门。他低声："自然是……同榻相眠的关系了。"

暮晚摇忍俊不禁，当即笑了出来。她又从后扑来，搂着他的肩笑得脸红："你说得真委婉……还同榻相眠呢！咱俩是不是同榻相眠的关系我不清楚，反正你肯定不知道我脑子里想的是什么就对了。"

言尚微蹙眉。他侧头看她，虚心求教："敢问殿下脑子里想的是什么？"

暮晚摇便与他咬耳，在他耳边轻轻说几个字，听得言尚又是脸红，又是惊叹，又是忍不住笑，还很不好意思。果然，他说："这样……不太好。"

暮晚摇哼一下，甩开他的肩，往后一退，不悦道："你真是没意思透了！滚吧滚吧，去找巨源吧。"

言尚坐在床上，看她半晌后，妥协道："那也应该做好准备。"

暮晚摇瞥他："怎么准备？你是要沐浴焚香三日，还是戒斋三日，来以示决心吗？能有多难？"

言尚被她那种随便的态度弄得很无言，他一直觉得她态度很有问题……好像两人相交，只有那回子事重要一样。以前他不懂，她说要他就随她。但后来他发现她根本不重视他，她只是想……言尚就改变了自己的态度。不能随便。言尚："我希望能是洞房花烛……"

他话没说完，一个枕头就砸过来，打在了他的后脑勺上。

言尚吃痛回头，见暮晚摇正睁大眼睛瞪着他："洞房花烛？那你可有得等了，还是做梦更快些。"

言尚看她眼睛睁得又圆又亮，还十分妩媚。她生气时这副瞪大眼睛的样子，竟颇为好看……言尚盯着她的眼睛，一时都看得怔忡恍神了，直到再被一个枕头砸中。

暮晚摇："你发什么呆？外头有侍女来找，你还不走？"

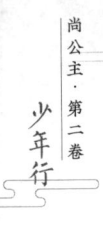

言尚便垂下眼起身,临走前又多说了一句:"你一会儿也出来吧。"

暮晚摇:"不用你提醒。"

言尚叹口气,只好走了。

大魏准备年底大典时,四方那些向大魏称臣的小国自然是重要来贺对象,只是大魏官员很犹疑,该不该将乌蛮加进去。论理,乌蛮和大魏有和亲关系,应该加;可是和亲公主都回来了,还主持这一年的大典。如果乌蛮来朝,会不会与和亲公主之间产生矛盾? 而且南蛮战乱,乌蛮之前和赤蛮打得不可开交,也不知道这仗打完没打完 …… 犹犹豫豫间,大魏还是将请帖送了出去。至于乌蛮来不来 …… 再看吧。

此时南蛮荒地,赤蛮所在,石壁峭岭,绿野无边。

深夜时分的赤蛮王庭帐中,一身量高大的男人窝在虎皮王座上,慢条斯理地撕开大魏礼官送来的信。他深目高鼻,左耳戴一枚巨大银环,脸上有一道深长的从半张脸上划过的疤痕。疤痕是这两年的战争带来的,却无损这青年男人的英俊。他虽是懒洋洋的,然只是看一封信,随意扯嘴扬笑,都蕴含着一股无言霸气。

下方,一个中年蛮人被两边人手押着,瑟瑟发抖地跪在地上。这个蛮人还穿着赤蛮王的王袍,半夜三更被人从床上扯起来。现在王庭变成了别人的,赤蛮王跪在敌人脚边,也没有别的法子。赤蛮王挣扎着:"乌蛮王,你别杀我 …… 我们可以合作 ……"

上方那窝在虎皮王座上的乌蛮王蒙在石,刚刚看完大魏送来的信,再听了赤蛮王的话,顿时忍俊不禁:"你想什么呢? 我要是想和你合作,这两年打仗是为了什么? 难道是逗你玩呢 …… 杀!"

他前半句还在笑,让赤蛮王面红耳赤之时,以为是可以谈判的,但是最后一个"杀"字一落,他的眼睛里已经没有一丝笑意。赤蛮王根本来不及反应,两边押着他的人就手起刀落,他的头颅倒地了。一代赤蛮王,无声无息死在此时。蒙在石面无表情地看着地上的鲜血蜿蜒流淌。

他的下属问:"大王,大魏来信是说什么?"

蒙在石心不在焉:"大魏老皇帝大寿,要办大典,邀请各国去朝。"

下属问:"那 …… 我们去不去?"

蒙在石手支下颌,眼睛里带着一丝戏谑的笑:"不好说啊。一方面我们和大魏交好，一方面我们毕竟是南蛮属下的。最近南蛮王气势煊赫，俨然是要统一南蛮五部……我们这个乌蛮，里外不是人啊。"他一点一点地将手中信撕掉，眼中已经没有一点表情，语气还带着笑，"然而我又是如此想念我的小公主。真让人难办啊。"

第二章

长安城中忙着年底大典之事，如今朝廷的重心都放在了这个上面。陆陆续续，开始有小国来到长安。这些小国，都由鸿胪寺接见。然而来朝小国太多，鸿胪寺人手不够。为此，中书省将言尚这个中书省主事，连带着各部其他一些小官员，都派去了鸿胪寺帮忙。

言尚对此安排倒是很喜欢。反正他在中书省整日待得也没什么要紧事，不过是写写文书，给人打打杂。重要的实权，都轮不到他身上。反而到了鸿胪寺，因他是来自中书省的，还能做点实事，接见这些异国使臣。鸿胪寺接见这些异国使臣已经很熟练，有自己的一套章程，言尚只需要跟着章程走便是。

只是这一日，言尚到鸿胪寺后，见几个官员围在一起，居然在争执。他过去聆听，询问道："是发生了什么事吗？"

鸿胪寺官员们回头，见是这个中书省派来的年轻主事。他们对言尚的印象很好，因言尚虽是从中书省出来的，身上却丝毫没有中书省惯有的将其他官衙官员当下属用的傲气。通常情况下，鸿胪寺卿吩咐下来的任务，言尚都是默默帮忙，也不多插手插嘴。这种谦逊的风格，还是很得鸿胪寺喜欢的。现在鸿胪寺的官员争执一事，见到言尚询问，就唉声叹气地告诉他："倒是有一桩不算大的麻烦。我们有一位官员，是专门学南蛮那边语言的。但是前两月，这个官员的阿父去世了，他自然要辞官回去守孝。如今南蛮语言这块，鸿胪寺就空了档，没有人员补进来。我等曾向鸿胪寺卿反映。府君一径应得好，说会找人。但是两月过去了，都没有找到合适的人。总不能从市坊间随便找一个会说乌蛮话的人来吧？那怎么行？"大魏民间往来开放，必然会有能说乌蛮话的人。但是鸿胪寺要的是文化高的人，是能说会写的才子……

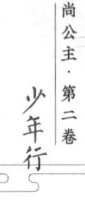

普通民众,鸿胪寺根本用不上。

言尚微怔,问道:"我们不曾与南蛮交好,南蛮不是据说还在打仗吗?难道是乌蛮?乌蛮……仗打完了?"

被问的官员有气无力:"我等也不知啊。来朝见的各国名单,至今没有加上乌蛮的名字。乌蛮大约是不来的吧?但是以防万一,总得有人懂乌蛮语言啊。万一人家真的派使臣来了,不会说我大魏官话,我们这里没一个人能正常交流……这让我大国面子往何处放?"

言尚垂下眼,若有所思。另一官员看他们愁眉苦脸,哈哈笑一声。

待众人的目光都落到他身上,他才似笑非笑道:"怎么就没有人会说乌蛮话了?咱们那位和亲公主……"

言尚一下子打断他的思绪:"郎君!"

正要建议他们请丹阳公主来帮忙的官员被言尚的突然开口吓了一跳,不悦地瞪来一眼,没好气道:"什么事?"

言尚温和道:"你们看,你们忙着安排其他小国的入住,接见其他小国。这个不知道会不会来的乌蛮国的语言,交给我来学,如何?"

众人愕然看他:"你?"

言尚说:"反正我整日没什么事,去西市找几个乌蛮人,学说他们的语言。不管乌蛮会不会派使臣来朝,我们都当做好准备,不是吗?"

众人仍疑虑:"离大典就剩两个月时间,你能行吗?"

言尚垂目羞赧道:"我府邸隔壁,正是丹阳公主府邸……"

众人顿时恍然大悟,接受了这个说法。和丹阳公主相邻,去学乌蛮话,确实比他们都方便很多。于是,鸿胪寺放心地将此事交给言尚,言尚总算有点事做了。

言尚松口气,心想他当然不希望这些官员去求助暮晚摇,让暮晚摇教人说什么乌蛮话了。虽然仍不知道具体如何,但暮晚摇既与她前夫关系不好……这和亲,恐怕也不是什么愉快经历。他尽力不勾起她糟糕的记忆。

而言尚整日忙的事,其实还不只学乌蛮语言这一件。有来朝小国的使臣,热爱武艺,想和大魏人比武。鸿胪寺当然安排大魏的那些将军、武人来接见这些小国使臣,但是鸿胪寺自然也会派人跟着。言尚就被派去跟着这么一个小国。

整天跟着这国使臣一起,言尚就算当的是文臣,一天下来,都少不了要陪着这些使臣一会儿骑马，一会儿看打拳。数日下来，言尚是腰酸背痛。他跟着这些人，都学会了射箭。甚至一个月下来，他都可以在马上射箭了。言尚苦笑，心想若是他家中大兄知道他现在如此，该有多惊喜。

整日这般奔劳，上午在鸿胪寺学乌蛮语言，下午跑遍长安的武局、陪着异国使臣走马射箭，夜里回到自己的府邸，言尚真是累得不行。而这般疲累之下，用膳时，府中仆从就端上一碗清水、一个胡饼、一碟小菜。就是言尚，都看得有些发愣。他抬头看云书，说："……我如今这般穷吗？整日只能吃这些吗？"

云书说冤枉，大声道："这不是二郎你自己弄的吗？你的俸禄才发下来，去那个永寿寺走了一圈，就把钱财捐给养病坊的孩子们了，还给寺中舍钱，让他们多多接济穷苦人家。再把欠丹阳公主的每月租资还一还，将我等的月钱发一发……本来就没钱了啊！"云书气愤不已，"当日我等劝郎君了。是郎君说自己来自岭南小地方，吃惯了苦的，如今在长安也不必奢侈，每日有几个饼吃就好了……郎君这般良善，我等能说什么呢？如今府邸能吃上胡饼，我都还诧异呢！"

言尚："……"他脸微红，道，"纵是我的错，你也不必记得这般详细吧？"

云书一脸正直，心中则得意地想，其实这番话自己已经练了很久，终于能在二郎面前说出口了……扬眉吐气呀。

言尚才知道自己居然穷成了这样，挽袖叹气，将硬邦邦的胡饼泡在清水中，就这般食之寡味地吃着。但吃了几口，他实在噎得吃不下去了。自己都觉得自己是不是太可怜了点……日日为朝廷鞠躬尽瘁，他自己却混成了这样？言尚放下饼子，垂目："……得想个法子。"

天有些黑了，赶着坊门关闭之前，暮晚摇才骑着马，回了坊内。她今日进宫，与晋王的母妃娴妃就大典操办之权过了过招。暮晚摇占了上风，又在中午时让人给南方去信。她想借助金陵李氏的权势，从南方运一块镌满了皇帝功德的三人高的大石来长安。据说这大石是从地里挖出来的……自然，谁也不信，但是大家都做出相信了的态度。南方那边的事，还是金陵李氏帮得上忙。暮晚摇现在在长安的话语权一点点加强，她也要将李氏用起来。

进了巷子，暮晚摇想得春风得意时，便看到言尚坐在他府邸门口的台阶上，默默出神。美少年一副"望夫石"的模样，真稀奇。暮晚摇偏头看了他几眼，见他仍是愣愣地发着呆。暮晚摇没理他，要进自家的府邸，言尚那边的小厮云书推了他一把，才回神。言尚："喀喀……殿下刚回来？"

暮晚摇瞥他。

言尚："殿下可有用晚膳吗？"

暮晚摇乜他："你要请我？"

言尚一怔，然后红了脸："……我的意思是，我能去殿下府中用晚膳吗？"

暮晚摇：……你这是求欢吗？求得这般没有底线？她哼道："你随意。"

言尚松了口气，心想一顿饭得到保证了。

乌蛮王蒙在石花了两年时间吞并赤蛮。如今南蛮五部，只剩下四部。和蒙在石同时期的，乃是南蛮王不勒。蒙在石的能力只在乌蛮传颂，南蛮王不勒的雄才大略，却是在整个南蛮传颂。这位年轻的南蛮王，骁勇善战，自他登上南蛮王的王位，南征北战，多年以来，南蛮几部都渐渐听令于他。这位王仍不满足，打算将五部合为一部，如此才是真正的南蛮，才可建立与大魏一样雄伟壮观的基业。

比起年轻的南蛮王不勒的传奇，乌蛮王蒙在石，实在是低调得几乎让人注意不到。如果不是赤蛮被乌蛮吞并了，赤蛮彻底消失，那位南蛮王都注意不到部下还有这么一位厉害的王者。而且和乌蛮的亲魏不同，南蛮王不勒是极为反感厌恶大魏的。他认为就是来自大魏的女人、珠宝、文化麻痹腐朽了属于南蛮自己的力量。如今南蛮人一个个变得战力微弱、不比从前，居然开始喜欢住房舍而不喜欢帐篷，居然喜欢定居而不喜欢四处游牧……这都是大魏传来的软弱导致的。由此，乌蛮与大魏和亲，南蛮王是一直不喜欢的。不过以前不喜欢也没有能力反对，现在南蛮王不勒渐渐统一南蛮的声音后，就能对乌蛮和大魏的亲密关系从旁干涉了。

蒙在石一夕之间灭了赤蛮，本来应该得到南蛮王的责问，但是南蛮王派使臣来，不加责问，反而和颜悦色地直接将赤蛮的土地封给乌蛮。乌蛮人放下心，将使臣安顿住下，几位亲近自家王者的部下跟随蒙在石登高观望大魏边关布阵局势，说起南蛮王派来封土地的事。一众人道："先前怕南蛮王责难，现在看来，不勒大王仍是通情达理的。"大家观望乌蛮王修长巍峨的背影，心中畅想不知自家王者比起那位能征善战的南蛮王，哪个更厉害些。

昏昏暮色，蒙在石立于臣属前，闻言哂笑。部下便都露出瑟瑟表情，不敢说话了。

乌蛮本是没有臣的，但在蒙在石废了奴隶后，又学着大魏那样给自己的部下一个个封将、封臣。反正像模像样的，现在这一个个部下也端起架子，蒙在石不在的时候，他们把自己当主子看。只是蒙在石在的时候，他们总是生出几分低人一等的不安感。

蒙在石懒洋洋："不勒哪里是通情达理？他是根本不觉得将赤蛮土地送给我算什么大事。何况赤蛮已经被我打下了，他还想怎样？来和我再打仗吗？南蛮北方的战乱还没平定，他哪有精力和我打仗？而他要是不亲至，就他派的那些兵……我并不放在眼中。"

下属放下心，便知自家王者是很了不起的。他们又诧异："为何阿勒王不觉得将赤蛮送给我王是大事？好歹是五部之一的土地，为何阿勒王这般不在意？"

蒙在石抱臂而答："也许是两个原因。一个原因是不勒认为自己现在还抽不出手，将赤蛮送给我也无妨，待他抽出手，何止一个赤蛮，乌蛮他也要一并统一。我现在灭了赤蛮，他还觉得我帮他少了一道程序，让他轻松些。"停顿一下，夜风猎猎中，他们立在高处，见年轻的乌蛮王侃侃而谈间，脸上那道纵横半张脸的疤痕被衬得狰狞。听阿勒王这般瞧不起自己的王，部下均怒："太过分了！我们花了两年时间才吞并了赤蛮，他却将我乌蛮视为'探囊取物'那般轻松。太不把我们放在眼里了！"

蒙在石语气戏谑道："第二个原因嘛，更加有趣。就像你们这样，你们现在已经说得出'探囊取物'这种传自大魏的语言，阿勒王要统一的南蛮，却没有一个人说得出的。我们学习大魏文化，学习大魏先进的技术，不勒却是瞧不起的。他认为大魏软弱无能，应该拜他为王。他认为学习了大魏文化的乌蛮，已经不算是正统的南蛮人了。他只会打仗而已。他把赤蛮土地送给我，是因为即使赤蛮在他手里也没用。他根本不知道该怎么治理，这些土地和民众除了给他当战力，还能干什么。"蒙在石笑起来，脸上那道疤痕将他衬得更为阴森，"既然没用，不如把赤蛮送给我，还卖我一个人情。日后灭我乌蛮时，他也在理。"

下属纷纷点头，说原来如此。然后他们又扬扬得意，觉得阿勒王这样做十分不明智。当初先王在时,排除众议和大魏联姻这步棋,如今看来是走对了。他们俨然已经看不上南蛮王,觉得南蛮落后了。他们欣喜地望着蒙在石的背影,心想还要多亏这位王者。先王虽定下了和亲,却除了和大魏贸易,也没什么别的。倒是这位王登位后的三年来,他们才渐渐摆脱以前的愚昧无知。

下属们问:"那大王,我们留南蛮王派来的使臣住下,是打算跟他们商量去大魏朝见大魏皇帝的事吗?大王是决定派人去了?"

蒙在石反问:"派谁去?"

众说纷纭。

蒙在石道:"你们说得都不好。我提议一个人如何。"

下属连忙住口聆听,听蒙在石朗笑,转身看他们,手指自己:"你们看,我如何?"

众人愕然,听他们的大王再次道:"你们觉得,我亲自去大魏一趟如何?"

众人愣了半天后,回过神,便又开始情不自禁地歌颂乌蛮王:"大王这般给大魏皇帝面子!大魏皇帝会高兴的!"

"大王是乌蛮的英雄!是高高在上的飞鹰!是天上的星星!"

蒙在石静默不语,随着他们的夸赞,他的目光从山岭下灯火通明的大魏边关向上移,看向头顶灿烂星空。蒙在石淡声:"我听过一个传说,只有英雄死了,才会化作天上星星。而这天下,又有谁当得起一个英雄呢?"

星野无边,光阴流转。他再次想到了丹阳公主暮晚摇。

那是乌蛮事变前的一个月。先乌蛮王在战场上受了箭伤,回到王庭后得到王后暮晚摇照顾。暮晚摇非常认真地照顾自己的夫君,却是越照顾,老乌蛮王的伤情越重。

先乌蛮王感觉到自己命不久矣,在他生命的最后阶段,他已经喜欢上这位来自大魏的妻子。他不觉得这位大魏公主会谋害自己,而且王庭一直有巫医,巫医也夸大魏公主的用心。先乌蛮王伤心地觉得自己的命是要被上天收回去了,他开始立下一任的王。他直接跳过了自己那个不喜欢的、与别部一个小侍女生的长子蒙在石,想将新王位传给自己最喜欢的小儿子。先乌蛮王怕大魏公主不悦,还拉着大魏公主的手,说:"你不要难过。如果你有儿子,我就会立你的儿子为王。"

大魏公主一边落泪,一边道:"大王折煞我了。我与夫君夫妻一场,岂会在意这个?"

先乌蛮王对自己妻子文绉绉的说话方式总是听得很费劲,他道:"你放心,我会给你做好安排的。"他给大魏公主做的安排,便是自己死后,让继位的新乌蛮王再一次地娶了这位大魏公主。

然而乌蛮王病得厉害时,大魏公主却在一夜后悄悄离开王帐,和不被乌蛮王所喜的长子蒙在石私下约会。二人纵马,远离王庭,饮酒作乐。说到乌蛮王快要死了,公主竟情不自禁地露出笑容。

蒙在石道:"我们乌蛮的传说是每个人死了后,都会化成天上的星星。父王会一直这么看着我们。你怕不怕?"

暮晚摇一怔,然后笑起来。她说:"我连活着的他都敢杀,哪里会惧怕一个死了的人?"她手托着滚烫的腮,转眼看蒙在石,眼波轻轻眨,独属于大魏女子的那种柔美让她与蒙在石见过的任何女子都不同。大魏女子比起乌蛮女子,总是多一分柔弱的。而比起柔弱,两年的乌蛮生活,又让暮晚摇身上多了些冷硬感。于是她变得又冷又柔,又艳又淡。蒙在石已忍不住撑起身子靠近她,想看一看她那漂亮的眼睛。

蒙在石突然问她:"你是如何杀的我父王?"

暮晚摇笑吟吟道:"你猜。"

蒙在石回过神,若有所思:"单纯是箭伤吗? 巫医说你什么都听他们的,什么也没做过。"

暮晚摇笑得分外狡黠。

蒙在石掐住她下巴,似笑非笑:"小公主,你又调皮了。好吧,说一说你这次想要什么?"

暮晚摇:"唔,你父王死后,要我嫁给你弟弟。我不想嫁,我要你给我几个乌蛮武士,助我在当夜杀人,从他身边逃出去。"

蒙在石目光深深地看着她:"你逃不掉的。"

暮晚摇随意道:"与你何干? 反正这是我的条件,你给了我人手,我就告诉你答案。"

蒙在石看她片刻,答应下来。那时他只以为暮晚摇顶多是不想再嫁,哪里想得到她是要他给出的武士引起新任乌蛮王的误会,一次将双方都干掉。那晚蒙在石大约是喝醉了,没有太深究暮晚摇的用意。他轻轻松松答应给她人，便见她手掌向上，细嫩玉白的手掌向她自己的方向挑了挑，示意蒙在石将耳贴过来。她这份慵懒风情，落在蒙在石眼中，只剩下她那手指和眼睛了。他目中光变暗，不动声色地凑过去，一把将这个有点醉的女子拥入怀中。

她仍笑嘻嘻道："当然是箭伤啊。只是你父王去打仗前，我专门去看了下你们打仗时备的箭。我问过了，不只你们，连对方用的都是这种血溅了又溅、生了铁锈就擦去的废箭。

"我是不懂打仗，不会武功。但我知道，这种用废了的铁箭入了人体后，就是很容易死人啊。哈哈，这种箭上本身就全是毒了。我只要事后救治时，拖上一拖，你父王身体差一点，很容易就一命呜呼啊。如此简单！何须我特意做什么？"

蒙在石凛然，然后向她讨教："你如何知道的这些？这又是你们大魏人的书上都能看到的吗？"

她含含糊糊地呜咽着，不再回答他了。她已经醉得厉害，眼中流着水一般，雾蒙蒙的。她靠在他肩上，仰头看着天上星辰，忽然说了一句："其实我们大魏，也有人死后化成天上星星的说法。"

蒙在石随她一起抬头看天上星光。他幽邃的眼睛俯视着她清透的眸子，爱得恨不得咬下她这双勾人的眼睛。他慢悠悠地说："那么，我死后会和小公主在天上相逢了？"

暮晚摇一怔，却摇了摇头。

蒙在石周身寒气冷冽，以为她的意思是不想和他在天上重逢，却听暮晚摇迷惘地喃声："然而我们大魏的说法是，只有英雄才会化作天上的星星。这天下，谁才是真正的英雄呢？"

蒙在石望着她，拉住她的手，放在自己唇边。他道："那我便要做一做这英雄，以后即使我死了，也能被小公主在天上看到了。"他问她，"你希望我死吗？"

蒙在石灼热的手掌贴在她细白的颈上，她闻言，晃了晃脑袋。她只是靠着他的肩，仰着脸，眼睛直勾勾地看着他。她好像反应了一会儿，才听懂他的话。于是她轻轻地压一下上眼睑，又迅速睁大。这般偏魅的猫儿一样的眼睛，完美诠释了何谓"眼如春水"。生动，又不轻佻。没有男人挡得住她这种眼神。

她到最后都没回答他的问题，他也没有再问。蒙在石紧紧将她抱入怀中，吻一径落在她面上，轻声："小公主……等我当了王，就让你做王后。永远留在这里，好吗？"后来他才知道，原来她是希望他死的。

第三章

天亮时分，南蛮王派来的使臣，终于得以面见乌蛮王。听闻乌蛮王凶残嗜杀，是个"屠夫"一样的人物……使臣有些胆怯，但是被领入乌蛮那刚修建了一半的王宫中，在正殿见到了乌蛮王，使臣一愣，倒不那么慌了。因王座上的乌蛮王，戴着青铜面具，完美掩盖住了乌蛮王脸上的伤疤，也挡住了来自上位者俯视下方的强悍气势。南蛮使臣生疏地行了个不太周正的、不知道学自哪里的礼数："奴参见大王。"

王宫正殿两列，学着大魏那样站着乌蛮的大臣们。只是很奇怪的，这个使臣向上方的乌蛮人行礼，周围乌蛮大臣的表情却很古怪，甚至有的人转脸闭目，一副"惨不忍睹"的架势。

以为是这些人不知礼数，使臣有些生气。但是使臣忽然看到戴着面具的乌蛮王身后，站着一个身材魁梧修长的青年武士。那人左耳戴着闪亮的银环，脸上有一道划过半张脸的伤疤。初看时吓人，看第二眼时，觉得他英俊逼人，抱臂而站的气势，比使臣所见过的南蛮王不勒也不差什么了。

那个青年对使臣一笑，露出白齿。朝臣们的眼神更加古怪。使臣却觉得这个乌蛮王身边的武士很知礼。而戴着面具的乌蛮王在这时清清嗓子，吸引了使臣的注意："这次大魏皇帝的诞日大典，正好和他们的元日节撞了。本王决定亲自走一趟大魏。阿勒王的恩典本王记在心中，大魏君父的赏赐，本王也不能忘。"

使臣急道："大王，阿勒王的意思是我等实属南蛮，乌蛮迟早会……"在众人的注视下，使臣话不敢说得那么白，含糊了过去，"我们才是一家。乌蛮和大魏的盟约，迟早是要废的……"

坐在高位上的乌蛮王道："自然立了盟约，轻易便不会废除。"除非有更大的利益。

使臣便再劝，翻来覆去拿阿勒王教的话来劝说乌蛮。

乌蛮王态度很强硬："我意已决！"

使臣无奈，其实他此行早就猜到自己很大可能是说服不了乌蛮的。目前阿勒王没法统一南蛮四部，只能看着乌蛮和大魏打得火热。但是……这些迟早都会过去。只要乌蛮重新归顺了南蛮，这些问题都可以解决。使臣退而求其次道："好吧。既然大王执意要亲自去大魏，阿勒王希望让小奴跟随您一行。"

乌蛮王问："你叫什么？"

使臣答："罗修。"

乌蛮王没有再说话，却是站在乌蛮王身后的那个脸上一道伤疤的武士莫名开口："你是大魏人？"

名叫罗修的使臣愣了一下，说："我父亲是大魏人，母亲是南蛮人。当年大旱，我父亲从大魏逃命而来，就没打算活着回去，我自然是南蛮人。"

那个青年点了点头，不再多说了。罗修觉得此人莫名其妙，却没多想。但是等罗修出去后，那坐在王位上的乌蛮王就如同屁股被烫着一般，连忙起身让座："大王……"

却是方才那个一心一意当卫士的武士随意笑一声，撩袍坐在王位上，分外肆意。这才是乌蛮真正的王者，蒙在石。

南蛮使臣走后，自然是乌蛮人自己的讨论。打算跟随乌蛮王一起去大魏的一些大臣不安："大王，难道我们此行一路，您就一直打算让人冒充您，您自己做一个侍卫跟着吗？"

蒙在石反问："这样不是很有趣吗？"

大臣们茫然：有趣在哪里？然而蒙在石积威多年，他们不敢反驳。他们建议："既然大王决定亲自去，我们就给大魏修国书吧……"

蒙在石："嘿。"他修长的手指一下又一下地叩着王座扶手，慢悠悠地说，"不修国书。我们先以商人的身份化名，进入大魏国境，一路去国都。离大魏皇帝的诞日还有一个月的时间，我们这样一路边看大魏风光，边去大魏国都，不是很好吗？等我们快到了，再修书让大魏做准备。这一路，正好看看大魏真正是什么样子。"蒙在石眯着眼，心想只有这样，也许才能看到真正的大魏，才能让他心中问题得到解决——乌蛮到底该如何发展，才能像大魏那般强盛。

次日，身负南蛮王任务的南蛮使臣罗修，一脸茫然地被这些乌蛮人一通乔装打扮，化身成了乌蛮商人。昨日见到的乌蛮王依然戴着面具，却也是一副生意人的打扮。他们一行百人左右，分批次入了大魏边界，再一一合并。那个脸上有伤疤的高大卫士分外靠谱，一路紧跟乌蛮王，倒让罗修赞一声这才是贴身侍卫该有的样子。只是罗修每夸那个卫士一句，这一行人中总是会有几人的表情变得很奇怪，让罗修颇为费解。

蒙在石一行人乔装打扮进入大魏边界的时候，也有一队真正的商人，离开乌蛮边界，回返大魏长安。隆冬腊月，这行商人踽踽而行。他们在半年前的长安西市上接到一个任务，以做生意为借口，到乌蛮生活了半年，帮助一位客人打探乌蛮情况。如今半年时间已到，那位客人给的钱财已经花光。这些商人虽是胡人，却早已归顺大魏，妻子孩子都在长安。何况今年年底长安大典，与往年不同。归心似箭的胡商们不想在乌蛮那样荒芜的地方过年，当然要急着在年关前赶回长安了。只是这些真正商人的脚程到底比不上蒙在石那群人，虽出发日子相差无几，却到底比蒙在石那些人慢了许多时日。

这时的长安，因各小国使臣的到来，又因到了年底，四处都热闹非常。

而丹阳公主暮晚摇，她冷眼看着，自己府上接待隔壁的言二郎吃了五天晚膳了。中午那顿饭不用管。倒不是暮晚摇不回府的原因，而是因为朝廷中午会准备"会食"，给在皇城各司官衙理事的朝臣们用。如言尚这样的八品小官，因是被从中书省派去鸿胪寺的，中午便既可去中书省吃饭，也可在鸿胪寺吃。反正他饿不着。然而他每晚厚着脸皮来蹭暮晚摇府上的饭，这是没错的吧？

暮晚摇初时还以为他是有什么目的，结果看了两日，他就是单纯来吃饭，顺便与她聊聊天，她对他简直叹为观止——曾几何时，言二郎竟然学会蹭饭了！他是有多穷？

这一晚，言尚如常在暮晚摇这里用晚膳。二人并未分案而食，而是一张长案，摆满了菜肴。不过暮晚摇只是晃着酒樽喝酒，并不怎么吃，单纯欣赏言尚吃饭。

言尚用过膳后，案上的饭菜还没撤下，他抬头看暮晚摇一眼，对上公主的眼睛。言尚微顿，慢慢放下箸子，回忆自己方才应该没露出什么窘态吧。他客气了一下："殿下只饮酒，却不用膳吗？"

暮晚摇蹙了下眉,道:"酒和菜一起吃,一股子怪味,谁受得了?"

言尚:"殿下少喝些酒吧。"

暮晚摇瞥他一眼,故意跟他作对似的,她给自己重新倒了满满一盏酒,还向他举盏示意一下,才一饮而尽。

言尚:"……"虽然知道自己说的话人家也不听,言尚还是低声,"那殿下喝些热酒吧。殿下是女子,当知不应饮凉酒。不只胃痛,头也会痛。我专程问过侍御医……"

暮晚摇怕了他了:"知道了知道了,烦死了。"她心有余悸地让侍女们来撤了自己面前的酒,言尚这种慢条斯理,但非要说到她同意的架势,她真的烦,却只能忍受。

侍女撤了食案,暮晚摇见言尚仍坐着,不由诧异看他两眼。

言尚硬着头皮,面上带着一丝和煦的笑,与暮晚摇闲聊道:"殿下今日做了些什么?"

灯烛下,暮晚摇心想他这是又打算跟她饭后聊天了。唉,有什么好聊的。她和言尚整日都见不到几次面,也没什么共同经历的事,到底有什么话值得每晚都这么翻来覆去地说?大约酒喝得有点醉了,她托了下腮,嗤他道:"不想说。"

言尚顿一下,当作没听懂她那不在意他的语气,微笑道:"那我与殿下说说我这一日有趣的事吧……"他开始跟她讲故事般地汇报一天的日程,暮晚摇没吭气。左右他声音好听,说话也很有趣。虽然她不想搭理他,但听着也无妨。正好有侍女夏容拿着一个本子在外头晃,踮脚向室内张望。暮晚摇看到了她,向那处扬了下下巴。夏容便抱着本子进来,将本子放到暮晚摇面前的案上,才屈膝重新退出去。

言尚依然在和风细雨一般地闲聊。虽然是只有他一个人说。暮晚摇一径低着头翻侍女给她送来的那个本子,压根没接他话的意思。言尚心里略有些不适。但他又无奈,知道暮晚摇本来就是这种人。她高兴的时候就变得十分可爱,拉着他撒娇不住;她不高兴的时候,只是不搭理他都已经算是脾气好。她这副样子,言尚决定和她好时,就已经有了心理准备。只是她总这样……他仍忍不住自我怀疑,怀疑自己是否这般无趣,说了这么半天,她都没有回应的意思。难道……难道他就只能靠出卖色相,才能吸引到她的注意力吗?也许是他做得不够好,可他磕磕绊绊地在努力,但是暮晚摇她……她根本就不努力!两人明明是情人,言尚就觉得,暮晚摇根本就……不想和他好。

情爱让一个聪明人麻痹,让一个聪明人患得患失。言尚这般胡思乱想中,倒不耽误自己口头上和暮晚摇的闲聊。却是他自己都说得走神的时候,暮晚摇拍了拍案几。暮晚摇不满道:"你知道你自己在说什么吗?上一句还是你那个刘老师不满意你阿父给你认的老师,下一句就到了你如何练箭去了。言尚,你何时说话这般没条理了?"

言尚一怔,不因她的质问赧然,反而目光轻轻一亮,略有些惊喜:"殿下原来在听我说话吗?"

暮晚摇纳闷:"……我又不是聋子。"

言尚垂下的睫毛微微颤抖,他的脸微微红了一下,之前的几分抑郁忽然一扫而空,多了些振作。然而不等他继续之前的话题和暮晚摇说下去,暮晚摇就从她翻看的本子中抬了头,眼眸含着一丝笑:"打住!不想听你说那些无聊的事了。我问你,你知不知错?"

被她冷目盯着,言尚一时茫然:"我怎么啦?"

暮晚摇拍桌子:"你是不是背着我在外面养女人了?"

言尚一时啼笑皆非,道:"殿下又开玩笑了。"

见他根本不着急、坦坦荡荡的样子,暮晚摇失望又松口气:没有诈出来。大概他还真的没做什么不规矩的事吧。暮晚摇这才说了自己真正想说的:"你还说不知错?你每晚都过来我府邸,所为何事,你心里不清楚吗?"

言尚一下子有些不自在。他偏了偏脸,仍正襟危坐,垂目看她,道:"我只是整日见不到殿下,想和殿下说说话,这也是错的吗?"

暮晚摇托着腮,看他这般信誓旦旦,心里骂果然男人没一个靠得住。她一下子将账本扔过去,砸在言尚身上,骂道:"骗鬼的想见我呢!你完全是因为穷得揭不开锅,才来我这里蹭吃蹭喝。言尚,我真是看错你了。你长得这般仪表堂堂,正直得不行,却能做下这种事!"

言尚当头被账本砸了一脸,被砸得有点蒙。他捡起暮晚摇砸过来的东西,快速翻看。他记性极好,前天云书给他看过的府上账目,和现在他看到的这本如出一辙。隔壁虽说是言尚的房子,但是仆从什么的都是丹阳公主这边的。如果暮晚摇真的想知道什么,根本拦不住。何况言尚坦坦荡荡,从来没想拦,没想瞒着她什么。言尚看到这本账目,就知道自己的小心思被暮晚摇知道了。他羞愧万分,抬头时,却见暮晚摇涨红脸,气得起案便要走,一时有点慌,连忙去追。追到门口，言尚拉住暮晚摇的手："殿下！"

暮晚摇："干吗？"她站在厅子门口，回头看他。表情冷淡，让言尚看不出她是不是真的不高兴了。言尚观察她半天，暮晚摇甩了甩他的手，他蹙着眉，表情略有些挣扎。半响，他道："是我不好。但是我也没办法……"

暮晚摇也他，她是有点不高兴，但不至于因为这点事动怒。被言尚拦住，暮晚摇斥道："你吃不起饭就直说，我便是借你钱也行，何必这样呢？"

言尚看她，半响道："我这样做，只是因为缺钱的缘故吗？殿下只要借了我钱，就行了吗？"

暮晚摇疑惑："不然呢？"

他低下眼睑，看向自己拉着她的手腕，他道："殿下就没想过，我这样做……是想找理由见一见殿下吗？"

暮晚摇："……"

静片刻，言尚抬目向她看来。

暮晚摇慢半拍道："啊？"

言尚微蹙眉，他这一整晚，几乎都在蹙眉。他的手仍拉着她的手腕，和她站在厅门口。他看她一眼，见她一副很不理解的样子，心中真是有些难受："你、你……难道就从来不想见我吗？我们一整日见不到面，我在鸿胪寺，你在忙你的事。夜里回来，有时你又和大臣们去参宴，很晚才回来……我晚上要读书、练字。我们经常一整日都见不到面，一句话都说不了。"

暮晚摇默然，道："那又如何？"

言尚略急："情人之间不是你和我这样的。应该常见面、常说话才是……我心里总是想着你，但我不知道你有没有想过我。"

暮晚摇瞥他，道："你这让我怎么说呢……"她挣了下，就挣开了他拽她的手腕。她揉着自己的手，踩着廊下的灯笼影子，往自己的房舍走去。言尚跟在她身后，有时伸手，替她掀开帘子。听暮晚摇慢吞吞："我们住得这么近，想见面，其实很容易嘛。"

言尚："哪里容易了？"他停顿一下，说道，"你到底是公主，我寻不到理由，根本没法登门。我一会儿说要找你谈政务，一会儿只能靠着蹭饭来见你……你金枝玉叶、高高在上，真是一点不知道我的难处。"他红着脸，低声，"我哪能日日撒谎？哪能日日想出借口？我头都要想破了，只是见不到你，有什么用？"

暮晚摇走在前头，听他在后絮絮抱怨。她心里惊讶至极。因言尚说话声音很低，只是跟着她这么说，落在他们后方不远处的侍女们，都听不到这边的声音。暮晚摇自然明白言尚是太过要脸，不想让旁人知道他在和她说什么，但是他……一直轻声细语地跟她说这种话，暮晚摇本来很淡定，都被他弄得脸红了。哪有人一直跟她说"我想见你""我特别想见你"这样的？她既觉得他竟然有这样一面很好笑，又欣喜他竟然会这么想见她。她其实也想他啊……但他不是总有借口来登门嘛，省得她麻烦了。

暮晚摇走到了自己屋舍门口，推开门，回头望他一眼，眼中略嗔："好了，我知道你的意思了！以后你来府上直接来便是，我不让仆从们拦住你问了。"

言尚面红，闭嘴不语了。他知道他这样很不好，但是……他确实没办法。听到暮晚摇这样说，言尚唇角微微上翘一下。

关上屋舍门，暮晚摇慢悠悠地一点点点燃屋中的灯烛，背对着言尚，缓声："然而你何必想见我呢？"

言尚一怔，道："这话什么意思？"

他看着她纤细的背影，听她慢吞吞道："我觉得你见不见我也无所谓啊。反正你就是见了我，也不过是拉着我坐下聊天，聊你那些说不完的话，跟我说你们政事堂今天什么事、明天什么事……这么无聊的事，我不是很想听啊。"

言尚："……这便是你一直不是很喜欢见我的缘故吗？"

暮晚摇轻轻吹一下蜡烛，灯枝上的所有烛火都亮了，一派明堂。她回过身看他，明火照着她的脸，莹润明媚。暮晚摇嗔道："怎么了？拉着我说这些废话的人是你，我还不能不爱听吗？难道你说什么，我都得高高兴兴地捧场？"

言尚低头反思，略有些不好意思道："我不知道……那你想听什么，我说给你好不好？"

暮晚摇歪头想了想，放弃般道："我喜欢听……算了，我根本就不想听你说话。"

言尚怔忡抬目，与她望来的含睇美目对上。他并非蠢笨之人，她的眼睛那么轻轻一挑，他一下子就懂她的意思了。这次，他耳根都红了。怔了片刻后，言尚自己坐下来，垂下视线道："我以为……男女之间，不是只有那桩子事才有意思。"

暮晚摇："唉，那可惜了。我和你没有共同语言。我的眼中，只有你提都不敢提的'那桩子事'最有意思。"

言尚挣扎道："……你就完全不想和我交流，和我熟悉一点吗？我们认识这么久了，但我觉得你一点不了解我，我也不了解你。"

暮晚摇坐在床帐下，屋中烧着炭，有些热，她摸了把羽扇来扇风。她似笑非笑地看着和她坐得有三四丈远的言尚，心中腹诽距离这么远，他怎么不干脆直接退出门好了。

暮晚摇："那大约我庸俗吧。"

言尚便无话可说了。很一会儿，他才又试探着："我并不是反对你，我只是觉得拥有精神上的交流，更有意义，也更长久些。总是肉体上……未免有些……"

暮晚摇拉下脸，啪的一下将扇子砸在床板上。她微怒："你什么意思？我就你一个，碰都碰不得，还怎么了？我要是同时有三四个男人你再说这话才不迟吧？"

言尚连忙起身："我不是那个意思……"

暮晚摇："滚！"

言尚着急了，他这次主动走过来，坐在她身旁轻轻钩一下她的手，被暮晚摇甩开。言尚道："我不是那个意思，我是觉得色衰而爱驰，你若一径看中皮相，若是我老了丑了……"

暮晚摇更怒了："我还没怎么呢，你就想着色衰而爱驰了？现在连亲亲抱抱都没有了。你这样的人，谁敢跟你好？"

言尚见她更不高兴，心里也有点慌。半晌他道："那、那你亲一亲吧。"

暮晚摇被气笑："靠你施舍吗？你这么勉为其难吗？"

言尚："我只是、只是……"

暮晚摇："到底是怎样，你说个清楚！不说清楚我们就算了，你以后不要来找我了！"

言尚额上已经渗汗，他支支吾吾半天，终是因她这句狠话而破功。他拽住她的手，怕她走一般，而他脸色青青白白，到底俯身倾在她耳边，低低说了几个字。

暮晚摇一下子蒙了，回头看他。

他在她耳边轻轻说的那几个字是：你总是让我得不到满足，所以我才不喜欢。

第四章

暮晚摇半天说不出话，她瞪大眼睛，傻子一样地看着言尚。言尚这样的人，他能在她耳边说出这种话本就不好意思了，被暮晚摇这样直勾勾地看着，他半张脸都红透了，既羞又恼，还低下眼睛，拉着暮晚摇的手出了汗，一下子向后缩，手撑在了床沿上。他觉得自己太傻了，怎么能说出这种话。

他起身就要走，暮晚摇却反应极快，一下子拽住他的手，将他拉回来。且这一次不只是将他拉回来，她还起来转个身，手指在他肩上一推。言尚被推得坐了下去，而就如往日暮晚摇闹他的时候那样，她一点不知羞，直接就坐在了他腿上，揽住了他的脖颈。暮晚摇感觉到他的大腿肌肉一下子就绷紧了。

暮晚摇心里忍笑。明面上，她搂着他，与他贴着面，尖细冰凉的指甲划过他的脸。而她指尖划过一点，顺应的，指尖下的肌肤就红一片。她眯眼看他，见他侧过脸，快把自己煮熟了吧。暮晚摇娇娇甜甜地喊他："言二哥哥，你别这样嘛。我每次靠近你，你都好像很紧张的样子。你干吗总这么紧张？"

言尚脑子乱乱的。他低头苦笑，本不想说，可是话都说到这个地步了，他只能承认："我没有遇见过你这般的情况，自然会紧张了。"

暮晚摇眼波如春水，挨着他的脸，搂着他的颈，轻轻在他脸上亲了一下，就感觉他身子绷了一下，腰都向上挺了一下，好似要站起，但被他自己压抑下去了。

暮晚摇稀奇："我就亲你脸一下，你都不行？"

言尚抱怨："你坐在我腿上，搂着我的脖子，脸挨着我……你还说只是亲了我的脸一下，还怪我？"

暮晚摇爱死他这个反应了，乜他："那你的意思是让我走开，让你一个人安静坐着咯？"她作势就要起来，然而一直偏着头躲躲闪闪的言尚，好似真的慌了，他一下子转过头来，伸手来按住她的肩不让她走。他本能这般动作，暮晚摇似笑非笑地看来，他才觉得自己好像又做了无用动作。她本来就是逗他，本就不会走。

言尚静默许久，心中觉得沮丧，觉得自己大约又闹笑话了。

暮晚摇看他垂着眼的样子，连忙安抚他："你别这样嘛。这都是情人间的小情趣，我又不是故意欺负你的。就是看你这样……我忍不住嘛。"看他平时在外面正儿八经的，就想在私下这样逗他。人的劣根性就是如此啊。

暮晚摇搂着言尚，亲了又亲，甜甜蜜蜜。言尚脸红得不行，却被她亲来亲去，他那点僵硬的脸色终于和缓了。他一点点抬眼来看她，正好对上她妙盈盈垂下来偷看他的眼睛。

四目相对。暮晚摇小声："你好像不那么紧张了，你发现了没？"

言尚脑子一团糨糊，含糊道："唔。"

暮晚摇手指从他耳后揉来一缕青丝，在指尖揉着玩。她坐在他怀里半晌，逗了他半天，这会儿才贴着他的耳朵轻声："你真的不满足吗？"

言尚一愣，道："什么？"

说完后，他才反应过来从暮晚摇坐在他腿上开始，她都是在试探他的反应，试探他之前那句"不满足"的话。言尚不禁苦笑，微有些抱怨："是真的。你、你……一径只管自己舒服，根本不理我。"

暮晚摇瞪圆眼："哪有哇！我这样，你真的不舒服吗？"她不信，手向他腰腹下摸去。言尚之前已经放松下来了，被她这一捞重新吓得紧张，一把拽住她的手不让她摸。但是暮晚摇的手指已经碰到了一点……暮晚摇斜眼看他，一副怀疑他骗她的样子。言尚唇颤了颤，脸更是涨红僵硬。很多话他其实都不喜欢说，但是暮晚摇逼得他不得不说。言尚挣扎半天，终是觉得到底是私下里，暮晚摇应该不会跟人乱说。

他才道："我就是这样，才……不满足啊。"

暮晚摇："那你舒服不？"

言尚不说话。

暮晚摇花瓣一样的唇贴着他的脸，气息喷在他面上："我这样，你舒不舒服？"

言尚缓缓点一下头。

暮晚摇一下子笑得弯起了眼，她搂着他的颈，快被他的可爱逗得喘不上气了："哦，原来言二郎是既舒服，又痛苦啊。那你可真是天才呀。觉得痛苦，你就要屏蔽舒服，干脆远离我，不让我挨你一下。这样子自然你不再难受了，可你的'舒服'也没了啊。"

言尚的眼角被她激红了，抓着她的手腕低声："你别说了！"

暮晚摇埋在他颈间笑，又伸出舌点他。他"唔"一下，躲开时骇然看她，张口结舌，显然想不到好好地说话时，她都能伸舌头来逗弄他。这一下子，他的脖颈也红透了。

暮晚摇懒洋洋地埋在他颈间，被言尚捂住嘴。暮晚摇怎么会介意这个。

他低头，就看到她的一张小脸歪在他肩上，鼻子以下被他捂住，只露出一双小猫一般柔媚如丝的眼睛。他被她那如丝的眼睛看得身体发烫，有些怔愣时，又感觉手掌被人家舔了一下。他一下子收回手，不捂暮晚摇的嘴了。言尚这般平和的人，都被逼得有点恼了："你不要这样！你总这样逗我，让我觉得、让我觉得……你在欺负我。"

暮晚摇瞪大眼睛："你才觉得我在欺负你吗？我本来就在欺负你呀。我喜欢看你这样。"

言尚蹙眉，她的气息，好香呀。他有点、有点……又有点难受了。不知道言尚的心猿意马，暮晚摇喜欢无比地拉住他的手，在他手背上亲了一下，他轻轻颤了一下。她低头看着被她拉在手里的郎君修长的手指，叹道："手指这么长，真好看。"

言尚半晌后，低声："你又亲我。"

暮晚摇仰头看他，看他一会儿，慢吞吞："你可以亲回来呀。"

言尚怔一下，奇怪地低头看她："可你不是不喜欢我主动吗？"

暮晚摇："……"

二人沉默对视半晌。言尚微恍："……其实你没那么不喜欢，是不是？"

暮晚摇微微笑了一下，不再是方才戏弄他时的笑，而是真心的、有些喜欢的、浅浅的笑。她专注地靠着他的肩，仰头看着他，一下子就明白言尚的纠结所在了。他并不是不喜欢这种事，相反他很喜欢。但因为她不喜欢他主动，所以他很少索取，甚至有时候他才主动一下，她就离开了。所以言尚觉得她不喜欢。她不喜欢，他就放弃。所以他才说他不能满足。

暮晚摇轻声："我不喜欢，你就放弃主动吗？"

言尚低头看她，说："我以为这样你会高兴。"

暮晚摇微笑，她确实挺高兴的。

她伸手，轻轻拂过他下巴，摸到极浅的青茬。他已经长大了，已经十九岁了……而她都快二十岁了。她没有在最好的时候碰到这个郎君，而他眉目清雅，气质温润，何其好哉。暮晚摇抚摸言尚的眉眼，言尚目光凝着她目中的柔波，并未躲避。暮晚摇忽然道："言尚。"

言尚低声："嗯？"

暮晚摇冷淡道："其实你喜欢我，没有我喜欢你那么多。"

言尚讶然看她，他觉得屋子有点热。

暮晚摇眼中弯起一丝笑，轻声："我从很久前就对你心动，以前在岭南时我就有点……但是被我压了下去。之后在长安永寿寺你借住的寒舍中，我再一次看到你。当时大雨霖霖，巨源推开木门，我看到你从堆成山的书籍下站起来。你一点点抬起脸，悠长的眉眼，高挺的鼻梁，淡红的唇……当时，我心跳一下子就加快了。我那时候看着你，就感觉是自己放跑了的什么，又跑回来找我了。但你那时候，其实是没什么感觉的，对不对？"

言尚头有点晕，心中生起一股烦闷感，让他觉得屋舍太热了。会不会是炭生得太暖和了？他抱歉地看暮晚摇一眼，示意自己没听清她在说什么，能不能重复一遍。可他张口欲说话，被暮晚摇手指掩嘴，示意他不要说话。

她声音仍是冷淡的："其实你一直不是特别喜欢我。就如你自己说的那般，你对感情很淡漠。因为你的诸多感情，给了家人、朋友、老师、同僚。你的感情分出去太多了，所以对情爱，你就是很无所谓。你待我好，也是诸多原因造成的。当然，我相信其中必然有一部分原因，是我很可爱。不然你怎么不对旁的女郎那般好呢？"

她夸自己"可爱"，在言尚的凝视下，到底破功，微微红了脸。言尚正压抑着自己的烦躁，努力听她说什么。他必须专注看她的眼睛，才能不走神，才能不去乱想，不去想她的眼睛真好看，她的脸看着这般软是不是摸上去也一样，她的唇颜色真好看，一张一合更好看……

暮晚摇睫毛颤抖，躲开他那有些滚烫的俯视。她继续说自己的心里话："你没我喜欢你那么多的喜欢我。但是当你说服自己和我在一起后，你就开始努力靠近我，想经营这段感情。我所言所行皆是从心，而你是计划着要待我好。我喜欢你却不用心，你没那么喜欢我却分外用心。我们两个真是……太可笑了。你现在脸红啊，心跳加速啊……不过都是因为你是第一次和人谈情说爱，这是难免的。"

言尚轻声："你这样说，让我感觉……我很失败。你是怪我不够爱你，却表现得对你好吗？可是什么才是最好的爱？我已经喜欢你了。你是不是、是不是……"他难过得说不下去。因为剩下的几个字，是和他分开。随着暮晚摇说话，言尚身上有些燥，他正努力压抑着。然而听她这话，他一时心中茫然。感情是可以这么比来比去的吗？她要一次次地伤他的心吗……

暮晚摇微微笑着，慢慢解释："我的意思是，我觉得我对你不太好。明明是我先动的心，却偏要你主动来经营这段感情。我确实是因为一些事……在这方面有些问题。言尚，你多包容包容我，不要轻易放开我的手，好不好？我也许会很糟糕……但我会努力的。"

言尚愣住了，他怔忡地看她，忘了身上那股燥意，任燥意将他吞并，让他脸更红得厉害，神志都有点昏沉。他喃声："你不是要与我分开？"

暮晚摇："……"她一下子坐直，瞪大眼，眼睛里喷火，"我哪里说我要和你分开了？你就这么理解旁人的好心吗？"

言尚："……"

他望着她喷火的眼睛，知道她不是要和他分开，放下心来，就有空想别的了。例如他看着她的眼睛，就想她生气时眼睛瞪得圆圆的，真是娇俏可爱……让人想亲一亲。他心里那么想，却到底没敢付诸行动，觉得人家认真跟他谈事，他却想这些，不太好。

然而言尚这么克制住了自己，暮晚摇却不如他。她看到他微微一笑，心中就跟着波动。她不压抑自己情感的时候，就能看到自己是有多喜欢言尚。她太喜欢他这般温柔的君子……而且他现在脸红成这样，有些可爱。暮晚摇倾身，吻住他的唇。

言尚正在被心里充满欲念的念头折磨，又在反复思量暮晚摇的话，想该怎么跟她剖心。他心绪乱得不行时，她就贴上他的唇了。他吓了一跳，向后仰。而这一仰，言尚不知怎么回事，竟没有控制住自己身体的平衡，倒了下去，一下子躺在了床上。这就变成他又被暮晚摇压着亲了。言尚脸雯时再次涨红，要起来时，贴着他唇的灵舌点了点，示意他张口。他忍不住张了口，她却没进来。言尚等了半天，都没等到往常那般让他醺醉的触感。让他既难受，又失落。他睁开眼，看向趴在他怀里，仍搂着他脖颈的暮晚摇。

暮晚摇手贴着他的颈，唇挨着他的唇，哑声："你出汗了哎。你怎么又开始紧张了？"

言尚也觉得自己出汗了，他都不敢看她的眼睛了。他躺在暖和的褥间，有些难堪地别过脸："对不起……"

暮晚摇更惊讶："傻子，你为这个说什么'对不起'？我又不怪你。你这样容易紧张，多可爱，多好玩呀。"

暮晚摇红了腮，有些眷恋地将他望了又望，又低下头来亲他眼睛鼻子了。她热情无比，言尚忽然伸手，捂住她的嘴。他竟搂着她的后背，将她抱在怀里，在床上侧了下身，抱着暮晚摇，一起侧躺下来。二人面对面看着。

暮晚摇稀奇他竟然把她拉下来了，她弯眸。

言尚轻声："殿下，我能亲一亲你吗？"

暮晚摇茫然："什么意思？我不就在亲你吗？"

言尚："是我想亲一亲你，不是你亲一亲我。"

床帐还没拉下，他和她一起躺在床上，狭小的空间，却好似生了很多暖意，多了很多大胆。

言尚大胆道："你能不能让我主动一回？让我好好亲一下？下次……下次还让你来，好不好？"

暮晚摇支吾。她有些纠结地皱眉。她不是反感言尚，她是怕自己……怕她忍不住露出不好的表情来，打击到他。她怕他的主动会让她回忆起不好的事情来……她不忍心言尚因为这种可笑的原因受伤。暮晚摇有些难堪，只能含糊道："我主动不好吗？我这次拖长时间，让你满足，不好吗？"

言尚摇头，说："我也想主动。"

暮晚摇："你以前又不是没有过呀。"他们第一次躺床上的时候，不就是他主动亲的吗？那晚在城楼上看雪时，不是他主动的吗？

言尚脸红得不行，却道："不一样……那时候我又不懂。"他执拗道，"你让我来一次，好不好？"

哎，他连这种事都要跟她温声细语地商量着来……暮晚摇半晌，纠结道："你亲得又不好。"

言尚竟有点不悦。

他忍耐道："那是以前……我现在已经、已经……这么多次了。我已经学会了。不会难受的，摇摇。你让我来一次吧，就一次。"他都开始稀里糊涂地叫她"摇摇"了。听他那轻柔低醇的声音喊她"摇摇"，暮晚摇其实有点心软，有点想点头了。言尚平时不知道怎么回事，一直喊她"殿下""殿下"，生生把两人在外人面前的关系推得很远。他偶尔叫一声"摇摇"，才让暮晚摇喜欢不得了。暮晚摇其实已经决定忍耐自己的表情，逼迫自己绝不想起从前,要让言尚享受一次。但是她还是有点逗他的:"你叫我一声'摇摇姐姐',我就让你来。"

言尚声音温软轻柔:"摇摇姐姐。"

暮晚摇呆住了。她的心刹那沦陷,又不可置信,不相信言尚这么容易屈服。他平时根本不会……然而这次轮不到她乱想了。他撑着身子,微微伏起来一点,俯身来亲她。由他主动,由他导向。

暮晚摇很紧张,手攥紧身下褥子,怕自己忍不住会推他。怕自己不如之前那两次那般动情,会让言尚受打击……然而他的唇挨上她时,心上好像有雪轻轻落下。暮晚摇一怔,紧紧攥着身下褥子的手,一点点地松开了。她闭上了眼,任由他的吻如甘泉雨露一般降下来。她像是被春风包容,被清雪搂住。唇角一点点麻,心尖一点点软。心头深处的雾霾在散去,冰山轰然向下埋落,深陷。那冰山一点点在融,春天越来越近……她感觉得分外清楚。

暮晚摇发间的步摇、簪子落下,长发铺散开来,落在言尚手上。修长的郎君手上,一捧便是秀丽的浓黑瀑布。

言尚轻声:"殿下在哭吗?我不好吗?"

暮晚摇摇头,她闭着眼,睫毛有没有湿她已经不知道。她搂住他的脖颈,让他抱住她。言尚虚虚搂着她,看她眼角一派绯红,闭着的睫毛上因水而缠交。这个美人,躺在他怀里,太媚了。白色如雪的肌肤上泛了粉红色,唇瓣轻咬,眼尾勾着,露出一点光。她羽睫颤颤,艳光四射。

含着欲,她像罂粟。不含欲,她是纯美的芍药。她像芍药一般,其实已经有些枯了,可是他感觉他好像亲一亲她,她又重新在开花一样……他真的能让她开花吗?言尚望着她出神时,暮晚摇悄悄睁开一只眼,看着他。她眼里露出调皮的神色,看也不看,手臂伸来。衣衫已经因为二人的胡闹有点凌乱,她伸出手臂时,衣袖就轻轻滑落,露出玉色一样泛着柔光的雪臂。

言尚以为她伸手是要讨抱,便弯身要去抱她。谁知她的手揽在他的颈后,向上轻轻一扯,就把他的发带扯掉了。他长发顺着肩滑落,几绺落在她脸上。暮晚摇埋在他臂上笑起来,调皮得像只小狐狸。

言尚哑声:"淘气。"他顿一顿,忍着不适,道,"我亲好了,可以补偿你了。你要什么?"

暮晚摇奇怪看他,他真的傻透了吗?她说:"我就想得到你呀。"

言尚愣一下,然后诚心道:"那我祝你能够得到我。"

暮晚摇:"……"

言尚撑着身子半天,身子晃了晃,他向下躺卧,与她对视。他有点迷糊,眼角还带着一丝欲,口上却轻喃:"我……能在这里过夜吗?"

暮晚摇不语,心想我不是默认了吗,到底在问什么?

暮晚摇不回答,言尚却显然撑不住了。他闭上了眼,含糊道:"我……我有点难受。"

暮晚摇:"……你难受不是正常的吗?你倒是……不对。"她看他的眼睛都闭上了,脸红成这样,他人却躺在旁边,都不能像刚才一样撑着身子了……暮晚摇连忙爬起来,跪在他身边,拍他的脸,"言尚,言尚?你怎么了?"她摸他的脸,他脸的温度高得让她吓了一大跳。暮晚摇推他,他却连眼睛都睁不开了,好似昏了过去。暮晚摇被吓呆了,这下是真的慌得想哭了:"言尚、言尚……怎么回事呀?怎么突然这样了?你是有什么不治之症没告诉我吗?"

丹阳公主府深更半夜时候,偷偷摸摸请了侍御医来。侍御医看到丹阳公主神色怏怏,脸色苍白,好似还有哭过的痕迹,不敢多看,连忙去为病人诊断。暮晚摇焦心地站在侍御医身后,慌得难受。侍御医回过头,奇怪地看了暮晚摇一眼。

暮晚摇一凛。她紧张地握着自己的手,脸上却绷着,十分冷漠:"他怎么了?你说实话吧。我受得住。"她心想若是言尚真得了什么不治之症……她一个公主,难道还救不回来吗?就算把天下名医召过来,也要治好他。

侍御医慢吞吞的、语气有点奇怪的:"郎君这是……若我没诊错,应当只是喝醉酒了。"

暮晚摇:"……?"她张口否认,"胡说,他没有……啊。"她突然闭了嘴。

想起来了。言尚是没有喝酒,但是暮晚摇喝得挺多的。一晚上言尚用膳的时候,暮晚摇闲得无聊,一直在喝酒。她对他抱了半天,最重要的是……他最后和她亲吻了,还亲了很长时间。也许,她嘴里的酒,渡到了他嘴里……

他就,倒了。就那么一点酒而已……真的就只有嘴里那么一点而已啊。

暮晚摇嫌弃地看了眼床上那个一点用没有的少年郎。闹了这么个乌龙,暮晚摇觉得屋里站着的侍女们一个个低着头,都在憋笑。她寒着脸,恼怒道:

"送客！"

侍女夏容小声："要熬醒酒汤吗？"

暮晚摇更怒了："不用！"

夏容道："可是二郎明日不是要去官寺吗，若是他醒不来……官寺派人来问怎么办？"

暮晚摇：……那就丢脸丢得全天下人都知道了。她唇角带一丝恶劣的笑，哼道："那就让大家都看咱们言小二的笑话吧。听说咱们言小二的朋友特别多，是不是哦？"

第五章

言尚递了鱼符腰牌后，进入皇城。他先去了鸿胪寺，然后抱着一沓从鸿胪寺拿来的文书，送去翰林院。因太子负责此次大典，这一次到长安来朝贺的各国事宜都是太子一力负责。秦王殿下觉得自己好似被遗忘了，但他要争取时发现此事太子几个月前就开始操纵，他想抢已经来不及了。秦王在朝上上蹿下跳半天后，领了个翰林院的事务，让翰林院负责记录此次事件。到底能在大典上镶镶边，秦王勉强接受。没看隔壁的晋王，到现在都坐在家里等着小妾生孩子，没什么要紧事务嘛。

没错，半年过去，晋王府上自从春华之后，陆陆续续开始有小妾怀孕。晋王现在最重要的事，竟然成了期盼孩子平安降生。而晋王妃整日行动路线，除了自家府邸就是长安各大寺庙，也是好笑。

针对秦王抢走了翰林院事务的操作，太子不以为意，闲聊时与人笑言："孤吃了肉，总是要给人喝口汤。"自从整治豪强之后，太子在朝堂上的地位走得更稳，和许多世家的关系都和缓了。太子极为看重这一次的各国来朝，亲自一一安排。只为了此事之后，自己在皇帝眼中的地位高些。不过明眼人发现，总和太子在一起的杨家三郎杨嗣，这么关键的时期却不在太子身边。

太子解释："杨三一个表祖母病了，他们一家人去看望了。"只是杨嗣的父亲不能亲自离开长安去看不是血亲的姨母，只能派儿子去了。听说赵祭酒家里的五娘子赵灵妃也吵吵闹闹地跟着一起去了。没有杨嗣在，太子身边风平浪静,让太子身边的诸臣谋士都大松口气,想总算没有人总是不合时宜突然闹出点事来了。

言尚一路从皇城门口到鸿胪寺,再从鸿胪寺到翰林院,都有认识的朋友不断跟他打招呼——

"素臣,听闻你因为喝酒请了两天假,是真的吗? 你这酒量太不行了吧。新婚夜你岂不是要丢新娘子一个人了? 哈哈。"

"言二,听说你因喝酒误事了? 你们上峰有没有罚你? 不要紧吧? 不过你现在到底是听中书省的命令还是听鸿胪寺的啊?"

"二郎,听说你病倒了? 我正说去你家看你呢,你怎么就出来了? 生了大病,怎么不好好休息?"

"听说你得不治之症了?"

传言从喝酒传成了不治之症,越来越离谱。恐怕言尚再多请两天假,就该传他不治身亡了。言尚一路走过去,一路跟人解释自己只是不小心吃了两口酒,现在酒醒了,已经没事了。

众人心有戚戚。

言尚解释得很累,越来越言简意赅:"只是喝酒,只请了一天假。没有误事,也没有不治之症。"

奈何他朋友太多,他请假的那一日就有不少人登门看他,现在他回来了,问候他的人更多。不少人都是准备去探病,还没来得及探,言二郎的病就好了。言尚很无奈,心想这都怪公主殿下。他醉了后本来第二天中午就好了,暮晚摇非让他的仆从去四处宣扬他喝醉了、要请假。长安诸人都性情豪爽,没有不能喝酒的。认识言尚的朋友们虽然知道他不喝酒,但也没想过连醉个酒都能请假,所以一个个忧心忡忡来探望。而朋友们回去后再一宣传……好嘛,现在大家都知道了。

顶着寒风,言尚快步而行,他眼睛看到了翰林院的府门,心中微微振作。想进去了就不冷了。只是刚进了翰林院的院门,他站在道上,隔着数列槐树,看到翰林院正堂廊下,站着四五个内宦。皇城中这些官署,经常会用到内宦来传递消息和文书,内宦出现在翰林院并不特殊。让言尚在院门口就停下脚步的,是因为那四五个内宦中,他一眼看到了刘文吉。

两个月不见,刘文吉整个人瘦了一大半,立在风口,脸色苍白,脸颊瘦冷。整个人瘦得脱了形,昔日美少年的风采,在他身上去了一半。去势到底给他带来了很多影响。

那些站在廊下、吹着冷风的内宦,是宦者中品级最低、用来打杂跑腿的。刘文吉站在那几个人中,和旁人的佝偻畏缩不同,他脊背挺直,站得分外端正。然而到底是一内宦,进出正堂门的官员们,没有一个正眼看这些内宦一眼。

言尚抱着文书,隔着槐树,静静看了半晌。他掩去自己心中的不忍,冷静思考,觉得其实以刘文吉现在的品级,侍奉翰林院这种差事,他都不应该是讨得到的,想来是使了些钱财吧。

言尚垂目,有心想借刘文吉一些钱财,但是想到他自己刚把钱捐给永寿寺,整日都在靠着丹阳公主混吃……何况一个官员,和一个内宦走得近了,对彼此都不是好事。皇帝对内宦管得还是很严格的。

言尚立了半天,只能当作没有见过刘文吉。他也不忍心从正堂进去和刘文吉打照面,既是无法相认,何必刺激刘文吉呢?刘文吉昔日那般心高气傲,二人如今一人为宦立在廊下吹风,一人能自由出入此间,这对比实在让人难受。言尚便绕了一个大弯,从正堂后面的小偏门进去。

他进去后,隔着帘子,仍能隐约看到内宦立在廊下的萧肃背影。言尚将自己带来的文书交给一翰林学士,对方连连点头,问了些问题,直接道:"鸿胪寺有些东西整理得比较杂,我等看不太懂,你专程留下,帮我们解疑抄录吧。"

言尚答:"是。"他跟着那位学士进一间屋子,一眼扫去,见屋子里的人都坐在案前抄录文书,有进出的官员,也来去匆匆。

言尚问自己跟随的学士:"看诸位这般忙碌,可是人手不够?"

翰林学士叫苦:"人手哪有够的时候?"

言尚:"今年轮上大典,赶上年底最忙的时候。大部分官寺没那么忙,翰林院可以借人来用。"他说了句废话。

翰林学士随口答:"这是自然的。只是这事没有油水,不像鸿胪寺直接和各小国使臣接触……有门路的都去鸿胪寺了,谁愿意来翰林院只是抄抄书?"

言尚微微笑,道:"日后载入史册,翰林院总是有名的。"

领路的翰林学士更敷衍了:"只有几个人能有名罢了,大部分人都在那个人名后的'等'字里。"

言尚叹道:"尔等也是如此不易。我帮不上太多忙,只是我认识些太学生,他们虽没有品级,识字却是大体不差的。不知可否请他们来帮忙?"

翰林学士若有所思:"未尝不可啊。"他已经坐在案前,挽袖准备写字时,抬头终于认真地看了一眼言尚,突然问,"你可是言素臣?"

言尚一怔:"怎么,我喝酒误事的事已经传到翰林院了吗?"

翰林学士很茫然:"什么喝酒误事?"

言尚微尴尬,连忙摇头说只是一些不入流的传闻。他好奇对方怎么认识自己,翰林学士笑道:"郎君还未为官时,那箭杀郑氏家主一事,可是传遍长安。长安谁人不识君啊?"

言尚面红:"惭愧。"

翰林学士上下打量他:"而你为官后嘛……认识你更容易了。你可知你'貌美好风仪'的评价,都快被传遍官场了吗?"

言尚:"……怎会如此?"

翰林学士:"怪就怪咱们长安人都喜欢豪爽之士,少见你这种谦逊温润风格吧。一时见到,觉得稀奇,都在赌你什么时候被我等同化。"

言尚一时又茫然又无奈,只好再次说惭愧。而这不过是一些闲谈,言尚和这位官员说这么多话的目的,当然不是把话题引到自己身上。言尚慢慢地引导着这位翰林学士,到两人都开始称兄道弟了,言尚坐在一案前,挽袖提腕写字时,才随口一般说出自己的真正目的:"既然人手不够,此时一时没人来,不如问问外面站着的几个内宦,也许他们中有人能写一笔好字,过来帮帮忙呢?"

翰林学士闻言,鄙视道:"一群去了根、谄媚惑主的玩意儿,他们懂什么。"

言尚微默。这就是正统士人对内宦的真正看法。他温和劝道:"能用者都是人才,和出身有什么关系呢?而且现在不是人手不够吗?兄长难道为了好名声,打算在这里熬一整日吗?兄长不是方才还与我说,你昨夜回家晚了,家中嫂嫂给你白眼吗?难道今天还想如此?"

这翰林学士耻于和宦官同伍,言尚说什么都是人才、他不以为意,但是言尚拿他家中夫人来劝,翰林学士就迟疑了。看到对方有些意动,言尚便不再多劝了。他深谙这些读书人一个个自视甚高的脾气,尤其是供奉翰林院的,各个眼高于顶。话说得差不多就行了,说得太多了,对方反而不肯。

言尚说完那句,就开始专心抄自己手边的文书。余光看到坐在旁边的那位翰林学士安静地写了不到一炷香时间,就骂了一句长安方言中骂牲畜的话,起身出去了。

言尚微微一笑,继续写自己的。

翰林学士问那几个内宦中可有识字的,有两个站了出来。他淡着脸让这两人进屋,让他们各自写了一笔字,看到其中一人的字,目中那种轻鄙色淡去了。他看向刘文吉:"你这手字……可是读过书的?"

刘文吉低声:"读了近二十年书,一朝家道中落,才进宫的。"

翰林学士那种轻鄙色彻底消去,生了同情心。读了二十年书,再加上这个内宦的相貌……当本可以入朝为官的。他叹口气,说:"你留在正堂帮写文书吧。在各国使臣离开长安前,翰林院一直缺人手,你可愿来帮忙?这里事务,比起内务府,应当还是清闲些的。"

刘文吉一愣。他自进了宫,到处看到的都是鄙视嫌恶的目光,宫中又四处捧高踩低,练得他一颗心越来越冷漠。他好不容易托了关系来翰林院……没想到真的有用。供奉翰林院,可比在内务府打杂强多了!他二话不多,俯身便拜。

翰林学士叹口气,把要抄的文书交代一通,让他留在正堂抄着,自己就转身进内舍了。

刘文吉知道自己不可能进内舍去和那些官员在一起,能待在正堂,不用在外面吹冷风,他已经很感激了。搓搓手,刘文吉看眼自己手上的冻疮,咬牙忍着,跪在长案前提笔开始写字。

刘文吉一上午被留在这里抄文书,他有些紧张,怕自己做错事受罚。进宫一个多月,他已经知道这些正统文人士人有多瞧不起内宦。他们视内宦为贼,简直看都不想看一眼。刘文吉安安静静地缩在角落里抄书,进出的官员有看到他的,刚要生怒,有小厮在官员耳边说句什么,这官员就忍了下去,进内舍了。他们当刘文吉不存在,刘文吉也松了口气。

渐渐地,翰林院的人多了,很多人抄书抄得累了,从内舍出来,站在堂上喝茶聊天。刘文吉一边抄书,一边竖起耳朵听他们在聊什么——

一年轻官员道:"之前整治豪强那事,我家中祖父实在胆小怕事,家里依附的豪强都被我祖父自己给去了。结果事后发现旁家还有豪强依附,远比

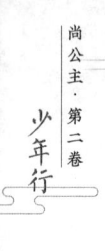

我家势大,把我祖父气得日日在家中骂。"

另一人鄙视看他:"所以你家祖父就跑去太子面前告状,要整治更严?你家情形不好,就要拉所有人下水啊。"

先前的官员哼道:"大家都有豪强依附,凭什么只我家倒霉?大家一起倒霉,才比较好啊。"

另一人加入话题:"唉,世道艰难,世家难混啊。自从李家……嗯,大家一个个缩着脖子过日子,战战兢兢。太子殿下这一手,真让人惶恐。王兄,你与太子走得近些,可否打听一下,太子是不是如陛下一般,不怎么喜欢世家啊?"

那被叫王兄的连忙道:"这话却错了,太子殿下可不是那种人。你们放心吧,都过去几个月了,太子不是只动了豪强,没动世家吗?陛下不喜欢世家,太子却知道这治国啊,还得靠咱们世家。"

众说纷纭,都是围着之前整治豪强的事,大体意思是世家们现在一个个审时度势,都在判断局势。当年皇帝大刀阔斧,宁可没了国母也要把李氏赶回金陵,已让这些想联手共压皇权的世家战栗。世家们刚缓了几年缓过来了,太子这整治豪强的手段一出,便再次让世家们不安,纷纷打探。整治豪强开始的时候,谁也没想到会对世家造成影响。现在世家们开始不安,太子觉得过了,又开始陆续安抚世家。

刘文吉听着他们聊这些,心中生起一种古怪的念头。他们讨论的这些事,和他一点关系都没有……然而这些最开始是由他和春华的牺牲开始的。如果没有春华的牺牲,局势都不会到今天这一步。不会有除豪强这事,不会有世家的不安和茫然,也不会有这些官员四处问路,打听陛下和太子的意向。

牵一发,动全身。刘文吉若有所思,心想原来这就是政治啊。明明最开始、最不起眼的一个小人物、小事件,却引起了整个局势的变化。而他问都不用问,就知道这里面牵扯到的九成人,根本不知道春华是谁,刘文吉又是谁。政治啊……这种残酷的美,难怪让人趋之若鹜。手中有权,方可为所欲为。

刘文吉这般想着时,有新的内宦过来,说是为各位郎君准备了午膳。便见之前让刘文吉待在这里抄书的翰林学士掀开内舍帘子出来,随口说道:"多准备一份。言素臣今日中午在这里用膳。"

那来问午膳的内宦弯着腰说是,坐在角落里抄书的刘文吉一愣,手中笔快被捏断——

素臣？素臣怎么在这里？素臣在这里，自己却没见过？

刘文吉只是这么一想，基于他十几年来对言尚为人处世的了解，他心中渐有一个猜测。于是趁那个叫他抄书的翰林学士转身就要重新进内舍时，刘文吉起身，匆匆忙忙捧着自己抄好的文书去让他过目。

那翰林学士翻看着册子，点头："不错。"

刘文吉趁机问："郎君方才说的言素臣，可是如今的中书省主事言二郎？"

翰林学士看过来，目光微邃，刘文吉解释："奴是去中书省送炭的时候，听他们说过有一位'貌美好风仪'的言二郎。"

翰林学士笑了，说："嗯，不错。确实是'貌美好风仪'。"

刘文吉道："奴守在这里一上午，却好似并未见过那个郎君，实在遗憾。"

翰林学士继续低头看手中抄好的文书，漫不经心："唔，你若有心，是该感谢他。是他建议让内宦中识字的来抄书。"

刘文吉心想果然。他面上诧异："那位郎君可真是好人。"

翰林学士看他一眼，没有试探出什么来，便只是笑了一下，转身进内舍去了。而刘文吉看到翰林学士那个意味深长的笑才一凛，原来对方方才那无所谓的话，都在试探他……这些官员，没有一个是傻子。各个都难对付啊。幸好刘文吉性情今非昔比，他回忆自己的话，觉得自己并未露出什么和言尚交好的痕迹，这才放下心。

刘文吉思考许久后，出去后和自己的同伴商量，今日给翰林院内舍的炭火多加一倍。言尚在此，刘文吉知道这是他在长安度过的第一年冬天，必然怕冷至极，不适应至极。多些炭火，正好照应一下言尚。

原本那位翰林学士走后，刘文吉想过自己为了防止对方猜测，不如什么也不做。但他转而想到如果什么也不做，反而坐实了他心虚，坐实了他认识言尚……不如就将言尚看成是一个好心照应他的官员，自己适当用炭火回报便是。多余的不用多做。那位翰林学士不会无聊地跑去查言尚是不是认识一个内宦。

将这些一一想清楚，刘文吉重新坐回去抄文书了。笔下沙沙，他心沉心静，开始学会和这些人过招了。

傍晚时分，暮晚摇从宫中出来，分外愉快。这一次的进宫，她彻底打败了娴妃，将大典宫宴操办之事稳稳地抢到了自己手中。此时坐在马车中，暮晚摇便翻看着来朝的各国情况，心中计算着给他们安排的座位是否得当。嗯，宫中的安排要和宫外太子的布置相互照应才是。

暮晚摇在来朝小国的名单中没有看到乌蛮，不可否认，她微微松了口气。接待乌蛮使臣，毕竟很别扭。乌蛮不来，是最好的……暮晚摇心中暗暗祈祷，就让南蛮的乱战继续持续下去吧，让乌蛮分身乏术，让那个人根本抽不开身。乌蛮的局势是很复杂的，本来就不可能轻易解决。暮晚摇坐在车中想这些事，感觉到马车停了下来，知道是出了宫城。一会儿，马车再走起来，暮晚摇忽然心中一动，问外面人："可是到皇城了？"

外头骑在马上、穿着圆领缺胯袍的侍女正是夏容，回答公主道："是，已经到了皇城，马上便能出皇城门了。"

暮晚摇道："马车停下，你进来。"

夏容不解，却还是让马车停下，自己钻进了车中。暮晚摇打量着一身男儿窄袖衣着的侍女，若有所思："言尚这时候应该在鸿胪寺吧。"

夏容努力跟上公主的想法："论理应当是的。"

暮晚摇目中浮起兴致来："我还从未去过鸿胪寺，想去看看他是如何办公的。"

夏容微惊，连忙道："殿下，不可如此！若是被人认出来了怎么办？"

暮晚摇瞥她，道："现在这个时辰，大官们应该都回去了，还在鸿胪寺忙的，应该只有一些八九品小官。这种小官，不太可能认识我。"

夏容急哭了："以防万一……"

暮晚摇微笑看她："以防万一，你和我换一下衣服，我扮作你的样子，去鸿胪寺走一趟。"

夏容惊呆了："啊？"

夏容委委屈屈地被扔在马车上，公主逼迫她换上那华美繁复的衣裳。夏容全程惊恐，哪里敢穿公主的衣服。到最后，夏容委屈地散发坐在车中，被迫穿着公主那裙帔层叠的高腰长裙。鲜艳裙裾铺在车内茵褥上，流金光华如夕阳般铺在裙畔上，光辉流动，璀璨无比。

夏容不用梳发，只在公主穿上轻便的男儿装跳下马车后，手扒在车门边缘，含泪："殿下，你可要快些回来，不要丢下奴婢不管呀。"

暮晚摇一身周正的男儿缺胯袍，正低头整理领子，闻言回头，对她肆意一笑。她扮成这样，眉目清丽，唇红齿白，真是俊俏可亲。她笑盈盈："你们且回去吧，不必等我。"说罢，暮晚摇手背后，施施然向鸿胪寺走去了。

暮晚摇有夏容的腰牌，她随口编了个理由，说宫中有事吩咐下来，就进了鸿胪寺。领路的小吏先将暮晚摇引进寺中，再喊了一个年轻小官来，问这位侍女到底是有什么事？暮晚摇背着手，看着他们，丝毫不露怯："我是言二郎家中的侍女，我家……郎君，可在？"说到"郎君"，她脸微微红透。

那年轻小官问："娘子说的可是言二言素臣？"

暮晚摇一听，目光轻轻亮起。她压下自己心中雀跃，矜持地点头。她心中想到言尚看到自己这副打扮来看他，必然大吃一惊，被她吓到。想到他会被吓到，她就露出揶揄的笑来。

那小官却道："娘子来得不巧，言二郎下午陪一国小使去射箭了，还没回来。"

暮晚摇略失望，却道："那我等等他吧。"

说罢，她就毫不以为意地大方进了鸿胪寺正堂，根本没有一个身为侍女该有的样子。那小官目瞪口呆，看她这么随意就进去了，自己想拦都没来得及……小官摇摇头，心想言素臣为人谦逊，家中侍女怎么气势这么大的？

言尚好不容易处理好了自己那边的事，回鸿胪寺来歇一歇。整理好今日事务后，他就能离开鸿胪寺，出皇城回府了。言尚坐在内舍，正在翻找伤药。一个小官进来，看到他回来了，说："二郎在找什么？"

言尚："一些治伤的药。"

小官诧异："你受伤了？"

言尚笑一下："一些小伤，不要紧。"

小官同情地看他一眼，知道伺候那些使臣很不容易。小官坐回自己的座位，忽然想到一事："对了，你家中侍女来找你，好大的气势。"

言尚抬头："啊？"什么家中侍女？

那小官揶揄地看他："真的是你家中侍女？我怎么看着，比主母还有气势？是不是你暗通款曲，和自己家侍女有了什么苟且，却未曾告诉我们啊？"

言尚:"……啊?"

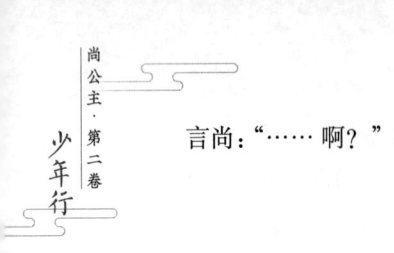

第六章

言尚不明所以,哪来的侍女找自己?因为通常府上有事找他的都是云书,他只给了云书腰牌,可以在皇城门口提交腰牌、被人领着来官寺找他。怎么会有一个侍女来?府上出了什么事?云书病了?不过应该不是什么急事吧。因为这个传话的官员都是随口一说……看着不像着急的样子。言尚已经找出了一瓶药粉,坐下来打算给自己上完药再去见人,他笑着摇头回答年轻官员揶揄的目光:"王兄不要开玩笑了。"

年轻官员啧啧:"你这个人,可真没劲。"他却仍不满足,一边收拾自己案头的书稿准备离开鸿胪寺回家,一边仍试探,"真的不是你相好的?那侍女看着很漂亮啊。"

言尚一点点拉开自己的衣领看里面的伤,随口叹道:"本来也没多少不好看的侍女吧。"暮晚摇他府上派去的侍女各个年轻貌美。这世间的贵族用侍女都喜欢用美人,言尚跟着暮晚摇,已经见识得很习惯了。

那官员道:"那可不是一般的好看。很妩媚招人那种。"

言尚没理会。

那官员继续回味:"你那侍女还很凶。我就路过看了她一眼,她的眼睛就跟刀子似的戳过来了,把我吓一跳,都没敢问她怎么敢出现在那里。等我走了才回味过来,不过是一个侍女,我怕什么呢?怎么当时就被吓跑了?"

言尚一怔,睫毛轻轻动了下,他手中药瓶只是刚刚打开,却还没上药,就先听到了官员的话。气势凶的侍女,他府上没有。气势凶的女郎……他恰恰认识一个。心口跳得微急,虽觉得不可能,但那一丝可能仍让人心动。言尚漆黑玉润的眼睛盯着对方,而看到言尚对自己的话有兴趣,年轻官员也有些高兴。

言尚:"她长什么样?"

年轻官员回忆道:"那一双眼睛,跟猫眼似的,圆圆的,瞪着人跟要吃了人似的。但那么漂亮的'眼儿媚',就算瞪人也很好看呀……"

"哗——"年轻官员诧异看去,见气度极好的言二郎竟一下子站了起来,弄倒了他旁边书案上的书籍卷轴。卷帙倒了一地,言尚却来不及收拾。年轻官员看过去的这一眼,发现言尚脸都一下子红了。言尚看上去又茫然又无措,药也来不及上了。匆匆系上腰带,言尚脸红得不行,对那个奇怪看着他的官员道:"我、我、我去看看——"说完,言尚就出门了,徒留年轻官员很疑惑,摇摇头不多想了。

鸿胪寺的典客署正堂,暮晚摇正立在一古物架前,仰头欣赏着鸿胪寺收藏的各种珍奇宝物。大多是各国使臣送的,分外有趣,具有各国特色,例如:玻璃器皿、高三尺余的玛瑙灯树、鸵鸟卵杯、宝玉酒瓶……许多物件宫中都有,鸿胪寺这边留着的都是一些有瑕疵、不好送人的。但是有瑕疵才是特色,起码暮晚摇就看得很心动。暮晚摇偏头,认真地看着古物架,心中已经琢磨着明日要派人找鸿胪寺卿一趟,让鸿胪寺卿送她一些自己今天看中的宝物……

暮晚摇是在正堂无聊地等人时津津有味欣赏这些宝物,而在进进出出的官员们眼中,暮晚摇也是一道奇特的风景。如暮晚摇所料,这个时辰还在鸿胪寺的都是一些不入品的小官小吏。他们不认识丹阳公主,便真以为是言二郎家中的侍女来了,只是觉得这侍女好大架子,伫立在他们正堂欣赏古物架上的东西……这目中无人的风范,太不像侍女了。然而很漂亮。对漂亮的娘子,郎君们总是多一些怜爱心,不忍苛责。所以暮晚摇大咧咧地在这里等了小半个时辰,硬是没有一个官员来赶她出去等。但有一心怜爱貌美小娘子的,自然也有心粗的郎君。暮晚摇好端端地站着,一个官员从外面抱着一沓书进来,不由分说,就把满怀的书塞到了暮晚摇怀里。

暮晚摇愕然:"……"冷不丁被塞一怀东西,她还没看,因为怀抱太小,还有书掉出去。暮晚摇瞪圆眼,就见那个塞书给她的看也不看就要走了,嘱咐已经下来:"这是明天要用到的文书,你送去司仪署韩掌客那里,让他找十五人把文书译了,连夜背下来……"

什么?什么韩掌客?什么司仪署?那个把书扔给她一怀的官员眼看就要走了,暮晚摇厉喝一声:"站住!"

那官员被一声喝弄得背一僵,回过头来,刚想斥责一个侍女怎么敢吼自己,就见那个吼自己的小娘子沉着脸向他走了过来。

"砰——"暮晚摇把那人丢到自己怀里的书原封不动地塞了回去,在对方茫然的注视下,暮晚摇冷冰冰道:"自己的事自己做,我是你们鸿胪寺的人吗,就把活儿分给我?出了事算是谁的责任?自己的分内事就不要推托!你急着回府,我不急吗?"

官员盯着这个穿着男子缺胯袍的侍女,心想你一个侍女你急什么?这个侍女还训他:"朝廷给你们发俸禄就是让你们这么工作的吗?麻烦别人算什么本事?自己拿着书去找人!司仪署离典客署不过几步距离都懒得去,你的官威好大啊!"

暮晚摇训人时,来往进出的其他官员都看到了,他们停下步,窃窃私语,关注这事。

被训的官员被人围观,还被一个小丫头训,他满面涨红,又哭笑不得,想要拉下脸骂人,但偏偏被侍女的气势给稳稳压住。他好几次想张口说话,都被那侍女噼里啪啦的话堵了回来。官员:"我……"

暮晚摇:"你什么你?你还有理呢?你认识我吗你就把文书给我?万一我是敌国细作呢?你就这么相信我?你平时到底怎么办差的?你眼睛睁这么大干什么,不服气?你一个九品小官你不服气什么?"

官员心里大喊:我一个九品小官,不服你这个连品阶都没有的小侍女啊!但是被暮晚摇训得面红耳赤,周围还有同僚们看热闹,还有人忍不住扑哧笑出声,他被弄得更加难堪。这个官员只好道:"是我错了,我不该把活儿分给你,我该自己去做。不过你是谁家侍女,这般大胆?"

暮晚摇:"……"这才想起自己的人设。她咳嗽一声,略微心虚。不想给言尚身上找麻烦,她寒着脸高声:"问我是谁家侍女干什么?想找我家郎君告状吗?你这人怎么一点担当都没有,这点小事都要告状?"

官员哭笑不得,又看着她笑:"不敢不敢。小娘子伶牙俐齿,我哪里敢跟你家郎君告状。我是想请你家郎君把你给了我,这般能说会道的小侍女,我正需要日日聆听你的教诲,才能不走错路哇……"

他眼睛看着她。暮晚摇心里一咯噔。她太懂男人表示喜欢的眼神了。这种似笑非笑的眼神,分明就是对她起了兴趣……暮晚摇脸微僵。而正在这时,言尚终于喘着气跑到了这正堂门口,并且将暮晚摇训那官员、那官员笑着回复的一幕看得清清楚楚。言尚看到那侍女的背影,听到那侍女的声音,他一颗心又惊又喜,又骇然。言尚:"……摇摇!"

暮晚摇趾高气扬后正僵持着呢，听到身后传来熟悉的温润男声。她回头，看到站在门口的言尚，一下子松口气，又露出乖巧而心虚的笑脸。言尚与她对视一眼，心中难说是什么感受。他平静自己的心绪，打算先解决暮晚摇给他惹下的这个烂摊子再说。他步入正堂，那被暮晚摇训了的官员讶然看他。而看到小侍女的主人是言尚，这个官员禁不住笑了，既觉得侍女脾气大，主子脾气好，这配置很有趣；又觉得言尚这般脾气好，管他要一个侍女很容易。

言尚过来，沉着脸看暮晚摇："……你怎么跑这里来了？"

暮晚摇低头，乖乖道："人家想你嘛。"她娇娇地歪头，向他瞥过来流波般漾着光的一眼，言尚的脸变得几分滚烫。他僵硬着，有些不适应这么多人看着，她竟敢当众这么偷偷摸摸地用眼波调戏他，然而他有什么法子？言尚只好红着脸站了出来，将她拉到身后，微斥一声："不要淘气了。"言尚拱手向那官员赧然道，"方才是我家中侍女调皮，兄长不要跟她计较，我回头会罚她的。"

官员哈哈一笑，说："不用不用。你这小侍女很有趣，我和她一见如故，你能不能送我啊？"

言尚一下子回头看自己身后的暮晚摇，暮晚摇也被吓了一跳，连忙摆手："没有一见如故！我没有！"

言尚小小地瞪了她一眼，回头对那官员微笑着解释："她平时被我惯坏了，什么话都敢说，恐怕兄长生了什么误会，我代她道歉便是。不过我十分……喜爱她，送却是不能送的。"他说"喜爱"时，语气停顿了一下，便感觉自己的后腰被暮晚摇伸指轻轻戳了下，戳得他腰骨一下子酥了。但是正堂还有这么多官员都在看热闹，言尚完全不敢表现出一点不对劲来，都不敢拉住她的手让她不要乱动。因暮晚摇在后面偷偷戳他，其他人看不到，而他要是敢动手拉她，所有人都看得到。她真是……太坏了。

看言尚不肯送人，那官员很遗憾，问："我花钱买她的卖身契不行吗？多少钱，我出几倍都可以啊？"

言尚硬着头皮："兄长见谅。"

那官员叹口气，只好接受了。他遗憾地还想再看一眼暮晚摇，暮晚摇却被言尚挡在身后，他一眼都不得见。官员走后，其他人没有热闹看了，自然零零散散地走了。言尚这才一把抓住暮晚摇的手，带着她快步离开这里。夕阳下，二人的身影从光影斑驳的窗下廊口走过，背影拉出长线。言尚紧紧拽

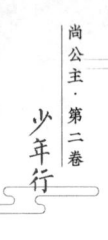

住她的手,她柔软细腻的小手被他握住,言尚再次感到心中七上八下的迷惘和欢喜。他一颗波澜不起的铁石心被她这么反反复复地握在掌心折腾,已然受不住了。

回到言尚所办公的厢房,见房中没有人,言尚才放心关上门。言尚回头看暮晚摇,他让自己沉着脸:"你太过分了!"然而他一转过身,暮晚摇就如鱼儿一般溜入了他怀中,依偎着他,搂着他的脖颈了。身后是门,他无路可退,便推了她一把,暮晚摇笑盈盈抬起脸。他虽然努力沉下脸,可他真的从不生气,便是故意想做出生气的样子,都有点气势不足。暮晚摇见他这样,只觉得他可爱,一点不怕他。她抬头就在他下巴上亲一下,笑嘻嘻地说:"我想你了嘛。"

她这么娇滴滴一句话后,饶有趣味地挑了下眉,肉眼可见,她的言二哥哥迅速脸红了。他根本生不起气来。言尚发现自己的面皮薄被暮晚摇给利用了,他向她觑来,她便亲亲热热地搂着他,又是一个劲儿地喊着"言二哥哥"。左一声"哥哥",右一声"哥哥",言尚的魂都要被她叫酥了。他本就没有很生气,这下非但气不起来,一颗心更是怦怦直跳。他无奈地小声说:"你别这样。我受不了这个。"

暮晚摇仰头,眼中流着光,撒娇道:"我来看你,你高不高兴呀?"

言尚看她:"原来你是来看我的。我一眼不见,就看到你调戏旁的男子了。"

暮晚摇尴尬了,脸也红了:"那是意外……他被我骂了还喜欢我,我魅力这般大,有什么法子?"

言尚顿了片刻,低声:"你是在影射我吗?"

暮晚摇偏头,看言尚垂着眼,浓长睫毛如帘子一般覆在他眼睛上。他轻声:"我就经常被你骂呀。"顿一下,他略有点怨,"我也喜欢你。"

暮晚摇便红了腮,小声道:"那怎么能一样。"

言尚:"哪里不一样?"

暮晚摇:"我喜欢你呀。"

言尚抬目向她看来,二人一对视,他终是撑不住,也不气恼她在正堂乱撩人了。他说一声"以后不要这样",就不打算再计较了。他被她搂着脖颈,站在木门前,眉目间带了丝笑。他温温和和的样子,让本想逗他的暮晚摇跟着心跳快了。她小声:"你头还疼吗? 酒醒了吗?"

言尚一窘。因为接个吻而醉倒的人,他估计自己也是头一份了。言尚说:"多谢殿下关心,我已经好了。"他停顿一下,说,"殿下以后能不能不要喝酒了?"

暮晚摇瞥他,戏谑:"怎么,怕你下次继续倒在我床上,人事不省?"

言尚说:"喝酒本就不好。"

暮晚摇呵一声。

言尚:"那在我和酒之间,殿下选哪个?"

暮晚摇斜眼看他,她说:"你说呢?"

言尚:"是选酒对吧? 你根本不会选我。"他说,"我都不如酒在你心中的地位高。我还敢奢求别的吗?"

暮晚摇不耐烦:"别抱怨了。人家好好来看你一次,你板着脸抱怨什么劲儿啊? 就不能高兴一点,做出惊喜的样子来,乖乖地让我亲一亲抱一抱吗?"

言尚想说"难道我就只能召之即来挥之即去吗",但是他停顿一下,就将话收了回去。同时,他心中一个凛然。如他这种说话从不得罪人的人,方才竟然差点要忍不住抱怨……他几时这般沉不住气? 他不应该是那样脱口而出心里话的人才是。言尚心里七上八下,怀疑自己哪里变了,变得不知是好是坏。他蹙着眉,神色淡淡的,暮晚摇半晌没听到他说话,以为他生气了。她悄悄抬眼看他,见他皱着眉好像在想什么。暮晚摇伸手肘撞了撞他。这一撞正好碰上他的胸膛。言尚当即嘶了一声,身子半僵,向后一下子靠在了门上。

暮晚摇一下子紧张:"怎么了怎么了?"

言尚拉住她的手,对她笑一下:"没事,一点小伤。"

暮晚摇自然不信,他口中什么都是小事。她偏要看看,他也没法子阻拦。就这般靠着门,暮晚摇不让路,言尚只好靠门坐了下去,一点点任由暮晚摇扯开他的衣领。他有点尴尬地偏过头,仍不习惯自己在人前宽衣解带。尤其是这不是在自己房舍中,这是在官寺……他紧张得出了汗,偏过去的脖颈一片通红,而暮晚摇正跨坐在他腿上,低头拉开他的衣领。暮晚摇本只是逗一逗他,但她看到他胸口向下一长道红色痕迹,一下子就火了。暮晚摇厉声:"谁干的?"她当即跳起来一副要出去算账的架势,言尚连忙跟着起来,从后抱住她让她不要走。他衣衫不整，从后抱紧她，气息拂在她脸侧一个劲儿地安抚："没事，没事！不是故意的！只是下午射箭时不小心被鞭子打到，那人不是有意的，还送了伤药给我。"

暮晚摇大怒："射箭就射箭，拿什么鞭子？不行，我也要拿鞭子打回去！"

言尚："不要这样，不要这样。我真的没事……殿下如果打回去，让我如何做人呢？只是一点小伤，没必要上纲上线。"

暮晚摇犹不理会，她努力要挣出言尚的怀抱。看她侧着脸，眉目冰冷的样子，分明就是想去打回来。二人争斗得厉害，言尚实在压不下她的火气。他心中又感动，又没办法，一声"嘶"，做出被她手臂甩到伤口上的样子，向后跌了两步。果然暮晚摇回过头来看他，见他这样，她紧张道："我碰到你的伤了？我帮你上药吧。"

言尚趁机拽住她手腕，恳求："殿下不要去打人。"

暮晚摇半晌静默，抬头看他一眼，轻声："你总是这样，宁可自己吃点亏，也谁都不得罪。"

言尚静一下，微笑："这样不好吗？"

暮晚摇想了想，说："也没什么不好。我不怕你给我惹麻烦。"但她又想了想，轻声，"可是我会心疼你。你总是一个人咽下所有委屈，谁都不怪……你活得多累啊。这世上，就没有一人让你放下戒心，休息一下，不要总是逼着自己周全所有礼数吗？"

言尚抬目，定定看向她。

暮晚摇轻声："我希望你不要那么累，希望你有真正放松的时候。我脾气这般大，你在我面前还忍什么呢？不能想怎样就怎样吗？反正我左右都是一个脾气，你有时候……真的可以对我发发脾气的。"

他怔愣地看着她，她仰头在他唇间亲了一下，柔声："言尚，放纵点。"她转身要去拿药，言尚一把拽住她的手腕。暮晚摇回头。言尚俯着眼，很认真道："你方才那样，是在撩我，还是真心的？"

暮晚摇调皮眨眼，娇声："你猜呀。"

他放开了她的手腕，看她转身去拿药。而她一颗心，根本猜不透。言尚苦笑着坐下，看着她在书案前忙活的纤细背影，缓缓地，他用袖子盖住了脸。

暮晚摇重新坐在了言尚怀里，低头认真给他上药。二人都是静默的。言尚低头，目光复杂看她，还在想方才她说的让自己可以放纵点的话。暮晚摇则是怕自己弄疼了他，分外小心。夕阳金辉从二人头顶的小窗照入，洒在二人身前的三寸地上。金光蒙蒙一片。上完了药，暮晚摇才真正放下心，又在心中默念，让自己记得接下来几天都关注言尚身上的伤。她记性差，但可不能把这个也忘了。而弄好这些，暮晚摇放下药瓶，才有心情关注其他的。她低头看着他，忽然惊奇："你有腹肌了呀？"

言尚一僵。暮晚摇说完后就上手："我要摸一下。"言尚拽住她的手腕让她不要乱来，暮晚摇才不。她在他腹上一通乱闹，让言尚气息凌乱、整个人靠在门上，仰起脖颈。他面如染霞，出了汗，咬牙："你别这样……你这样，让我觉得我在以色侍人。"

暮晚摇哼笑："迂腐。"

过了许久，言尚像是从水里捞出来的一样。言尚喘着气，抱怨般道："你是不是就喜欢身体强壮的？喜欢雄壮威武的郎君……"

暮晚摇忍笑，哄他道："言二哥哥什么样子，我就喜欢什么样子。我就喜欢言二哥哥这样的，有一点肌肉就行了……太多了我怕自己被打。"

言尚瞪她一眼："又胡说。"

暮晚摇认真道："没有哇，我真的全看你呀。不过你要是想练武的话，其实可以找杨三郎的。他武功好，以你的本领，肯定能让他高高兴兴地教你练出好身材。"

言尚一下子静了。暮晚摇犹自未觉，听到言尚低声："……你是不是和杨三郎关系真的那么好？"

暮晚摇随口："从小一起长大嘛。"

言尚不说话了。他心中有些烦，想找她要一个保证，但他又觉得自己的烦心太可笑。她的手还搭在他腰腹上乱动，全然不管他有多难受。心中烦躁让言尚有些不顺，他拽住她的手，坚定地想制止她的行为："不要弄了。"他低声，"到底是我办公的地方。我不想这样。"

暮晚摇抬头，发觉他好像有点沮丧。她诧异，不知刚才还好好的，怎么现在他就有点不开心了。她伸手捧他的脸，观察他的神情，他偏过脸不肯被她看。暮晚摇这才急了。以为是自己闹得他真的不舒服了，她心中愧疚半天，补偿说："你也可以碰我嘛。"言尚怔一下。暮晚摇一直盯着他，见他正俯眼向她看来。他脸有些红，眼神不太敢与她对上，他甚至有点结巴："我能、能碰哪里？"

暮晚摇挑下眉，心想这就不沮丧了？她本来不害羞，都被他这目光弄得害羞了。她咬唇，大方道："随便呀。你想碰哪里都可以。"她挺了挺胸，但又觉得好像有点太轻浮。她便小心看言尚，却见言尚垂着眼，根本没有注意到她的小动作。他低着头，自己挣扎半天，抬头看她，小声道："我想碰一碰你的腰。"他目光闪烁，又更加小声，"我从来没碰过。"

暮晚摇："就一个腰而已，你脸红什么？"她咬唇叹笑，"你真是傻死了……我整个人在这里，你就只想碰一碰我的腰吗？"

言尚疑惑："那我还能碰哪里？"

暮晚摇看他这么不懂，她只能倾身，贴着他的耳，在他耳边咬了几个字。就见他方才只是脸红，现在简直是全身爆红。他僵硬地，结巴死了："那、那怎、怎么行！"

暮晚摇望天："我一直觉得挺单调的，想在胸前画一朵芍药。一直没找到好画师呢。"

言尚低着头，半响道："你真的好大胆。"他连想都没想过。

暮晚摇瞥他，扑哧笑道："你这种想象力贫瘠的人懂什么？我就是想画朵花而已，你行吗？看你的样子，就知道你不行。"

言尚半响道："……我会练的。"

暮晚摇："练什么呀？"

言尚望她一眼，笑了一下，有些赧然道："练画画。"

暮晚摇笑着扑入他怀中，被他轻轻地揽住了腰。他的手掌贴在她的腰上，暮晚摇僵了一下才放松。她发现，言尚真的是第一次碰她的腰。他以前总是抱着她的背，知礼地不乱碰其他一点。但是渐渐地，他也是个人，他也有欲啊。暮晚摇埋在他怀中，被他搂着腰，听他在耳边轻声："你的腰好窄啊。细细的，小小的，软软的。"

被喜欢的郎君夸腰，暮晚摇害羞了，却骂他打他："你就只会这么说吗？没文化！"暮晚摇在他耳边轻轻哼了一声，钻入他耳中，发觉言尚一下子僵硬，一把搂紧她。暮晚摇再次叫了一声，这一次是被他箍得痛的。他回神，连忙松开手臂，不抱得那么紧了。但他的手仍搭在她腰上，舍不得移开。言尚："对不起……我没控制住。"

暮晚摇不说话，只埋在他怀里笑。

言尚跟暮晚摇说自己夜里要去北里。

暮晚摇："怎么，我还满足不了你吗？"

言尚轻轻揉一下她的额，笑："殿下又开玩笑。"他说，"是找人。"停顿一下，他似在迟疑该不该把自己要做的事告诉暮晚摇，暮晚摇瞥他一眼，就说自己不关心，他不必说。然而暮晚摇和他待了这么一会儿，显然不舍得离开他。她挣扎半晌，说："我送你去北里，你进去了我再走。"

言尚也有点舍不得她，但该做的事还得做，他点了头。

大魏是有宵禁的，但只是禁了西市东市，坊内本身还是热闹的，更何况是北里这样全长安出名的声乐场所。暮晚摇和言尚坐车到了这里，和之前那一次他们一同来的时候不同。那时候是雨夜，人少些。今夜这里就灯火辉煌，街巷间的摊贩都不少。

暮晚摇和言尚在人群中走。一个戴着面具的高大男人和他们擦肩而过。片刻距离，一肩之隔。戴着面具，蒙在石侧过头，似笑非笑地看着小公主，和她的新欢。

第七章

关系好的情人在一起，总是会忍不住腻歪黏糊，百般不舍离去。哪怕言尚明知道自己要做什么，暮晚摇一路将他送到了这里，他转头要与她道别时，仍有些说不出"你回去吧"这样的话。灯火重光下，暮晚摇仰脸，看到言尚的神情，便知他的犹豫。她一时好笑，心想男人居然还会对女人有不忍心、不舍得这样的情感吗？她又感动，心想大约只有言尚这般温柔的人，才会这样吧。

听到敲锣声，暮晚摇偏了偏头，向声音源处看去。她看到竟然有小贩在北里这种地方做生意，他们支开了一个帐子，挂上了灯笼，搭起了竹竿。这些头脑灵活的小贩迅速用竹竿做出了一个简易的架子，在架子上挂满了木质小牌。牌子上写着"甲""乙""丙"之类的字。而对应的，则是地上铺满了有趣的小玩意儿，正好和"甲""乙""丙"对照着。"咚——"锣声在那高声吆喝的小贩手中再次敲响，清脆万分。

"什么人呀？"阁楼的窗口，不耐烦地推开了三四扇窗，有娇滴滴的正梳妆的娘子不满地向楼下看去，"吵死人了！"

那小贩正要在此做生意，自然赔着笑脸："各位娘子、郎君，请看！我们这里备了箭支，娘子们只要请你们相好的郎君射中了想要的物件，物件就白送出去。二十文一次！这下面物件的价值，可没有一样低于二十文的。各位都是有眼光有本事的娘子和郎君。且来看一看，我有没有哄你们？"

果然，那小贩敲着锣吆喝，吸引了不少来北里玩耍的郎君。他们拥着自己喜欢的娘子，一个个在貌美娘子面前拉弓射箭，大展身手。这一处小摊贩，瞬间聚满了人。长安人士皆喜欢文武双全的，到这里，又在娘子面前，自然都要耍一耍了。一时间，人群中不时传来嬉笑声和喝彩声。

暮晚摇看他们玩得有趣，她倒是不如何喜欢游戏，只是那小摊贩在地上摆着的物件中，有十几个彩绘小泥人惟妙惟肖十分可爱，让她一下子心动。暮晚摇跃跃欲试，低头沉思自己可不可以作男儿，自己射中给自己。麻烦的就是长安民风开放，女郎穿男装的时候太多，她现在就是穿着郎君才会穿的缺胯袍，但长安没有一个人会觉得她是男子。在如此开放民风、民众见识不俗下，她要如何让人觉得她是一个男子呢？

言尚与暮晚摇只是站了一会儿，他那极强的察言观色的能力就突显了出来。言尚笑一下，道："殿……你若是喜欢什么小物件，我射中给你也可呀。"

暮晚摇抬头看他，将他上下打量一番。言尚身如松柏，面如冠玉，气质是何等淡泊斯文，罗罗清疏。随着长大了些，随着在长安待的时间长了，他的气质是越来越好了。好到你根本不能将这种气质的人，和舞刀弄剑的人想到一起去。所以暮晚摇盯了他半天后，说："算了。指望你还不如指望我男装能骗过所有人。"

言尚："……"他抿了下唇，哪怕是他，总是被情人质疑能力，也不能完全当作没这回事。言尚说："我射箭还是可以的。"他犹豫了一下。言尚向来不喜欢跟人自夸，但是暮晚摇这般不信任他，他到底还是忍着躁意、违背了自己一向的原则，自夸了一句："秦将军都夸我的水平足以上战场了。"

暮晚摇看他。秦将军是哪位她没想起来，但是言尚居然自夸……他自夸后，脸上就不自然地红了一下，露出有些后悔自唾的神色。千年难遇！

暮晚摇一下子兴奋，拉起他："走走走，我们去射箭！"不管言尚是真行还是真不行，就冲他这话，她便不能放弃。

戴着面具的蒙在石抱着胸，立在一楼前的灯笼下，看着那对男女。看少年郎被少年公主强硬牵走，欲迎还拒。那少年背影萧萧肃肃，容貌已是眉目清秀，更不俗的是那通身的好气质。如玉如琢，乃是大魏一向推崇的君子该有的样子。蒙在石"啧"一声，心想暮晚摇果然还是大魏公主啊。不管她在乌蛮待多久，她的审美还是更趋向大魏推崇的风潮。蒙在石默默看了他们半天，跟上了他们。

蒙在石一行人说是要来大魏慢慢考察民俗，但是时日不多，为了赶上年底的大典，他们仍是快马加鞭赶路。而一众人中，蒙在石的武艺又是最高的。今夜这个时候，其他乌蛮人还在连夜赶路。那个假王被南蛮王派来的使者罗修看得严严实实，而乌蛮真正的王蒙在石，已经借口"打探情况"，进入了长安，来到了长安最繁华热闹的北里。待后日乌蛮大部队进入长安，蒙在石才会和他们会合。

长安有宵禁，蒙在石进入长安后，晚上只有北里这样的地方能自由出入。他没想到自己在北里，会久别重逢，碰上丹阳公主，更想不到暮晚摇那般不甘寂寞。才回来长安两年，身边就多了一个美少年。她昔日对他欺瞒利用，不知今日对她身旁的郎君，有几多真情？蒙在石兀自一笑，跟在他们后头，见他们挤入人群，是要射箭玩。蒙在石挑一挑眉，也生了点兴致——

也罢。初来长安，没能给小公主带点见面礼。这时候射箭取一物，给她当见面礼。蒙在石也入了人群。

蒙在石悄无声息挤进去的时候，言尚已经搭上弓箭，暮晚摇立于他身旁紧张地抓着他的袖子。言尚轻声："殿下不要抓我袖子，让我行动不便。"

暮晚摇正骂他："你看看，我就说你不行吧？你也太麻烦了。"这样说着，她还是放开了他的袖子，为了不打扰他，她还往旁边挪开了两步。

旁边一高大男人站住。小贩热情道："郎君你也要射箭吗？二十文一次。"

暮晚摇侧头随意地看了下，目光只在对方的面具上定格一瞬，就不在意地离开，更关注言尚这边的情况。蒙在石颔首，他默然无语，怕自己的口音泄露自己的真实身份，便只是甩出荷包，给了小贩钱。小贩立刻眉开眼笑地去拿弓拿箭。

蒙在石把弄了一下手中弓，似笑非笑。这可不是什么真正能用的弓……都被人动了手脚，射箭容易射偏。他瞥一眼那个小贩，目光如冷刃，剜人一层皮骨，鲜血淋淋。这种巍峨冷血的气势，让小贩僵一下。小贩察言观色，小声："郎君，要不小人为你重新换一把弓？"

蒙在石一哂。这么近的距离，他空手投都能投出去，哪里用换。将小贩往身旁一推，蒙在石余光看到那边的言尚和暮晚摇低声在说什么，根本不在意，他随手搭弓，只是敷衍地对了一下，箭就射了出去。而与他同时，旁边的人手中箭也射了出去。

女郎娇美欢悦的声音响起："射中了！射中了！"那声音脆脆的，如黄鹂。带着向上的振奋之意，兜不住的笑意。听在蒙在石耳中，他心神当即一空，以为她是为自己射中而笑。他唇角扬起一丝笑，侧过头向身旁看去，目光却僵住。并没有少年公主扒着他，欢喜地露出笑，夸他厉害，暮晚摇挽住的是言尚的手臂，她拉着他手臂，高兴得又跺脚又跳。一身男装打扮，难掩红妆娇俏。暮晚摇拉着言尚清脆笑起来时，眉目弯弯，眼中一点阴郁也没有。她无忧无虑，像个小女孩儿般，快乐地跟着她的郎君，凑过去与她的郎君嘀嘀咕咕地撒娇卖痴。

蒙在石看得怔住，心中空荡荡的，他好像从来没见过她这般纯粹的样子。她毫不纯粹，跟他斗尽心机，却原来他认识的暮晚摇，并不是真正的暮晚摇吗？他教她不要依附于男子，她在乌蛮时也学得很好。可为何一回到大魏，她还是如小女孩儿般，仰着头笑盈盈地用欢喜的目光看男人？

蒙在石出神，小贩已经心疼地指着那个泥人，要送给他。蒙在石目光扬向对面，示意小贩将泥人送去给暮晚摇。小贩回头一看，略有些为难。人家女郎身边明明有郎君，人家郎君也射中了……这么贸贸然地送去，是不是不太好？但是小贩想跟蒙在石争取时，被蒙在石阴冷的眼睛盯着。小贩心里一寒，还是硬着头皮过去了。

暮晚摇高兴地捧着言尚射中的泥人，赞不绝口："原来你真的能射中啊？"

言尚叹气："我早就说过了，是你不信。"

暮晚摇笑道:"那我现在信了。快快快,再帮我射几个! 我好喜欢他们的小泥人啊。"

言尚低声:"小摊贩做点生意不易,不过是用二十文买个人缘。而这泥人每个的真正价钱,哪是二十文能比的? 既已射中一次,损了人一次财缘,何不就此放下? 莫误了人家赚钱。"

暮晚摇:"……"她面无表情抬头,冷冷看他一眼,说,"你真扫兴。"

言尚道:"你若是喜欢,我出钱买给你便是。就不要射箭了。"

暮晚摇白他,然后又眸子一转,央求道:"那再多射一次好不好? 你看周围没有人能射中,就咱们射中了。周围人都有人说这家骗钱呢,你射中了不就间接证明没有骗钱吗? 你就再帮人一次呗。"她噘嘴,依依不舍地指着地上某个憨笑的泥人,"我最喜欢的是那个! 我刚才都没有让你射,因为我不知你这般迂腐。你再多射一次好不好? 就一次。一次损不了多少钱吧?"

言尚不想看她不高兴,他犹豫着重新走向那小贩,暮晚摇立刻笑靥如花,快乐地跟在他身后,怀里抱着他已经给了她的泥人。不料二人过去时,却见那小贩将暮晚摇看中的泥人抱在了怀里。暮晚摇一下子急了,但还不等她问,小贩就走过来,要将怀里的泥人给暮晚摇。暮晚摇向后一躲,警惕看向对方,言尚拦在暮晚摇身前,疑问地看向小贩。小贩苦笑:"方才那位客人射中了,送娘子的……"

言尚和暮晚摇看去,对上一个身材高大的面具男人。看到那男人,暮晚摇目光微微一缩,本能觉得对方有些危险,让她想要远离。暮晚摇当即偏头,冷声:"我才不要! 不稀罕! 言二哥哥我们走! 才不稀罕臭男人的东西!"

小贩被夹在中间,一个人要送,一个人不肯收,他被为难得快哭了。好在还有一个言尚。言尚接过了小贩要送出的泥人,向那边的面具男人笑了笑,温和道:"如此,多谢郎君送我家妹妹这样的礼物了。只是我们也不是贪财之人,小郎君,这里有二十文,还请你赠予那位郎君。"言尚掏钱,小贩接钱,蒙在石愣愣地看到二十文回到了自己手中。

蒙在石:"……"

光影错落,一重重如水火交融。言尚立在灯火交映处,抱着泥人,对蒙在石略弯身行了一礼,就转身带着心满意足的暮晚摇走入了身后的灯火人群中。而蒙在石再低头,心情复杂地看着摊在自己掌心的几个铜板。他产生了兴味：小公主这次喜欢的男人，能说会道，进退有度，有点不一般啊。

蒙在石三人那晚的交锋，无声无息，并没有人注意到。言尚和暮晚摇分开后就去了北里的北曲，让暮晚摇放下心。北里三曲，大部分妓都分布在坊东的三曲中。三曲是中曲，南曲，北曲。而三曲中，北曲是中下档次的妓所在的地方。很多官妓、罪臣之女，都被贬在北曲。如果言尚去的是南曲或中曲，暮晚摇会怀疑他是否有嫖妓的可能。但眼下言尚去的是北曲……那嫖妓可能微乎其微，他当真是有事要办，有人要找。言尚真以为她一路跟到北里是舍不得他吗？她更是不放心他，想监督啊。她本就不信任男人，即使是言尚。确定言尚无事后，暮晚摇并不关心他要做什么事，暮晚摇抱着两个泥人离开了这里，驱车回自己的府邸。坐在车中，她对两个泥人左看右看，爱不释手。

接下来，暮晚摇还是要忙大典的事。已经没有几日了，自是全部心力都要放在此事上面。针对暮晚摇举办大典宫宴的事，自然有人不服，暗中讨论。

晋王进宫看自己的母妃娴妃时，便听娴妃抱怨暮晚摇越俎代庖。娴妃抱怨完暮晚摇，看晋王纹风不动，又气道："你看太子与秦王殿下都忙着为大典忙碌，你为何一点不争取？好不容易贵妃被禁足，我想争取一下大典宫宴之事，也是为了帮你在陛下面前露脸……但我看你自己怎么无所谓的样子？"

晋王道："本就无所谓。"他垂下眼，道，"我最近正在抄孝经，深有感触。父皇心力交瘁，大哥和三哥已经让他很忙碌，儿自然应该要让父皇少为儿操些心。阿母若是闲得慌，不如与儿一起抄书吧。"

娴妃："……你倒是劝起我和你一同当个闲人了？"

晋王说："修身养性，没什么不好啊。"半晌，看娴妃瞪眼看他，到底是自己的母亲，晋王不能一点底都不透。他靠近母亲的耳边，低声："阿母勿急。父皇喜欢贤君，喜欢在百姓中名声好的人……儿臣待在工部，不就是为了百姓的支援吗？不然工部乃是六部之末，我再没本事，也没必要扒着一个工部不放。"

"《尚书》说，（帝尧）钦、明、文、思、安安，允恭克让，光被四表，格于上下。克明俊德，以亲九族。九族既睦，平章百姓。百姓昭明，协和万邦。儿自幼一直被太傅教此篇，有时父皇问儿功课，便会盯着这篇长久不翻。儿便猜,父皇一直很看重这篇文。虽然父皇本人不是那样,但父皇是尊崇帝尧的。

"父皇啊,他这一辈子,见惯了心机重的、野心勃勃的。他自己强势霸道,便会更喜欢老实听话、纯朴正直的。儿这么多年,不就是为此努力吗?"

娴妃一时被晋王说服了,却还是半信半疑。皇帝陛下喜欢什么样的储君,不过是晋王自己猜的。这猜的能算数吗?按照晋王的说法,陛下不喜欢血统论,不喜欢野心论。陛下不需要对方聪明睿哲,也不需要对方征战四方。那目前三个皇子中,陛下应该最不喜欢太子才是……但也不见皇帝如何限制太子啊?

晋王苦笑:"只是儿的猜测。但有了猜测,总是要一条路走到黑。半途而废乃是大忌。"

娴妃静了半天后,说:"那你一心想走允恭克让的路,装的时间久了,你就真成了这样的人,变不回原来的你了。这样装出来的圣人,除了做一个圣人外你已断了其他路,再无法做其他的事……这样真的好吗?"

晋王淡声:"我现在已经顾不上那么多了。我的两个哥哥各有所长,我想胜过他们,非此不可。"

娴妃小声:"难道你真以为就这么静止不动,那位子能主动掉到你头上不成?"

晋王不说话,心想说不定还真的能掉下来呢。晋王笑着转移了话题:"过两天我让春华进宫来叩拜阿母,御医们都说她这胎是男儿,想来不错的。"

说起晋王的子嗣,娴妃高兴起来。但娴妃也有点忧虑:"春华怀孕了是好事,可是你媳妇怎么到现在都没有动静?她不会不能生吧?还是要找人看看才是。"

晋王道:"王妃已经很不容易了,她请了佛像到我们府上,府上整日烟烧火燎,都是她拜佛拜的。她已经这么不容易了,母妃就不要催她生孩子了。"

娴妃听儿子为儿媳说话,便有些不悦。婆婆天生就和儿媳不对付,哪怕是皇室。娴妃道:"这说的什么话?我难道不是关心她的子嗣,关心她的地位吗?我为你们操碎了心,你倒是嫌我烦了?"自己儿子膝下无子,让她焦虑了这么多年。如今好不容易看到希望,自然会想求得多一点。晋王妃最好有子。晋王妃要是有了孩子,不管第一胎是男孩还是女孩,都要比现在好一

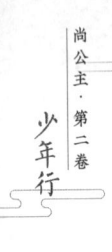

些……起码证明晋王妃能生啊。现在晋王府慢慢地开始开枝散叶了，其他女人都能生，若是晋王妃一直不能生，晋王妃这个位置，可是坐不稳的啊。

乌蛮来使到了长安，才向鸿胪寺报到。鸿胪寺那边只内部慌了一下，就有条不紊地来迎接乌蛮的使臣。如此不急不慢，大国风范，又有一路来所见的长安风光，让乌蛮一行人都有些露怯。

面对大魏朝廷派来的官员，蒙在石让那个假王领着监督他们的南蛮王的使臣罗修去鸿胪寺安排的住舍休息，他则领着几个人，跟着大魏官员去鸿胪寺一趟，好提供己方的信息，方便大魏安排。而这一次进鸿胪寺，见大魏官员，以示尊重，蒙在石是摘了面具的。一道长疤划过半张脸，让他英俊的面孔显得狰狞骇然，迎他们的官员只看了一眼，就低下头不再多看了。

到了鸿胪寺，那个领路的官员松口气，蒙在石凭着自己半生不熟的大魏官话，听对方喊道："言素臣！乌蛮使臣到了，你快出来接待。"本应是言尚亲自去接，只是言尚这边被一点事绊住，另一个不会乌蛮语言的官员硬着头皮，一路跟人匆匆补习了几句就去接乌蛮客人。如今到了鸿胪寺，这个官员松口气，赶紧大喊言尚出来。蒙在石听到少年郎君清润温和的声音："麻烦兄长了。兄长快进去喝茶吧。"

蒙在石抬头，见一个白袍圆领、束着幞头的年轻郎君从堂中走出，向他们这边迎来。清致雅然，玉上流光。对方顺阶而下，抬目对他们微微一笑，弯腰行了一叉手礼。他用纯正无比的乌蛮语言和他们说："几位郎君，请随我来。"其气质气度，让蒙在石身后的一群蛮人都有些不自在，觉得自己被对比成了野人。

这年轻郎君，让蒙在石一下子愣住，这个清隽儒雅的少年郎，分明是那晚在北里，自己看到的跟暮晚摇在一起的年轻郎君。蒙在石眯了眼：……居然是一个官员。

蒙在石几人跟着言尚，听言尚用他们的语言跟他们介绍这边的风俗，他们需要注意的事。言尚最后道："我需要乌蛮给出的写给陛下的祝寿帖，好翻译了承给宫中。"

蒙在石身后的人都茫然地看着蒙在石，他们心有怯怯，心想还要什么帖子？没听说啊。不想他们的王早有准备，扔出了一个帖子。他们见那个年轻的官员低头看了眼，说声好，便要拿着帖子回去翻译，让他们可以自由行动,不必再待在鸿胪寺了。"

蒙在石突然用不熟练的大魏官话说:"我能跟着看看你如何翻译吗?"

言尚愣了一下,听对方居然会说大魏语言,他扬了扬眉,就温声说好。言尚回到自己办公的房舍,简单请对方入座后,他就坐于案后开始抄录那帖子,翻译成大魏语言进行书写了。

蒙在石抱臂将屋中打量一番,最后目光还是落在了言尚身上。他盯着言尚看了半天,突然道:"我刚才听你们的官员,称呼你为'言什么'。你可是姓言?"

言尚抬头笑:"是。郎君可有什么见解?"

蒙在石好奇道:"你是否和丹阳公主也很熟?"

言尚顿了顿,继续低头书写,依然和气:"算是有些机缘。"

蒙在石便更好奇了:"你们的姓听起来一样,那你认不认识一个叫'言石生'的人?"

言尚:"……"他挽袖提腕写字间,缓缓地抬目,看向蒙在石。言石生,乃是他的原名。他确定除了岭南的旧人,还有长安的第一个老师、暮晚摇身边人外,这世上没人知道他本名叫言石生。那么,这个乌蛮人这么问就很有些意思了。言尚缓缓道:"倒是好像听过,却不是很确定。郎君问此人是何事?"

第八章

蒙在石身后的其他乌蛮人老老实实站着,严阵以待。他们目光锐利地盯着那个坐在案前信笔书写的年轻大魏官员,好似言尚办公的厢房是什么洪水猛兽。听到蒙在石的问话,不只言尚反问,就是乌蛮人都露出一副恍然之色。因这两年乌蛮忙着与赤蛮大战之时,乌蛮王从来没有忘掉是谁引起了这场战争。蒙在石让人潜入大魏边军,又顺着这条线摸到了南海县令李执,即丹阳公主的舅舅那里。李执那里有一封信,乃是一个名叫"言石生"的人献策,出了这种毒计引起南蛮内乱。然而南海被李执管理得滴水不漏,完全无法渗入。探查的乌蛮人花了很多时间,线索在南海这边断掉了。乌蛮人猜那个言石生应该是李执的谋士，可是乌蛮人在南海蹲守了半年，也没见到一个叫言石生的谋士。且在那封信后，言石生这个人如同不存在一样。从来不见南海县令李执去主动联系过这个人。

探子回去回复蒙在石，蒙在石毫无办法。而今到了大魏，蒙在石没空亲自去南海走一趟，又见这个年轻官员姓言，还和丹阳公主那么亲昵地一同逛北里……蒙在石倒没觉得言石生和面前这个官员是同一个人，但觉得二人之间必有什么要紧联系。蒙在石靠着墙，手撑着旁边放花的架子，他低头随意摆弄了下墙角养着的蜡梅花。没有见过冬天这种黄色小花，蒙在石兴味无比，随口回答："只是以前与丹阳公主相交时，听公主随口提过这个人，所以问问。"

他此言一出，言尚便知他撒谎。蒙在石虽神色淡淡，但是显然蒙在石身后的乌蛮人没有练就他们大王那样说话不眨眼的本事。乌蛮到底落后大魏文化很多很多，常年的游牧生活和战争让他们的性格耿直粗鲁。他们将大魏人的这种聪明，称为"狡猾""前后不一"。所以蒙在石在前面撒谎，这些乌蛮人听到"言石生"的名字，就露出愤愤不平的神色，然后又想起大王之前的叮嘱，努力收敛。看到他们的神色，再结合蒙在石的表情……言尚大脑不停转，猜出如果没有其他缘故的话，应当是当初自己给暮晚摇的献策惹出来的麻烦。言尚眸子微微闪了下，笑道："原来是这样，那我当不认识什么言石生了。"说着，他抽掉了自己手里已经写完的册子，重新打开了一封崭新的尚未写字的册子，对照着蒙在石给出的"祝寿帖"开始翻译抄写。

蒙在石盯着言尚："你方才不是说隐约听过吗？"

言尚老闲自在地说着大魏官话："郎君恐怕不懂我们大魏的习惯。依稀听过，与明确听过，失之毫厘，谬以千里。"

蒙在石身后的乌蛮人眼前开始转圈了：什么意思？这人又在说他们大魏那种文绉绉的成语了？蒙在石就算懂一些大魏话，听这话也有点吃力。蒙在石却不在意，仍看着言尚："言石生这种人物，我以为会很有名才是。"

言尚："那郎君你便错了。我不知道你说的言石生是什么人物，但是显然他不是什么有名的人物。郎君大可随意问长安中其他人，大家都会如我这般不知道这个人的存在。"

蒙在石："丹阳公主也不知道吗？"

言尚微微抬目，片刻空间不留："那你当去问丹阳公主。郎君和丹阳公主有旧？"

蒙在石："依稀有旧，我也不是很清楚。"

言尚："看郎君架势，当是一位将军。丹阳公主若是和亲过，郎君竟然不认识吗？"

蒙在石："她和亲她的，和我有什么关系？"

二人这般针锋相对，一句赶着一句。屋中站着的其他人都感觉到了那种紧绷的试探的氛围，感受到了两个人之间剑拔弩张的紧迫感。屋中的乌蛮人各个站得更直，而一个大魏官员走到门口本要推门而入，听到厢房中的动静，又默默退了出去，不加入这场争论。而言尚和蒙在石对视间，言尚手下的笔不停，仍在书写；蒙在石闲闲地赏着墙角的蜡梅花，似乎对花十分欣赏。言尚停了笔，刚将笔搭在笔山上，起身要将写好的帖子拿出去，就有一个乌蛮人加入了言尚和蒙在石这场悄无声息的战争中："站住！"大喝声是对着起身的言尚。

蒙在石好奇地看过来，看那个乌蛮人发现了什么，这么对大魏官员说话。那个乌蛮人大步走向言尚，气势汹汹，一副要杀伐的样子。一路进长安，多少大魏百姓看到乌蛮人这种架势，都吓得躲开。这个乌蛮人有心用这种套路吓这个大魏官员，却见言尚面不改色，淡然而望。

屋外，已经有其他鸿胪寺的官员悄悄观望里面的情况，此时不禁笑了——言二可是当场诛杀郑氏家主的人。这种心思果断之人，岂会被乌蛮人的刀枪吓到？

那个乌蛮人没有吓到言尚，有点诧异地看言尚一眼。但这个显然不是他要做的事。他走到言尚方才所坐的案前，一把将言尚第一次写好的册子拿起来翻看。

言尚保持客气笑容，还做出恰当的讶然："郎君这是做什么？"

乌蛮人迅速看完第一本册子，见册子上的字迹沉稳古拙，漂亮十分，且一笔写到结尾，一点污痕都没有。这本已经写得十分完美，那个大魏官员为什么要丢开这本，重新写一本？乌蛮人又到言尚身边，索要言尚要交上去的、他写的第二本册子。

言尚微笑："看来郎君是想指控我什么了。那郎君要做好准备，这是大魏地盘，指认一个大魏官员有错，哪怕是我这样小品阶的官员，要告我，得先三十杖。郎君在我大魏地盘，既不是御史大夫那类的纠察官，就要照我大

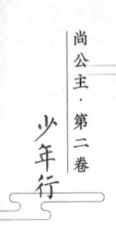

魏的规矩行事了。"

那个乌蛮人错愕:"我们是乌蛮人!"

言尚微笑:"这是大魏国都长安。"

乌蛮人:"我们是客。"

言尚:"客随主便。"

乌蛮人怒极:"你、你……"

言尚扬了扬自己手中的册子:"你确定还要看吗?"

话说到这里,屋中气氛显然僵持。挑事的乌蛮人做不了主,回头看向仍在抱臂赏花的蒙在石。言尚眼睛微微一顿,心想这个人地位很高啊。蒙在石诧异地看着他们争执两方笑:"看我干什么?我也做不了主啊。"他望一眼那个挑事的乌蛮人,话中虽带笑,却有一丝冷酷的威胁之意。

那个乌蛮人一个哆嗦,面向言尚时神色已重新变得强硬,用乌蛮话叽里咕噜道:"我断定你手中的册子一定有问题!我一定要看!如果你没错,我出去就领三十杖。"

言尚寸土必争:"先领三十杖,我再让你们看。"

乌蛮人:"你玩老子吧……"他大怒着要过去打这个看起来文质彬彬、弱不禁风的大魏官员,对方淡声:"殴打大魏官员,这次大典,就没有乌蛮存在的必要了。"

蒙在石在后:"克里鲁!"那是那个乌蛮人的名字。叫克里鲁的乌蛮人脸色青紫交加,变来变去,终是一扭头,沉着脸出了厢房,先去领棍杖了。一时间,厢房中都听到外面"笃笃"的木棍打在人身上的声音。

鸿胪寺已经变得十分热闹。鸿胪寺卿都出来,站在了大堂前,惊恐而僵硬地看着院中那挨打的乌蛮人。

大魏这边的小吏旁边还带着会说乌蛮话的从西市招来的胡人,一同劝说对方不用如此,伤了双方和气。那个克里鲁脸色发紫,大声道:"我心甘情愿领你们的三十杖!是我自愿的!"劝不动,只能大刑伺候。

鸿胪寺卿听着下属的报告,鸿胪寺卿叹道:"言二郎……依稀又见当初他一箭杀了郑氏家主的风采啊。"鸿胪寺卿脸色发白,想到如果乌蛮人在这次大典中出了人命,他头一阵阵发晕。他只能苦笑:"不愧是名满长安的言素臣。"

旁边一个掌客哆哆嗦嗦地问:"我们要插手吗?"

鸿胪寺卿望天:"不必插手。反正言素臣不是我们鸿胪寺的正式官员。他的编制在中书省,乌蛮这里真出了什么错,让中枢自己问罪中书省去。刘相公不是言素臣的老师吗? 有这么个学生,刘相公得头痛死吧。"

下方人连连点头,听言素臣的行为不用他们鸿胪寺自己负责,所有人就安心看戏了。

而厢房中,一瘸一拐的克里鲁回来,他黑着脸向言尚伸手。言尚对他一笑,便将自己准备交上去给朝廷中枢的册子递给了对方。克里鲁呼吸一下子重了。他着急地翻阅着——如果这个册子没问题,那他就白挨打了,还闹出一场笑话。回头大王一定会罚他!说不定会杀了他!翻阅册子时,纸页哗哗作响。克里鲁的眼睛突然亮了,拿着两本不同的册子回头报告蒙在石:"大、大哥! 这两本册子确实不一样! 那个大魏官员后来要交上去的这本,变得厚了很多,字多了很多,和之前他准备交上去的不一样。"克里鲁呼吸沉重,却兴奋大声道,"他一定在中间做了手脚! 欺负我们看不懂大魏文字,在皇帝面前给我们上眼药。"

言尚叹笑:"郎君,我且再提醒你一次,平白污蔑我,是又要杖打的。"

克里鲁脸色猛地一变,想到刚才货真价实的杖打,屁股到现在还一阵疼。但是将册子交给蒙在石看,克里鲁到底很坚定了:"我们乌蛮人,从小马背上长大,和你们娇弱的大魏人怎么能一样! 我怎么会怕杖打!"

蒙在石不理会下属的聒噪,低头翻看两本册子。他虽然跟着暮晚摇学了一些大魏话,学了一点简单的大魏文字,但显然言尚书写的这些文字……十个字里有九个蒙在石都不认识。文人墨客的笔法,丰富的辞藻和刻意为之的修饰……是直肠子的乌蛮人永远弄不懂的。何况言尚已经是大魏文人中少有的缺少文采的人。若是韦树在此,或者哪怕冯献遇、刘文吉在此,他们能写出的篇章,会完全将乌蛮人绕晕。而哪怕现在是一个言尚,看到第二本册子比第一本册子多出了起码三页字,蒙在石也眯了眼,觉得不同寻常,他看向言尚:"你认吗?"

言尚:"那要看郎君你如何决策了。"

二人对望。蒙在石微微一笑:"我自然是相信你的。你的风采气度……让我一见如故,你当是不会错什么。"

言尚微笑,听对方果然话音一转:"……然而我们乌蛮人初来贵地,千里迢迢来朝拜大魏皇帝,十分不易,不容出任何差错。哪怕对不住你,我也是要验一验的。"

言尚做出"请"的动作。

鸿胪寺接待乌蛮人的时候,消息终于传入了宫中,安排宫宴的事宜和礼数上要把乌蛮人加进去。不光如此,鸿胪寺还带来一个消息,说乌蛮王亲自来朝拜,显然对大魏敬重十分。他们要花十万倍的精力好好招待,不能让乌蛮人寒心。收到这个消息的时候,暮晚摇刚刚从老皇帝的寝宫中出来,她身后破天荒地跟随着她的四姐,玉阳公主。内宦在暮晚摇耳边报告消息,看丹阳公主面色不变,才放下心。

暮晚摇颔首:"我知道了。"她袖中的手捏紧,冷意绕心:……乌蛮王亲自来! 是蒙在石吧! 他果然不放过她!

内宦将一本乌蛮朝见的册子交给丹阳公主,请她过目,这才缓缓退下。而在暮晚摇身后,玉阳公主已经盯着自己六妹的纤纤背影看了许久。玉阳公主纠结,最近因为贵妃被禁足、大典大宴操办事宜落到暮晚摇头上的事,自己母妃和三哥都不高兴。且最近朝堂上,和暮晚摇交好的那些大臣让三哥疲于应对。三哥如今也想插手大典之事。所以秦王希望能够暂时和暮晚摇和解,让自己的亲妹妹玉阳公主来当说客。玉阳公主声音柔柔地唤了一声:"六妹。"

暮晚摇偏了一下头,疑问看来。

玉阳公主走过去,柔声笑:"我好像怀了第二个孩子了,但还没有让夫君知道。我想先把这个喜讯与六妹分享。"

暮晚摇神色空了一下,才低头看玉阳公主尚平坦的肚子,将自己的四姐打量一番,礼貌笑道:"恭喜。"

玉阳公主手抚着自己的小腹,温柔道:"六妹觉得我的生活如何呢? 夫君虽然忙碌,但我是公主,夫君便要十分尊重我,不能纳妾什么的。什么婆母之间的矛盾也没有,这还是因为我是公主。一个公主的好处,有夫有子,对我们女子来说,是一件幸事。"

暮晚摇说:"四姐想说什么?"

玉阳公主看她那副冷淡的、油盐不进的模样,便有些着急:"我的意思是,我们女子天生就该做个贤妻良母,为夫郎生儿育女,夫妻恩爱,子女双全。这才是我们女人的幸福! 而不是如六妹你这般,整日与大臣们、政务们搅和在一起。有了权又怎样? 我们终究不是男子,又不能去争一争。六妹你何不也找一个驸马，好好地生儿育女，做个如我一般的公主呢？你非要与我哥哥他们对着来吗？"

暮晚摇盯着自己的四姐，心中隐隐生起一丝羡慕。贤妻良母，生儿育女，夫妻恩爱，子女双全……每个字都化成一把寒刀，刺入她的心房。那种凌迟一般的感觉，那种自己早已失去的东西，玉阳公主是永远不会懂的。

暮晚摇道："我原谅你。"

玉阳公主："……？"

暮晚摇冷淡道："我因为你的无知原谅你。因为你没有过我的经历，你平平安安地当着你的正常公主，你不知道我是怎么死去又活过来的。你不知道我的痛，所以可以无知地劝我放下。我不怪你。你是我的姐姐，我希望你永远如今日这般天真。你不懂我的处境，是一件多么幸运的事。"

玉阳公主脸孔涨红，感受到了幺妹对自己的那种嘲讽。她再是温柔，此时也不禁有些气急败坏："你到底为什么非要玩政治啊！"

暮晚摇一把将自己方才收到的帖子砸到玉阳公主身上，声音如刀："这就是原因——"说罢，她头也不回地走了。

册子砸在玉阳公主身上，玉阳公主慌忙去接，听到丹阳公主高声唤人"驱车去鸿胪寺"。玉阳公主蹲在地上将册子捡起来打开，开头就看到了几个字——乌蛮来朝，乌蛮王亲贺。玉阳公主的指尖一抖，瞬间想起暮晚摇是一个和乌蛮和过亲的公主。如今乌蛮国使臣来了，新的乌蛮王来了……暮晚摇该怎么办？玉阳公主抬头，看向暮晚摇。见绯红如血的裙尾绣着凤凰，文着大片牡丹芍药。暮晚摇行在夕阳下的丹墀上，高贵、雍容，每步都走得很稳，一步也不回头。而玉阳公主已经替自己的六妹怕得手指发抖，浑身发寒，后悔自己竟然说出那样的话。

鸿胪寺的司仪署下，天灰蒙蒙的，寒气渗骨。鸿胪寺卿被请出来，眼皮直抽，不得不亲自拿过两本册子，在众目睽睽下翻看。鸿胪寺的官员和蒙在石为首的乌蛮人，都虎视眈眈地看着他，让老头子在腊月天也汗流浃背，浑身不自在。半晌，鸿胪寺卿抬头，眼神复杂地看一眼言尚。那一眼中，是敬佩，叹服，无责难。

蒙在石敏锐看到，若有所思。果然，鸿胪寺卿向不认识大魏文字的乌蛮人解释，起码让蒙在石这个听得懂大魏话的人听得很明白，言尚则为其他乌蛮人翻译鸿胪寺卿的话："……这两本册子，其实都是无错的。但是按照大魏的礼仪，第二本交上去显然更好。第一本按照字数看，是完全按照乌蛮国提供的帖子翻译的。但是使臣啊，你们不懂，乌蛮和我们大魏的礼仪是差了很多的。你们认为简单的话，我们这里要恭维许久。例如你们没有叩拜礼，到我们大魏，在这种大典上是一定会叩拜的。你们面对我们陛下只是称呼'君父'，但是我们一定要在前面为你们加上许多修饰，才能让你们显得毕恭毕敬。一般使臣们交上来的帖子，我们都会修饰一番，会比原来的帖子厚很多，字句多上很多，礼数多上很多。"鸿胪寺卿看向言尚，问："为何你第一本册子只是如实翻译，未曾修饰，第二本才去修饰啊？"

言尚垂目："因我本不是鸿胪寺的官员，借调而来，于政务不是很熟练，所以犯了错。多亏我及时想起，已然改正，不想让乌蛮使臣误会了。"

鸿胪寺官员们互相对视，都不太信言尚会对这里的政务不熟练。如果是借调十天半月可能不熟练，但是言尚在这里已经待了一个月，之前从未犯错，现在说他忘了……未免敷衍。

乌蛮人那边知道自己闹了误会，脸色已经不好看了。克里鲁低着头，扑通跪下，白着脸就要受罚。蒙在石深深地看了一眼言尚，并没有理会克里鲁。蒙在石神色自若地将两本册子一同还了回去，客气道："原来是我误会言二郎了。"听别人这么称呼言尚，他也跟着这么叫了。起码言二郎的发音，比那个什么言素臣容易念很多。

言尚叹气："不过是误会，我政务不熟，倒让客人见笑了。"

蒙在石微笑："郎君这手段，已经很了不起了。"

言尚同样微笑："郎君这洞察能力，也已然很了不起了。"

二人互相吹捧对方，压根不谈方才那一触即发的气氛。克里鲁白着脸被带下去再次棍杖，蒙在石和言尚却显然一副惺惺相惜的样子，让人有一种说不出的古怪。大魏官员的脸色最奇怪：自然知道言二郎的魅力，足以让任何人都喜欢他，和他相交。但是这种亲和能力，连乌蛮这种异国都被打动……太奇怪了吧？

鸿胪寺这般友好氛围、两国交流之下，鸿胪寺到了今日封印的时候。一众官员走出鸿胪寺，虚伪客气中，正好见丹阳公主的马车路过他们这里。丹阳公主的马车停下来。蒙在石和车旁骑马的方桐卫士眼睛对上。故人重逢，方桐浑身肌肉绷起，而蒙在石仍笑着，眼眸却眯起。蒙在石一下子认出了车里坐着的,应该是暮晚摇。

方桐低头跟车中说了什么,骑马在马车侧的一个蒙在石不认识的年轻侍女就御马向这边的官道上走了几步,道:"言二郎,我们殿下说,既然同住一巷,也是邻居,二郎若要回府,不如我们带二郎一程吧。"

众官员看向低调地、慢吞吞地走在最后面的言尚。众人的脸色太奇怪了。一方是乌蛮人,一方是曾经被皇帝指婚、被公主拒婚的言尚。现在丹阳公主当着乌蛮人的面,邀言尚上马车。

言尚神色不变,向各位同僚告别,便走向那辆马车。寂静中,"吱呀"车门打开声下,车中那古画一般的美人,活色生香,让众人都看得一时怔忡。蒙在石与坐在车中、裙裾铺地的暮晚摇目光直直对上。他似笑非笑,眼神一下子变得锐利。她冷漠倨傲,眼睛轻飘飘从蒙在石身上掠过。夕阳余晖洒在青石地砖上,遍地昏红。言尚长身玉立,少年才俊。数年时光,倏忽一晃。凛冽寒风呼啸,三人静默,心照不宣,暗潮涌动。

第九章

言尚看一眼蒙在石。蒙在石非常随意地对他一笑,脸上的疤痕如同青筋那么一跳,看着狰狞骇人。言尚睫毛颤了一颤,走向暮晚摇的马车。其间,暮晚摇一直看着蒙在石,蒙在石也看着她。二人都没有说话。

鸿胪寺的一众官员跟在寺卿身后,没有敢抬头多看。一些恐怕一生仅仅有这么一次机会能见到高高在上的公主的小官员,终是羡慕言二郎居然是公主的邻居,忍不住抬头向华盖宝车看去一眼。隔着不近距离,看到光华璀璨、明珠般的公主坐在车中。品级低微的官员们暗暗惊叹公主之美,心中却不合时宜地犯起一阵嘀咕:怎么隐约、好像、大约……有点眼熟?好像在哪里见过。但是他们怎么可能见过尊贵的公主?众官员低着头,不敢再多想。直到车门关上,直到马车已驶向皇城门,鸿胪寺这边的人和乌蛮人互相道别,这才散了。

坐于车中,言尚看着对面的暮晚摇。暮晚摇神色有点冷,有点放空。他

067

盯着她看了有两息的时候，马车出了皇城门，她好像才想起车中多了一个人，看向言尚，与言尚目光对上。暮晚摇勉强做出和平时无异的样子来，露出一丝笑："怎么了？"

言尚缓缓问："殿下向来出了门就不理我，怎会今日来鸿胪寺接我，不怕引人误会吗？"停顿一下，言尚睫毛覆落眼睑，声音更轻，"或者，殿下不是为了来接我，是为了旁的事，或者旁的人？"

暮晚摇一骇，然后望着对面那清秀斯文的年轻郎君，一时间竟然沉默，不知道该说什么。她当然是忍不住想来看看乌蛮是怎么回事，她当然是听到乌蛮王亲自来了就心乱了。她借口来鸿胪寺，自然是为了乌蛮使臣。只是她没想到，会在鸿胪寺门口见到蒙在石。三年前呼啸的记忆重新回归，让她心如冰封，又如火灼。可是这些事……她又不想让言尚知道，不想告诉言尚。蒙在石必然是要闹出一些什么事的。这些暮晚摇都不希望言尚参与。她已经很肮脏了，连心也不干净，只有心中的爱慕是干净的。她心里干干净净地喜欢着一个郎君，便不希望对方受伤，不希望对方知道她难堪的过往。她希望自己在言尚心中，有尊严一些。

然而……言尚又太聪明了。很多事很多话，也许她自己都没有发觉漏洞，言尚却很可能从她话中的蛛丝马迹中察觉。而他这个人素来不会对不确定的事多说，所以与这种人相处，其实是需要很警惕，又是很麻烦的。暮晚摇自认不蠢，但也没有那种能够在言尚面前瞒天过海的智慧。于是，暮晚摇沉默半天后，冷冷道："你猜到了什么，直说便是，不要和我猜谜。"

言尚抬目，望她一眼，轻声道："方才那个乌蛮郎君，和殿下是旧识？和殿下……交情不浅？"

暮晚摇挑一下眉，点头。

言尚皱眉，似还有很多不解，很多前后矛盾之处。例如他便想不通暮晚摇当日在岭南时说的那个和她有点仇的人，是不是今天的这个人。如果是的话，二人只是互看却不语，不像是仇；可如果不是仇的话，对方不可能问出"谁是言石生"这种问题。言尚太糊涂了。这里面到底有些什么联系？暮晚摇当初想解决的人，到底是不是今天这个乌蛮人？但他看暮晚摇这有几分警惕的目光，便怔了一怔，将自己的不解压下去，只说："原来如此。我想请殿下帮个忙。"

暮晚摇依然谨慎道："什么忙？"

言尚："他问我，谁是言石生。"

暮晚摇愣了一下，然后轻轻"啊"一声，明白蒙在石查到什么了，但有更多的疑惑。暮晚摇看向言尚，言尚便把在鸿胪寺发生的事大概告知。言尚说："他不知道我便是言石生……但是，我来自岭南，只要他有怀疑，也是瞒不了多久的。"

坐在车中，暮晚摇身子前倾，手搭在言尚的膝盖上，望着他的眼睛当即保证："我即日起调公主府的暗卫跟着你保护你，我绝不会让他伤到你的。"

看到她这么关心他的安危，言尚心中的不安稍微减轻了些。他轻轻摇了下头，又有些害羞地笑了一下："我在长安，又是朝廷命官，今日利害之处我已经跟乌蛮人说得很清楚了。即使他们怀疑我就是言石生，也不会在长安下手。而我是京官，没有意外情况又不可能离开长安。所以我的安全没什么问题，殿下不必为我担心。我忧心的并非自己，而是我的家人。我怕乌蛮人对付不了我，去伤害我的家人，用我的家人威胁我。"

暮晚摇点头，心想确实不无这种可能。她问："你想我如何帮你？"

言尚："只需殿下从中相助，让我与殿下的舅舅……南海县令联系上。李公虽不是岭南官最大的，但恰恰是县令这样的官，对地方上的管辖最能完全抓在手中。我想看在当日我献策的面子上，请李公派兵暗中保护我的家人。我也会写书一封回家，让我兄长提高警惕。若是我家人因我而受害，我万死难辞其咎。"

暮晚摇手搭在他膝上的手指颤了颤，心中有些抱歉。她担心的不过是蒙在石对她要做什么，言尚这边却是家人受累，都是因为她，所以她不能让言尚更深地牵扯进她和蒙在石的恩怨中了。暮晚摇安慰言尚道："你放心，你能提前想到这点，你的家人一定会平安的。毕竟乌蛮人在我大魏境内，他们如今又不能自由传书，我舅舅的办事能力，你应当信任。"

言尚点了点头。

暮晚摇说："说起来，你已经离家一年了，是否想念你的家人？"

言尚道："想自然是想的。然而有什么办法呢？"他叹口气，垂下眼，有些怅然道，"自从我离开岭南那一日，我就知道我此生，恐怕对阿父、兄长、三弟、幺妹的见面机会没有几次了。我与我家人的缘分，只能靠书信来维持。因我不是家中老大，我便不能越过我大哥，将我阿父接入长安来。哪怕我在长安过得再好，再有前程，我也不能越过我大哥去尽孝。而我见不到我阿父，我弟弟妹妹又怎能让我常见呢？多是他们补偿我，不断地给我寄钱寄物。我能回报的，不过是寄钱寄物。心中再是想念，也是没有其他法子的。"

他这般说，暮晚摇跟着他有些怅然了。暮晚摇道："我们两个真是太可怜了。"

言尚偏头看向她。暮晚摇仰着脸，对他笑一下道："我日日能见到我的家人，可我根本不想见到他们，对他们的感情也在一日日磨尽；你日日思念你的家人，可你却见不到他们，对他们的好，只能靠财物维系。我们两个还真是同病相怜啊。"

言尚轻声："别这么说。我会陪着殿下，殿下不会那般可怜的。"

暮晚摇短促一笑，轻声："是的。"她垂下眼，遮住眼中冰冷和阴霾。等她解决了蒙在石，这一切都会好起来的。

言尚靠着车壁，沉默半天，他突然异想天开道："如果有一日，我能离开长安，去岭南做官就好了。到了岭南，我就能见到我家人，照拂他们……"他话还没说完，膝盖就被暮晚摇重重"啪"了一下。

暮晚摇厉声斥责："别胡说！"她寒起眉眼，言辞严厉，"京官与地方官是不同的，何况是岭南那样的地方。如果不是犯了大错，你已是京官，轻易不会去地方州县，更不必说岭南那般荒僻。京官才是真正的官。多少世家子弟一旦不是京官，就根本不去地方州县上任。在大魏官中，官职迁调虽速，但下级的永远在下级沉沦，轻易不会升迁到上级。大魏官品清浊分明，下去了就不容易上来了！不要说这样的胡话！你想照拂你的家人我理解，但只有在长安，哪怕见不到他们的面，你也才能更好地照拂。其他就免了吧。"

言尚有些不赞同暮晚摇的看法。如果人人只愿当京官，那地方州县该怎么办？人人不满，何人治理？但暮晚摇说的，正是所有人理所当然的认知。何况暮晚摇这般着急，也是怕他出事，怕他会乌鸦嘴，真的影响了他自己的官运……言尚便不反驳她的话，轻声安抚："好了，我知道了，我不乱说了。我会好好当我的官，不乱折腾的。你放心吧。"

暮晚摇眯眯，半信半疑地看他。她想到有自己在，言尚能出什么事？这般一想，她就放松下来，眼中露出了些笑意。马车还在行着，暮晚摇轻轻掀开车帘看了一眼还有多久到府。看到还有一段距离，她重新心安理得地放下帘子。暮晚摇对言尚微微挑起一边眉毛，唇角带一点微笑的弧度。她轻轻提一下眼睑，弧度极小，但因为她眼神专注地看着言尚，这样欲说还休的眼睛，便显得生动万分。

看到她这样的目光，言尚后背一僵，头皮发麻。果然，下一刻，她就蹭了过来，跪在了他腿上，捧着他的脸，低头亲他的嘴角。她细声："有没有想我呀？"

言尚脸上温度滚烫，垂着眼皮躲她的撩拨："殿下，我们还在马车上呢。"

暮晚摇笑吟吟："那又怎么啦？亲一下你又不会死。"她细细地咬他的唇，手指羽毛一般在他脸上轻掠。他向后退，退无可退，终是靠在车壁上，伸手搂抱住了她。

言尚低声："你又来折腾我。"

暮晚摇挑眉："什么话呀？难道你不舒服吗，不想和我亲昵一下吗？言二哥哥，张嘴。"

反正一直都是言尚迁就她，随着她闹。可是马车这么小的空间，离府又不远了，很快就要下车……她折腾了他，又不会管灭火，难受的还是他。然而言尚无奈地在暮晚摇的压迫下，半推半就地从了。

暮晚摇低头亲他，听到他剧烈心跳声，他抓着她的腰的手指也滚烫……她垂眼悄悄看他，见他鬓角有些汗湿，微闭的眼尾一派绯红。衣袍被她揉乱，他一手搭在她腰上，一手扶着旁边案几。暮晚摇看到他扶着案几的手指用力得发白，带着轻微颤意。暮晚摇心中爱他，又亲了亲他的眼角。她低声，语气寥落："哥哥，我知道你是为了帮我转移我的坏心情，才跟我拉扯着说你的家人，才如此乖乖在我身下躲着不动，任由我欺负你的。"

言尚一怔。一声"哥哥"，让人耳根发烫。他睁了眼，抬目看向她。他睫毛颤了一下，她的吻就落在他眼睛上，迫得他再次闭眼。言尚再次睁眼时看她，她对他红着脸笑，欢喜万分。言尚侧过脸，低声："殿下不要这么叫我，让人听见不好。"

暮晚摇笑而不语，揉着他后颈，漫不经心道："我知道你有话想问我，我只回答一次，你想问什么就问。我看你从上车一直憋到现在都不问，虽然你总是这样，但我心疼你，想回答你一次。你问吧。"

言尚盯着她，千万个疑惑一直在心中徘徊，最后到嘴边，真正想问的其实只有一句——半晌，他问："刚才在鸿胪寺门口与你对望的那个乌蛮人，那个脸上有疤的人，是不是你的情郎？"

暮晚摇眼珠微转，低头看他。二人沉静对视许久。暮晚摇低头，在他唇上再亲一下，回答他："不是。"

言尚松了口气，一直紧绷的那根弦松懈了一下。他望着她说："你说不是，我便信你。你不要骗我。"

暮晚摇盯着他，眼眶蓦地有些热意，却被她眨掉。她笑嘻嘻地俯身，又缠着他要亲亲。他没办法，从了她，顺着她的意亲她。然唇齿正缠绵，外头方桐咳嗽一声，道："殿下、二郎，到府邸了。"

言尚瞬间脸涨红，推开暮晚摇。暮晚摇瞥他那没出息的样子，扑哧笑了两声，还饮了口茶，压根不觉得如何，自如地下了马车。而言尚过了很久才下车，还匆匆回府，躲避方桐的关注。

暮晚摇回到府邸，就将方桐叫过来。

暮晚摇问方桐："就是蒙在石，他果然大难不死，成了新的乌蛮王，我今天没看错，对吧？"

方桐点头："是，殿下没看错。"

暮晚摇："可他脸上多了疤痕。"

方桐再次点头。

暮晚摇半响后嗤笑："脸上多了疤痕又如何，他化成灰我都认识。"

方桐有些焦灼地问："殿下，怎么办？如果他要拿殿下与他的旧情威胁殿下……"

暮晚摇："我不能让他影响到我。"

她让方桐附耳过来，悄声让方桐去胡市上找那些身材样貌和蒙在石相似的人。如此如此，那般那般，吩咐一通，又让公主府的卫士加紧练习武艺，加强公主府的守卫。

方桐一惊，猜到暮晚摇的打算，想说这样有些冒险，公主可能会受牵连。但是方桐抬头，看着暮晚摇冰雪般的侧脸，好似又看到当初他们从乌蛮火海中走出来的那一夜——

火焰在身后的帐篷石峰间烈烈燃烧。夜尽天明，暮晚摇手持匕首，就与他们这几个人逃出了那里，大部分人都葬身在身后的战乱中。暮晚摇领着他们，跌跌撞撞地冲入大魏边军中，哭着求助："我要见我母后！听说我母后病逝了是吗？我要为母后送终，我不要再待在乌蛮了——将军！求你们了！让我见我母后最后一面吧！让我见我父王吧！乌蛮已经乱了，他们会杀了我的……让我回去吧——让我回去吧——让我回去吧！"

一声比一声嘶哑尖厉，乌蛮一夜之间卷入火海和战祸，继任的新王生死不明，老乌蛮王死得不能再死；而少年公主沙哑的哭声在大魏边军军营中回响，堂堂大魏公主，跪在边军将军脚下，抬起一张脏污又可怜的脸。她长发凌乱，衣袂被火烧得也乱糟糟的。零零散散的仆从跟着她，一个个手足无措。高贵的公主受尽屈辱，用她雾蒙蒙的、楚楚动人的眼睛求着人，用她的纤纤玉手紧紧抓着某位将军的战袍衣摆。她哭了又哭，跪在黎明下，终是被心软的大魏将军扶了起来，终是哭到了一个前程。

那哭声是假的。公主早就不哭了。但哭声中撕心裂肺的仇恨是真的。再也不想待在乌蛮了。

绝不要再回去乌蛮了。

蒙在石那边，待言尚离开后，蒙在石回了大魏给自己等人安排的住所。他吩咐下属："这几日，给我好好查那个言尚。我怀疑他和言石生是同一个人……若是真的，这就太有趣了。"

在鸿胪寺挨了两次杖打的克里鲁被人奄奄一息地搀扶过来跟大王请罪。蒙在石一把扣住克里鲁的肩，不让对方下跪。蒙在石淡笑："你为了我去试探大魏官员，何罪之有？"

克里鲁："我、我试错了人……"

蒙在石冷声道："倒未必试错。那个言二郎，与我说话间，突然就换了一个册子写……第一个册子是有问题的，要么他本来就想将我们一军，要么他临时起意，想试一试我们。无论哪种情况，这个人都不容小觑，不是你们能对付的对手。以后对此人，你们小心些，不要露了底。"

众人都点头。蒙在石再看向那个一直假扮他的"假王"，慵懒道："他们大魏讲究什么'欺君大罪'，咱们到了他们这里，当然也要遵守他们的规矩。暂时先把我和你的身份换回来，待我需要的时候，再重新让你当这个'王'。"

"假王"称是，只是犹豫："可是阿勒王派来的那个罗修，见过大王你的样子。要是你突然不见了，或者他看到大王恢复身份后的真面目，会不会怀疑？"

蒙在石慢悠悠地说："放心吧。到了大魏长安，你们只管把那个罗修打发走，他巴不得能离开我们自由行动。阿勒王把他派来，难道是为了监视我？我有什么值得阿勒王监视的。那个罗修，所谋所图……恐怕在大魏，在长安。咱们且看他到底要做什么。只要不闹出大麻烦，咱们就不管。"

属下点头。众人再说："那我等是否要和其他与大魏称臣的小国一般，趁着这次大典机会，和大魏重新谈判各种条约？毕竟和亲已经过去了好久，待遇……总该提高点吧。"

蒙在石颔首。众人商议了他们这次来大魏要做的事，最后想来想去，话题回到了丹阳公主暮晚摇身上。蒙在石忽然问："如果我要和亲公主回来，你们说，大魏皇帝，应该迫不及待吧？"

众人面面相觑："让和亲公主回来……是什么意思？"

蒙在石看着他们，要笑不笑道："王后怎么样？"

众人再次互相看看，见蒙在石竟然是认真的，众人骇然，心想那个公主当初可是算计了大王，差点坑死大王……然而蒙在石的威慑压着众人多年，众人还是屈服了："我等都听大王的。"

乌蛮这边叫罗修的使臣，竟然原来是大魏人，会说大魏话。大魏官员看到这么个人，自然很高兴。罗修趁机要求参观官衙各处，大魏向来对四方小国大度包容，自然热情欢迎。

罗修听说他们在为大典写什么文章，便好奇去了翰林院。在翰林院几天，罗修日日都能见到一个叫刘文吉的内宦。那个内宦每日安安静静地在角落里抄书，几日来，翰林院官员们对他的态度都不错。罗修诧异，因为他父亲是大魏人，他从父亲口中听过大魏有多瞧不起做太监的。这个刘文吉，让他觉得有趣。

这日刘文吉从翰林院离开，回宫廷去，在宫门口遇见了一个焦急的仆从。因为见得多了，刘文吉认出这人是皇帝身边大内总管成公公在外面认的干儿子的仆从。成公公外面那个干儿子经常会派人来宫里打秋风找成公公，每次都有很多内宦上赶着巴结。刘文吉是第一次在进宫的路上碰上这个人。他心跳了一分，小心弯腰和对方行了一礼，问道："可是要找成公公？近日成公公当值，一直伺候陛下，恐怕不得闲。如果有什么事，小奴说不定能帮代劳？"

那仆从着急十分，见是一个内宦，倒是很放心，觉得内宦都是自己人。仆从说："麻烦这位公公帮我传个话吧！我家郎君和郭学士家里的一个管家抢一处田舍，不小心打了那个管事。我家郎君求成公公救命……"

刘文吉挑一下眉，问："郭学士，可是翰林院的郭学士？"

仆从一看对方竟然知道，很激动："正是！"

刘文吉便微笑，慢条斯理地说道："如我之前所说，成公公这些日子都不得空，我们这些小奴才都见不到他老人家的面。"见对方面露绝望，刘文吉猜到对方已经在这里等了很久，多半其他内宦都是这么回答的，所以这种好事才能落到自己头上。刘文吉道："然而我正巧认识这位郭学士，若是等得及的话，不如我帮你们两家牵个线，吃吃饭喝喝酒，将此事说开？不过一处田舍，谁又买不起呢？当是一场小误会。"

仆从大喜："正是这个理！多谢公公！公公如何称呼，我们日后如何联系你？"

刘文吉便如此这般地说了一通，将人打发走。人走后，刘文吉默默地继续回内务府去回复今日事务。

天太冷了。他蜷缩着，弓着身，低着头，在宫道上缓缓走着，想着估计快要下雪了，要多备些炭。昨天听内务府的人说一个小太监没有熬过去，死在了这里，被人一张草席拉了出去。刘文吉不愿那么死去。不过是赔着笑脸跟大人物阿谀奉承，不过是四处打秋风四处讨好人……他越来越习惯这样了。只是……真的好冷啊。打个哆嗦，刘文吉走得快了些。

除夕日，暮晚摇清早就进了宫，去准备今晚的大典。各国使臣进宫，被鸿胪寺五品以上的官员领路。所有五品以上的官员都要入朝参加大典，而五品以下的官员，开始休长假。言尚先去拜访了自己父亲给自己安排的老师，然后又去了刘相公府上，拜见自己真正意义上的老师。刘相公怜他孤身一人在长安，除夕没有家人，于是进宫参加大典之前，嘱咐让言尚今日待在刘府，和刘家人一起过年。

傍晚时，言尚独自站在刘府的庭院中，看着暮色昏昏。刘若竹悄悄从后迎上，见言尚立在廊下，好久未动。她轻轻咳嗽一声，言尚回神，向她笑了一下。刘若竹红着腮，问："二郎怎么一个人站在这里？可是不自在吗？"

言尚道："不是，师母已经做得很好了。不过娘子来得正好，我突然想起一事，想要跟师母告别，却不好意思，烦请娘子帮我说一声。"

刘若竹一呆，慌道："你要走了？为什么？是我们哪里做得不好，让你

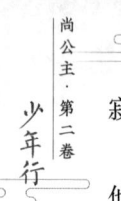

寂寞了？"

言尚自然说不是："只是临时想起一人，我……想和其他人一起过年。"他只是看到傍晚天昏，站在廊下，突然想到了一个人，想起她说的"黄昏暮暮，小船晚摇"。所念皆暮晚，暮晚皆是卿……便迫不及待地很想见她，想和她一起守岁过年。

第十章

青质连裳铺在地上，刘若竹蹲在地上，正在将熏炉中落下的灰，一点点捡进帕子里收拾了。贴身侍女过来时，根本没看到刘若竹和言二郎郎才女貌、相携而立的样子，只看到自家娘子蹲在地上收拾炭灰。仔细看，那熏炉，好像还是言二郎之前用过的。侍女茫然："娘子，二郎呢？你不是寻机会来与二郎说话吗？"

刘若竹回答："他走啦。"

侍女愕然，跺跺脚过去，连忙喊小娘子起来，自己来收拾炭灰。其间，侍女小心翼翼地抬眼，看到自家娘子脸上浮起几分失落的神情。刘若竹长睫毛浓缠一处，脸上有些红，仔细一看，还有哭过的痕迹。但是她对关心自己的侍女只是抿唇笑了笑："原来爷爷说的是对的。二郎心中有其他女郎，爷爷让我不要多想了。我还不服气……今日除夕，见二郎那么着急地要走，我才知道原来他心里真的有其他女郎。"

一个月前，刘若竹催问自己爷爷，到底有没有跟言尚提过婚嫁的事。那时候刘相公就抚着她的发，叹道："是爷爷不好，之前没有问清楚就把你卷了进来。但是我依稀看着，素臣心里有人，你就不要掺和了。"那时候刘若竹不信。然而她到底是大家族教养出来的大家闺秀，又做不出巴巴跑出府去问言尚这样的事。所以一直到今日，刘若竹自己亲眼见了，才能确信。

侍女问："那娘子有没有问二郎喜欢的女郎是谁啊？"

刘若竹摇头。

侍女急了："娘子就这么放弃了？万一那女郎不如娘子呢？娘子都不去争一争吗？"

刘若竹目光婉婉若河，怅然笑："他喜欢的女郎一定是很好的。我何必自取其辱？"

侍女太迷茫了，实在不懂刘若竹的想法。在侍女看来，喜欢一个人，自家又有权有势，哪怕逼迫也行啊。做刘相公的孙女婿，难道还委屈了言二郎不成？但是刘若竹道："做相公家的孙女婿当然好，但也不能强逼人家。何况他是我爷爷的小弟子，我怎能做那种事，引起他和爷爷之间的龃龉？"

侍女："可是老师如父，老师的话他怎么能不听？这是不孝。"

刘若竹声音柔甜："但是我强留住一个人干吗？留得住人，留不住心。古往今来，权势之家，多少人因为这样的原因落得一生情爱颠簸、你死我活的下场。我和言二郎如今正是青春正好的年华，为何非要把对方逼到那一步呢？我不愿成为仗势欺人的坏女郎。"

侍女仰头看着刘若竹。她并不太懂刘若竹的想法，这般气质如竹、馨然自若的小娘子，亲自被刘相公教养大，这样小娘子的见识谈吐，又岂是一般女郎比得上的？在侍女眼中，那言二郎还配不上自家女郎呢。侍女便认真道："娘子这样想也对。娘子你眉眼间田宅宫开阔，眉毛纹路清晰弯长，眼睛大而清澈，鼻翼饱满，垂珠厚大……按我们那里老家人的说法，娘子你这是有福之相。你会一生衣食无忧，父母疼爱；富贵平安，儿女双全，长命百岁。身边人也跟着你无病无灾，享你的福气。你这样的好面相，想要姻缘轻而易举，娘子不必拘泥于一个言二郎。"

刘若竹本在惆怅自己的感情，侍女这么认真地一通分析，她瞬间就脸涨红，又露出几分迷茫无措的样子来。刘若竹又害羞又想笑，在原地跺了跺脚，红着脸说："胡说什么啊你！我才多大，你就'儿女双全，长命百岁'了。我……不理你了！"刘若竹转身跑出了廊子，出了外面，她一愣，感觉到额头上湿湿的。她伸手向外一展，雪花落在了她掌心。原是傍晚时候，簌簌地开始下雪了。瑞雪兆丰年。希望明年是个好年。

刘若竹这般欢喜地祈祷着，又忍不住乱想：不知道言二郎喜欢的女郎是何人？什么样的女郎能让他这样的人喜欢啊？虽然她已经决定放下了……但还是很好奇啊。

言尚离开刘相公府，就去找韦树了。他想和暮晚摇一同守岁，但他也知道暮晚摇在宫中主持大典，今夜回来得估计会很晚。而且孤男寡女……总觉得只有他们两个在一起，也许不太好。太充满暗示性的意思，也许暮晚摇不会喜欢的。他想，毕竟她于感情一面很不认真，他怕自己的多此一举，会吓得她再次后退。于是他便想到了韦树。韦树虽出自洛阳韦氏，但是今年在长安过年，韦树又不去他大哥府上，必然也是孤身一人。韦树年纪还那般小。

言尚想着一个十五岁的少年孤零零地刚当了监察御史，得罪了一堆人不提，还要一个人过年，心中生起几分不忍。言尚打算去看看，韦树若是当真一个人的话，他就约上韦树一同去公主府看看，看能不能在公主府留下来，等暮晚摇回来。

傍晚雪落之时，宫中的宫宴就拉开了序幕。暮晚摇第一次主持这样盛大的宴席。早上天亮她就进了宫，一直紧张地忙到现在。此时看到朝臣们一一入席，各国使臣也一一被领着前来，暮晚摇心中绷着的弦一点点放松。皇亲国戚来的时候，正是太子领着一众弟弟妹妹过来。太子对暮晚摇点了点头，鼓励她做得不错。暮晚摇看到太子的笑，才稍微放松一下。太子妃牵着自己的一双儿女，领着太子的一个宠妾，立在太子身后，对暮晚摇友好地笑。

暮晚摇和他们见过礼后，总觉得少了谁。她看向太子的身后，果然，没看到杨嗣的身影。暮晚摇轻声诧异："杨三今晚难道是和杨家人一起入席吗？"

这话说的，太子妃在旁都无言了一下：六公主都觉得杨三跟住在东宫似的，杨嗣要同杨家人一起入席，在六公主眼中居然成了很奇怪的一件事。太子咳嗽一声，道："无所谓跟谁一起入席，他今晚不在。"太子道，"本是应该回来了，但是回来路上遇上雪灾，据他来信，他被困住了。今天我等了一整日，现在是确定他回不来长安了。大概等过几天才能回来吧。"

暮晚摇点头。太子看向自己身后，兀自叹道："平时烦他烦得不行，嫌他给我惹麻烦。现在他不在，倒有点想念。"

暮晚摇微笑："然而我倒觉得杨三现在肯定很高兴。"

太子也忍不住笑了，道："离开了我的管辖，他就跟脱缰野马似的，现在自然很高兴了。长安繁华，他却不太喜欢这里啊。"

暮晚摇说："那大哥也应该考虑考虑他的意见嘛。总是把野马拴在身边，野马自然听话了，但是也要养废了，不是吗？"

太子若有所思地看着暮晚摇，一时判断不出她这么说，是单纯帮杨嗣说话,还是另有目的,比如想减掉太子在长安的砝码……太子只是道:"可见你和他还是感情好啊,这般关心他。"

正说着话,旁边一声冷嗤,不阴不阳道:"你们兄妹间倒是亲昵啊。"

太子和暮晚摇等人一同回头,看到衣装华美的庐陵长公主走来。裙尾曳在身后,侍女们小心提着长公主的裙子。庐陵长公主目光转向这边,描金勾红,眉目艳丽。她虽已年近四十,但保养得当,比二十多岁的女郎也不差什么。

太子便领着暮晚摇等人请安:"姑姑,好久不见。"

庐陵长公主冷笑:"托你们的福,自然好久不见了。"

太子便不接话了。庐陵长公主从长安消失了半年时间,如今趁着大典才出来活动,显然是打算借这个机会重回长安的。无论是太子还是暮晚摇,都不打算跟这位姑姑计较。经过之前的事,庐陵长公主已经元气大伤,现在不过是虚张声势。庐陵长公主想回来,那便回来呗。正说着话,大内总管已到来,唱喝声在鼓声后响起——

"陛下到——"

一时间,席间所有正在说闲话的大魏人,那些跟在鸿胪寺官员旁边叽里咕噜说着异国语言的小国使臣们,全都看向两列席间空处的御道,看向那赤黄色的肩舆。肩舆上,皇帝难得穿着郑重祭奠才会穿的朝服。镏金方顶冕,玄色金龙纹交领王袍,绛纱蔽膝。礼服外披着鹤氅,肩舆外天地飞雪。漆黑天幕下,两列内宦提着灯笼在前,羽林卫配着刀剑随后。所有人的目光,都仰望那个坐在肩舆上的中年男人。那便是大魏皇帝。四方小国口称"君父"的大魏君主。四方静默,密密麻麻的人群,一径跪下,声盖寰宇——

"恭迎陛下——"

肩舆停下,黑舄踩在地衣上,皇帝从中步出,目色冷淡,看向所有朝臣、内宫妃子、外宫子女、国外使臣。所有人前,他是唯一的君。皇帝淡声:"众卿平身。"

丹阳公主府的府门被敲开,管事领着言尚和韦树进入。内宅的侍女们匆匆迎出,看到二人前来,一时间都有些目中微恍。言尚雅,韦树清。二人自雪中前来,一前一后地走在公主府的长廊上,少年们的昂然之姿,让人心生向往。而他二人侧脸看来,眼珠黑泠泠。言尚目中带笑,韦树如雪之肃,都让侍女们看得脸微红，心脏怦怦跳。

公主贴身侍女中的秋书迎上来，行了一礼，道："夏容姐姐跟殿下一同进宫了，今夜是我负责公主府上事宜。我家公主今夜不在，不知二位郎君前来所为何事？"

言尚温和行了一礼，道："……我和巨源来此，是有些冒昧。然而我二人都受殿下的恩惠，此夜又兼我二人无所事事，便想来府上拜访殿下。"

秋书惊愕道："可是我家公主不在啊！"

言尚垂目："所以……要等啊。"不等秋书继续拒绝，他道，"一路行来，看公主府上竟然什么都没准备，很有些荒芜感。纵是殿下在宫中，诸位也要在府上守岁过年。不如稍微修饰一下，也许殿下回来，看到焕然一新、有些过年气息的府邸，会很高兴呢。"

秋书茫然，心想他们府上可从来没在过年时候布置什么啊。以前公主和亲前，匆匆盖了公主府是为了让公主出嫁，之后公主只在这里住过几个月就嫁去乌蛮了；而公主再一次回到这里，虽是在这里过了两次年，但公主除夕是要进宫的，府上也没有布置过。秋书支吾："我们从来不布置……我们殿下喜欢清静。"

言尚无言，半晌道："你们看殿下平时的喜好……像是喜欢清静的吗？"

这话说得一众人无言以对。暮晚摇平时嫣红长裙，妆容繁复精致，不是金就是银……她就像一座辉煌璀璨的宫殿般，确实看不出什么冷清的爱好。公主府上的人茫然间，又因为言尚这几个月来和她们公主那心照不宣的关系，再加上言二郎极擅言辞，她们轻易被言二郎说服，决定布置一下府邸，等公主回来。如果公主回来发怒……这不是有言二郎顶着呢吗？

韦树看着言尚和侍女们交流，他没说话。有言二哥在，韦树自然是不说话的。只是观望言二哥和公主府上侍女们的熟稔，韦树目光闪了下，若有所觉。

宫宴上，各国使臣朝贺并祝寿，献上各国珍宝。有鸿胪寺当面，不知礼数的小国的献贺词都写得分外恭敬，充满了对大国的崇尚。不外乎什么"天朝上国""我等蛮荒"之类大魏人听得懂、小国使臣不懂他们自己在说什么的话。反正是听鸿胪寺的官员拿着他们的献贺词高声念完后，上座的皇帝就让人赏赐。而大魏皇帝赏赐下来的珍宝，是小国所献的数倍。大魏要名，小国要利,如此一来,双方欢喜。到最后一个小国朝贺完,宫中舞姬们上场表演歌舞,从旁一直盯着所有流程的暮晚摇才舒口气,有空坐回了自己该去的位置上。

到此一步,她的任务完成得差不多了。接下来小国和大魏的技艺表演和交流,总是比之前的朝拜要轻松很多。众臣和后妃们都开始用膳,观赏舞蹈。有内宦到暮晚摇耳边说了几句话,暮晚摇侧头,看到庐陵长公主趁着众人观赏歌舞的工夫,领着人向皇帝去了。知道这位姑姑要做什么,暮晚摇便只是勾了一下唇,低声:"不用管。"

内宦退下。而皇帝所坐处,庐陵长公主委屈十分地向兄长请了安。她小心看皇帝一眼,见皇帝脸颊瘦削,神色冷淡,但今晚看着……身体状态还好?庐陵长公主请了安后,见皇帝只是漠漠看她一眼,便有些慌。庐陵长公主连忙让人献上自己好不容易收集来的一人高的红珊瑚树。这红珊瑚树裁成了一个衣袂飞扬的歌女的模样,捂着它的红布散下,它一经亮相,吸引了所有人的注意力。

皇帝也看去,道:"这么高的红珊瑚……不好得吧?"

庐陵长公主鼻子一酸,便伏在皇帝膝头,开始说自己的不容易,说自己想为皇帝准备寿礼,但自己无人可用,这半年来有多辛苦。她仰头,趴在皇帝膝上,哀求:"皇兄,是姣姣之前做错了,姣姣已经知错了,你就再疼姣姣一次吧。我现在都不敢出门,长安半年来的宴席都没有人请我了……我堂堂一个长公主,怎么像是坐牢一样呢?"

皇帝俯眼看她,片刻后叹口气,道:"行了,起来吧。你也不容易。以后不要再乱搜刮好看的男子,人家男儿郎都有尊严,谁愿意整日被你非打即骂呢?你这次倒下,不知有多少你以前的面首背后出过力。你啊,这么大年纪了,也不让朕省心。就你这样,朕走了,谁照顾你啊?"

庐陵长公主听到他这么说,却红了眼,眼泪一下子含在了眼中,竟有些羞愧的背叛感。她背着皇帝偷偷摸摸地和太子交换了条件,被禁了半年,但是等太子登位,她起码可保太平。皇兄不知道这些,还为她担心……庐陵长公主哽咽道:"妹妹盼着哥哥长命百岁呢。"

皇帝道:"那倒不必了。真长命百岁了,变成了糟老头子,到了地下,阿暖都要不认识朕了。阿暖,你说是吗?"皇帝看向旁边的空地。另一边的内宦成安早已习惯皇帝的癔症,笼袖而立。

庐陵长公主第一次看到皇帝发病时的样子,她惊骇地看向皇帝身旁的空地,难以想象皇嫂的离世,对皇兄打击这么大。

这时,下方歌舞已停。歌女舞女们退下,却有一小国使臣从席间出来,站到了正中央,他学着大魏礼数,向高处的皇帝拱手而拜。

坐在席间的暮晚摇手持银箸,要夹的丸子从箸子间脱落。她抬头,看向那走到正中央的男人。那人,向她这里看了一眼。正是蒙在石。蒙在石用不太熟练的大魏话,朗声向高处的皇帝道:"君父,臣是新任的乌蛮王。乌蛮和大魏有盟约,大魏下嫁天子亲女于乌蛮,乌蛮停止和边军的战争,双方议和百年。臣今日站在这里,便代表哪怕乌蛮换了新王,这协议仍愿遵守下去,尊陛下为'君父'。但盟约有一条,是大魏公主要在我乌蛮为王后。而我乌蛮自来有传统,继位乌蛮王,无条件继承上任王留下的所有遗产,包括妻子。所以,臣请求君父,将丹阳公主,重新下嫁于臣。请丹阳公主与臣重归乌蛮,结双方百年之好!"

他话音一落,原本还有些低声说话的正殿,鸦雀无声。太子猛地绷住身,忍不住向上看向自己的父皇。饰玉珠串挡在皇帝的冕冠前,挡住了下方所有窥探的目光,皇帝却在高处观察着他们。

乌蛮王蒙在石长身挺拔,说话干脆,这番话大概考虑了不少时间;大臣们窃窃私语,这一年来和丹阳公主走得近的大臣,更是几次坐不住,目露忧色;皇室这边,庐陵长公主很无所谓,看戏一般的态度,晋王低着头,对此不发表意见,秦王露出有些兴奋的神色,太子眼神闪烁,略有犹疑。

皇帝再看向暮晚摇。暮晚摇目光冷冰冰地盯着蒙在石,大有掀案吃了蒙在石的架势。皇帝勾唇,觉得有意思。

天地大雪铺在地上,如银色月光般清凉。公主府上,侍女们进进出出,开始迟到地准备守岁时该备的糕点、祭祀之物。

卫士们在前面忙碌,与言、韦二人一道给府上挂上了红灯笼。公主府没有的东西,言尚还专程回隔壁自己的府邸把东西拿来,都是岭南过年时会备下的,他家人远远寄来给他,如今都到了公主府上。两边府邸在今夜合二为一,言尚那边的仆从们来来去去,帮忙在公主府上布置。一时间,公主府倒真的焕然一新,有了要过年的架势。

言尚和韦树又带着人去巷子里挂灯笼。按他的说法,公主当一回到巷,就有灯笼照明才是。该是从巷口,这一切都变得不一样才是。站在巷子里,韦树提着灯笼,看言尚踩着梯子在墙上画线,是为了每个灯笼的间距一样。言尚站在梯子上,问下方的韦树:"你在下方看得清楚一点,这个位置准不准?"

韦树突然道:"你是不是喜欢公主?"

言尚一僵,他猛地转身低头,看向下方的韦树。这么大的动作,竹梯不稳,他袍袖扬起,从梯子上摔了下来。韦树眼眸一缩,听到"扑通"声时,人和梯子都一同倾倒了下来,倒在了雪地上。树上的雪也被震落,簌簌地从枝头飘下,下雨一般哗哗洒向巷子。韦树连忙将灯笼放在地上,去扒拉被埋在雪里的人,又茫然又慌张:"言二哥? 你没事吧?"

言尚声音闷在雪下,轻柔:"没事。"一只修长的手扶着梯子,从被雪埋的下面冒了出来,言尚坐在地上,抖落脸上、肩上的雪。

韦树看他没事,松了口气。少年蹲在旁边,看着言二郎的狼狈,缓缓说:"……你是觉得对不起我,所以心慌吗?"

巷头安静,灯笼在雪中摇落,红彤彤一片。坐在地上,言尚抬头,与韦树漆黑的眼睛对视。

宫宴上,蒙在石一言,激起千层浪。太子手持着一酒樽,暗自观察。

众臣们,一人站了出来,拱手道:"陛下,我大魏绝无同一公主和亲两次的说法! 蛮荒之地,什么新王继承先王的一切,实属可笑,滑天下之大稽! 若是让丹阳公主再去和亲,还是乌蛮的新王,这于我大魏来说,实在是耻辱!"

太子看去,见第一个为丹阳公主说话的大臣,乃是户部侍郎。户部侍郎曾做过暮晚摇的幕僚,现在当然效忠太子,但是在太子之前,他也是暮晚摇的人。作为公主的前幕僚,户部侍郎第一个为暮晚摇说话,理所当然。

暮晚摇抬眼,看向大臣中站出的那中年官吏。有了第一个,下一个大臣站出来就容易多了:"陛下,不可答应乌蛮的和亲要求。哪怕再和亲,也不应当是丹阳公主。同一公主,不应嫁乌蛮两次!"

但是再下一个站出来的大臣就冷笑:"你们这般说法,才是荒唐。大魏和乌蛮定下的盟约国书,本就是丹阳公主下嫁。既然乌蛮有乌蛮的传统,我们就应该尊重。你们这是迂腐,是不愿女子再嫁! 公主是有权再嫁的!"

太子看去，知道这个说话的人，是秦王那一边的。秦王当然希望暮晚摇离开，断太子的臂膀。

又有一武官站起，朗声："公主不应嫁！丹阳公主的使命已经完成，国书说的和亲乌蛮，指的是前任乌蛮王，绝没有再嫁的道理。"

再有一官反对："乌蛮和我大魏的合约能履行到此，是我等守约的缘故。乌蛮王已经提出要求，丹阳公主为了国家，应当嫁去！"

两方吵得不可开交。上方的皇帝观望着，心想看来暮晚摇在朝中的地位，非昔日可比了，竟有这么多大臣站在暮晚摇这一方。可见暮晚摇这一年上蹿下跳，还真玩出了结果。

太子见众说纷纭，见双方半数，便知自己也可下场了。他向旁边使了一个眼色，有一内宦就悄然离席，去到了使臣中间。太子妃坐在太子旁边战战兢兢之际，见小国使臣的座位间，一人站了出来，大笑道："乌蛮既求娶丹阳公主！我国虽小，却也爱慕公主芳华，请求陛下赐婚啊！"

皇帝眯了眼。

公主府外的雪地上，言尚望着韦树，慢慢道："是，我喜欢她，倾慕她。巨源……我对不起你，但是我想娶她。"

韦树怔然，没想到内敛如言尚，会跟他说出这样的话。韦树轻声："娶她很难的。"

言尚眼睫覆眼："我不怕那些难处。我怕的，只是她不愿嫁我。"

宫宴上，各执一词。臣子们分为两派，还有中间的如刘相公等人，不发表意见。乌蛮王蒙在石再次强调自己要娶暮晚摇。再有三四个小国使臣加入此列，为自己的国君求娶丹阳公主。一时间，八方打架，十分热闹。

"砰——"争吵中，一个琉璃杯摔出，没落在地衣上，而是滚在青砖上。声音清脆，所有人都看向摔了杯子、站起来的丹阳公主暮晚摇。暮晚摇望着他们所有人，微微笑："想娶我，也容易。你们说得都有道理，我只是一个和过亲的公主，再嫁有什么难的？看你们的本事而已。谁让我喜欢，我就下嫁哪个。"她目光冰冷带笑，隔着人群，刺向蒙在石，"想娶我，就来追慕我，就来赢我的心。乌蛮王敢来吗？"

第十一章

廊庑染上一层银白，殿中歌舞刚刚歇下。丹阳公主从席间走出，缓缓走向那些已经站出来的大魏臣子、外国使臣，还有那凝着目回头看她的蒙在石，目光一一落在他们脸上。许是被公主的气势所压，他们一个个让开了路，让暮晚摇站到了正中，可以直面上座的皇帝。暮晚摇拱手垂袖，向上："父皇容禀，儿臣并非不愿嫁。"

仰头向上看去，恍惚间，暮晚摇想到她不到十五岁时候的第一次和亲。那时她根本不能像现在这样站在这里为自己争取。那时圣旨下来后，她都只是懵懂地接受。那时她遍求无人，又很茫然，不知等着自己的命运是什么。十四五岁的她去史馆翻史书，翻出来的历代和亲公主的介绍只有寥寥几笔，终生不能归朝。那时暮晚摇以为自己日后再见不到父皇母后了，她为此哭鼻子，之后嫁去乌蛮，她还抱着两国修好的幻想担着大魏使者身份……

而今想来，暮晚摇不禁发笑，觉得自己以前真是天真又傻。乌蛮需要的哪里是一个大魏使者？他们需要的是大魏高贵的血脉，是和大魏血脉的融合。需要的是暮晚摇和她的侍女们、仆从们把大魏的血统和乌蛮相结合，生下一个个血统更好的孩子。他们需要大魏的文化、技术、知识……女人只是用来生孩子的工具而已。

回到现在，暮晚摇面向皇帝，面向诸臣，面向蒙在石，高声道——

"我好歹是大魏公主，怎么也不应当是谁想娶，我就愿意嫁。虽然诸位说的是'和亲'，但于我也算二嫁，我想我身为公主，总有一些自由吧？难道不应该是征服了我的心，才说能不能娶能不能嫁吗？

"父皇和诸位大臣在这里讨论我的去留，然而我的去留，不是今日一晚便能讨论出结果的。我想诸位大臣与各国使臣，总要再商量许多天，才能定下结果吧？

"我听闻在乌蛮，男人要娶女人是要征服那个女人的。怎么独独我大魏公主不行呢？不论你们乌蛮的传统是什么，我们大魏的公主也不是说嫁就嫁。两国盟约之事，我想还是慎重些比较好。总不能逼人就范。乌蛮马背天下,战力自然强盛,但我大魏军马万万,装备精良,也不是懦夫,是不是?乌蛮王,你说呢?"

蒙在石望着暮晚摇。她下巴微扬,语调散漫中带一丝笑,看着他的眼睛,也是七分笑意中留了三分的刀子。蒙在石便答:"自然。两国盟约不是一日能谈好的。我今日只是见到殿下心生爱慕,绝无强逼之意。我想向陛下求迎娶公主,但自然要让殿下心甘情愿才是。"

看蒙在石这么说,暮晚摇僵硬的脊背仍紧绷着,她目光看向上方,知道最终话语权在皇帝那里。她父皇是一直希望她去乌蛮,不要干扰大魏的。暮晚摇虽知可能无用,可她真的忍不住在心里向鬼神求情,向她已经逝去的母后祈祷——

母后,我不怨你要我嫁去乌蛮了。但我是您仅剩的女儿了,您能不能在黄泉之下帮帮我,帮我在父皇面前说说情。我真的不想再去乌蛮了。我一生不婚不嫁,我都不想去乌蛮了!求求您了!求求您了!

不知道是不是她的祈祷生了作用,还是皇帝对此执念并不深。皇帝在上观望许久,听到暮晚摇和蒙在石的话后,笑了一声。皇帝随意道:"使臣尚在大魏,接下来这些事,中书省看着办吧。"他将太子直接从政权中心抽出,不让太子管此事。端坐案后的太子手持酒樽,微微一僵后,也懂皇帝知道他不想暮晚摇去和亲,直接将他的话语权移走了。太子静半晌,心中寒了一刹那,想父皇对子女绝情至此。但他到底没说话。

秦王倒是有些意动,但是他舅舅、刑部尚书在他后面的席位上咳嗽了一声,将他按捺了下去,知道现在不是出头的机会。好不容易有一个从太子那里抢权的机会,却因为君心难测而不敢出头……秦王憋得脸都青了,只能多多喝酒。

而下方观望双方争执许久的中书令听皇帝让中书省看着办,刘相公等几位宰相就从席间站出,无奈地接了圣旨。四个宰相互相看一眼,心里齐齐一叹,知道这个差事不好办。

上方皇座上,再面对暮晚摇,皇帝目中光幽若:"你们小儿女的事,自己解决,不用问朕。朕不是那类不开明的父亲。待乌蛮王等人追到公主的心,再说下一步。朕看着,也很有趣嘛。你们自己商量着做便是。"

所有人都不受控制地松了口气。这位皇帝心思深沉,君心难测。在皇权面前,一切都可衡量,都可拿来做买卖。不管是任何感情、任何利益,抑或任何他喜欢的、看中的人。这位皇帝冷酷薄情,唯一的优点大约就是喜欢放权,喜欢把许多政务推给皇子、臣子们去历练。皇帝并不嗜权,才有下面人的操作机会。然而正是因为他不嗜权,臣子、皇子之间才会争得头破血流,彼此利益得到诡异的平衡。于是,继续歌舞升平,觥筹交错。之前关于和亲的讨论,短暂得如同众人的幻觉一般。

丹阳公主府所在的巷子里,薄薄的雪覆着地,夜空仍絮絮飘着更多的雪。灯笼放在墙角灌木丛边,半数灯笼已经挂了上去,言尚和韦树肩靠肩,坐在墙角下,看着天上的飞雪。韦树眼睛黑如点漆,清如冰雪:"我也是很喜欢殿下的。"

言尚侧头看他,目光温润。他伸手拂去韦树肩上的雪,动作轻缓。韦树抱着自己的膝盖,慢慢地回忆:"我老师是公主的舅舅,老师被贬去岭南前,曾路过洛阳。那时候我从我家跑出去,在外面一个人生闷气,就遇见了老师。老师待我很好,我想跟老师一起去岭南,老师严词拒绝了我,说他已经没有前程了,我不能自毁前程。所以我第一次来长安,是靠着老师走前留给我的盘缠,偷偷从我家跑出去的。我阿母是韦家外室,我初时连个庶子的身份都混不上。我在韦家读书,他们都不喜欢我,排挤我。我刚到长安时去找公主,很紧张,很害怕。"韦树微微红了脸,垂下睫毛,小声道,"因为老师是让我找公主成亲去的。老师虽然说让我晚两年,但去长安的路上,我都在害怕……害怕公主欺负我,压迫我。如果不是因为要报答老师……我才不想去公主府。然后我见到了殿下。她确实……像老师说的那样,不会辱没我。但是,我一开始还是很害怕,总是怕殿下什么时候就靠近我,怕殿下突然提出什么时候要成亲。"

言尚一叹,手搭在了韦树的肩上。刚到长安的韦树,大概也就十四岁的样子,还是一个不爱说话、不爱和人交流的少年,见到足足比他大四岁的公主殿下,公主殿下还很可能是他未来的妻子……韦树确实不容易。

言尚道:"那你还经常去找殿下?"

韦树道:"她问出我年龄后,脸色也很古怪啊。但是她没有讨厌我,还是很照顾我,帮我在长安找房舍住,帮我安置家仆。她亲自帮我去看,就怕仆从欺我年少,怕我在长安住得不好。我不怎么喜欢说话,她弄清楚后,就不让人轻易跟我说话。而且她每次见到我都笑,每次见到我都很开心……

她每次都那么开心，我便也跟着开心。她初时待我很小心，就像姐姐一样。她脾气很大，但是她一开始都不让我知道。我第一次撞见她发火，吓了一跳，她还反过来安抚我，怕我有阴影，跟我保证她不会无缘无故对我发火。我那时就觉得……这个姐姐很好啊。"

韦树睫毛上沾了雪，雪化成水，沾得睫毛黏缠，他侧头看向言尚："其实我早就愿意听我老师的，去做殿下的驸马。我越来越知道殿下很不容易，如果殿下需要我，我当然会站在殿下这一边。可是大约我年龄太小，又出身洛阳韦氏的缘故，殿下和言二哥你走得很近，却不怎么让我帮她的忙。言二哥可以做殿下的家臣。我却不行。"韦树头靠着墙，仰头静静道，"哪怕我和家里关系不好，但只要我姓韦，我就不可能摆脱韦家提供给我的好处。我得到了好处，哪怕我自己不去帮韦家，旁人也会自己站队。所以李家要和韦家结亲，要用我和公主殿下。我觉得殿下是喜欢我的……因为她看到我就会笑，就会送我这个送我那个，我管她要什么她都给我。只是她对我的喜欢，不是男女之间的那种喜欢，对不对？"

言尚轻声："巨源，你是很好的……弟弟。不管是对我，还是对殿下来说。我们都很喜欢你的。"

韦树有些不解，心想喜欢他什么？他都不说话的。韦树抿嘴："因为你们都是好人吧。"他难得有些不服气，"如果是旁人跟我说喜欢殿下，我一定会生气，还会觉得那人配不上殿下，不懂殿下。但是如果是言二哥你……我就觉得，言二哥会比我做得更好。言二哥这样的人，才能真正打开殿下的心结，让她过得快乐一些吧。我要是女的，我也会喜欢言二哥啊。我看到过殿下看言二哥的那种眼神。我不太懂……但是，那种眼神，很不一样。殿下看到我会笑，但是看到言二哥，她会脸红啊。只是如果言二哥要和殿下在一起，言二哥会反对我经常来找殿下吗？"

言尚侧头看着他，摇了摇头，轻声："巨源，别这么说。无论我与殿下如何，无论我与殿下能不能修成正果……我和殿下，各自都不会讨厌你的。你随时可以找殿下，也随时可以找我。"他愧歉道，"是我与殿下私下交好，却没有告诉你。这是我做得不对……只是我确实不知道该怎么和你说。因为我们的事情太复杂了……殿下她不太愿意……我又愧对你……我……"他停顿了好久，眉头皱着，几次都没法说下去。他不太想说暮晚摇的心理有些问题，也不想说自己拿捏不住这个度。他越来越不知道该怎么处理暮晚摇的事，越来越患得患失。若是拿来告诉韦树……或许前一天刚说，第二天暮晚摇就要和他分开呢？多像个笑话啊。韦树忍不住笑了："难得见言二哥这么头疼的样子，我有点痛快了。也就殿下能让你这般左右为难吧。"他弹弹身上落下的雪，站了起来，回头看向跟着他一起站起来的、比他个子高一些的言尚。言尚也摇头笑了笑，为自己的无措："好了，你我兄弟之间不说那些了。还是把这些灯笼挂完吧。"

韦树："嗯。"

宫宴结束，除了宫宴之间那小小的插曲，暮晚摇一晚都没出现纰漏。她的能力得到认可，按照计划，本可以扩大她在大魏朝臣中的影响……然而如果她回了乌蛮，这一切都将毫无意义。暮晚摇脸黑如墨，方桐、夏容等人在宫苑门口跟上暮晚摇，众人一同向府上马车的方向去。

身后有人跟上："公主殿下！"那轻慢的、带着笑意和探寻的声音，沙沙地揉在暮晚摇耳后。暮晚摇蓦地回头，对上已经重新戴上了面具的蒙在石。对着一张獠牙面具，暮晚摇更是脸色难看。她甩手就要一掌打去，被蒙在石拽住了手腕。

蒙在石似笑非笑："这么大气性？"

暮晚摇声音阴冷："你打扰了我的生活，还指望我对你好声好气？"声音里的仇恨，几乎掩饰不住。

蒙在石静了一下，松开了她的手腕。他向后退了一步，道："你当日借我弟弟和我父王的手要杀我时，也没见你这般表情。我好不容易活了下来，需要你一个交代。"

暮晚摇眼睛一下子红了。她向前一步，因要压低声音，浑身禁不住地轻颤，逼得声音喑哑，含着哽咽："什么样的交代？我在乌蛮两到三年，被你父王拿着当妓女，拿着犒赏别人，不算交代吗？你用了我的身体，我给你情报，不算交代吗？是，你是教了我很多东西，但是我没有偿还你吗！你在我身上得到的刺激感、隐蔽的快乐感，你敢说从来没有吗？还有我为你做的牺牲……这些都不是交代吗？

"我不能想杀你吗？我没有理由吗？上一个是你父王，下一个是你弟弟，你弟弟被你宰了后就是你……反正我就是那个不变的乌蛮王后，我就不能反抗，不能想离开吗？我想摆脱你们，难道我就是错的吗？"

字字滴血，字字如刃，一寸寸逼向蒙在石的心脏。他忽有这么一个刹那，痛得不能呼吸。好像看到以前那些日子，看到她在他怀里哭的样子……现在她不哭了，然而她红着眼睛看他，更让他心痛。隔着面具，蒙在石不再如之前那般戏谑了，他淡声："我父王对不起你，我却不是他那样的人。你算计我，要杀我，我可以不计较。我们的旧日恩怨，一笔勾销。就如你在殿中说的那样……让我重新来追慕你。我们从头开始，好不好？小公主……跟我回乌蛮吧。"

暮晚摇唇角颤动，许多话她想骂出，但是她知道她不能。至少在此时，她不能把她和蒙在石的路走绝。现在这条路要是走绝了……蒙在石狠起来，跟她父皇合谋，她还是要去乌蛮的。她不能一下子把这个人逼到发狠。现在蒙在石有商有量的，不过是、不过是……觉得她会回头，会念两人之间的旧情。暮晚摇垂下眼，不答蒙在石的话，转头就走。

这一次，蒙在石静静在原地站着看着暮晚摇的背影，没有再追上去。他知道暮晚摇在乌蛮过得不好……但是现在都不一样了，现在他是王。只要她回来，只要她回头，他们还是会有结果的。毕竟……他们以前真的很好啊，他不信她一点都没有爱过他。

跟在暮晚摇身后，方桐一径低着头，不让自己抬头去看蒙在石，怕自己露出仇恨的神色泄了底。他仍记得乌蛮杀了多少他的兄弟……最后从乌蛮归来，才活下来几个人。方桐怕自己一抬头，就忍不住想替公主去杀人。这当然不是蒙在石的错，可是……蒙在石是乌蛮王啊。

另一边跟着公主的侍女夏容则全程茫然，从公主和那个乌蛮王的只言片语中，她听出好像有什么隐情，乌蛮王好像喜欢自家公主……但公主为什么生气？夏容不敢多问，只好糊里糊涂地跟着暮晚摇走。

他们到了马车旁，暮晚摇站在地上看他们驱车，在夏容要上马时，她忽然一把拽下夏容，在侍女的惊呼声中，暮晚摇踩在马镫上跃上马背。缰绳一拉，白马扭头，瞬间就向宫城门的方向冲去——

慌乱中，只匆忙听到方桐快速骑上马、追在公主身后的高声："让开！开门！是丹阳公主，莫要冒犯公主！"方桐又喊，"殿下！殿下！"

暮晚摇马术极好，根本不等方桐，她伏在马背上，衣袂如雪飞扬，马速越来越快，越来越快——作为公主，她自小就学了骑马。之后在乌蛮，因乌蛮人骑兵强,她跟着蒙在石学了一身好马术。确实,如蒙在石所说,她的很多东西都是他教会的。然而越是这样,她越恨!

大雪漫天。暮晚摇御马疾驰,座下宝马速如雷电。她将方桐等人远远抛在身后,如同不要命一般地、不断地让马奔得更快些。她要杀了蒙在石!呼啸的风在耳,雪在睫上凝成冰,只有这样,暮晚摇大脑才能空白。然而空白中,她又忍不住去想——重复了又重复,稍不注意,一切都会白费。留在乌蛮的耻辱,被抛弃的过去。父皇的冷情,母后的弄权,兄长间的算计。她是做错了什么,才落得这样一个人生?她是不是有什么不可饶恕的过错,才过得这般艰辛?

宫城、皇城、公主府,三者之间的距离本就不远。当日暮晚摇还以此为借口,让言尚住在隔壁和她做邻居。何况今夜暮晚摇御马御得这么快,心中的火气还没有平下来,她就已经御马进了公主府所在的坊,直奔巷子。巷口背对着她立着一个人,那人手里提着灯笼。墙上搭着竹梯,有仆从站在梯子上摆弄灯笼。暮晚摇根本没反应过来他们在做什么,她的马速根本不减,直冲向巷子。听到极猛的马蹄声,站在竹梯上的仆从先回头,骇然看到一匹极快的马向这边冲来。然后站在地上那个提着灯笼的年轻男子袍袖轻展,回头向后方看来——

言尚与暮晚摇四目相对。暮晚摇一怔,恍惚着想是不是幻觉,他怎么出现在她的噩梦中了?言尚向来清润明朗,对她笑得清浅,但是此时,她骑在马上,快速前冲时和他对视,在他眼中看到惊慌感。她难得听到言尚顾不上他的君子之风,高声道:"摇摇,缰绳——"

暮晚摇回神,才发现自己看言尚看得出神时,缰绳竟然从她手中松开了。马奔入了巷中,不管不顾地扬蹄快跑,这是何等危险!好在暮晚摇本就骑术精湛,只恍神了一下就夹紧马肚,将身子伏得更低,贴着马背与马同速呼吸。她趴在马上伸手去摸缰绳,然后一把拽住。马蹄在雪中打滑,又突然被紧拽住缰绳,马扑通倒地,跪了下去,骑在马上的女郎因紧紧拽着缰绳,只是在最后脱力被丢进了雪堆中。

暮晚摇被埋在雪里,呛得咳嗽。她呼吸困难,眼前白茫茫的,然后整片白茫茫的世界被拨开,一只在她眼前显得瘦长好看的手从外面伸了过来。言尚跪在地上,刨开地上的雪堆,将埋在下面的人抱出来。他全身都有些颤,一时间骇然得竟说不出话，他冰凉的手托着她的脸，睫毛上挂着雪水，低头看她。

暮晚摇猜自己让他担心了："对不……"她一下子被言尚紧紧抱住，茫然地听着他的呼吸，心想：我是做对了什么，才遇到这样的人，得到这么好的人生？

第十二章

寂静巷子被灯笼映得通红，雪地上，一匹马倒在地上哀号，公主府的人听到动静，连忙出来看马看人。他们见到公主被跪在地上的言二郎抱在怀里，公主发上、衣上全是雪，像是从雪里挖出来的一样。公主府的仆从不敢多问，连忙去安抚那匹马。而又过了好一会儿，方桐等人才姗姗来迟，看到公主没有崩溃地御马离开这里，还知道回到府邸，都微微松了口气。

言尚一径紧紧抱着暮晚摇，心脏怦怦，暮晚摇听得一清二楚。她眨眨眼，从他怀里抬起头。暮晚摇被雪呛得咳嗽几声，言尚才缓过神，拉着她从地上站起来。他手臂环住她后背，用将她拥在怀里这样的姿势扶着她起来。平时言尚是绝不会在外面对暮晚摇这般亲昵的，今晚这样破例，仆从们也当没看见。言尚手托着暮晚摇的手臂，呼吸就在她耳后，她的步摇好似撞入他口中一般。暮晚摇听到寒冬雪夜，万籁冷彻，只有他声音一如既往地温和："有没有摔伤哪里？手疼不疼，腿有没有被压着？殿下走两步，好不好？"

暮晚摇从马上跌下来摔得头疼背痛，但被他拥在怀里，她真的靠着他的扶持，听着他的话，乖乖地走了两步。有点晃。暮晚摇声音很轻，委屈一般道："腿疼。"

他立刻就蹲了下去，想要看一下。暮晚摇低头看他，见他手已经伸到了她的裙裾旁，又好似突然想起这不合适，他仰头来看她，暮晚摇眼睛黑漆漆的。她本满心荒芜，冰雪连天，看到他这样，却忍不住抿唇，翘着眼尾偷偷打量他。

被她偷看，言尚微赧，起身仍扶住她，抚着她向府中走，说："让侍御医来看看好吗？"

暮晚摇摇头,她今晚不想再见到任何宫中的人了。言尚又担心她真的受了伤,他蹙着眉想该怎么说服她让人看一看伤势,眉心忽然一片冰凉。暮晚摇伸手,手指点在他额头上。她说:"你怎么不说我?"

言尚低头看路,扶她上台阶:"说你什么?"

暮晚摇低头:"我骑马骑得这么快,还走神了,因为走神把自己摔了,让你这么心疼。你怎么不说我,都不骂我两句呢? 怎么不说我脾气好坏,一点都不体谅你们呢?"

言尚看她,顿一下,柔声:"殿下都摔痛了,我为何还要说殿下? 殿下一定是有什么委屈吧,想告诉我吗?"

暮晚摇看他,然后缓缓摇头。她不想他知道她的过去,她希望自己在他这里干干净净。

言尚静了一下,才温声:"那我只能千万倍地希望殿下再不要受委屈了。"

二人这时已经进了府邸,暮晚摇也不知自己伤得到底重不重。应该不重吧? 因为她还能走路。而且有言尚扶着她,她的心思真的被转移到了他扶着她的手臂上,他挨着她后背、有点凉的体温上。暮晚摇心里想他身上怎么这么凉,难道大雪天他一直在外面站着吗? 他在外面站着干吗? 暮晚摇垂着头,都没有注意到她府上挂满了灯笼。她只是听他在耳边不停地"殿下"长"殿下"短,失落道:"你怎么平时从来不叫我'摇摇'呢? 是因为我以前骂过你不许你叫,你就再不叫了吗?"

言尚愣一下,才说:"是我怕叫顺了口,在外面改不过来……让人生误会。"

暮晚摇偏头看他,漆黑的眼珠子盯着他秀雅俊容:"生什么误会? 你不想让你的朋友、你的同僚,知道你和我的关系吗?"

言尚看她,半晌道:"……不是我不想,是你不想。"

暮晚摇一怔,然后垂下眼,心想原来是这样啊。她好坏呀。

言尚手在她后背上轻轻拍了两下,他好像知道她在想什么一样,柔声:"殿下,别怪自己。什么时候想通了都好。我会等着殿下,不会离开殿下的。"

暮晚摇低着头不说话。言尚看出她情绪很低落,心中猜测宫中到底发生了什么。他倒也不是很着急,哪怕暮晚摇不告诉他,等到明日,他都会知道。现在最重要的是让暮晚摇好受一些。然而他又很茫然,心想如何能让她好受一些?他十九年人生,和女孩子相处最多的经历,就是与妹妹言晓舟。小时候一开始,他们一家走遍江南。后来母亲身体不好了,父亲照顾母亲,就是他亲自照顾尚幼的妹妹。帮妹妹梳发,给妹妹讲故事、唱曲、说笑话,背着妹妹满山走。然而言晓舟又是和暮晚摇不一样的女孩。言晓舟纯粹乖巧,从来不反抗他不反驳他,不故意和他对着干……暮晚摇却是不一样的。

言尚脑中想着这些时,听到暮晚摇低声:"你能不能一直对我这么好呀?"

言尚愣一下,不知为何,心中竟有点心酸。他说:"这点不算什么。"

暮晚摇抬头看他,竟看到他有点内疚的眼神。她都不知道他在内疚什么……他觉得他对她还是不够好吗?暮晚摇呆呆看他半天,眼圈微微红,忽而停步不走了。她露出今晚第一个笑容来,张开手臂来搂抱住他。她叹道:"言二哥哥你身上好凉啊。"

言尚低声:"因为在外面站久了……一会儿进屋再抱吧?"

暮晚摇不搭理,她站在湖上长廊上,搂住他的腰,埋身紧抱住他。她抬头看他俯下的眼睛,小声:"你看出来了吧,我现在心情不好。"

言尚微笑,伸手拂去她脸上的几缕发丝,拂去她睫毛上的雪水:"摇摇好乖,都没有发脾气。"

暮晚摇道:"因为是你,我才没有发火的。刚才如果是别人来拉我,我肯定会生气,今晚大家谁都别想睡了。"

言尚道:"怎么会呢?我就住在隔壁啊。如果公主府上彻夜大闹,必然会有人来告诉我的啊。"他红了一下脸,说,"你不是说见到我就不发火了吗?我会过来看你的。"

暮晚摇:"你永远过来看我吗?"

言尚望着她,半晌道:"我不一定做得到,但我会尽全力的。"

暮晚摇忍不住笑,道:"我又没让你发誓,你这么郑重,还要想一想,干吗呀?言二哥哥,你真的好可爱。你把我撒娇的话当真的听了。"

言尚微愣,然后赧然一笑。他垂下睫毛,睫毛那般长,像刷子一样。他的脸隽秀,却比不上他的气质之美。他兀自搂着她,任她抱着他的腰,他低着头这般微微一笑,暮晚摇就觉得自己心间的所有阴霾都能被他驱散。暮晚摇看着他,喃喃道:"你这么可爱,我好想亲你一下啊。"

他偏过头,有点不自在道:"亲……亲亲我,能让你好受点吗?"

暮晚摇点头。言尚便睫毛一掀，看向她，没有反抗不许的意思。暮晚摇看他默许，就凑过去。热气在二人之间流动，空气有点潮，雪落在他淡红的唇上，清晰可辨。只是唇与唇即将碰上时，她又想起来了什么，叹气："不能亲你的。"

言尚怔然："为什么？"

暮晚摇："我晚上喝了很多酒，我要是一亲你，你又要难受，又要倒了。"

言尚"啊"了一下，低下眼睛，有点懊恼。他有点犹豫，这个时候，暮晚摇已经从他怀里退开，独自一人走路了。言尚连忙跟上她，二人进了内宅，听到了府中的动静。

暮晚摇看到府上在立竿，侍女们在竿上挂幡。暮晚摇站在月洞门外，茫然地看了一会儿，跟在后面的言尚才解释："这是除夕夜立竿悬幡，祈祷来年太平长命的俗理。我们岭南有这样的。殿下不知道吗？"

暮晚摇迷惘地摇头，然后她才反应过来，回头看身后的言尚，心里一动："我这才想起，现在都半夜了吧？你怎么会出现在巷口，还跟着我一直走到了这里？你要干吗？"

言尚愣住。他被她的迷茫弄得跟着一起迷茫了："……守岁啊。不然我还能干吗？"

暮晚摇："……"她又多想了，还以为他三更半夜跑来找她……言尚打量着她，眼看就要猜出她在想什么了，暮晚摇一时微恼，觉得自己在言尚面前也太不纯洁了。她重重咳嗽一声，将他的思绪带回来："所以我府上这个什么悬幡，都是你让弄的？你不嫌麻烦？"

言尚道："因为想和殿下一起守岁，不行吗？"

暮晚摇呆了一下，说："……行。"然后她摸着自己的脸，情不自禁飞他一眼，再次说道，"你真可爱呀。"正这般说着，暮晚摇再走两步，到了内堂，她竟然看到了韦树的身影。她以为自己看错了，见韦树正在一灯树下站着，看仆从布置。仆从们向公主请安，韦树也回头，清清泠泠。

韦树："殿下，你回来了？"

暮晚摇对他露出笑，才看向言尚。言尚解释："我怕你不想今夜与我待在一起，就叫上了巨源。你不是很喜欢巨源吗？"

暮晚摇："……我要收回我之前的话，你变得不可爱了。"不等言尚弄懂她的反复是什么缘故，暮晚摇已经走向内堂灯树下站着的小少年韦树。看少年火树银花一般立在树下，暮晚摇又回头看向立在月洞门下的兰芝玉树一样的言尚。

飞雪在天地间徘徊。暮晚摇心中却一点点暖了起来，心想那个宫宴的冰冷有什么关系，她回到府上的时候，有言尚和韦树等着她啊。这人间，并不总是冷的。

暮晚摇在宫宴上其实全程紧张，怕有人错了流程，所以她只是喝酒，没怎么吃。回到自己的府邸，她又陪着韦树和言尚坐在内堂下守岁，仆从们自然要端上瓜果糕点等物。不过暮晚摇现在没什么吃东西的心情，倒是嘱咐韦树多吃些，说韦树还小，还要长个子。而言尚坐在另一旁，跟暮晚摇和韦树讲岭南那边过年的风俗。暮晚摇和韦树排排坐，听言尚讲故事。暮晚摇托着腮、不掩好奇，韦树目光清冷、努力掩着好奇……他二人，看得言尚几次觉得别扭，又好笑，不由咳嗽几声。

暮晚摇不耐烦："喀喀喀，你讲个故事咳了多少声了？能不能忍住？"

言尚："抱歉。"

韦树轻声："殿下不要对言二哥这么凶……"

暮晚摇对韦树一笑，声音放软："没事，我不凶你的。你别怕。"

韦树看她一眼，心中想说他已经长大了，他不怕了。但是话到口边，韦树说："殿下有什么难题，可以让我帮忙的？"

暮晚摇一怔，猜韦树心思玲珑，看出她今晚有点不高兴了。她讪讪一笑，敷衍了过去。

满堂灯辉，再是说一些闲话，听到外头的爆炸声，三人都被惊得一怔，知道新一年到来了。暮晚摇和韦树、言尚三人对望，然后她和韦树一起看向言尚。

言尚只好道："我们也应该'爆竿'。"爆竿，便是将一根长竹竿逐节燃烧，发出爆破声。在这震天的声响中，驱逐瘟神，迎接新年。

暮晚摇恍然大悟，连忙让侍女们去安排。等到院子里噼里啪啦响起爆竿声，暮晚摇吓了一跳，她缩了一下，下一刻，言尚就伸手捂住了她的耳朵，将声音隔绝开来。暮晚摇怔怔抬头看言尚，清水一般的眸子盯着他。

旁边韦树也向他看来："言二哥？"

言尚被他们看得脸热,放下手,说:"只是离殿下有些近而已。"

暮晚摇也红了脸,她对上韦树看过来的眼睛,就板起脸道:"看什么看?守岁也守完了,是不是该去睡觉了? 夏容,快领巨源去洗漱。"

韦树几下就被领走了,暮晚摇便也起身,打算回房睡了。守岁也守过了,麻烦的事,等明天醒了再操心吧。她没有理会言尚,但她站起来时,言尚却跟着一起站了起来。她要走时,手被他从后拽住,身子被他旋过,面对向他。他俯下身来,唇在她唇上轻轻擦了一下。暮晚摇瞪大眼,霎时以为他要逼迫她什么,向后退了一步,靠在了廊柱上。言尚上前一步,一手搭在她肩上,一手捧着她的脸。他低头看她,目光清明,星光碎了一汪清湖。言尚俯身来亲她,含她的唇,抵她的齿。

暮晚摇全身激起战栗,手一下子搭在他肩上,想推拒。她想抵抗,喃喃道:"不行、不行……我喝了酒,你不能亲我的。你会受不住的。"

言尚抬目看她一眼,说:"那就抓紧时间。"他拉住她的手腕,低头又在她手腕内侧亲了一下。暮晚摇瑟缩一下,觉得整个人都要被他这一下亲得跳了起来。他的缱绻让她身子颤抖,面颊绯红,又躲躲闪闪。而言尚看着她说:"不是说,亲一亲,你心情就能好些吗? 我想让你心情好一点。"他犹豫了一下,抿唇,"摇摇姐姐。"

暮晚摇蓦地放弃了挣扎,呆呆地看着这个叫她"摇摇姐姐"的人。而他挨着她下巴,再次亲上了她的唇。唇与齿的距离,甜与暖的感触,心里的冰雪连城一层层退下,躲在雪下的花苞探出头来。他一下下亲来,暮晚摇的眼睛就一点点流水一般。雪在他们身后飞着,她好像失了力气,被他拥在怀中亲吻。她闭上眼,从来没有一刻如此时这般,觉得亲吻竟然这样的,竟是可以让魂魄跟着一起发抖、一起欢喜的感觉。想和他神魂相融,想和他抵死不放。他湿润的气息拂在她脸上,贴着她的耳。迷迷茫茫间,暮晚摇闭着眼,感觉到他在她耳边说话。他的唇挨着她的耳珠,她脸红得不行,整个人都快要颤颤倒下了,只勉强忍着。暮晚摇定了好一会儿神,才听到他那么低的声音在说什么。

言尚估计已经醉得不行了,他贴着她的耳,说话已经有点断续了:"摇摇,你、你上次说,你喜欢我比我喜欢你要多……我、我听了很难过。我是不如你那般热情,我可能一辈子都不会如你那般热情。但我是认真的,我、我一直很认真。"

"我一直想跟你解释,可是找不到机会,找不到理由。摇摇,你知道的,我是一个……特别、特别喜欢自我折磨的人。赵、赵五娘……不过是给了我一个走向你的借口而已。是我自己放弃自省,自甘沉沦的。

"我思前想后,百般纠结。我天天提醒自己不要放纵,日日逼迫自己要自省。我、我和你不一样,我光是走向你,决定走向你……就是我最放纵自己的时候了。"

暮晚摇怔忡,睁开眼看向他。他已经闭上了眼,头抵着她的肩,身子大半重量压在了她身上。暮晚摇当然承受不住他的重量,她张臂搂住他,顺着廊柱滑坐下去,将已经醉晕的言尚抱在怀中。她眼中的泪,断断续续地掉下,收不回来一般。离开乌蛮的时候她就告诉自己再不要哭了,再不要掉眼泪了。那多软弱,那多可悲。可是真的忍不住。

雪漫天飞扬。女郎靠着廊柱而坐,将情郎抱在怀里,哽咽不能言——她是做对了什么,才遇到这样的人,得到这么好的人生?

第十三章

言尚醉了不知多久,就被暮晚摇硬是不停地灌醒酒汤给叫了起来。他迷迷糊糊间,正躺在自己府邸寝舍的床上。暮晚摇坐在床畔边搂着他,扶他坐起。他仍是头痛欲裂,闭目皱眉,勉强睁开眼时,只看到纱帐仍低垂,外面天光还正暗着。言尚撑住自己的头。

暮晚摇:"头很痛吗?再喝一点醒酒汤,应该能好受点。"

言尚没说话,就着她的手被她逼着喝递到唇边的汤。纱帐落着,暮晚摇垂眸看他散着发,只着中衣靠在她肩上,平日玉白的面容此时看着憔悴苍白,眼尾、脸颊仍如火烧一般泛红。神志依然不清,他的眉头皱着,大约头一直在疼。偏是性情好,再怎么难受他也不表现出来,不跟人乱发火,只强自忍着。美少年这般受罪,虚弱中透着自怜感,是往日没有的,有惊鸿一瞥般的极艳美感。暮晚摇不忍心将他半途喊醒,毕竟上一次他醉酒足足睡到中午才起来。但是暮晚摇心狠,她必须忽略他的虚弱,将他喊起来。

又喝了一碗醒酒汤,言尚好像意识清醒了点,但是他难受得都快吐了。

他觉得自己此时很不堪,至少暮晚摇俯瞰他、观察他,让他很不自在。但他已经没有精力去操心这个。忍着被醒酒汤弄出的呕吐欲,言尚长发擦过暮晚摇的脖颈,声音含混:"天还未亮吗……"

暮晚摇狠心道:"是,天还未亮,但你必须起来,去洗漱一下,稍微吃点就得出门。今日是元日朝会,不只朝官、京官,所有地方官都要参与元日朝会。你才为官第一年,当然不能在今日出错。官服我已让你的仆从备下了,今日朝会是一年难得穿官服的一日。你万万不能出错。哪怕头再疼,你也得忍过去。"

言尚闭着眼,歇了一会儿,道:"我知道。"他手肘撑着床板,便扶着床柱要站起来。吃酒余劲儿让他的手有点抖,身子晃了一下,暮晚摇连忙扶他。言尚对她感激地笑了一下,便唤云书,要出去洗漱。

暮晚摇看他清瘦单薄的背影,看他一径手揉着额头,眼尾的红一直不退……暮晚摇又有点心软,迟疑道:"不如你别去了,告病假吧。"

言尚道:"第一年为官,怎能在此等大事上犯错?殿下不要担心,我没事的。一会儿就好了。"

暮晚摇暗自后悔:"昨夜就不该让你胡来。"

言尚已经打开了门,熹微的光从外照入,他伫立了一会儿,回头看屋舍内兀自低头后悔的娘子。言尚道:"要怪也是我禁不住诱惑,怎能怪殿下?"

暮晚摇没办法,已经把人喊起来了,凭言尚那对自己近乎可怕的要求,是一定会撑着去朝会,还会一点错不犯的。言尚出去洗漱了,暮晚摇在屋中站了一会儿,这会儿她顾不上担心自己的事,只祈祷今日的元日朝会时间不要太长。同时她暗自惊疑,想言尚这沾酒必醉的体质,未免也太过分了。他是天生就这样?暮晚摇思量之时,屋门被敲,有侍女来通报。侍女说了几句话,暮晚摇露出吃惊又有所思的神色,道:"我出去看看。"

暮晚摇走下台阶,与正在府邸门口下马车、戴着幕篱的刘家小娘子碰上面。

侍女扶着刘若竹下车,刘若竹正仰头看言二郎府门是什么样子,就看到丹阳公主从言二郎的府中出来。刘若竹讶了一下,便屈膝请安。雪白幕篱一径到脚,与素色裙摆相缠。刘若竹行礼时,清晨微风吹起幕篱一角,露出她文秀清丽的面容,正是世间最出色的、古画中才能看到的小淑女的模样。

暮晚摇盯着刘若竹,知道这人是言尚老师的孙女,不好得罪。但她现在对任何女郎来找言尚都分外敏感，便问："刘娘子来寻言尚吗？是刘相公让娘子来的？"

刘若竹心中奇怪丹阳公主怎么从言二郎这里出来，有一个隐隐约约的想法让她心中猛跳，却也不敢多想。她乖巧回答："因昨日傍晚言二哥匆匆辞别，说有其他人要见。言二哥那般匆忙，我有点担心，今日便早早来探望一下。而且、而且……现在'火城煌煌'，相公出行，满城光明。我想言二哥没有见过，怕他错过了一年难得的这般光景，便想喊言二哥一同去看。"

大魏每年元日，晓漏之前，全长安所有坊门提前大开，宰相、三司使、大金吾，被百官拥马围炬，游走全城，为民驱疾。火光方布象城，明耀万里。常年居于宫城办公的宰相难得在百姓前露面一次，百姓争相围观，这是一年中寻常百姓唯一能见到"百官之首"的机会，即刘若竹口中所说的"火城"。

刘若竹这么一说，暮晚摇才想起来"火城"的传统。言尚现在有刘相公这个老师，说不定可以跟在刘相公身后，亲自看一番宰相之威、火城之耀。但是暮晚摇只是心动了一下，想到言尚现在的状态……她拒绝道："他生了病，身体不适，恐怕不能随你去看什么'火城'了。"

刘若竹当即关心言二郎生了什么病，暮晚摇敷衍几句，只说不会错过朝会便是。暮晚摇全程冷淡，说话也是几个字地吐，寒着一张脸，隐隐透出不耐烦的样子，随时都打算翻脸发火，不过是不想让言尚得罪他老师，才勉强忍着。好在刘若竹温柔，见公主面色不佳，确定言尚不会错过朝会后，就不多问了。

这时小厮云书从府中出来，在公主身后小声："殿下，二郎听闻有人来访，问是谁。"

暮晚摇："……"她站在府门口，不太愿意让刘若竹进去。之前的赵五娘赵灵妃，其实暮晚摇不是很担心。因为赵灵妃活泼跳脱，活蹦乱跳，而言尚内敛至极，低调至极。赵灵妃并不太符合言尚对女性的审美。赵灵妃天天缠着言尚，恐怕不会让言尚开心，而是让言尚避之唯恐不及。但是刘若竹不一样。暮晚摇隐隐觉得真按照言尚自己的审美，刘若竹这般气质涵养，应该会和言尚十分投缘，得言尚的喜欢。言尚喜欢志趣相投的人，她不是，但是刘若竹是。这般危险的女郎站在府门口，暮晚摇实在摆不出好脸色。

而刘若竹察言观色，看公主神色不悦，半天都说不出一个"请进"的话，便含笑道："我已经将话带到了，知道言二哥昨日仓促离开后如今尚好，我便放心了。请殿下帮我跟言二哥说一声我来过便是,我要去观'火城',便不打扰殿下了。"

暮晚摇望向她,道:"刘相公平时教言尚辛苦了,正好刘娘子在这里,一事不烦二主。夏容,备份厚重谢师礼,让刘娘子带回给刘相公。"暮晚摇对诧异的刘若竹颔首,眉角眼梢都带了些微微笑意,说道,"刘娘子,你不知,言尚刚刚做官,还租了我府上隔壁住。他现在正是穷困之时,送给刘相公的谢师礼,必然不足以表达他的心意,而我自然要帮他将这份礼办好。刘娘子心善,就不要将实情告诉你爷爷了,就说是言尚送的便是。"

刘若竹犹豫着点了头,看暮晚摇眉目舒展,忍不住问:"殿下、殿下……为何要帮言二哥送谢师礼啊?"

暮晚摇侧过肩,已打算回府了,她目若流水,看向阶下女郎。她眸波流转,勾魂摄魄,便是同是女郎的刘若竹,都被她的姝色所惊艳。只听丹阳公主漫不经心:"你随便找个理由说服自己便是。"

留刘若竹还在巷中站着,暮晚摇已经回了自己的府邸。她看夏容领着侍女端着贺礼出去,心中隐隐有些雀跃,拍拍脸给自己鼓励。虽然她一开始被刘若竹的涵养比了下去,但她后来表现得又高贵又大方,又随意又不敷衍,气势稳稳压对方一头……她对自己的表现很满意。这局,她没有输!没有配不上言尚!

言尚错过了晓漏之前的"火城"之礼,好在还是在朝会上没有出错。一年到头,言尚真的第一次看到所有大魏官员都穿官服、一同上朝的样子。站在含元殿外、中书省之列,被冬日冷风吹着,言尚忍着头痛,目光余光看到各色官服。除了少数几位官员如自己老师一般能够穿紫袍,镶金玉带,其下官员按照品阶,红色、绿色、青色,分外整齐,跟随宰相一同向上方的皇帝行大礼。

昨晚刚刚大典,今日元日朝会,继续庆贺新年。那些外国使臣也参与其中。不过外国使臣此时都在含元殿外,和地方官吏一同伸长脖子叩见天子。此时能站在含元殿的,都是平日上朝的那些五品以上的官员。坐在皇座上的皇帝神情怏怏,昨晚的大典显然抽去了他过多的精力,今日的元日朝会他有些提不起精神。

之后,是刘相公作为百官之首,拜读贺表,带领百官向皇帝叩拜。言尚头痛之时,也感受到天地阒寂,只听到自己老师洪亮高昂的声音从含元殿中传出。他跟随所有官员一道,在司仪的带领下,一会儿跪,一会儿拜,一会儿趋步。旌旗猎猎,吹得官袍皱在人身上。言尚看向含元殿,勉强定神听着老师的声音。周围和他同品阶、不能入含元殿的其他官员羡慕地抬头,看着含元殿,心想自己此生若是能入含元殿上朝,便毕生无憾了。而言尚则是听着老师话中的内容,除却千篇一律的贺词外,还引用圣人的道理,劝告文武百官。

"孔子作春秋,乱臣贼子惧。"君臣之道,民生之道。千余字的贺表中都有写到。然而言尚看周围百官的神情,心中轻轻一叹,又有几人认真听过这贺表中的内容呢?这贺表,是言尚写的。不过这是中书省自己内部的事,不足向外宣扬便是。

参加了半日朝会,又欣赏歌舞,言尚原本还想在朝会散后,请教昨晚大典发生了什么事。但是他实在撑不住了,怕自己露出丑态,只好散朝后就离开,仓促之际只来得及跟刘相公告了罪。一日未曾用膳,回到府上,言尚便吐了一通,尽是酸水,但吐出来才好受些。他勉强地逼着自己洗漱后,就歪在榻上,喘着气闭目,想先歇一阵子。模模糊糊中,大约是终于好受了些,断断续续睡了过去。又不知过了几多时辰,好像感觉到有手搭在自己额头上,冰冰凉凉的。他睁开眼,看到暮晚摇正俯身看他。她一手搭在他额上,一只肩向旁侧开,正在问医者病情。

言尚睁开眼,她就感觉到了,回头来看他,眼中忧色褪去,几分惊喜:"你醒了?云书说你回来便吐了,一日未曾进食,你现在可好受些?"

言尚面红羞赧,向暮晚摇告罪,又说自己好了,已经没事了。暮晚摇不信,非逼着侍医给言尚看脉,听到侍医犹犹豫豫地说"郎君之前应当只是醉酒而已",暮晚摇才不甘愿地放人走了。而再让仆从端粥来,暮晚摇看着言尚吃了粥,看他青白的脸色有了血色,她才放下心。

言尚放下粥碗,抱歉地看向暮晚摇。他手轻轻搭在她衣袖上,说:"是我不好,让殿下担心了。"

暮晚摇兀自生气:"早知道你这样,我宁可给你告假,也不要你去参加什么朝会了。那有什么重要的?等你做了五品官,你天天都得去朝会,根本不值得稀奇。"

言尚温声:"殿下喊我起来,我还感谢殿下呢。元日朝会,我还在席上多认识了几位朋友,不枉此行。恐怕只是白日吹了风,才有点难受,现在已经好了。"

暮晚摇看他这样,冷着脸:"反正加上昨天、今天,官员一共有七天假期。我要你接下来五天都在府上好好待着养身体,你要是还要四处走动,我就、就……"

因为沾了一点酒就闹出现在的事,言尚心里既欢喜暮晚摇对自己的关心,又觉得因这种事告假太过儿戏可笑。言尚与她商量道:"我养三日便好,我总要与其他臣子拜年,是不是?朋友间也有宴席,我顶多推托身体不适,早早回来……但不能一直不去。殿下,不要生气了。"

暮晚摇瞪圆眼:"你还要跟我商量?不行,听我的!"她强硬起来,扬着下巴,一副要与他争吵的样子。

言尚漆黑眼睛看她半响,却只是叹口气,做了让步:"那让我写些信,与人说明情况,总好吧?"

暮晚摇露出笑,点了头同意了。之后暮晚摇又逼着言尚躺上床去睡觉,言尚被她赶上床,却是睡不着。他睁开眼,见她正趴在床畔,看到他睁眼,她就瞪眼,一副"抓住你了"的样子。暮晚摇板着脸:"让你休息,怎么不好好睡觉?"

言尚垂目轻声:"殿下在这里,我怎么睡得着?"

暮晚摇一愣,红了脸,扑哧笑起来,笑盈盈道:"那我陪你说说话吧。"她伸手,拉住他的手指。低头玩他的手指时,暮晚摇尾指与他指头轻轻钩着,一下又一下。言尚被她挑得面红气不顺,咳嗽一声,暮晚摇却抓着他的手不让移开。

她低着头问:"说起来好奇怪,寻常人就算第一次喝酒也不会像你这样。你酒量怎么就差成这样?"

言尚迟疑一下。

暮晚摇抬头看他,扬眉:"怎么,不能告诉我?"

言尚叹气摇头:"也不是。左右不过是一些小事,殿下知道便知道了。"靠着床木,他垂下眼,睫毛如羽毛一般颤,说起往事,"小时候,大约我七八岁的样子,我阿母身体开始不好。我阿父忙着照顾我阿母,为我阿母的病四处求医。我大哥是个舞刀弄枪的,我三弟也是心粗的,当时小妹只有

103

三四岁，为了帮阿父分担压力，便是我一直照顾小妹的。大概我那时不太会照顾人，又害怕小妹被我照顾得不好，就总是这也不许小妹做，那也不让小妹碰。有一次，晓舟便很不高兴，和我打闹时，不小心将我推入了酒桶中。那里家家酿酒，酒桶有大半个大人那么高，我不知道怎么摔了进去，那酒直接没过我的头顶，我挣扎不出去。"

　　暮晚摇的眼睛一下子瞪大，握紧他的手腕。他撩目对她宽慰一笑，继续回忆道："后来是我大哥将我救出去，听我大哥事后说，晓舟当时都哭晕了过去。之后我病了一个月，怕晓舟被阿父阿母说，我与小妹约定，不让她告诉任何人此事，就说是我自己不小心跌进去的。"

　　暮晚摇道："你妹妹看着那般乖，小时候却这么过分，太坏了！"

　　言尚笑："其实也是好事。自从那以后，小妹就格外听我的话，让我省了不少心。然而可惜的是，虽然我阿父领着我们几个孩子一直为阿母求医，阿母还是早早过世了。而我嘛……自从差点在酒里被淹死后，就再碰不得任何酒了。大概是身体本能有些抵触，我也没办法。"

　　暮晚摇立刻拉住他手摇了摇，又懊恼又内疚，向他保证："我日后一定不喝酒了。"

　　言尚莞尔，道："……偶尔小饮还是可以的。我……"他犹豫了一下，道，"滴酒不能沾，到底不是什么好事。我还是要努力克服的……我也应当克服。"

　　他对自己这种近乎折磨一样的自我要求，让暮晚摇叹为观止，但他改不了，暮晚摇就不说了。只是提到他小妹，暮晚摇就想起一事，说："可是我在岭南时，你妹妹还送酒给我，说是你家酿的。你不是不能喝酒吗，你妹妹还酿酒？"

　　言尚叹："我怎能因为自己不能碰，就让晓舟留下一生阴影呢？自然是哄着骗着让小妹忘了小时候的事，让她以为我滴酒不沾是后来的事。且只是我自己不能碰，我怎能让家里其他人都不能碰呢？"

　　暮晚摇仰起头，烛火下，她目光盈盈，痴痴看他。言尚被她这般灼热的目光看得红了脸，自我反省后才道："……我说错什么了吗？"

　　暮晚摇拉着他的手，仰头轻喃："好想做你妹妹。"

　　言尚忍俊不禁，笑嗔："又胡说。"

　　暮晚摇抓着他的手放到自己怀里，让他感受自己的心跳与诚意："是真的,做你妹妹真好。我好嫉妒你对言晓舟的呵护。"

言尚一下子将手抽走,替她掩了掩领口,手就移开。他慌乱至极的动作,让暮晚摇茫然看去。见他整个人向床内侧挪了几步,面颊比方才更红。暮晚摇呆呆看他,他抬头看她一眼,半晌道:"你……你方才、方才……我的手,碰到你的胸了。"

暮晚摇:"……"她低头看看自己的酥玉半露,香肩半掩,再抬头看言尚那躲躲闪闪的眼神,暮晚摇良久无言。好一会儿,她才嗤笑:"你真是没有享受的那根筋。"她又眼眸一转,笑盈盈,"让姐姐帮你开开荤?"

言尚:"不要胡说。谁是我姐姐?"

暮晚摇瞪大妩媚的眼睛,道:"你这人翻脸不认人呀。当时谁叫过我'摇摇姐姐'的?"

言尚涨红脸。暮晚摇一言不发,踢掉鞋履上了床,帐子也不拉下,她倾身扑去,就将他压在了身下。她揉着他的颈,在他耳后轻轻亲,又低声说话,诸如让他摸一下的意思。他只一径不肯,暮晚摇便咬唇笑:"你碰都不敢碰,日后怎么敢在我胸前帮我画'芍药'?"

言尚怔然:"你……真的要画?不是逗我的?"

暮晚摇看他这样,一下子觉得没趣,她掀开帐子,异想天开道:"算了,我还是找别人好了……啊。"

她被身后的郎君搂住腰,拽了回去。言尚从后抱住她,贴着她的颈轻声:"……我会努力的,别找旁人。"

暮晚摇低头笑,美目流转,手指按在他手上:"你不要光说不练呀,言二哥哥。"

红烛摇曳,帐子便放了下去,一室香暖,惹人沉醉。

言尚很快知道了除夕大典上发生的事。官员七日假未曾休完,他便经常去刘相公府上,向老师讨教。而等到中枢终于重新开印了,言尚回到中书省,第一时间就与老师讨论那乌蛮王想让丹阳公主和亲的事。

在中书省翻阅典籍,言尚抱着书籍去找刘相公。二人在院中散步聊天,说起和亲的事,言尚道:"自古以来,从来没有一个公主和亲两次的说法。这不符合礼法,也未免让大魏蒙羞。"

刘相公嗯一声,道:"但古往今来,也从来没有和亲公主中途归来的说法。真按照礼法来，丹阳公主现在就应该在乌蛮，而不在大魏长安，不应如此时这般积极参与政务，还能在大典上讨论自己的去往。"

言尚道："老师的意思，难道是公主应该去和亲吗？乌蛮一个小国，当年让真正公主去和亲，本就可笑，何况这公主还是嫡公主。当年的事我不清楚详情，暂且不提，我只知，若是这一次再让公主和亲，便是我大魏无能，是我君臣无能。大魏不能受此羞辱。"

刘相公看着院中槐树，若有所思道："也不能说是羞辱。乌蛮向来有'共妻''继承王后'的传统。他们的传统就是那样，恐怕迎公主回乌蛮，对乌蛮来说，是理所当然的事。你跟他们谈礼法，他们不懂的。"

言尚沉默片刻，道："我这几日会查书，会去问人，弄清楚他们的传统到底是怎样。"

刘相公看向他："然后呢？"

言尚缓声："然后说服所有人，公主不能去和亲。"

刘相公冷肃着脸看自己这个小学生，缓缓道："为什么这般在意此事？这本不是你应该接触的事……你与丹阳公主有私情吗？"

言尚抬目道："是。"

刘相公眸子一缩，目光瞬间变得冷锐。他其实早有猜测，但是不敢肯定。然而言尚亲口承认……刘相公半响后只苦笑道："素臣，你胆子实在太大。敢和一个和亲公主有私情，还敢跟我承认……真不知道你到底是低调，还是高调啊。"

第十四章

对于言尚的私情，刘相公评价了两句"大胆"后，没说好，也没说不好。毕竟言尚一开始入刘相公的眼，就是因为他当众杀郑氏家主的事。那时三堂会审，言尚一一驳倒三方，给刘相公留下了深刻的印象。刘相公从来就知道自己这个最小的学生，表面上再温良恭谦，骨子里都是大胆的。只是和丹阳公主有私情而已……还没有把刘相公吓到。虽然一个小小八品芝麻官敢和丹阳这个和过亲的公主有私情，放在哪里都足以吓人。然而丹阳公主又岂是什么胆小怯懦的人呢?

大典之后,皇帝让朝臣和各国使臣讨论公主和亲之事,朝臣分为两派,支持公主、强力拒绝公主和亲的大臣,都不在少数。这批大臣中,官位最高的,是户部侍郎。户部侍郎身居正四品,上面能压住他的不过是一些宰相位的、尚书位的、御史大夫位的。官至侍郎,已经能在朝堂上左右很多事了。这种官位的人支持暮晚摇,给那些希望暮晚摇和亲的官员带来很大压力。然而除了户部侍郎,支持暮晚摇的大臣,不在少数。这都是暮晚摇参与政务一年来的积累,毕竟她背靠太子,又有南方李氏的支持,想笼络人心,到底会有不少人倾向她。这让刘相公叹为观止,更拿这么一位公主头疼了。

言尚被刘相公赶去办理公务,而过了两日,言尚又来中书省的厅衙,拿着许多旧时资料,找刘相公讨论公主和亲之事。刘相公就继续和自己的学生在厅衙外的槐树边围着散步,讨论这些事。

言尚道:"……当年的事,我已看过各方记录,了解大概。乃是因为陛下和先皇后所属的世家李氏争权,而乌蛮又在外苦苦相逼,扬言要娶嫡公主和亲,才和大魏签订盟约,停止战事。据记载,当时剑南道几乎完全被乌蛮所占,朝廷答应和亲,乌蛮军队才退出。攘外必先安内,陛下和先皇后都需要在那时保证没有外战,让他们全力和对方争权。所以公主殿下就是被牺牲的那个。"

刘相公抚须颔首。言尚说的这些,是不可能记录在书面上的,他得通过各种资料去推论。一个没有参与当年事、毫无背景的年轻人,能通过简单记录下来的只言片语,把内部真相推论到这个份上,实在是很厉害了。

言尚看老师默认,心里一叹,生起许多茫然。又是政治的互相倾轧。越在朝堂沉浮,他越多见到这些残酷真相。和人性背道而驰,全是为了自身利益。他低声道:"朝堂上的党争,和民生一点关系都没有,却一个个争得头破血流,看着十分可笑。"

刘相公看他一眼,道:"你可以换个角度看这个问题。"

言尚拱袖向老师请教。

刘相公慢悠悠道:"你可以理解为,朝堂上有两种不同声音,政务就难以效率极高地推下去。而只有排除异己,让朝堂上只有自己的声音,才有空去推动你所谓的民生。"

言尚怔了一下,然后说:"纵是如此,陛下和先皇后默认将公主作为弃子,送去和亲,都十足、十足……冷血。"

刘相公反问:"不然能如何哇?"

言尚愕然。

刘相公道:"你没有经历过被金陵李氏所压的时期,自然不知道陛下当年所承受的压力。当年李氏最为煊赫之时,朝堂上八成是他们的声音已不必说,连废立皇帝的事,李家都能做主。这是皇权和世家的争斗啊。陛下的权力时时刻刻被李家威胁,被世家威胁,一个皇帝被架空到这个程度,何人能忍? 何况咱们这位陛下,从来就不是任人欺凌的。

"娶李氏女为后,他借长安各世家和李氏周旋,一步步挑拨,一步步打压。发科举,让寒门入朝,断世家垄断之路。二皇子死,断李氏借用血脉统御皇权之路。送幼公主和亲,让李氏在皇室无人可用。收兵权,夺李氏对南方军政的统治权。不断变换将军调任……最后是先后的去世。

"长达二十年,终将李氏逼回金陵。如今李氏依然是南方世家之首,但也要休养生息,家中连个掌权人都被贬去了岭南。李家前途被断……警示天下世家。如今世家比当年安分了很多,这可都是咱们陛下的功劳啊。"

刘相公向言尚嘲弄般地撇撇嘴:"就连你,如果不是为了让寒门入局,如果不是为了多加一股势力来和世家对局,你以为你能入朝吗? 你是不是觉得科举考题很儿戏、很浮华无用,不适合真正选官,选出的都是只会吟诗作赋的文人? 然而就是这个,都是陛下跟世家争取出来的。"

言尚无言,听刘相公叹息一般道:"你认为陛下错了吗?"

良久,言尚低声:"我怜惜公主不易,然而若是从大局上说,陛下才是正确的。世家已然煊赫太久……若是不加限制,任其发展,恐怕就是党锢之祸,灭国之灾了。"

刘相公许久没说话,因他也出身大世家。好一会儿,刘相公才说:"世家是必败的。世家若不败,这局面,就是死局。"

言尚看自己的老师:"老师也出身世家……竟不站世家吗?"

刘相公负手而立,仰头望向头顶荫荫高树,哂笑:"言素臣,你是不是以为所有的世家都是蠢货,都看不清局面啊? 是不是以为所有的世家都搜刮百姓,不辨是非啊。听过何谓名士吗? 见过真正的清贵世家吗? 你对世家的了解,还浅着呢。"刘相公顿了半响,说,"你可以多和你的小友韦巨源接触接触。洛阳韦氏,长存数百年,族中从未出过什么宰相,却偏偏能一直保持不败。在为师看来，洛阳韦家比什么金陵李氏都更为了不起啊。"

言尚便低声："学生惭愧。"

刘相公淡声："陛下是要把旁的皇帝两三代才能完成的事，在自己一人手中完全解决。你我且看着吧……这些世家趁陛下生病几年，安分了许久，又渐渐嚣张起来了。陛下的打压，还没结束。你可以说咱们这位陛下无情，可以说做帝王并不一定非要绝情……然而有时候绝情才是对天下最好的。"

言尚道："为君者，首先要仁……"

刘相公："只是对你所在意的公主不仁罢了。"

言尚淡声："却也未见天下多仁，百姓多安居乐业。"

刘相公好笑地看他："这不正是你我臣子该为君分忧的吗？陛下如今病成了这样……你还让他有精力管太多，有点太为难一个病人了。"

许久，言尚不禁苦笑，承认老师说得对。一代帝王，要断情绝爱，还做的是对天下大局有利的事，纵使他对身边子女不好，可他……到底不是昏君，相反，将天下局势看得十分清楚。天下昏昏，然而天子不昏。天子不昏，便是狠了。这是十分无奈的一件事。

言尚只好另说他事："……可是如今李氏已经被打压回金陵，眼看着短期内也成不了太大气候。我们却仍和乌蛮结盟，我看虽然朝廷中不希望公主再嫁乌蛮的朝臣很多，但真论起战争，八成臣子都是反对战争的。这却是为何？我大魏军队，竟不敌乌蛮小国之兵力吗？"

刘相公道："确实不敌。"

言尚惊愕。虽然从几日资料翻找中，他隐隐觉得大魏兵力似乎不像他想象得那般无坚不摧，但说大魏打不过乌蛮，也太可笑了。

刘相公看他一眼，就知道他在想什么，道："不是打不过，如果倾全国之兵，小小一个乌蛮算什么？而是明明可以不打，为何要开战？素臣，你要知道，战争一旦开始，朝廷各部要承受的压力非比寻常。何况只要战争开始，受苦的都是百姓。"刘相公道，"一场战争下来，寻常百姓要死多少，世家在其中要死多少……我大魏农事为重，不比乌蛮的游牧为生。他们要靠战争来养一国，而我们大魏没必要。结盟，是当时最好的选择。"

言尚却道："老师说的这些，我自然知道。只是如果我们打得过乌蛮，这些问题都能解决。我所诧异的，是为何我们打不过，或者说要牺牲太大，才能打得过？"

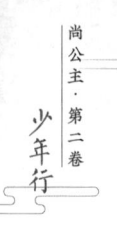

刘相公回头看他，笑道："这个答案，你来告诉为师。"

言尚一愣，然后拱手拜，接受了老师这个考验。

余下来数日，言尚便不断来往于兵部、鸿胪寺和中书省之间。兵部本是秦王管的，秦王见太子的人频频来兵部找资料，心里十分警惕，怕太子是来兵部挖人。而言尚话里话外问的都是乌蛮战力，让秦王更是警惕，忍不住多想：为何一直问和乌蛮打仗的问题？难道太子想开战？太子疯了吧，为了一个暮晚摇要开战？

就连太子都疑惑地找言尚问了话，言尚说是自己老师的考验，太子半信半疑。太子不愿意暮晚摇去和亲，这一走，就失去了南方以金陵李家为首的世家助力……但如果要打仗，太子也是不愿意的。

言尚倒是巴不得局势更乱些，太子和秦王互相猜忌，又有各国使臣派人去追慕暮晚摇……这么乱的局势下，和亲一时达不成，给他争取了很多时间。而言尚自己不断往返中书省，去回答老师的问题。

第一日，他说："我大魏兵力弱，是因世家和皇权之争中，双方排除异己，改了边军制度，不断更换将才，致使将军和士兵彼此不熟，毫无合作。打起仗来，自然实力大损。而必须用自己的人换上世家多年选出的将才，却发现己方不如世家，连战连败。可陛下又不可能重新让世家的将才上位，所以就这般僵持着，等新的将才成长起来。但边军调动如此频繁，如何培养起将才？可是边军调动若不频繁，将才割据一方，又是一乱。如此多方原因下，我大魏兵力竟不如乌蛮。"

刘相公道："还有呢？"

言尚便再去查。又过了一日，他来回答刘相公："我朝兵役极重，边关战事频繁，防御线过长。防戍本是好事，百姓却被强留以至久戍不归。长期下来，人人避役，不愿主动去从军。而且我问了一个叫方桐的卫士，知道他以前也当过兵，他的经历……嗯。"

言尚想起自己和暮晚摇身边的侍卫长方桐的问答。方桐告诉他，在跟随公主之前，他是军人。然而兵役太重，为了家人，他不得不逃避战事，来长安谋求生路。到了长安，因兵役重而导致兵士地位低微，长安人瞧不起如他这样当过兵士的，把他当私家役使一样任意打骂欺辱。整个大魏的风气，一时间竟以府兵为耻。方桐是不断地去参加朝廷办的武考，又不停地走了各方门路，才能到公主身边任职。然而就这样，他为了跟公主去乌蛮，又和家中刚成婚的妻子分离数年，近日才一家团聚。

想到此，言尚心中低落，知道这又是一个无解的问题。因兵力弱，所以兵役重。而因兵役重，兵士地位低，又导致兵力弱。整个制度，都是有问题的。

可刘相公居然问他："还有呢？"还有什么，导致大魏兵力不如乌蛮呢？

言尚一趟趟在中书省和兵部之间奔波，他不停地回答刘相公给他的考验问题——

"老师，我发现朝中因争权夺利，致使老将凋零，新将又不擅兵事。若是有擅兵事的，哪怕频频调动，都可因此而缓。正是因为难以打胜仗，调动才会那般频繁。"

刘相公叹息："所以说，千军易得，一将难求啊。"他继续，"还有呢？"

言尚愣，然后继续去查，再告诉刘相公："因为世间之战，骑兵天下！只要有骑兵在，战争几乎是一面倒。我大魏的骑兵，不如乌蛮。乌蛮常年马上为战，他们的骑兵比我军精良，还将锁甲穿戴在身。战场上，只要我们不能解决骑兵，不能让士兵下马，就很难对付骑兵。我去西市问过，去鸿胪寺问过，和各国使臣谈过。我们的马种，其实还可继续改良。我们应学习北方一些小国的养马之术，或者干脆雇佣他们帮我们养马……"思路越来越清晰，大魏和乌蛮多年来的问题一道道摊在眼前。混乱的局势一点点拨开云雾，变得清晰起来。

刘相公盯着站在自己书舍中的少年郎，沉默良久，不断为言尚所震撼。言尚说的很多内容，其实早有人跟他这个宰相报过。然而那是兵部那么多人多年的经验，言尚抽丝剥茧，靠自己一个人……竟能推下去。言尚聪慧多思，谦逊温和，人际关系极好。因为聪慧多思，所以能够将混乱散开的图纸一一拼出一个真相；因为谦逊温和，所以会向智者讨教，也能拉下架子在胡市和不识字的平民、胡人聊天；因为人际关系好，所以他轻而易举在六部都有朋友，当他需要六部中任何一部的助力，任何一部都有他的朋友帮他开方便之门。这么一个人，只有十九岁。刘相公盯着年轻的言尚，心中撼动，心想他这个学生，会很了不起。

各方原因说到此，刘相公认为言尚已经将所有原因说透了。但是，刘相公仍要说："还有呢？"他已经不知道还有什么原因能够导致大魏兵力不如乌蛮了，然而他还是要问言尚"还有呢"。他想将言尚的心气压一压，不想事事都如言尚的推论那般发展。一个年轻的、才华横溢的人，如果事事都在他的预料中，这于言尚的成长而言，并非什么好事。刚极易折。刘相公深知政局中的身不由己，他正是要趁这个机会磨砺言尚，不愿自己的小学生被日后越来越深的政务席卷，一把宝刀被生生折断。

言尚怔愣，他并不知道自己已经把所有原因说全了，以为真的还有什么疏漏。他绞尽脑汁，再努力和兵力官吏、市集上的胡人、鸿胪寺中的使臣交流，又不断查找书籍资料，都没有找到更多的原因。这于他简直是一种折磨。如他这样对自我要求高的人，一件事不能想通，不能理顺，不能让他走下一步……实在是一种煎熬。

又一日，言尚蹲在胡市和几位胡人聊天，问起自己派去乌蛮的那些胡人何时才能回来长安。言尚一个朝廷官员，还整日这么没架子，又面容清隽秀美，说话温声细语，自然很得喜欢。胡人们告诉他估计再两日，帮他办事的胡商就能回来了。

一个胡人操着不熟练的大魏官话，拍胸脯保证："言二郎放心吧！他们虽然没有赶在年前回来，但也不会远了。我们胡人办事向来实诚，拿了郎君的钱，就不会骗郎君，会帮郎君办好这事！"

言尚不管心中如何煎熬，面上总是和气地笑："那我便静候佳音了。他们一回来，不管什么时候，你们都拿着腰牌来找我。我实在是……对乌蛮太不了解了。"

众人纷纷安慰言尚。和胡人们分开后，言尚漫无目的地在西市继续闲逛，盯着这里做生意的外国人士，沉思着到底还有什么原因，能导致大魏不如乌蛮呢？

暮晚摇和蒙在石正在西市中逛。她淡着脸，根本不想和蒙在石多联系。但是她既然给出话说可以让人来追慕她，她就不能总是拒绝蒙在石。何况她心有计划，也需要自己和蒙在石的关系一点点好起来。

蒙在石和暮晚摇骑马而行。暮晚摇戴着幂篱，蒙在石戴着面具。西市混乱的百姓和小贩为二人让路，只因抬头随意一看，都可看出那幂篱长至脚踝的女郎一身绫罗，身份必然高贵；而与她并辔而行的高大男人，即使戴着面具，也给人一股强盛威压感。

前面胡人吵闹，马被堵着走不了路，暮晚摇看得越发不喜，不耐道："看看看，路被堵住了吧！邀我来西市逛什么？热闹不如东市，还乱糟糟的，到处是你们这些外国人士，看着就烦。"

　　蒙在石正翻身下马，闻言笑一声，隔着面具和幂篱，哂她一眼，道："你如今脾性，比之前我认识的时候还要大了。堵个路而已，你竟烦成这样。罢了，我们走另一道吧。"他跟旁边的卫士使个眼色，他的人就将他的马牵走了。而蒙在石上前，牵住暮晚摇所乘坐的马匹。暮晚摇冷眼看着，见身下的马躁动不安，蒙在石贴在马耳上说了几句乌蛮话，那马就听话地乖乖被他牵住缰绳了。

　　暮晚摇："装模作样！好像我自己不会骑马，要你牵一样。你要带我去哪里？是不是不安好心？"

　　蒙在石走在下方，身高腿长，回头看夕阳下那骑在马上的白纱女郎一眼，似笑非笑："反正我在你眼中无一是好。"

　　二人走了另一道人少些的路，蒙在石到一卖面具的摊贩前，示意暮晚摇下马来看。暮晚摇犹疑半天，心想不能完全忤逆蒙在石，她就不情不愿地下了马，却仍严实地捂着自己的幂篱，不想多看幂篱外的世界一眼，不想多看蒙在石一眼。

　　蒙在石瞥身后那个白纱曳地的女郎一眼，轻声低笑："小丫头……我知道你在想什么。"

　　暮晚摇冷着脸，当作没听到，看蒙在石立在摊贩前，低头看各种面具。暮晚摇心不在焉地在后看，想着要是能捅死他就好了。蒙在石忽然掀了自己脸上戴的面具，将摊位上的一张面具戴到了自己的脸上，回头看向暮晚摇，低笑："小丫头，看我这样，眼熟吗？"

　　暮晚摇漫不经心地看去，一下怔住。电光石火间，她想到前段时间，自己送言尚去北里时，所遇见的那个非要送她泥人的男人，戴着和蒙在石现在一模一样的面具。那个人在记忆中的身形……和蒙在石现在的身形相融合。暮晚摇不敢相信，一下子掀开幂篱。她将幂篱拿在怀中，白纱轻轻飞扬，她呆呆地、暗恨地看着蒙在石，心想原来当晚那个泥人……就是蒙在石送的！

　　……回头就砸了那个泥人。

　　蒙在石垂眸看着暮晚摇，暮晚摇惊惧，怕他对自己当时身边的言尚做什么。眼波流转,暮晚摇对他露出一个惊喜般的笑:"原来那时候你就来长安了,你竟然一直忍到好几天后……不愧是你。"

蒙在石嗤笑。他俯身,摘下自己脸上的面具,露出自己真正的面容,向暮晚摇倾来。

暮晚摇抱紧怀里的幕篱,后退一步,却躲不过他脸上浓浓的戏谑笑意。他俯身,在她额上弹了一下,戏谑道:"你根本不惊喜,装什么装?在我面前,还是真性情一些吧。"

夕阳余晖照在他脸上那道狰狞的疤痕上,有些恍惚,暮晚摇看到他眼中的笑,一时愣怔,想到了当初……当初他从窗口跳入,向她伸出手,跟她说,他会帮她的。

身后侍女夏容惊骇道:"言、言二郎?"

暮晚摇一个激灵,扭头看去。见茫茫人群后,言尚正在看着前方虚空出神。暮晚摇瞬时心虚,心里嘀咕言尚怎么会在这里。她被吓得一下子拽住蒙在石,另一手示意夏容牵着马跟上。暮晚摇急声:"快快快,我们去别的地方逛逛!"

到长安这么久,陪在小公主身边这么久,暮晚摇还是第一次愿意伸手拉他……虽然只是拉他的袖子,却到底肯碰他了。被小公主拉拽着、跟逃命似的跑,蒙在石挑眉,回头看一眼人群后那个出神的少年郎,正是鸿胪寺中那个为难他的官员。

言尚看到了蒙在石和暮晚摇。第一时间,他先是盯着暮晚摇身后的那匹马,魔怔了一般地想着:乌蛮骑兵强,所以暮晚摇也学得一身好骑术。那在什么情况下,乌蛮骑兵的威力能发挥到最强呢?他这几日想这个问题想得都快疯了,看到那匹马,一个答案隐隐约约让他有了灵感,让他心口跳快。然后下一瞬,他看到暮晚摇用幕篱挡着脸,那个蒙在石俯身倾向她,伸出手。幕篱的白纱扬起,二人那般站着,就如同避着人,在偷偷亲吻一般。再下一瞬,暮晚摇就跟被踩了尾巴的猫一样,跳起来抓着蒙在石就逃跑了。

言尚:"……"本来他都没有反应过来,却硬生生被暮晚摇那做贼心虚的反应给弄得有了不悦感。

她跑什么?心虚什么?是认为他是妒夫,还是她确实做了对不起他的事?

第十五章

言尚本来满脑子都是"打仗""和亲",何况他知道暮晚摇在和各方使臣周旋,所以虽然第一时间看到暮晚摇和那个高大男人在一起,他真的没多想,但是暮晚摇的反应让他一下子呆住,让他心里不舒服了——

他是来办公的,又不是来查她的,她刻意躲什么? 她若不是心里有鬼,躲他做什么? 而这般不舒服放大后,言尚的大脑就忍不住去注意更多的细节。那个男人他认识,当日在鸿胪寺闹过事的。言尚本以为那人是乌蛮将军一类的官职。然而暮晚摇和这人在一起,乌蛮人都跟在他们后面……言尚当即洞察到,这人不是乌蛮将军,他就是乌蛮王。暮晚摇和新任的乌蛮王在一起,她以前就认识这个人,还想杀这个人。

但是现在看来,暮晚摇抱着幕篱站在摊贩旁,怀里的纱幔飞向乌蛮王。她娇娇地低下头,看那个男人靠近她。那般近的距离,如同避着人偷亲。而幕篱拿开后,她眼波流转,媚意自流。言尚的心一下子就空了,大脑几乎转不过来。为什么会这样? 以前她和这个男人有情,但是两人吵了架,所以她就要杀他。而现在看,是和好了?

那乌蛮王的求亲,大典当晚发生的事,就和言尚以为得不太一样了……不,不应该怀疑暮晚摇。因为她那晚确实很不开心。所以,她到底为什么和乌蛮王在一起,笑得这般开心,还躲着他? 言尚真是一刹那就开始伤心了。

言尚在西市找了半天也没有找到暮晚摇和乌蛮王。他又气又伤心,知道她必是刻意躲着他,说不定现在已经离开这里了,便回去问公主府的人。公主府的人说丹阳公主没有回来。言尚又在府中练字,等了两个时辰。等到华灯初上,夜幕降临,仍没有等到暮晚摇回来。他的心真是凉透了。

原本只是想要一个解释,现在倒真被她这不负责任的态度弄得有些生气,又觉得自己太傻了,为什么要巴巴等着她。等她做什么? 又撒谎骗自己吗? 明明说过她和乌蛮王不是情人,那今天看到的又算什么? 言尚有些气,当即书看不进去,字也练不下去,心中还生了些逆反心理。他想到暮晚摇就是吃准了他脾气好，吃准了他不怎么会生气，就故意这么对付他。她是打算把这事拖过去，拖过去等他忘了，就当作没有这回事了是吧？或者干脆找这个借口跟他分开，成全她和乌蛮王？而他费心费力地整日忙在各种政务中，为她烦心、为她牵挂，找各种乌蛮资料……就像笑话一样。

想到这里，言尚觉得自己大约钻了牛角尖，枉他一味修身养性，今天却这样沉不住气。可他确实没法子了，言尚干脆起身，打开了门。

门外，云书正在徘徊，似犹豫该不该进去伺候言尚用晚膳。言尚一开门，云书就迎上："二郎……"

言尚道："今夜我去和巨源讨论一些公务，晚上就不回来了。"省得回来还看某人躲着他。

云书啊一声，忙为言尚去牵马。郎君如今做了官，夜里偶尔确实不会回府，小厮已经习惯。

言尚一径去找韦树，到了韦树那里，看到韦树正在写折子。清如春雪的少年从烛火旁的案几前抬起头来，漆黑的眼珠凝着言尚，才让言尚脸微红，觉得自己太可笑。好在韦树虽然不怎么说话，却是很欢迎言尚来住的。言尚便勉力忘掉暮晚摇，坐下和韦树讨论政务："你说，乌蛮的气候、地形应该与中原不同，这对骑术都会有影响吧？"

韦树茫然，然后答："……可能吧。"

言尚这么问，自然不是要韦树给他答案，而是将下午自己看到暮晚摇身后的马时一瞬间产生的灵感重新抓回来。他想着那匹马，努力将脑海中同画面的暮晚摇摘掉。言尚暗自寻思，看来明天还是要去兵部找人问一问。理清楚自己接下来要做的，言尚的心烦意乱终于好了一些。他看着韦树写折子，便问："巨源是要弹劾谁吗？"

韦树身为监察御史，任意弹劾官员而免责，本就是他的职务。据言尚所知，韦树得罪了朝廷上不少人。他真替韦树捏一把汗。

韦树"嗯"一声，望了言尚一眼，不好意思道："那些希望殿下去和亲的大臣，我都要想法子弹劾一下。找他们的错可比找他们的优点容易多了。"

言尚目色一闪，看出韦树也在自己的职务范围内帮暮晚摇。然而言尚赌气地想，说不定他和韦树这么忙，暮晚摇其实已经愿意和乌蛮王走了呢？

韦树看他："二哥好像有心事。"

言尚笑一下，说没什么，又道："明日我带巨源去和几位官员吃个宴吧。"

韦树先是迷茫，然后看言尚盯着自己在写的折子，韦树一下子明白，言尚是觉得他得罪的朝臣太多了，要帮他周旋一下，免得日后官途不顺。韦树很感激言尚这么帮他，但想到要和一群不喜欢的人吃饭……韦树道："不用了。"

言尚何等敏锐，当即温声："巨源放心，宴上有我说话，巨源只要跟在我后头便好。我保证你一整晚不用说话超过十句。"

韦树挑眉，道："言二哥好自信。"

言尚微笑。果然，不去管暮晚摇的事，自己思绪就还是清晰的。

和暮晚摇分开后，乌蛮王蒙在石去和秦王悄悄见了面。秦王在府上备下宴，明面上请一些大臣，私下却让蒙在石入了内宅。蒙在石大刀阔马入座，长躯伸展，如雄豹般肆意慵懒，警惕而含笑地看着秦王关上门后坐在对面。虽全身放松，但又有随时跃起杀人的敏锐。

秦王道："之前乌蛮与大魏打仗的时候，兵部非孤管辖，乌蛮也不是大王你的领地。所以虽然兵部和乌蛮不对付，你和孤却都没有参与过。如此可见，我们还是有谈判合作的可能。"

蒙在石漫不经心地笑一声："自然。我乌蛮与大魏本就是合作关系。我是全心全意地拥护和平，不希望两国开战的。我刚当上王，就亲自来大魏，我以为自己已经很清楚地表明想和平的态度了。"

秦王心里暗骂对方奸诈，把话说得滴水不漏。说和大魏合作，不说和秦王合作。秦王便拉拉杂杂地说些闲话，问起乌蛮风俗，问起蒙在石对大魏的看法，对长安喜不喜欢。蒙在石也装模作样，和秦王你来我往，聊得火热。到底秦王功力差一些，蒙在石还津津有味地描述长安街市如何让他向往，秦王捏着酒樽，寒着脸打断："够了！"

蒙在石诧异道："殿下好像生气了？我们不是聊得很好吗？"

秦王深呼吸三次后，看向这位乌蛮王，暗自惊疑。没想到对方的大魏话说得这么好，也没想到一个野蛮小国，王者竟然这么不动声色……可是蒙在石不着急，秦王很急，说出自己真正的目的："孤与君合作，希望大王将丹阳公主带走。她留在长安，助长太子的势力，非我想看到的。而大王你需要大魏的文化和技术，这些东西，送丹阳入乌蛮，大魏都会给乌蛮。你我合作，各取所需。"

蒙在石垂着眼皮，摇晃着手中酒樽，慢悠悠道："殿下这么诚心，那我也可以和殿下说句实话。求不求娶丹阳公主，对我来说并不是那么重要。就如殿下所说，我要的是大魏的知识和技术……这些，哪怕没有丹阳公主，我想大魏也会补偿给我的。"他扬起脸，脸上那道突兀的疤痕如毒蛇般，刺向秦王，"你说，我何必和殿下合作呢？"

秦王冷笑："乌蛮不过一个小国。你一个王者待在长安，如果大魏真的有什么心思，小小乌蛮，焉能保住？"

蒙在石："怎么，你们还敢杀我？"

秦王笑道："大魏怎么会杀邻国王者？这不是让天下依附于大魏的小国寒心吗？只是如果请大王在长安多做客两日，我大魏如此好客，大王也不好推拒吧？而大王在大魏多留两日，乌蛮在南蛮的情况，也许就会有变化了。"他这么一说，蒙在石的脸色蓦地冷下，目光如刀锋般扎去。刹那间，秦王感觉到寒气扑面，那个男人好似一瞬间想暴起……秦王扶住自己腰间的刀，却见蒙在石又收了气焰，露出不在意的笑。蒙在石叹一声："你们大魏人，真的是很狡猾啊。"

秦王道："如此，可愿与孤合作了？至少孤统领兵部，能保证大王你平安离开长安。"

蒙在石静了片刻，道："合作也可。但我先要一个'投名状'。"

秦王诧异："你连'投名状'都知道……行吧，你想要孤为你做什么？"

蒙在石随口道："也不麻烦。我前两天看你们大魏一个叫'言尚'的官员，怀疑他是我认识的一个故人。那个故人，名叫言石生。我听说秦王殿下掌管吏部，而吏部管你们大魏那个什么选拔人才的考试。考中了，就能当官。你们那个考试，应该会需要考生的各种资料吧。我想秦王殿下帮我查一下，那个叫言尚的官员，是不是言石生。"

秦王惊而站起，语气怪异："你说言尚？可是言二郎？言素臣？"

蒙在石抬头，若有所思："怎么，这人很有名吗？"

秦王道："言二郎之名，言二郎之风采……呵。"他咬牙，又记恨起言尚坏了自己离间暮晚摇和太子的好事。那件事后，长安士人把言尚的名气捧得很高，秦王就等着言尚什么时候犯错，被那些眼高手低的士人用唾沫淹了。然而半年过去了，秦王都没等到言尚栽跟头。而今……秦王盯着蒙在石，忽然笑道："你想问言二郎，恐怕是和他有仇吧？不过孤也不在意……吏部确实有所有考生的资料,不过不太好查。但是既是合作,孤自然会想法子帮大王了。大王且候佳音吧。"蒙在石点头。他垂着眼皮,看着自己手中的酒樽。一下子想到鸿胪寺的言尚,又一下子想到灯火阑珊,暮晚摇抱着言尚的手臂,笑得那般开怀的样子,再一下子想到他第一次听到言石生的名字,听到是言石生献计,引起了战争……蒙在石眼中浮起凶残的笑。有仇? 如果言尚就是言石生,和他之间的仇,那可就大了。

暮晚摇没想到自己运气那么差,第一次和蒙在石逛胡市,就遇上了言尚。她立刻躲了。之后晚上在太子宫里拖拖拉拉,拖到很晚才回府。暮晚摇问对面府邸的守门小厮:"你们郎君没有回来吗?"

小厮答:"郎君回来又走了,说是和韦七郎讨论政务,今夜不回了。"小厮便见对面那高贵的公主绷着的脸微微放松,舒了口气。

不等小厮仔细看,暮晚摇已经拧身回府了,心想,今晚是躲过去了。然而她还是很忐忑,怕躲得了今天,躲不了明天。明天要是和言尚碰上面,她该怎么办啊? 暮晚摇暗恼自己沉不住气,当时跑什么跑啊。如果她不跑,就言尚那宽容大度的脾气,可能根本不会多想。但她一躲,欲盖弥彰,言尚肯定察觉问题了。心烦意乱,如此过了一日。

第二日她依然和各使臣周旋,下午没敢和蒙在石去西市,只随便在宫里说了说话。蒙在石察觉她心不在焉,也是当作不知。蒙在石在大魏又不是只是等她,还要和其他各国一起与大魏谈结盟合约的条件,自然也是忙碌的。

暮晚摇傍晚时回府,问对面:"言小二在府上吗?"

仆从老实答:"二郎没有回来。"

暮晚摇放下心回府,但是天渐渐黑了,出去几趟的侍女夏容告诉她,言尚没有回府。暮晚摇心中开始不安,开始涌起无限的心虚,也开始着急。她猜他是有事不回来,还是对她生气了,不想见她? 可是言尚性情那般好,旁人都会生气,他怎会生气呢? 或者是仆从骗她?

公主府内宅有三层阁楼,暮晚摇没有和言尚说开时,经常坐在这里看对面府邸的灯火,借此判断言尚有没有回府,是不是又读书读到深夜。而自从大雪那夜,言尚看到阁楼上的灯火后,暮晚摇已经很久没坐在这里看言尚了。今夜,暮晚摇疑心之下,再次登上三层阁楼,眺望对面的灯火有没有亮。对面寥寥几点星火,晦暗无比,漆黑无比。显然男主人没有回来,

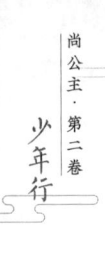

府上才不点灯。"

　　暮晚摇一下子失落，又更慌了。她咬牙，暗自着急，如果他真的生气了，自己该怎么办。

　　言尚彻夜未归，次日醒来，暮晚摇得到夏容的通报后，趴在床上，沮丧得不得了。天哪，言小二连续两天没有回府，这是真的生气了吧？她就是、就是……稍微跑了一下嘛。他怎么就这么生气？暮晚摇无精打采地等侍女将她扶起来，帮她梳洗后，出门应酬了。而再次回府，便又到了一日的傍晚。

　　暮晚摇现在回自己的府邸都满心纠结，苦大仇深。马车外方桐说到了，暮晚摇又在车中扭捏了一阵子，才下了车。立在自己的府邸门口，暮晚摇冷淡地问对面："言尚在府中吗？"

　　对面仆从吞吞吐吐："二郎虽然不在府中，但……二郎回来了。"

　　暮晚摇："……"众人就见丹阳公主妩媚的眼睛一下子睁大，露出片刻慌乱之意。她跟炸了般快要跳起来，又因良好的修养而努力镇定。在众人诧异的目光下，见暮晚摇非常随意地"哦"一声，就拾阶回自己的府邸去了。

　　对面府邸门口的小厮疑惑地看着，不知道暮晚摇进了自己府邸大门，就有点偷摸般一下子转过身，扒在门上，悄悄观察对面石狮后的大门。方桐等人脸色古怪地被公主堵在了门外，不知道暮晚摇扒在门上看了半天后，拍拍胸口。暮晚摇放心地想，幸好自己躲得快。不然说话的时候，言尚突然出来，那可怎么办？嗯，等她想一想……再考虑怎么见面吧。拍着胸的暮晚摇正鼓励着自己，冷不丁，她的后背被人戳了下。

　　暮晚摇："别烦！"

　　那人再戳了戳她的后背。暮晚摇正烦心呢，当即火冒三丈回头，就要骂不懂事的仆从。谁知她一转身，看到的便是温雅如玉的少年郎，正偏头看她，眼眸静如深湖。他看着她，向她伸出手。暮晚摇吓得后退两步，踩到裙角，又被披帛绊住，言尚上前一步，伸臂在她后背上拦了下，她便被一推，不受控制地身子前倾，竟一下子撞入了他怀里。

　　"啊！"她一声懊恼叫声，因鼻子被撞痛了。暮晚摇不等言尚开口，就理直气壮："你干什么躲门口吓人？我鼻子要被你撞流血了！"

　　言尚手扶着她的肩，低头打量她，让她拿开手看她的鼻子。他担忧蹙眉，她只捂着鼻子不肯，扭扭捏捏。言尚关心之下，忽见她悄悄扬起一只眼睛观察他,眼珠滴溜溜的。撞上他垂下的视线,她就快速移开了目光,重新嚷着:"都怪你!"

言尚:"……"

为了和那些使臣周旋方便,暮晚摇并未如平时那般妆容十分华丽,只是一身海棠红长裙,挽着藕色轻帛,发髻松绾。她捂着自己的鼻子,仰起脸来,发前刘海被吹得零落扬起。她娇娇俏俏的,既像清晨第一滴露珠那般酣然晶莹,又像一个懵懵懂懂、平易近人的邻家妹妹。但是言尚心想:这是什么平易近人的邻家妹妹? 分明是个折磨人的坏妹妹!

知道她鼻子根本没事,言尚就放下了手,脸色有点淡。而他一放开手,暮晚摇就蹭过来搂住他的腰,抱住他撒娇:"你干吗呀? 撞痛了我的鼻子你都不道歉。好吧好吧,算我脾气好,我原谅你了。你也要像我一样大度知道吗?"分明话里有话。

言尚道:"脾气大的人,倒指责我脾气大了。"他声音清清润润的,音量又很低,暮晚摇心中一怔。只是三日没见,她就有些想他。她仰头看他,观察他神色,言尚抿唇道:"我确实是忙着公务,听说你一直问我'有没有回来'?"

暮晚摇委屈:"是呀。"

言尚脸色稍微缓一下,见她还是在乎他的,他有点高兴。但他这人高兴也是很收敛的,便并不表现出什么来,只让自己不要放松,被她赶着走。他最是拿暮晚摇没办法了,总是她一跳起来,他就稀里糊涂地被她的一惊一乍吸引走注意力,忘了自己原本的目的。他在外面已经不高兴了两日,不断地放大自己那日见到的蒙在石看她的眼神,越想越不舒服,越想越难受。他真的需要解决这件事……他不能糊里糊涂地被暮晚摇糊弄。言尚道:"我们进屋说,好吗?"

暮晚摇:"有什么话,在外面走走,边走边聊,不是挺好的吗?"

言尚温声:"话恐怕很多,不太方便。"

暮晚摇:……这是有多少账要和她算啊? 她一把推开他,讥诮道:"你现今真是厉害了! 居然敢青天白日进我的寝舍,也不怕传出去名声不好!"

言尚一怔,他红了下脸,却坚持:"我又不是没有过…… 只要我心中无鬼,白天怎么不能和殿下在屋中说话了? 我心中无鬼,就是不知道殿下是不是也一样了。"

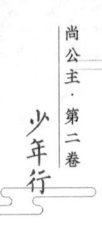

暮晚摇："……"她一时胆怯，几乎想夺门而逃。但是对上言尚的眼睛，暮晚摇便只是淡然地笑了一下，好像自己分外理直气壮、不怕他查一样。然而背过他领路时，她脸就垮了一下——怎么办？

关上门，让仆从们退下，暮晚摇坐下，给自己倒杯茶。言尚靠在门上，看她两眼，才走过来。他并不坐，而是站在她十步外，好观察她的所有神情。暮晚摇随便他看，还对他抛了个娇媚的流波。他一愣，红着脸移开了目光，然后又移回来："之前鸿胪寺那个男人，根本不是乌蛮的将军，而是乌蛮王吧？"

暮晚摇心想何止是乌蛮王，人家刚到长安那晚，还射箭送了我泥人呢。她托着腮，有气无力道："嗯。"

言尚顿了下，说："你之前说和他不是旧情人，是骗我的吧？"

暮晚摇连忙放下茶盏，睁大眼睛看着他，认真否认道："绝没有！是他纠缠我……我并未喜欢过他。言二哥哥你要相信我。"

言尚道："我如何相信你？你和他无私情，那你那天见到我跑什么跑？"

暮晚摇："……是我怕你吃醋嘛。你看你现在不就是吃醋嘛。"

言尚抿唇道："我本来没有……都是你闹的。"都是她让他心里七上八下，让他反复思量，让他辗转反侧，夜不能寐！

暮晚摇迷惘，不解地看他。他一下子转过脸，看似颇有些懊恼，就是不知是对她的，还是对他自己的了。言尚再回头来看她，问："你分明有很多事瞒着我，你那日和乌蛮王分明很熟悉的样子。他俯下身看你，碰你的脸，你也没躲。那日他有没有、有没有……亲你？"

暮晚摇觉得可笑，说："当然没有了！熟悉是因为以前认识嘛。"

言尚低眼："然而你承认他纠缠你，你却还和他在街市上逛。"

暮晚摇："没办法呀。当日大典上我说过让他们可以追慕我，那我总不能不给人机会。"

言尚："你说的是谁得你的心，你就跟谁和亲去。但是，难道你真的想走吗？想和亲去吗？你这样……我怎么办？"

暮晚摇一呆，抬头看他。窗棂照入一点阳光，清清的，雪一般，落在言尚蹙着的眉峰间。他低着头不看她，似在想什么，压根不觉得他的话让她震撼，不觉得他那句"我怎么办"，让她心里生了波澜。暮晚摇看了他半天，见他又抬眼来看她,道:"你不能这样。听你的话,你不只和乌蛮王经常一起逛街市,你还和其他使臣也这样。"在他忙碌的时候,她日子好清闲!

暮晚摇呆呆道:"啊。"

言尚皱着眉,开始缓缓地、委婉地,说她不必这样,说那个蒙在石是乌蛮人,他和她的日常习惯又不一样。他理解她要周旋,她肯定不愿意和亲,那既然如此,就应该和乌蛮王不要走得那么近。

暮晚摇听着他说话,一开始点头,虚心听教。但是大概她的好说话无形中鼓励了言尚,言尚竟然说得更多了。他絮絮叨叨,说了好久她要稍微注意点,不要给人那么多的机会。暮晚摇不耐烦了:"知道了知道了!你烦死了!"

言尚有点气,却见她不悦,就闭嘴不语了。他不说话了,暮晚摇便又悄悄来看他。见他低着头,眉头一径蹙着,颇有些失落的样子。清如玉竹的美少年这般烦恼,又强自忍着,让暮晚摇觉得自己是不是有点过分了。她一时间竟然有点怜惜他,想他心思那么多,却憋着不说……可是要是让他说,她又要被数落。

暮晚摇小声试探:"言尚?"

言尚没吭气。

暮晚摇再次:"言二哥哥?"

他仍低着头,没有回应。暮晚摇心想,看来是真有点不高兴了。她起身,走向言尚。言尚诧异地抬眼看来时,暮晚摇已经搂住他,仰脸亲上他嘴角。她格外热情,舌尖灵动。言尚张口时,她就侵过来,让他的心一下子猛烈跳两下。他抓住她肩膀,转脸想避开,她却不放。言尚被她推着,一径向后,到了床上。跌在褥间,床帐被暮晚摇手一扯,层层叠叠,遮覆住了眼前的所有光。她跪在他膝前,跪在他宽大的衣袖上,伸手钩他的下巴,不断亲他。

言尚的气息开始乱,抓住她肩膀推,他睫毛颤动,开口时语气急促又带点气:"你又这样,又来这招……你以为这样就有用吗?你就不能好好和我说话吗……唔。"

暮晚摇不理会,专注亲他,气息向下,拂过他红透的、紧绷的脖颈,咬住他的喉结。他身子绷起,猛地颤了一下。言尚真有点生气了:"暮晚摇!你就仗着我、仗着我……"

暮晚摇笑嘻嘻地终于开了口:"我就是仗着你不爱生气呗。但真的不是欺负你，这次是补偿你哦。"她想了下，"其实我很喜欢看你穿官服……不过这次算了。"

言尚撑起上身："那你让我起来……我们好好谈一谈……"

暮晚摇哼笑一声，心想谁想跟你聊。让你冷静的时候，你就一大堆道理，说我这不好、那不对；只有这个时候，你才为我所控啊。暮晚摇从他微皱的衣襟间抬起脸，对他调皮一笑，身子向下滑。他蹙着眉梢，茫然看她，不知道她到底要做什么。但是他的衣领被扯开，她的气息拂在他腰间，却仍不停，他一下子慌起，再次拉她："暮晚摇！"

暮晚摇勾着眼看他微汗的面容一眼，声音含糊地笑了一下。如同古木青藤，好好地在水下长着，万古不变，却偏有灵蛇来扰，纠缠着那青藤，逼那青藤抽出根茎。那调皮的蛇是个坏种，专挑旁人的弱点。利齿伸出，张口就一口咬下，咬在青藤上，如喝人血肉一般痛快。

言尚的腰不自主地向上挺了下，听到暮晚摇揶揄的笑声。这般羞耻，这般难堪，她大胆得让他心脏骤停。他受不住，手指搭在床板上，青筋一跳一跳的。修长的手指抓着床沿，用力得几乎发白。他忽然一下拽住暮晚摇，将她拉扯上来。暮晚摇刚感觉到他的激动，就被他提了起来，一下子压下，低头不管不顾地亲来。尽是滚烫，尽是狂跳的心脏。

帐外的日头灰蒙蒙的，不知重帘卷了又卷。他颤抖得厉害，又第一次这么情绪不稳，将暮晚摇几乎吓到。但是不等她回忆起被男人所压的可怕记忆，他就垮下肩，跌在了她身上，头埋在她颈间，早已凌乱散下的发蹭着她的脸。他竟咳嗽了两声，抬起脸时，眼尾都留着没有褪尽的红晕，才道："你……太过分了。"

第十六章

帐子被外面的光镀成金色，绡纱扬动，便如金色的云霞流动一般。

暮晚摇的脖颈被弄得尽是汗，郎君的脸挨着她，她被染得跟着他一起脸颊升温，隐隐发烫。他的长发散在她颈间，他颤巍巍的气息拂在她耳后。搂着她腰的手紧得好像要掐断她一般，而他抬目看她一眼，眼中都被逼得出了水光。暮晚摇本就有些红晕报然,做这种事是她想讨好言尚……不过言尚反应这么大,出乎她意料。

暮晚摇呆呆看着他,心想男人最原始的欲,凶残暴虐,实在是很丑陋的,她想象不出有什么美化的词来。但是言尚不一样。旁的男人面对欲时那般丑陋,他却依然是清润的,干净的,在她心中美好无比。就连他现在……这个样子,她也不觉得可怕,不觉得他讨厌。她非但不讨厌,她还很喜欢看他眼中的水意,眼尾的红晕。

暮晚摇垂下眼皮,向下面看自己的裙裾。她眼睛向下瞄,言尚估计以为她又要使坏,一把捂住她的眼睛,恼羞成怒道:"不许乱看。"

女郎浓长的睫毛就如刷子一般在他手掌心挠了又挠,她声音娇娇的,又不满,又撒娇:"你弄到我身上了!"被他捂着眼睛,暮晚摇想象中,言尚脸红得快烫死他自己了吧。

听他声音很低地讷讷道:"对不起……我来收拾。"说着,他就放下捂她的手,撑起上身要收拾两人胡闹的后果了。暮晚摇连忙把他重新拉下来,和她一起躺着,不满道:"你真是劳碌命,就不能躺下来稍微休息一下吗?一会儿再收拾也成。"

言尚此时心里是胡乱的、纠结的:不成吧?一会儿不就干了吗?痕迹不会被侍女们看出来吗?但是暮晚摇强迫他躺着,他便纠结着顺从了,心里想她应该有办法吧。而大白天和暮晚摇一起躺在床上,看着怀中的暮晚摇,言尚望着她仰起的雪面半晌,又情不自禁地端着她的下巴,凑上去亲了一会儿。很细致、温柔的亲法。暮晚摇又笑,又往他怀里拱。言尚很无奈,看她拱入自己怀里,他遮掩了一下,她没有顺着他已经散开的衣袍摸进里面去,却也紧紧抱住了他的腰。言尚刚感慨一下气氛还是很好的,就听暮晚摇道:"你腰好细呀,我刚才那样时就发现了……"

她的嘴被言尚捂住。言尚又被她闹成了大红脸:"又乱说!殿下总是这么口无遮拦。"

暮晚摇扯下他捂她嘴的手,对他翻了个白眼。言尚愕然她竟然对他翻白眼时,听她说:"你对自己的身体太不诚实了。什么样子就是什么样子,你既不敢看,也不敢说。你以后还怎么跟我玩?"

言尚微怔,望她:"以后……殿下还会和我一起……玩?"

暮晚摇瞪圆眼:"不然呢!你什么意思呀,不会是真的觉得我喜欢旁人吧？我都、都……为你这样了。你以为女子愿意为郎君这样，就一点意义都没有吗？"

言尚道："我也隐约觉得……殿下待我不一样。"

二人躺在床上说私密话。暮晚摇："你有没有发现，你现在和我挨得近的时候，不像以前那么紧张了？虽然还是有一点，但你不像以前一样总是绷着了。"

言尚："你总是时不时来一下，我早被你吓出习惯了。就是今天……白天还是不好，下次晚上吧。"

暮晚摇瞥他："你还跟我约上下一次哇？好贪心。"暮晚摇又好奇地捧着他的脸，观察他的神情，害羞地咬了下腮，悄声问，"真的很舒服吗？特别舒服吗？你特别……激动啊。比以前还要激动。"

言尚赧然，又恼她什么都敢问。但是暮晚摇逼着他回答，他终是不情不愿地点了下头。暮晚摇欢呼一声，搂着他脖子就来亲他了。而这般一蹭，他就又有点……暮晚摇也发现了，瞥他。

她张口就要问他是不是还想要，被言尚捂住嘴，不要她乱问。言尚："……纵欲不好。"

暮晚摇敬佩："你这算哪门子纵啊？"

言尚绷着身，却终是不肯。反正不舒服的是他，又不是暮晚摇。暮晚摇见他这么害羞，就随他去了。怀里小公主终于不闹腾了，言尚眼睫覆眼，无奈地笑了一下。笑意清浅，潺潺若静水。他低着头似在思考什么，暮晚摇不管他，蹭在他怀中找到舒适的姿势，伸手掬起他散在软枕上的一把乌发，缠在手中玩。她忍不住亲了亲他的发，还能闻到他发上的清香，还有一点浅淡的湿意。

因为他刚洗浴过。暮晚摇自得地想，在院子里抱他时就知道他洗浴过了。不然她才不会为他那样呢。她多聪明啊，既取悦了言尚，又让言尚原谅她了。

暮晚摇正扬扬得意地想着，言尚低下头，与她说："你和乌蛮王走那么近，还是不对的。"

暮晚摇脸一下子冷下。她面无表情抬头："怎么，还要跟我算账？"

言尚无奈道："我不是那个意思。我只是说，可以有一些解决方法。我不是不信你，就是……你总是什么也不和我说，你总要我心安一下吧？"

暮晚摇冷冷的："你想怎样？"

言尚:"我也不想怎样。就是如果我公务不忙的时候,我可以去鸿胪寺帮忙。你和使臣们、乌蛮王一起,你应付他们的时候,我要一同去。"

暮晚摇愕然:"你要就近监督我?"

言尚道:"不是监督,只是想护着你。"

暮晚摇:"不还是想监督我吗?"

言尚无言,垂下了眼。而他不说话,暮晚摇就怕他难过生气,瞬间心软。她心想她本来就很光明正大,虽然言尚要跟着、她会麻烦一点……但是总不能看言尚伤心嘛。暮晚摇就慢吞吞:"你想来就来呗。我无所谓。"言尚瞥她,暮晚摇笑,"所以翻过这篇,可以不和我算账了吧?"

言尚心中其实还有很多疑点,但是暮晚摇的行为让他看出来,他是不太方便和她谈得太深的。她是带刺的玫瑰,永远伸着她的刺,警惕地看着所有人,唯恐有人靠近她、伤害她。她努力伸展开枝叶,迎接言尚走入她的世界。但是,他毕竟是外来客,不能一开始就让她完全放弃她的刺,去全然信赖地拥抱他。言尚低头,撩开她额上的刘海,轻轻亲了一下,说:"不算账了。"

暮晚摇松口气,重新露出笑容。

偏偏言尚抛却了那些烦心事,好像对男女之间的事难得产生了好奇。他凑近她耳边,轻声问:"你方才对我那样……是不是我也能对你那样啊?"

暮晚摇:"……"她一下子僵住了,感觉到言尚搂着她腰的手隐隐向下滑,她慌得连忙按住。言尚垂目看她,她总觉得他不怀好意。暮晚摇脸涨红,听言尚红着脸小声:"我觉得,人都是一样的吧。我会舒服,你应该也是……我想试试。"

暮晚摇大叫:"你敢! 你敢!"她开始挣扎,不让他碰她。她面若染霞,又慌又羞,在他怀里如鱼儿一般跳起。言尚被她吓了一跳,松开了手,暮晚摇羞怒道:"你敢这么对我,我就再不理你了!"她观察言尚、掌控言尚可以,言尚怎么能观察她、掌控她? 他就应该被她压着,而不是反过来压着她!

言尚收回了手,失落道:"好吧好吧,你别乱跳了。"

暮晚摇放下心。二人又说了些闲话,都是情人之间那种翻来覆去、外人听着没意思、俩人却能笑起来的话。之后言尚先掀开帐子,衣衫凌乱的他从中出来,避着目光不敢多看暮晚摇衣裙的痕迹,催着暮晚摇喊侍女们弄水来,两人清洗一下。言尚又懊恼:"下次不要这样了……你的裙子怎么办?"

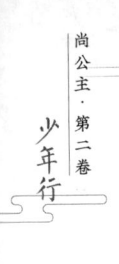

暮晚摇:"什么'怎么办'?"

言尚结巴:"被、被人看出来怎么办?"

暮晚摇:"看把你为难的。我一个公主,看出来就看出来,谁敢问我?"

言尚便不说话了。

但是暮晚摇去洗浴的时候,侍女夏容纠结着来问:"殿下,是不是要备避子汤?"

暮晚摇愣了一下,回头看她,说:"不必。"

夏容惊愕,神色更为难了,难道殿下的意思是愿意为言二郎生孩子?可是……未婚先孕,不太好吧?夏容听到暮晚摇冷淡的声音:"我不需要这种东西,日后也永远不需要。你不必再问我。再问我会杀了你。"

夏容骇然,又委屈,只好告退。

公主府有单独的浴舍,里面有汤池。蒸雾腾腾,夏容等侍女退下后,暮晚摇独自坐在汤水旁。她坐在岸上,细白的小腿踩着水玩了一阵子,心中空落落地发了一会儿呆,暮晚摇才自嘲一笑,下水洗浴了。

接下来,和丹阳公主打交道的使臣们都发现,公主身边时不时会跟着一个官员,说是鸿胪寺的,跟着丹阳公主,也为了接待使臣。使臣们勉强接受。

蒙在石再和暮晚摇一起出去时,见言尚跟着,一愣,当即眯了眯眼。暮晚摇在前,言尚跟在后。暮晚摇若有若无地挡在言尚面前,目光警告着蒙在石。她的意思何其鲜明,大有他若是敢伤言尚一分,她就和他搏命。

蒙在石再对上言尚的目光,言尚对他温和一笑,礼貌客气。但是礼貌客气是言二郎的一贯风格……蒙在石可是记得在鸿胪寺的时候,自己差点就着了这个人的道。如果当时言尚没有写第二个册子,直接把第一个递上去,虽然误会最后一定会解释清楚,但是乌蛮少不了在其中受些折腾。言尚会不动声色地谋算……可比暮晚摇那种直截了当的风格阴险多了。而再想到当日在北里,暮晚摇像个傻子一样围着言尚转……蒙在石冷哂,心中不悦至极。蒙在石目光一转,笑道:"今日和殿下去乐游原赛马,如何?"

暮晚摇:"来啊。"

蒙在石看向言尚:"言二郎这般文臣,总不会还要跟着吧?"

言尚和气道:"虽然我马术确实不如大王和殿下,但身为朝廷命官,自有职责在身，还请两位莫要为难臣。"这话的意思，就是说他还要跟着了。

蒙在石转身就走，暮晚摇回头，对言尚偷偷笑一下。言尚回她一个"放心"的微笑。其实这么两日下来，不知言尚如何，暮晚摇还挺喜欢言尚跟着的。她可以偷偷摸摸地戏弄言尚，悄悄撩拨他。而他惊愕之时，又往往会很紧张。暮晚摇承认自己有点坏心肠，就想看言尚上一刻和使臣你来我往地斗嘴，下一刻就被她吓得目光躲闪，不断后退。

麻烦的是，言尚跟着，某种程度上，暮晚摇确实没办法实行自己的计划。在原计划中，她应当在一次次私会中改变自己的态度，和蒙在石"旧情复燃"，趁他麻痹之时，夺他性命。然而现在有言尚看着，虽然言尚通常不会说话，暮晚摇的计划，却被迫弄得支离破碎。致使暮晚摇和蒙在石看起来是不再针锋相对了，也会聊天说笑了，但是……确实不像是有情。

好在暮晚摇百般纠结时，有一日言尚告诉她，他次日约了人，有一件顶重要的事要办，就不陪暮晚摇去见蒙在石了。暮晚摇心中当即雀跃，面上却不表现出来，只冷冷淡淡地嗯了两声，符合她平时那种敷衍随意的态度，骗住了言尚。

当夜，暮晚摇就与蒙在石相约，次日与众位国外使臣一道去南山打猎。大魏公主要打猎！这般风采，不愧是大国之风。使臣们自然欣然应诺，蒙在石也同意了。

只是当晚在自己的住舍中，研究暮晚摇这个相约，蒙在石觉得有些意思。他摸着下巴，喃声："打猎啊……那就会舞刀弄枪了……我能相信她吗？"

下属们道："这是在大魏的地盘上，丹阳公主应该不敢做什么吧？一个不好，就是两国矛盾啊。"

蒙在石若有所思，却道："毕竟是狠心又无情的小公主，我不能不提防。得做一些准备。"

这个晚上，公主府上也是灯火通亮。在内堂，暮晚摇坐在长案前闭目假寐，听方桐说起布置："这段日子来，一直小心地往南山调去公主府上的卫士。如今府上卫士已经尽数转移到了南山。乌蛮王虽武力强盛……但我等提前布置，当也能击杀他。"

暮晚摇颔首，又道："把人带进来。"

方桐就退下，一会儿，领了一个身材魁梧的男人回来了。暮晚摇睁开眼，看向堂下立着的那个沉默男人。昏昏灯火下，乍然一看，竟和蒙在石身形有几分像，面容有点相似的轮廓。更奇的是，这人脸上也有一道长疤。不枉方桐费心在胡市中买到了这个人。

方桐介绍："这个人原来就是乌蛮人，母亲是个马奴。他母亲被乌蛮铁蹄踩死，他仇视乌蛮，很多次和乌蛮兵士作对，差点被杀死时，被去乌蛮做生意的大魏人救了。辗转反侧，此人就流落到了我大魏的市集上，成了一个奴才。他虽是乌蛮人，但已在大魏待了十年，还给自己取了大魏的名字，应当可以合作。"

暮晚摇扬下巴。

站在下面的男人俯身，向高贵的、美丽不可逼视的公主殿下行叉手礼，说出的大魏话已经很正统了："小民韩束行，见过公主殿下。殿下的人给了小民主人千贯，殿下又是要除乌蛮，小民自然会竭尽全力，为殿下效劳。"

暮晚摇冷声："如果让你去死，你也愿意吗？"

韩束行看着非常冷漠，脸上的疤痕随着他说话像游龙一下浮动："无所谓。小民贱命一条，此生已经没有指望。如果能杀几个乌蛮人，陪小民一起死，就是小民的荣幸了。"

暮晚摇默然片刻，又问了这个人几个问题。见对方确实可靠，她才让方桐将人带下。静谧的内堂，暮晚摇独自坐了一会儿，为自己即将要做的事感到心脏狂跳。然而，她必须——

蒙在石对她其实一直不错。可她不愿和亲！杀了他，才能一劳永逸！他是她耻辱的过去，她不愿这个过去在自己眼前一直晃……她就是这般狠心。

次日，蒙在石来接公主一同去乐游原。乌蛮一行人，如往日般戴着青铜面具。乌蛮王骑在产自陇右的高头大马上，对招摇明媚的丹阳公主颔首。暮晚摇慢悠悠地将他们一行人瞥了一遍，向自己这边的方桐使个眼色。暮晚摇露出笑，她偏头时，美目流盼，秀若珪璋，让一众人称赞。而她蓦地握紧马缰，高声一呼"驾"。一骑绝尘，衣袂若飞，先行骑马而走。乌蛮王等人直追！

长安街市上，贵人风采如是，百姓避让之时，见暮晚摇御马和乌蛮王一同出行，直出城，前往南山！

言尚正在招待千辛万苦从乌蛮赶回来的、自己先前雇佣的胡商们。他等不及对方来找他，听说这些人回来后，就直接去西市找人。

言尚几次三番来这里，问胡商们的安危，又在胡商们归来后，再一次给钱，给的佣金比当初雇佣时说好的还要多。胡商们心中感慨。他们离开长安时，言二郎还在读书；然而他们回来时，言二郎已经是朝廷官员了。虽是官员，二郎却如昔日一般，和他们平起平坐，没有嫌弃他们。胡商们自然要尽力报答言二郎。

言尚直接问："其他的琐事之后再说，我先问最想知道的。你们可知，现任的乌蛮王，和之前和亲去的丹阳公主，到底是什么关系吗？"

胡人们对视一下，露出心照不宣的、男人才懂的那种嘿嘿笑意。

言尚心一空，听一个胡人道："郎君你问对了！乌蛮草原上都有传言呢，说现在的乌蛮王还做王子的时候，就和当日的王后、就是那位和亲公主不清楚，两个人关系可不一般。以前老乌蛮王没死时，这种传言被压着，现在这位乌蛮王做了王，这种传言就没人压了，草原上好多人都听过这种流言！"

言尚脸微微有点白，却是心性强大，没有表态。何况这本就是他的猜测……他本就觉得暮晚摇在骗他！言尚道："你们的话说得我糊涂。现任乌蛮王，做王子是什么意思？"

胡人诧异："大魏这里都不知道吗？现在这位乌蛮王，虽然说是从战乱中杀出来的，但是他是前任乌蛮王的长子啊！只是当时王位传的不是他。大家都说是现在乌蛮王与和亲公主两个人，一起害死了老乌蛮王，杀了还没登上王位的小乌蛮王，所以才能上位！乌蛮不在意这个，所以这种流言传得到处都是，不知真假。"

另一个胡人补充："虽然不知真假，但是八九不离十。不然和亲公主怎么能才和亲了两三年就能回来大魏了？肯定是和现任乌蛮王做过交易！"

他们七嘴八舌地说着各种讯息，直到看到言尚脸色不太好，忽然站了起来。言尚这种人，脸色不太好的时候实在是少见……众人停了话，不安地："郎君怎么了？我们可是说错什么了？"

言尚勉强对他们笑一下，安抚道："没事，我突然想起一件事。接下来的问题，我下次再找诸位问。这次实在是有事……我不得不走，见谅！"

大约是言二郎突然想起来的事格外重要，他的礼数都有点慌，离开的时候格

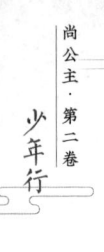

外仓促。

出了那个铺子,言尚就骑马回府,毫不犹豫地赶往公主府。他突然发现他漏了一个很严重的猜测。他一直在猜暮晚摇和蒙在石藕断丝连,情意深深浅浅,却从不想,暮晚摇也许是恨之入骨。也许她对蒙在石笑,根本不是旧情复燃,而是……麻痹蒙在石,抱有另一种目的。

如果蒙在石是老乌蛮王的儿子!如果暮晚摇在老乌蛮王还活着的时候,就和蒙在石关系匪浅……共侍父子,父亲娶了她,儿子现在也来长安求娶她。共侍父子,对暮晚摇来说是何其耻辱!不会是爱,那就只有恨!恨到极致,必然想杀人……然而她若在其中出了事怎么办?

言尚赶去公主府,果然,公主府的卫士已经被搬空。言尚不理会茫然的公主府侍女,不如往日那般还和她们交代两句,他匆匆而来,又匆匆而去。言尚府上没有卫士,他急促骑马在街上,脑中乱糟糟地盘算该找谁借兵马时,前方一支队伍,向他迎面快速前来。马速极快,却在即将和他擦肩时,为首的马停了下来。

旌旗猎猎,骑士们纷纷驻足。杨嗣骑在马上,回头看他:"言素臣?"

言尚看去,见是许久不见的杨三郎,领着一众骑士,大摇大摆地入了长安城。杨嗣面容英俊,比以前黑了点。狭路相逢,市坊喧嚣,这位少年郎御着马,正挑眉懒洋洋看他。黑袍红领,发丝微微拂面,杨嗣何其鲜衣怒马,肆意风流。言尚当即:"三郎,我有一事求助,你且与我一同前往南山!"

第十七章

好几个月没回来长安,重新见到热闹的、豪放的长安百姓,十足亲切。赵家五娘赵灵妃骑着一棕马,和自己的表哥等人一同骑马行在长安大道上。两边班楼酒肆,屋宇雄壮,门面广阔。人物繁阜,杂花相间,旗帜招摇,何其繁华。这般喧闹中,赵灵妃看到了骑队最前方,一骑绝尘行得最快的自家表哥停下了马,在和另一在街上徘徊的郎君对话。虽是隔着距离,但对面少年郎那玉质金相的相貌风采,却挡也挡不住。赵灵妃眼睛瞬间亮起,驱马迎上去,欢喜无比:"言二哥,你是听说我要回来了,专程来城门口迎我的吗?"

言尚:"啊……原是赵五娘,好久不见了。"他语气仓促,声音依然含笑温和。因骑在马上不方便行礼,他便只是拱了拱手。

但是赵灵妃一听他这诧异语气,就知道言尚根本不知道她今日回长安。赵灵妃目光刚黯下,还未曾再接再厉和言二郎攀什么关系,和言尚一起说话的杨嗣就驱马回了身,他屈指于唇边,一声响亮的呼哨声尖锐发出,让跟随的众骑士陡然一惊,齐齐绷紧了神经。见那为首的一身窄袖玄服的杨三郎高声道:"儿郎们听令,随我一同出城!灵妃,你领着女眷回我家报个平安,我与言二郎有事出城一趟——"

"驾——"话音一落,当机立断,根本不给赵灵妃拒绝的机会,杨嗣就一马当先,重新行向出城的方向。赵灵妃茫然看向言尚,等这位性情温和的郎君解释。但言尚只是抱歉地拱了下手,竟也抓紧缰绳,驱马去追杨嗣了,声音微抬高:"三郎,等我——"

言尚之后,原本跟着杨嗣好不容易从外面回来的众二郎骑士,纷纷掉转马头,重新跟随着主人一同出城。长安入城大街上,众马齐掉头,声势震天,尘土飞扬。赵灵妃被尘土呛得咳嗽之时,不断看着马匹和儿郎们与她擦肩而过。她愕然半天,竟被这么急的动作激起了兴趣,想跟去看一看。但是犹豫了一下,赵灵妃看看身后马车中安置的女眷,还是打算回府报平安再出来看热闹比较好。

宫巷夹道上,刘文吉正要如往日一般出宫去翰林院时,一个小内宦过来喊他,将他领到了这里。刘文吉以为是自己又招了谁的眼,一顿私下里的挨打免不了。他僵硬着身,忍着那种对即将到来的拳脚的惧怕,跟着小内宦到了夹道。夹道宫门口,等着他的,不是自以为的挨打,而是一个身体发福臃肿、看着慈眉善目的老公公。一眼认出这位公公是陛下身边正当红的大内总管成安,刘文吉连忙跪下请安。

成安看这个内宦面白年少,知道礼数,满意地点头笑了笑,跟旁边那个领刘文吉过来的小内宦使个眼色,小内宦就殷勤地去扶刘文吉起来:"哎呀,文吉,你跪什么跪啊?难道成公公专程见你,是让你下跪的吗?"

成安皮笑肉不笑般的:"刘文吉是吧?老奴之前跟着陛下侍疾,没空管外面干儿子的事。陛下身体好了些，老奴这才知道原来老奴干儿子和翰林学士之间差点闹得你死我活，是你在其中说和，让他们和解的？"他顿了一下，"听说是在北里吃了好几次名花宴，都是你请的？花了不少钱吧？"

刘文吉懂事道："不值什么，都是应该做的。"

成安哂笑一声，拉长声音，便显得有点尖："行了行了！你们这些小内宦，什么心思，老奴还不知道吗？老奴在陛下身边服侍几十年，也勉强算半个人物，承你的情，不会让你白忙活的。说吧，你要什么好处？是想要出宫办差，还是金钱美女啊？"

内宦说出宫办差，倒是正常；说金钱美女，太过可笑。然而这里站着的三个内宦，没人觉得可笑。他们被剥夺了男人的一样东西，却毕生都在追求那样东西所附庸的意义，就如报复一般，残虐、阴狠。若非如此，何来一个太监偷偷在宫外养夫人养小妾的说法？何来宫中与小宫女的对食的说法？刘文吉深知这些去了根的人的心思，然而金钱美女对他有什么意义。他自去根进宫，想要的只有一样东西——权。那滔天的、庞大的、吞并所有人的权势。

刘文吉垂着眼皮，和顺道："奴不求旁的，只求跟在成公公身边，得成公公教诲。"

成安："啧，你这是想去御前伺候啊。嘿嘿，咱们陛下可不好伺候啊。"

刘文吉道："全凭公公指点。"

成安将他细细打量一番，心里确实有几分思量。皇帝身体一日不如一日，自己年纪也跟着大了。去了根的内宦，老得比正常男人快得多。在刘文吉之前，成安身边本就养着好几个自己一手调教的小内宦，以备不时之需。这些徒弟若是有人能上位，自己老了后也有人养啊。成安就道："行吧，从明日起，你除了去翰林院，就跟在老奴身边做事吧。"

刘文吉感激涕零，撩袍又跪下磕头。这一次，成安坦然受了他的礼。成安低头端详着这个俊俏的年少内宦，喃喃自语道："不过只是一个小内宦，无品无阶，不好去御前啊。这样吧，从明日起，你就是宫闱丞了。好歹有个品阶，像个样子。"

刘文吉猛地抬头，目中光如星闪烁，茫然又怔忡地看着成安。当成安随口要封他一个"宫闱丞"时，他心中酸楚、悲痛、震撼、欢喜，难以一言说尽。宫闱丞，是属于内侍的一个品阶。这个品阶，如果对应到官位上，属于从八品下。从八品下的概念是……言尚几经周折，又是算计州考，又是参加春闱，又是去参加制考，忙活了整整一年，在长安士人圈中都有了好名声，言尚如今的官位，不过是从八品下。刘文吉来长安求官，整整两年，毫无机会，却是他进宫当了一个小太监，也没做什么大事……一个从八品下的官阶，就从天上掉下来了。这一切，衬得他的人生是多么的……可笑！

成安眯眼，睥睨下方跪着的那个目中好似闪着泪花的小内臣："怎么，你不满意宫闱丞？"

刘文吉压下自己心中酸楚和悲意，欢喜磕头："多谢公公怜爱。"

南山中，刚刚入春，山上笼着的一层薄雪褪去，丹阳公主就和众小国的使臣们约在这里狩猎。群马竞逐，绿林浩瀚。众小国使臣围着漂亮的丹阳公主，纷纷献殷勤。初时替自家主君求亲，不过是看不过乌蛮王一家独大；但后来，大家倒是真情实感地求亲。若是能和大魏和亲，那双方关系不是更进一层吗？一些边邻小国，正是靠着大魏的庇护过日子，自然格外想和大魏和亲。这位丹阳公主就很好！而哪怕不是这位丹阳公主，换一个公主，只要是大魏表态的，都可以！

不过暮晚摇对使臣们的讨好却只是应付着随意笑两句，她的美目与乌蛮王的队伍对上时，才轻轻地亮了一下。骑马而行的乌蛮王戴着面具，身后的众乌蛮军人也戴着面具。暮晚摇心里嘀咕，以前没见乌蛮有这种奇怪规矩。然而在大魏，蒙在石经常这样，她也懒得过问他的任何事。

与乌蛮王的目光隔着面具对了一下，暮晚摇拍了下手掌，让周围都安静下来。她笑吟吟道："好了，闲话不说，我等这便开始狩猎吧——初春刚至，山中动物刚刚醒来，可是不好见到的，全凭各位本事了。"

四方便有笑声，有人大着胆："若是有人赢了，有什么奖励吗？"

暮晚摇含笑看去："若是赢了，今夜我赏他和我一同用膳。"

背后，蒙在石的声音如磁石般响起："哦？这样的话，那本王可是不相让了。"

当即有使者不服气："乌蛮王未免太自信了吧！我等箭术并不输乌蛮！"

蒙在石懒洋洋道："来试试呗。"

这般嚣张的态度惹了众怒，叽里呱啦，所有人都吵了起来。暮晚摇微放下心，回头看了乌蛮队伍一眼。她初时见这些人戴着面具，蒙在石又不说话，以为有什么诡计;现在听到蒙在石的声音,知道他在这里,那自己的计划才有意义。

乌蛮王向她伸手,示意双方同行,就如蒙在石往日表现得那样。往日暮晚摇不一定给他面子,今日,她微微一笑,骑马先行。丹阳公主纤柔美丽的背影掠入葱郁林中,蒙在石这方紧盯着,听到公主的娇喝"驾"声,公主身边的卫士们齐齐跟上。乌蛮这边比其他使臣反应都快,先行一步,向丹阳公主追去。

众人反应过来,纷纷上马入林!

"嗖——"南山如绿海,一支支箭在林中穿梭,射向那些懵懂的、刚刚苏醒的动物。猎人们在林中目光如电,警惕万分,丛林不断如波涛般发出沙沙声,遮掩住一切动静。

渐渐地,暮晚摇这边人、蒙在石这边人,和大部队脱离了。大魏红妆悍然,乌蛮更是人人尚武,这般经历下,暮晚摇并非不能拉弓射箭的寻常女郎。裙裾如莲散在马背上,箭和弓都在囊中备妥。她夹着马肚奔在最前方,不断地拉开弓,一支支箭从她手中射出。而每每射中,就有方桐等人快马赶去,将射到的动物提回来。几番下来,暮晚摇面容上露出笑,眉目舒展开来。

而蒙在石那边自然不落下风。乌蛮队中所有人都能骑马射箭,随着他们一次次弯弓,马速竟然超过了暮晚摇这边。

暮晚摇这边队伍越来越慢,她原本和乌蛮王在林中并驾齐驱,现在却是一点点落后,和对方距离越来越远。暮晚摇做出喘息剧烈的样子,让胯下的马干脆停了下来。她目光紧盯着前面那批乌蛮人的背影,一目不错。缓缓地,暮晚摇目中还带着一丝笑意,手中晃着弓,她偏头,好似顽皮地与自己的侍从方桐说话。而与方桐对视的一瞬,暮晚摇眼睑轻轻一眨,拉下一个弧度,做出"动手"的示意。

当即,丛林中,众鸟高飞,灌木和树背后出现了一个个卫士的身影。有带着弓弩的,有提着刀剑的。一众卫士安静地埋伏在深林中,等着这个时候。

乌蛮人一马当先,却在刹那间好似察觉到了危险的气息。乌蛮王的马停了下来,那戴着面具的乌蛮王长手一挥,让身后人停下,他缓缓扭转马身,向后方的暮晚摇看来。

刹那间,暮晚摇厉声:"杀——"

一支支箭，从林中向乌蛮人飞纵而去。箭对准的方向，不是人，而是马。射马腿，让马失去行动力！乌蛮人马背天下，马就是他们的性命！想让他们失去行动力，射人先射马！

深林中，乌蛮的马开始有中箭的，有乌蛮人惨叫一声，从马背上跌下，其他人伏身要去相助，更多的箭射了过来。乌蛮人嘴里开始大骂着乌蛮话，暮晚摇冷笑一声，再次手一挥——

一个个藏身林中的大魏好儿郎，向那仓促停马躲箭的乌蛮人杀去！深林中，战局拉开！

杨嗣和言尚一行人入了乐游原，再上南山。南山广袤，不知道暮晚摇到底在哪里。到了这时，反而是原本跟着言尚来到这里的杨嗣更为熟悉这边环境。杨嗣牵马只徘徊了一息，就判断出了一个方向："跟我来——"他侧脸冷峻，目光锐利。往日的慵懒随意全然收敛，少年身上的一往无前之势，隐隐有迸发之意。

言尚紧跟着他，提醒道："三郎，确定是这个方向？时间紧迫……"

杨嗣伏身马背，开始摸自己腰间的横刀。长风掠耳，他目光沉静，拔刀而出的讯号，使得身后的骑士们跟着他纷纷拔刀。杨嗣冷声回答言尚的问题："放心吧。南山，我比你熟。我从小就在这里玩，南山哪里适合阴人，哪里树木多，哪里野兽密……我从小玩到大，在南山找人、杀人……我都比你熟！跟我走！"

言尚驱马跟随，再次提醒："三郎不要意气用事，殿下的安危更重要——"

长刀握于手，马如电奔，杨嗣已经不回答言尚的问题了。

言尚知道到了这时，自己恐怕控不住杨嗣了。在长安城中走马熬鹰的杨三郎消失了，杨嗣身上的野性开始苏醒了。控不住，就放开缰绳吧。稍顿一息，言尚言简意赅，向身后一骑士道："郎君，麻烦借我弓箭一用——"

林中血染，双方战斗展开。乌蛮人的马纷纷中箭，一个个乌蛮人被拉下来，在地上翻滚着躲箭。大魏卫士纵上，这些乌蛮人却个个骁勇善战，翻身一跃就从地上挺起，杀向偷袭来的杀手。

有乌蛮人喊道："克里鲁，保护大王！"

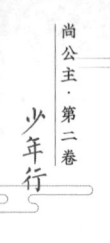

一个人当即喊道:"当然！大王，属下来助你——"

一个魁梧雄壮的乌蛮人从马上跳下，长刀哗啦刷开，砍向那逼向乌蛮王的众人:"大魏奸人！真以为我们乌蛮人这里好糊弄吗——"

带头杀向乌蛮王的，正是方桐等人。方桐大约听得懂几句乌蛮话，听到背后纵来的寒风和乌蛮人的声音，就大喊道:"是克里鲁！乌蛮一员猛将，众人小心——"

方桐被克里鲁扑倒在地，其余卫士依然冲上乌蛮王的马匹，齐齐砍向马的四蹄。乌蛮王长刀在握，在身边旋一圈杀向卫士，血珠在空中溅起时，乌蛮王撑着一个尸体的脖颈，就从马上跳了下来。他回身，一刻不停，就向远远观战的丹阳公主暮晚摇冲去。

看到他向着公主冲去，这些卫士立刻用以命换命的方式去阻拦！刀光剑影，尸体如堆，众人嘶吼声震得山鸟拍翅四飞:"啊——"

乌蛮人满脸是血，人数不如公主府埋伏在这里的卫士多，却一个个张狂得不行:"大魏人，果然奸诈！来啊，老子们跟你们玩——"

方桐与乌蛮猛将克里鲁大战，克里鲁武力倒是一般，但块头大、威力强，方桐全凭矫健身手和对方周旋，引着克里鲁往一个方向走。克里鲁全然无察，威猛的拳风一道道挥出，哈哈大笑:"以前在乌蛮时，老子就想宰了你——"

方桐被一拳打得向后飞出，撞在树上，吐出了血。眼前发黑，肋骨估计都被打伤了，全身痛得几乎动不了，但是方桐冷笑。他一张嘴，嘴里的血就顺着牙缝向下滴落。而方桐盯着大步走来的克里鲁，厉声用乌蛮话反击回去:"来啊——不杀了老子，你不是男人！"

克里鲁扑来，要一掌拍死那已经动弹不得的、在他眼中瘦弱无比的丹阳公主的贴身卫士，但当他靠近时，头顶有张带铁锁的大网罩下，向他笼来。克里鲁急忙要躲，但是方桐一把迎上，抱住他的腰身，硬拖着对方一起被罩在了铁网中。方桐厉喝:"来啊——和我同归于尽啊——"

方桐带头，以牺牲自己、和克里鲁一起被铁网罩住为代价，硬生生扭转了局势。亲身从乌蛮走过，从不敢小看乌蛮人的战力。哪怕公主府埋伏于此的卫士，数倍于乌蛮人。

暮晚摇紧张地观战，手中冷汗淋淋，看到乌蛮人一个个被压下，有的被困住，有的被杀死，地上的尸体越来越多，乌蛮还站着的人越来越少。她呼吸困难，终于，看到众人围杀的乌蛮人身上伤痕累累，摇晃中，轰然倒地。

树叶纷落，林中倏地静下。还站着的公主府的卫士们只剩下了寥寥十几人，而乌蛮人已经没有一个还站着。卫士们回头："殿下！"

暮晚摇从马上跳下，向战局中走来。她面容冷淡，杏色裙裾从一地鲜血尸体中走过，却面不改色。卫士们让开路，暮晚摇看着这一个个戴面具的乌蛮人零散地倒在地上，还有不甘地被押着跪在地上，而那骁勇善战的乌蛮王，竟也倒在她脚下。这让她有种恍惚的不真实感。她在离开乌蛮那一夜，借用老乌蛮王和下一任乌蛮王的刀，杀了蒙在石一次。今日在大魏，她真的又杀了蒙在石一次吗？他真的被她杀死了？

暮晚摇蹲在乌蛮王的尸体旁，看着这个人胸前的一支支箭、身上流血的刀痕，她伸出手，一点点摘开这个人脸上的面具。从上到下，青铜面具后的乌蛮王的本来面孔露出来。飞眉入鬓，冷硬利落——然而暮晚摇脸色蓦地大变。她一下子站起，急声："退后——"

这不是蒙在石！死的这个乌蛮王不是蒙在石！却是刹那间，倒在地上的一具乌蛮人的尸体陡然"复活"，在极近的距离下，谁也没有反应过来，这个人跃起，横腰瞬间抱住了暮晚摇，向半空纵起，飞向高树。

从铁网中被救出的方桐在两个卫士的搀扶下走来，看到如此变局，当即骇然，大喊一声"殿下"，手中的刀砸向那个跳起来抢走公主的人。那人在半空中攀上树的高枝，怀里搂着挣扎的暮晚摇，回过头来，方桐劈来的刀，正好将他脸上的面具砸掉了。他的面容露了出来，英俊冷冽。

方桐脱口而出："蒙在石——"这才是真正的乌蛮王！蒙在石让人替他死了！今天来林中狩猎的乌蛮王，从头到尾都是"假王"。而真正的王藏身骑士中，一言不发，冷眼看着闹剧，又装模作样被他们随意砍死。然后蒙在石在最重要的时候暴起，抢走了公主！

方桐胸口沉闷，又是一口血吐出。身边卫士着急："郎君——"

方桐咬牙切齿："追！救出殿下！"如今鱼死网破，谁也不必再伪装！

然而当是时，林中更有一群大魏卫士窜出："何人在此放肆——"

大魏军队！方桐脸色微变，知道有人牵扯进来了。

丛林幽绿，春水破冰。蒙在石暴起，就站在他伪装的那具尸体边的暮晚摇如何躲得了？她一下子被他抱在了怀里，被他带着在树林中跳跃逃走。她拼命挣扎，然而在男人的强势下，她真的毫无办法。男人那让她恨极的力量!

"砰——"暮晚摇被一把扔了出去,丢在水中。瀑布从身后山顶哗哗流下,在水潭上溅起小小的七色彩虹。暮晚摇被蒙在石一把摔了下来,她在水潭中站立不稳,一下子跌坐在水中。瀑布的水雾从后溅来,淋湿了裙裾和半身,春日的水十分冰寒,暮晚摇跌坐在水中,撞在了一块岩石上,背在后面的手还被水面上漂浮着的寒冰割得发疼。浅浅的到膝盖的水潭,冷得暮晚摇浑身哆嗦。她坐在水里,一边手背后,摸着自己藏在袖中的小刀,一边仰起脸,看向凶悍低头、眼中渗出红血丝的男人。

蒙在石扑来,一把掐住暮晚摇的脖颈,压住她。他的手卡在她喉咙上,冷声:"暮晚摇!你又想杀我!"他大喝,"第二次了!第二次了!我原谅你第一次,你就来第二次!你就这么想杀我吗?"

暮晚摇被他掐住咽喉,仰着的脸流露出病态的苍白色,漆黑的眼睛盯着他,步摇落了水,鬓发散开,一尾青丝漂浮在水面上,又湿漉漉地贴着她的后腰。她看着他笑:"是啊,我就是想杀你啊。你今天才知道?不会吧?想成为草原王者的蒙在石,今天才知道我想杀你吗?"

蒙在石手心一用力,她的脸就被卡得涨红,带点青。她被他压着,后背靠着岩石,整个人柔弱无比地在他掌心中,他轻轻一捏,就能掐死她。而她是这般美丽。花朵一般的年龄,尖利的、见人就扎的刺。又冷又艳,黑岑岑的、冰雪般的眼珠子盯着他……这毁灭一般的美感,让蒙在石目光摇晃,体内的暴虐被激了出来。他低头就要亲她。

一道白光滑过,蒙在石向后仰,另一手快速抓住她不老实的手腕。看到她手中的小刀,蒙在石阴冷道:"你当真想杀我?我对你不好吗?做我的王后不好吗?"

暮晚摇被他控着,诧异地:"我当真想杀你。做你的王后当然不好!"她厉声,"我好不容易摆脱了你们父子,好不容易走出了噩梦!你凭什么来打扰我,凭什么要我回头!"

蒙在石声音暴怒:"我打扰了你?你本就是我的!你今日的所有,都有我的功劳!看看你现在的样子,没有我,谁教你怎么做女人——"

暮晚摇手中的刀又想挥下,然而蒙在石抓着她手腕,如拎小鸡一般轻松。她目中光轻轻摇落,恨声:"所以才要杀你!所以你才是我的耻辱!我不会让我的耻辱跟着我一辈子,我不会让噩梦永远不醒……你要我和亲,我就要你死！我和你不共戴天！"

蒙在石怒极："伤害你的是我父王，你却全算在我身上吗？"

暮晚摇："你们都不是什么好人！"

蒙在石："昔日和我在一起的欢声笑语，全是假的？"

暮晚摇冷笑："不然呢？我会爱上让我蒙羞的仇人之子吗？我会爱上把我的尊严踩在地上的人吗？我会对仇人有怜悯心，有不忍心吗？我是疯了吗——"

蒙在石："你就是个疯子！我昔日对你……"

暮晚摇尖叫："那也是被你们逼疯的！"她一字一句，"我时时刻刻，每日每夜，都要被你们逼疯了！你们这群野蛮人，这群什么也不懂的人，言语不通，行事粗蛮，毫无章法，没有羞耻感，没有罪恶感……我为什么要和你们搅和在一起，你为什么非要我和亲……"

蒙在石怔怔看她。他目光压下，一言不发，开始扯她的衣领。

暮晚摇全身猛地一抖，骇然："你——"

蒙在石扯下她的腰带，绑住她乱挣扎的手。水流哗哗，围着他们，尽是挽歌一样的悲意。蒙在石冷冷道："你说我是禽兽，说我羞辱你，那我就真的羞辱给你看。"掐住她的脸，他贴过去，轻轻道，"美丽的丹阳公主被乌蛮王在野外上了，你说，大魏皇帝会不会把你献给我？反正，也不是第一次了——"

被男人摁在水里，尖锐的石头划着后背，遍身冰冷，长发如藤蔓般缠绕，面容和睫毛上溅上水珠，她的眼睛却清亮，充满了恨。没有惶恐，没有害怕，只有恨。暮晚摇目露恨意："你敢！你这样，我此生余下年岁，都将和你为敌！每日每夜地想逃离你，每时每刻地恨着你！我毕生都将反抗你，你永远别想得到我——"

蒙在石心中痛一下，然后冷笑："反正你从来也是恨我，无所谓了……"他低下头，掐住她下巴，气息拂在她脸上时，忽感觉到危险从后而至。蒙在石猛地一跃，飞身站起，他站在瀑布下，浑身潮湿，回头看，见林树高一些的地方，一把弓对着他。那把方才来的箭，稳稳地插在水里的石头上。方才蒙在石若是不躲，那箭必然直取心脏。蒙在石仰头，和立在山岭高处、手中搭弓的言尚对上目光。

暮晚摇从水潭中挣扎着坐起，呆呆地向上看去。衣袍飞扬，春日下，言尚手中的弓对着他，箭再次向蒙在石射出。同一时间，蒙在石跃起躲避，而忽然一道黑影擦过深林，速度如电如奔！极快之下，躲着那箭射来的方向，蒙在石的胸口被人一拳砸中。面前骤然出现一黑衣少年，逼着蒙在石一同砸在了瀑布下的潭水中。

蒙在石被少年逼得跪下后退，膝盖刺啦啦掠过水潭中的石子，血腥味登时弥漫开来。他本就受伤，又被那两人的配合逼到这个地步，当即咳嗽阵阵。按住他咽喉的少年与他一同跪在水潭中，抬起头来，睫毛一根根浓长，其下眼睛静谧冰冷。正是杨嗣。

第十八章

葱郁林中，言尚搭弓，目标直指下方蒙在石。箭弓所指，造成威胁。而就在坐在泥滑水潭中的暮晚摇不过三丈的距离，掀起巨大水花，杨嗣和蒙在石贴身相对。

初春的水湍流冰寒，南山中的林风也格外冷冽。三人这般相对，蒙在石跪在潭水里，受伤的腰部撞上旁侧的岩石，胸前也被这突然冒出来的少年郎打得一阵闷痛。看到突然出来的两个人，其中一个还是言尚，蒙在石若有所思。他非但不惧，还被激起了骨子里的战意。蒙在石边咳嗽边笑："言二郎，才两日不见，你就这般想本王吗？哈，看到你出现，却不是公主府那些卫士追来……看来公主府的人，果真是被绊住了。"

言尚立在高处，淡声道："乌蛮王此时收手，你我尚有谈判的机会。"

蒙在石冷笑，道："收手？"他蓦地看向旁侧坐在水中、用阴郁清冷眼睛盯着他的暮晚摇，她坐在水流中，手被他用腰带绑着，衣袂也被方才撕开、扯开一些。水不断涌向她，深深浅浅，杏黄深红，她花瓣一般，激起男人的破坏欲。他嘲讽道："你且问问丹阳公主，她想放过我吗？"不等暮晚摇牙尖嘴利再嘲讽他，蒙在石就转向自己面前的这个少年，对杨嗣叹笑，伸手抹了把嘴角的血，"小兄弟，武功不错啊。不过你还杀不了我，再过几年吧。敢问如何称呼？你可要想好了，你今日帮丹阳公主，那个女人翻脸不认人，你再帮她改变她的处境，她回过头来也是想杀你的……"

暮晚摇蓦地打断："你问旁人干什么？不要牵扯无故人士！你不要自以为是，把合作关系说得那么暧昧！当日你情我愿，今日你我为敌，依然是你情我愿！我就是想杀你，你再挑拨离间多少人我还是想杀你……站在我父皇面前，我还是这个答案！"

杨嗣："够了！"他打断所有人的话，眼睛深如静河，眼前目标只有一个蒙在石。杨嗣淡声道："在下行不改名坐不改姓，弘农杨氏长安一脉，杨家三郎杨嗣！乌蛮王，今日我欲杀你。若是杀不了你，日后报复，也可直奔我来，不必牵连无辜！"

蒙在石赞一声："杨三郎是吗？好气魄！"话未落，他陡地一拳出击，水花拍出巨浪来。杨嗣身子腾地一拧，侧身躲避那拳，上半身却仍不退。杨嗣以一种极难的向后仰的姿势，一把横刀从他腰间旋出，下腰之时，刀已砍向身后猛地站起的蒙在石。

蒙在石大喝一声："好武艺！大魏还有这般人物！"空手相合，来接他的刀！

这二人武力皆是不弱，三两招的交手，两人已破水而出。水花溅起三四丈高，两人近身相战，蒙在石一直不用的刀也取了出来。半空中，二人的武器"砰"地撞击后，树木都被震得叶子哗哗落下。二人战得淋漓，外人看得眼花缭乱！

这般战斗之时，蒙在石和杨嗣的心神却都抽出一分，放在了暮晚摇身上。蒙在石身上有伤，看到从水里艰难站起的暮晚摇，看到她仰头盯着这一方的奇怪眼神，蒙在石心里空下。那种眼神……她的怨恨在滴血。一时间，他开始怀疑自己的所有记忆，怀疑自己记忆中的暮晚摇是假的，眼前这个暮晚摇才是真的。所有的美好过往，都是他的一厢情愿。暮晚摇只有利用，没有情分……他的心脏骤地一疼。

"噗——"蒙在石的心神被扰乱，面前的敌人却不会怜惜。杨嗣趁机一刀挥来，劲风夹着内力，蒙在石当胸被击中，从半空中飞了出去，撞上了最粗壮的那棵树。古树剧震！蒙在石顺着树身向下滑，看到杨嗣再次欺身而来，他颤抖地、强忍地扶着自己的刀站起：不能败！不能死在这里！

他不想看到自己死后，暮晚摇那种放心的解脱神情。他不想看到她因为自己的死而高兴……他的属下们还在大魏，乌蛮和南蛮的问题得不到解决，乌蛮未曾发展未曾壮大，势力不曾统一……壮志未酬，岂敢赴死？！

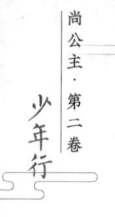

长发散下，武袍破漏，血腥味在天地间弥漫，蒙在石仰头长啸，高声："痛快！"当即旋刀而出，迎身逼战，豪气冲天！

杨嗣引走了蒙在石，暮晚摇跌跌撞撞地挣扎着从水里爬起。下一瞬，言尚从上方的高坡上下来，直接下了水过来。暮晚摇面无表情，言尚将弓和箭放在水潭旁，站在湍急水流中，低头就来解开绑着她手腕的布条。

暮晚摇目光看着那方战斗，言尚低头看着她被勒得通红的手腕。他抬头看她一眼，脱下外袍，就裹住她被水淋湿，也被蒙在石扯开很多的衣衫，却不知他这个贴心的动作，一下子就稳稳踩中了暮晚摇的尊严，让她一下子炸开了。暮晚摇怒盯他："你怎么来这里了？我和蒙在石的话，你是不是都听到了？"

言尚睫毛颤一下，尽量挑些委婉的、不刺激她的字眼："……我和三郎匆忙来救你，多亏三郎武功好。你们的话，我只听到一点……"

暮晚摇讽刺道："然而窥言一叶，知全貌！谁敢小瞧言二郎的智慧！"

言尚眸子微缩，只轻轻地来搂她的肩，道："很快就会有人来，我们先离开这里……"他手只是挨到她的肩，她就颤一下躲开他的手指，为了躲避，她还在水潭中被石头绊了一下。言尚看得心痛，却不敢靠近她。她此时的样子，全身湿透，长发泠泠贴面，又如水草般覆在他给她披上的干净男式外袍上。她从未有过这个样子……这般狼狈，色厉内荏。

暮晚摇厉声："离开什么离开？这么好的杀人机会为什么要错开？人呢？你和杨三没有带人来吗，只有你们两个吗！给我把人都带来，杀了蒙在石！"她深一脚浅一脚踩在水里，要上岸。

言尚怕她摔了，便跟在她三步左右，答道："有一批军队的人来了，公主府的卫士应对不来，杨三郎的人手就留在那里相助。殿下，我们快先离开吧。"他几乎是恳求她，"之后的事，再商量吧。"

暮晚摇置若罔闻，回头来看言尚，催他拿起他的弓："原来是三哥的人来了，呵，跟得可真紧。那些人被绊住了，你不是人吗？你去，拿箭给我杀了蒙在石！"

言尚怔一下。

暮晚摇立刻："你不去是吧？你不去我去！"二人纠缠间，已经到了水潭边缘，即将上岸，暮晚摇俯身就要摸言尚丢在水边的弓和箭，低头就要搭弓。

言尚终是看不下去,走过来拉住她手腕,语气有些严厉了:"不要闹了,跟我走!"

"啪——"他的手被拍开。暮晚摇转身面对他,抬头看他时,目中光盈盈,声音带着颤音:"终于忍不住了是吧? 觉得我不识大体是吧? 你都听到了,你都听到了是吧?!"

言尚语气微绷:"就算我听到了……又如何?"

她看着他冷笑:"听到了所以同情我,是吧? 我不需要你们廉价的同情! 凭什么同情我? 这是我的耻辱吗? 这是你们所有人的耻辱! 你们这些男人,眼里只有大局,只有大业。让我识大体,让我左右周旋……共侍父子,在你们眼中,也是正常的对吧?"

言尚咬牙:"我从未觉得……"

暮晚摇哑声打断:"当然是正常的! 只是一个公主而已,换两国太平,在你们这些男人眼中,有什么不好的? 谁会记得我的牺牲,谁会在意我的牺牲?"

言尚:"你完全可以向大魏求助……"

暮晚摇厉声:"新乌蛮王想我做王妃的时候,我求助过大魏边军! 大魏给的答复是,请公主以大局为重。"她惨笑,"是我不识大体! 是我过于强求! 明知父皇眼里只有天下,母后又病重难理国事,他二人斗得你死我活……谁会管我这个远嫁他乡的人!"望着虚空,望着蒙在石和杨嗣仍在交战的身影,叶子落得簌簌,风好似更冷了。暮晚摇看着言尚,神色悲戚,眼中的湖光水色摇摇欲坠。她单薄纤瘦的身子在风中轻轻晃,她质问道:"难道自古红颜,只能为人所夺吗?!"

言尚怔怔地看着她,眼中的神情,那感同身受般的痛……这样的温柔,就好像让暮晚摇亲眼看到她自己的伤疤一样。这样的温柔,其实是有些残忍的。暮晚摇蓦地转过脸,不想再看他的眼睛了,不想再通过他的眼睛看懂他的情绪、看透自己的伤痕累累了。她喃喃自语:"没关系。这天下没有人护着我,我自己会护着自己。我不需要你们。"身后水流变急,瀑布声大。忽然,她欲上岸的身子僵住,她被从后抱住了。

她挣扎,言尚却没有如往日那般只要她一挣,他就松开她。他紧紧抱住她,暮晚摇尖锐:"放手、放手!"

言尚冰凉的面容贴着她的脸颊，他从后抱紧她，低声："怎能说天下没有人护你？"

暮晚摇喊："你又要对我讲大道理了吗？我不想听，你放开我。你不肯动手，我自己杀蒙在石！"

言尚："我护你！"

暮晚摇呆住，不挣扎了，她被抱在他怀里，微微侧头看他。

他垂下眼："只要我活着，我护你一生。"他松开搂她的手臂，在水里跨了两步，拿到被他之前放在岸上的弓箭。搭弓上箭，他将弓放到暮晚摇手中。坚定地，二人立在水潭中，溅起的瀑布水花淋湿二人。言尚的手握住暮晚摇，让她接住弓箭。他一字一句道："自古红颜，无人能夺！我依然反对你杀乌蛮王，然而，你终是要走出过去，走出阴影——"下一刻，他立在她身后带着她，拉开弓箭，直朝上方的打斗。静静看着上方战斗，风吹开，拂着她的面颊和他幽静的眼睛。言尚扬声："三郎——"

嘣——箭出！

半空中的打斗一凝，杨嗣只是初次和言尚合作，但是之前言尚射箭，杨嗣下马，二人的合作就渐默契。如今言尚只是喊了一声"三郎"，杨嗣就当即拧身而退。黑色的箭从暮晚摇和言尚手中的弓向半空中飞出。暮晚摇眼中摇落的水光，滴答一下。泪水顺着腮向下流，许久不停。

蒙在石在空中当即后退，那箭却预判了他的退路，又有杨嗣在旁堵着。只是一刹那工夫，根本躲不掉。电光石火间，蒙在石只能拼力侧肩躲过，那箭刺中了他的胸。虽不是要害处，箭却让蒙在石口吐狂血，从半空中跌了下来。

敌人弱势，杨嗣上前就要补一刀，铁蹄声却在这时及时赶到。将领高声："住手！谁敢在此杀戮……"

杨嗣根本不理会那阻止声，他手里的刀都要对着蒙在石劈下了，后方一把小刀向他要害处砸来。为了躲避，杨嗣不得不错开，就看到阵阵马蹄声包围了他们。大魏军队来了。当即两个兵士下马，一左一右，制住了杨嗣的手臂，让他不能再出手。另有两人下马，将瘫倒在地还大笑着的蒙在石拉了起来。那将领下马，向蒙在石拱手："大王见谅，我等听秦王之令前来相助，却是来迟一步，让大王受了伤。"

蒙在石胸膛插箭，痛得满头冷汗，说不出话，他却仍边咳血边笑，看向那边同样被围住的暮晚摇和言尚。不过到底是丹阳公主。哪怕围着，也没有人敢上前对那两人动手。

将领看蒙在石大汗淋漓的样子，连忙道："大王且快些随我等离开，处理伤势吧。"

蒙在石："那他们——"

将领："自然会给大王一个交代！"

蒙在石伸指，虚虚指了指言尚，大有"你给我等着"的意思。他目光掠过言尚旁边站着的暮晚摇，静了一静，却是移开了目光。暮晚摇和言尚方才的对话……他也听到了。蒙在石被卫士扶着，却仍咬牙，对着暮晚摇沙哑地喊了一句："以箭相抵，殿下对我的恨意，可能消除一二？"

暮晚摇身披言尚的衣袍，闻言却理都不理他。她被言尚搂着肩，言尚不知和旁边卫士说了什么，那些兵士竟然让了路，让言尚扶着暮晚摇上岸。从蒙在石的方向，只看到暮晚摇侧脸苍白，单薄至极。她虚弱地靠在言尚怀中，几乎是靠着言尚半搂半抱地拖着，才能上了岸。她一直靠着言尚，垂着睫毛，根本不再理会这边了。

空气冷凝。蒙在石自嘲一笑，心想原来她真的恨他恨到了这种地步。一个女人恨他恨到了这种地步……两人的缘分，其实已经走得差不多了。哪怕是蒙在石从血泊中走出，从大战小战中活下来，他都不禁有些心冷，想要不就算了吧。她不是他势在必得的，他并不想让她如恨他父王一般恨着他。

将领终是将一脸颓然的乌蛮王劝走了。回过头来，将领擦擦汗，又要硬着头皮来质问丹阳公主，问到底怎么回事。然而将领没有见到暮晚摇。她被言尚扶上了马，来和将领沟通的，是言尚。言尚向将领行礼，虽去了外袍，言二郎依然文质彬彬，报了自己的官位身份后，将领一听是大名鼎鼎的"言二郎"，客气地回了一礼。

言尚道："将军可是秦王殿下派来的？将军且听我一言，今日南山之事，请以狩猎、公主和乌蛮王因口角而吵了几句说明。万万不要提什么动刀，提什么杀人伤人。"

将领道："但是秦王殿下的命令可不是这样的。"

言尚温和道："在下能猜得出秦王会如何说。秦王殿下必是希望今日之事闹大，好让公主乖乖和亲去。然而将军可以想一想，若是此事结局不是这般呢？一旦公主不会和亲，今天逼压之事，公主自然要跟将军算这笔账。我想秦王的命令，一定不是说得很详细吧？因秦王殿下也不敢说得详细，怕落下把柄。他都怕落下把柄，难道这得罪人的事，便交给将军来做吗？而再退一万步，即便公主真的因此事和亲去了，是太子殿下能放过将军呢，还是杨家能放过将军？"

将领悚然，猛地看向另一边已经站起来的、身边被两个兵士看着却冷然盯着他的杨嗣。杨嗣的衣袍上也沾了血，然而目光冷寒慑人。这些长安本地大士族家的子弟，哪怕现在被抓，日后也是要放了的……得罪杨三郎，并不是好事。将领苦笑，这才知道这个差事有多难办。面对言尚，他不禁和气了些，主动向言尚讨教："依郎君之意，我该如何办这个差事？请郎君教我！"

言尚温声："封锁南山，将所有使臣带回去，堵住所有人的嘴。之后向秦王禀报时，将军倒可以实话实说。只要此事不宣扬出去，传得长安尽人皆知，那秦王和乌蛮王，乃至太子，乃至中书省私下的商议，都不算什么大事。秦王不会怪罪将军。其他势力也不会怪将军。只要将军……封锁住今日的事，谁也不知。"

将领思索一二，觉得如此，自己确实可以摘出去。公主和乌蛮王的矛盾，让他们大人物博弈好了。将领拱手道："多谢二郎！日后此事当真妥当，有了机会，定要请二郎喝杯酒才是！"

言尚温和一笑，回礼道："我不饮酒，将军请我吃茶便可以。"

将领不知他说的是真的假的，便也不再多话，转身办差事去了。

言尚揉揉额头，开始寻思：此事最好在极小范围内解决。所有人都想着和亲是两国谈判的事。大魏这边一直在自己讨论争执，但是言尚现在想，如果蒙在石不想和亲了，这事不就解决了吗？经过今天的事……言尚开始琢磨怎么补偿蒙在石，怎么让蒙在石松口。

额上一片冰凉。言尚抬头一摸，见天上竟然飘雪了。

初春之时，傍晚时分，淋淋漓漓下了一场小雪。东宫之中，太子正在批阅公务。有内宦进来，在太子耳边低语了两句，太子脸色唰地一变，一下子站了起来。鞋履都不及穿，他快步出行，一把拉开了殿门，看到了院中跪在廊下的杨嗣。

杨嗣跪在地上，一身窄袖玄衣，血腥味扑面而来。天有些暗，廊下的灯笼照在杨嗣身上。杨嗣抬头，太子目光剧烈一缩，看到了少年郎脸上沾着的血渍。太子绷着身子，半晌咬牙："你杀了谁？！"

杨嗣："没有杀成。"

太子微松口气，就听到杨嗣下一句："差点杀了乌蛮王。言素臣也动手了。"

太子道："乌蛮王没有死？"

杨嗣嗯了一声，让太子后退两步，喘了口气。太子怒极："你真是整天给我惹祸！没有一天安分的！"

杨嗣低着头。稳了稳神，太子才从台阶上走下，抽过旁边卫士的鞭子，就向杨嗣身上抽了一鞭。杨嗣躲也不躲，稳稳受了那一鞭。鞭子在半空中发出噼啪声，廊下侍女们都一哆嗦。太子大骂："混账！疯了！你动手杀人的时候不想后果吗？光凭一时痛快，不想想之后怎么办吧？"

一脚将杨嗣踹倒，太子厉声："跪回来！"

杨嗣咬牙，吐掉口中的血，重新跪回去，于是，又是一鞭子挥下。杨嗣稳稳地低头受着，任那鞭子将他的发冠都打落，长发散下。院中无人敢说情，太子寒着面，对杨三郎又打又骂又踹。发泄了足足一盏茶的工夫，才停了下来。之后，太子喘着气，将染了血的鞭子交给身后卫士，居高临下打量杨嗣。太子目光冰寒，脸颊肌肉绷着，怒了片刻后，太子才叹口气，将他扶了起来。

杨嗣忍着疼痛，咧嘴，抬头笑一下："都是小伤，我没事。"他知道这样便是过关了。

太子看他脸上的血半天，绷着脸："还有脸笑！乌蛮王这个人，杀了麻烦，让他活着也麻烦……不过你没杀了他，此事还是可以有周旋余地的。没事……孤罩得住。"太子盯着他，"是因为六妹吗……呵，我就知道。"

杨嗣低头，沉静半晌："我是不是又给你惹麻烦了？"

太子冷声："愿意去负荆请罪，跟乌蛮王认错吗？"

杨嗣冷笑："当然不愿意了！你今天就是打死我，我也不会去认错的！"

太子怒声："倔驴！"但其实太子本就不抱希望。已经气过了，他的语气颇为寥落："刚回长安，就给我惹祸……你还不如不回来！算了，不愿低头就不低吧，此事既然有言素臣参与……素臣那种人若是都动手了，你的

149

问题就不是大问题了。具体跟我说说,到底是怎么回事。"他推着杨嗣进殿,在杨嗣后背上拍了两下。看杨嗣没反应,太子才确定他确实没怎么受伤。微放下心,太子叹道:"先去把你这一身血洗掉,衣服换了。"

杨嗣:"嗯。"他要出殿时,回头看太子一眼,踟蹰一下,说,"对不起。"

太子正在沉思,抬目看那个立在门口的少年一眼,不耐地挥了挥手:"回头给孤抄大字认错,现在你先滚吧。"

丹阳公主府上。暮晚摇洗漱过后,正在上妆穿盛装,言尚来拜。言尚进舍后,见她如此郑重,不禁怔了一下,说:"殿下要做什么?"

暮晚摇坐在妆镜前,冷冷道:"蒙在石没死,我得解决后续麻烦事。要出府一趟。"

言尚说:"此事我来解决,殿下今日……已经受伤,不必再操心这些事。这种小事,实在用不着殿下出手。"

暮晚摇坐在那里不动,侍女们惶恐地为她梳着发。忽然,暮晚摇站了起来,将发上侍女刚别好的簪子拔下来,往妆镜上一扔。她直接将耳坠、玉镯等物扯下,披散着发,面色透白,一言不发地转身就离开。看她出门的方向,是直接回寝舍去了。

言尚看侍女们不安地站着,对她们摇了摇头,轻声安抚她们,让她们不要担心:"好生照拂殿下。我要出府见几个人。"

侍女们惶恐道:"二郎不留下吗?"

言尚心事重重地摇了摇头。然而他出门,站在暮色深重下,望着飘雪半天。他已经离开了公主府,对面府邸已经为他备好了马,正要出行时,言尚又忽然转身,重新回公主府,一径去丹阳公主的寝舍。

寝舍没有灯,静静的。言尚在外敲门,又让侍女禀报,屋中没有人回答。门推开,言尚进了屋舍,关上门。他提着灯笼,往内舍去。将灯笼放在矮几上,他掀开帷帐,俯身去看床上鼓起的被褥。知道她躲在被褥中,言尚坐在床畔,俯身,隔着褥子将她抱在怀里。听到她在里面抽抽搭搭的、细微的哭声,他的心脏痛得不知如何是好。

言尚只隔着被子拥紧她,当作没有听到她的哭声,轻声道:"没关系。殿下如何都没关系。只求殿下不要推开我,好不好?"

第十九章

　　白日南山上发生的事，到了傍晚，冒着小雪，那前去介入此事的将领将双方人马关的关、审的审，再把使臣们请回去敲打一番，最后还去为乌蛮王请了侍御医。自丹阳公主和乌蛮王双双离开后，将领这边能关押的人不过是公主府的卫士、乌蛮王的那些下属。但是经过言二郎提醒，将领明白这些人日后都是要放还的，便也不敢得罪，好吃好喝地供着那些人。自以为自己此事办妥的将领，扬扬得意地去向秦王殿下汇报。

　　秦王正在喝茶，本就听将领的一席报告听得额头青筋直跳，再听到言尚和丹阳公主双双离开，终是一个忍不住，一把将手中托着的茶盏摔出。滚烫的热水和茶渍直接砸到那将头上。一头的茶叶和热水，弄得将领懵然。将领抬头看眼秦王阴沉的脸色，知道自己恐怕犯了错，便闭嘴。

　　秦王被他气得简直笑起来："你放言二和六妹走了？南山出了这么大的事，你就把人放跑了？谁杀的人，谁先动的手，谁刺中了乌蛮王……乌蛮王现在是中了箭伤的！你连射他一箭的人都放走了，你是蠢货吗？"

　　两旁坐着的幕僚谋士们纷纷摇头叹气，鄙视地看了眼那将领，心想：这些舞刀弄枪的，果然脑子不好使啊。一个谋士虚伪劝道："殿下息怒，叶将军未必有放人的那个胆子。多半是有人在叶将军耳边说了什么……叶将军，你还不如实告知殿下？"

　　叶将军悚然，连忙说道："是、是臣办事不力！之所以臣将人放走，是因言二郎好心帮臣分析局势……"他这时也不敢隐瞒，将言尚的原话说了一遍。言尚的原话，乍一听很有道理。不过此时叶将军复述出来，不用秦王说，他自己都感觉到了一丝怪异。

　　秦王冷笑："所以你被他三两句话就给糊弄住了……你们到的时候，看到的是他和六妹一起射的箭吧？六妹你们不敢抓，杨三郎你们也放了，言二小小一个八品官，你们还不敢抓吗？

　　"他用语言糊弄住你，让你都不敢去问六妹一句。然后你还感激他，眼睁睁看着他跟六妹一起离开了……你蠢透了！他是那个射箭的人！他是涉

151

嫌谋害乌蛮王的人！这件事，最次都可以把罪全都推到言二一人身上！然而你没有当场抓人，后面想再跟进此事，就麻烦了！"

"毕竟他是中书省的官，他老师是当朝宰相，没有当场拿下，之后还有什么理由去扣下朝廷命官吗？而你，为了一己私欲，为了怕日后责罚，就眼睁睁放过了一个大功劳……放过了一个升官的大好机会！"

叶将军被训得一头冷汗，又暗自懊恼不住。从兵士做起，到升为将军，再在长安运作，这得多难啊……而他就这么被言尚忽弄过去了。一下子，叶将军不觉得言二郎温润如玉、一心为他着想，只觉得那人好生阴险。世上怎会有那般阴险的人？明明一副推心置腹、为他着想的关怀模样，为什么背后心思却这样？叶将军怒，转身就要出厅："属下这就去重新抓人！"

秦王冷笑："回来！你还抓得到吗？现在还怎么抓？是去抓六妹，还是去审杨三，还是单独一个言二？现在中书省、太子，都要过问这件事了……大好的机会被放过，再想拿回来就没那么容易了！"

叶将军不服气道："但是公主府的那些卫士还在我们手中！今日南山杀人之事，可是不少人看见的！乌蛮王受伤，总是要有人负责的。"

秦王眸子暗下，道："……这就得交给乌蛮王来了。"他思量片刻，让一个谋士出去传话，"带上珍贵药材，替我去看望乌蛮王。顺便告诉乌蛮王一句，不管他要怎么解决此事，孤都是站在他这一面的。"那个被点名的谋士站起，欠身行一礼就要出去，又被秦王喊住。秦王沉吟了一下，嘴角勾起一个嘲讽的笑："顺便告诉他，孤已经查出来了，言尚言素臣，就是他口中的言石生。"

谋士不明所以，却还是点头称是。吏部其实早查出来言尚就是言石生了，只是秦王并没有告诉乌蛮王。秦王很好奇，言尚为什么会让乌蛮王这么在意，言尚又做过什么。秦王在找一个合适的机会告诉乌蛮王。而今……这个合适的机会恐怕终于到了。

此时，有仆从在外叩门道："殿下，东宫召您入宫问话。"

秦王神色不变，问道："只是召了我吗？"

外头答："据说还召了言二郎。"

秦王低声："我就知道。这是要双方和解的态度。"

一谋士着急道："如此一来，太子岂不是要和中书省联手了？二者联手压制下来,那丹阳公主是不是就真的要超乎我们控制,不必去和亲了?"

秦王若有所思:"也不一定。说不定为了安抚乌蛮王,还是要送六妹走……孤去看看再说吧。"

谋士们纷纷苦下脸,左右讨论。

丹阳公主的寝舍中,放在矮几上的灯笼火光寥寥,极为微弱。言尚坐在床畔,搂着那鼓起的褥子,说了很多话。外面太子派来的人还在催着他进宫,然而他总是不忍心就这般走了,留暮晚摇一个人。可是自从他坐在这里说话,就听不到被褥里一开始还传来的细弱抽泣声了。静谧无声,好像只有他一个人自说自话,根本没有人回应。

言尚知道自己已经说了这么多,暮晚摇都不理会,那恐怕再说更多,暮晚摇也还是不会从被子里钻出来。他又做不出强迫地把她抱出来这种事,就只能换种方式。略一思索,言尚坐在黑夜中轻声问:"敢问殿下,在原来的计划中,杀了乌蛮王下一步该做什么?难道乌蛮王死了就死了吗?事情不是这么简单的。总要有人为这事的后续负责。不知殿下原本如何打算?"

他俯眼看着鼓囊囊的被褥,依然没人吭气,道:"眼下我已被牵扯进此事,今日射中乌蛮王那支箭,有我一份力。纵是我要为殿下顶罪,殿下应让我死也死个明明白白吧?"

被褥中传来少女闷声:"你才不会死。你少拿我当傻子骗。"声音哑哑的,有点潮意,但好歹开口了。

言尚眼睛微微一亮,身子不禁前倾了下,却怕吓到躲在被子里的人,他控制着自己不要靠得太近,手放在唇边咳嗽了一声,有点笑意道:"就算不死,等他们反应过来,让我去狱里走一遭,也不难吧?难道我又要去狱里了吗?殿下还不帮帮我吗?"他伸手轻轻扯了扯被角。那被褥一角惊慌般从他手里脱出去,往床里侧挪了挪。他当作不知,只挨着床畔坐了一点角落,叹息道:"但若是我知道殿下原本想做的,心里有个底儿,说不定就能兜住此事了。"

暮晚摇闷闷道:"知道了也没用。我本来的计划跟现在的情况完全不同。你根本用不上。"

言尚道:"如果乌蛮王挨不过箭伤,今夜死了,那我不就能用上了吗?不就要赔命去了吗?"

他这样的话，终于触动了暮晚摇。言尚坐在床帏边，一点不敢靠近，就见那已经缩到床最里侧的鼓鼓的被子轻轻地掀开了一角。他坐在黑暗处，仍是一动不动。而大约觉得自己是安全的，被褥终于被试探般地、一点点掀开了。她拥着被子，裹着自己，跪坐着看过来。微微灯火，她那般瘦小，全身拢着被子，只模糊看到长发凌乱散落，她看过来的眼睛红红的，睫毛乱糟糟地缠结。这位公主面色娇嫩，肤色柔白，在灯火下流着奶色的光晕。而因为大哭一场，她脸上还挂着泪痕，这般看过来，有一种病态的虚弱美。

言尚眼睛缩了一下。波澜皱扰心房，让他身子都绷了下，闲闲散下垂至地上的大袖中，一下子握拳，对欺负她的人生起许多恨意。然而言尚面上不动声色，坐姿都不换一下，也没有试图靠过去。他就微笑着看她，如平时一般，等着她的解说。

大约觉得自己很安全，暮晚摇才拢着被子，用沙哑的、疲惫的声音告诉他："我安排了一个跟蒙在石长得很像的人。原本打算蒙在石死了，就用这个人替换过去。我想给乌蛮国立一个傀儡王，让那个傀儡王一切都听大魏的指示。我和蒙在石挺熟的，我可以让人在一开始完全模仿蒙在石。而等瞒不下去了的时候，我安排的这个人也应该在乌蛮能够掌控话语权了。只要这个人是傀儡，是假的，那他就永远不可能真正控制乌蛮，他就一直需要大魏的支持。依然不用打仗，大魏轻易就能瓦解乌蛮，而我也不用和亲。这不好吗？"

言尚怔忡，一时竟有些震撼，没想到暮晚摇的想法居然这么大胆。该说什么呢？该说……不愧是公主？果然有身为公主才有的胆魄吗？这般计划，若是旁人所说，未免异想天开、痴人说梦……然而暮晚摇如今在朝中已经有了自己的势力，如果放手让她做，她可能还真能把这个计划完美执行下去。尤其是真的乌蛮王若是当真死了，大魏所有朝臣必然没有别的选择，只能统一战线，捏着鼻子，跟着暮晚摇的计划走下去。

暮晚摇看言尚不说话，便幽声："怎么，我的计划不好吗？"

言尚垂目："如此，却是我错了。"

暮晚摇淡漠地，眼睛看着虚空，并不理会，听言尚低声："是我没有胆气，误了殿下的计划。今日若我能多一些勇气，帮殿下将计划执行下去……现在情形说不定真的能扭转。"

暮晚摇一愣。她空空的眼睛移回来，落到他身上，看他低头真的在道歉，盯了他半天:"你觉得我原本的计划能执行下去?"

言尚道:"虽然太过大胆了些……但未必没有机会。我若是多信任殿下一点就好了。都是我不好,耽误了殿下的事。"

暮晚摇望他片刻,眼中慢慢浮起了水雾,她喃声:"不怪你。都是我平时太凶,让你觉得我没脑子,做事不顾后果。我又不信任你,什么事情都不和你商量。连今日你来南山,都是自己推测出来的,也不是我告诉你的。"她垂下长睫,自嘲道,"而若不是你和杨三郎来,也许今日我就……蒙在石,我确实小瞧了他。我以为安排得不错,但他心机也不浅。他早已和秦王暗通款曲,即便没有你,我的计划多半也推行不下去。蒙在石是厉害的,连我都是又恨他,又是被他教出来的。他哪有那么容易死,是我托大了。"

言尚沉默半晌,只道:"殿下放心,殿下好好休养吧。我不会让殿下去和亲的。何况今日杨三郎也回来了……有三郎在太子身边,太子会明确助殿下的。殿下如今当务之急,是好好休息,不要想这些事了。这些麻烦事……交给我们这些男人做才是。"

暮晚摇垂下头,拥被跪坐,面容朦胧。在黑暗中躲了半天、静了半天,她声音轻轻地、颤颤地道:"言二哥哥。"

言尚:"嗯?"他看到她垂下的睫毛上沾着的水雾,听到她的哑声:"你有没有觉得,我很不好?"言尚静片刻,心脏疼得如被人猛力攥住死握一般。他微笑,声音却有点变了:"怎么这么说?"

暮晚摇:"我脾气不好,总是骂你,打你,嘲笑你。我和不止一个男人发生过关系,我在乌蛮的过去肮脏得我自己都不想提。我色厉内荏,跟你说我不在意,可我实际上还是在意。我和蒙在石的关系……又那么不一般。我没有解决了这些事就来招惹你。你本来心无尘埃,也不喜欢谁,也不懂情,不沾爱……你原本可以好好地当你的官,我却隔三岔五让你来为我的事烦恼。我……你有没有一刻,想过与我断了呢?"

言尚怔怔看她,说:"我是什么样的人,殿下应该清楚。"

暮晚摇嗯一声,淡淡道:"知道,所以才招惹你。知道你这个人非常认真,一旦做了决定,轻易就不会反悔,不会回头。所以哪怕我再坏,只要我不提,你就不会跟我断,对不对?"

言尚:"我并不是因为这个原因。殿下总觉得我是因为同情,因为包容……然而这世间,我同情包容的人太多了。我同情谁,并不意味着我会牺牲自己去喜爱谁。难道我自己真的是什么圣人,又有多好吗?在外人眼中,我一个小小八品官,无才无华,竟和殿下牵扯不清,实在是自不量力。

"殿下博学多才,我却宛如乡下白丁,在殿下面前,什么好书奇书都没看过。听闻殿下才学极好,能诗能画,然而我却木讷无比,于诗词一道,恐怕一生都无法和殿下比肩,不能陪殿下一起吟诗作赋。

"殿下弹得一手箜篌,当日初闻,宛如仙音下凡。而我什么也不会,只觉得殿下的箜篌弹得好,却连所以然都说不出来。那日我为殿下所惊艳,至今难忘。只是殿下平日不碰这些,我不知何时才能听殿下再弹一曲箜篌。"

暮晚摇偏过脸来,定定地看着他。

言尚最后说道:"……是我配不上殿下才是。"

暮晚摇望了他半天,才歇了的眼泪,又忍不住簌簌地开始掉。许是听到抽泣声。他抬目向她看来。暮晚摇哽咽:"我真的不想告诉你我以前的事,不想让你看到以前的我。我在乌蛮……还有好多事,我都不想让你知道。"

言尚哑声:"无所谓。我本不想知道……殿下一生不愿说,我一生不会过问。"

暮晚摇捂脸颤抖:"你说过、你说过,过去的事如影随形,永远不会过去的。"

言尚心脏再是一痛,想到那是还在岭南时他说过的话。他恨自己当时为什么要那么说,他那么说的时候,暮晚摇听了,多难过呀。言尚道:"是我当时年少,认知不清。过去是虚无缥缈的,本就不应有多少分量。重要的是以后。我们好好过余生,不要让过去影响到自己才是。"

暮晚摇从手掌中抬起泪水涟涟的一张脸,水光盈盈,她望着言尚,目中凝着一层雾。她哽咽地叫一声:"言二哥哥。"

言尚:"嗯。"

暮晚摇缓缓地,推掉自己身上罩着的被褥,露出她的一身雪白中衣。她就跪在床上,一点点向床畔坐着的言尚爬了过来。她爬到他面前,仰脸看他,言尚俯下身来。她试探地,凑上前,在他唇上轻轻挨了一下。言尚眼睛弯了一下。她这才确定他还是她心中的言二哥哥,永远包容,永远美好,和世上所有的男人都不一样。他是她心中最好的人,是她见过的世上最好的人。

暮晚摇抱住了他的腰,将身子埋入了他怀里。她开始淅淅沥沥地搂着他的脖子哭,言尚抱住她,轻轻拍她的后背,也不说话。她在他怀里小声地哭,哭得全身哆嗦，泪水沾湿他的脖颈。言尚的心也跟着她淅淅沥沥地下一场雨。

暮晚摇断断续续道："我好喜欢言二哥哥。"

言尚抱紧她。正在这时，外面侍女敲门。暮晚摇抽泣一下，茫然抬头，言尚说："是我让夏容熬了点药汤。殿下今日在冰水潭里站了那么久，殿下身体又不好，我怕殿下生病。殿下把药汤喝了，好吗？"

暮晚摇点头。

言尚叹："摇摇真乖。"

夏容进来，端药汤来，看到公主乖乖地盖着被子，被抱在言二郎怀中，居然听话地任由言二郎取了药汤，喂给她喝药。夏容惊叹，心想还是言二郎对公主有办法啊。

暮晚摇靠在言尚肩上，忽然道："方桐他们……"

言尚温声："殿下不要管了。我会想法子放他们回来的。"

暮晚摇便不说话了。而夏容在旁迟疑半天，终是硬着头皮道："二郎，东宫的人已经催了很久，问你到底还进不进宫。"

暮晚摇抬头疑惑看言尚，言尚说："抱歉，让东宫来接的人先回去吧。我一会儿自己去便是。"

暮晚摇："你要走了吗？"

言尚低头看她，温声："你睡着了我再走。"

暮晚摇这才放下心，重新低头乖乖喝药，又道："我想吃你之前给我的那种糖。"

言尚愣了一下，抱歉说："改日让我家人多寄点来。"

暮晚摇抿嘴，一脸写着"不高兴"。言尚低头，在她额上轻轻亲了一下。她诧异地抬头看他一眼，低下头时，摸了摸自己的额头，小公主又翘起嘴角来，有点高兴了。

东宫的意思是杨三郎就不出面了，这件事的和解，太子另派了一个官，和言尚一起去向乌蛮王赔罪。私下里太子说，怕杨嗣和乌蛮王见面了，又得罪乌蛮王，不如把杨嗣关起来，闭门思过，省得出去惹事。言尚自然说好。

中书省对言尚的行为也颇为不满，然而刘相公这两日因为一些家事，并没有在中书省。中书省便只是讨论，不好趁着刘相公不在的时候，动人家学生。

东宫和中书省都催言尚去跟乌蛮王赔罪，言尚这般好脾气的人，自然是和东宫派来的人天天去赔罪。只是乌蛮王不见他们。东宫派来的官受不了，三天就换了三个人，倒是言尚雷打不动，带着礼物，日日登门拜访。乌蛮王不见他，言尚在院中站一整天吃闭门羹，都神色不变，让陪他一道的人叹为观止。感慨此人涵养非常人。

第四天的时候，乌蛮这边大概也被提醒了，觉得折磨得差不多了，才放言尚进去将礼物放下，可以见乌蛮王。

蒙在石中了箭伤没几日，居然已经能下地了，神色冷峻，和昔日根本没什么差别。双方在书舍见面，蒙在石披衣而坐，冷冷看着言尚和东宫的另一个官进来，将暮晚摇射杀他的事定义为一场误会，希望乌蛮王原谅，私下和解。蒙在石看着言尚垂目而立的样子，心中则想着秦王告诉他的消息，原来这人就是言石生。呵，难怪。他懒洋洋道："拿些礼物，就想揭过差点杀了本王的事？本王的属下，可是至今被你们关着啊。"

言尚道："大王若是要人，随时都可放。"

蒙在石："你当日射的那一箭……你倒是连牢都不用坐？你们大魏的风俗，是不是有点欺负人啊？"

言尚抬目，端详这位粗犷而坐、肆意地把玩着书案上的一方砚台的乌蛮王，道："大王想如何罚我？"

蒙在石慢悠悠看他一眼，心中记恨因为对方一个计谋就引起战争，害乌蛮打仗打了两年。虽然灭了赤蛮，乌蛮也从中得利。然而言尚一开始那主意，可分明不安好心。蒙在石答非所问："本王这两日养病时看了你们大魏的书，这才知道，原来乌蛮的'蛮'字，在你们大魏不是什么好话啊。"他冷笑一声，砰地将砚台砸在案上，让言尚后方的那个官员哆嗦一下。蒙在石阴沉看向言尚："原来两国虽结盟，大魏却从头到尾瞧不起我们，将我等视作蛮夷，称为'乌蛮'，根本不是好话……偏偏我等不知，引以为荣，被你们大魏人，在心里嘲笑了很多年吧？"

言尚老神在在："贵国如何称呼一事，我确实不知，当日盟约我不在场，此事也并非我负责。贵国若是想改国名，随便贵国。我会说服我国君臣，积极配合，绝无二话。只是一个名字而已，全凭大王的意思。"

蒙在石冷目看他，道："丹阳公主……"

果然，他一提这四个字，言尚那温和的眼眸微有变化，看向他的眼神厉了一些。蒙在石冷笑："丹阳公主想杀我的事，我可以不计较。但是你既然也动了手，要护她，就要为此付出代价。我听说你本人没什么才学，当这个官当到这一步，都是靠丹阳公主提拔。你若想我平息怒火，不牵连无辜人，我给你一个选择。你从此罢官，五年不当大魏的官。我就绝不提南山之事。"

言尚身后的官员脸色一变，立刻道："大王欺人太甚！二郎，不必如此！"

言尚却是看着蒙在石半天，淡声："我若罢官，你就不再提和亲之事吗？"

蒙在石觉得可笑："你一个小小八品官，觉得自己足够重要，和公主和亲一事是可以相提并论的？也罢，你想要我放弃和亲之事，恐怕还要再加一个条件。"

言尚微笑，道："你还要加什么条件？"

蒙在石眼神收了戏谑色，认真地盯着言尚，半晌，蒙在石道："只要你罢官，也终生不尚公主，我就不再为难你们！"

言尚面不改色，含笑道："大王怎么不干脆让我随大王回乌蛮，帮大王出谋划策，帮大王做事呢？"

蒙在石也含笑回答："本王是怕你帮忙做事，越是帮，本王越是被你骗得一塌糊涂，做了亏本生意啊……言石生。"

空气僵凝。二人眼中都含笑，却笑意冰冷，撕破了最后一层伪装。而言尚身后的小官快被他们大胆的对话吓得晕过去了。

第二十章

言尚和蒙在石对峙，但因为身份的缘故，蒙在石才是占上风的那个。蒙在石戏谑的眼神盯着言尚，完全是逼迫言尚辞官，他知道言尚是言石生后，就不可能放过言尚。而他要动一个朝廷命官，几乎不可能。只有逼言尚辞官，当言尚成为白丁，他才能杀人而不用担责。想来言尚既然是言石生，那他不会猜不出蒙在石的想法。如今就是选择罢了。蒙在石让他放弃当官，放弃暮晚摇，投桃报李，蒙在石也放弃暮晚摇。蒙在石很好奇，言尚会不会为暮晚摇做到这个地步——

那日南山一战，言尚和暮晚摇站在一起。一介文臣，居然可笑地说什么护一位公主。蒙在石很想知道，当涉及自身利益的时候，言尚还会不会继续选暮晚摇。

言尚盯着蒙在石许久，说："……大王的要求实在苛刻，让我心乱，我一时间无法给出答案，需要多考虑两日。"

蒙在石面上便浮现一种放松般的、嘲讽的笑，紧绷的弦微微松下。他向后靠了靠，心想不过如此。同时充满一种对暮晚摇的愤怒：言尚也不过如此！言尚对你的喜爱也不过如此！而你凭什么觉得他比我好，明明在面对自身利益的时候，言尚也会考虑他自己！

蒙在石敷衍道："那你就去好好考虑吧。按照你们大魏的说法，本王一言九鼎。只要你辞官，保证不尚公主，本王即刻放弃和亲，离开大魏，绝无二话。"

言尚不语，俯身向他行了个周正的礼数，转身就向门外走去。跟在言尚身后的、东宫派来的那个官慌张地跟乌蛮王行个礼，出去追言尚了，紧张道："二郎，你可千万不能听那个乌蛮王的话。你如今前途不可限量，只要稳稳在这个官位上待着，不出什么错，即使熬资历，也能熬到中书省的上流去……万万不能辞官啊！"

这个官员是东宫的人。太子目前对言尚的态度还是支持为主。太子无法伸手插入中书省，然而中书省又是那般重要，如今就一个言尚在中书省罢了。言尚目前没有出过什么错，太子便希望言尚能在中书省一路高升，提升太子的话语权。这个时候辞官，简直是傻子。

走在廊下，听着那个官员喋喋不休的劝阻，言尚耐着性子说自己要考虑，并不是现在要答复。那个官员看他语气温和，便不觉得言尚会烦，就越来越废话连篇，嘀嘀咕咕。

重重绿荫照在廊上，光从外倾泻而来，如流云瀑布一般，落在那一身青色的竹叶纹袍上，光再落在言尚的侧脸上。只一个背影，便让人觉得气度高华。后面啰唆不住的官员看得一时惊叹，心中多了几分情真意切的惋惜——言二郎今年不过堪堪十九。不管是容貌还是气质，都没有达到他最好的年华。这般年轻有才的官员真的辞官，是中枢的损失。

言尚则面上温和，内里心浮气躁。蒙在石的话到底对他造成了影响，那人用公主来逼他，然而他一旦辞官，又很可能被乌蛮人追杀……前后都是悬崖，这路实在难走。言尚大脑飞快转，琢磨着那人的每一个表情、每一句话，又恍惚地想到南山那天发生的事，蒙在石最后中箭、离开时以手指他的那个微妙表情……言尚一下子停住脚步，察觉到了不对。蒙在石离开南山时回头看他和暮晚摇的眼神——那种高高抬起、轻轻放下的态度！

言尚心跳剧烈，察觉自己捕捉到一丝灵感。他拼命让自己冷静，顺着这个思绪向下想，又一下子，想到前段时间刘相公给他出的关于大魏和乌蛮军队区别的考题。言尚最后给出了刘相公一份不管是谁都理所当然忽视掉了的答案……老师这两日家中有杂务，他既没有操心言尚最近在做什么，估计也没时间看言尚给出的那个答案。但是言尚自己将答案和蒙在石那个微妙的态度相结合，他手心捏满了汗，得出了一个大胆的结论——

蒙在石在诈他！蒙在石根本不想和大魏为敌，根本不想计较暮晚摇想杀他的事。蒙在石来大魏，暮晚摇也许只是一个微乎其微的原因，能得到很好，得不到也无所谓……乌蛮王来大魏的目的，本来就不是丹阳公主！

想到此，言尚脚下步伐不由加快。他急需回中书省，急需整理自己的思路，再用自己的思路说服中书省的大官……言尚步伐加快，走出廊子下台阶时，撞上了一个人。言尚忙道歉行礼。

那个人也回了一礼，用字正腔圆的大魏话回答："没事，是我撞了郎君。"

侧了下肩，言尚睫毛尖轻轻跳了一下，抬头看向这个中年男人。对方一派和气，是大魏人士的长相，不类乌蛮人那般五官深邃。但是对方的衣着打扮，又是乌蛮人的样子……言尚若有所思："大魏人？"

对方眼眸一缩，冷淡地、警惕地后退一步，再次行了一礼，走入廊子里了。

言尚身后的官员不屑道："这个人我有印象，他也是这次乌蛮来的使臣之一。看他的样子是大魏人，却认贼作父，把自己当乌蛮人。没骨头的东西，丢人现眼。"

言尚轻声："各人有各人的难处，我等不窥全貌，还是不要轻易评价的好。"

官员叹道："哎，二郎，你就是人太好了。这样是不行的。"

言尚笑了一下，这才收回目光，离开这里。

那个和言尚撞到的人，正是南蛮派去乌蛮、跟随乌蛮人一起来长安的南蛮使臣罗修。罗修听说乌蛮王中了箭，就急匆匆来挑拨南蛮和大魏的关系，准备言辞激烈地希望乌蛮管大魏要个说法。他准备了许多慷慨激昂的话，陈述大魏是如何不将乌蛮放在眼中。但是被人领入书房门，一看到披衣而坐、长发披散、粗犷十分的青年人，罗修一下子愕然："你怎么在这里？乌蛮王呢？"

蒙在石似笑非笑。罗修才恍然大悟，知道原来这才是真正的乌蛮王。他脸色青青白白，意识到了乌蛮对自己的不信任。罗修这一日在书舍中没有从乌蛮王那里讨到好处，知道乌蛮不信任自己，那自己想要的讯息必然也会被乌蛮卡住。既然如此，罗修就打算利用自己在大魏人眼中的"乌蛮使臣"这个身份，自己来为自己做事了。

翰林院中，刘文吉因为待了太久，出去时被一个不耐烦的内宦责骂。内宦彼此之间的歧视，并不比士人对内宦的歧视要轻。罗修经常来翰林院这边查找大魏的资料讯息，这个叫刘文吉的宦官，他也见到了好多次——对方经常被责罚。罗修神色一动，对那几个推搡瘦弱内宦的老内宦道："你们在做什么？！"

那边人回头，见是乌蛮使臣，内宦们脸色微妙，纷纷低头，说惊扰了贵人。

罗修便将他们训了一通，用乌蛮人那种趾高气扬的方式带走了刘文吉。而出了翰林院，走出官道，到一拐弯的古树旁，刘文吉就停了步。刘文吉侧头看他，眼神古怪："郎君刻意救我，是有什么目的吗？"

罗修："……何出此言？"

刘文吉淡笑。他眼神冷淡，说的话透着那种现实的漠然感："我在翰林院见到贵人已经很多次了。之前我多次受责，不曾见贵人出手相助。这世上的冷眼旁观，我见得多了。你救我，必有所求。你想求什么？"

罗修已经不算是真正的大魏人了。他甚至没有听出刘文吉不自称"奴"，而是称"我"。罗修只是觉得他不像旁的内宦一样给人阴沉的感觉，但这并不是说刘文吉的气质多好，而是刘文吉身上是那种骨子里的冷寒感，那种对世事的漠不关心。罗修便试探地和刘文吉说了几句话，可惜这个内宦是真的冷，根本不怎么接他的话。无奈之下，罗修说了自己的真正目的："…… 其实这事对你也不麻烦。我只是想知道大魏的真实情况，比如兵力如何，财务如何，官员们和皇帝对大魏外的势力看法如何 …… 我想要大魏详细的资料。如你这样经常出入宫廷和官寺的人，知道的秘辛应该比旁人要多得多。"

刘文吉垂目看他，若有所思。

罗修硬着头皮："而投桃报李，我也可以帮你一个忙。"

刘文吉："你要知道大魏的真实情况做什么？乌蛮想和大魏开战，还是想联合周遭小国和大魏开战？"然而不等罗修解释，刘文吉又打断，"无所谓。你不用告诉我。不提你说的是不是实话，知道太多对我没什么好处。"

罗修："那……？"

刘文吉唇角噙一丝若有若无的笑。他眯眯，看着黄昏时天边轰烈绚烂的晚霞，看四野昏昏，夜幕即将到来。刘文吉缓缓道："我可以与你合作。而我要你帮的忙也简单。陛下身边的大总管，有三个他最看重的弟子，是大总管培养起来给他接班的。三人中，我是势力最弱的一个。我要你去接近那两人，然后在陛下面前、总管面前夸其中一人。陛下疑心重，大总管不敢忤逆陛下，会怀疑你夸的那个内宦和乌蛮有勾结。那个内宦会被秘密处死。然后大总管气急败坏，会查是何人做的。而你频频接触另一个内宦，轻而易举，大总管就会怀疑是那个活着的内宦去陷害死了的那个。"

罗修喃声："两个得力弟子不在了，大总管身边就剩下你一个。他就只能用你了。"

刘文吉勾了勾唇，眼底一派冰寒，覆下的睫毛挡住了眼中神色 ——

没办法，想往上爬，手上就不可能干净。这才是他向上爬的开始而已。

罗修答应了刘文吉的要求，刘文吉称只要第一个内宦死，刘文吉就会把罗修要的资料给他。二人只仓促碰了一下头，之后见面，依然是与对方不熟的态度，并未引起翰林院内部的怀疑。

但是刘文吉在翰林院遇到了丹阳公主一次。那日晌午，官员们都去用膳了，刘文吉磨墨之时，听人报说丹阳公主到来。刘文吉心脏狂跳，然而他躲在角落里，暮晚摇又是那般高贵美丽的公主，金翠玉华，琳琅满目，身边围满了官员，根本没看到刘文吉。

暮晚摇只在翰林院的外厅站了一会儿，似随意看了看他们在忙什么。得知翰林院正在听秦王的命令为大典和陛下歌功颂德，暮晚摇唇角翘了翘，嘲讽道："你们倒是真的很闲啊。"

领着暮晚摇的是一个文秀的官员，年纪轻轻，已是翰林学士。据说这是某一年的状元，暮晚摇记不太清。但是这位状元听了暮晚摇的话，居然表现出了一丝不悦，不卑不亢道："我等不过只有手中一笔，为朝廷写文写诗而已。职务如何，一来一往，皆是中枢之意。殿下这般莫名其妙将我等讽刺一通，是何意？"

暮晚摇遇到敢当面撑她的人，都要认真看一眼："听你的意思，你也是想说自己的职务太闲，太没有意义了？"年轻学士一怔，正要说自己不是那个意思，暮晚摇就将脸一正，淡声，"你们很快就不闲了。"

说罢，暮晚摇不在翰林院中多看，转身就走。公主走后，一个中年官员才叹气着推了推之前那个反驳公主的年轻官员："衍之，你可真是敢啊。和殿下这么说话，不怕殿下治你一个不敬之罪？"

再过了两日，秦王这边催着蒙在石弄走和亲公主不成，蒙在石那边一直含含糊糊地打哈哈，让秦王怀疑自己这个合作对象是不是根本不热衷此事。秦王焦头烂额之时，听闻暮晚摇和韦树登门。秦王气急败坏："……他们两个怎么混着一起来了？说我病着，不见客……呃！"

他话没说完，府上管家给他一个爱莫能助的眼神，大厅中，一身华裳的暮晚摇，已经迤迤然行来，身后跟着年少的韦树。暮晚摇向秦王瞥来，美目光耀，在日光下如湖中洒满星辰。这样明丽的眸子，竟看得秦王很不自在。

秦王说："听说从南山回来后，妹妹病了……怎么不好好养病，还出来呢？"

暮晚摇笑盈盈："听说兵部一直押着我府上的卫士不肯放。我之前病得下不了床，本想托言素臣帮我去兵部说句话。可惜言素臣近日好像一直在忙，大约忘了这事……我就亲自跑一趟了。三哥，该放人了吧？"

秦王道："你还说！如果不是你胡闹，伤了乌蛮王……我这关着人，不也是给乌蛮一个交代吗？"

暮晚摇眸子冷下，道："三哥的意思是乌蛮王不应了和解，不离开大魏，你是不会放人了？"

秦王避开她的目光，心虚道："六妹不必担心。不只你的人被关着，乌蛮那些闹事的使臣也被关着。你无人可用，乌蛮王也无人可用。孤将你们两方人马都关起来，是为了你们不再闹出事端。事后自然会放人。"

暮晚摇冷笑："你该不会还做梦，想着等我和亲去了，你就放人，让我和乌蛮王一起离开大魏，你还做个体贴妹妹的好哥哥吧？"

秦王厉声："你胡言乱语什么，我怎会那般对你？我们是兄妹，骨肉之情，难道是假的吗？"

暮晚摇漠然："骨肉之情？如果今日是四姐的人被关着，你就算不放，也要巴巴上门解释。到了我，亲自来了，你还不松口。骨肉之情，不过如此。"

秦王顿一下，居然道："你四姐如今怀了胎，正在府上养胎，你有什么事直接和我说，不要去打扰她，惊扰了她的胎。"

暮晚摇没说话，而一直没有开口、坐在暮晚摇下方位上的韦树，这次开了口："殿下在自己的一个妹妹面前，为另一个妹妹说话，未免太冷血。"

秦王恼怒看去："韦巨源，本王正要说你！孤与自己妹妹说些私密话，你一个外人一直在旁听着，是何道理？"

韦树偏头，看向他。清清泠泠的光落在少年身上，秀美清朗。韦树道："我今日是来向殿下送折子的。吏部近日官员行为不端的未免太多，臣整日监察，已经察不过来。特意拿折子让殿下过目。"

他递上折子，秦王一看韦树的那个书童捧出厚厚一大摞折子，就眼皮直跳，暗恨韦树到底什么毛病。他不相信其他几部就一点问题都没有，韦树怎么就总盯着吏部打压？秦王没好气地将折子从头到尾翻了一遍，脸色更加难看。不得不说韦树虽然年少，但眼力极佳，又才华横溢……这些折子，秦王还真难以找到立足点辩倒。他吸口气："你特意把折子送来给孤看，是什么意思？孤想要撤了这些折子，需要做什么？"

韦树偏头看向暮晚摇。暮晚摇慢悠悠垂目，悠然道："也不如何，只是借三哥最近正在管的翰林院一用。"

秦王听只是翰林院，先松了口气。翰林院远不如吏部重要，保住吏部，丢一个翰林院，在秦王这里可以接受。

他只是好奇："翰林院那些人不过写写诗作作赋，你要他们干什么？"

暮晚摇垂下的眼眸向上翘起一道金波，妩媚动人："自然是让他们写诗作赋啊。"坐于秦王身旁，垂目看着侍女们倒茶，暮晚摇声如黄鹂，"正是要翰林院主持天下文人写写诗作作赋，只是大而空泛的诗赋没意思，我想给文人们定个题目。"她偏头看向秦王，调皮又天真一般地仰着脸，黑眼珠曜石一般灿烂夺目，"不如将题目定位'和亲'，如何？"

秦王眼眸顿缩，刹那间，他缓声："你要借这些文人墨客的笔，为你自己陈情。你要这些文人墨客，用百姓声音来压朝廷中那些反对你的臣子。因为你知道，文人墨客，尤其是不涉国事的、怀才不遇的人，最为同情和亲公主。自古以来，和亲公主都是被借人寓事的。若我所料不差，你还要选出一篇写得最好的，给他加官授官，让诗赋传遍天下。而百姓们同情你的声音多了，再加上南方李氏为首的世家支持……这场仗，你便胜了。"

暮晚摇弯眸。

秦王看向韦树，厉喝："韦巨源，你好歹一个朝廷命官，便甘愿如此为他人作嫁衣？你不怕本王给你治罪吗？"

韦树看向秦王，淡声："殿下要治臣什么罪？"

秦王半晌说不出来，只色厉内荏："那本王也能卡住你的官位，让你升不上去。或者寻个错，贬你的官！"

韦树道："那我便回洛阳老家去隐居。"

秦王被噎住，想骂脏话。这就是世家大族的底气！不当官，就回家休息。而休息上几年，还重新可以出来……哪怕秦王自己就背靠几大世家，此时也觉得这些大世家子弟太过犯规，实在讨厌！

出了秦王府邸，谈判已成，暮晚摇长舒口气。她看向韦树，韦树对她微微笑了一下。她心中感动，知道他不爱说话，如此助自己，已是他的态度了。暮晚摇便也不多说，在韦树肩上拍了两下，邀请他改日到府上吃茶。

韦树说："没什么，不只我会助殿下，我相信言二哥若是在我这样的位置上，也会助殿下。"

提起言尚，暮晚摇心中郁郁。从南山回来后，他就在第一晚安慰了她一番，将她哄了又哄，之后就跟失踪了似的，整日早出晚归，不知在忙什么。暮晚摇甚至虚弱地病了两日，都只见言尚派人来问她，他自己都不来。太生气了！生气中，又带着一丝不安——他是不是那晚只是安慰她，其实还是瞧不起她了？如今韦树提起言尚，暮晚摇面露不悦，没好气道："不要跟我提他了。整日不来见我，他很有道理吗？"

韦树看她，轻声："二哥在中书省，朝廷中枢必然是最忙的。言二哥若是忙得厉害，顾不上殿下，殿下当体贴才是。"

暮晚摇瞥他，正要怀疑韦树怎么这么向着言尚，就见少年红着脸躲开了她的目光。暮晚摇知他面皮薄，只好无奈道："行了，我知道了。你回御史台忙你的公务吧，我自己去亲自看看言尚在忙什么。"

暮晚摇送韦树回御史台的时候，顺路去了中书省。中书省那边纸页翻飞，各种文书乱飞、各类官员进出报告，确实十分繁忙。他们派人迎了公主，来领路的官员满头大汗，听到暮晚摇的疑问，面色怪异："言素臣？他今日不是代表中书省，去和乌蛮王谈判了？"

暮晚摇听到"乌蛮王"，心脏停跳一下，才淡声："和乌蛮王谈什么？"

官员面色更古怪："……不是谈殿下你的事吗？素臣不是与殿下是邻居吗，竟然没有告诉殿下一声？"

另一个官员从旁经过，多嘴说了一句："原本殿下应该亲自去和乌蛮王谈。但言素臣说殿下正病着，不方便。看殿下如今样子，是病好了？"

暮晚摇怔然，敷衍了两句，就出了中书省，坐上马车后吩咐车夫："……去使馆见乌蛮王。"

丹阳公主气势之强，使得使馆的人不敢阻拦。鸿胪寺的官员跟着丹阳公主，说要告知乌蛮王一声，才能让殿下进院子。暮晚摇冷哼一声，她身后跟着的卫士拦住那阻拦她的官员，而暮晚摇提起裙裾，自然无比地踏过门槛，进入了乌蛮王居住的院落。一径向里闯入，但凡有人想喊想警告的，都被公主的人阻拦。

鸿胪寺的官员不禁苦笑，这位公主都敢射杀乌蛮王了，这点小事算什么？

而乌蛮王这里，同样是上次的书舍，同样是言尚在书舍中见到披衣而坐、等着他的蒙在石。

看到言尚这次是单独来的，没带其他官员，蒙在石百无聊赖地想，啧啧，看来言尚是打算屈服的。蒙在石武功极高，他人坐在这里，耳朵一动，就听到了外头院子里乱糟糟的声音。他偏了下脸，若有所思地看到一个纤纤人影，站在了窗下。光华很弱，那人站的位置也极偏，却瞒不过蒙在石这个习武之人。而他抬目瞥一眼立在庭中的言尚，看言尚无知无觉的样子，蒙在石讽笑：

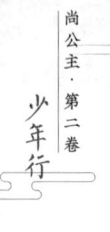

言尚当然不知道，暮晚摇就在窗外偷听他们对话啊。

好。那就让暮晚摇看看言尚的真面目，让暮晚摇知道，言尚也不比他强在哪里！

蒙在石懒洋洋道："上次说的让你放弃官位，放弃尚公主，我就同意放弃丹阳公主。这事，我看郎君的架势，是打算来拒绝的？"

言尚望着他，语气温和："确实是来拒绝的。"

蒙在石看到窗外的纤弱影子晃了晃，唇角笑意加深，正要说一声"好"，听言尚下一句："大王既然和大魏已经生了罅隙，就不要谈什么公主和不和亲的事了。一个公主，在两国之间根本算不了什么。"

蒙在石："你有何建议？"

言尚微笑："我建议，大王直接与大魏开战吧。"

蒙在石："……？"

窗外本已伤心得要走的暮晚摇："……？"什么鬼话？

半晌，蒙在石阴冷道："你疯了？这番话，你们大魏官员都知道吗？鼓动两国开战，你能负责吗？"

言尚道："我本就是来负责此事的。大王放心，今日你我的对话，都是得到中书省……就是我大魏朝廷最重要的部门的认可。我大魏认为，两国之事不可儿戏，虽然公主得罪了贵国，但到底是我国公主，不容尔等这般冒犯。"

蒙在石冷声道："两国交战，非是儿戏。你以为你们大魏耗得起？你们可一直打不过我们。"

言尚半步不让，淡声："打不过也要打。只要大王同意，中枢立刻会下旨备战，大王即刻就应该离开大魏，免得在此遇到什么不平事。既是敌我之分，大王在我大魏出了什么事，我便也不会负责了。"

蒙在石："你们公主刚差点杀了我！"

言尚眉目清寒，一字一句："既然如此，更该开战！我国公主冒犯大王的生命，贵国却冒犯我国公主的尊严……矛盾不可和解，只有一战，方能理论清楚。"

二人你一言我一语，针锋相对。但片刻之后，蒙在石便静默不语，冷冷看着言尚。原本的漫不经心，现在完全收回，呼吸变得沉重，全身肌肉绷起。蒙在石身上笼上一股阴森寒气，看着言尚的目光，凶悍十足。

言尚讲了很多话，一副大义凛然、国有气节的模样，然后垂目看着坐在案后的蒙在石面无表情的样子，顿一下，态度缓了。言尚微微一笑，道："怎么，乌蛮不愿意了？"言尚笑容清浅，彬彬有礼、客客气气道，"不必这般看着我，你没本事与我玩这个的。想要什么不如早早开诚布公。玩这些套路，你玩不过我的……乌蛮王。"

　　而门外偷听的暮晚摇，已是听得心潮澎湃——郎君慧而敏，让她芳心大乱。

第二十一章

　　书舍中很久没人说话，蒙在石的呼吸声略重。站在窗外的暮晚摇听得有点担心，怕蒙在石被言尚刺激得动手……蒙在石自然不蠢，然而论谋略算计，蒙在石确实比不过。

　　暮晚摇忍不住跟着言尚的话思考了一下：是的。蒙在石想迎娶她的愿望，并没有那么强烈。真的强烈得不行的感情，不会像蒙在石那样——南山刺杀之后，他居然走了，没有当场趁着那么多将士在的时候，跟暮晚摇对峙。他给了双方一个缓冲期。这缓冲期不可能是因为蒙在石怯懦，只可能是他并不愿和大魏的关系闹僵。即便有秦王相助，蒙在石也一直想得很清楚——身为乌蛮王，他在大魏不可能有真正的助力。这般一想，暮晚摇有些放心下来，觉得自己不用和亲的可能性更高了。

　　书舍中的乌蛮王终于再次开口了："言二，不知你对我乌蛮和南蛮的关系，了解有多少？"

　　言尚目色一松，知道自己诈对了——蒙在石确实不想和大魏开战。他礼貌道："先前了解得不多，现在多了很多了解。我知道南蛮五部已经成为四部，南蛮王征战四方，迟早会统一乌蛮。"这些都是从那些帮他去乌蛮搜集信息的胡人口中了解的。不得不说，深入乌蛮，这帮胡人了解的情况比大魏官员要多得多。

　　言尚停顿一下，看蒙在石面无异色，他才继续道："这也是我反对乌蛮王找大魏公主和亲的一个原因。乌蛮与大魏有盟约，天下皆知。试问我大魏公主若是去了乌蛮，日后在南蛮与乌蛮之间该如何自处？是希望南蛮统一还是反对南蛮统一？而大王你又该如何自处？是支持南蛮统一还是继续亲近大魏？

"臣说句实话，大王勿怪。大王的天然立场在南蛮，然而大王雄心壮志，我知大王必然不满足于此，才会坚持和大魏结盟。而我大魏的心思嘛……大王当也清楚。由此可见，乌蛮和大魏的结盟已然如此，没必要更深一步，自然也没必要非要公主和亲了。"

蒙在石唇角笑意加深，他眼睛轻轻向上一挑，颇有些锐意和钦佩感："大魏的心思是希望乌蛮可以统一南蛮四部，所以才扶持乌蛮，我自然知道。若是照言二郎这般分析，我该如何在大魏和南蛮之间自处啊？"

这些都是他上位后才摸清楚的。他父王当初和大魏结盟不情不愿、骑虎难下，根本不清楚大魏和乌蛮结盟的真正意图是瓦解南蛮。

言尚微诧异，道："大王的本意，难道不是和我大魏的目的不谋而合吗？双方意图相同，大王只要说自己到底希望大魏做什么便是。"

蒙在石沉默了一下，骂了句乌蛮话。在窗外偷听的暮晚摇捂着脸，忍不住露出一丝笑。蒙在石那句话骂的是：狡猾的豺狼。不知言尚有没有听懂。

言尚听不听懂不重要，蒙在石懒得试探对方了，直接道："乌蛮刚结束和赤蛮的战争，从中大赚一笔。乌蛮不需要再打仗了。一国短期打仗可以暴富，长期战争只会拖累我国。接下来面对南蛮王，我该表明立场。乌蛮太过弱小，作为南蛮四部之一，天然应该归顺南蛮。我的本意是借兵帮南蛮王收服四部，统一南蛮。"

言尚淡声："大王为难我了。大魏是不可能支持南蛮统一的。"

蒙在石笑："知道。大魏希望的是乌蛮去统一南蛮。嗯……本王只能说言二郎你猜得不错，我们的目的确实相同。"

言尚沉默半晌，眼皮忽向上撩了下，轻声："大王希望大魏如何助你？大魏兵马借给你用吗？"

蒙在石看他片刻，向后仰上半身，啧啧两声后，大笑道："言二郎，本王真是越来越欣赏你了！这种时候都要给我挖坑……我怎么敢让大魏兵马入我的地盘？你若是趁机吞并乌蛮，我去向谁诉苦啊？"

听到自己的心思被识破，言尚面不改色。

蒙在石这才说道："你们大魏有个词，叫'假道灭虢'。"

言尚点头:"原来大王是想从大魏旁边的小国借道,顺便吞并那小国,表面上却是借道去相助南蛮王统一南蛮。那按照大王的想法,你是要从大魏的陇右离开了。"陇右之下,便是各小国依附大魏之处。而再往下,便是尚未统一的南蛮四部了。

蒙在石颔首。

言尚说:"我会将大王的意思告知朝臣,与我君臣讨论的。"

蒙在石顿一下,说:"本王想借别国当战场开战,不想乌蛮本部受损。那你当知,我还需要……"

言尚接话:"文化、技术。"他俯眼,"乌蛮好似没有自己的文字是吧?"

蒙在石冷目看他。

言尚微笑:"如此简单。直接学我大魏的文字语言便是。"

蒙在石淡声:"言二郎,适可而止。方才我不让大魏兵马入我乌蛮,现在自然也不会让你大魏的文化蚕食我乌蛮。我乌蛮有自己的文化,只是尚未有人挖掘罢了……本王需要的,不过是你们有人能够才华横溢,随本王出使乌蛮,帮我乌蛮创造文字。"

言尚叹了一声,见蒙在石始终不上当,便知这位王者不容小觑,也不再试探了。双方又敲定各种条件,言尚一一记下,好回去和大魏君臣商议。

言尚如此淡然,全程掌控节奏,蒙在石的脸色便越来越难看,觉得自己的一言一行都在对方的预料中——这种被人猜透一般的感觉,实在糟糕。蒙在石学着大魏人那般跪坐,看言尚与他商谈之后行礼告退,待他背过身即将走到门口时,蒙在石冷不丁道:"不知丹阳公主,可有告诉你我与她的关系?"

言尚后背一僵,并未回头。蒙在石侧过脸,看向窗外那个偷听的影子。垂着眼皮,蒙在石带着一股报复般的恶意,戏谑道:"必然没有告诉你吧?她曾是我的女人,被我一手调教。你今天见到的她的方方面面,都有我的影子。你可知道她动情时是什么样子,可知道她喘息时……"

言尚打断:"闭嘴!"他回头,看向那个抱胸而坐、似笑非笑地看着他的乌蛮王。对方的恶意不加掩饰,言尚盯他片刻:"大王但凡对她有一丝感情,都不应在另一个男人面前这般讨论她。"

蒙在石眸子骤缩,脸色沉下。

言尚:"而你若是没有一丝感情,更没有资格这般说她。大王这算是什么？和我比较，谁和她在一起更好吗？你可知何谓尊重、敬爱、喜欢？是否在你眼中，强取豪夺便能得到所有，任意羞辱就是男人的权利？你口上说要学大魏文化，内里却始终是一个故步自封的野蛮人。"

言尚望着蒙在石，轻声："你不配与我讨论她。"

蒙在石脸色已经铁青，他一拳捶在案上，拔身就要打过去。然而言尚冷淡看他一眼，推门出去，然后他听到言尚惊愕微慌的声音："殿、殿下？"

蒙在石脸色依然铁青，脚步却如同被钉在原地一般。他不想出去，不想直面暮晚摇。他的爱很恶心吗？他不觉得。但他不想看到暮晚摇看他的那种眼神。

言尚万万没想到自己慷慨激昂的话，被暮晚摇偷听得一清二楚。她站在窗下含情脉脉地看他，他偏了偏头，先觉得一阵尴尬。暮晚摇对他笑一下，也不说话，转身便走。言尚想了想，还是跟上她了。

二人离开使馆，坐上公主府的马车。暮晚摇问言尚："你可是要回中书省？"

言尚观察她的神情，见她无悲无喜，便轻轻点了下头。暮晚摇便吩咐车夫换了路，言尚听了她的吩咐，说："这条路不是直接进皇城的。"

暮晚摇瞥他："言二郎如今长进了。昔日被我姑姑带走时还稀里糊涂不认路，现在都知道这条路不对了。怎么办，以后还怎么哄骗你？"

言尚看她扬着下巴，倨傲冷淡，不禁摇头失笑。暮晚摇看他低眉笑的样子，心中怦怦，就想靠近他。但她却难得矜持一下："只是去东市取点东西，我定下的大石头快要运来了，得去看看。"

言尚了然："我听太子殿下提过，是那块写满陛下功德的'功德石'？世上真有这种石头？"

暮晚摇敷衍点头。

言尚低头沉思："必然是做了手脚吧，这是李氏向陛下低头臣服的信号吗？陛下……"

暮晚摇不悦打断："你就要与我讨论一路公务吗？！烦不烦？"

言尚愕然抬头。暮晚摇冷眼看他，他与她对视片刻，才想起来自己公事公办的态度，有点让暮晚摇不高兴了。言尚有些踟蹰，微红脸，低声道："那、那我该如何？"

暮晚摇靠着车壁："之前我不理会你的时候，你总找借口来公主府找我。

而今你我关系似乎好了很多，我却见你反应平平，都不主动来见我了。怎么，我们还未曾如何，你就厌烦了？"

言尚微蹙眉，说："不要胡说……我只是最近在忙而已。"他咳嗽一声，为自己辩解，"而且我也未曾如你口中说得那般不矜持。我一直是这样。"

暮晚摇撩目看他："那你现在应该做什么？"

言尚看她，迟疑："殿下要过来吗？"

暮晚摇："什么过来不过来？你叫小狗呢！"

言尚："……"他只好在车中躬身站起，终于慢吞吞地从对面挪了过来，挨着她坐。

暮晚摇一手支着案，另一手放在脸侧，侧过脸来看他。她眉眼流离，波光潋滟。对暮晚摇来说，女儿家的娇俏不是简单的嘟嘴卖痴，而是眼波流转，稍微偏过脸。她将手放在脸侧，目光盈盈地看来……便让人招架不住。言尚俯眼，手搭在她肩上，轻轻拥着她，在她唇上点了一下。她还没有反应，他就先脸红了。睫毛颤抖，他抬目看她一眼。

暮晚摇忍不住笑了，态度软下："……这有什么好脸红的。"他现在的青涩紧张，与方才在蒙在石面前针锋相对的样子完全不同。暮晚摇私下更喜欢他现在这个样子多些。她搂着言尚的肩，就要起身跪在他腿上。步摇撞上车盖，马车晃动时，她拐入他怀里，顺势就在他喉上划了一下。她调皮看他，咬唇噙笑，又低头去亲。

她一下子这般折腾，言尚慌得搂住她的腰，不断道："够了够了……别闹了。"

马车进了市坊后，在东市停下。车中的动静不敢闹得太厉害，言尚一径躲闪，却还是被暮晚摇闹得乱了衣袍。车马停下时，他根本没法下车。可恶的小公主却是咬着唇笑，还贴着他的耳："要不要我帮你……"

言尚怕了她了，涨红脸，瞪她："不用。"岂能在外如此乱来？她怎能这样？

停了那么一盏茶的工夫，言尚才下了马车。言尚钻出马车后，都不敢与车边的几位卫士对上目光。好在对方也不敢和他对上目光，怕彼此尴尬。言尚立在马车旁，整理了一下衣袂，回身就要扶车中的暮晚摇下来时，背后传来一道惊喜的女声："言二哥？"

言尚回头看，见熙攘的市集间，一个黄衫女郎抱着几卷经帙，身后跟着苦着脸的侍女，正目露惊喜，向他这边招手。言尚俯身行礼。

车中的暮晚摇嗤声："你真是到处是熟人，逢人就行礼。"

言尚隔着人群跟那位女郎行礼，那位女郎露出笑，向这边走了过来。言尚这才跟车中的暮晚摇解释："是我老师的孙女，刘若竹小娘子。"

车中的暮晚摇一顿："哦。她来这里干什么？"

言尚低声："尚未可知。不过若竹娘子怀里抱着书，大约目的和书有关？"

暮晚摇想，不愧是大家出身的刘若竹，一下子就将庸俗的自己比了下去。毕竟暮晚摇来这里所求的"功德石"，可是功利十分。

言尚看向马车，迟疑地问："刘娘子为人温善，脾性极佳。殿下想下车，与刘娘子说说话吗？"

隔着帘子，暮晚摇与言尚的目光对了一下。原本她想下车，但是言尚这个眼神，大有带着她见见他的朋友的意思……这种讯号，无疑表明他希望她走进他的圈子，了解他身边的人。暮晚摇心中恐慌，惧怕这样过近的关系。她抿唇，漫不经心道："不必了。你的朋友，你自己招待便是。"

言尚静了许久，暮晚摇不敢看他。她抗拒的态度，他不可能不懂。好久，暮晚摇才听到他的低声："……好。"

暮晚摇一下子有些后悔，却没改口。

刘若竹已经走过来了，她领着侍女，再次与言尚互相见礼。刘若竹非常好奇地看眼言尚身后的马车，目光闪了一闪，言尚却邀请她走远一些说话，不要站在马车旁。刘若竹点头。

而看他们走开，车中的暮晚摇百爪挠心。原本她还能贴在帘子上偷听他们说什么，现在伸长耳朵也只听到乱糟糟的人声淹没了那两人的声音。不由恨言尚和刘若竹说话的声音太低，而东市旁人哪来那么多话要说？

言尚正问刘若竹来这里做什么，刘若竹叹气道："我听说从临边小国流进了一批书来东市，其中有些书籍是我大魏的文字。而我探寻之下，发现许多是多年前就已失传的书籍。我大为可惜，便想将这些书买回来收藏。然而那小摊贩太机灵。看我想要书，大概也看出我的急切，就一直不肯卖。我便在东市徘徊了许多日，格外艰难，才抢下了一批书。"

刘若竹微沮丧，但很快又振奋，自我说服只要自己坚持下来，迟早能把那些已经失传的书买回来，好好保存："待我将书整理好了，可以借二哥你看。"

言尚便道谢，又自嘲："我不过囫囵吞枣，半懂不懂罢了。做学问一道，我看我是不成了。"

刘若竹便抿唇乐，显然知道言尚的才学水平有限，并且还听自己的爷爷纳闷——"那般聪明的人，怎么在作诗上这么一窍不通？他是怎么通过科考的？主试官是看脸取的人？"

言尚再问起刘相公近日如何，惭愧说因为中书省最近公务繁重，他都没有去府上看望老师。

刘若竹道："你放心吧，爷爷身体好着呢。爷爷之所以请假，是因为我一个出嫁的姑姑和姑丈闹了别扭，要死要活地非要和离，来找我爷爷做主。我爷爷都要被他们气死了……不过姑丈已经追来了长安，应该过两日就能解决此事。"

言尚道："如此，我更不该在此时登门拜访老师了。还望娘子替我向老师问好。"毕竟不好卷入刘家的家务事。

刘若竹含笑应了。她又踮脚，透过言尚的肩，去看后面那辆马车。刘若竹好奇："言二哥，与你同车的是丹阳公主吗？我觉得马车眼熟，好似丹阳公主的马车。"

言尚停顿了一下，心想暮晚摇不愿意见他的朋友，但是刘若竹是老师的孙女，他表明立场，应该没错吧？言尚就点了头。

刘若竹："那殿下为什么不下车？是不想见我吗？"

言尚说："……她难得与我同车，有些害羞。"

刘若竹瞪大眼，盯着这个一本正经说丹阳公主害羞的言二郎。她之前可是在言尚的府邸门口遇见过暮晚摇，凶巴巴的，哪里害羞了？刘若竹又思考了一下，咬唇，轻声："言二哥，我还是想问下，如此才好真正死心。你是、是与公主……两情相悦吗？"

言尚怔了一下，看向刘若竹。小娘子目光盈盈若水，专注地凝视他。她面颊绯红，睫毛轻颤，又是羞涩，又有几分哀伤。言尚静一会儿，刹那间明了刘若竹对自己那若有若无的心意。他有些讶然，不知小娘子的情因何而起。难道是他经常去老师家，或者平日言行出错，给了刘若竹什么误会？

言尚自省。他既惭愧，又不想伤害刘若竹，便躬身再次向她欠身行礼，刘若竹侧身避让。言尚发带越过肩,与衣袍缠在一处。他抬目温和道:"是,我是与殿下情投意合。只是殿下……出于某些考虑,不愿意对外明说而已。也烦请娘子保密。"

刘若竹目中光暗下,垂眼怕自己哭出来,硬是咬着唇压住自己的情意,点了点头。抬目时,却禁不住眼前蒙蒙,一方帕子已经递到了她面前。刘若竹抬头,看言尚一手递来帕子,脸却偏过,身子也微微后退,显然是避嫌的态度。刘若竹轻叹气,接过帕子擦了擦眼睛,又露出笑:"言二哥放心,你与公主殿下郎才女貌,一定会修成正果的。我不会乱说的……嗯,连我爷爷也不告诉。"

言尚莞尔,心想刘相公早知道了。

刘若竹调皮地想,爷爷早猜到了。

言尚垂目:"娘子当真觉得我与殿下相配吗?"

刘若竹赞赏道:"自然呀。言二哥为人谦逊,进退有度,我想古人说的谦谦君子,就是二郎你这般样子的。而殿下是和过亲的公主,为了一国,牺牲自己,不是寻常女郎做得到的。且回大魏后,殿下未自暴自弃,依然风华照人。而今我听说乌蛮使臣向殿下逼婚,殿下还在南山……嗯,与言二哥一起射伤了那乌蛮王。

"虽然我爷爷听到这消息后很生气,我却很敬佩殿下有这般胆识。这世间智慧者多,有胆气者不多。世间许多事,最后临门一脚,差的就是那点胆气。在这世上,人们获得什么,大部分时候都是依靠勇气,而非智慧。殿下敢于反抗,在我眼中,已然十分了不起了。"

言尚怔忡,静静看着刘若竹。他在官场上听到的大多是对暮晚摇不屑的语言,竟是第一次听到有人这般欣赏暮晚摇。他轻声道:"娘子会这般想,不愧是名门之女。"

刘若竹红了腮,羞愧摆手:"我这算什么?我只是理解,却不能感同身受。我不知道殿下的经历,只会这么说一说罢了。而我之所以不能完全理解,不过是因为我比殿下幸运,没有经历过殿下所经历的。这有什么值得骄傲的?我很惭愧才是。"

言尚轻声:"已然很好了……嗯,我有一个不情之请。"

刘若竹:"言二哥请说。"

言尚向她行礼,低声:"殿下自回大魏后,心性变了很多,不多与同龄女郎相交,来往的尽是朝臣、郎君。我担心殿下,认为殿下应该有一两个手帕交,才能开导她。我终是男子,不能完全理解殿下。很多时候我看殿下那般,只能茫然无措,不知该怎么办。我想女郎在这方面,比身为男子的我要敏感许多。刘娘子若是欣赏殿下,能不能去试着与殿下做朋友?她虽脾气大了些,对自己人却是极为护着的。若是娘子不愿……"

刘若竹温声打断:"我怎会不愿?我只是没有那般机会而已。殿下不愿意与我们女郎们往来,我只能远远敬佩罢了。若是言二哥愿意从中引荐,我自然愿意和殿下做朋友啊。"

言尚笑:"好。"他停顿一下,"那我不得不忤逆她一次了。"

言尚领着刘若竹回到马车边,温声细语地邀请暮晚摇下马车,说想将刘娘子介绍给暮晚摇。暮晚摇恼火:这人还要将爱慕他的女郎介绍给她?什么毛病?但是她方才伸长耳朵听了半天都听不到那两人嘀嘀咕咕说什么,只看他们低着头,又哭又笑的样子,暮晚摇早已着急十分。所以言尚回来后,虽然暮晚摇仍不想进入言尚的圈子,但是她想,那也要敲打一下喜欢言尚的女孩儿吧?言尚怎么回事,人家女郎喜欢他,他都不知道?怎么这么迟钝?

暮晚摇下了马车,不情不愿地被言尚领过去,跟她介绍刘若竹。

三人正这般说着话,却有马蹄声快速而来。几人本不当回事,直到听到马背上的人大喝:"言二!"

言尚抬头。暮晚摇回头,见骑在马上的人是蒙在石。她顿时警惕,站在言尚身前,挡住言尚,不许蒙在石伤他。公主府的卫士也围过来,盯着蒙在石下马,一步步向他们走来。

蒙在石在日头下,看到他们如临大敌的样子,不禁哂笑。蒙在石便隔着公主府的卫士和他们对望,也不走过去了。他点一下下巴,淡漠道:"我想过了,智谋,我不如你,但武力方面,你却未必如我。在我身在大魏的最后一段时间,我总不愿彻底输给你。言尚,你可敢与我比试?"

暮晚摇反唇相讥:"和你比什么?比武功吗?那我们自然直接认输。你想比武功找言尚做什么,去找那天和你打得不可开交的杨三郎啊。你这不是故意欺负我们吗?"

蒙在石笑,道:"当然不欺负你们。不比武,与你们……演兵如何?"

暮晚摇觉得可笑:"演什么兵?你去找大魏的将军好了。就算演兵也跟我们没关系，言尚是文臣，不是武臣。他根本参与不了你们的事。"

蒙在石道："我明日就向你们的皇帝陛下请示，请求所有使臣和大魏人一起来演兵。双方人马，年龄不得超过二十五。我不用乌蛮人，用其他小国使臣，和你们大魏相对……如此，不算欺负你们吧？"他盯着言尚，目光一错不错，"言尚，你可敢下场？"

第二十二章

演兵、武力都非言尚所长。暮晚摇自然维护言尚，不愿他被蒙在石欺凌。然而蒙在石以乌蛮王的身份来挑衅言尚，若是不应，岂非代表大魏无能吗？言尚轻轻拉开挡在自己身前的暮晚摇，说道："大王是希望我当兵士上战场吗？"

蒙在石露出笑，揶揄道："本王就算想，你也不行，你要是有个三长两短，小公主还不得吃了我？"

他望向暮晚摇，果然暮晚摇目欲喷火，狠狠瞪着他。蒙在石目色微微淡了一下，心中自嘲，到底今非昔比了。他心中那个在草原间、石壁间与他并辔而行的少年公主，那个被他灌酒灌得晕晕乎乎、倒在他肩上的公主，那个无力地只会躲着哭的公主……他已经失去了。他将她培养成了一个不怕事的女郎，而今这不怕事……偏偏和他为敌了。

言尚微微上前一步，若有若无地挡了下蒙在石看向暮晚摇的视线。刘若竹则一直站在旁边，默默观察着他们三人之间的微妙气氛，若有所感。

蒙在石回过神，爽朗笑道："本王当然不欺负你。无论你们大魏如何派人，如何安排将士，只要年纪二十五以下……毕竟本王也遵守这项原则，且本王不用自己用得惯的乌蛮人。你我双方比一比，无论成败，都是友邻。"

话说到这个份上，再不答应，未免怯懦。言尚只能先应下，想等回头再想法子应对演兵。毕竟他从未涉及此方面的事，也不过是之前为了弄清楚乌蛮的战力而频频去兵部……纸上谈兵，未免让人心虚。

暮晚摇在旁已不悦至极。她几次欲反驳，但又知道蒙在石针对言尚，即使反驳了一次，蒙在石还会找出新的借口为难言尚。言尚答应下来后，暮晚摇脱口而出："只知道打呀打的，是莽夫、野蛮人！乌蛮王，你和我们比演兵我们应了，我们要是找你们比文才，你们敢应吗？"

蒙在石、言尚，甚至刘若竹，都有些惊讶地看向丹阳公主。暮晚摇定定神，道："这一次大典除了有元日的缘故，还因为下月是我父皇的寿辰。我们在我父皇寿辰时演兵，同时为庆贺，尔等边邻小国的使臣，所有人都可以上，来与我等比试文才如何？诗书棋画，随你们选。"她拿着给皇帝庆贺的理由，就让人不好拒绝了。

蒙在石眯眸："公主是在开涮我们吗？我等连大魏话都说不通顺，你却要和我们比你们的诗书棋画？"

暮晚摇反唇相讥："大魏话都说不清楚的是你们乌蛮人，我看人家旁的国家，崇尚我大魏文化，可是不少能吟诗作对的。我大魏向来欢迎这般来学习我们文化的使臣，如此比试，依然是友好交流。"她故意学蒙在石说话，声音却娇娇脆脆的，让人莞尔，"无论成败，都是友邻！"

蒙在石依然沉默不应。毕竟小国人比不上大魏人的才能。据他了解，大魏人当官都是考诗歌辞赋，外人怎么比？

暮晚摇向上小小翻了个白眼。

言尚当即不赞同："殿下！"她怎能越来越粗俗呢？好好一个公主，私下罢了，当众怎能翻白眼？哪怕翻白眼再好看，她也不能这样。

他一开口，暮晚摇就知道言尚什么意思。暮晚摇哼一声，稍微收敛了一下自己的神情，眼睛仍看着蒙在石，说道："好吧好吧，我们也加条件好了。你们这些小国联合来比，而我们大魏只女郎们和你们比试如何？且都是未嫁女郎们。如此双方各有所短，这总算公平了吧？"

蒙在石看她半天，大笑："行，本王和其他使臣商量好了，便来应战。公主话都说到这个地步了，再不应战，我等男儿岂非太没血性了？"他朗声道，"殿下且等我的回复吧。"说罢，蒙在石并不留恋，转身便翻上马背，潇洒纵马离去。

公主府这边的人望着蒙在石的背影，众人默然间，听刘若竹忧声道："这便是乌蛮王吗？竟颇有些英雄气概。有这般的人物领着乌蛮，做大魏的邻国，总是让人不安。"

言尚温声："乌蛮王英雄气概，我大魏儿郎却也未必差。娘子不必忧心。"

刘若竹点头，失笑自己想得太多了，这不是她该关心的。她更关心的是：

"言二哥,你应了乌蛮王的演兵之约,这可如何是好啊? 你连校场都从未去过吧。"

言尚苦笑,揉了揉额头,道:"……我倒无所谓,我得先去找二十五以下的郎君,看有没有哪位将才助我。"但他心里已经知道没什么人。他之前查资料时已经对兵部的情况摸得差不多了,就如他和老师说的那般,老将凋零,新将未成……大魏如今没有什么将才啊。总之,先去找吧。

而暮晚摇在一旁听得十分不高兴,她侧着脸,看刘若竹和言尚你一言我一语地说话,她的心都要拧成麻花了。不知那两人哪来的那么多话要说,心中又暗恨自己晚了一步:刘若竹关心言尚,她、她也能关心啊! 她只是一开始没想到,晚了刘若竹一步而已……刘若竹好讨厌啊。

暮晚摇心中不高兴着,却不妨刘若竹和言尚说着话,忽然就转头笑着来问她了:"殿下让乌蛮王答应比试文才的事,可是殿下打算操持此事?"

暮晚摇漫不经心:"嗯。"操持此事,能博好名,她怎么可能错过?

刘若竹也是忧心:"如殿下说的那般,使臣中擅长我大魏文化的也并不少。我方若是没有郎君出战,只有年轻女郎……倒也需谨慎些。未必能赢。"

暮晚摇不耐烦:"世家女郎的本事,我还是略微知道一些的。"

刘若竹一怔,然后红脸欠身:"殿下若是这么说,那我便不该推辞了。殿下选人的时候,可以加上我。"

暮晚摇转过脸来:"你擅长什么?"

刘若竹温声软语:"都可。"

暮晚摇心中不以为然:不谦虚!

言尚在旁笑道:"二位女郎倒是相谈甚欢。"

暮晚摇立刻瞪眼看他:……他哪只眼睛看到她和刘若竹相谈甚欢了? 明明是情敌呀! 她明明是跟刘若竹别着气啊! 难道世间左拥右抱的郎君都这般眼瞎吗? 都幻想妻妾和谐,为了他一点不争斗吗?

言尚撇过脸,当作没看到暮晚摇那瞪他瞪得发光的圆眸。他很喜欢看她生气时的眼睛,又圆又亮,又像星辰,又像湖泊,还妩媚无边。烈火一般,让他十分心动。可是言尚不能表现出来,不能总盯着她的眼睛看。他脸滚烫,轻轻咳嗽了两声。

言尚说自己打算回中书省,让暮晚摇和刘若竹在东市逛。在他设想中,自己离开后能给暮晚摇和刘若竹相处的机会。他总夹在中间,感觉两位娘子都怪怪的,弄得他很不自在。谁知道暮晚摇一把扯住他,冷着脸:"你给我乖乖等着,等我办完了事,送你回中书省。"

言尚:"不必这般劳烦殿下……"

暮晚摇:"你要是敢走,日后就再不要登我的府门了。"

言尚便只好站在原地等她了。看公主殿下走入东市一铺间,言尚无奈地站在马车旁等候,本就乖乖等在一边的刘若竹扑哧笑出了声。言尚侧头看去,刘若竹忙红着脸捂嘴。

刘若竹:"对不起对不起,我不该笑言二哥。但是言二哥被殿下这般说,还只能听殿下的,我看着实在觉得、觉得……很有趣。言二哥都不像我认识的言二哥了。"她认识的言尚,永远那般淡定自若,泰山崩于前而面不改色。大约只有丹阳公主能打乱他的计划吧?刘若竹有点调皮地想:确实还挺喜欢看言二哥吃瘪的。

言尚无奈地看刘若竹,说着惭愧,笑了笑,又是那副平和的样子了。

等暮晚摇问完她的"功德石"什么时候到长安,便让言尚和刘若竹一起上车,送二人各回各的地方。

刘若竹心中一动,心想殿下果然没有表现得那般冷漠,面上一副不喜欢她样子,却居然会主动送她回家。

而暮晚摇心中算完日子,想"功德石"在父皇寿辰之前能够到长安,才放松下来。而看一眼同车的言尚和刘若竹,暮晚摇心中笑意盈盈:之所以让刘若竹上马车,是希望刘若竹看到她和言尚的相处情形,知难而退。然而三人同车,却很奇怪。暮晚摇想和言尚说话,好让刘若竹认清现实;偏偏刘若竹总是一直和她说话,问东问西,弄得暮晚摇很烦,没机会找言尚说话。言尚就坐在一旁看暮晚摇不得不耐着性子理会刘若竹,微微一笑,倒是第一次见到暮晚摇被女郎缠着却没办法的样子。

马车入了皇城,言尚要下马车了。暮晚摇抓住机会,努力摆脱刘若竹和她讨论什么琴弦的话题,抓过幕篱,就弯着腰推开车门,声音追了言尚一把:"喂!"

言尚下了车,人立在马车旁,回头看她。见她弯着腰,一手扶着车门,手中镶着珠玉的幕篱白纱微微飞扬。她微俯身看他,容色瑰丽,肤如凝脂,只这样随意一动作,因衣着半遮半掩,颈下的雪丘之间,便露出一点细长曲线。言尚立刻去扯她的衣帛,挡在她的胸前。他耳尖微红:"……殿下衣裳

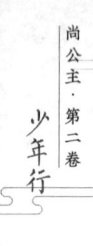

没穿好。"

暮晚摇微愕,随意低头看了一眼,面上笑意便浓。她向他扬了扬下巴,眼波如魅,示意他靠过来。

隔着帘子,乖乖抱着自己的书坐在车中的刘若竹,便看到公主跪坐在车门前,伏着身让言尚靠近,凑近他的耳朵嘀嘀咕咕,也不知在说什么。只是那二人……刘若竹面红心跳,心想,靠得好近啊。要是爷爷看到了,肯定要说公主"轻浮"了。

暮晚摇正对言尚笑盈盈:"我专程送你回皇城,你掉头就走,一点表示也没有吗?"

言尚与她对视一眼,神色闪烁后低下头。暮晚摇便知如他这般玲珑心思,他只看她一眼,就猜到她的意思了。但是这个早已猜到她意思的言二郎却不动声色地向后挪了一步,低着头慢吞吞:"殿下难道还要我送礼吗?"

暮晚摇:"不用送礼,亲一下。"

言尚:"……"他低着头,好似这般就能看不到她一样。暮晚摇看他眼下飞红,睫毛猛颤,她不禁同情,觉得他被她吓得都有点僵硬了。

言尚:"大庭广众……"

暮晚摇好心道:"我用幂篱挡一下,旁人看不见的。"

言尚:"那能挡住什么?谁不知道……不能那样!殿下……"

他恳切望来,而他抬目一瞬,暮晚摇就飞快倾身,在他唇上亲了一下。他骇然后退,心跳狂烈,眼角的红一下子弥漫到了整张脸,甚至脖颈。他手抓着门框,又欲盖弥彰地向周围望,看有没有人看到。

暮晚摇笑得快趴在门上站不起来了,才听言尚低声,微不满:"殿下!"她抬头,微微含笑,眼睛里仍带着星光般细碎的光。

言尚便气不下去了。半晌,他低声:"那我走了。"

暮晚摇向他挥手,回到车中,捂着微烫脸颊,兀自发笑时,看刘若竹也涨红了脸。显然方才那一幕离得远的人未必看得到,但就坐在车里的刘若竹一定看得到。暮晚摇慵懒撩发,乜一眼刘若竹,意思是要刘若竹知难而退。

刘若竹小声:"……殿下好大胆啊。"

暮晚摇慢悠悠:"这有什么。女子嘛,在世间本就不容易,应该学着让自己快活些。"

刘若竹盯着公主,半晌,暮晚摇都忘了这个话了,才见刘若竹点头,好像懂了什么一般。暮晚摇心虚地移开目光：克制克制。可不能把刘相公的孙女教坏了啊。刘若竹被带坏了，刘相公不得找她拼命？

离大魏皇帝的寿辰还有大半个月的时间，只有寿辰结束，这些各国使臣们才会带着大魏的赏赐，离开这里。而现在诸人主要忙的一是文斗，二是演兵。

眼看乌蛮王一心投入演兵，有放弃联姻的可能，秦王还专程找了乌蛮王一次，却败兴而归。同时间，丹阳公主的名声在这一月中几乎到达鼎盛。无其他缘故，只因翰林院举办的面向天下文士的诗会，正是以"和亲"为题。远的和亲不提，近的和亲，不就只有丹阳公主一个吗？

丹阳公主的名号被不断提起，文人们以她为题来作诗，又是歌颂她对大魏的功劳，又是赞颂大魏和邻国的友谊。再有些人，借古说今，说和亲公主自古以来的不易。在这些诗作中，有一首诗写得非常出众，还朗朗上口。暮晚摇知道的时候，这诗都在民间传开了。只是这首诗的作者——暮晚摇迷惘了一下："冯献遇？他还有这般才华呢？"但是转头一想，作诗嘛，可能就是"佳句偶得"，没什么了不起。暮晚摇比较在意的是："冯献遇献诗，如果没有姑姑支持的话，他就有摆脱姑姑控制的嫌疑。他虽得了名，但也许姑姑不会饶他。"

因方桐还在被兵部关着，暮晚摇只能让人多照顾，把身边用的卫士，换了一拨。卫士问道："殿下若是不想与长公主闹开，应该压下冯献遇这首诗，不让他拔得头魁。"

暮晚摇停顿了一下，摇了摇头，轻声："他们这些没有背景的士人向上走不容易，又和我的利益无损。我纵然不说帮着他们，也没必要拦别人的路。不必多管。"

卫士道："然而殿下不管，长公主却未必会饶。"

暮晚摇说："看冯献遇的造化吧。公主嘛……都是比较难哄的。沾上容易，想下船就难了。"如此便不再提此事。

朝廷将文斗和演兵的流程安排得差不多，京畿四周驻守的兵马便开始频频调动。因乌蛮王指名言尚，便不管其他人如何安排，大魏这边都要把言尚捎带上。众臣只同情言尚，心想谁让他招惹了乌蛮王呢。而太子听闻兵部开始调动兵马、乌蛮王又非要言尚上场，思索一阵，就将杨三郎杨嗣扔了过去。太子欲借这个机会，从秦王手中夺一点兵权。起码杨嗣参与演兵，太子这边其他人跟着杨嗣，等这次演兵结束后，京畿的兵力，太子只要能沾手一点，就不打算放开。秦王自然也知道，双方暗自斗得风生水起。

而晋王府则一如既往的"天下太平"，好似长安的各方势力争斗，完全和晋王无关。晋王除了每日进宫当孝子外，就是待在府上陪着自己的小妾。春华的孩子已经快要生了，如今正是关键时期。晋王府上要迎来第一个孩子，人人激动又紧张，都盼着这个孩子平安落地。晋王妃既殷切照顾春华，又心中怅然。因眼看着晋王府的各个小妾一个个都怀了孕，可她就是怀不上……如今看着春华临产，晋王妃的心情自是复杂。

这一个月来，言尚的名字频频被兵部提起。

暮晚摇的名字被天下文士提起，据说还有人上书，说要给丹阳公主立什么牌，嘉奖公主和亲的功德。朝廷自然没有理会这种无聊的意见，但闲聊时，也会拿这种事当谈资，开玩笑。而定下文斗和演兵的流程后，因这两者打算在皇帝的寿辰日同一天进行，自然要问皇帝陛下，看陛下是否有意见。皇帝看他们好端端地把事情弄成了这个样子，沉吟许久后，颇为感慨："召乌蛮王觐见。"

乌蛮王觐见的时候，皇帝在兴庆殿中。殿中燃着龙涎香，蒙在石学着大魏的礼仪向皇帝叩拜。他起身时，不动声色地看了一眼皇帝。和那晚大典时见到的端庄肃穆的皇帝不同，私下里，皇帝不过是一个身形瘦削、面颊因瘦而微凹的中年男人。两鬓斑白，神色沧桑。

皇帝着常服见他，随意拢衣坐在明堂的窗下翻着书。蒙在石到来后，内侍换了茶水，皇帝示意乌蛮王不必拘泥，坐下说话。

整个殿中静悄悄的。有两个宫女放下果盘时不当心撒了，脸色当即大变，正要跪下求饶，却被一个伶俐的内侍扯着领子，推了出去。那个内侍镇定地将果盘端下，重新换了新的，再将炉中的香换了。他趋步退下时，无意地和蒙在石对了一眼。

蒙在石想道：这个内侍做事这么有条理，居然长得还很俊。

刘文吉将香换好，就退到了珠帘外，不打扰皇帝和乌蛮王的对话。他背上已因方才宫女闹出的动静出了一身汗,但好在他平安应付了下来,没有扰皇帝。今日刘文吉当值,自知服侍皇帝,除了察言观色之外,沉静也极为重要。

皇帝翻看手中的折子,漫不经心问蒙在石:"听说是乌蛮王建议这场演兵的?"

蒙在石拱手朗声道:"是。"

皇帝翻着折子,似笑非笑:"朕好像频频看到言尚这个名字,听人说,你是专程指了他?怎么,我大魏的臣子得罪了乌蛮王吗?"

蒙在石谨慎答道:"只是一些私下的争执而已。"摸不清皇帝的态度,他当然也不会张狂。

皇帝饶有趣味地道:"这一个月来,不光言尚的名字频频让朕听到,摇摇的名字也频频传入朕的耳朵啊。翰林院举办的什么诗会,人人都要写一写摇摇……摇摇现在的声誉,可是不小啊。"

蒙在石听了半天,才懂皇帝口中的"摇摇",是丹阳公主。蒙在石便只能夸公主风采,让人心折。

皇帝俯眼:"既然心折,如何不想娶她呢?"

蒙在石蓦地抬头,明知大魏的规矩是面对皇帝不能抬头,他却真的忍不住,想看看皇帝是什么意思。

皇帝哂笑:"朕听说了南山之事。乌蛮王,你看看,你一个人把朕的朝臣和公主逼到什么份上了。一个被你逼着演兵,一个名声显赫,要闹出四海皆知的架势……"

皇帝缓缓道:"你看,若是你直接把丹阳娶走,不就没这么多事了吗?"

蒙在石的面孔微微绷紧,寒气凛凛。身为王者,他并不畏惧这个已成朽木的大魏皇帝。他目光冷锐,缓缓道:"陛下以为南山之事,我处理得不当?"

皇帝说:"摇摇沉不住气,对你出手。你受了重伤,本可以借此威胁大魏,求娶公主的,却闹成这种结果。朕好奇的是,你和言尚谈成了什么条件,让你放弃求娶丹阳?"

蒙在石一惊,对上皇帝深邃的目光,顿时明白他们这些手段,都没逃过皇帝的眼睛。皇帝虽然不过问,但一直知道他们在做什么,并且连他们各自的目的,也许都看得很透。但皇帝这般语气,是在怀疑言尚吗?

按寻常来说，蒙在石是不介意给言尚上眼色的。大魏皇帝厌恶言尚，这对乌蛮来说是好事。可是如今蒙在石正通过言尚在和大魏朝臣谈条件……言尚若在此时被皇帝贬官，或者出其他事，不利于乌蛮。蒙在石便笑道："臣不懂陛下的意思。臣放弃求娶丹阳，自然有臣的道理。大魏和乌蛮是盟约国，两国交好，用其他方式也行。不利于我乌蛮的事，臣左思右想之后，哪怕再倾慕丹阳公主，也应当放弃。"

　　皇帝好奇："什么道理？"

　　蒙在石抬头，静了很长时间后，才道："她不能生子。"

　　刹那间，蒙在石在皇帝脸上捕捉到了空白的神情。这个皇帝好似不理解他的话一样，盯着他："再说一遍。"

　　珠帘外，刘文吉眸子一缩，暗自震惊：丹阳公主不能生子？那……言尚怎么办？

　　蒙在石离开后，刘文吉压下心头千头万绪，进去服侍。却见皇帝伏在案上，突然张口，一大口血喷了出来。皇帝病情危急，兴庆宫登时忙成一团，彻夜不眠。

第二十三章

　　皇帝吐血病危，深夜告急。身在东宫的太子、住在宫城外的两位郡王，都急忙忙地前来侍疾。不到一个月便是皇帝寿辰。皇帝若在此时有恙，实在不吉。太子喂了皇帝喝药，秦王在旁边跪着假号，还是晋王哭得最真情实感，眼看都要哭晕过去。太子嫌恶地看了眼假哭不出来的秦王和快把自己哭死过去的晋王，出了内殿。

　　皇帝寝宫的宫人们如惊弓之鸟一般，刘文吉被太子唤去问话，问为何皇帝突然吐血。刘文吉垂着眼皮站在太子面前，心知自己被去根是户部郎中府上十一郎所为。而户部郎中受到的责罚不过是降了一级官。这都是太子的授意。太子对他视若草芥，不是什么好人。

　　刘文吉面上却只有惶恐，他的师傅、大内总管成安在旁边擦冷汗，空气凝滞。刘文吉自然不会告诉这些人，皇帝是听到丹阳公主不能生子后心痛至极而吐血。这种皇家秘辛,不知道最好。刘文吉便说乌蛮王走了后陛下就吐血了。

于是太子连夜召乌蛮王入宫。蒙在石到来时,怀疑是某个原因让皇帝受了刺激。但是那某个原因,是他故意刺激皇帝,想看看皇帝对女儿到底有没有一丝感情……蒙在石不想弄得尽人皆知,便做茫然状。

太子问不出所以然,内宫却突然传来惊喜的呼声:"陛下脱离危险了……"

难以言说,站在宫殿外望着数里的红灯笼,太子心头笼上一层失望。在某一刻,他希望皇帝就这么死了最好。那他就不用再斗,身为太子,理所当然继位。

皇帝的老谋深算,让所有人都十分疲惫。而脱离危险的皇帝则陷入深沉梦魇中。

在这个昏昏沉沉的梦魇中,漫无目的,四处空白,皇帝恍恍惚惚地站在了清宁宫外。天边轻霞薄绮,云层似奔。清宁宫在梦中镀着一层柔黄的光,变得那般虚幻不真实。而这是先皇后的寝宫。皇帝情不自禁地迈步,又停了下来:"阿暖……"

他望着熟悉又陌生的清宁宫,在梦中竟然不敢靠近。怕进去后里面空无一人,只有尘埃蛛网;又怕里面真的有阿暖,她却用仇恨的眼睛看着他。他少时迎娶李氏阿暖,因李家势大,从而在皇位之争中脱颖而出,成了皇帝。他虽有利用李家之嫌,却也是真心喜欢阿暖。在他们的二郎去世前,帝后的关系如寻常夫妻一般和谐。

皇帝耳边突然听到了婴儿哭声。那哭声如炸雷一般在晦暗的天地间响起,让整个梦中的不真切变得真实了一点。随着婴儿的哭声,皇帝听到了更多的声音——

"殿下生了! 是个女婴呢!"

"恭喜殿下!"

"陛下,殿下大安,小公主十分漂亮呢。"

嗒嗒嗒的脚步声从清宁宫传来,脚步声繁而密,又极为碎小,不是大人的脚步声。下一刻,一个男童从清宁宫的殿门口冒出了头,向皇帝跑过来,牵住了他的手。小孩柔软的、纤细的手指,放入皇帝的手掌中。皇帝一颤,低头,看到男童眉目清秀、乌睫浓郁。男童看上去不过五六岁,个子小小的,却又可亲，又可爱。皇帝情不自禁道："二郎……"

男童仰头："阿父，我们去看阿母呀。"

皇帝麻木地低头看他，鼻端一下子发酸。他确定这是梦。二郎已经离开这个人间十年了，二郎离开的时候已经十五岁了。二郎从未入梦，从未给他留下一丝一毫的留恋。那么这个梦，是托于谁呢？

皇帝被男童牵着手进了清宁宫，皇帝不敢喘息，惧怕梦醒。梦没有在这个时候醒来，他不光在梦中看到了已逝的、尚是幼童的二郎，也看到了靠在床上、抱着婴儿的美丽女郎。皇帝怔然看着。时光和记忆都十分残酷，所作所为皆是向记忆插刀。他心痛如割，却只麻木而望。

阿暖向他招手，眉目间蕴含着身为人母的温柔慈善："郎君，快来看看我们的小公主……"

皇帝坐在床畔，俯眼看着小公主。二郎踮着脚扒拉着皇后的手臂，也凑过头来要看。皇帝与皇后说着闲话，男童好奇地盯着新出生的女童望个不停。他伸手想戳，被母亲瞪一眼，就赶紧缩回手，不好意思地笑。

皇后道："陛下可有为我们的小公主想好名字？"

男童立刻伸手："让我取！让我取！阿父阿母，让我给妹妹取名好不好？"

皇后忍笑："你字认得全吗？"

男童便央求："阿父可以把喜欢的字写下来，让我挑嘛。我真的想给妹妹取名啊，我会很认真的。"

皇帝皇后拗不过男童，皇帝便如自己记忆中那般，写了一些字，让二郎去挑。男童挑来挑去，挑中了"晚"和"摇"两个字。

皇后沉吟："暮晚摇吗？黄昏暮暮，小船晚摇。意境不错，寓意却一般，且听起来有些悲，不太好。"

男童朗声："怎么会悲？她是阿父阿母的孩子，是大魏刚出生的小公主。怎么会悲？"

男童仰头，漆如蒲陶的眼睛盯着皇后，皇帝却觉得他看到了自己心里去。听男童道："我就要妹妹叫'暮晚摇'。妹妹的名字是我取的，以后也由我保护。我会一直护着妹妹的，就叫她'暮晚摇'，好不好？"

暮晚摇。黄昏暮暮，小船晚摇。正如皇后那一语成谶，黄昏已暮，天色已晚，她一只小小孤舟，该何去何从？为她取名的人已逝，说会护她的人无法兑现承诺。皇帝和皇后反目,争斗之下,她沦为牺牲品。之后皇后逝,一切开始落幕。皇帝赢了这场无硝烟的战争,然而暮晚摇已不能生子。阿暖的血脉,李氏的血脉……终于无法在皇室传下去了。

李氏大败,皇帝终于可以放下心,终于不用再担心若是暮晚摇生下孩子,那个孩子带着李家和皇室的血脉,在他老了后被李氏借用兴风作浪。暮晚摇不必回乌蛮,也不可能让李氏崛起了。然而伴随着的是阿暖的彻底离开。她终是彻底消失了。她的一双儿女,儿子早她而去,幼女不能生育。她的血脉……如今确确实实只剩下暮晚摇一个了。

皇帝从梦魇中惊醒,正是子夜时分。他空落落地坐在床榻上,看向虚幻的地方。阿暖在那里站着,噙着泪、仇恨地看着他。他终是捂住脸,泪水猝不及防地掉落,大哭了出声。

这些年、这些年……真就如一场噩梦吧。他竟把阿暖唯一留下的血脉害到了这一步。他留得江山稳固,却彻底失去了一切。

皇帝的哭声在黑夜中突兀仓促,大内总管连忙来看,被皇帝命令:"让丹阳公主进宫。"而内侍才要出去吩咐,皇帝又反了悔,哑声,"算了,这时她应该睡着,不要吵她起来。明日让太子监朝,朕不上朝,叫丹阳公主进宫,陪朕用早膳。"

内侍出去吩咐了。丹阳公主次日也进了宫。

暮晚摇如往日一般谨慎伴驾,只她的父皇一直用一种悲哀的眼神看着她,让她莫名其妙,又有些不喜——父皇的眼神,像是她要死了一样。太不吉利了。

皇帝心中却在下定一个决心。他要保幼女。他是这么无情的一个皇帝,帝王江山才是他真正关心的,在此之前他从不曾多想自己的幼女一分。皇帝此时才开始将幼女加入他的筹谋中,开始为她打算——若是他去了,她该何去何从。

趁着宫中皇帝病危、宫里宫外来往人士频繁的机会,刘文吉再一次和罗修见面了。罗修已经完成了他答应要帮刘文吉做的。如今大内总管成安身边最得用的两个弟子,一死,一被卷了草席扔出宫。其他弟子都威胁不到刘文吉,刘文吉成了大内总管身边最得力的。按照约定,刘文吉将罗修要的资料给了对方。他们在翰林院外面碰面，只匆匆一见，塞了折子，当无事发生。

罗修："你给我的会不会是假消息？"

刘文吉："真消息你我才能合作，若是假消息，你发现后到御前告我与你合谋……你是使臣，又不是死了。我不敢拿假消息糊弄你，除非我不想活了。"

罗修想着也是，这才收好折子离开。

罗修的踪迹，被乌蛮知道得一清二楚。蒙在石从头到尾不信任阿勒王派来的这个人，一直好奇罗修想做什么。监视的人回来，报说了罗修所为。

蒙在石："啧。阿勒王居然难得动了一次脑子，不只会喊打喊杀了。"

下属道："既然罗修做的事跟我们无关，不损害我们的利益，我们就看着好了。"

蒙在石沉吟片刻，问："你们觉得，南蛮若是和大魏开战，大魏能赢吗？"

下属互相看了看，说："如果南蛮王能够统一四部，未必不能赢大魏。但大魏国土辽阔，南蛮消耗不起。所以输赢都是半数之分，还是要看上位者的决断。"

蒙在石淡声："大魏现在这个老皇帝深谋远虑，他当位时，这战我看南蛮王讨不到好处，反受大魏的拖累。但老皇帝要是下台了，且看看下一个大魏皇帝的品性……南蛮王真要发动战争，也应选下一任皇帝在位时期。而不是现在。"

下属们不明白乌蛮王分析这个做什么。但蒙在石分析时，已经做了决策："那我便不能让罗修在这时候坏我好事，将我乌蛮拖入和大魏的战争中……先把罗修扣起来，在我等离开大魏前，都不要放他出来了。"

下属们应是。而之后他们讨论起下个月大魏皇帝寿辰那日所举行的演兵。什么文斗，他们肯定不行了，也就演兵，只是他们这一类跟随乌蛮王作战多年的老部下，却不能随王上场。

蒙在石站起来，懒洋洋地伸个胳膊，笑眯眯："我且看看，大魏如今的战力算是什么水平。总要心里有个数嘛……来大魏一趟，岂能空手而归？"

大魏这边，艰难地选出了几个小将。其中还把杨嗣扒拉了进去。实在是二十五岁这个年龄卡住了大部分将军。毕竟打仗这种事，老将比较熟悉。

除了杨嗣被太子推举进去，朝廷再扒拉，把官员们调来调去，最后实在无人可用，竟然从御史台中心虚地把韦树调了过来，让韦树管理后方粮草。韦树茫然，后定下神，猜到了怎么回事。原本不管是文斗还是演兵，他都没想参与。他最近因为监察百官得罪了不少大臣，秦王那边正纠集官员，要将他贬下去。但是借口不容易找，如今正好碰上演兵之事。韦树若是做不好，让大魏失了面子，等那些使臣离开后，秦王就有借口清算韦树了。

而大魏朝臣实在心虚，找不到合适的将军，言尚又被乌蛮王指名，只好捏着鼻子让言尚做个"帅"了。帅配合将，指挥兵马，如此勉强凑齐了名额。

韦树因被要求只管后方粮草，他便专心研究此路，并不和其他人一道。言尚这边有点惨，被杨嗣带去校场，天天操练。杨嗣难得在一方面让言尚吃瘪，这几日自然春风得意。

校场上一次操练结束，言尚几乎虚脱，杨嗣却剑气巍峨，挺拔而立。他钩着言尚的肩，笑道："演兵这回事嘛，就算那个蒙在石指定你又如何？到时候你躲在我后面，有我在，他还伤不到你。"

言尚揉了下自己刚才差点被杨嗣一掌拍吐血的胸口，叹道："那就多谢三郎了。"言尚转口就道，"然而打仗不是直来直往，纵使我相信三郎你神威降世，我们也还是向朝中老将请教一番好了。"

杨嗣啧啧道："请教他们？他们要是能打赢乌蛮，也不会等到现在了。"

言尚温和道："取彼之长，补己之短，方能长战长胜。"

杨嗣神色肃了下，点了头，之后和言尚一起去拜访长安几位老将军的府邸。几位老将军倾囊相助，言尚听得若有所思，再看旁边的杨嗣和之前的漫不经心相反，长眉压目，眸心沉静，听得十分专注。杨嗣又向老将军讨教，请教武艺。对方见到杨嗣这般年少才俊，也十分心喜，自然不吝赐教。

言尚一直跟着他们，看他们讨论战术，看将军教杨嗣如何设陷阱，如何布阵……言尚如摆设一般，因他看着便不是能武的样子，和杨嗣站在一起，这些老将军一定更喜欢杨嗣，而不是他。言尚却不嫉妒，只默默听着老将军的教诲。

一连半月，每日如是，一边在校场练武、训兵，一边去拜访长安城中的老将军们。

然而皇帝大寿前两日的傍晚，言尚回中书省复命，杨嗣说好了等言尚办好中书省的差事后，晚上二人再去找一位老将军一趟。于是杨嗣跟在言尚身后，大摇大摆地进了中书省。傍晚时分，中书省的大部分官员已经离开了，偶有看到杨嗣的，想到杨三郎的无法无天，那官员也眼皮抽一抽，当作没看见。

言尚的老师刘相公依然没有回来中书省办公，这一次言尚是向张相公复命的。

言尚把炉里的炭火灭了，窗子都关上，再将一些公务资料整理好，正要去找张相公时，张相公打开帘子，竟然来了。言尚向张相公行礼，正要让杨嗣出去在外等候，却不料张相公看到他们两个，目色闪了一下，说："承之也来了？正好，这是中书省新下的命令，你和素臣都来听一听吧。"

言尚目色微怔，没说话。

杨嗣则直接诧异："让我直接听你们的决策？这里是中书省啊。恐怕不合适吧？"话虽这么说，张相公转身进内厅，杨嗣却毫不委婉地跟了上去。言尚摇头笑，跟在他们后面。

张相公道："没什么不合适的。这道最新的命令，门下省已经批过了，明日就会下发到尚书六部。也就是说，最晚明天，你就会知道这道命令了。既然如此，提前一天知道消息，多给你们一天做准备，也没什么。"

杨嗣思考。

言尚问："是和演兵有关的命令？"

杨嗣诧异地看言尚，心想你这是怎么猜出来的。

言尚微笑解释："既然让三郎与我一起听，此事必然和三郎有关。如今与三郎、我都有关的，还可以提前做准备的，自然只有演兵了。"

杨嗣无言，张相公则已经习惯言尚敏锐的洞察力。进了内厅，张相公入座后，将案头上最上方的一本折子向二人递去。在他二人看折子的时候，张相公道："中书省最新的命令，是这一次的演兵，大魏不准赢，只准输。"

言尚睫毛扬一下。

杨嗣脸霎地沉下："那我们演兵一个月的目的，就是为了上场送人头？"他一把扔下折子，掉头就要走，想说"这个差事老子不接了"。

言尚按住火暴的杨嗣，温和疑问："三郎莫急，中书省自然不会无故下发这样的命令。既然相公提前告诉我等，要我等做准备，那必然也可稍微为我二人解惑，还请相公示意。我也不懂，为何大魏要输？我们练这般久，竟是不许赢，只准输？"

张相公淡定自若："同一天的比试，文斗和演兵同时进行。文斗一方，你们认为那些蛮夷、那些小国如何能赢？虽然丹阳公主定下了规矩，只许未婚女郎上场。然而即便是身在长安的世家女郎，也不是那些使臣比得上的。中书省无论如何都想不出这文斗如何才能输，那便只有演兵了。一赢一输，才是我大国之风。若是两者都赢了，来朝小臣做了陪衬，就没意思了。何况演兵之事能操纵的极多……大魏并不想他国对我国战力了解得太清楚。"

这般一说，不光言尚了然，就是杨嗣都停住了，不再如方才那般暴怒。

而张相公看一眼杨嗣，还顺便捧了对方一句："承之不觉得，一场漂亮的输，比赢更难吗？堂堂杨三郎，难道只会赢，不会输？"

杨嗣哼了一声，看着天，说："我确实只会赢，不会输。"

张相公被他噎住："……"

言尚莞尔，咳嗽一声道："如此，中书省的意思是借此演兵，来试探各国的战力如何了？乌蛮王领兵，既不让乌蛮人上，其他各国的兵士便都会上。我方正好从中查探……要来一场精彩的输战？"

张相公颔首："大魏要输，但不能让对方看出来。你们还要将演兵演得非常精彩，演兵和文斗同期，一共三日，这三日，你们要竭尽所能地了解各国兵力。这才是此行的真正目的。"

言尚微笑："恐怕乌蛮王也有从中了解我们的意思。"

张相公："那就看你们谁的本领更高强了。"张相公看说服了他们两个，就站起来，任两个少年人沉思该怎么做。走到言尚身边，张相公拍了拍言尚的肩，叹道："素臣，你可知道，你现在在陛下案前，都挂了名？"

言尚一愣，快速反应过来："因为南山之事吗？"

张相公笑："我不知道啊。只是陛下提起过你，问过你。"他犹豫了一下，然而为了鼓励这个少年，他还是多说了一句，"这话本来不应该提前让你知道。但是你若因此话受到激励，能够帮大魏这场演兵弄得精彩的话，听听也无妨。南山之事你在陛下那里挂了名。此次演兵若你再功劳大……待这些使臣走后，若不出我预料，你就要升官了。总之，好好办差吧。"

杨嗣在旁惊愕："升官？这么快？他当官才几个月来着？"

张相公笑骂他："当什么官，升什么官，得看你有多大本事，做成了多大事。例如你们要是有人能让四海臣服，哪怕现在是小小九品官，朝廷都能瞬间给你升到四五品去。"

杨嗣："那我是不是也……"

张相公："自然、自然。太子让你参与演兵，不也是为了给你升官吗？"

既然大魏要这场演兵输得精彩，之前言尚和杨嗣讨论的所有战略，都得推翻重新开始了。而命令下来，没有人像张相公那样给众将解释，其他几位被选的将军当场就有辞了差不肯再做的，不一而论。在乱糟糟的折腾、人员调动中，不知不觉，杨嗣和言尚竟然成为这几个将军中的领头人。韦树则是从头到尾就没参与，安静得和透明人差不多。

这般紧张排练之下，时间到了演兵前一日。紧张训练了一月的兵士，在这一日早早结束了训练，回去休整，好能在演兵中超常发挥。兵士们自然不知道将军们"超常发挥"的意思，是在合计着如何输。

言尚这一日也回府回得比较早。他白日又被杨嗣带去校场，被摔得肩背疼痛。回来后歇了一下，言尚坐在书案前写了一会儿字，便开始发呆，觉得自己好似好久没见到暮晚摇了。她这人就总是这样……热情时对他爱不释手，冷漠时就如同消失一般，让人难以控制。

言尚发了一会儿呆，洗浴了一下，出门去隔壁拜访公主。

暮晚摇正坐在自己的书舍中，眼睛发直地看着案上的一坛酒发呆。酒坛前放着一只酒樽，酒樽中只有一点清液残留，可见更多的已经被某人喝掉了。暮晚摇就看着这坛酒，挣扎着发呆。好想喝酒啊……送她酒的大臣说，这是川蜀新酿的烈酒，还没有向天下公开，请公主殿下试一下酒。暮晚摇欢喜地抱着酒坛回来，然而人坐在书舍案前，就陷入自我挣扎中。她已经跟言尚保证自己不喝酒了，可是酒这么珍贵，闻着又这么香，她已经一个月没碰过酒了，如何忍得了？

暮晚摇抱着这坛酒已经挣扎了半个月，每天都想喝，每天都说服自己要有信用。然而今日她终于忍不住，偷偷在书舍开了这坛酒，喝了一杯。一杯下肚，果然清冽香醇，美味十分，便想喝第二杯……

暮晚摇说服自己：我悄悄喝一点，反正言尚忙得晕头转向，他不知道，我就不算违约。她欢喜地立刻为自己倒了一杯酒，捧着酒樽就要一饮而尽，书舍门被敲了两下，言尚的声音如同催命一般响起："殿下？"

暮晚摇一口酒喷了出来，呛得自己眼眸含水，汪汪如湖。她慌忙地抱着酒坛，要把酒藏起来。然而书舍空空荡荡，她半天没找到地方。而听到里面公主被呛住的声音，言尚担心她，推门而入。他与抱着酒坛跳起来的暮晚摇面面相觑:"……"

少年公主忽然向后趔趄一步,靠在了身后的书架上。她身子都歪了一下,然而她抱着酒坛不撒手,酒坛硬是没有从她怀里摔出去。暮晚摇面染红霞,手撑住蟒首,剪水双眸,不管不顾地柔弱道:"哎呀,头好痛,我好像醉了。你……谁让你进来的? 你谁呀?"

言尚:"……"

第二十四章

言尚关上书舍门,回头来看暮晚摇。暮晚摇装醉装得非常投入,然而她紧紧抱着酒坛,怕把酒坛摔了,就让言尚对她的动机看得十分分明。言尚叹一声:"殿下以为我是傻子吗?"

靠着书架装醉的暮晚摇额头枕着自己的手背,睫毛轻轻颤了两下。她不愿面对现实,便仍哼哼唧唧:"我真的有点醉了,觉得这里好热呀。头晕晕的,言二哥哥你一点也不疼我。"

言尚含笑:"你不是醉得不认得我是谁了吗?"

暮晚摇:"……"她手指捂着脸和眼睛,透过手指缝悄悄去看言尚。见言尚坐在了长案的另一侧,低头瞥了眼她放在案上的酒樽。暮晚摇当即心口疾跳,因方才因为言尚敲门,她吓得把酒洒了,酒樽中可能留有痕迹……

言尚还没细看,眼前月白色的女裙便一闪,暮晚摇跌跌撞撞的,一下子扑了过来,趴在了案上。她手臂撞上那酒樽,吃痛之时,言尚连忙扶起酒樽,怕酒樽被她推到地上碎了。如此,言尚便没空去看酒樽中有没有酒。而他又担心暮晚摇,放好酒樽后就抬头,见"咚"一声,公主怀里的酒坛也被扔到了案上。暮晚摇一直在透过手指缝偷看言尚,见他看过来,她就连忙趴下,揉着自己的额头,一径喊着头痛。

言尚不赞同的:"殿下!"怎能这样消遣他?

暮晚摇嘴硬:"是真的喝醉了,真的头痛!"

言尚微迟疑。他不太信她,因他知道她的酒量有多好。然而少年公主面颊如霞,捂着脸嚷难受,她娇娇弱弱的,他便担心她是真的难受。

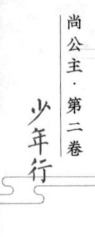

言尚:"我帮你揉揉额头?"

暮晚摇向他仰起脸,媚眼微飞。言尚便坐了过来,微凉的手指搭在了她额上。他坐在她旁边,揉着她额头时,低头观察她。暮晚摇趴在案上,哼哼唧唧,哼得言尚面红耳赤,说:"你不要这样了。"

他低下的眼睛对上了女郎悄悄摸摸偷看他的眼神。言尚一愣,然后放下手,道:"我就知道你没醉,是哄骗我的。"

见他要走,暮晚摇笑盈盈地扯住他袖子晃了晃:"我要是知道你不生气,我就不装了嘛。我也是才确定你真的没有生气呀。"

言尚袖子被她扯住,她没用什么力道,他却好似被猛力扯在原地,动弹不了一般。言尚心中恨自己的没有原则,口上只道:"我本来就不恼。是你非要跟我发誓,说你自己再不喝酒了。我从未那般要求过你,只说让你少喝点而已。"

暮晚摇:"人家记性不好嘛。谁让你总说饮酒不好。都怪你,如果不是你总说我,我怎么会藏酒?"

言尚瞪她,对上她猫儿一般的眼睛:"原来又是我的错啊?"暮晚摇咬唇,对他眨眼。他红着脸,只低声:"好了,我不说你。其实我本就不说你……因为我自己也悄悄在喝酒啊。"

暮晚摇立刻抬头,瞪大眼:"啊?"

言尚被她的吃惊弄得脸更红,咳嗽一声:"你不是说我不能饮酒是缺点吗?我自己也知道,就一直在偷偷练。我有时候晚上会试着碰一点酒。想来这么练下去,起码不会一沾酒就头脑昏昏了。"

暮晚摇:"你真的……连喝酒都去练了啊?"

言尚不答。暮晚摇抓着他手臂,像分享两人之间的小秘密一般,兴奋地问:"那你现在能喝多少?可以不晕倒了?"

言尚微笑:"浊酒我能稍微抿一下,清酒我还是不能碰。不过过段时间,应该会更厉害的。"这世间的酒分为浊酒和清酒,浊酒醇度低,不够清澈,不易醉人。这种酒在暮晚摇眼中就如白水一般,寡淡无味。然而言尚能够碰浊酒,总是一种进步,需要鼓励。

暮晚摇便连忙把案上的酒樽和酒坛推远,道:"我这里的都是清酒,不敢给你喝。"

言尚笑了一下:"我知道。"

暮晚摇想了想，仍想试探言尚。她拍了下掌，向外头侍女传话，让他们去隔壁的言尚府邸取点浊酒。等浊酒取来了，暮晚摇便倒了小小一杯，她自己悄悄抿一口，觉得果然差点连酒味都品不出来。暮晚摇嫌弃地皱了下眉，然后将酒樽推给言尚。

言尚一愣，看她。

暮晚摇俯眼看着酒樽，催促："你喝呀。我看看你到底能不能喝。"

言尚犹豫："可是……殿下刚才不是用这个酒樽抿酒了吗？这难道不是殿下的酒樽吗？我怎能和殿下用同一酒樽？"

暮晚摇抬眼，拉下脸："怎么，你嫌弃我的口水呀？"

言尚："自然不是。只是这样不好……"

暮晚摇不耐烦了："床上都不知道躺了多少次了，现在还怕跟我喝同一杯水。别这么矫情。喝！"她手端着杯子，捧到了言尚的唇边，一副逼迫的架势，言尚只能抓着她的手臂，无奈地抿了一口酒。

之后二人沉默，暮晚摇紧张地盯着他。静坐半响，暮晚摇忽凑到他的心房，道："心跳加快了些。"她又摸摸他的额头，大惊小怪，"你脸上温度也有点升高。"她伸手在他面前晃了晃，"你还清醒着吗？"

言尚哭笑不得，将她的手拿下来，握在手中。他说没事，这点酒没问题。暮晚摇仍严肃观察他，言尚也俯眼看她。看了她半天，他忍不住露出笑。那种内敛至极，又舒心温柔的笑。暮晚摇诧异他笑什么。

言尚低声："只是好久不见殿下，好久没见殿下这般关心我了。有点想念罢了。"他说着，脸就又红了。

暮晚摇怔一下，便也随着他笑起来。她现在确定他应该没事了，便放心地手托腮，靠着长案："因为最近你在忙嘛。我也很忙。"

言尚低声："可是不应该忙到连面都见不到几次的地步。"好几次他在巷子里碰上暮晚摇，两个人只是匆匆打个照面，说不了几句话。这还是因为他们是邻居，能经常碰上。若是言尚当初不住在这里，真不知道自己如何才能经常看到暮晚摇了。言尚轻声："我好想能日日见到殿下，和殿下在一起。"

暮晚摇缓缓看向跪坐在她旁边的言尚。他的眼皮轻轻上掀，点漆眸子向她望来，神色温柔而专注，如石子投湖，让暮晚摇心中微荡，面颊被他看得滚烫。她微微侧过脸，鹌鹑一般逃避地结巴道："你有点醉了，竟说这种胡话。我们本来、本来就日日能见到面啊。"

言尚沉默，知道她再一次绕过他的暗示了——他想和她谈未来，她始终在回避。

看言尚不说话，暮晚摇又主动来讨好他："你今日找我有什么事？总不会是专程来看我的吧？"

言尚声音轻缓："难道我没事就不能来看看殿下吗？我每次找殿下，必须是有事吗？"

暮晚摇快被他弄得心虚死了，眼睛瞪圆："所以你是没有事，来看我了？"

言尚顿了一下，语气不那么坚定了："……我这次，确实是有事的。"

暮晚摇立刻促狭地瞥他，重新理直气壮："你看你。"

言尚无奈，也恨自己为何每次都要找点事。他这种自我强迫的行为，恰恰给了暮晚摇一种他"无事不登三宝殿"的印象。言尚提醒自己日后要注意这个问题，这一次只能先关注重点："上一次南山之事，殿下不是说留了后备手段，找了一人与乌蛮王十分像，几乎可以以假乱真？这个人可还在公主府？"

暮晚摇解释："没有那般像，是要稍微易一点容才能像。然而身材身高，却是一样的。这人还在府上，因我现在不好轻易弄走他，怕乌蛮王那里再出什么事。不过你问这人干什么？"

言尚唇角翘一下，目中有些欢喜："殿下将此人借给我用吧。明日演兵开始，也许这人能起到大作用。"

暮晚摇："随你呀。"她这么随便回答他，因为他对公务的认真态度，让暮晚摇想起自己好像也有几封信没回。明日演兵开始，文斗自然也开始。自己托金陵李氏从南方运来的"功德石"已经到了长安，明日就可展示。自己应该给金陵李家回信的，说一下长安这边的情况。暮晚摇抽出信纸，开始写信。

言尚思考完自己的事，转过心神来看暮晚摇，不禁有些出神。女郎就坐在他旁边，然而今日自他坐下，她都没有如往日那般主动地靠在他怀里。既没有挽他手臂，也没有搂他脖颈，更没有……更没有亲亲他。言尚有些失落，望着她的侧脸出神，想她为什么不来亲亲他。许是方才那点浊酒的后劲到这会儿才来了，言尚觉得自己心跳好快。他手指发麻，盯着她嫣然微翘的红唇，竟移不开眼睛。

暮晚摇正在写字，感觉到他的注视，歪过脸来看他。她眼波如水，唇红肤白，就这般无所谓地转过脸来，言尚心神咚咚疾跳，嗓子都有些干。怕自己失控，言尚低下目光。

暮晚摇却转了转眼珠子，撒娇道："言二哥哥，看我！"

言尚看过来，目光又不自主地落在她的唇上，声音微哑："怎么了？"

暮晚摇自顾自地揉自己的手腕，不悦道："写字写得手疼，不想写了。"

言尚停顿一下，说："那便不要写。"

暮晚摇："不行。今晚之前必须把这封信发出去。"

言尚出了一下神。暮晚摇推他，瞪他怎么又走神。他都不太敢看她，目光闪烁，只一味垂着眼皮，窘迫道："那殿下想怎么办？"

暮晚摇笑嘻嘻："言二哥哥帮我写啊。"

言尚："这怎么可以……"

暮晚摇却一下子站起来，推他坐到她的位置上，把笔塞入他手中让他替她回信。她就跪在他身后，手搭在他腰上，下巴磕在他肩上，女儿家的芳香拂在他通红的耳上。

暮晚摇慢悠悠道："我说信的内容，你来替我写……"

她手搭在他腰上，言尚低头一看，不知道她是故意的，还是无意的。他有些纠结自己是否太过龌龊时，暮晚摇又催他动笔。言尚心跳咚咚，勉强抑制，定了定神，头都有点昏，不知是被她弄的，还是被之前的酒弄的。他感觉自己写了很多字，握笔的手心都有些出汗。

暮晚摇在后不悦："你又走神了！你怎么回事？"像一种惩罚般，她转过脸，金叶子形状的耳坠便一下子甩到了言尚脸上。那一声清脆的"啪"，伴着案上火烛摇晃了一下的微光，如同涟漪般打在了两人的心上。

言尚停下了笔，呆呆坐着，他忽然放下手中笔，一下子转身强行将悄悄看他的暮晚摇拖入怀里。他力气有点大，暮晚摇被搂着面对他，细细的腰一下子磕在了后方的案几上。她几乎被言尚压倒，才睁大眼，言尚就埋身将她抱住了。

暮晚摇大叫："言尚你干什么！"她心想：他好激动呀。

言尚低下脸来看她，他自己估计不知道，他看她的眼神有多直。他手指抚着她的脸，轻声："殿下，你想不想、想不想……"

暮晚摇："我想什么？"

言尚支吾半晌，忍着羞赧道："你想不想亲一亲？"

199

暮晚摇愕然，然后飞眼横他微红的眼角一眼，说道："不想！"

言尚的失落十分明显，呆呆地看着她，仍迟疑："你不是在撩拨我吗？"

暮晚摇："我什么时候撩你了？"暮晚摇大声嚷嚷，心中逗弄他，嘴上义正词严。她撩起眼皮，就看他怎么办。难道她说不想，他就放弃了吗？

言尚好似冷静了一点，说了声："对不起。"

暮晚摇惊愕，看他竟然松开了她，将她拉起来。他不再看她，拿着笔去写信了："……"

言尚在暮晚摇那里消磨一个时辰，到最后离开时也没有讨到什么。他要走时，想和她说什么，暮晚摇只笑盈盈地跟他挥手。言尚便只能走了。回到自己的府邸，洗了把脸，思维稍微正常一点，言尚又盘算了一下明日的演兵，便早早上床睡了。

半夜时候，他睡得迷迷糊糊时，忽然感到有什么窸窸窣窣，然后床帏外的月光照入。言尚睁开眼，被跪在床畔正俯瞰他的暮晚摇吓得心跳差点失常。他茫然间起身，暮晚摇向他"嘘"一声。

言尚迷茫："我……是做梦吗？"

黑暗中，也不点灯，床帏被月色照得透白。暮晚摇趴在床畔，小声和他用气音说话："想到有话没跟你说，我特意来跟你说一声。"

言尚："什么？"

暮晚摇一本正经："祝你旗开得胜，得偿所愿，明日演兵能达到你想要的结果。"

言尚手撑着上半身坐起，疑惑地看着她，想不通她半夜偷偷摸摸过来，就要说这个。

暮晚摇还催促："你不祝福我吗？"

言尚迷惘道："那我……也祝殿下主持的文斗旗开得胜？"

暮晚摇满意点头，说完这话，膝盖离开床畔，给他放下帷帐，就要走了。

言尚："……"他快被她折磨疯了！暮晚摇背过身，身后的床帏就重新掀开，言尚一把搂住她，将她抱了进去。她哎呀说着"不"，言尚硬是咬牙将她拖回了床上。她被他按在身下，他的长发散在她脸上，痒痒的。

言尚："殿下这就走了？这又走了？殿下是故意折磨我吗？"

暮晚摇咬唇笑，被他按在身下，眉飞色舞，满面酡红。他低头来亲她的脸，亲她的眼睛。他气息不顺，她只笑个不停。

暮晚摇叹道："你这个人真奇怪。我靠近你的时候你紧张得不行，我不靠近你的时候你又唉声叹气怪我不理你。你这个人好麻烦哦，我怎么知道你到底要怎样？"

言尚涨红脸，恨道："我从未讨厌过你靠近我啊！你不知道吗！"他真是被她快弄疯了，又或许夜晚带来一些私密的勇气，让他敢说平日不敢说的话。她就躺在他身下，那么软，那么香。他只是亲一亲，就神魂颠倒，就情不自禁地想要更多。

暮晚摇乜眼，大声："可是你也从来没说过你喜欢啊！"

言尚被她的声音吓到，一把捂住她的嘴，红脸道："不要这么大声。殿下名声不要了吗？"

暮晚摇翻白眼。黑乎乎中，言尚好似真能看见她的动作一般，亲她的眼睛："小娘子不要做这样不雅的动作。"

暮晚摇方才都没有脸红，这会儿被他亲一下眼皮，倒是脸红了。她"呜"一声搂住他的脖颈，让他压下来挨着她。他却不肯，手臂仍撑着，怕压痛了她。暮晚摇又感动又喜欢，也张口亲亲他的鼻尖，道："我是要告诉你，你日后想靠近我就主动点。你不主动，我才不理你呢。"

言尚："……我可以主动？"

暮晚摇又气又笑："我不讨厌的时候都可以啊。"

他闻言，有些不太明白什么时候她会讨厌，什么时候她会喜欢。言尚迟疑："那现在……？"

暮晚摇板起脸："现在睡觉。"

言尚：……哦。他放开她手腕，有点不舍地翻了下去。他心中纠结，又疑惑她今晚难道不回府，要和他一起睡吗？但是他不太敢说，他只要一靠近她，就忍不住……言尚轻轻叹气，背过了身。

黑暗中，二人都没说话。一会儿，暮晚摇盯着他僵硬的后背："你睡觉真跟死了一样，女孩儿睡在你旁边，你一点动静都没有。"

言尚背对着她，不说话。暮晚摇眼珠一转，便大概猜到他的意思是怕控制不住。暮晚摇轻轻挨过去，将头抵在他后背上。他身子僵硬得像石头一样，暮晚摇笑一声，从后搂住他的腰，额头抵着他后背闭上眼睛，含笑："言二哥哥，等演兵结束，等乌蛮王、等那些使臣都离开长安了，我送你一份大礼，

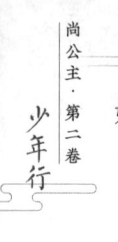

好不好？"

言尚："什么样的大礼？确定我喜欢？"

黑夜床帏中，暮晚摇望着他的后背，郑重其事："你一定会喜欢的。"

如此一夜好梦。

次日开始演兵，开始文斗。

天不亮时暮晚摇被推醒，言尚提醒她趁着没人看到的时候，回公主府睡觉。暮晚摇想说这真没什么，两家仆从谁不知道二人的关系啊。但是言尚忧心她的名声，暮晚摇叹口气，还是乖乖听他的话，打着哈欠被他送回去睡回笼觉了。等暮晚摇再次睡醒的时候，言二郎早已离开府邸，文斗也已开始。

文斗和演兵同时举行，各自举办三日。为了方便，都在城郊举行，文斗在乐游原，演兵背靠南山，被划了将近十里的距离给双方。

暮晚摇骑马去乐游原时，能听到地面的震动声。下马时，乐游原已经围满了贵人们。乐游原旁边的樊川有不少贵人们的私宅，文斗之时，不能去演兵的贵人们都围在了这里。听闻皇帝的轿辇到来，暮晚摇亲自去迎时，顺口问旁边一贵妇："地面震动这么大，难道演兵那里用到了马吗？"

贵妇人满脸神往，笑答公主："是。听说双方用到骑兵了。"

暮晚摇愕然，然后了然。用到骑兵，说明大魏和其他诸国联合起来的军队都十分看重这次的演兵，不只是拿步兵、弓弩手混一混。骑兵在平原上几乎无敌，双方都用到，可见双方都想赢。

皇帝从辇上下来，看到幼女正在和旁边妇人说话，向暮晚摇招手，暮晚摇便过去扶他。皇帝主动说："听说你弄了什么'功德石'？"

暮晚摇愣一下，点头。她没想到皇帝会主动关心她做的事，还以为自己要铺垫很多，父皇才会感兴趣。然而皇帝刚来，就表现出兴趣："陪朕去看看。"皇帝停顿一下，看着幼女，叹道，"这次文斗是你主持的？辛苦摇摇了。"

暮晚摇不太适应皇帝表现出来的慈爱，敷衍地笑了一下。她没有伪装自己的表情，后方的太子提醒地咳嗽一声，然而皇帝回头看了太子一眼，神色漠然。太子微顿，不再说暮晚摇了。

暮晚摇和皇帝一起过去看"功德石"，有内侍骑马而来，汇报演兵那边的情况："双方都划定了势力范围，正准备开战了。"

皇帝点头："唔……摇摇很担心？"他看到暮晚摇望向演兵的方向，目露忧色。皇帝若有所思:"摇摇是担心什么,或者担心谁?"

他本意关心,暮晚摇却瞬间警惕:"只是好奇演兵,并未关心谁。"

皇帝沉默一下,一哂之后,知道女儿对自己的提防,便不再说话了。

而演兵场所大魏范围内,主帐营中,几位将军正讨论着进攻策略,却出了不大不小的一件事。

言尚、杨嗣无言地看着被小兵带进来的一个小兵。那个小兵被逼着擦干净脸,摘下头盔,竟是一娇滴滴女儿郎,乃是杨嗣的表妹,赵五娘赵灵妃。

杨嗣望天:"……你怎么混到这里的?"

赵灵妃笑盈盈站在几个年轻小将面前,跟自己表哥打了招呼,又含羞地看一眼言尚,才大大方方道:"文斗那边我不擅长,但是我对你们的事很有兴趣。言二哥,你别怪我表哥,他不知道我想过来。我是偷偷溜进来的。"

杨嗣对着几个将军不赞同的目光,抱臂:"我确实不知道。"

赵灵妃正拍胸脯保证:"你们不要管我,放我去战场上就好了嘛。我武功很不错的,不信问我表哥。"

杨嗣嗤声:"问我干什么?我不知道。"

赵灵妃气道:"你!不讲义气!"

言尚头疼,又失笑,为赵灵妃的大胆。赵灵妃说可以把她当普通小兵用,但谁敢这么欺负一个小女孩啊?言尚这边正沉吟着,军营的帐门被推开,韦树进来,正拿着一个册子,要跟大家说军粮的事。

清俊的少年连头都没有抬,就被言尚安排了:"巨源,你主持后方,任务繁重,我为你安排一个人保护你。灵妃,你跟着巨源,保护巨源好了。"

赵灵妃:"为什么呀?为什么不让我上战场啊!我不想保护人啊。言二哥,你怎么这样啊?表哥,你不为我说句话吗?"

韦树缓缓抬头,迷茫:……他是不是在这里听到了一个女孩子的声音?

第二十五章

"功德石"被运至乐游原,皇帝和暮晚摇等皇室子女登上高楼,下方贵族男女、百姓们也同样翘首以望。众人看到广阔的平原上，黑压压如山一般的物上蒙着布，都知这是"功德石"，但是抬头仰得脖子酸楚，仍让人咋舌。

暮晚摇站在皇帝身旁，婉婉一笑："父皇请看——"

她示意之下，下方被封"护石将"的卫士们便合力一扯，将罩着石头的布扯下。下方百姓们看到此石如此巍峨高大，石身冷峻泛青，传来哗然赞叹之声。石身上凹凸不平，孔洞密密麻麻。而离远一些，这些孔洞，倒真像刻着字一般。此年代最高的楼阁也不过三层，而这石头，已有五层楼那般高，要百来人牵手才能绕石一圈。如此巨石，从南方一路运到长安，完好无损，可以想象出动了多少苦力，花了多长时间。

太子眯眼，看着"功德石"上密密麻麻的孔洞，故意问道："摇摇，这石头上写的什么字？"

太子为她拉阵，暮晚摇自然领情。她点头致意，才朗声解释："上面刻的是古字，和我们现在用的字不同。我念给父皇听：千载膺期，万物斯睹。四夷宾服，万邦来朝。有石巍然，大江之头。石以碑之……"

公主在楼上为皇帝等皇室人解释，机灵的内侍跟在皇帝身旁，立刻将公主的解释一层层向下传。女郎声音清越，楼上楼下的众人伸长脖子，内宦们上上下下、来来回回、一趟又一趟地跑——

下面的贵人们："还有呢？公主说什么了？"

内宦喘着气，擦着汗："第一句，千载膺期，万物斯睹。"

士人仕女们暗自呢喃，连连点头。

"四夷宾服，万邦来朝。"

贵族男女们抓着内宦，急得眼红："还有呢，还有呢？"

内宦："奴再去听！"

下方催促，上方皇室也频频点头，跟在皇帝等人身后的使臣们听得迷迷糊糊，只因他们中文才最好的去"文斗"了。然而内宦们跑得大汗淋漓，长安中人面露赞叹，使臣们便也知道这是好话，连忙让自己的人记下来。

一阵杨花飞过阁楼，云水晴天，碎如金银。皇帝幽幽听着诸人的赞叹，听着幼女的解说，所有人都十分激昂，都凑近那石头，想要看得更仔细。皇帝面露笑意。

暮晚摇观察他，见他露出笑，顺口道："父皇，此石巨大，不好运入长安，不如就将这石头留在乐游原。围绕这石头，建一座园林，而父皇的功劳，后人都可以看到。"

皇帝看向暮晚摇，道："辛苦摇摇了。"

暮晚摇微笑："是外祖父一家帮的忙。"

皇帝嗯了一声："也辛苦他们了。"

暮晚摇："还有太子哥哥的支持，如果不是太子哥哥一直用户部和工部来开路，这石头也运不到长安。"

皇帝看向太子，说："太子也很好。"

太子一愣，竟有些惊喜，连忙说这是自己的分内事，为父皇祝寿，算不上什么。

皇帝说："太子事情办得不错，之后朕五日一朝，其余时候都由太子监国，替代朕吧。"

太子连忙说是。等背过身，太子看向暮晚摇，暮晚摇对他露出笑。太子也露出一丝笑，知道自己到底没有白费心。而再转目，太子和秦王互相看了一眼。

李氏借功德石向皇帝投诚，皇帝接受了对方的认输。从此之后，恐怕皇帝和南方世家的矛盾就不会再如之前那般僵了。那皇帝是否不会再逼迫世家了？至少在这时候，太子和秦王都希望皇帝不要再继续压世家了。秦王母家是南阳大户，本就是大世家自不用提；就是太子出身差些，他背后也有杨家支持。皇帝若一味打压世家，对两方都不好。

倒是晋王无所谓。晋王妃因为是继室的缘故，出身必然不会太高贵。晋王至少明面上不和两个皇兄争，因此两个皇兄试探皇帝的时候，他只是跟在皇帝身后，单纯品读这功德石上刻的字。

皇帝回头，见晋王正吩咐自己的人将诗记下来，诧异："老五，你记这个干什么？"

晋王连忙道："这诗颂赞父皇，儿臣自然要记下，回去府上，好日日品赏。"

皇帝："一些白话而已，不是好诗。"

晋王："无论好坏，皆是称颂父皇，于儿臣来说，已弥足珍贵……"

皇帝静静看了他两个呼吸，目光才移开。

秦王在心里骂：马屁精。

太子当然不会让皇帝被晋王吸引走注意力，道："父皇，我们去看看真

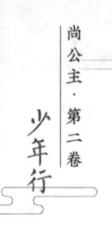

正的文斗吧。"

皇帝转身先走，众人跟上。暮晚摇特意比他们都慢一步，等在最后，对晋王似笑非笑："五哥，方才那马屁拍得有点过了。"

晋王疑惑："六妹在说什么？我方才都是肺腑之言，你们该不会都误会了吧？"

其实皇帝静看他的那两眼，也让他突然反应过来自己有点夸大。今日是暮晚摇的主场，是太子的主场，他这般直白地夸……晋王暗自懊恼，想自己还是着急了。因为皇帝给太子的权限太大，他到底着急了。

见晋王目露沮丧，知道对方已经收到了自己的提醒，暮晚摇便微微一笑，不再多说了。她心中叹然，没想到有朝一日，自己居然能看懂他们那些隐秘的、欲言又止的话和眼神都代表什么意思，还能提醒晋王。她和晋王一路下楼，问："春华还好吧？"

晋王心里一动，露出笑："快要生了……六妹什么时候来我府上看看？"

暮晚摇托腮笑，调皮道："等我闲了。难道我不去，五哥还会虐待她不成？我不急。"

二人说着话，出了楼，跟上大部队，一同去看文斗。所有人对暮晚摇恭恭敬敬，上辇的时候，她的辇只比皇帝、太子等次差一点。而上辇的时候，又闹出了一场争执。原是看到太子上辇后，庐陵长公主理所当然要跟上，谁想到这第三个位置，内宦们却排给了丹阳公主。庐陵长公主自然不服气，大闹一顿，那些内侍却岿然不动，只说"死罪"，却不肯让长公主先行。

庐陵长公主气得浑身哆嗦："以前每次都是我先行！我是皇兄的亲妹妹！你们这些狗奴才，这是看我失势了，就来欺负我吗？你们等着我告状……"

"什么事？"一道冷淡男声跟上。

听这声音耳熟，暮晚摇坐在辇中，撩开帘子，见到一身黄袍的内宦，眉目清秀，正是许久不见的刘文吉。刘文吉了解了情况，对长公主道："还请殿下莫要闹去陛下那里。我等为殿下的安排，难道陛下不知道吗？皇宫若说是家的话，那陛下就是家主，我等都是家仆，而公主是家主的亲人。我等为家主的亲人安排座席时，自然会请示家主。"

长公主愣住："你是说，陛下早就知道……他怎会这样对我……"

刘文吉垂眸："那奴便不知了。"

长公主怅然若失，呆呆站在车辇下，看着旗帜林立，一辆辆车马从她面前驶过。而她这里，却如同六月飞雪般，心中一阵阵发冷。她明明在大典中重新回到了皇帝身边，皇帝已经原谅了她，她已经能重新在长安交际了。可是如今自己的位置被丹阳取代，被那个小丫头片子代替……陛下为什么对她这么心狠？是不是、莫非……庐陵长公主心中疾跳，想是不是自己和太子的合作，被皇帝知道了？可是丹阳公主不也和太子合作吗？他怎么只许他女儿碰政治，不许她这个妹妹碰？

刘文吉道："奴劝殿下一句，不管殿下想做什么，请一以贯之。若是中途变道，那也不要怪旁人了。"

庐陵长公主失魂落魄半天，脑中空洞。香风撩人，帷帐飞扬，她抬头，看到香车宝马中，暮晚摇露出半张脸来看她。庐陵长公主瞬间想到言尚，想到将自己害到这一步的，都是那一晚碰到言尚开始，而建议她投靠太子的，也是言尚！而今长安，南山事后，谁还看不出言二郎和丹阳公主关系匪浅？长公主咬牙切齿："暮晚摇！"

暮晚摇坐在辇中，对下方一笑。她懒得多说什么，放下帘子，阻断了长公主暗恨的目光。金色阳光透过帐子照入，暮晚摇打量着自己的纤纤十指，心中涌上无限快慰感。金箔金粉贴在额心、眼尾，她美目流波，眼眸微微眯起，欣赏着下方狼狈的长公主，还有百姓们的围观。她心中清楚，和亲也不必自己了，父皇也要听自己的话了，长公主也不敢瞧不起她了——而这都是权力带来的，都是她参与政治才获得的。权势这般让人沉迷，暮晚摇只是初初崭露头角，就已经为之心动，想要更多的权势。这条路，她走对了，并且要更加坚定地走下去。暮晚摇的眼中神情变得冷淡而坚定。

演兵那边，赵灵妃气冲冲，不情不愿，根本不想保护韦树。但是她抬眸，气势汹汹地想要看一下自己要保护的是谁，看到韦树，赵灵妃蓦地呆了一下。小娘子脸唰地一红，一边暗想这个人真好看，一边又恼言二哥太坏了，好像完全知道她的点，故意拿这个针对她。她瞪向言尚，却见言尚温和看她。赵灵妃不忍心对言尚发火，最后她踢了杨嗣一脚，跑出了营帐。

杨嗣："……"牵连无辜啊。

言尚用一个韦树打发掉了赵灵妃，就和杨嗣出去看兵马。他们才看了不到一刻，就有小兵来报："敌军冲下山了！哨兵已经看到了！"

言尚便让旁边的人开始记时辰,说:"乌蛮王反应真快。"

杨嗣道:"那我们也出兵吧,直接让骑兵列阵迎战。"

言尚:"多分几路。"

杨嗣:"对,正好试探。"杨嗣抬头眺望,对临时搭建的城楼不满意,干脆道,"我们出城,找一处山上好的地方,观察战局更方便。"

将士在营中进出,杨嗣没有出战的意思,言尚亦有自己的想法,自然应是。一个时辰后,双方兵马在城下交战,大魏这边装备精良,人数和对方差不多。然而乌蛮王领的军队气势极强,双方一交战,大魏士气就被压了一头。言尚和杨嗣站在靠近城楼的一座山上,这是杨嗣找的好位置,二人正好将战局看得一清二楚。

见到大魏这边一触即败,言尚摇了摇头,吩咐身后的小兵:"记下来。"

杨嗣抱着胸,若有所思道:"双方装备、用马甚至人数,都是一样的。大魏这边还是差了点。既然差了,吩咐下去,让他们收兵回城。"

言尚看他:"打算如何?"

杨嗣:"既是不能硬碰硬,只能分兵分队,从旁骚扰了。"

言尚点头,听杨嗣挂着下巴:"不过双方局势才拉开,蒙在石就这么迫不及待地冲来,难道仅仅是因为乌蛮王英勇,想打大魏一个措手不及?"

言尚答:"因为环境所致。"

杨嗣挑眉。

言尚:"我之前特意调查过乌蛮的情况,还为此给老师写了一份折子,老师至今没有回复我。我心中本不确定,但现在见乌蛮王这般着急,我的猜测倒是坐实一些了。乌蛮的地势、气候和大魏不同。他们在大魏作战,不能长久,时间长了,身体会不适。所以此次演兵,乌蛮王与我方就只定了三天。而今一开战就冲阵,更说明他拖不起。"

立在葱郁绿荫中,二人看着下方临时城楼下的尘土,看到大魏这边收兵入城,乌蛮那边却不退,而是开始冲城门。杨嗣随意吩咐他们守城,也不着急,知道仅仅第一日,大魏这边准备充足,乌蛮根本不可能破城。比起下方的战局,杨嗣对言尚的话更感兴趣。

杨嗣:"你的意思岂不是,我们和乌蛮的战争若是能拖下去,大魏就很有可能胜?因为乌蛮适应不了我们的气候。"

言尚反问:"如何叫胜?"

杨嗣毫不犹豫："将他们打回他们的土地。趁势再追，若是可能，干脆占了他们的国土也无妨。"

言尚："可是他们不适应我们的气候，我们也不适应他们的气候。大魏人到了乌蛮，同样会生病，有严重的，入了乌蛮不到十二时辰便会病死。我向公主殿下问过此事，公主确认了我的猜测。当年跟随公主和亲的人，不少都死于水土不服。"

杨嗣怔了一下，唇角抿成一个锐利的痕迹。

言尚总结："所以我们和乌蛮才必须结盟。他们打不过我们，我们也打不过他们。大家差不多，不如合作。"

杨嗣："没想到一场两国结盟，背后有这么多原因。不过幸好，现在这个问题不用我烦恼。"他捏着自己的手腕，招呼言尚回城，"分一些军队，去敌方的军营扰一下他们。来而不往非礼也。"

言尚应了杨嗣的计划，让小兵记下。这些战略之类的，他并不多插嘴。只是和杨嗣下山时，言尚跟杨嗣说了自己的计划："既打算骚扰，不如直奔粮草。"

杨嗣顿了一下，平日不见得他多聪明，但是这个时候言尚只说一句，杨嗣就瞬间反应过来："我们打不过他们，你想多批次吓唬他们？等到他们不耐烦的时候，再集中兵力，攻他们的后方粮草？"

言尚点头。

杨嗣："可我要是猜得不错，乌蛮王也是这个意思，他也会针对我们的粮草出手。"

言尚淡声："你不是说你表妹武功好吗？我也没其他要求，灵妃能保护巨源不受伤便是。巨源撑不住，直接认输便好。"

杨嗣笑："那得要最后再认输。中间，我们可是打算好好打的。"

言尚问："不知三郎何时才打算下场？"

杨嗣随手扯过一根草秆，拿在手中晃。他的身影被日光切得极长，言尚跟在他身后，看他回头对自己戏谑一笑："自然要配合你最后攻粮草的那一步了。中枢要我们输，但我总要跟蒙在石较量一番。我的意思是摸清他们的兵力，不知道你的意思是什么？言二，都到了这一步，你总能跟我透个底吧？"

言尚轻声："中枢吩咐的是要我们输，而我要乌蛮王——虽胜犹败。"

文斗这一方，长安贵族女郎坐镇，连续三天，分了许多批次，一一应对使臣们的挑战。暮晚摇为了主持此赛，自然连续三日都宿在乐游原。双方比试中，暮晚摇也经常在旁边观望，有时做做判者。

同时，大地上的震动声一直不断，演兵那边的情况不断地汇报而来。暮晚摇即使不用派人，也有人快马加鞭不断来报——

"报陛下，今日我军连续三次去使臣那方后方抢粮草，我军趁乱喊他们的话，说'魏军已至'，让对方慌乱，我军小胜！"

"报陛下，乌蛮王亲临城下，一箭将城中一将射了下去，拖马而行一里，那位将领认输，退出演兵。"

"报，乌蛮王被我方使劲拉下马，却一人连战百人，直到援军至，被救走。"

"报，魏军中的杨三郎，只带了十人冲去敌军。双方交战城下，最后带了对方百人归顺！"

"报，魏军今日小败，和乌蛮王约定歇战，然双方都去夜袭了……"

战场上的情况一遍遍传过来，文斗这边的人也听得心旌摇曳，诗歌辞赋、书画棋艺中，都带上了铿锵战意。

暮晚摇也操心那边的情况，她不断让人悄悄去问言尚可曾受伤，杨嗣可曾受伤，又私下里悄悄吩咐传话的人，让言尚没事别往战场上跑，在外面指挥指挥便好了……

战局不稳，暮晚摇听得忧心，长安儿女却听得血脉偾张，激动兴奋。连续两三日，乌蛮王、杨三郎的名声在长安儿女中传遍，都是青年才俊，武力这般强盛，这些豪爽的大魏贵族男女，恨不得亲临演兵场，好好看一看双方如何作战。然而作战不是儿戏，即便是演兵，也不是给外人看戏。这些文人才子只能扼腕，在外抱憾。恨和杨三郎不熟，恨不能亲眼看到乌蛮王的风采！

而翰林院这边反应极快，在秦王的安排下，众人刚被战局牵动神魂，翰林院这边就开始写书，为众人实时汇报演兵情况，并写诗歌辞赋大加歌颂。关键是翰林院这边的书，不是写给贵族男女看，而是直接面对普通百姓。暮晚摇听了，立刻横眉，觉得秦王是抢了文斗这里的风头。不就是写战局吗？文斗这边也行！暮晚摇让人去翰林院那边打听情况，让那群学士停笔。

刘若竹刚刚结束和一人的画作比试，之后又全程围观了公主发火。暮晚摇将秦王咬牙切齿地骂了一通，就派人去翰林院那边，说要寻个由头把那些文人都关起来，不要搅局。

刘若竹申请："殿下，我能去吗？"

暮晚摇看她一眼，目色一闪，想翰林院那里应该不好意思欺负宰相家里的小娘子，就把刘若竹也派了过去。刘若竹走后，暮晚摇心里有主意，想找皇帝做主，便也出去了。

而刘若竹过去时，翰林院那边支开架势，如同说评书一般，拉开案几，案上飞笔飞纸，数位士人提笔写书。一个年轻学士坐于一旁，那些人写的书便被交给他，而一旦他点头，这些写好的书才会传出去，给这些站在帐外的长安男女围观。这年轻官员不仅检阅旁人的文字，自己也提笔写字。

公主派来的人进去对翰林院的学士们喊停，长安男女们不满地在帐外阻拦。

刘若竹站在人群中，左看看，右看看。来传话的人对那掌着所有人笔墨的年轻学士说这是公主的意思。这位年轻学士皱了下眉，敷衍道："你们看，外面这些人正等着看，翰林院也是为大家传书，大家都对演兵有兴趣。公主何必阻拦呢？"

下方年轻男女们立刻迎合："是呀，文斗那边已经揽了世家贵族，我们这些寒门出身的，凑不过去，总不能都不让我们知道演兵情况吧？我们也很关心魏军啊。"

他们七嘴八舌，说得公主派来传话的人手足无措，只虎着脸："放肆！"

刘若竹立在人群中，见那安然坐在矮凳上、挑拨离间的年轻官员露出一丝笑，将手中自己刚刚写好、还散发着墨香的册子递给旁边一小吏，继续传下去。刘若竹趁着乱挤到最前方，在旁人忙着吵架时，她踮着脚硬是把这本新写的册子抢了过来。被人群推挤，刘若竹左摇右晃，却努力低头，打开册子看起来。见题目是《长安英豪录》，刘若竹皱眉，心想：好大的口气。她抬目，看了对方一眼。却一怔，见那个年轻官员正盯着她，显然已经发现了她。

刘若竹慌得心一跳，连忙当作没看见，低头快速翻阅。这人的文才极好，写得也十分有趣。匆匆览阅，很难挑到毛病，然而——刘若竹努力大声："既然写的是'英豪录'，为何只记演兵，不记文斗？只记男子，不记女子？难道在翰林院学士们眼中，我等女儿这边的文斗毫无意义，只有演兵那里才有

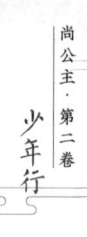

趣吗？"

年轻官员一怔。他发现这个小娘子躲在人群里，应当是公主派来为难翰林院的人，却不想这小娘子还真的敢开口，瞪大眼睛看他。

刘若竹抱着册子，鼓起勇气，高声努力压过所有人："你所写的文章不公！你自己写得都不公，凭什么检阅旁人的？我们想看的是真正的'英豪录'，而不是你这样只将男子写进去的英豪录。"

年轻官员哂笑："娘子不要开玩笑了。这本就是写演兵的……"

刘若竹硬着头皮："反正你写得不对，我不服！"

年轻官员敷衍道："英豪也只有男子，我确实只见过男子，你不要胡搅蛮缠……"

众男女愤怒地盯着刘若竹，发现这个喋喋不休的女子竟然出现在人群中。他们担心翰林院听了这个娘子的话就停了这书，顿时围攻刘若竹。刘若竹被众人吓唬得脸红，却抱着册子不肯让步。

那年轻官员诧异地盯着刘若竹，见她竟然还不跑。翰林院这边帐外闹腾着，听到女子清越朗声："吵什么吵？刘娘子说得哪里不对了？既有演兵，又有文斗。既有男子，又有女子。何以口气这么大的《长安英豪录》都出来了，里面的英豪却没有我们女子？"

众人齐齐回头，本要发火，却见是丹阳公主来了，然后更加恐慌。因不仅暮晚摇来了，皇帝也来了。暮晚摇把皇帝搬过来，一起看戏了。

双方争执，各执一词。皇帝沉吟，最后向暮晚摇道："如此确实不公。尔等女子的文斗，当写书《长安女儿行》；演兵所战，翰林院当写《长安少年行》；而朕也想凑个你们年轻人的热闹。你……"

皇帝看向那个年轻的翰林学士，那人连忙躬身："臣名林道，字衍之。"

皇帝点头："那林爱卿，朕就借你的《长安英豪录》这个题目，记下今日盛事吧。"

林道自然说好。笔墨伺候，暮晚摇又提起，三本书，都由皇帝题记。皇帝看一眼她，笑着应下。

夜幕降临，演兵场中，言尚和杨嗣已分兵。

一个叫韩束行的人来自公主府，这人和蒙在石身形十分相似，原本要被公主拿来伪装乌蛮王。如今派不上用场，言尚却用了这个人，几次让这个人混在军队中，去敌军后方的军营骚扰，截取对方粮草。只是前两日都是韩束行和其他兵士一同行动。这一晚，言尚领着他们，亲自偷袭敌军。杨嗣没有和他们合兵，而是只领了百来人脱队，不知行踪。

乌蛮王留了人看守阵营，自己趁着夜黑风高，前去袭击魏军的粮草，势必要将魏军在今夜一网打尽。

魏军中，主队离开，韦树坐在帐中看账目时，忽听到外面兵马乱了起来，一把火烧了起来……他缓缓放下账目，知道最后这个阵，他得帮言尚和杨嗣拖时间了。

乐游原中，杯酒交错，各方儿女相候，等着陛下笔墨。皇帝闭目片刻，缓声为三篇文念同一题记："祐和二十三年春，风调雨顺，百使来朝，贺朕之寿。颂不辍工，笔无停史，乃歌乃讴……功过千秋，特留三书缀记：女儿行、少年行、英豪录。愿我大魏，运膺九五，泽垂万世！"

第二十六章

乌蛮王所领的阵营，入夜后没多久，营中乱起，四面八方各种语言的话传了起来——

"大魏军攻过来了！"

"快起来，别睡了！我们的营地被大魏军攻了！"

然而连续三日的骚扰，让营地使臣团的将士们失去了兴趣。这几日来，魏军一直来扰，却兵力极弱，根本起不到什么太大作用。何况今夜乌蛮王带领大批军队去进攻魏军，若是乌蛮王赢了，营地这点损失不值一提。将士们骂骂咧咧，懒懒散散，漫不经心地拿着武器出去迎战。然而一出去，发现营中四方火起，黑压压的人影在营中乱窜。一旦碰面，毫不犹豫，魏军不如前两日那般躲，而是直接迎上攻杀！营中将士凛然，发现这一次魏军是真的大举进攻了！

各方语言顿时混乱："他们是奔着粮草来的！别让他们抢走了！"

"快，真的是魏军！兄弟们，咱们让他们有去无回！"

语言混乱，沟通极难。然而忽有一将登上高处，一声长啸，吸引了营中将士的注意力。黑漆漆的天幕下，一把旗帜插在角楼上，变换着挥动顺序。而在旗帜的不断挥舞中，乌蛮王所领营地恢复了秩序，开始组织起来对抗魏军。那将军费力地亲自舞着旗帜，才让一团散沙的军队重新规整。他擦把汗时，忽感一阵危机，往后一看，凛冽夜风中，嗖嗖声震，一支寒箭破开夜雾，向楼上挥着旗帜的他射来！这位异族将军骇然间猛地向外跳出，扔了手中旗，高声大喊："魏军骑射手也来了！我等不可掉以轻心！"

　　而魏军中，言尚放下手中的弓。旁边跟着他的兵士可惜道："如果在真的战场上，方才郎君那支箭就能杀人了。"

　　言尚笑着摇头："若是真的战场，我也不会这般冒进。不过敌军这么快就学会用旗语交流，用旗语代替他们各自不同的语言，当是乌蛮王想出的法子。乌蛮王人不在营中，都能让兵士这么快集中起来。他也不过训兵不到一月，确实了不起。"

　　黑夜中，韩束行跟在他旁边，当敌军冲来要对射手出击时，韩束行几乎是贴身保护言尚的安危。在营中穿行，韩束行亦步亦趋地跟着言尚。韩束行因为是暮晚摇特意找来的，本就是乌蛮人，在这个营中便不显眼。而他跟言尚在一起，当有人发现，诧异他似乎不是大魏军人时，不等敌军先反应，韩束行就先出手，将人敲晕，或直接让人投降。

　　投降的人总是惊奇地哇哇叫着："你到底是谁？你不是大魏人啊。怎么帮大魏军队？难道我军出了叛徒？"

　　韩束行高大魁梧，面上一道疤痕横过半张脸，狰狞森然。他兀自不理会那些敌军的叫嚷，一直跟在言尚身后。

　　言尚道："该你出手了。"

　　韩束行抱拳："郎君保重。"说罢毫不犹豫地转身，身后他的位置由其他魏军士兵补上。而韩束行凭借自己异族的相貌，深入营中，轻而易举。韩束行的身形和蒙在石相似，黑漆漆的夜战中，敌军到底缺少总指挥。而韩束行抓住一将军，就厉声说着乌蛮话："不要管粮草了！敌军从东面袭来，我们去东面迎战。"

　　被抓住的将军诧异："乌蛮王？你不是去偷袭魏军了吗？"

　　韩束行靠着众人对乌蛮王的不熟悉，伪装着那位王者，开始故作生疏地说起大魏话："我的行踪要是被所有人掌握，这场战就不必我来指挥了。"

被抓住的将军毫不犹豫地信服，转身就去执行韩束行的命令。而韩束行再往营中混得更深，到处传播谣言。乌蛮王所领的这支军队驻守营地，实力也不弱，却在深夜中被搅得一团乱。营中深处运放粮草的营帐被放了火，浓浓凶焰燃烧时，他们还在英武无比地和魏军直接冲突。因为乌蛮王说了，不必在意粮草！只要他们守住营地，大部队很快会来接应！

鼓声密集，号角声雄。众马奔腾，尘土扬烟。咚咚咚的鼓声振奋人心，乌蛮王领着大批军队，在摸清楚魏军的实力后，毫不犹豫地选择大部队夜袭。晚上不利于作战。但恰因为不利，反而成了利处。乌蛮王列马布阵，抽出腰间长刀，一径指向魏军城楼后的营地。他的英武之气，感染了所有人："儿郎们，随我冲——"

乌蛮王所领军队所向披靡，不管是魏军临时所搭的城楼前挖的渠沟，还是越修越高的城楼，都被这些敌军一力摧毁。敌军用上一切手头的工具，什么铁索、链条、马刺……轰轰间，魏军只能一退再退。敌人骑兵攻入城中，魏军抵抗几次，却次次后退。实在是蒙在石所领的军队气势太强，战术又成熟。魏军这边许多兵士看到对方狰狞的面孔，就先吓破了胆。当蒙在石的铁蹄跨过第一道沟渠时，魏军的骑兵还在匆匆列阵，然而随着敌军攻入太快，骑兵阵列不完，只能让步兵出击。

在平原，骑兵是最强者。十里和百里的距离，在骑兵面前毫无区别。在战场上，在冷兵器时代，骑兵就是当之无愧的王者。然而骑兵出击，要先列阵，先有距离。一旦距离没有了，骑兵便无法冲出去。如今魏军便被兵临城下的乌蛮王军队逼入了这般尴尬的境地——乌蛮王来得太快了。这里才收到消息，开始列阵，敌军骑兵已经冲到了楼前。这么快的速度，魏军无法给骑兵列阵，只能用步兵、弓弩手迎战对方的骑兵。而在黑夜中，弓弩手的作用实在有限。步兵在骑兵的攻杀下溃败极快。魏军危矣！

几个将军留守阵地，听到外面危机战报不断传来，几人面色铁青。虽然中枢的命令本就是让他们败，虽然他们在这里是为了给言尚争取时间……然而败得这么快，仍让人大受打击。败得这么容易，连点像样的抵抗都没有，中枢会责怪吧？

几位将军讨论时，营帐门忽然被掀开，一道少年郎君的声音传来："为什么不让骑兵出战？"

几人抬头，见是韦树。韦树眉清目秀，这次又一直是负责管理粮草的，兼之沉默寡言，在营中便如透明人一般。

　　混乱中，韦树这个从不关心他们战事的少年郎君掀帘而入，指责他们，几个将军面露难堪，道："骑兵无法列阵，冲不出去。这是我们打仗的事，你懂什么？"

　　韦树不理会他们的质疑，道："怎么无法列阵？将所有营地推翻，将后方锅碗砸掉，腾出地方来，不就能列阵了？"

　　几位将军一呆，然后道："你要毁粮草营？那我们明日吃什么？"

　　韦树眉目冷淡："我已让一批兵士背着一些粮草逃了出去，就算粮草、锅碗全毁了，只要熬过明天晌午，演兵就结束了。半天而已，饿不死人的。"

　　几位将军都是少年才俊，一开始不过是想不到如此破釜沉舟的法子。如今韦树一提，他们也并非不能决断。几人当即拍案："好！传令下去，铲平推翻营地，骑兵列阵！我等今夜在此，和敌军真正较量一场！虽然我们要输，但也不能太便宜了乌蛮王！"

　　说动几位将军，韦树便出了营，赶去看粮草。敌军先锋如今已经在城中开始穿梭，只是大批军队还被阻隔而已。但想来也阻不了多久，韦树要抓紧时间转移粮草，给己方骑兵留出冲杀的空地。作为一个后勤人员，他只用保证明日粮草不至于饿死人就行了。

　　四处战火烧起，敌我两军相战，韦树看到打斗就绕开，又凭借跟着的兵士保护，一路往粮草营去。突然，一把长刀从黑刺中向韦树砸来，悄无声息，无人反应。那刀到了跟前才带了森寒锐意，逼得韦树抬了目，怔然看去。刀横劈而来，持刀的敌人威武十分，操着不熟的大魏话："快些认输！"

　　韦树抿唇不语：这般紧要关头，他若认输，粮草营谁负责？他自然会认输，但不是现在。韦树兀自不语，敌人便也不停刀，刀直接劈了过来。演兵不至于死人，受伤却是在所难免。韦树被刀逼得趔趄后退，几个兵士上来阻拦，却被更多的敌军围住解决。韦树摔倒在地，头顶刀要劈下时，他仍不肯开口认输。刀即将刺上他的胸口，斜刺里，忽有一只手伸出，将韦树扯了起来。而那人身子一旋，两掌相合，抵住了刺来的刀。一声娇喝后，腰间刀拔出，迎上敌人。

　　兵器相撞，火花迎目。敌人咦一声："你是女子？好男不和女斗。"

　　这女子武力这般好，声音却十分娇脆："斗不过女子才说这种大话！"

这位突然冒出的女郎，自然是赵灵妃。赵灵妃一手拉着韦树，一手迎敌。敌人在她这里得不到好处，火冒三丈之余，只好退走。而赵灵妃回头，看向韦树。

韦树眉目仍冷冷清清的，浮着一层雪光。二人同时开口——

赵灵妃瞪眼："怎么不直接认输？"

韦树："你从哪里冒出来的？"

然后二人同时一呆。

赵灵妃鼓起腮："我一直跟着你啊！言二哥让我保护你，你以为我是那么不负责的人，丢下你就跑了吗？"

韦树后退一步，将手背后，微侧过脸，抿唇，微有些纠结地皱眉。他混乱地想："一直跟着他"是什么意思？他干什么她都知道？他没有干什么奇怪的事吧？

号角声响得更急了。听到急促号角声，赵灵妃和韦树都抬头去听。然后韦树的手腕再次被赵灵妃拉住，她语速极快："敌军又冲城了！跟我走——"

韦树："不。我要去粮草营。"

赵灵妃："什么时候了你还顾粮草？那里敌人肯定特别多，我可应付不了。"

韦树没说话，赵灵妃便以为他认同自己了。结果赵灵妃只是松开韦树的手腕，想把自己的刀换只手握，韦树转身就走了。看那方向，他还是去粮草营。

赵灵妃跺脚，嚷道："喂——你能不能说话啊！就算你非要去，你好好跟我说一声行不行……我们是搭档不是敌人哎。喂你等等我，你小心直接撞到乌蛮王手里，还不得我救你！你说句话呀？言二哥怎么让我守着你这个闷葫芦啊，你憋死我了！"骂骂咧咧，赵灵妃却还是气冲冲地去追韦树了。

立在高山上，乌蛮王所领的军队在冲城不到半个时辰，大部队就破了魏军城门。然后城门劈开，乌蛮王军队和魏军骑兵对上。蒙在石丝毫不惧，一马当先，率先迎战。双方杀红了眼，免不得开始有了死亡，然而双方都不在意了。大杀四方时，蒙在石得到消息，说己方营阵传来急报，请乌蛮王回去支援。

蒙在石冷声道："让他们撑着。"

来报的人:"大王,撑不住了……是言二郎亲自领人来烧我军粮草,还找人伪装成了你,我们一开始都被骗了,损失惨重……"

蒙在石:"等我解决了这边,再回去支援。封锁消息,除我以外,不许将消息传给任何人。若敢乱我军心,我拿你当叛徒来耍!"

乌蛮王岿然不动,俨然是要拼着己方阵营损失严重,也要将魏军拿下。来报的人没办法,只能听大王的命令。这一场战争持续了两个时辰,时间过了子夜,已经到了演兵的第四日,乌蛮王才让所有魏军投降,赢了这场战。而解决大部军队后,乌蛮王毫不留恋,骑马掉头就走,带领军队前去支援自己的营地。

两方军队交战,中间有一道口袋形的峡谷,此峡谷朝着使臣军队那边的方向,易守不易攻。而此峡谷又是回阵营的最短路程,蒙在石只短暂思考一瞬,就选择此路。

浓密的云层遮挡住了天上的月光,林中树木阴阴,马踏尘飞。数千骑兵跟随蒙在石回援营地。而进了这道峡谷,最前方的蒙在石忽然抬臂,握缰勒马。胯下马匹一声长嘶,四蹄高溅,蒙在石稳稳坐在马背上,与峡谷另一边、领着百来人堵路的杨嗣杨三郎对上。

蒙在石厉声道:"让路!"

杨嗣骑在马上,对他这边的千军万马随意地笑了一声:"粮草还没烧干净呢,我怎么可能让路?不过乌蛮王,你们动作慢了啊。让我一顿好等,快等睡着了。"

蒙在石:"杨三郎,你不过百人骑兵,而我方大部队千余人,你以为你能拦住我?即使借着地形优势,你也阻拦不了我!不如早些投降,少些损失。这样向你们首领汇报的时候,面上能好看些。"

杨嗣垂目,脸上浮起似是而非的笑意,再缓缓抬头,目光和蒙在石对上。二人眼中都是杀意,都想起南山那一次没有结束的战斗。杨嗣一字一句:"可惜我这人不求战报好看,只求和乌蛮王一战——来吧!"

话音一落,他率先纵马奔前,身后的儿郎们紧随其后。乌蛮王那边也毫不犹豫,一手挥下,千军冲出。两支军队在峡谷中撞上,天上无月,尽是夜战的好时机!

杨嗣凭借地形和极强的机动性,竟真的在这口袋形的峡谷方位阻拦住了想冲出去的敌军。杨嗣也是战意酣畅，领着队伍打得淋漓。不断有人投降，杨嗣这边的百人也不断被拉下马。而杨嗣一往无前，英勇之势，让敌军骇然，竟在敌军中开了一个口子。

蒙在石："围住他！射他下马！活捉杨三郎，对方就不战而溃了！"

杨嗣大笑。双方交战，林中飞鸟惶惶飞出。杨嗣这般少年豪侠，越战越是精力蓬勃。数十骑兵围着他，都不能让他下马。然而随着时间拖延，杨嗣这边到底是人少些。四方箭支乱射中，终于让杨嗣座下的宝马轰然倒地。

敌军振奋地说："他终于下马了！冲！"

杨嗣从马上跃下，在地上翻滚，躲开四方踏来的铁蹄。他才起身，一匹马就向他扬蹄踩下，将他压了下去。连蒙在石都脸色一变，心想杨嗣要是被马踩死了，就难向大魏交代了。

而只是这么一瞬，众人听到马一声凄惨长嘶，轰地倒地。而一个少年枪上沾着血迹，借马倒下之势从地上跃起。那倒在地上的马，腰腹下被枪捅破，血流如注，看得周围人一阵骇然，脸色苍白。他们看怪物一般地看向众马包围着的杨三郎。马血溅上面庞，长发掠下，沾在脸上一绺，杨三郎持枪而立，他一人之力，倒让包围他的数人迟疑，不敢迎上，怕自己的马也受伤。

蒙在石一看就知道这些乌合之众又在心疼马了，神色不变地喝道："你们又犯糊涂了吗？这是大魏提供的马，不是我们自己的！演兵只要作战，不必考虑外在因素！"蒙在石刀指向杨嗣，厉喝，"我们千余人、百匹马，还拿不下一个失了马的杨三郎吗？"

浪尘掀滚，杨嗣长枪在手，众马开始围着他转。他目光闪烁，盯着时机，随时准备抓住机会冲出马阵。然而这一次蒙在石亲自指挥，那种错误显然不太可能犯。杨嗣很快放弃那种可能，当马上的刀枪挥来时，他开始寻机抢马。

蒙在石开始烦躁："杨三郎，现在还不认输？"

杨嗣朗笑："大王可是着急了？拿下我，大王才能回援！大王不若另走一路吧！"

蒙在石："找死！"

蒙在石因一时意气，被杨嗣等不过百人堵在这里。但蒙在石很快意识到，意气用事不可取，这里的地形本就不利攻，杨嗣又这般强硬……真要在这里堵两个时辰，恐怕营地那里彻底沦陷，自己就要反胜为败了。蒙在石咬牙："收兵！我们走另一道！"

杨嗣笑道："大王说来就来，说走就走，当我们这般随意吗——"

杨嗣手中枪掷出，让人惊骇，没想到他领着这么少的兵，守就罢了，还敢攻？！

然而冷静下来，蒙在石完全不受杨嗣的激将，一边让部分人堵住杨嗣等人，一边开始撤退离开峡谷。杨嗣这边战得厉害，然而对方千余人要走，他也是真的留不住。大批军队撤出峡谷，另走一路。杨嗣一身血迹，立在峡谷前的空地上，仓皇数人跟着他。有的已经投降，有的还坚持着。然而乌蛮军队已经撤走了。

他们惶惶地想：他们这是……任务完成了？几人看向杨嗣，茫然中几许激动："三郎……我们这一路，是胜了吗？乌蛮王逃了？"

杨嗣没回答他们，向后退开三步，跌跪在地。他握着枪的手隐隐发抖，脸上的血照着眼睛，衬得一双星眸更加野性难驯。杨嗣长舒了口气，向后倒下，躺在了地上喘气。他忽然大笑："老子赢了——！"

众人愣住，然后纷纷笑起来，三三两两地坐下，开始说笑，又调笑同伴怎么那么快认输。峡谷中的气氛变得欢乐起来。不管演兵结果如何，反正他们这一路是立了功的。没有了烦恼，峡谷中少年们笑声琅琅。杨嗣仰躺在地，喘着气看头顶星空。星辰灌天，云翳遮月，之前被战斗吓飞的鸟群，小心翼翼地回归。

杨嗣闭目，好像仍能感觉到方才的热血沸腾——战斗，战场。热血，宝马……这一切，都让他迷恋。

蒙在石赶到营地，粮草已被烧光，言尚领着魏军直接投降。

天蒙蒙亮的时候，魏军全部战败，立在己方烈火燃烧后的营地上，乌蛮王所领的使臣军队，成为这场演兵的胜利者。使臣这边气氛松懈下，十分高兴，只等演兵结束。

蒙在石却脸色不好看，问旁边高兴的人："还有半天时间，我们粮草完全被烧光，你们想过这半天时间，这么多兵马吃什么喝什么吗？"

下属茫然四顾，道："……都是言二郎使诈，我们一开始没顾上粮草。"

有人乐观道："那顶多饿半天，无所谓。"

蒙在石淡漠地看着这批自己所领的乌合之众，道："真正战场上，断半天的粮，兵力就要落后一半，魏军要是再来袭，我们就完了。"

有人不高兴道："反正是演兵嘛……再说，我们是全胜。乌蛮王何必这般苛责？"

蒙在石抱臂看他们："魏军三番五次来骚扰，就是为了麻痹我们，好到最后一次魏军真正攻营的时候，我们反而放松了警惕，让他们赢了。我们大部分赢了这场仗，却连续在两个小地方吃了亏。你们管这个叫全胜？"

众人无话。蒙在石不再理会他们，抬步走向营地，查看粮草到底被烧得怎么样，还有没有剩下的。然而他若所料无差，言尚不可能给他剩下。果然没胜。站在彻底被烧干净的粮草营前，众人兴奋之后，开始烦恼要饿肚子的事。蒙在石叹口气，默然无言。这场战争虽然己方胜利了，但是得饿半天肚子……总有一种虽胜犹败的感觉啊。

言尚、杨嗣，甚至包括主动摧毁己方阵营，给骑兵列阵空地的韦树。这几人若是成长起来，将是劲敌。然而蒙在石回头看这些使臣，见他们无一人察觉，都只在烦恼饿肚子的事。他摇摇头，不再和这群乌合之众多说话了。

第四日演兵结束，众人向太子和秦王汇报情况。太子和秦王向使臣团道了辛苦，对己方的落败也不以为意。之后二人领着诸人去见陛下。

太子道："父皇一直在等着你们演兵的结果。无论输赢，今晚犒赏众将。无论是言二郎等大魏将士，还是乌蛮王所领的使臣军队……父皇说尔等都是少年英豪，还为尔等写了诗、写了文，让人谱曲，供世人传唱。"

蒙在石看向那几个大魏少年，笑道："如此，我这个异族人，倒是能活在你们大魏人的传奇里了？"

太子笑道："恐怕是如此了。大王可愿意？"

蒙在石半开玩笑道："自然是愿意的。与诸位大魏少年将军交手，让我不由感慨大魏人才辈出，让人压力极大。本王正要以此为动力，回到乌蛮后也得改进兵力了……可不能输给大魏啊。"

另一使臣在旁问："大魏皇帝在哪里？"

太子悠然远目："文斗那边已经结束，也在今日宣布结果。父皇去看六妹主持的文斗了。"

于是傍晚之下，众青年少年一起下楼，共同骑上马，在太子带领下，一路驰骋，前去拜见皇帝。乐游原本是广阔平原，和长安城中街市楼阁的鳞次栉比全然不同，不怕伤到寻常百姓，众人便放开缰绳，信马而行，纵横长道，

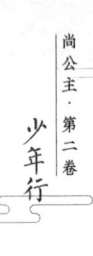

何等肆意洒脱。

而一处阁楼中，皇帝静坐，望着自己的幼女。暮晚摇红裙雪肤，坐于他旁边，正在评定文斗的结果。而皇帝看着她，正如这几日每日都长久盯着她那样。暮晚摇初时被皇帝看得心里发毛，这几日下来，已经习惯皇帝的眼神。宣布大魏赢后，暮晚摇正要挥手让人退下，然而使臣团中却有不服的。

有人说道："我们真的比大魏文才差那么多吗？公主殿下凭什么能做判者呢？难道公主对我们比的所有才艺都是个中高手吗？"

皇帝似笑非笑地看向他们。

暮晚摇抬目，望向诸人，冷淡道："不算个中高手，但都略懂。怎么，你们要我下场？"

使臣中一阵骚动，然后推出一人："这是我们中弹琴弹得最好的，公主殿下评说'如弹木头'，我等实在不服气，想知道不是木头的弹琴是怎样的。我们知道公主殿下箜篌一绝，便也不敢自取其辱。只要殿下在琴上让我们服气，殿下的判定，我等绝不质疑。"

皇帝饶有趣味地看着他们，心中一动：昔日暮晚摇被说"才乐双绝"。然而这些年不见暮晚摇再折腾这些，她的箜篌弹得还是那般好，只是琴技可有生疏。

暮晚摇看向他们，果断道："夏容，取我的琴来。"

杨花和榆花在空中飞舞，如飘飘飞絮，如片片落雪。黄昏下，数马奔腾，直向阁楼行来。道上贵族男女们、寻常百姓们听到马蹄声，连忙让开绕路。他们看到一群年轻男女骑马而来，飞卷花叶，向皇帝所在的阁楼奔去。那马上的青年、少年、郎君、女郎，都是俊美之相。如此豪气风流，青春年华，让人生起欣羡。

有认出来的道："这不是乌蛮王吗？演兵已经结束了？谁赢了？"

有人掰着手指头数人头："那是乌蛮王蒙在石，那是杨三郎杨嗣，那是言二郎言尚，那边是韦七郎韦树……咦，怎么还有女子？是赵五娘赵灵妃啊。"

"他们都刚刚从演兵场上退下吗？"

众男女骑马从人前一掠而过，到了皇帝所在的阁楼前，一一停了下来。天地阒寂，他们听到楼上传来琴声，不觉抬头去看。看到丹阳公主坐在窗下，手拨动琴弦,汩汩琴声从纤纤指下挥出,曲调悠然中,带几分肆意杀气。天上层云密密,红霞满天,女郎坐于高楼,弹琴之际,低下眼睛向他们看来。言尚、杨嗣、韦树、蒙在石、赵灵妃都怔然而望,听着悠然琴声,如同置身高山流水的玄妙世界中。

杨花飞絮满天飞,霞云切切宛如织,琴音绕梁跃清泉。有美一人,坐于高楼。望之悦目,见之心喜。永不能忘。霞云满天,天幕暗下。灯笼渐次点燃,灯火摇曳。

忽有内臣打断诸人的畅想:"陛下传膳了,诸位随老奴上楼吧!"

第二十七章

皇帝在高楼上召见了诸人。暮晚摇坐在琴旁抚弄弦丝,看到他们上楼时,与他们对了一眼,就垂下眼。楼阁一琴曲,惹人惊艳,而再见到公主本人这般冷淡,众少年郎都觉得这才是公主该有的样子。

作为胜者一方,乌蛮王一定是要大力赞赏的;而面对输了的大魏少将们,皇帝也不生气,还在乌蛮王得到赏赐后和众使臣离席去均分后,问他们是如何打仗的。如此少年们一说,就突出了言尚和杨嗣的才能。

杨嗣将才之能,自不必说。他凭百人将乌蛮王上千人阻在峡谷,虽有地形缘故,但本身能力显然更重要。皇帝看着下方那个意气风发、站姿笔挺的杨家三郎,点头:"杨嗣? 很好。"

太子在旁边听他们一通论功论赏,一直面无表情。等到听杨嗣在峡谷危急时候,太子忍不住身子前倾了一些,皱起了眉;而皇帝夸一声杨嗣,太子神色仍是淡的,眼中却忍不住带上了一丝放松般的笑意,身子重新坐稳了回去。太子和杨嗣对视一眼,杨嗣对他露出笑,依然是那般无所谓的、肆意的模样。

皇帝面向韦树,道:"韦爱卿只是守后方,有点大材小用。不过爱卿这般沉稳,后方交给你,他们都是放心的。"

最后皇帝看向言尚,目光变得复杂。言尚这个名字,从郑氏家主死,就一直频频被他听到。哪怕皇帝不刻意留心这个人,这个人的才能也无法被淹

223

没。小小一个中书省主事，居然能在演兵中将中枢的命令执行得如此完美。这个人……皇帝看一眼旁边抚琴的幼女，幼女冷冷淡淡地低着头拨弦，好像对这边的言尚完全不在意的样子。皇帝却不太信她不在意了。当初为二人指婚，暮晚摇还拒绝；但上个月南山之事后，暮晚摇还能如何否认？

皇帝沉默一下，叹道："杨三是将才不假，就是恐怕谁都想不到，你竟然有帅才之能。"

将领兵，帅领将。兵士易得，将帅难求。大魏新一代的年轻人已经成长了起来。皇帝不禁想，也许自己百年之后，世家问题彻底被解决，边关国土，四方小国，都是这些年轻人发挥的时候了。

暮晚摇那边听得心中紧张，秦王听得也是神色一绷。将才？帅才？这夸得也太过了。秦王怕皇帝夸杨嗣和言尚，夸着夸着就把这两人派到兵部来给自己添堵。这不就便宜太子了？

幸而皇帝就只是夸了一下，并没有那种当场派官的兴致。不过众人都心知肚明，杨嗣、言尚、韦树三人此后都是要升官的。只是如何升，就需要中书省和吏部研究了。秦王倒是有心想在吏部卡一卡……只是尚且犹豫。

皇帝给几人赏赐了良田良宅、珍品财宝，就连赵五娘赵灵妃都被皇帝问了问，赏了一通。想来赵灵妃的父亲要是知道女儿干了什么，又得吓得晕厥过去。

皇帝赐宴后，内宦见皇帝面露疲态，就吩咐几个少年下去，说陛下该吃药了。

暮晚摇便也找借口出去。看出她要走时，皇帝神色顿了一下，似乎有让她留下的意思。但暮晚摇当作没看懂皇帝的暗示，走得毫不留恋，听到身后中年男人一声苦涩的轻叹。

暮晚摇下了楼就四处寻人。她在杨柳树荫下走动，伸长脖子四处张望。侍女夏容轻轻扯了一下她的衣袖，暮晚摇顺着侍女的指示，看到了一棵长垂柳下，少年郎君靠树而站。见到美少年，她一下子目露笑意。夏容等侍女等在数丈外，帮公主放风。暮晚摇咳嗽一下，就走向垂柳下。

言尚靠着树身，仰头看着头顶树叶缝隙。他似在看着虚空出神，不知又在想什么。如松如竹，洁净无比，端静安素，连阳光都不忍心打扰。暮晚摇却重重扯了一下他的袖子，将他拉得趔趄，差点被她拽倒。

言尚回头,看到她出现,目中刚浮起丝丝笑意,暮晚摇就板着脸:"又在想什么呢? 是不是在算计什么人,打算做什么坏事呀?"

言尚轻斥:"又胡说。"方才她在楼上时不理人,而今下来时特意来找他,让他心中生起微微欢喜。又是数日不见,言尚不觉有些留恋地看她。他想靠近她,但又顾忌着人来人往,不好放肆。便只是看。

而他只是垂眸俯睫,微微含笑看暮晚摇,目中缱绻温情,便看得暮晚摇心跳怦怦。小公主侧过脸,脸颊晕染出一层薄粉色。言尚咳嗽。暮晚摇瞪来:"又咳嗽! 见不得人啊?"

言尚无奈,抱怨了一句:"殿下怎么又说我?"

暮晚摇心想:喜欢你,看你好欺负,才总说你呀。她面色如常,扯着他袖子就要将他往她身边扯。她硬是拖拽着言尚躲去树后说话,对他上下其手摸了一通,一迭声问他战场好不好玩,有没有受伤。而看到他颈下一道小口子,暮晚摇就吊着眉,骂杨嗣不知道护人,骂护卫没用。

言尚:"好了好了,一点小伤而已。"

暮晚摇看回来,见他遮掩着衣领,将她揉乱的袍子重新理顺。她端详他,看到他低着头,面容微绷,眼下耳上透红一片。暮晚摇斜目:"你又开始紧张了。"

言尚叹气:"对不起。"

暮晚摇抿唇:"不要为这种事道歉。"她眼珠转了转,想向他依偎过去,却见他绷着身后退了一步,抬目看她一眼。暮晚摇无言片刻,心里暗恼:迟早在外面办了他,让他总这样! 暮晚摇愤愤不平,换平时早就沉脸骂人了,但也许是好几日不见言尚,她心里喜欢,便舍不得骂他矫情。暮晚摇眼珠转了转,忽笑问:"你听到我刚才弹的琴了?"

言尚点头,目露一丝向往,轻声:"我只知道殿下箜篌奏得好,没想到琴也弹得好。"

暮晚摇哼笑:"我不光琴弹得好,唱小曲也好听。"

言尚睫毛颤一下,向她望来,眼如清水。

暮晚摇问:"你会弹琴吗?"

言尚摇头,低声:"我光是读书就很艰难了,哪有那般精力去学琴,熏陶情操?"

暮晚摇便笑盈盈,伸手来拉他手腕。暮晚摇:"那我教你呀?"

言尚笑一下，温声："好呀。"

暮晚摇道："今晚来找我。"

言尚没适应她这突然转变的话题，愣了一下："啊？"

暮晚摇用美目撩他："教你弹琴啊。"

言尚："教我弹琴，也不急在一时吧。我今晚约了人……"

暮晚摇不耐烦："推掉！"

言尚好声好气："殿下，这样不好。已经和人有约……"

她一下子瞪他："明明是我先和你约好的！要赴约也是先赴我的约！闲杂人等都要靠后。"

言尚不解："我何时和殿下有约了？"

暮晚摇白他："我当日和你约好，演兵结束后送你一份大礼，你忘了？今晚必须来找我，我送你大礼。"

言尚微怔。一时沉默。气氛变得古怪。暮晚摇以为他这个人这么单纯，一定没听懂。她不放心地走近他一步，晃了晃抓着他的手腕，再次强调："今晚必须来找我！过期不候！"

半响，言尚抬目，轻轻看了她一眼。暮晚摇火急火燎中碰上他这一眼，心中一静，瞬间明白言尚听懂了。啊……是。他是很聪明的。焦躁的气氛褪去，变得有几分柔媚。暮晚摇也不生气了，笑吟吟地戳了戳他的手臂："怎么了？"

言尚有点尴尬，又有点僵硬，还有许多羞赧。他有时真恨自己心思太机敏，一下子就懂了暮晚摇的什么意思。原来她说的大礼，就是这个……言尚慢吞吞道："……必须今晚啊？"

暮晚摇瞥他："怎么？言二郎有什么意见？"

言尚："我没有做好准备……"

暮晚摇匪夷所思："有什么好准备的？你还真的要沐浴焚香，或者是研究一下？不用研究，有我在呢。"

言尚："……"

他半天不说话，暮晚摇强硬地自行决定了时间场合，外头守着的夏容喊有人来了，暮晚摇当即丢开言尚跑了。跑出几步，暮晚摇回头，见言尚仍在原地看她，目光温润。

言尚、韦树、杨嗣三人一同去赴晚宴，内宦自然将他们这些和演兵有关的人分在一处坐着。有趣的是，赵灵妃也兴奋地、蹦蹦跳跳地跟在几人身后："我刚才听人说，陛下给我们题了记，翰林院那些才子写了一首《长安英豪录》，就是为此事写的！听说他们跑去编曲子唱了，很快这首诗就会传遍大江南北吧？"

杨嗣不耐烦："关你什么事啊？你这么兴奋干什么？"

赵灵妃幻想道："我还没看到'英豪录'，但是我听说了丹阳公主和翰林院的争执，我觉得，说不定我也能被写进诗里去啊。"

杨嗣嗤笑："你做梦吧。"

赵灵妃气道："你这个浑蛋！"她不理会杨嗣了，追上言尚，"言二哥？言二哥你在发什么呆？你说呢？"

言尚回神，神色微微缩了一下。一旁的韦树一下子看出言尚是走神了，便低声解围："那个娘子说的是'长安英豪录'。"

赵灵妃看向韦树，不可置信："我们好歹相识一场，你居然叫我'那个娘子'？"

韦树困惑，抿唇。

言尚笑着解围："巨源，这位是赵家五娘、杨三郎的表妹，闺名唤作赵灵妃。"

赵灵妃捂住心口，有些受伤：……保护了韦小郎君好几天，他都没记住她名字？难道言二哥相交的朋友，都和他一样没心没肺吗？

正这般幽怨着，旁边传来一声清婉女声，为他们几人解释："赵娘子说的'长安英豪录'的事是真的。你们几位都有被写进去，翰林院那里已经去编曲了，我这里有原稿，几位郎君娘子要看吗？"

言尚回身，见是刘若竹领着侍女，正在对他们笑。言尚和刘若竹互相见礼后，又为几人互相介绍。赵灵妃对刘若竹口中的诗作很有兴趣，杨嗣却不在意："吹捧的诗罢了，能有什么文采？倒也不必念给我听。"

刘若竹蹙了下眉，杨嗣不屑，她反而生了坚持之心，道："郎君没有听，就断定写得不好了吗？岂不是将翰林院的辛苦视作无用？几位郎君、娘子且等等，我去寻翰林院的人来为诸位解说。"

旁边插入一道青年好奇的声音："我能听听吗？"

他们侧头看去，见是不知何时站在旁边听他们说话的乌蛮王蒙在石。刘若竹对蒙在石笑了笑，柔声道："诗中也有写到大王，大王自然可以听一听。"

半个时辰后，数位演兵中相识的少年青年们露天围宴，坐在各自几案前用膳，中间围出一圈空地，烧着篝火。而刘若竹忙忙碌碌，特意领来了一位翰林院的年轻郎君。

刘若竹还没介绍，言尚先行礼："衍之，怎么是你？"

翰林院的学士林道本神色冷淡，可有可无地被刘若竹扯过来，对这一桌演兵的人都没什么兴趣。毕竟文士和武士自古互相看不起。然而林道见到席上的言尚，倒露出笑，连忙拱手："素臣也在这边？"

刘若竹诧异："言二哥，你们认识？"

言尚微笑："我去翰林院借一些资料时和林兄认识的。"

刘若竹似懂非懂地点头，韦树则偏头看来一眼。见言尚和对方客气交流，又领着对方介绍给他们。但韦树看了半天，觉得还是自己和言二哥的关系更好些，便不在意地继续扭过脸，安静坐着了。

赵灵妃在旁边憋慌无比，郁闷地看看左边的韦树，再看看右座的杨嗣。想了想，赵灵妃还是凑过去和杨嗣聊天了。

而刘若竹不光将翰林院的学士请来，还请来了宫廷御用的乐师和歌女们。乐师和歌女坐在旁边，拿着各自的乐器，做出准备奏乐的模样。众人诧异。

翰林院来的林道看了刘若竹一眼，又看在言尚的面子上，淡笑着和他们解释："刘娘子说你们想听'长安英豪录'，正好我们这里刚刚编好了曲。第一次弹唱，你们听听，看有没有什么意见。"

刘若竹柔声补充："林郎的才学极好，曲子必然也是极好的。"

林道矜淡一笑，负手而立，示意乐师们奏乐。悠扬曲声响，丝竹声先开。众郎君们本是给面子地听一听，并不在意，然而紧接着，鼓声加入，编钟声加入，曲中瞬间多了铿锵决然之意。如杨嗣这样的人，当即便停了自己举着酒樽的手，侧头看向那些乐师。

乐师们旁边坐着的歌女还未开唱，先由林道肃声诵读陛下的题字："祐和二十三年春，风调雨顺，百使来朝，贺朕之寿。颂不辍工，笔无停史，乃歌乃讴……功过千秋，特留三书缀记：女儿行、少年行、英豪录。愿我大魏，运膺九五，泽垂万世！"

言尚目光沉静，轻声："果真澎湃，英豪之气扑面而来。"

之后，歌女还是唱曲。杨嗣手指搭在案上，低头聆听，侧脸冷然无比。歌女的声音不如平日那般柔婉，而是清亮无比，越唱音调越高。音乐越急，歌曲越激昂……所有人都停下了觥筹交错，去听那曲声。

曲声第一段落低下的时候，杨嗣淡淡一声："好有气魄的诗。"话音一落，他瞬间站起，抽出腰间白虹一般的长剑，掠入了正中空地。

"长安英豪录"第二段落开始的时候，杨嗣便跟着乐声，开始舞剑。少年郎君剑意锋利，一往无前，配着歌女的声音，何等飒然！

蒙在石当即一声喝："好！"他大笑，"曲是好曲，宴是好宴！本王也来为尔等助兴——"蒙在石抽身而出，腰间剑被他取出，如雪寒光，刺向杨嗣。杨嗣回身格挡，蒙在石再攻！二人在席间舞剑，且战且歌，且舞且狂……

众人纷纷喝彩："好剑舞！难得一见！"

暮晚摇跟在皇帝身边吃宴，却听得楼下喧哗热闹，情不自禁地派人去问，弄清楚下面在乐什么后便坐不住了。她从皇帝宴席这里抱了一坛酒，就随便找个借口，下去找那些儿郎们喝酒了。

皇帝没拦住，又让她给溜走了。大内总管见皇帝脸色郁郁，便忙安排刘文吉跟上去打探一下那些儿郎们在笑闹些什么。隔着这么远，竟把公主拐走了？

杨嗣和蒙在石剑舞肆意，气势如虹，围在此席周边的人越来越多。

言尚静静而坐，带着极淡的笑看着他们舞剑，忽听到身后婉婉慵懒的女声："你们在干什么？这么热闹？"

杨嗣和蒙在石都停下，看向她。见女郎腰肢如柳，款款扶风而来，既端庄大气，又妩媚风情。唱曲声还在继续，暮晚摇听了一下，若有所思，笑道："你们在听'长安英豪录'吗？那也应该听一听'女儿行'和'少年行'。"

翰林学士林道在旁边道："还未曾编曲。"

暮晚摇扬眉："这有什么难的？我现在就编给你们。取笔墨来。"

众人顿时惊喜。连林道都喜不自胜："昔年听说丹阳公主博于才，精于乐，绝于貌，未曾有缘见识。今日竟有这般荣幸吗？"

暮晚摇翘唇一笑，坐了下来。她特意坐在言尚旁边，将酒坛递给他，还

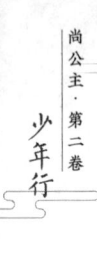

多嘴一句:"不许偷喝。"

言尚笑着摇头。笔墨送来后,他跪在她身旁,亲自为她磨砚。暮晚摇看他一眼,又见众儿郎女郎都期待地等着,她便只抿唇一笑,低头开始写曲子了。

管弦乐声重新弹奏,"长安女儿行""长安少年行",于此夜见众。歌女和乐师试着弹唱,杨嗣在场中舞剑,蒙在石为他做伴。韦树静谧地坐在一旁。赵灵妃和刘若竹不知何时坐到了一起,悄悄说着话。席上加了一空座,林道坐在旁边,盯着两个女郎不要喝醉酒。

暮晚摇靠着言尚,在欢声笑语中,悄悄伸出袖子,袖中的手握住他。他目光平直看着前方,好似完全没察觉一般。暮晚摇便低笑,故作经不住酒,轻轻地靠在他肩上。

寒夜歌声曲声动人,宴席上风采无双。觥筹交错,众儿女欢声笑语不绝,飘在酒液清池上,夜间暖风融融。站在黑暗和灯火交映的角落里,刘文吉怔怔看着那些年轻男女的肆意。看到他们的风流不羁,看到大好前程、盛世画卷在他们的手下铺陈开。他们有美好的未来可期,而他只有无尽的黑暗吞噬。刘文吉压下心头翻涌的嫉妒、绝望、愤恨、羡慕,扭过身,提着灯笼回去交差了。

宴席一直热闹到深夜,众人才停了。都是贵族男女,他们在樊川都有居住的地方,就是言尚……都刚刚被皇帝赐了一宅。然而言尚不必回皇帝赐下的新宅,到了樊川,和众人告别后,言尚便去了公主的私宅,赴暮晚摇的约。

他被侍女们领入寝舍中,见暮晚摇只着单薄襦裙,长发垂地,脂粉不施,正笑盈盈看他。她坐在床畔梳着她一头秀发,空气中飘着沐浴后芳香的气息。言尚看得一时呆住,因他从不曾见暮晚摇这般无设防的样子。暮晚摇起身,推他:"去洗浴,已经为你准备好了热水。"

言尚迟疑,没等他说出自己的意见,暮晚摇就将他赶走,压根不听他有什么想法。待言尚再回来时,脚步在寝舍前,他几乎迈不进去。他红着脸,心想上一次是自己完全不懂,被暮晚摇抱着顺便拐上床,虽然之后也没怎样,但起码是被她拐走了。但今日不同往日,若说上一次稀里糊涂,这一次他已知道了很多,便总疑心这样是不是不太好……他们不应该先成亲吗?

那一步怎么都迈不进去时，言尚听到屋中传来的叮咚琴声。他怔愣一下，听了半晌，为琴声所吸引，推门入舍，见到帷帐飞扬，只着白色襦裙、腰间垂着蓝色长绦的暮晚摇长发如瀑而落，跪在一张琴前，低头正拨弄。

外头月色照入，帷帐飞得更乱。暮晚摇抬头，看到言尚立在门口目不转睛地看她。她妩媚一笑，对他招手，示意他过来。言尚僵硬着过去，被暮晚摇推到琴前坐下。她拉着他的手，跪在他身后，脸挨着他的肩，从后吐气如兰，教他怎么拨弦。琴声断断续续，时而尖锐，时而停顿，就如言尚那颗饱受摧残、置于冰火两重天之间的心脏。

他的颈上出了一层细汗，不知是因为她在后贴着他，还是因为他的琴实在弹得烂。琴声太难听了，言尚手移开，不再拨弄了。暮晚摇不以为然，笑着咬他耳朵，声音沙沙："会弹了吗？"

言尚摇头。暮晚摇便笑着拉他起来，进到内舍，将墙头靠着的箜篌取下。她又拉着他坐下，拉着他的手放在弦上，低头教他。暮晚摇："会了吗？"

言尚跪得僵硬，低声："哪有人一教就会的？"

暮晚摇低头笑，越过他的手，她的纤纤玉指在箜篌弦上随意拨了两下，那乐声就变得格外动听："我当时一学就会。不过没关系，由我教你，你总能学会一样的。你愿意跟我学吗？"

言尚低眉含笑："自然。"他试探地在弦上轻轻一拨，这一次的声音不如之前那般尖锐难听。言尚眉目间神色一松，侧过脸来看她。他漆黑温润的眼睛看着她，像是在问她意见。

哪有什么意见？暮晚摇凑过去，就亲上了他。言尚低低唔了一声，张开了口。他手还抱着箜篌，怕摔了她的乐器，便只是上身向后倾，控制着力度，浅浅的。而暮晚摇一点不在乎箜篌摔不摔，她推他，搂着他和他厮缠极为缠绵。

"咚！"箜篌被摔在了地上，在寂静的夜中声音格外清晰。暮晚摇托着言尚的下巴，按着他就要压倒。他硬是强撑着没被按倒，然而侧过脸时，他的眼下一片绯红，唇色水润，气息不稳："不、不要在这里。"

暮晚摇仰头，张臂撒娇："抱我。"

帐上飞着花草，一重重被摇落，床褥间颜色凌乱。言尚低头去亲暮晚摇，他亦有些急切。而暮晚摇拽下他，呼吸困难间也不忘记："我、我要在上面！"

言尚脑中乱如糨糊,他呼吸已格外不畅,闻言有些煎熬,却仍是认命地被她推倒。手背掩住眼睛,绷着下巴,鬓角的汗密密麻麻。上方的妖精一样的女郎又来拉他的手,丝毫不管他能不能受得住。

她霸道十分:"不许闭眼,不许挡眼睛,看我!"

言尚被她抓住手,飞快看一眼,艰难道:"要不算了吧……"

暮晚摇瞪他:"不能算……我早就想这样了,都怪你!不许临阵脱逃!"她看他这般紧张,汗流得这样多,眼睫一直闪,难受得直握拳。暮晚摇便顿一下,心中怜惜,低下脸,在他唇上轻轻亲了一下。她捧着他的脸,不断亲他,终让他抬了目,蹙着眉忍耐地看来。

暮晚摇柔声:"别慌呀,我在爱你的。"

言尚望着她不语,半晌,他忽搂过她的肩,将她拽下来,忍不住在她脸上轻轻咬了一口。暮晚摇"啊"一声叫,小猫一样。他搂紧她,闷闷喘了一声,整个人一哆嗦,腰骨一阵酸麻。他热汗湿了脖颈,顷刻间仓促结束。

暮晚摇傻眼。四下沉默。她低头看他,见他闭着目,兀自气息凌乱,眼尾如染桃红。他抱着她睡在幽黑中,闭着的睫毛上沾着一团水雾。强烈的欲让他崩溃,又在事后让他脱力一般。暮晚摇便笑起来,撩开他湿润的黑发,吻他的眉眼,吻他的脸,又耐心等着他缓过来。

好一会儿,言尚才睁开眼,看向怀里偷偷亲他下巴的暮晚摇。暮晚摇咳嗽一声,故意郑重其事:"言二哥哥,我要跟你说一件事。"

言尚低声:"嗯?"

暮晚摇:"你有没有觉得你结束得很快?"

言尚没反应过来,也许都没听懂她在说什么:"什么?"

暮晚摇手指在他胸前画圈,声音娇娇的,又不怀好意:"当然,我是不嫌弃你呀。只是、只是我给你一个猜测……你是不是不行呀?"

言尚一怔,然后板起脸:"乱说!"

暮晚摇煞有其事,飞眼瞪圆:"我说的是真的呀。很多男的都会这样,这叫'肾虚'你知道吗?你没有跟人这样过,当然不懂。但是肾虚的话,需要早早看病,好不了的话,就是一辈子的毛病。幸好我是公主,皇宫有很多这种秘方。我可以悄悄拿药给你补。"

言尚轻斥:"又胡说。"

暮晚摇笑嘻嘻。他抱着她,在怀里搂了半天,暮晚摇喜欢他喜欢得不行,一直抬头亲他下巴。而暮晚摇都忘了自己之前的话了,蒙蒙眬眬间快要睡着了,听到言尚低声:"……真的要吃药吗?"

暮晚摇一下子瞌睡醒了。她瞪大眼看向言尚,哈哈大笑。她从他怀里滚出,笑得两腿乱蹬,哎哟哎哟抱着肚子颤抖,快要笑晕过去了——从没见过这么好骗的郎君呀!

言尚便当即知道自己又被耍了,气恼地来掐她的脸:"暮晚摇!你嘴里就没有一句实话是不是?"

第二十八章

暮晚摇捂脸嚷道:"你竟然敢掐我脸?不想活了?!"

平时这般嚷多有气势,一定会让言尚犹豫。然而如今她柔柔弱弱地被他按在怀里,手脚细弱、身形单薄,只是干号没动静,便只有女孩儿色厉内荏的娇憨感,不能让人生惧。言尚心头浮起一种很古怪的感觉。这是他经常在暮晚摇这里碰到的:她总是高高在上,睥睨他,嫌弃他,对他又打又骂。可每次他抱住她时,又能感觉到她是这么的弱小。

她虽然跳得高,然而控制权很多时候其实都掌握在他手中。因为他是男子,天生体力比她好,他一只手就能搂住她、拽住她,让她动不了……她是这么柔弱。如果他真的要做什么,她也是没法子抗拒的。这种感觉让言尚心里难受,因为他轻易可以制住她,所以他便不能去制住她。他不能用自己的体力去压制她,强迫她。她分明是一个柔弱的、可爱的女孩儿,不应该被人欺负的。

言尚俯下脸,拂过她面上凌乱的青丝,在她唇角轻轻亲了一下,那种怜惜的、温柔的吻法。暮晚摇捂着一只眼呜呜两声,悄悄看他。碰上他的眼神,她心里蓦地一静,方才的嬉闹好像都退了些。她本就喜欢他这样的温柔,他用这种眼神看她,吻得这么细、这么轻……都让她十分心动。

她从床上爬起来,埋身入他怀里,仰头和他亲。他的心跳、体温、气息都包围着她。帐外的灯火有些暗,纱帐朦朦胧胧,隐约映着二人的身影。暮晚摇眼角微红,忽然觉得他在细密地亲吻时,呼吸有些过快,身体也重新复

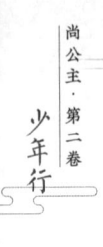

苏了。

暮晚摇还没反应过来，就被箍着腰按了下去。言尚的手搭在她膝盖上，轻轻摩挲了一下。那动作，让暮晚摇身子一抖，眼尾瞬间飞红。他亦是目光闪烁，眼角浮起刺激性的红意，低头在她耳边："我……还想……。"

暮晚摇心里知道让他这种人主动说他这种话是件多难的事。她也想顺着他，但是……暮晚摇支吾："可是、可是我累了……"

他低下脸，讨好她一般地亲她，轻声："你别怕我……稍微不好，你就喊停，好不好，摇摇？"

暮晚摇仰望他，心想被男人压着是很恐惧的，但是帐外的烛火是亮着的，只要她睁着眼，看到的就是言尚的脸。她一点也不怕言尚的。世上所有人都会伤害她，言二哥哥也不会。言二哥哥是这么让人信服的一个好人，做朋友是好人，做哥哥是好人，做情人自然更好。

暮晚摇露出笑，乌浓青丝铺在枕褥间，她不说话，却张臂搂住他，让他向她压来，小声道："言二哥哥，你要爱我。"

言尚声音喑哑："自然。"

晚上的夜宴让所有人情绪高涨。已经到了深夜，樊川仍从贵族们的私宅中断断续续传来歌声、乐声。乐声丝丝缕缕，气不在调，实在不怎么好听。但在夜中，却像是一个美好的梦境一般，让人放下心神。

公主府这边的寝舍中，芳菲满室，汗水贴面，帷帐被罩上蒙蒙月影，里面气息杂乱。有女郎如被踩到尾巴的猫一样叫，又惨烈，又快意；郎君有时也闷闷哼一声，低声说两句话。暮晚摇被言尚搂抱着，被他搭着膝盖，与他面贴面，满面汗时，她又觉得自己好像认识了一个全新的言尚。暮晚摇喜欢这个样子的言尚，又冷静，又沉沦。又不像他，又尽是他。

言尚俯脸看她，总是忍不住想抱抱她，亲亲她。她如舒展枝叶、在夜间独放的芍药一般美丽，花瓣嫣红，枝叶蔓蔓，乳白的月光透过帐子，照着她。这样的艳，这样的美。青丝铺展，冰肌玉骨。眼波似水，唇瓣微张。这样的大胆，这样的自我释放……让言尚眼睛紧盯着她，一目舍不得移开。

言尚无疑是极为内敛的人，极为无趣的人。他对男女之爱没有丝毫憧憬，对婚姻、对夫妻的想法只有传宗接代。他不觉得爱是一件多好的事，他对女性美好的赞叹，皆是因为女郎品性佳、性柔美。他心中总是在想自己应该为国家、为无数百姓多做点什么,他投给情爱的心,实在少得可怜。

暮晚摇打破了他狭隘的认知。她让他意识到活色生香的美人,在他怀里绽放的美人,是这般光华满目。她一颦一笑,眉角眼梢的风情,无论是任性还是撒娇,那样自我、不顾旁人,都让他这种天生喜欢照顾别人的人忍不住对她屈服。

她走进他的世界。春意盎然,生机勃勃。她如一整个春光般点亮他枯燥的、寡淡单薄的世界,让言尚的世界溃不成军,夹道欢迎,迎接她这位骄傲美丽、趾高气扬的公主殿下。

暮晚摇奄奄一息地趴着,实在想不到言尚还有这般激动的时候。她又困又累,慵懒畅意,趴在被褥上闭着眼,就要昏昏入睡。言尚的手贴在她腰上,将暮晚摇吓得一哆嗦。她忙要窜开,不让他碰她一下:"我不要了!不要了!"

言尚连忙捂住她嘴,哑着声:"你轻点声音,别让外面的侍女听到了。"

暮晚摇拉下他的手,对他骂道:"现在才想起让我声音小一点?"

言尚红脸:"胡说。"他抱着她的腰,将她从褥子间拖起来,觉得她把他当成了浪荡登徒子,好像只喜欢这种事一样。言尚哄她:"我不碰你,不碰你!只是带你去清洗一下……殿下也不想这么汗淋淋地睡吧?"

暮晚摇抬起一只眼看他,半信半疑:"随便擦一擦好了。"

言尚抿唇,看眼被褥,他尴尬道:"不行。褥子也得换。殿下知道干净的褥子在哪里吗?"

暮晚摇:"不知道!你问夏容好了。"

言尚:"这种事……怎么能问侍女?"

暮晚摇推他的脸,要从他怀里爬出去继续抱着枕头睡觉。她含含糊糊地说没关系的,她好累了,不想洗,他想换褥子就自己找侍女问吧,不要打扰她了。

言尚无奈,只好哄着她,让她睡。他却抱着半睡半醒的女郎下了床,带她去净室,任劳任怨。暮晚摇闹他时他总是脸红,不好意思;可她安安静静被他抱在怀里睡着时,言尚就能稍微大胆一点,偷偷看她的身体,只是也不好意思多看。

暮晚摇模模糊糊地感觉到言尚的手从自己胸前掠过,水浇下来,老老实实，十分规矩。然后他又抱着她回去，四处翻找干净的褥子，重新铺了床。帐子窸窸窣窣落下，他又去叠被子了。暮晚摇被他盖上被褥时，恍惚中看了他一眼，最后的想法是：这人是天生的劳碌命吧？都这么累了他还要洗，洗完了他还要去叠被子……幸好他这人品性好，只是逼迫他自己，没有拿对他自己的要求去逼暮晚摇如何如何。不然他这个人再好看，她也不敢招惹啊。

估计没有睡多久，暮晚摇便感觉到言尚下床的动作。她被他弄得都有些惊恐了，崩溃掀褥子："你到底还要干什么？"

少年身骨修长，只着中衣、长发散落，背对着帐子，小心坐在床沿上，正要穿衣。听到身后女郎带点哑的怒声，他诧异回头，看到暮晚摇竟然坐了起来，控诉地瞪着他。言尚微愕，然后轻声："我……我回去啊。总不能天亮后，让人看到我从殿下的府邸出去吧？"

在暮晚摇继续发火前，他倾身来。暮晚摇以为他要亲她，结果他只是凑过来，将被她打掉的被子抱起来，重新给她裹住身子。他垂着睫毛，柔声："殿下不要乱踢被子，着凉就不好了。"

暮晚摇心里的火一下子被他浇灭了，有点郁闷——人家这么好，她发火好无理取闹："可是我一晚上都没睡好，你这么早又要起来。"

言尚愧疚："对不起，我以后不这样了。我走了后，殿下可以再睡一会儿……今天应该没什么事。"

暮晚摇瞥他："你也回去补觉吗？"

她这般可爱，言尚忍不住笑了一下，道："我还要忙公务呢。"

暮晚摇认真地看着他："昼夜不停，没有一刻放松，你会把你自己累死的。"

言尚笑一下，将她哄着靠着床，他去拿昨夜被他叠得整整齐齐、摆在床边矮几上的衣物，窸窸窣窣地开始穿戴。暮晚摇静静地拥着被褥看他，见他很快从秀色可餐的美少年变成一个玉质金相的端正君子，不禁咋舌。

系好腰带，最后在矮几上的，剩一块玉佩。言尚手摸到玉佩时，指节略微迟疑了一下，回头看向床帐。

暮晚摇被他弄得都不困了，正在津津有味地托腮看他穿衣服。他拿着玉佩回头看她，暮晚摇挑一下眉，感兴趣道："怎么了？这玉佩看着材质不错。好像经常见你戴。"她只是随口一说，实际上根本没关心过他每天戴什么。只是看言尚的神色，暮晚摇一顿，知道自己估计猜对了。

言尚指腹摩挲玉佩，撩袍坐在床沿上，回头看她，温声："这玉佩是我去年离家时我阿父给的。我阿父说这是我们家的祖传定情信物，我若是喜欢了谁，在长安要与谁家女郎定亲，就可以将玉佩赠给那女郎。"

暮晚摇一僵，心里恐惧地想：婚姻！又是婚姻！她有点惊惧地看着玉佩，再抬头看一眼言尚。她全身僵硬，心想这架势，不会要把玉佩给她吧？没必要吧？只是睡了一晚，他就要娶她了？言尚看到了暮晚摇那个恐慌的眼神，心中的羞涩和欢喜、扭捏和期待瞬间退后。他静了一会儿，心隐隐泛寒发冷。好在这个过程极短，言尚几个呼吸就收回情绪，将玉佩重新戴回腰下，没送她。暮晚摇松口气，抬眼看他，又有点愧疚。她张口想说什么，言尚已温和一笑："我先走了。"

他起身要走时，暮晚摇扯住他衣袖，让他回头。她可怜巴巴地仰脸："言二哥哥，我们之间没有问题，对不对？你以后还会理我，对不对？"

言尚低头看她，静了一下，说："当然。"但是他又低声，"可是摇摇，我也是人，有七情六欲。我也会有放弃的时候……你懂吗？"

这个时候再装糊涂，言尚恐怕真的要失望了。暮晚摇不想这就被他放弃两人之间的关系，连忙点头："我会、会努力的。不会让你白白等的……我会给你一个交代的。哥哥你再等我一段时间，好不好？"

言尚微笑，这一次他俯下身低头，撩起她额前发，在她额上亲了一下，代表他的态度。

言尚走后，暮晚摇在床上躺了一会儿，思考着一些事，就听门被敲两下，言尚声音在外。她惊愕，心想他怎么又回来了？言尚推门进来，手中端着一个碗，碗上冒着热气。暮晚摇以为他是端粥给她，可是这粥的味道……是不是太难闻了点？

暮晚摇迟疑："你……自己熬的粥？"闻起来这么难闻的粥，如果是言尚亲自熬的，她要为此忍耐着喝下去吗？

言尚看她脸色，就知道她在想什么。他笑了一下，说："你的侍女们给我的，不是我熬的。她们说你恐怕不肯喝，正犹豫嘀咕着，我路过时正好听到了她们在说什么。既然如此，我干脆就端来给你了。"他也有点踟蹰，垂睫看她，"你……会生我气吗？"

暮晚摇迷惘："你端粥给我，这么好心，我为什么要生你的气？拿过来吧。"

言尚坐在床边，低着头半晌，却不将手中的碗递过去。好一会儿，他抬眼，低声："不是粥。"

暮晚摇："嗯？"

言尚轻声："是避子汤。"

暮晚摇大脑轰地一空，呆呆看着他。言尚什么也不知道，便只蹙着眉看她，为她担心，也为自己的孟浪后悔："昨夜、昨夜……对不起。你应该喝这个的，对不对？为什么你的侍女们说你不愿意喝？"

暮晚摇安静了一下，露出笑。他太聪敏了，她不能让他从她的表情看出任何端倪，不想被他嫌弃，于是淡声："没有不愿意喝。只是和往日那般随意发火而已。"她向言尚笑，"拿来，我喝。"

言尚看她半晌，终是没有看出什么来，将手中味道难闻的药碗递了过去。

暮晚摇豪爽无比，一饮而尽，见他仍低头观察她，她对他挑了挑眉，揶揄道："你再用这种深情款款的眼神看我，我就忍不住要亲你了。我要是忍不住亲你，你现在就别想走了。"

言尚顿时被她闹了个大红脸，慌张地收了药碗，仓促起身，不敢离她太近了。他尴尬地向她道别，说回头再看她，便急匆匆出门了。

这一次言尚是真的走了。门一关上，暮晚摇就趴在床沿上抠着嗓子眼，将方才灌下的避子汤全都吐了出来。黑色药汁淋淋漓漓，在床前洒了一地。暮晚摇奄奄一息地趴在床头，胃酸都要被吐出来了。是身体实在排斥，是心理实在难以接受……她对所有有关孩子的话题都排斥、抗拒，以至于一碗可有可无的避子汤，都能被她全然吐出来，一滴不剩。

暮晚摇趴在床沿，喘着气，气馁地闭上眼睛。这样的她，怎么嫁人，怎么考虑婚姻？她什么都给不了言尚……只会拖累他吧。可是明知道会拖累他，她却这样任性，舍不得放手。她宁可就这样拖着、拖着……他为什么非要成亲不可呢？

乐游原上的演兵和文斗有结果后，皇帝的寿辰圆满结束，众人回到长安。各国使臣陆陆续续开始准备返回本国，大魏朝廷便开始忙这些事。

太子近日意气风发。最近不管哪桩事，最后得利的都是他。不管是暮晚摇主持文斗的成功，还是演兵中得到中枢认可的杨嗣、言尚……都是他这一边的。回到朝堂上，太子敏锐感觉到自己的话语权比昔日加大了很多。那些老狐狸一样的臣子，慢慢地都在倾向他。这如何不让人振奋？

然而乐极生悲，总有人不让他痛快。晚上，太子在东宫见过各位大臣后，宫女说杨三郎一直在外等候。刚将最后一本折子看完，太子净手后，用巾子擦着手，偏了偏脸："难为他今日这般有耐心，等了这么久。行，让他进来吧。"

很快，一身玄色武袍的少年郎就大咧咧地解下腰间刀剑，脱履进殿。太子正坐着笑看他，却目色忽而一凝，因杨嗣一撩袍，竟然笔挺地给他跪了下来。

太子："……"

杨嗣一跪他，他就本能觉得杨嗣又闯了什么祸。太子手肘搭在案上，深吸了几口气，调整自己的心情，静声："说吧。是又打了谁，还是又杀了谁，还是被你阿父揍了一顿，再或者跟谁结仇了，需要孤从旁当说客？"

杨嗣抬目："都没有。我最近什么都没做。"

太子嗯了一声："我猜你也应该什么都没做。演兵之事刚刚结束，你哪有那么好的精力，这么快就给我闯祸……那你跪我，是为了何事啊？"

杨嗣答："我要去边关从军。"

太子眉心一跳："……！"

杨嗣没在意太子的沉脸，继续说："演兵之前，我和素臣拜访了长安城中许多老将。他们的教诲，让我意识到大魏的兵力实在太弱。而演兵那几日的决斗，我和素臣研究敌我双方，整理了许多兵力资料，相信殿下已经看过了。我在演兵中的所作所为，殿下也知道。演兵让我意识到，我不应该待在长安浑噩度日，我的天下应该在边关，在战场。请殿下同意我离开长安，去边关从军！"

太子当即："胡闹！"他声音严厉，重重一拍案，将外头的宫人吓得连忙退开，不敢靠近此殿。

杨嗣却不以为然，仍道："没有胡闹。我此次铁了心要离开长安去边关打仗，只是希望殿下同意。"

太子咬牙，刚想暴怒，却想起这个少年油盐不进。他越是强硬，杨嗣越是抵触，便尽量语重心长地劝："我当日好不容易将你从陇西边军调回长安，你现在告诉我你又要去？你想过你父母吗，想过我吗？战场那般情形，刀剑不长眼，你堂堂一个杨家三郎，非要去那种地方……你图什么？你若是有个三长两短，便是不想我，让你家人如何是好？三郎，你父亲这一脉，膝下可就你这么一个独子！你忍心吗！"

杨嗣抬头，淡声："好男儿志在四方，岂能贪生怕死？我之前因为不忍心回来了一次，而今已然想清楚，我还是要离开的。现在就是我应该离开的时候……长安纸醉金迷，到处太平风光。这是个好地方，可是不适合我。我没什么对不起阿父阿母的。他们应当为我自豪，若是不能为我自豪……就当没我也罢。我不可能为了别人，永远去做我不喜欢的事。我可以强迫自己一时，我不能勉强自己一世！"

太子："放肆！"他站起来，厉声道，"当日让你回长安，是让你迎娶六妹。好，你不愿意。我暂时放下此事。之后六妹也争气，婚事变得不那么急切了。但我始终将你们两个看作一对。我现在是明白了，你根本没有这个意思……你不是喜欢暮晚摇吗？不是一直同情她的遭遇吗？你留在长安，不是想保护她吗？你现在不保护她了？放弃她了？"

杨嗣下巴扬一下："她有了比我更适合的人保护她，我确实放了心，可以心无旁骛地离开，不用担心她被你们欺负了。言二郎远比我擅长此事，比我得摇摇喜欢。这天下事，就应该谁擅长，谁就去做！不擅长的人，就去找自己擅长的，不要互相勉强！"

太子咬牙切齿，被他气笑："原来竟是我一直在勉强你吗？"

杨嗣不语。太子走过来，手中卷轴砸了杨嗣一头一脸。杨嗣却岿然不动，跪着的身形都不晃一下，任由太子发火。太子恼怒："你要是不娶暮晚摇，就谁也别娶了！"

杨嗣："可以！"

太子又温声劝："你都这么大了，马上就及冠了，却要跑那么远……你起码留个子嗣，给你父母做个念想？"

杨嗣抬头，看着太子，他似笑非笑："殿下别以为我真的是傻子。说什么留个子嗣，把我骗着留在长安，慢吞吞地给我娶妻，挑媳妇就挑一年半载。等我成了婚，又开始劝生孩子。等我媳妇怀了孕，又得劝我等夫人生子后，我再离开。而等有了孩子，又成了孩子那么小，我怎么舍得离开……"

杨嗣眸底赤红，面庞瘦削，线条锐利。他压着眉，冷声："我不会再听你们的搪塞了。我就是要去从军，殿下不同意，我就一直跪在这里，跪到殿下同意为止。"

太子怒道："那你就跪着吧！"太子转身出殿，看也不看他。宫人小心地掌灯看一眼殿中跪着的杨三郎，啧啧舌，也不敢多问。杨嗣跪在殿中，外头梧桐树影照在他身上，光影如水。

第二十九章

二月末，春雨如酥。雨停后的深夜，院中起了薄雾，月亮挂在天上，如一汪湖泊一般清透。一切皆是蒙蒙的美，就如言尚此时做的梦一般。

在他梦中，便是这样朦朦胧胧、说不清道不明的幽暗，然而梦中自然不是只有风景。湖面清波荡开，花香在黑暗中静静弥漫。而男女藏于室内的气息，轻微的、激烈的，在黑暗中变得格外清晰。帏子如纱一般，肌骨轻柔，缠绵悱恻。

月色清清寒寒，爱意丝丝缕缕。那被男子揉在身下的女郎，发铺如绸，依偎于男子的肩上，轻蹙眉梢。她轻轻张口，乌青发丝拂面，眼尾的桃红色如挂着泪滴一般。月明星稀，她颈下的光白得那般好看，柔软，柔雪晶莹，山光莹润。黑发铺在她颈下，悠悠然流淌。而另一人脊骨如山，山与水重逢。黑白色杂糅着，混乱着，将帐子也扯成一片浓红色。

言尚一步步走向那道床帏，怔怔看着，心跳清晰而诡异。那对男女转过脸来。女子娇媚如妖，自不必提，而那男子仰着颈，过于沉浸的畅意……竟是言尚自己的脸。言尚心口怦的一下，向后退开。一下子就从梦中跌了出来。

稀薄月光挂在天上，只着中衣的言二郎低着头，抓着自己的衣领，坐在床榻间喘气。他心口仍留着梦中那股潮湿和闷热相夹击的燥意，喉口也跟着发干。闭着眼缓了一会儿。自从那夜后，他就总是做这种梦，再这么下去，都要疯了。

言尚扶着额，绷着下颚，强忍着不去管身体的不适。待僵坐了一两刻，言尚才下床去洗浴，换了一身干净的中衣。

外头守夜的小厮云书才打个盹儿，就被里头净室的放水声惊醒。云书看了眼灰蒙蒙的天色，吃惊道："二郎？"

屋舍内静了下，好似里面的人在尴尬一般。隔了一会儿，言尚温润如常的声音才响起："没什么，临时想起有些公务没处理，夜里起来看一下。"

云书一下子就信了，毕竟自家郎君就是这种操劳命，只担忧他的身体："郎君你就是心思太重了，其实哪有那么多要忙的事？我看旁人家如郎君这样品级的官员，整日忙的事还不如郎君的一半。二郎你该多睡一会儿才是。你总这样，现在年轻还好，日后累出一身病可怎么办？"

言尚含笑："知道了。多谢你的关心。我只看一会儿就睡。"

云书叹气，不多说了。他心里期望家里真该有个女主人，好好管管二郎才是。二郎哪里都好，就是对他自己要求太过高，太强迫他自己了。

而屋舍内，言尚惭愧地洗浴后，真的掌灯坐在了书案前。他有些烦躁地练字，妄图能找到解答自己的问题的答案。他不愿一想到暮晚摇，就忍不住乱想。那多污秽肮脏，多玷污她。可是他真的忍不住。他清醒时能够控制，可一到了晚上，就来梦里折磨他。他频频如此，自己都被吓到，恨自己为何会这样禁不住。

言尚这两日都不敢去见暮晚摇，怕只见到她笑一下，脑子里就开始乱想一些不堪入目的混账事。可是他若不去见暮晚摇，暮晚摇又会疑心他在忙什么。左右都为难，言尚这两日实在是煎熬。他懊恼不已，只觉得自己再这么下去，有一天真的会出丑。而如他这样的人，让他出丑简直如杀了他一般让他难受。

练字练了一会儿，言尚低头看自己写了什么，又被满纸的"暮晚摇"闹得怔了一下。他看着自己的字，就不禁开了窗，向对面府邸看去。他记得公主府有座三层阁楼，以前总是亮着灯的。然而今夜言尚注定失望了，那里黑漆漆的，显然只有他一人受折磨，暮晚摇压根没有和他一样的烦恼。言尚叹气，开始日常反省自己为什么要这样。他反省了一会儿，却想到那晚上自己做的混账事，又是忍不住露出笑，眉目微微舒展。他心中宁静，开始记录那一晚的事。

写完了，言尚看了一会儿自己的字，觉得自己太可笑了。他摇摇头，将纸烧了，就如将他的心事深深埋着一般。至多、至多……他偷偷摸摸一般，跟自己大哥写了书信，不自在地问大哥，自己这样子是不是不正常；他向大哥讨教如何能将欲望收放自如，不闹出笑话来……给兄长写信时，言尚抽出更多信纸，顺便给父亲、三弟、小妹，各写了一封。嘱咐父亲少喝酒；问大哥大嫂平安，小侄儿如今什么样子，家里可有什么短缺的；严厉批评三弟晃来晃去无所事事的行为，督促弟弟好好读书，如果三弟能够通过州考，来长安后，自己就能照顾三弟，帮家里分担一些；最后跟小妹写信，则语气温柔了很多。但言尚思忖了一下，觉得小妹如今到了十四五岁的年龄，正是情窦初开、慕少艾的年龄。他嘱咐父亲和兄长、三弟多关心点妹妹，别让妹妹在这个年龄走错路。言晓舟还小呢，不急着嫁人。

林林总总，啰啰唆唆。信便越写越长了。

各国使臣快要离开大魏国都了，但这些和大部分人都没多大关系。例如赵祭酒家中，赵公更操心小女儿赵灵妃。而说起赵灵妃，赵公心心念念的，自然是女儿的婚事。赵公往日见赵灵妃总是横挑鼻子竖挑眼，这两日听赵灵妃跑去参加了演兵之事，旁人自然夸他女儿英勇堪比男儿郎，赵公则自豪之余，心惊胆战，觉得五娘这样，更加嫁不出去了。

这一日在府上，赵公见到赵灵妃刚从小武场过来，敷衍地跟自己阿父行了个礼，掉头就要走，因为知道她阿父不待见她练武。谁知这一次，赵公板着脸："五娘，给我回来！"

赵灵妃回头奇怪看了他一眼，还是跟着赵公去书房了。

关上书舍门，赵公神神秘秘："你和言二郎的感情，可有进展？"

赵灵妃一呆，脑中浮现了一幅画面，面上浮起一抹羞红和一丝带着尴尬的微恼之意。她想到了那晚演兵和文斗结束后，丹阳公主来找他们喝酒。一群少年中只有刘若竹是个女孩儿，赵灵妃看刘若竹柔弱乖巧，就生了怜爱之心，主动和刘若竹说话聊天。而闲聊时，赵灵妃一扭头，看到了丹阳公主和言二郎坐在一起。

所有少年都喝多了酒，气氛正好，没有人注意。但是赵灵妃看到丹阳公主头轻轻靠在言尚肩上，言尚就如没感觉一般，完全没躲。那一幕何其刺眼，赵灵妃当时便呆住了。她认识的言尚，绝不是那种会让女郎靠着肩的人。他进退有度，虽对人温柔，但若他没有那个意思，一定不会去引起旁人的误会，让人家女孩儿白白伤心。这样的言尚，竟然让丹阳公主靠着他。

赵灵妃一刹那想起了很多往事，想起了自己日日去堵言尚的时候，想起了丹阳公主振振有词地把自己说哭、劝退自己的时候……她一下子有些生气，想公主劝退了她，居然是为了近水楼台先得月吗？那两人还是邻居，公主太过分了吧!

刘若竹看到赵灵妃脸色不对,顺着赵灵妃的目光看去。篝火光弱,暮晚摇与言尚依偎,何其温馨。刘若竹呆了一下,然后瞬间猜出来,赵灵妃不会也喜欢言二哥吧?现在赵娘子明白言二哥的心思了?刘若竹目中一暗,推了推赵灵妃的肩,担忧道:"五娘……"

赵灵妃回头看了她一眼,自嘲地一笑,闷闷喝一口酒。赵灵妃小声:"公主真坏。"

刘若竹轻声道:"言二哥喜欢的女郎一定不会坏的。"

赵灵妃鼓起腮帮:"不管!反正她骗了我……就是坏蛋!"

赵灵妃闷闷不乐许久,赵公现在居然来问她和言尚的进展如何。哪有什么进展?以前八字没一撇,现在越来越远了。

看到女儿郁闷的神情,赵公就心里有数。赵公不以为然,乐呵呵道:"没关系,仔细想想,言二虽然不错,到底寒门出身,配不上我们。为父重新给你看了一门好婚事,顶级大世家!"赵公激动道,"你嫁过去,为父这一脉就能跟着提升地位。"

赵灵妃现在对男女之事有点伤了,都不推辞阿父介绍的婚姻了:"什么人家啊?"

赵公咳嗽一声:"嗯,对方年龄稍微比你大一些……还有个孩子。但是他先夫人已经过世了,你嫁过去,虽是继室,但也是嫡妻嘛。而且他们家已经许了为父,只要你嫁过去,为父就不用再当什么祭酒了,可以参与实务了……"

赵灵妃呆呆地看着野心勃勃的父亲。她知道自己的父亲一直一门心思想往上流世家努力,为此杨家都成了他们的表亲。但是她真没想到,父亲居然无底线到了这个地步。赵灵妃声音抬高:"我才十六岁,你就让我去给别人当继室!我是没人要了吗?是嫁不出去了吗?你竟这样糟蹋自己的女儿?!"

赵公不悦:"继室怎么了?人家家里都有孩子,你嫁过去,都不用急着早早生孩子。女孩儿生孩子太早不好……人家都说了,让你嫁过去,是让你好好照顾那个小孩,不急着让你生……不着急让妻子生孩子的男子,这世间有几个啊?为父这是为你好!"

赵灵妃撑回去:"你让我十七八岁再嫁人,就没有这种问题了!什么破婚事，我就不该相信你的眼光。我不嫁！"赵灵妃仰着脖子倔道，"你这破眼光，我宁可出家也不会嫁的！"

赵公："你敢出家！你要是出家了，我就让你母亲陪你出家，天天念你！"

赵灵妃："呸！有本事你就这么做啊。拿女儿的婚姻做生意，亏你想得出来！"

赵公被她的直白气得脸色铁青，反口将她骂了一通，说如果不是自己的钻营，哪有她现在的好日子过。赵灵妃将他讥笑一通，说他见到大世家就走不动路，看到顶级世家就想联姻……说他疯了简直。父女二人又如往常那般对骂了起来。赵灵妃叉着腰，把赵公气得不断往她身上砸书砸砚台。书舍里乒乒乓乓一通，听得外头的下人心惊胆战。赵夫人听到下人通报，连忙过来拦架。赵灵妃站在书架旁扭过脸，不看她阿父。

赵公被妻子顺气顺得稍微平静了一些，说道："好吧，你嫌这个婚事不好，那为父这里还有个人家。太子的一个表弟，到了该娶妻的时候……"

赵灵妃受不了了，怒道："太子母家是杀猪出身，他那个表弟也是个杀猪的，大字不识。现在靠着太子，一门都飞升了。你为了攀炎附势，不是让我嫁人做填房，就是让我嫁一个大字不识的杀猪的……你太过分了！养女儿是门生意吗，就等着你拿来卖了吗？"

赵夫人在旁劝说："你表哥还跟随太子，杨家都和太子交好，你何必这般嫌弃呢……"

赵灵妃忍怒不语。

赵公："你倒是看不上这个看不起那个，你自己看上的又瞧不上你！"

赵灵妃一下子怒了，一拳拍在书架上，书架晃一下，书一下子全都噼里啪啦倒了下来。这阵势，看得赵氏夫妻眼角直抽，暗惊女儿的大力气，怀疑这是不是他们生的……

而赵灵妃道："你又嫌弃言二哥出身差是吧？言二哥除了出身没有你看上的这些好，哪里都比你看上的好一万倍！"

赵公："随便你说什么……五娘，我告诉你，你的婚事，必须是顶级世家，能够助我赵家提升地位。如果不能，我就不会同意你的婚事。我不同意，你就是无媒苟合。你别想嫁！"

赵灵妃红了眼，心中生起无限绝望。她和父亲的理念从来就不合，但从来没有一刻，让她意识到父亲是这么讨厌。赵家当个清流哪里不好？至贵当然好，可如果不行，面对现实不好吗？为什么一定要趋炎附势，肖想不属于自己的？她姐姐们的婚事，哥哥们的婚事……如今又轮到了她的婚事！

赵夫人安抚着丈夫，转头想起来要安抚女儿时，书舍门推开，赵灵妃跑了出去。而赵公又被激怒："敢跑就不要回来了！这个家我说了算，一个小丫头，吃我的用我的，现在还这么不懂事！"

赵夫人柔声道："灵妃还小呢，会懂事的……"

已经跑出书舍的赵灵妃听到书舍里传来的话，眼泪一下子噙在了眼中，止不住地向下掉。她因羞耻而哭，却不知是为自己不能体谅父母而羞耻，还是为父母是这样的人而羞耻。只是在这个下午，在她跑出家门的这一天，她突然意识到，父亲是这么让人失望的一个父亲。这个家让她逼仄，让她窒息。她活在这里，不是被父亲逼疯，就是如同自己的姐姐和哥哥们一样被阿父同化，变成和他们一样的人。人也许真的会越长大，越变成自己讨厌的人。但是在那一天到来之前，她应该拼命抵抗。应该用尽所有力气去抵抗！

可是她能去哪里？找杨嗣表哥吗？赵灵妃去了杨家，得知表哥好几天没回来了。而杨家人居然试图从她口中打听杨三郎，问她杨三郎回来长安后，都在玩些什么；又让她劝她表哥成亲。赵灵妃一下子觉得表哥也好可怜。杨家的气氛让她不自在，她便说要回家，又跑了出来。她去找了好姐妹家，依然无果。

她迟疑着去了言府，想找言二哥，她迷茫中，总是想找一个信赖的人来开解自己。然而言尚也不在府上。府中小厮说言二郎在中书省，因为各国盟约协议的事，中书省最近都很忙。言尚不在，左边的公主府，赵灵妃又不敢登门，因暮晚摇是那般凶，她估计会被公主骂出来。

赵灵妃失魂落魄地离开这里，最后不知道该去哪里。她蹲在一个茶楼外的墙下，看着灯火渐渐亮起，听到鼓声和钟声，知道各处坊门要关了。坊门一旦关了，就不能来回乱跑了。然而赵灵妃还是不想回家去。她蹲在路边半响，呆呆看着街上行人来来去去，忽然间，她见到了一个熟人。那人骑在马上，面如雪玉，干净剔透，冷冷清清。他就如薄薄清雪一般照在昏昏傍晚中，让空气都变得不那么沉闷了。然而骑在马上，他低着头，完全不理会周围行人看到他时那赞叹的目光。

赵灵妃眼睛一亮,挥手:"韦七郎! 韦七郎!"

韦树转过脸,向这边看来。他淡淡地看了墙角蹲着的少女半天,赵灵妃都疑心他是不是忘了她是谁。韦树才慢吞吞地下马,走了过来。离她足足一丈远,他就停了步。

赵灵妃看看两人之间的距离,无言以对。然而她可怜兮兮道:"你能不能帮我个忙? 演兵时,我可是救过你的。你能不能报答我一下?"

韦树看她半响。她疑心他是不是打算掉头走时,才听到韦树轻声道:"说。"

赵灵妃:"……?"她呆了一下,才反应过来人家是让她说要帮什么忙。她暗自嘀咕,这人未免太不爱说话了。赵灵妃脸上带笑,继续装可怜:"你能不能带我回你府邸,收留我一晚?"

韦树沉静了半响,然后转身。他走了几步,回头,看到赵灵妃非常机灵地跳起来,跟上了他,差点撞上他。韦树骇然地后退一步,示意她离他远点,这才重新上了马。

不提赵灵妃如何,不提言尚差事办得如何,暮晚摇最近的心情却是极好。暮晚摇和四姐一起在宫中,坐在花园清湖边。玉阳公主怀着身孕,已经有些大腹便便,眉目间尽染母爱的光辉。暮晚摇则坐在她旁边摇着羽扇,珠翠琳琅,悠然自得。皇帝这会儿还在午睡,两个公主便只是坐在宫苑中等。

玉阳公主来宫里是例行请安,就是不知道六妹来宫里做什么。据她所知,六妹其实不怎么喜欢往宫里跑来看父皇的。然而……近日,总觉得父皇很宠爱六妹啊。不断地往公主府送补品、送珍宝,不断地召见丹阳公主,丹阳公主有时候脾气上来了当场将皇帝顶回去,皇帝都没生气。从来没有得到过皇帝宠爱的、如同小透明一般的玉阳公主,好奇又羡慕,想知道六妹是做了什么,才让父皇近日对她这般好。

暮晚摇偏过脸,见四姐盯着自己,抿唇一笑,微扬了扬眉。她有一腔私密话想和人分享,只是碍于自己没什么朋友,没有人说。如今玉阳公主在,有些话不好跟别的女郎说,跟自己的姐姐,还是能说一说的。暮晚摇笑道:"四姐知道我今日进宫是为了什么吗?"

玉阳公主摇头:"我正在猜呢,却猜不出来。"

暮晚摇笑盈盈，凑近姐姐，跟姐姐咬耳朵："我呀，睡了一个人。"

温柔贤惠、以成为贤妻为目标的玉阳公主一下子瞪圆了眼，捂住了嘴，看向自己的妹妹。玉阳公主涨红了脸，半晌只干干道："……哦。"她小声，"这个……是不是不太好？"

暮晚摇挑眉："哪里不好了？"

玉阳公主僵硬道："你还没出嫁，怎能把这种话挂在嘴边……"

暮晚摇无所谓道："我早嫁过人了。"她不在意玉阳公主那种扭捏的、震惊的态度，挨着姐姐，开心地和姐姐讨论，"我想回报他一下，想在父皇面前给他请官。他让我开心，我就也让他开心。"

玉阳公主一言难尽："……你睡了一个人，然后就要给人赏一个官？"

暮晚摇媚眼如春水流波，灵动万分："是呀。"

玉阳公主："这不会折辱人家吗？"

暮晚摇不悦道："这叫什么折辱？这叫投桃报李！"

玉阳公主劝："你要是喜欢人家，还不如跟父皇说说，给你许个驸马。"

暮晚摇一下子意兴阑珊，觉得自己和这个规规矩矩的姐姐话不投机。她脸上的笑意淡了下去，道："我的婚姻，和我喜不喜欢无关。我要么不成亲，要成亲就要把婚事发挥最大的作用。没有利益可图，我何必要再嫁人一次？我难道还没嫁够吗？"

玉阳公主道："哎，可是……"

暮晚摇烦了："哎呀，你别说了！你这么规矩，我和你说不到一块儿去。"她扭过脸不理姐姐了，玉阳公主胆小温柔惯了，只担忧地看着她，不敢多话。而这时，两人听到脚步声，有内宦通报，一同看去，见竟是玉阳公主的驸马、京兆尹手臂上挽着一件大氅，跟着内宦来了。

玉阳公主惊喜起身："你怎么来了？"

京兆尹是世家郎君，文质彬彬。他和坐着的暮晚摇笑着见了礼，将大氅披在了妻子身上，道："春日天冷，你还怀着孕，不要着凉了。"

玉阳公主脸羞红，被丈夫抱着，低下螓首。夫妻二人小声说着一些甜蜜的话。

暮晚摇哼一声别过脸，不屑他们这对夫妻，心想这有什么的，她现在有人爱自己，并不比玉阳公主差。她现在是有情人的人，他和她住邻居，挨得这么近，其实和同住公主府也差不多……再其实，和夫妻也差不多嘛，完全不用羡慕别人，完全不用成亲。她自然可以和言尚夜夜笙歌，羡煞旁人！等她找到机会，也要跟人炫耀一番！

　　暮晚摇这般愤愤不平地想着时，她眼尖地看到隔着湖，四五个官员被内宦领着，要去见皇帝。她在那几个官员中，一下子认出了言尚。毕竟他长得好看，虽然默默走在最后面，但他还是十分显眼的。

　　暮晚摇看到言尚的时候，言尚那边的官员们也看到了这边的两位公主和驸马。官员们停下来，向这边的公主们见礼。言尚自然也向这边看了过来。

　　暮晚摇手里摇着团扇，满目欢喜地看着言尚。与他目光对上，她轻轻眨了下眼，自忖要让他看到她的风情妩媚。谁知言尚脸一下子红了，瞬间低下了眼。他慌张得就好似不该看到她一样，匆匆跟着同行的官员们走了。

　　暮晚摇呆了："……"就看了她一眼，他就脸红了？她再回头看一眼旁边当众卿卿我我的玉阳公主和驸马，暗恨：她的夜夜笙歌呢？是不是照言尚的脸皮，她永远等不到了？她还有机会让玉阳公主羡慕她有个好情人吗？

　　东宫中，杨嗣仍在跪着。几日下来，就喝了点水，一点吃食没有沾过。少年跪得笔挺，几日来，来往臣子们见到了他无数次，一个个摇头着向太子求情，太子都置之不理。而宫人们不禁担心，眼看杨三郎脸色越来越苍白，眼底尽是红血丝。显然几日的煎熬，哪怕身体如杨嗣这般好，也快撑不住了。

　　这一晚，杨嗣仍旧浑浑噩噩地跪着，跪得久了，他都要忘了初衷，只知道自己不能放弃。而不知何时，有宫人来扶他，唤他三郎。

　　杨嗣哑声："走开。"

　　宫人身后，太子妃神情复杂地看着这个倔强的少年郎。太子妃叹一口气，道："三郎，起来吃点东西吧，殿下答应见你了。"

　　杨嗣抬了脸，他瘦削苍白的面上，眼如星辰般骤然亮起。这样的光，让太子妃怔忡，心想自己的夫君这般看重杨三郎，是不是因为他身上的这种光呢？焚尽一切、包括他自己的光。这般的光亮，是否有一天，会将杨嗣自己也吞没了呢？

　　杨嗣洗漱完，吃了一点东西有了点力气后，才进内寝拜见太子。太子玉冠白袍，正坐在灯下擦一把剑。杨嗣关上门进来，站在他案下，太子一直低着头擦自己手里的剑，没有招呼他。杨嗣便只沉默站着。灯烛的光照在墙上，墙壁上映出青年和少年的身形。

太子忽而侧过目光，看向墙上二人的影子。他擦剑的动作停了，缓缓道："我虽是长子，却是庶子。不光是庶子，母家还卑微，远远不如秦王、晋王两人的母家。父皇自小不待见我，更是在李皇后时期，多次厌恶为何我是长子，为何不是他最喜欢的儿子是嫡长子。他更喜欢二弟，所有人都更喜欢二弟。而李皇后势大，理所当然，二弟刚出生就是太子。可惜二弟命不好。想他死的人太多了，他真的就死了。二弟死后，父皇图省心，直接封我这个长子为太子。这个太子之位，我就如同捡漏一般。父皇根本不看好我，我想很多年来，他都期盼着我什么时候做大错事，直接将我丢开。"太子嘲讽道，"可惜，偏偏我这个太子做得还可以，他一直没找到机会贬我，我就一直当这个太子了。"

杨嗣垂着眼，道："我一直相信你的能力。你只是……太想要那个位子了。"

太子哺声道："是啊，我太想要了。比任何人都想要。三弟、五弟他们失败了，还有母家庇护，而我有什么呢？我走到今天，靠的全是自己。你总是说我狠心，说我不爱民，不爱人……可是三郎，我有那种资格操心那些吗？"他陷入回忆中，道，"我仍记得，小时候开蒙，二弟身边的伴读就都是大世家出身的小郎君。轮到我，父皇就随便给我挑一个，完全是打发一样的态度。我不肯，主动向父皇求，想要一个世家出身的来做我的伴读。父皇大约被我的难得恳求打动，将杨家郎君安排给我。"他自嘲笑道，"弘农杨氏长安一脉，也是大世家了。我欣喜若狂，以为父皇终是对我好的。可是我之后才知道，来做我伴读的是你大哥，他身体不好，才陪我读了两个月的书，小小年纪就夭折了。"

杨嗣声音微绷："……我听阿父说过。"

太子哺声道："而你二哥竟然被阿父送给了你那个无子的伯父养，到最后，杨家嫡系这一脉，只剩下了一个刚刚出生的你。父皇那时要重新给我安排伴读，我知道如果放弃了，可能再也不会有向上走的机会。我硬是咬着牙，说就要杨家三郎。哪怕杨家三郎刚刚出生，还是个婴儿……这个伴读，我等得起。"

他蓦地侧头，看向杨嗣。恰逢杨嗣抬头，看他。杨嗣见太子目中含着一丝泪，看着他惨笑："三郎，我从小看着你长大，日日盼着你长大，一有机会，就去杨家看你，看你什么时候才能进宫来陪我读书。你就是我的希望，就是我拼尽全力找到和杨家有一点联系的希望。你大哥因为身体差而夭折，我就总担心你也会。我天天去看你的时候，你知不知道？你好不容易能够读书了，却是个混世魔王。我心里多绝望啊，但只能忍着。可忍着忍着忍成了习惯。我才十几岁的时候，就感觉自己有了个儿子要操心。三郎啊，战场刀剑无眼，你为什么偏偏就喜欢这个呢？"

杨嗣撩袍跪下，好久才哑声："……殿下！"

太子起身，走到他面前，扶住少年的肩，缓缓地将自己方才擦拭的剑递给他，轻声："你想去战场，就去吧。我唯一的叮嘱就是，刀剑无眼，你要活着回来。"

第三十章

北里夜火辉煌，歌声不绝。男女的呢喃和夜间的释放，都被隔在了一道木门外。一个名唤春娘的娘子被两个婆子搀扶着上了楼，进到雅舍后，春娘忐忑垂头时，听到上方一把清润温和的男声："多谢了，麻烦你们先退下吧。"

搀扶春娘的两个婆子在得了赏钱后欢天喜地地关上门退下，屋中静谧，跪在地上的春娘垂下的余光看到郎君衣摆停到了自己面前。他撩袍，在自己对面跪坐而下。春娘小心抬头，微怔了一下。因此郎君面容俊秀已是难得，更出众的是他一身好气质。而这般气质的人是轻易不会来北里肆意纵情的，即便会，也不应该选她这种卑微的奴身。

坐在她对面的郎君，自然是言尚。言尚望她半晌，温声解释："我是刘文吉刘兄的乡人，好友。"

春娘原本木讷，一下子瞪圆了眼。她忍不住捂住了嘴，眼中渗满了泪，一时间悲喜交加，瞬间回忆起自己落到这一幕的缘故——

半年多前，她刚刚到北里，看刘文吉俊俏，又感怀对方为情所困，所以主动去服侍刘文吉。不想一位户部郎中家的郎君强要她，被刘文吉阻拦。刘文吉当场被废，她惊吓之余连夜想逃，事后被抓回北里，刘文吉不知所终，而她被从中曲押去了罪奴才去的北曲。这半年来，她过得十分凄惨，动辄被打骂，然而她又要小心翼翼，唯恐不知不觉被那些贵人随手处置而死。而今快一年了，她都要麻痹了，一位郎君将她从北曲提了出来。

言尚抱歉地看着她，将一张纸递还给她："我已经消去了你的奴籍，给你安排了新的身份，日后你可以回到中曲了。我其实一直想救你，只是看管极严，比较麻烦。最近我才找了机会，趁陛下大寿大赦天下的机会，寻机将你从北曲救出。这半年多来，委屈娘子了。"

春娘如同做梦一般，待看到自己真的把奴籍拿回来了，滚在眼眶中的泪水唰地落下。然而她又紧张："我是被朝廷亲自吩咐下来的罪女，郎君这般救我，会不会惹上麻烦？我得罪的人并不是寻常贵人……"

言尚叹道："这些并不是你的错。难为娘子落难之际还为我着想，不过我既然敢救娘子，自然就有法子应对其他事。娘子不必在意。"

春娘感激，膝行着退后几步，向他磕头。言尚连忙弯身扶她，说当不起这般大礼。春娘却非要磕头，含泪说从未有郎君对她如此好，言尚只好无奈地受了一半礼。之后春娘犹豫了一下："不知刘郎如今……"

言尚温声："你不必操心他。你对他现今一无所知，才能重新开始新生活。"

春娘一时目中黯然，点点头。她又望着这位郎君，为对方风采和气度所折服，不禁鼓起勇气："郎君都救我脱奴籍了，何不让奴家从此跟了你……"

言尚吓一跳，失笑："不敢不敢。尚家中有母大虫，不敢在外作乱。"

春娘一怔，但见对方将拒绝话说得这般俏皮，丝毫没有带给她羞辱压力，也一时放松，不好意思地笑了："郎君的夫人一定貌美如花，与郎君男才女貌，相得益彰。"

言尚微微笑了一下，不多说，显然他现在已经对拒绝女郎有了一定技巧，不再如最开始那般慌乱了。言尚慢条斯理："闲话莫提，我并非那般无私。我救你，总是要图谋一些什么的。不知娘子可愿帮我？"

春娘柔声："奴家从此一身性命尽付郎君，但听郎君差遣。"

言尚道："娘子误了自己了。你的性命与我无关，自不必为我肝脑涂地。只是让你帮一些忙。日后你攒够钱财，想要离开北里自谋生路，依然与我无关，我不会阻拦。娘子为自己活便是，不必为我。"顿一下，他慢吞吞道，"我只是希望娘子配合我，成为都知。"

春娘诧异地抬眼，想看这位郎君是不是在开玩笑。都知，是名妓中的顶级。青楼女子中的都知，权力极大，经常往来于达官贵人府邸，陪各位朝廷官员、重臣、贵族郎君出入各种宴席场所。成为都知的，都是天下知名的名妓。琴棋诗画只是最普通的要求，大魏对都知最看重的是才。即是说，言尚要求一个原本只是陪客人喝酒的普通妓，脱胎换骨，成为一个才女，为他所用。

言尚自然有自己的考量。他需要在北里有一个都知，方便己用。之前几个月要忙使臣的事，如今使臣的盟约基本定得差不多了，他们纷纷离开大魏了，言尚就有心思把手插到这里了。

大魏官场经常需要各种宴席，如言尚这种不能喝酒的人，之前应付得一直很辛苦。再加上狎妓是潮流，他若不随众，难免为官场人排斥；然而他若狎妓，不说他过不了自己的关，恐怕暮晚摇都会与他翻脸。再加上，北里作为长安最繁华的地段，无数朝廷重臣往来此间，如有一名都知做内应，对朝廷上的波动会察觉得更敏锐一些。言尚越来越意识到为官者不能只待在朝堂上。他意识到平衡各方人脉的重要，与三教九流交好的重要。思来想去，培养一个倾向自己的都知，才是最好的。

言尚和和气气地和春娘解释："都知的考察，一是席纠，二是作诗。席纠中，喝酒品酒的本事我无法助你，但察言观色的本事，也许我们可以一起讨论。而作诗这一道，说来惭愧，其实我是极差的……然而我即便极差，初时教你，应该不成问题。只是作诗作到最后，你就得靠自己，不能依靠我了。"他犹豫一下，"我认识于此道精通的人，但她恐怕不会相助，我们暂且不必多想她。"

春娘一一应了。

言尚温声："日后我常来北里时，便麻烦娘子服侍了。"

春娘连忙："不敢。若是成为都知，于我好处极大，不必如去年那般被逼得走投无路。多谢郎君肯花费时间教我。"她迟疑，"然而郎君叫我成为都知，只是让我帮郎君挡酒，帮郎君探查一些消息吗？"

言尚心中微顿，感慨这些女子，果然敏锐十分。他低声："也许还想留你当一枚暗棋，但是能不能用上也未可知。你且不必多想，总之于你性命无忧。"

春娘放下心。

之后言尚捧书教她识字，当夜宿在此间。春娘学得十分认真，想报答对方救命之恩，唯恐自己表现得太笨让这位郎君失望。但是她仔细看，见言尚神色淡淡，她学得好与不好，错了没错，他都不怎么说她，不露出什么失望的神情。但要说鼓励的神情也没有。他丝毫没有给她遐想的可能，让她觉得可以借助教学从而接近他。春娘失落之时，再次羡慕起他的夫人来。

夜已深，春娘要退下时，言尚迟疑了一下，叫住她停步。春娘此时压根不觉得这位郎君会让她陪侍，她便只疑惑而望。见对方垂着眼坐在榻上，竟然面露赧色，低声："我还有一事，想向娘子讨教一些男女之事。"

春娘："啊？"她茫然：什么意思？让她陪侍？她看错这位郎君的为人了？

言尚低着眼，说："我与我夫人……喀喀，初初成婚，于此道，不太、不太……"

春娘："和谐？"

言尚松口气，说："是。"他微蹙眉，"我想对女子的身体多了解一些，防止她总生我的气，我却不知缘故，让她更气。且她身体娇弱，乃是易病体质，我不知道该如何注意。还有……"

春娘笑着坐了回来，尽是自信："那我确实可以相助郎君。这世间，谁会比我们这般出身的更了解这些呢？"

言尚微微笑了一下，这正是他的意思。他看书看得一知半解，和其他男子讨论，话题太过露骨、对女子充满不敬时，他又会不喜。思来想去，还是讨教青楼出身的女子更为方便。

灯火寥寥，一帐落地，春娘和言尚隔着帐子说话，倾身而问："敢问郎君与你家夫人成亲多久？"

言尚茫然了一下，心想这个有什么重要的，他说："半年多了。"按他稀里糊涂的算法，暧昧就如同成亲，从他对暮晚摇说那句"我心里不清白"开始，就已经在心里认了她。这不就如同成亲一样吗？

春娘算了算，觉得这正是小夫妻蜜里调油的时期，便问："那你们……体验如何？"

言尚顿时脸红，大袖落在榻上，袖中手指忍不住因尴尬而屈起，身子一下子坐得僵硬了。幸好隔着帐子，外面女郎看不到他的窘迫。只听到他淡定道："挺好的。我想知道的，譬如一些……常识，一些……女子的感受。还有、还有是否会怀孕……避子汤是否有效……"他蹙眉,道,"我夫人……好似不喜欢避子汤。"

春娘:"怎会有女子喜欢避子汤呢？郎君,你们既已成亲,为何不喜欢让你夫人怀胎？"

言尚沉默半晌,道:"我没有不喜,我很喜欢她能怀我的孩子……但是,时机不对,我有些难处。"

实际是暮晚摇不肯,春娘自然不知了,她幽声道:"是药三分毒,郎君还是让你家夫人少喝一些。"

言尚:"可是避子汤不就是为了避孕吗？不喝如何避孕？"

春娘有些怒:"郎君就不能体谅自己夫人一些？一定要行此事？缓上一段时间不行吗？"

言尚默然无语。

春娘以为他生气了,当即反省自己怎么敢跟救命恩人生气,她语气放软,柔声:"其实,若想避孕,也有一些不伤身的法子。比如……"

如此,春娘认真解释,言尚虔诚聆听,一夜过去。

各国使臣纷纷离开大魏,到了三月中旬,乌蛮王这边谈好了与大魏的新盟约,要离开长安了。长安官员将蒙在石送出长安城。言尚因参与乌蛮之事太多,许多章程都经他手,所以哪怕官位尚低,他也在送行之列。而言尚侧过头,见到了来送行的朝臣旁边,是丹阳公主暮晚摇。除了乌蛮王指名要丹阳公主送行外,她还是代太子而来的。

大魏最终给乌蛮派去了一位好学究,领着三四个弟子,去帮乌蛮研究他们的文字。乌蛮王又和大魏交换皮草,换来珠宝、书籍、工具等物。最后乌蛮王想假道伐虢,大魏这边看着能牺牲一小国,扶持乌蛮发展,也不算坏事,便答应了。乌蛮要去助南蛮王统一南蛮,而内里,大魏这边只希望乌蛮王和南蛮王斗得越乱越好。自然,一个平稳的邻居是最好的；但如果邻居家里天天打架,没有空理自己,这样也不错。不管出于哪种考虑,大魏继续扶持乌蛮上位,都是最好的选择。

而出了城,乌蛮王高大魁梧的身形边,大魏将之前南山之事后被抓的乌蛮勇士们全都放了回来。以克里鲁为首,众乌蛮武士惭愧地向大王行礼。蒙在石随意地扶起他们,眯眼看向另一边的暮晚摇。

暮晚摇那边，方桐等公主府的卫士自然同时被放了回来。打量着方桐，见对方之前在南山上受的伤都已经养好了，暮晚摇松口气，心想幸好她天天去催秦王，让三哥没敢报私仇，总算把她的人平安放回来了。

　　暮晚摇心情愉悦之时，余光看到蒙在石和朝臣们寒暄之后大步向她走来。她淡着脸看他，心里升起警惕感："太子要我告诉你，他为三郎在南山伤你的事赔罪，特意将杨三郎贬了官，送去做一个小小校尉，不知你还满意？"

　　蒙在石似笑非笑："你们大魏人诡计多端，谁知道你们心思到底在哪里。随便吧。我不在意那些了。"蒙在石站在她面前，盯着她半响，道，"果然你们大魏的风土养人。这三月以来，经历这么多事，我却见你漂亮了很多。"

　　暮晚摇淡声："天生丽质，没法子的事。"

　　蒙在石不禁笑起来，脸上的疤痕竟有些不那么可怖了。他指着暮晚摇，似笑非笑："竟会开玩笑了。看来我要走了，不带你一起，你很高兴啊。"

　　暮晚摇眼波轻轻飞起，向他望了一眼。天然无辜，春水蜿流，如何不让人心动？蒙在石停了一下，才哑声开玩笑："你我关系如此，不敬我一杯酒吗？"

　　暮晚摇目露一丝不耐烦，她今日代太子而来，给足了乌蛮王面子。但她本来的差脾气显然没打算收敛。暮晚摇非常敷衍地从旁边内宦的手中接过一盏酒，一饮而尽，敬了乌蛮王："一路顺利。"

　　蒙在石："然而你心里巴不得我出事吧？"

　　暮晚摇："有些话知道就好，说出来就没意思了。"

　　蒙在石："就如有些人留在过去就好，不必再出现了吗？"

　　暮晚摇看着他，半响道："当年你帮我救我，我还是感谢你的。但两国风俗不同，文化不同，到底……"

　　蒙在石随口接道："不能互相勉强。"

　　暮晚摇垂睫不语了。旁边内宦小声提醒，乌蛮王应该回敬公主。蒙在石随意地拿过盛满清酒的酒樽，看着暮晚摇。他目光从她脸上一寸寸移过，想到的都是被她弃了的二人过去。他垂下眼，微微笑了一下，道："我这一生，最喜欢的，还是你了。按照我们乌蛮的习俗，我应该强娶你回去才对。但是入境随俗，你不情愿，我也不想要一个不情不愿、随时准备在我睡觉时刺杀我的妻子。这一次回乌蛮后，我就会娶妻了。我不会为你停留，但是我最喜欢的,始终是你。"

暮晚摇默片刻,道:"没必要。"

蒙在石大笑:"你可真是冷血啊。还以为这番话,能让你说出一两句好听的话来。"蒙在石将杯中酒一饮而尽,道,"你祝我一路顺风,那我就祝你有个好夫君,好姻缘吧。"

暮晚摇诧异地抬眼看他,想不到他竟然没有记恨她屡次三番想杀他,还能放下。

蒙在石再喝了一盏酒,俯面而来。暮晚摇向后倾,却被他按住肩。他看着她的眼睛,俯身与她平视,认真十分地用乌蛮话说了一句:"祝你此生余生,再不用见到我,再不用见到你的噩梦。祝你永永远远地忘了我们父子这对浑蛋,祝你一生平安,得到你该有的幸福,做个真正的骄傲的公主。"

暮晚摇眼神一空,呆呆看着他。她目光闪烁,知道他到底对她手下留情,他到底是喜欢她的。他的所有行为,在乌蛮看来都没错,只是她是大魏人,不是乌蛮人。而他终是决定放手,给她自由。暮晚摇垂下眼,低声:"……谢谢。"

蒙在石目中浮起一丝促狭。

暮晚摇正要警惕而退,就听他飞快地用乌蛮话说了一句:"我偏偏不祝你和言尚修成正果。我巴不得他得不到你。"他倾来,就在她额心亲了一下。

旁边的内宦声音顿时拔高:"乌蛮王——你这是做什么——"怎能当众亲他们的公主!

蒙在石大笑着,亲完后就放开了暮晚摇的肩。她美目喷火,气势汹汹地伸手就推,而他已经快速退后。暮晚摇连忙拿过旁边侍女递来的帕子擦额头,又心虚地飞快看一眼朝臣列队中的某人。

蒙在石已经骑上了马,不等大魏朝臣对他亲他们公主的行为作何反应,手一挥,领着自己的队列纵马而去。风中传来他的朗声大笑——

"言石生!我送你们大魏一份礼物,回去你就知道了。你来我往,不必感激!"

长安城外平原,乌蛮王气势朗朗,领着一众乌蛮武人骑马远去。马速快极,尘烟滚滚。他们一行人轻骑而走,大魏送去的人和货物则在后缓缓跟随。众朝臣望着乌蛮王一队人远去,又回头看言尚,好奇乌蛮王所说的礼物是什么。

言尚的脸色晦暗不明，还在为方才蒙在石亲暮晚摇的事而不舒服。他勉强压下情绪，对众人摇了摇头，表示自己也不知。

官员们倒也不纠结这事。望着滚起尘烟，一官员看乌蛮王远去的背影，看那队骑士的雄壮之势，不禁感慨："乌蛮王倒是一介英豪啊。"

言尚："彼之英豪，我之敌寇，尚未可知。"

众官员纷纷点着头，各自琢磨，暗自不语。总算把最后一国使臣送走了，官员们各自告别，该忙的都要回去忙了。

言尚仍立在原地想一些事时，暮晚摇走到了他旁边，瞥了他两眼。她到底为方才蒙在石亲她额头的事心虚。暮晚摇咳嗽两声。言尚抬头看向她。暮晚摇慢悠悠："要去哪里？"

言尚怔一下，这才看出暮晚摇竟是主动示好，在外面朝臣面前跟他说话了。比起以前一出门就恨不得和他毫无关系、不要让朝臣误会的架势，丹阳公主现在纡尊降贵主动在官员们这边问他话，何其难得。

言尚正要回答，旁边一个官员欣喜若狂般地压着情绪："啊？殿下在和臣说话？臣正和言二郎要去趟秦王府。中枢对秦王殿下拟了旨，毕竟秦王之前偏向使臣，事后总是要一个说法的。"

暮晚摇："……"她讶然看向言尚旁边不知从哪里窜来的年轻官员，这个官员惊喜地看着她，真的以为公主殿下是来找自己说话的。而言尚那个没用的，他在旁边默了片刻，居然就闭嘴了。

年轻官员疑惑："只是殿下问这个做什么？"

暮晚摇望天："我正好要去晋王府一趟，见你们没有车马，准备捎你们一程，问你们可愿意。"

年轻官员："当然愿意了！"暮晚摇扭头就走，听到身后那官员拉着言尚，难掩激动道："言二郎，快跟着我！你今日是托我的福，才能坐上丹阳公主的马车，还不感谢我？"

暮晚摇猛回头，似笑非笑地看向言尚。见言尚问那个官员道："你不知道……之前南山的事吗？"南山之后他和丹阳公主的关系被传得乱七八糟，就算众人不觉得他二人有私情，也会觉得两人关系不错。怎会有人认为他不认识丹阳公主呢？

这个官员很迷茫："我之前为父守孝出京，这个月才回长安，有幸送乌蛮王出长安。南山有什么事？"

言尚沉默一会儿，难得开了玩笑道："这样啊。那我便要多谢兄台，让我托福坐上丹阳公主的车了。"言尚抬目，碰上暮晚摇回过头来，向他挑了个眉。心照不宣，有些轻佻。他侧过头装作看风景，唇角微微带笑，耳根红了一点。

第三十一章

同坐一车，车中却不是只有暮晚摇和言尚二人。多加了一个官员，这车中顿时就显得拥挤了。何况这官员因第一次登上丹阳公主的车而兴奋不已，喋喋不休，大有和暮晚摇一路攀谈下去的架势——

"殿下今日风采极好啊，彰显我大国之威。"

"殿下怎么会邀小臣同车？难道殿下认识臣？臣上一次见到殿下，还是三年前，那时殿下才回长安……"

暮晚摇不耐烦地摇着团扇扇风，她面容冷寒，试图靠自己的态度让这个官员闭嘴。乖乖坐车就是，哪来这么多话？那官员则不识人眼色，仍新奇地和公主说个不停。与他对比，言尚就显得格外安静了。暮晚摇向言尚看去，见他坐在对面低着头，听着官员一直缠着她，言尚唇角露出极轻的笑意。暮晚摇瞪着他，他好似察觉到她的凝视一般抬起了眼，主动在官员下一句攀谈话题之前，插了一句："快到秦王殿下府邸了。"

暮晚摇立刻抓住机会："难道中枢要惩办秦王？他抓我的人抓了两个月才肯放，就应该好好办一办！"

那个官员立刻嘴快，拍胸脯跟暮晚摇保证："殿下放心，我二人就是拿着旨去问秦王的罪的。最起码要秦王近期闭门思过才是。"

暮晚摇："他掌管三部，这一休息，说不定那三部中职务就有人会出问题。我觉得中枢可以趁机多看看，若是需要，我有几个官员可以推荐过去……"

年轻官员领悟了公主想安插人手的意思，笑道："这点小事，殿下有举荐之人，中书省会考虑的。"

暮晚摇立刻惊喜。所以言尚待在中书省有什么用？一点私情不理，一点小忙帮不上。他在中书省待了半年,暮晚摇就没捞到什么好处,顶多是什么朝廷动向的消息知道得比别人早一些。而这个年轻官员刚回京,就随口答应了帮暮晚摇一个小忙。暮晚摇露出笑,团扇也不摇了,身子还向官员倾了倾:"敢问郎君如何称呼?"

公主丽色逼人,目如湖摇,年轻官员当即不好意思道:"臣姓江。"

暮晚摇恍然:"可是清河郡大姓江氏一族的郎君?"

年轻官员:"正是。"

暮晚摇笑盈盈:"我知道。我一个堂姐就嫁到你们家,好多年没见过了,她在清河过得可好?"

如此,二人终于找到了话题。公主这般见利起意,让言尚在旁边看得无言以对。他试图咳嗽一声提醒,暮晚摇警告地瞪一眼,示意他不要打扰她忙正事。言尚初时听他们说话的内容还可以,但话题越来越深入,都开始讨论整个朝堂未来的安排动向……那两人这么不冷静,言尚只好当三人中那个打扰了人家两人攀交情的第三者了。他提醒:"江郎,不可将中书省的安排肆意宣讲。"

年轻官员一愣,然后反应过来自己被暮晚摇套话,说得有点多了。而暮晚摇狠狠瞪一眼言尚,大有嫌他多管闲事的意思。这般磨蹭下,秦王的府邸到了。年轻官员先下车,言尚在后。言尚要下车前,回头看一眼暮晚摇。他神情犹豫,见她冷冰冰地沉着脸,他轻轻扯了下她的袖子。言尚轻声:"殿下,我是为你好……"

暮晚摇瞥来,神色倨傲,唇角淡笑:"言尚,你给我等着。"

言尚叹,以为这便是结果了。然而暮晚摇忽而倾身,极快地咬了他耳朵一下。他脸爆红,一下子惊骇僵硬,猛回头怕车外的年轻官员看到。

暮晚摇又在他耳上一钩,嚼着蜜一般过腻:"你晚上给我等着。"

言尚:"……"

而她又一把将他推开,让他趔趄向后退,跌跌撞撞地摔下了车。他抬头向车中看,她以团扇挡着脸,只露出一双秋泓般的眼睛,勾着看他,波光潋滟。他喉头滚了下,连忙移开目光不敢多看。公主的马车悠悠然走了,言尚整理一下心绪,觉得自己不会出丑了,才去招呼旁边的年轻官员。

却见年轻官员凝视着公主马车后卷起的尘烟,怅然若失:"二郎,你说殿下会不会对我有意思?方才又是邀我同车,又是和我亲切聊天,殿下是不是有让我当她入幕之宾的意思？"他陷入烦恼，"那我是从还是不从啊？"

言尚："……"他道："怎能从？"

年轻官员看他一眼："你难道是嫉妒我与殿下相谈甚欢？"

言尚："……郎君少说两句，我怕你日后知道实情后后悔。"

暮晚摇到晋王府时，眼中隐隐约约带着三分笑意。她臂间缠着纱帛，玫红色衣裙曳至身后，过长的裙摆被侍女小心提着。而腰间衣带轻飞，钩着她纤细婀娜的腰身。远远望一眼，真如满树明花，簇簇灼华。丹阳公主这一路走来，娉娉袅袅，又是慵懒，又是雍容，让晋王府的妾室们都十分羡慕这般风流意态是如何养出来的。若是男子见了，必是要被勾魂摄魄，命都要给了她的。

暮晚摇是来晋王府看春华的。春华刚刚产子，为晋王生了长子，晋王高兴十分，天不亮就入宫请皇帝赐名。暮晚摇是在皇帝那里知道晋王有了长子的事，便过来晋王府看望。自春华进了晋王府，这也不过是暮晚摇来看她的第二次。就如暮晚摇自己说的那样，不想和晋王走得太近，这已经是看在春华生子的面子上来这里了。

春华整日被关在屋子里坐月子，还一直为外面的丹阳公主担心。她听晋王妃说，公主今日代太子送乌蛮王出城。春华听到这个消息，就又为公主如今的地位高兴，又担心公主见到乌蛮王会心情极差，悄悄躲起来难受。然而暮晚摇坐在春华床畔间，春华见公主目间噙笑，一点阴郁之色也没有。

暮晚摇催促："快让我看看你儿子。"

春华就连忙让侍女抱了襁褓中的婴儿来给暮晚摇看。暮晚摇凑身在旁边望了几眼，说："眉清目秀的，长得还挺好看。但我听说刚出生的小孩子不都丑巴巴的吗？"

春华温柔笑着解释："刚出生时没有长开，也许丑一点。但眉目长开了，就越来越好看了。殿下你看，岳儿在对你笑呢。"

暮晚摇挑一下眉："父皇赐名'暮岳'吗？岳这个字……还成吧。""岳"这个字有点大了，但是想到这是晋王府的长子，又觉得大点也无妨。暮晚摇端详春华，见日头暖融融地从外照入，女郎抱着她自己的孩子，低头轻声哼着歌哄孩子。春华和昔日比起来丰腴很多，身上也多了很多为人母才会有的和善爱意。这样的春华，看起来晋王待她是不错的。这让暮晚摇放了心。幸好她身份足够高,自己曾有过的悲剧才不会发生在春华身上。便是为了春华,她也应位置越来越高才是。只有她足够强势,她身边的人才没人敢动。

春华又笑着与公主说:"殿下抱一抱岳儿吧。"

暮晚摇嫌恶,手背在后,躲得远远的:"我才不喜欢小孩儿,不抱。"

春华知道公主的心结,便只是轻轻柔柔地建议,希望公主能打开她的心房。也许是和春华关系好的缘故,也许是这个屋子的温馨气氛让暮晚摇觉得安全,她一点点靠了过去,在春华的教授下,笨拙又僵硬地抱起了这个小孩儿。怀里的小孩儿眨着黑葡萄一样清清澈澈的眼睛,对暮晚摇露出笑。暮晚摇的心刹那间软成了一团,却微妙地僵了一下,她扭头哼道:"我手臂酸了,不要抱了。"

春华一直观察着暮晚摇的神情,暮晚摇才一僵,她就连忙抱过了孩子,怕刺激到了暮晚摇。春华小心看暮晚摇,以为暮晚摇会因此黯然,或瞬间冷脸,但暮晚摇只是闲闲地坐了回去,摇着扇子笑。显然那点不适,并没有给暮晚摇带来太大的刺激。

春华疑惑,心想:殿下好似真的比以前好了很多,放过她自己了很多。是什么让公主有了这样的变化? 春华心中一动,让侍女们将孩子抱走。屏蔽了下人,屋中只剩下两人,她才小声问公主:"殿下和言二郎……可还好吗?"

暮晚摇眉间的笑意便挡不住了,既有点女郎的自得,又有点小女孩的娇俏羞涩。暮晚摇大大方方:"挺好的。"她忍不住再次跟人分享,"我睡了他!"又皱眉,"可惜只睡了一次,他就忙得不见影了。我疑心他在躲,可他又每日向我请安,不知道我是不是多心……不过无所谓,反正他住隔壁,想躲也躲不了多久。"

春华就和守规矩的玉阳公主不一样了,满足了暮晚摇跟人倾诉的快乐感,惊讶捂嘴:"真的吗? 我还以为殿下和二郎早就、早就……"

暮晚摇可惜道:"他越来越不好糊弄了。最开始我说什么他就相信什么,现在我不露出点手段,他就真的很不好骗。跟这种聪明人相处,我压力好大啊。"

春华笑:"没关系的。二郎喜欢殿下。言二郎这般的人物,他喜欢谁,那个谁就应该放心他的人品才是。"

暮晚摇咬着唇笑。她坐在榻上,晃了晃腿,不太规矩。没有公主的气度,倒像是小女孩,暮晚摇眉目舒展:"我也这么觉得。如果他都让我不相信了,我对这世间才是真正要失望了。不过……"她偏头看春华,有点好奇,又有点不好意思,"你觉得他很喜欢我吗?"

春华道:"二郎就是喜欢殿下啊。我们都看得出来呀。"

暮晚摇犹豫:"可是他对谁都很好,我发现不管男的女的,通通喜欢他……"

春华:"但是二郎只会跟在殿下身后,不停地问'我又哪里做错了'啊。"

暮晚摇看春华学着言尚说话,不禁一呆,然后又忍俊不禁,笑着来掐春华的脸:"哎呀你学坏了,竟然会开玩笑了……"

暮晚摇自己就觉得言尚待自己与众不同,她只是需要从旁人口中来证实,看自己是不是情人眼里出西施,会意错了。春华知道她的犹豫和对男人的不信任,也知道公主其实是第一次喜欢一个郎君,会有很多迷惘和顾忌,所以非常坚定地鼓励暮晚摇。春华希望殿下能够过得好。殿下前半生那般不幸,后半生应该足够幸福,上天才是公平的。

暮晚摇和春华说了半天,最后问:"我向父皇建议,要给言尚升官。你说言尚知道了,会觉得我羞辱他吗?"

春华:"我觉得二郎不是那种拿恶意揣摩旁人的人。但是殿下如果不自信,可以亲口问他。我现在觉得,男女之间有些话,其实应该说清楚,不应该留下任何遗憾。"她眉目间笼着一点愁丝。

暮晚摇眸子一顿,和春华对视一下。二女都沉默下来,知道春华突然的感慨为的是谁。沉静之时,春华声音带点抖:"殿下,他、他还……"

暮晚摇淡声:"和你无关的人,不要多问。老老实实当晋王妾室,对谁都好。"

春华勉强笑了一下,点点头。

暮晚摇侧过脸看她,轻声:"过段时间你出月子了,还是要跟着晋王妃,知道吗?为人妾却生长子,没人庇护是不行的。"

春华道:"我晓得。我心中还想着,若是再过一年,王妃还是生不下孩子,我便求恩典,求王妃来养岳儿,让岳儿记到王妃名下。这样,对谁都好。"

暮晚摇沉默片刻,问:"五哥待你可还好?"

春华:"还好。"

暮晚摇就点了点头,而说话时,外面有人通报,说晋王回府了,问起公主。

暮晚摇厌恶道:"我不在他这里用晚膳,不用管我,忙他自己的去吧。"

门外的仆从去回话了,春华则看着公主,奇怪道:"晋王其实守礼规矩,

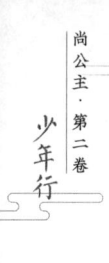

殿下怎么好似一直不喜欢他？"

暮晚摇道："因为我能看出他一直在装。"

春华失笑："那又怎样？装出的'仁义道德'，那也是'仁义道德'啊。装出的圣人，那就是真圣人。"

暮晚摇："因为他装得还不够好，能让我看出痕迹来。我不喜欢这种不真挚的人。这种不真挚的人，一旦本性暴露，定会出大事。而若是一辈子失了本性，装成这样，他也完了。"暮晚摇皱眉，"他想给别人一种不争的君子印象，这些年也一直这样……其实言尚也是这样的。但是言尚的平日行为，就给人一种很真的感觉。言尚会与人推心置腹，会体谅每个人……五哥他做不到这点，看着就很别扭。两人的区别，就是言尚是想当真君子，而五哥只是想拿君子当一种手段……所以我接受言尚，却不喜欢五哥这样的。你不要对他太上心，知道吗？"

春华迷茫，便只点头，说自己记住了。

言尚从秦王那里回来，听到一则消息，就回了中书省。在中书省，他见到了乌蛮王给大魏留下的礼物——一个叫罗修的乌蛮使臣。

这个罗修明明是大魏人，却是乌蛮使臣。言尚之前还见过这个人，却没想到蒙在石将这人给大魏留了下来。中书省这边都弄不清楚这人是谁，言尚来之后，他们就将这个麻烦的人物丢给言尚了——谁让言尚和乌蛮王打交道最多呢，就让言尚来猜乌蛮王的真正意图吧。

言尚和那个罗修谈过后，告诉中书省的其他官员，说罗修其实是南蛮王派来的使臣，不是乌蛮王的。

官员们诧异："你试探出来的？"

言尚温和："嗯。"

官员们点头，几月相处，他们对言尚的口才已经十分相信，当下也不怀疑，只是暗自思量南蛮王的意思。

良久，一个官员道："这样的话，这人确实是一份大礼了。南蛮让这人来，显然是想间离我们和乌蛮。我们应该将这人留在长安做官，随便安排一个职务，反正绝不能放这个人回去南蛮。"

这便是那些大官员研究的事，言尚只需听令行事。待那些官员给罗修商量好了一个官职后，言尚便被安排去抚慰罗修，威胁罗修在长安好好待着，别想回南蛮。

言尚如常办了差事后，那个罗修浑浑噩噩，倒十分相信言尚。毕竟言尚一则官职低，二则语气温和，三则人长得就像好人。他轻松地哄骗罗修安心待在长安，又宽慰对方说会帮助对方回南蛮去的。

罗修："郎君，你可要帮我啊！我不是你们大魏人，在这里常住不习惯的！我若是出了事，我们大王会不高兴的。"

言尚笑一声，和气应了。

办完这些事，回到自己的府邸，言尚让韩束行出来。韩束行当日被暮晚摇拿去想假扮乌蛮王，被言尚要来后，演兵之事结束后，韩束行就一直待在言尚这里了。

言尚在书房中低着头思量，韩束行就笔直地站在他面前。言尚抬目看对方站在阴影下的魁梧身形，若有所思：罗修的相貌是大魏人，却心向南蛮；韩束行的长相是乌蛮人高鼻深目的风格，却对乌蛮没好感，对南蛮也没归属感。这二人对比着来，倒是有趣。

韩束行沉默地任由言尚打量他，兀自不说话。多年卖身为奴的生涯，养成了他麻木讷言的性格。贵人们要打要骂，他都已经习惯。反是最近在言二郎这里，言二郎以礼相待，已经让他很不自在了，怀疑言二郎有大目的。韩束行觉得任何人越是对他好，越是有着让他以死相报的目的。他无所谓地想着：随便吧。反正二郎对他很好，就是要他死也没关系。

韩束行麻木地站着时，听到言尚温声开口，抱歉道："我原本答应你，演兵之事结束后，乌蛮王离开长安后，你的存在安全了，我就归还你的奴籍，放你离开长安。但是现在我有一件事麻烦你帮忙……"

韩束行心想：果然。这些贵族从来说话不算数。言二郎也是如此。

言尚将一张奴隶契约书放在案上，向外推了推，示意韩束行可以拿走。他道："我要托你办一件事，你再离开长安。之前没有先例，我就先拿郎君当游侠身份相待吧。不知游侠答应帮人做一件不涉及性命危险的事，价格如何？"

韩束行怔一下，蓦地抬头，向书案后的郎君看去。他看向言尚推过来的那张纸，哑声："……这是什么？"

言尚："奴籍啊。我不是说放你自由吗？"

韩束行发呆一会儿，道："二郎不应该这时将奴籍还给我，应该是我帮你做完事，你再给我。如此，你才可放心我不背叛。"

言尚微笑："我只是雇你做个生意而已，没什么背叛不背叛的说法。我说过你应是自由的，性命不该为我所控。你只要不危害大魏，任由你想做什么，你都可以去做。"

韩束行："……你真的会放我离开长安，不会派人中途杀我吗？我是乌蛮人，生来和你们大魏不对付。你们不都说贼子野心，不都说'非我族类其心必异'吗？你怎么会真的放我走？"这话韩束行平时绝对不会说，因为他根本不信任这些贵人。但是言二郎……面对言二郎，他想问这么一句。

言尚说："虽则如此，无罪当释。你当了多年的奴隶，不知道自己想做什么，也没什么想做的，你尽可以离京自己去尝试。我会不会中途派人杀你，我现今如何保证你也不会信。不如试试看看。韩束行，这世间并非没有正道。"

韩束行看着言尚许久，缓缓道："你要我帮你做什么？"

言尚："不是帮我，而是我雇你。近日长安会有一个叫罗修的官员，他本是南蛮王派来的使臣，乌蛮王将他留下，说是送给大魏的礼物。我姑且相信乌蛮王的气魄，相信他真的是送了大魏一个礼物——在这般前提下，这个罗修一定是做了或者打算做对大魏不好的事，乌蛮王才会投桃报李，把这人留下当礼物。罗修必然和大魏官场格格不入，如果他急切回到南蛮的话，一定会试图和长安的乌蛮人联系，也许是帮传消息之类的。我雇你，是因为你是乌蛮人的长相，很容易让罗修信任。而到罗修身边，你去和他谈……我想知道，罗修到底在大魏做了什么，或者准备做什么。"

韩束行点头。这事确实很轻松，没有性命危险。他将案上的奴籍拿走，其实他不识字，打算之后找人帮他看看这纸上到底是不是自己的奴籍。

韩束行离开后，言尚揉了揉额头，又沉思了一会儿，自嘲笑："还是利用了人心。"利用了韩束行的心理，让韩束行一心一意地报答他……他并不是韩束行以为的那种真正光风霁月的人啊。

言尚坐在书房，继续处理其他的公务。忽而，外头闷雷轰轰，噼里啪啦下起了雨。言尚侧过脸，看向窗外的雨，眉心轻轻跳了跳。他让云书进来，问隔壁的公主府上，公主可曾归来。

答案是：还未归来。

暮晚摇被大雨困在了晋王府，不得不在这里用了晚膳。晚膳之后，晋王想和暮晚摇聊天，暮晚摇却又躲回了春华的屋子里。暮晚摇这么不给面子，晋王的脸色当场有些不自在，却还是忍了下去。

而春华屋中，暮晚摇和她嗑瓜子吃点心，春华担心："殿下还不回吗？"

暮晚摇："偏不。"

春华迷茫，不知道公主这心思是什么。但她很快知道了。因方桐从外进来，站在屋外向公主报道："殿下，天冷了，公主府的人派人送了袖炉来，又带了伞，说接公主回去。"

暮晚摇唇角一翘，丢开瓜子，看向春华笑："你看，有人爱操心，送袖炉来了。"

春华欣慰："府上侍女终是贴心的。"

暮晚摇笑着起来，示意春华跟自己一起去看看。她推门出去，从方桐手中接过袖炉。方桐撑着伞，春华和侍女们也撑着伞，一路送公主出府。府门外，黑漆漆的雨夜下，地上水潭被马车上的灯照得如同明昼。

一人站在马车旁撑伞而立，转过脸来，面容清隽秀逸，春华脱口而出："言二郎！"

暮晚摇走向言尚。言尚对春华这边微微点了下头，行过礼后，扶着公主上了马车。雨水打湿言尚背对着他们的衣袖一角，他伸手扶着暮晚摇的手臂，托她上车。仰着面，雨水滴答飞上他睫毛。

春华安静看着。公主就需要这种八面玲珑、心思极多的人照顾啊。暮晚摇居然都猜到言尚会来找她，可见二郎真的越来越深入公主的生活了。

马车走远了，众人回王府，旁边有侍女不懂，小声问春华："丹阳公主不是未婚吗？可是那位郎君……怎么像是驸马的样子？"

春华低斥："别乱说。"但她心里想，也许真的会是驸马呢。

第三十二章

同坐一车，雨夜行路。华盖外的灯火影子照入车内，重重灭灭。暮晚摇靠着车壁，合眼，并不理会言尚。言尚在她上车时用毯子盖住了她的腿，这会儿又低头拨小案上香炉中的香料。他忙得实在是无事可忙了，才向暮晚摇看去。他微有些失落。原本以为自己来接她，她总有几句玩笑话对自己，或

267

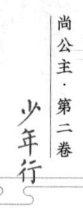

者会撩拨自己。

不过言尚看她闭目而坐的模样，又怜惜她也许是和晋王过了招后累了，便不该打扰她。何况暮晚摇恬静乖巧的样子，实在不多见。她睁着眼睛时一靠过来，他就要调动心神应对。她闭上眼装乖的时候，言尚的脑子都不会那么糊涂了。他便手肘撑在案上，凝目看她。外面的光一重重落进来，他忍不住悄悄端详她，越看越是目中柔软，越看越是心里喜欢。而他的喜欢就是安安静静地看着，唇角带着一丝笑，也不过来招惹她。

暮晚摇忽然开口："你看什么？"

言尚吓一跳，睫毛剧烈地颤一下，就见对面坐着的暮晚摇睁开了眼，向他望过来。她唇角带着促狭的、揶揄的笑，便是这种似是而非的笑，又弄得言尚脑子如糨糊一般了。他低下头，尽量镇定："没看什么。"

暮晚摇："不信。"

言尚："真的……咳，我在想事情。"

暮晚摇眉毛弯了一下，好整以暇地手托腮，倾身也来靠着案几。这案几下面有机扣，可以旋转。暮晚摇靠过来，脸便离言尚不过一点距离了，呼吸尽在寸息间。言尚不动声色地坐直，换来暮晚摇挑眉笑他。他脸有些烫，当作没看出来她那调侃自己面薄的神色，硬着头皮给自己找个借口："我是在想作诗的事。"

暮晚摇愣了一下："什么作诗？"

而言尚这么一说，发现他也许还真的可以趁着这么好的机会，向暮晚摇讨教。他多次去北里教春娘习字作诗，春娘的进度一点点加快，他在作诗上那点贫瘠的造化，就有点不够用了。言尚蹙眉："官场往来，宴席之间，总是会作诗来乐。殿下平时大宴群臣，也会作诗吗？"

暮晚摇："会呀。这有什么难的，信手拈来嘛。"

言尚："……"他怎么就不能信手拈来，每次都要提前准备？言尚微有些沮丧，沉默下去。俄顷，他感觉到自己的膝盖被人踢了踢。他低头看去，见昏昏的案头下，一只秀而翘、细嫩白净的玉足抵在他膝上，轻轻揉了揉。珠履被丢开在裙裾下。他看到她的脚，脸一下子涨红，几可煮熟。

暮晚摇微妙笑一下，正儿八经问："怎么了，你不会作诗？"

言尚才哑着声颤道："是、是……"

暮晚摇身子一侧，不让他挨到她的手，继续很正经："问你话呢，你走什么神。我这么认真地关心你作诗好不好。言二哥哥，你变了。"

言尚苦笑，声音沙沙地回答她："你会不会觉得我才学很差？我见你也不怎么看书，但每次作诗时都写得那么好。而我每次都提前做准备，真到用的时候，却还是中庸之作。"

暮晚摇故作惊讶："咦，我以为你是故意中庸呢？我知道你最喜欢混在人群里，不希望自己被注意到了。"

言尚声音都有点躁，不像他平时说话时那般慢条斯理："我得有那般本事，才能伪装中庸吧？我本就中庸……殿下，我是哪里错了，才写不好诗？"

暮晚摇打量他，显然写诗不好，对言尚来说打击很大。他大概初时只以为自己书读得太少了，所以写不好诗；但现在他日日读书，得了老师的教诲又不知看了多少佳作，他却还是写不好诗。这种自我要求高的人，自然就会怀疑自己是哪里有问题了。他想当个完美的人。

暮晚摇便不开玩笑了，认真回答他："你写不好诗，并不是你书读得太少，也不是你不够专注不够用心。你已经足够用心……言二哥哥，你是不可能写出好诗的，你就不必指望了。"

言尚抿唇，微有些不甘："为何这么断定我写不出？"

暮晚摇慢悠悠："写诗嘛，不外乎三种因素，一是经历坎坷，有感而发；二是想象大胆，诡谲漫游；三是心思敏感，闻花落泪。你看看你符合哪一条？你是人生经历复杂到足够有内容可感慨呢，还是敏感得悲春伤秋，或是你有什么大胆的想象，能靠诗作来发挥出来？你一样都没有。"

暮晚摇唇角弯了下："人生经历这些，待过上几年，也许你就能写出一首真正足够传世的诗作。悲春伤秋我看你这辈子做不到，也不用指望了。而论想象，不是我说你，言二哥哥，就你这般贫瘠的想象，你还是死了这条心吧。你走的是务实路，不是思维大胆乱飞那条路。你的想象根本就不行。"

言尚顿了许久，说："我的想象没那么差吧？"

暮晚摇心想对床事毫无想象的人，居然觉得自己不差。她一言不发，而是将玉足收回去，言尚膝盖仍开着。压力顿失，快乐也随之失去了。他眼尾仍是红透，抬眸呆呆地看她，有些怅然若失的，就见她转过半个肩，开了她旁边那道小窗，外面的雨水洒进来了一些。车中滚烫的气氛被雨水的清凉一降，言尚闭目，趴在案上，轻轻喘了一口。

暮晚摇指节敲敲窗木，言尚就抬头去看，见她示意他看外面的雨，说："你将雨比作什么？"

言尚胡乱地、硬着头皮道："像、像帘子？"

暮晚摇哂笑："不过是前人这般比，你就这么说，根本没有自己的想法。"

言尚呆呆地看她："那你会怎么比？"

暮晚摇："嗯……像是飞，像是银河撒星，像是逆水夺天，像是……言二哥哥的头发丝。"

言尚怔愣，暮晚摇对他眨了一下眼。她手伸到暗下，在机扣上拧了一下，案几就开始向旁边转开。言尚只好坐直，不靠着案几。她推开了案几，就弯着腰向他这边过来了。言尚向旁边挪想为她让位子，她却按着他的肩，跪在了他的腿上。他抖一下，她没有跪好，从他腿上滑下去。

暮晚摇不满道："言二哥哥，帮我！"

言尚叹了口气，只好伸手搂住她细细一把的小腰，帮她跪在自己怀里，任她利用跪坐的姿势比他高了许多。她就捧着他的脸，低头让他仰脸。暮晚摇手指温温的、嫩嫩的，搭在他面上抚摸。她细白柔软的手指拂过他的眉、眼、鼻、唇："哥哥的眉毛像春光一样流连，绕到我心里；哥哥的眼睛像月光下的清湖，让我揽镜心悦，哥哥的鼻子像秋刀，杀我不眨眼；哥哥的嘴巴软软的，像果肉，让我好想亲一亲。"

言尚怔怔地仰脸看她。外面的金色光落在他的眼中，星河中映着一个小小的她。他搂她腰肢的手收紧，暮晚摇看到他喉头滚动，白色肌肤下红色漫上。他凑来就想亲她，被暮晚摇伸指压在唇上。

暮晚摇笑吟吟歪头，娇媚地看他："我比得好不好？"

言尚："嗯。"

暮晚摇不满："你好敷衍。"

言尚已经不知道说什么了，他胸口胀胀的，拉开她细细的手指就想仰头亲她。她却笑着不肯，向后躲，而他箍着她的腰，又让她躲不了。言尚的唇就落在了她颈上，换她轻轻颤了一下。暮晚摇低头，看他有些蒙的表情。

暮晚摇害羞道："你可以继续向下。"

言尚仰头看她，目光湿润，睫毛翘起如羽飞。

暮晚摇抬手摸自己的眉心，说："蒙在石今天亲我这里了。"

言尚表情僵了一下，拉住她的手。暮晚摇瞥他："你可以从这里，一路亲到我心口。都是你的。"

换在平时他会犹豫,然而他方才被她招惹,已经很是难受;且她突然提起蒙在石,让他早上时那股不舒服一下加深;而且她手指着自己眉心,漂漂亮亮的、喜欢的女孩就跪在自己怀里,言尚忍不住。他拉下她的颈,就亲上她的眉心。将她小小的、软成小猫一样的身子抱在怀里,言尚吻着她的眉毛、眼睛,细细密密,如雨一般向下。

他变得有些激动,碰触也有些失了边际。他手指在她腰上颤了颤,气息再次到了她颈上。暮晚摇俯眼,手搭在颈处,将纱绸拨弄如流水一般分开。高山上月光清照,白色雪光照人,光华淋漓,美不胜收。登山人除了虔诚膜拜,又能如何?

她闭目捂自己的心口,小声:"亲一亲这里。"

言尚低头,额头抵在她心口:"摇摇……"

暮晚摇:"嗯?"

言尚:"我、我……我好难受……"

暮晚摇忍笑:"不要忍嘛,我又不是不愿意。"

言尚:"可是、可是……"

暮晚摇柔声:"怎么啦?你别害怕,不会有人知道的。"

他忍得脸色都僵了,暮晚摇低头亲他,便是他的汗水,她都觉得喜欢。

言尚:"不是,你……你……你癸水什么时候来?"

暮晚摇一呆,饶是她这样的,都被他莫名其妙的问话弄得迷茫。她亲他的颈,说:"问这个干什么?"

言尚喘着气:"春娘说,癸水前后都不能……"

暮晚摇一顿:"春娘是谁?"

她语气有点冷,但他这个时候正水火交融,没有听出来。他只抓着她的手,迷糊地看着她:"我教她习字的……怎么了?"

暮晚摇:"你睡她了吗?"

言尚一怔,说:"怎么可能。"他抵着她,轻声,"你知道,我只有你一个的……摇摇,别折磨我……"

暮晚摇心便一下子软了。她想等自己之后再让方桐去打听,男人嘴里说的未必是实话,但是她现在还是信任言尚的。何况他这般样子地蹭自己,暮晚摇便重新笑起来,与他低头亲了一会儿,说:"原来你这么久不来找我,是担心我会怀孕啊。我说呢，还以为你是真的柳下惠。"

言尚看过来。

她亲他，笑眯眯："你都让我怀疑我的魅力了，你知道吗？"

言尚低声羞赧："我想的……可是……"他半晌低落道，"我当时就不应该与你那样。"不和她做下那种错事，他今日就不会总是想着那事，被逼到这种地步。明明知道不该，可是他又想。

暮晚摇不悦："你现在是怪自己意志不坚定，还是怪我引诱你堕落？"他要说话，暮晚摇怕他又来破坏气氛，就捂他的嘴，"好了，不要在乎那种小事了。我可以为你喝避子汤的，别在意那些。"

言尚抿嘴："我不能让你喝避子汤。那对身体不好。"

暮晚摇心想他怎么突然就知道了，心里记下这事，估计和他口中那个春娘有关。暮晚摇已经大约猜出言尚恐怕是向青楼女子去了解过这种事了，不然他不会清楚这事对女子的伤害……只是之后还需要方桐去证实。按照暮晚摇平时的脾气，她一定会当场质问言尚。但是她现在总觉得自己对言尚不够好，便不想和他吵，只想加倍地补偿他。暮晚摇便说："没关系。只是偶尔一次，不会生孩子的。你不相信我吗？不过，我问你个问题。"

他郁闷道："非要这个时候？"

暮晚摇："按说演兵之后，你应该升官了，中书省有给你做安排吗？"

言尚含糊道："我不清楚，但我老师说，应该会派我离开中书省，去尚书六部中随意一部吧……怎么了？"

暮晚摇心里有了数，就说："要是我在父皇面前也为你请官，让你这次升调更好一些，你会觉得我羞辱你，怪我多事吗？"

他勉强定了定神，思考她话里的意思，低声："我不怪你……可是你为什么要帮我请官？我不是说过不用吗？"

暮晚摇放下心，笑道："我奖励你嘛。"

言尚停顿半响，才说："……原来是这样。"

暮晚摇："不高兴了？你看你，刚才还说没有不高兴呢。"

言尚叹口气，说道："以后别这样了。我不希望这样。"

暮晚摇："嗯？"

他口中含糊道："一次就升一个官。这买卖是不是太好了？你要真有这心，还不如、还不如……让我当驸马呢。"

暮晚摇瞪圆眼："你说什么？！"

他红脸，又梗着脖子道："驸马啊！你为什么这样笑话我……难道我不能求个名分吗？"

暮晚摇连忙说他可以，只是时机未到……总是乱哄一通，又来爱他抚他，让他不要在意那些。

雨水哗哗敲打车门车窗，春光正是明媚。雨夜行路比平时要慢，又因坊门关闭的原因，层层递腰牌，总是不能像平时那样快速回府邸。方桐等卫士骑马跟在马车后，黑乎乎的巷口，方桐看到一个郎君站在巷口。

方桐立时警惕地抽刀："什么人在那里？"

站在公主府巷外墙下躲雨的杨嗣抬了脸，懒洋洋："是我。"

看到是杨三郎，方桐收了刀，众卫士下马行礼。杨三郎要走向公主的马车，方桐神色古怪，伸手来拦了一下。但杨嗣何等身手，只与他拆了两招，就错过那些卫士，到了马车旁边。杨嗣敲了敲车门："摇摇。"

里头隔了一会儿，才传来暮晚摇不悦的声音："方桐不拦你吗？"

杨嗣："你不让我上车说话吗？"

暮晚摇："不方便！你敢上车，我立刻和你翻脸！"

杨嗣挑一下眉。原本没在意，她这么一说，他反倒在意了。雨水落在杨三郎的身上、面上，杨嗣哂笑："你这是背着谁偷情，怕被我撞上呢？"

暮晚摇声音紧绷："关你什么事！"

杨嗣耸肩，道："摇摇，我要离开长安了。"

暮晚摇好一会儿，才轻声："是吗？什么时候？太子同意了？"

杨嗣咧嘴笑："我就知道你懂我，不用我跟你解释原因。是这样，我约你一起去慈恩寺看戏场，你去不去？"

暮晚摇："好。你给个时间。"

杨嗣和她隔着马车说了一会儿话，最后告别时，又忍不住："真的不敢让我上车坐？"

暮晚摇恼羞成怒："快滚吧你！"

杨嗣大笑，转身就走，回头还戏谑留一句："放心放心，偷吃记得擦干净嘴，我不会告诉言二的。"

人走了，方桐在外提醒："殿下，车快进巷子了。我们到府上了。"

暮晚摇自然懂方桐提醒的是什么："嗯。"

273

车中，言尚低着头，和她各自收拾自己的衣裳，两人都不说话。半晌，言尚终是没忍住，他咬牙："你告诉我，外面人不知道里面在做什么！"

暮晚摇装无辜："是不知道啊。"

言尚有些生气："你当我是傻子吗？不知道的话，方桐为什么要提醒你快到巷子里了？他平时怎会突然这么提醒？"

暮晚摇心虚，没说话。

说话间，马车停了下来。言尚一点不犹豫地下车走了，连伞都不撑，就那般气急败坏地回府。方桐这边为公主撑了伞，立在车下，暮晚摇望向隔壁府邸关上的门。方桐半晌："殿下，你真的把二郎惹生气了？"

暮晚摇不确信地道："应该……没有很生气吧？男人会生气这个？"

方桐道："殿下问我？我当然不会生气……但是他是言二郎啊。"

暮晚摇默然无言，和自己的侍卫长面面相觑。

方桐不安道："殿下，这个……是不是我刚才不应该说话？"

暮晚摇叹气："这也没法子。你也不知道他聪明成这样嘛。你就问了一句话，他就猜到了。"

方桐愧疚："那属下次日去寻二郎道歉吧。"

暮晚摇乐观道："不用。你装作没有此事才是真的。你要是去道歉，他肯定尴尬得不行。还是我改明儿去讨好道歉，哄他一哄吧。他脾气这么好，说不定今晚过后就不生气了。"

主仆二人进府，商量着明天如何备下礼物，去哄那个好似生气了的郎君。

第三十三章

暮晚摇实在过分。她给言尚赔礼道歉的方式，是真的给他送了很多礼物。生在皇室，她见过的赔罪的方式就是皇帝大手一挥，赐下礼物给人赔罪。皇帝从不会口头道歉。暮晚摇从小长在这种环境中，也不会伏低做小。她终是像她讨厌的父皇一样，像赏赐宠妃一样地、流水一般地往隔壁搬礼物。

言尚回来见到自己院中堆满隔壁送来的珍品，当真又气又好笑。气她道歉就知道送东西，不知道以诚相待；好笑她快把他院子堆满了，就为了他能谅解。她就不能亲自跑一趟,哪怕给他一个眼神,让他知道吗? 她平时装可怜的本事不是挺厉害的吗,怎么这时候就不会了? 不行,他得改掉她这个坏习惯。

而今言尚当官半年,他早已摆脱了当日的贫寒。大魏官员的俸禄是非常可观的,哪怕言尚是个八品小官,朝廷东赏赏西赐赐,每月各种赏赐下来,他都快把这家府邸彻底买下来,不用再每月给隔壁租资了。暮晚摇既然要送礼,言尚就干脆让府上管事拿着账簿来算。结算好府上财物,言尚又让管事挪动资金,准备凑钱干脆把这座府邸买下来。

暮晚摇翘首以盼没盼到言尚接受她的道歉的意思,纳闷不已,心想难道是礼物送得太少了? 她便更起劲地去赏赐。这下言尚连在巷子里见到她,都只是规规矩矩地行礼,不肯和她亲昵了。暮晚摇郁闷之余,不禁有些烦躁。她却也不是无事可做,突然想起来一事,就招手让方桐进来,让方桐悄悄去打听言尚和那个叫什么春娘的关系。

方桐:"谁是春娘?"

暮晚摇瞪眼:"我怎么知道?"她停顿一下,多说了几句,"应该不是哪家贵族女郎,北里名妓的可能性比较大。你去北里打听,务必给我弄清楚。例如她是什么人,家乡在哪里,什么时候来的长安,什么时候认识的言尚。给我搞清楚言尚和她之间怎么回事,言尚夜宿北里的时候,是不是睡在她那里。"她磨刀霍霍,咬牙切齿,"言尚还跟我生气! 他要是晚上和这个春娘共睡一室的话,我绝不饶他!"

方桐:"那得花些时间了,一两日恐怕不够。"

暮晚摇瞥了他一眼:"那你还不赶紧去?! 等着我请你吗?!"

眼见公主拍案要发火,方桐连忙告退出门,领上几个卫士骑上马出门去了。

言尚在中书省办公,刚刚递交上一份折子,仍是针对之前使臣来访的遗留问题。言尚指出大魏居中,对周边小国的了解多依赖多年前的文献和资料,随着旧臣们一一老去,大魏和周边小国们的关系已经不如往日那般牢靠。这一次来大魏的使臣中,就出现了几个大魏没有听过的小国,还出现了好几个原本应该到场结果却被灭国的小国。而大魏好客,不管听没听过,都一样接待。就拿乌蛮王来说,乌蛮王要"假道灭虢",势必又会有一个小国悄无声息地消失。乌蛮这一次是大魏知道的行为,而大魏不知道的,必然更多。

言尚认为，大魏有必要派使臣出使各国，将如今各国局势重新弄清楚，和各小国加强联系。再者，户部银钱年年不够，正可以派户部的官员跟随使臣一道，再辅以兵部的武力，打通大魏和各邻里国之间的贸易。大魏官方没有正式的经商渠道，全靠各胡商、商人跋山涉水自己悄悄做生意。言尚给出数据，说往年来，死在经商途中、为贼患所杀的商人十之有七。朝廷该加强管控，重视这方面的问题才是。

言尚的这道折子写了三天，递上去三天后也没动静。他心中沮丧，以为自己到底位低言轻，上面那些主事的大官都根本不屑于听他的高谈阔论。然而他一个小小主事，在中书省就如同打杂一般，根本忙不上什么正经事务。这个官当得他实在迷茫，又觉无趣。

而这一日，言尚在府衙给润笔一道折子时，一个和他同级的官员进来，与他打了声招呼："素臣，你老师回来了。"

言尚抬头，讶了一声。刘相公忙他女儿和离的事，如今是终于把那对闹着分家的小夫妻送出长安了吗？

进来坐在自己案前的官员扭头，对他和善笑了笑："刘相公让你过去一趟。"

刘相公正在和中书省的其他三位相公一起吃茶。大魏一共堪堪五位相公，中书省占了四位，门下省一位，尚书省是绝无可能出相公的。而今中书省这四位相公便坐在一起，刘相公拿着其他几位相公转给他的折子，看到署名是"言尚"，刘相公就嗤了一声。

和刘相公关系好一些的张相公笑道："你这个学生，不过是中书省一个打杂的，却一点不肯安心打杂。整天动不动上折子，把我们几个人烦得不行。说他吧，看在他这般认真的分上、看在你的面子上，我等也不好说他多管闲事。不说他吧，这每天上折子，实在是烦啊。"

刘相公道："驳回他的折子就行了。"

另一没开口的相公道："你说得轻松。你自己这位学生，你不了解吗？若是能轻易驳回去，我等早就驳了。"

对方变着法在夸言尚的才能让人无法驳，刘相公闻言，抚着胡须，肃然面容上忍不住浮起了一丝笑。

张相公道："刘老头，你莫笑。你且看你这个老师怎么当的？你不管你学生,你学生也不问你。我看言素臣上的这些折子,你都不知情吧?你这放手,未免放得太多了。"

刘相公道:"你若是有我这么一个学生,你也会忍不住放手让他自己来的。学生什么都不靠老师,就搞定了所有事,最后只是来通知老师一声……这种本事,你不羡慕吗?"

其余几位相公便都想到了演兵之事,言尚在中间发挥的作用。之后言尚向兵部递交的各国擅长兵力的资料,甚至比杨三郎这个真正跟乌蛮王动了手的人都要详细一二分。再有南山之事引出的公主和亲之事,两国盟约之事……言尚都办得极妥。这全是在刘相公不在中书省、无人给他提供帮助的前提下达到的。

一个相公道:"我便纳了闷,他是中书省的人,兵部那边居然和他合作得不错?之前是把他调去鸿胪寺帮忙的吧?你们猜鸿胪寺卿前两天找到我说什么?他问言素臣要是在中书省作用不大的话,不如将言尚调去鸿胪寺。鸿胪寺实在喜欢这个人,想要这个人。"

另一相公:"巧了,兵部侍郎也这样说。"

刘相公似笑非笑:"兵部侍郎这么说,是因为他们觉得言尚是太子的人,不想言尚留在这里帮太子。把言尚一个文臣派去兵部干什么?一个文人给一群武人磨砚吗?帮他们拟折子吗?"

张相公故意道:"有何不可?言二在中书省,不就是做这般打杂一样的活儿吗?"

刘相公哂声:"能在打杂的活儿中找到差事自己忙起来,本和他无关的事他能插上一手……这岂是一般打杂的?"

几位相公俱沉默。良久,一位相公叹道:"我有预感,刘公,你的几位学生中,就你这个小学生的未来成就,不可限量。而我等已然老了,不服老不行。"

刘相公挑眉:"你老归你老,我还没老呢!老夫还能为朝廷效力起码二十年,不要将我和你放在一起比。"

知道刘相公素来不服输,说话的相公摇了摇头,不和对方辩。这位相公说起另一事:"我们几位和吏部的人一同商议过了,言尚这一次理当升调。陛下也问过此事。我等的意思是,让言尚先下尚书六部,将各部走一遍,如果那时候他依然不错的话,就让他重回中书省。"

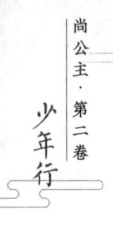

刘相公明知故问:"回中书省做什么?"

那位相公似笑非笑:"回中书省,为中书舍人。正五品官,不算辱没人吧?"

众人皆是一顿。留在这里的四位相公,全都从中书舍人这个官位上走过。因中书舍人,几乎是预备给未来宰相的官职。正常情况下,中书令都要做一遍中书舍人才是。而身为中书舍人,只要不出意外,几乎可以确定未来的宰相路了。一言以蔽之,这里的几位相公都看出了刘相公对他小学生的安排,并且在暗中助力。

张相公道:"若是不出错,言素臣三十岁时,便可为中书舍人了。"

刘相公叹:"我这个学生不能以常理推之。他肯定会出一些事。我们打个赌如何? 说不定我这个学生,三十岁时可以走到宰相这一步。"

其他几个相公皆笑,不信:"刘老头喝多了吧? 也罢,你这般相信你的学生,我们就与你赌一赌便是。"

言尚到刘相公这里来拜的时候,听到屋中几位相公的朗笑声。他进去后,不动声色地请安,神色如常。几位相公对他这般仪态都点了点头。

刘相公将言尚前几日写成的关于出使、开商路的折子拿出来:"我问你几个问题。"刘相公随口就商路上的兵马、出使的各国路径问言尚,言尚有的能答出,有的答不出。答不出的,言尚便惭愧,说自己会去查。然而言尚看到几位相公都坐在这里,心里一动,知道这是一个很好的机会。他便努力宣讲自己折子中的思想,希望能得到这几位相公的支持。

四位相公中最好脾气的张相公笑道:"好了,我们几个老头子已经看这个折子看了好几日了。如果不是感兴趣,不会叫你来问话。还要恭喜一声,你要升调了。可惜的是,中书省之后我等几个老头子的抉择,你是看不到了。"

言尚一愣,微有些遗憾。

见他不喜反怅,几位相公面面相觑,皆是笑。一相公道:"你是舍不得你这本折子吗? 怕你走了,无人能执行你这本折子所奏的内容?"

言尚温声:"不瞒几位相公,臣确实觉得若是朝廷准备采纳这本折子所奏,臣留在中书省是最好的。"

刘相公板脸冷笑:"留在中书省干什么? 等着此事办成,你再加一个大功劳吗? 是嫌我等现在将你调出来,挡了你的升官路,抢了你的功绩?"

言尚神色不变，轻声："为国效力，岂能只以功绩论之？臣并非那般狭隘之人，只是觉得臣最了解臣这份折子，留在中书省作用最大。臣并不是为功绩，只要臣留在这里，功绩送给旁人也无妨。"

一相公道："看来是喜欢中书省，想赖着不走了。"

言尚低头说惭愧。

几个相公沉着脸沉得久了，终是张相公先耐不住笑了："行了，不逗你了。刘老头，还是你说吧。"

言尚心中本就觉得几位相公不是那般要抢他功绩的人，听到对方破了功也神色如常，只看向他老师。

刘相公说："我们要调你去户部，为户部尚书都事。"

言尚心中微顿时，已俯身行礼，微有些出乎他意料。户部尚书都事，是从七品上的官位。他现在的中书省主事，是从八品下的官位。这一升调，跨了一个大品阶，直接从八品跳到了七品，跨度实在好大。

看出他心中疑惑，张相公笑着为他解释："正是你运气好，户部原来的一位尚书都事，父亲刚没了，回家守孝去了。太子听说你要去户部，就直接让你顶了那个职位，说太低的辱没你的才能。我等只是想让你去户部，太子却给你升了一大品阶，你该谢太子才是。"

言尚却还是向几位相公道谢："若是能去户部，中书省准备派遣出使使臣，户部准备开辟官方商路，几位相公是想我参与此事，才将我派去户部。我仍要谢几位相公的恩典。"言尚心里想，太子给他跳了一个品阶，难道这就是暮晚摇说的从中出力吗？这就是暮晚摇向皇帝请的官位吗？可是怎么看几位相公的神色，这个官位像是他们定下来的，陛下并没有插手？

几个相公被恭维得心里舒服，都笑而不语。提拔人是不错，但如果自己提拔人时对方能瞬间感知到，这种感觉更好。觉得不枉费栽培他。

刘相公顿了一顿，语气正经："唔，还没完。你的官位真正说起来，是户部尚书都事兼殿中侍御史。"

言尚一愣，然后看一眼他老师正经得不行的神色，瞬间明白后面那个同样是从七品上的"殿中侍御史"，才是暮晚摇请的官位。言尚脸一红，这几位相公显然都知道这是公主请的……言尚红着脸，忍着羞意再次行礼。

几位相公都装得一本正经，好像完全不知这个兼任是怎么回事。

今日忙完升调这些事务，言尚当天就需要去户部报到。只是出去后，他又回来，跟几位相公报告罗修的事："臣派了一个乌蛮出身的人试探这位罗修，这位罗修让人去南蛮传消息，传地图，都是我大魏的。臣怀疑，大魏有官员和这位罗修勾结……"

几位相公点头，表示知道了，并且很满意言尚有始有终，将这事告诉他们。若是言尚就这般走了，不说这个消息，显然也无人能怪他。毕竟他已经不算是中书省的人了。

张相公直接道："那你继续负责查此事吧，既然你有了殿中侍御史这个官职，纠察百官就是你的分内事。之后这事不用向我等禀报，查出来后，归御史台管辖。"

言尚应下，向他们拜别。之后他又和中书省的其他同僚告别，众人恭喜他升调，连续两天为他设宴相送，自是不提。

罗修被大魏封了一个右卫大将军的官职，强行留在长安，哪里也去不了。罗修雇韩束行去南蛮向南蛮王送地图、送消息，不想被言尚从中截断，毕竟韩束行是言尚这边的人。

站在言二郎的府中书舍内，韩束行汇报完，等着言尚的下一步安排。言尚沉吟片刻后，对韩束行友好地说："既然罗修雇你出长安去南蛮送消息，你不如就直接趁此机会离开长安吧。之后罗修这边的事，不用你再忙了。"

罗修这边一定是有大魏官员给他传递消息，他才能得到那般详细的情报。言尚现在就是等，看那个人什么时候冒出头，再次和罗修联系。罗修留在大魏，就是一个不稳定因素。那个和罗修合作过的人，一定会不安，会露出马脚。而这些，都已经不需要韩束行了。

韩束行怔立了一会儿，才反应过来言尚的意思是给他自由，他可以离开长安，想去哪里去哪里。欣喜若狂的情绪先涌上，之后却是茫然不解："二郎，我不知道该去哪里。"他低下头，沉默半晌道，"我这些年，从没有自己主动去过哪里。我已经……不适应外面世界了。二郎，我武功好，你留我当个卫士吧。我不用月钱，二郎管我饭吃便好。"

言尚温和道："我身边没有武功如你这般好的卫士用，你愿意留下，我自然欣喜。然而我不能因此耽误你。你只是多年被关押，失去了目标，一时之间不知该去哪里。这是不正常的。我希望你能离开长安，不拘于去哪里，四处走走，也许你会找到你真正想做的事，找到你生存的意义。韩束行，你已经不是奴,不要再将自己看成奴。你自去这个天地多走走。若是许多年后,你仍是没有目标,不知生活意义,再来找我也不迟。无论何时,我都不会对旧人弃之不管的。"

韩束行怔怔看他半晌,终是点了头。他并不明白很多道理,只是觉得言二郎说话很好听,每次都能说到他心里去。这种说话技巧他不理解,但言尚的推心置腹,仍让他心中生暖。韩束行跪下,向言尚郑重行了一个大魏人的礼数,才推门出去。

解决完韩束行的事,言尚继续在书舍办公。他琢磨着自己的行程,却又心神不宁。他没有忘记,今日下午,杨嗣约暮晚摇去慈恩寺看戏了。他想过问,可是他又在和暮晚摇赌气,不应该过问。然而言尚心中在意杨嗣,远胜过他在意蒙在石。因为暮晚摇不喜欢蒙在石,和杨嗣却那般好。杨三郎少年风流,意态潇洒,长安的女郎们天天追在杨三郎身后跑,暮晚摇也是喜欢的吧?

言尚觉得,若不是自己横插一脚……也许暮晚摇会和杨嗣修成正果。他在意杨嗣在意得心里发酸,坐立不安。言尚写了一会儿折子,仍稳不下心神。他只好让仆从云书进来,故作无事地让云书去问:"殿下可曾回来?"

过会儿云书回来说,殿下午时就出门了,至今未归。云书看向言尚:"郎君有事寻殿下?"

言尚垂目静坐,说:"没事。"可是过了一会儿,言尚又忍不住派仆从去问,而暮晚摇依然没有回来。来来去去好几趟,眼见天色到了傍晚,公主仍不回来。言尚心浮气躁,胡乱猜测为何久久不归,他们两个在做什么?他自然相信他二人的人品。可是、可是……

郎君坐在书舍中办公,云书站在廊下感叹一句:"天快黑了,坊门马上就关了。殿下今晚该不会不回来了吧?"

话一落,书舍的门就打开了。言尚面色不自在,却正经地轻声:"我去慈恩寺一趟。"

云书:"可是去接殿下回来?"

言尚:"自然不是。是、是……我向慈恩寺捐了些香火钱,主持一直想寻我道谢,却被我躲着。而今我突然想起此事,要去处理一下。"

云书便去备马了,而云书回头看一眼回房的郎君,心里忍不住一叹,为自家郎君抱屈。二郎脾气太好了,哪有和气地回答自己仆从问题的郎君?

又哪有明明在生气，却还要去接人的郎君？云书从来没信言尚是去见慈恩寺住持的，他这般施恩不图报的人，捐了就捐了，不会等着人来谢。言二郎去慈恩寺，只能是为丹阳公主……自家郎君这般温柔，丹阳公主可不要辜负才是。

言尚出门的时候，长安城门进了驿站来的信使。一封信送往韦七郎的住处，一封信送往暮晚摇的住处。东宫之中，太子一直关注着此事。信使一入长安城，东宫便已然知道了。自从演兵之事结束后，可以说，太子一直在等着信使进长安。太子乃心机深沉之人，知道李家和皇室的关系一旦和缓，李家一定会有下一步动作。而今他等来了。虽然不能截获来自李家的信，但是这信同时送去韦七郎和暮晚摇，已经给出了一个讯息。

太子沉思着。如果他是金陵李氏的家主，当暮晚摇在长安权势一点点增大后，当皇帝和金陵李氏开始和解后，他就会立刻促成暮晚摇和韦树的婚事，让南北方两大世家结盟，韦家便会帮李家重新回到长安。太子自是不愿意看到这种结果。他当日召杨嗣回来，就是为了拉拢李家。可惜李家态度一直模棱两可，暮晚摇和杨嗣的态度也反反复复，这个联姻便一直推行不下去。兼之韦树尚且少年，太子便想不急，再等等。而今韦树不过十六。但是在李家看来，联姻的时机恐怕已经到了。太子却要放杨嗣离开，不能用杨嗣来笼络暮晚摇。

太子沉吟着，喃喃自语："不能让六妹和韦家联姻，二家好上加好，孤却得不到太多好处。成亲后，六妹会偏向韦家那般中派，孤这边的势力就要弱了……最好是将六妹留下，将李家笼络到孤这边。"他手敲着桌案，微微露出一丝笑，"好在，暮晚摇对韦七郎应该没有男女之情才对。她有男女之情的人……是言尚啊。而今，言尚到了户部，正归孤管。孤若是要六妹和言尚成亲，岂不是既做了好人，又得了李家资源？"

李家不就是想回来长安政治中心吗？自己可以帮忙啊。当下有了决定，太子起身，准备去见皇帝。

暮晚摇一无所知，正与杨嗣在慈恩寺看戏。言尚策马入寺，入了纷涌的人流，四处寻找那二人。

韦七郎府邸，赵灵妃奄奄一息地趴在案上烦恼自己被逼婚的事，韦树坐在她对面，打开信纸，看到自己老师、暮晚摇舅舅李执的信——无他。希望他和暮晚摇即刻定亲。

窗外噼啪一声，雨点如豆，敲在木檐上。天幕昏昏，风雨晚来，云卷如潮。

第三十四章

长安的戏场大多集中在晋昌坊大慈恩寺。这些寺院功能极多，不只拜佛求缘，还能供书生借住，供病人疗养，供大师讲佛法，供戏场娱乐。慈恩寺作为长安足够有名的大寺，看戏时有专门为公主设的供座。不过今日暮晚摇和杨嗣都没有用贵族特权，而是如寻常百姓一般，混在人群中，看了一下午戏。

晚上佛寺会燃灯，傍晚时下了雨。众人纷纷进庙中、廊下躲雨。杨嗣和暮晚摇也随着人群去屋檐下躲雨。二人刚冒雨躲到屋檐下，暮晚摇哆嗦了一下，杨嗣就脱下外袍给她披上了。她瞥目望他一眼。英俊高大的、像哥哥一样的少年郎手搭在她肩上，对她一笑。那般无所谓的风格，独属于杨三郎。暮晚摇便也禁不住笑了，心安理得地接受了杨嗣的外袍披在她身上。二人一同看着昏昏天幕下突如其来的暴雨，看其他百姓仍在雨水中穿梭，找躲雨的地方。暮晚摇忽然抿唇笑了一下。

杨嗣："怎么？"

暮晚摇望着雨下躲避的那些百姓，轻声："我是想到，如果言尚在的话，他肯定要下场去给人送伞，或指挥人如何躲雨了。"

杨嗣微顿："他那么爱多管闲事吗？"

暮晚摇淡淡道："嗯。"她眯了下眼，眼中被雨水沾染得雾蒙蒙，声音轻柔，"我就是他当初管闲事管出来的。"如果初次相见，不是他多管闲事为她指路去哪里躲雨，也不会有两人现今的缘分了。

杨嗣探究地低头看她，看她侧脸如雪，黑眸长睫。她安然无比地望着天地大雨，这般恬静的模样这样动人，乖巧得……有些像他以前认识的暮晚摇了。

杨嗣低声:"真好。"这样他才能放心离开长安,将暮晚摇托付给言尚。一个让浑身扎满了刺的公主信赖的人,应该是值得他信任的吧?

暮晚摇没有问他说什么"真好",只道:"你什么时候离京?"

杨嗣笑:"今晚就走。"

暮晚摇诧异,扭头看向他:"这么急?你一个人走吗?"

杨嗣啧啧,吊儿郎当道:"不然呢?我在长安没什么事,没什么牵挂了。早走早了嘛,何必一直吊着不放。"

暮晚摇淡声:"杨三郎总是这般自由自在的一个人,不受任何人束缚。"

杨嗣沉默半晌,自嘲一笑:"我也是受人约束的,并不像你想象得那么自在。"

看暮晚摇不信地看他,杨嗣道:"我希望我阿父阿母平安健康,希望我关心在意的人活得特别好。"他稍微停顿一下,才压低声音,"我还希望我此去陇右,能够帮到朗大哥。"

暮晚摇没说话。杨嗣口中的"朗大哥",自然是太子殿下暮朗,只是没人会像杨嗣这般喊人罢了。

他们一直避着人,卫士们不让寻常百姓靠近二人。杨嗣语气平静:"朗大哥一直没有兵权,长安被秦王的人马管得滴水不漏,他实在艰难。好不容易借助演兵一事渗入了一点兵部,让秦王被关在府上休息……我又走了,让他在长安的布局得重新安排。我啊,就希望从一个小兵做起,在陇右能够发挥出一些优势。改日我凭自己在陇右拼出了一个将军位,朗大哥在长安的局面就能好一些。一个太子,好不容易掌控财权,却没有兵权……还不如一个郡王,实在太可笑了。"

暮晚摇说:"你对他真好。"

杨嗣没再多说。他和太子殿下的关系一直很好,不用旁人多说。太子明明需要他在长安,却放他离开。而他在陇右杀戮场中拼杀,也希望能够帮到太子。杨嗣低头认真道:"摇摇,我希望我走后,你能和殿下和平共处。"

暮晚摇嘲弄道:"这取决于他,不是吗?他是我的天然选择项,我没有其他人可选。可是他待我这个亲妹妹,却还不如待你这个外人心诚。我自然会想和他和平共处,好好合作,但是我不能给你保证。杨三,你希望我们都好。我也希望我们都各取所需。但是这一切都有前提,不是吗?"

杨嗣俯眼望着她,没说话,伸手揉了揉她的发。他抬去看雨,雨水哗哗,渐渐小了一点，暮晚摇听到杨嗣叹了口气。让杨嗣这般意气风流的人叹气，暮晚摇心里有些难受，垂眸："我到底不是你记忆中的暮晚摇了。"她依然可以和杨嗣一起来慈恩寺看戏，但是少女时期那个亦步亦趋地跟在杨嗣身后的小公主，到底已经消失了。她可以伪装自己还是当年的她，然而她和杨嗣都知道，看一场戏，他们回不到过去。

杨嗣低头看她，说："不要这么说，摇摇。人都会长大的。你经历了这么多……如果还是当初的你，岂不是太可怕了？"

暮晚摇仰起脸来，漆黑如水的眼睛望向他。

他俯身看着她的眼睛，道："我其实有很多遗憾。我遗憾当初你和亲时，我为什么没有带你走。我遗憾我为什么没有跟着你去乌蛮。我遗憾我为何是杨家三郎，不能想做什么就做什么。我多少次冲动去找你，都被拦了下来。有时候我都遗憾……为什么早年时，更早的时候，我们没有定亲。"他静静地看着她，"我有时候会想，如果那时候我们有婚约，你是不是就不用去和亲了。我想保护你，可我没有能力。你不知道我多少次为此痛恨自己。"

暮晚摇抿唇，眼中雾水涟涟，尽是雨水惹起来的。除了在言尚面前，她已经完全不想跟任何人哭了。所以她现在哭不出来，她只是心里难受，觉得有些委屈。暮晚摇终是垂目笑："我相信你。但我现在也很好，不是吗？"

杨嗣嗯了一声。他站直身子，没有再说话了。他将手臂搭在她肩上，和她一起看着天地间慢慢小下来的雨。雨水小了，天也黑了。寺中渐次亮起了灯火，砌下、庭中、行廊等处纷纷燃灯。天地变得幽暗又光明，淅淅沥沥的小雨不能灭了灯烛，那躲在廊下的人流又重新热闹了起来，不顾小雨，三三两两地去看灯舍钱了。

暮晚摇听到杨嗣在耳边道："摇摇，我们都回不到过去弥补遗憾了。但是我们还有未来。"这是尚未及冠、还是个少年的杨嗣，留在暮晚摇心里，最重要的一句话。长长年年，日日夜夜，午夜梦回时，她会经常想起这句话。

之后杨嗣便与暮晚摇告别，要出城了。暮晚摇心中不舍，便牵来马，说要送他。杨嗣心想送君千里终须一别，何必呢。然而看暮晚摇一眼，他还是默许她送了。

二人骑马出寺，在黑夜中穿行。刚下过雨的天地泛着一股浓郁的潮气，泥土香、花香都掩在空气中。幽幽静静，丝丝缕缕。二人边骑马，边聊天，就如往日一般。

杨嗣骑在马上，大声："说起来，我还感谢言二郎，把你这个难搞的女郎收走了。"

骑马跟在他笔直挺拔的身后，暮晚摇隔着幂篱瞪他一眼："乱说！他没有收走我。"

杨嗣扭头看她，笑："怎么，你还要始乱终弃啊？太残忍了吧摇摇。"

暮晚摇："我这边复杂着呢，谁像你那么简单。"

杨嗣："你就是放不下利益而已。不就是夹在太子和李家之间吗？李家现在能指望的只有你，你也不必处处看人脸色嘛。难道你一辈子不嫁人了？一段失败的婚姻，就让你从此逃避？我要是你，我早点头嫁言二了。言二多好欺负。"

暮晚摇撑道："你当然愿意了！你早说过你就喜欢他那样的女郎，你还天天跟我打听有没有换个性别的言二。你也好意思！"

杨嗣大笑，随意道："有何不可啊？咱们兄妹，看异性的眼光，不是都一样嘛。说起来，言二真的没有妹妹啊？"

暮晚摇："没有！你别做梦了！"

杨嗣遗憾，又来劝她："好儿郎不能等，等着等着就没了。凡事到最后，其实都是临门一脚的功夫。你总是这么犹豫惧怕，可别把自己耽误没了。你得坦诚一点……言素臣虽然脾气好，但是你也不能玩弄人家的感情。你怎么忍心玩弄人家？"

暮晚摇心里想他说得可真简单，忍不住叹了口气："现在想起来，如果当初没有去岭南就好了。反正太子逼着我嫁你，也挺好的。"

杨嗣："别！咱俩不要互相折磨了！我喜欢的是以前那个乖巧的妹妹暮晚摇，不是现在这个张牙舞爪的暮晚摇。我啊，我要一颗琉璃一样独属于我的心。你没有了，不要来折磨我。"

被人这么嫌弃，暮晚摇生气，抓紧马缰快几步，一鞭子挥在杨嗣座下的马上。那马受惊，瞬间扬起蹄子快跑。杨嗣却丝毫不慌，他轻轻松松地重新控马。马冲了出去，风中反而传来他的朗声大笑："恼羞成怒了是不是？哈哈哈……"

听到他的笑声，暮晚摇忍不住笑了，唾一声："疯子。"但也不得不追上他。

卫士们远远跟在郎君和公主身后，见二人又说又笑，你追我赶，何其轻松自在。卫士们也跟着十分放松,并不着急公主会遇难。毕竟有杨三郎在。

二人在城门前下马,递了腰牌后,二人牵马出城门。话已经说到了最后,杨嗣最后劝了一句:"反正你有什么麻烦,要跟言二郎说。就是嫁不了人,也要说出来。一直憋着,憋到最后两败俱伤。这种事,太多了。摇摇,不要没长嘴。"

暮晚摇撑他:"长嘴了就要吓跑人了。"

杨嗣回头:"也许不是吓跑呢? 你怎么不试试? 你不能对人多点信心吗?"

暮晚摇目中一闪:"哎……"

她看到城门口站着一众黑影,好似在等人。她认出了为首的一人,正要提醒杨嗣,杨嗣却还跟她调笑,只是一扭头,杨嗣看到了城门外的人,一下子深吸了口气。杨嗣一下子站得笔直了些,语调都一本正经了:"阿父……你怎么来了?"

杨父领着府上卫士,就站在城门外等着儿子出城,看到儿子和公主一起,暮晚摇神色冷淡,杨嗣有些局促,杨父却只是淡淡看了一眼,没说他们。

暮晚摇面色冷淡,心里却瑟缩一下。杨嗣的父亲是个冷面匠,特别严肃。杨嗣小时候经常被他父亲吊起来打……以至于暮晚摇现在看到杨父,都有点小腿肚子发抖。杨嗣站得那么笔直,也能理解了。他是有点怕他父亲的。

杨父却只道:"你母亲哭得受不了,非要我来送你。我便来了。"

杨嗣挠头,干干说了一句:"……哦。"他有点不自在道,"多谢二老……关心?"

暮晚摇觉得他肯定又欠抽了。

然而多年不见,也许是杨嗣大了、再打儿子不好,也许是杨父老了、挥不动鞭子了,杨父居然对杨嗣的混账毫无反应:"你让太子来给我们做说客,太子说是他让你去战场。但是我们还不清楚你吗? 你要是不想去,殿下岂会逼迫你,八成是你自己的主意。我杨家在边军从来没有势力,没有人能够照顾你。只有一些世家交情,你到陇右后有困难了就去找人帮忙。我看你此次是打算常年在那里待着了。这些资料你拿着,也许有用。"

杨父淡着脸,让卫士取出了一个包裹递给杨嗣。杨父看一眼包袱:"里面应该还有你母亲给你准备的衣衫、干粮,还有一些疗伤的神药之类的。去了后常和家里写信。"

287

杨嗣静静听着他父亲对他的安排，初时以为父亲会责骂的隐患消失后，他身子放松下来，然后看到这些林林总总的准备，又沉默了下去。半晌，杨父交代完了，转身要毫不犹豫地回城时，杨嗣追上一步："阿父……我走了，会不会让你们为难？"

杨父回头："为难什么？"

杨嗣："就是，我不是咱们家的嫡系唯一郎君嘛……"

杨父："那你不必担心。为父正准备趁着还有力气，再生一个儿子出来。纵使没有，以后过继一个过来。难道你以为嫡系指望着你光宗耀祖？我们从来就没指望过你。"

这话说得暮晚摇扑哧一笑，被杨嗣瞪一眼。杨嗣被他父亲噎住，干笑道："这样啊……那我放心了。"

杨嗣本就没有那么重的心思，他轻轻松松地再次跟暮晚摇和杨父等人告别后，翻身上马，直接走了。尘土在他身后卷起一阵，如浓黄的风一般。他御马了得，马上风采极佳，让城门口的所有人都望着他的背影。

暮晚摇站在杨父身边，听杨父低低叹了口气："三郎，从不求你光宗耀祖，只愿你平安一生。莫要死在战场上，让我们白发送你。"那声音极低，语气带着寥落。是暮晚摇从未在杨父身上听过的。她诧异地扭头看他，黑暗中隐约觉得杨父和自己以为的那种严肃可怕的人不一样。

杨父对她道："让公主见笑了。"

暮晚摇有些慌，轻声："我只是没想到……您有这样一面。"

杨父："以为我见到杨嗣就想揍他吗？殿下，天下岂有不爱自己孩子的父母？"

暮晚摇没有说话。她立在城门口，让出了路，和杨父谦让一番，还是让杨父一行人先回城了。之后暮晚摇看一眼已经看不到人影的城外，再看一眼城中远去的杨父一行人，想到日后很长时间见不到杨嗣了，心里一阵失落难过。然后她在心里回答杨父：有的。天下是有不爱自己孩子的父母的。

暮晚摇重新回了慈恩寺。没有其他缘故，侍女们还在寺中等她，她要回寺带人一起走。然而这一次回到慈恩寺，雨已经停了，寺中通明，四处灯火达旦，照得亮堂堂的。人们摩肩接踵，密密麻麻，让暮晚摇看得一阵头大。

暮晚摇让卫士们进去找侍女，自己便只站在寺门口等人。她对寺中灯火没有兴趣，将发间的幕篱摘下，在手中摇晃着扇风。而这般随意地看着寺中来往进出的行人，暮晚摇目光忽一凝。她看到了言尚。

他长袍束带，一身青白，长发用白色发带束着，发带落在他衣上，和衣袖缠在一起。他在人中行走，四处张望。那芝兰玉树的相貌，在人群中显眼无比，引得无数女郎悄悄看他。有大胆娘子前去和他说话，便见他礼貌后退三步行礼，还和那主动搭话的娘子说话，像在询问什么。暮晚摇便隔着人群看言尚，心想原来他在外面是这个样子的啊。哎，宛如玉竹，俊美清逸。

言尚这边找人时，暮晚摇就那样站在人群外观察他。他有些迷茫地立了一会儿，目光随意地向寺门口这个方向看来，这一下，暮晚摇便看到他呆了一下，然后眼睛微微亮起。他露出一丝如释重负的笑，向她这边要走来。

暮晚摇心想：哎，这人好无趣。看到她隔着人观察他，故意看他找人，他都不生气的吗？一点脾气都没有的吗？之前还在生她的气呢。她越发心中生愧。

而就是言尚向她走来时，两人中间的人群中忽有一个小孩摔倒，放声大哭起来。周围有大人关切停步，却一时间没人上前。暮晚摇便看着言尚犹豫地向她看了一眼，露出抱歉的神色。果然，如她所料，他果断过去，蹲下看那个小孩儿，轻声细语地安慰询问了。

暮晚摇终于不在原地等了，而是走了过去，站到了言尚身边。寺中来往人很挤，她看言尚蹲在这里，不少人挤过来，要将他和怀里抱着的小孩挤得摔倒。暮晚摇一个眼神送出，当即有卫士开路，腾出一段空地。暮晚摇问言尚："怎么了？"

她看言尚还抱着这个孩子，低声和小孩说话。言尚抬头，蹙眉轻声："他父母不见了，又发了烧。我想将他送去寺中的养病坊，等他父母来找他。殿下……"

暮晚摇颔首："可以。"

她不介意，言尚微松口气，抱着小孩站了起来。大约言尚身上真的有抚慰人心的力量，暮晚摇和卫士们跟着他一路去养病坊，就见言尚怀里的小孩从最开始的抽抽搭搭，最后居然不哭了，心安理得地抱住了言尚的脖颈，将哭累了的小脸搭在了言尚肩上。小孩从言尚肩头看着跟在后面的漂亮女郎。暮晚摇见这个小孩不过四五岁，言尚说他发烧了，暮晚摇看着倒觉得还好，挺正常的。

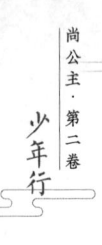

小孩开始跟言尚身后的暮晚摇沟通了:"姐姐,你是言哥哥的妻子吗?就像我阿父阿母那样。"

暮晚摇不吭气。

言尚低声:"不是的,这个姐姐还没有嫁人,你不要乱说呀。"

小孩诧异睁大眼:"那她怎么跟着你呀哥哥?"

言尚低声:"我们是朋友。"

小孩半懂不懂地点头,趴在言尚肩上不说话了。暮晚摇却是听得难受。因为她的不回应,言尚只能说两人是朋友吗?

好不容易将小孩送去了养病坊,暮晚摇和言尚出来。暮晚摇说:"我以为你要在那里一直等到那个小孩的父母来,才肯放心离开。"

言尚低声:"殿下还在,我岂能丢下殿下不管?如此已经足够了。并不是我在那里等,就能等到人的。我跟养病坊的人交代了,明天再过来问一下,如果那个小孩儿找到了父母,就是最好的。"

暮晚摇侧头看他,道:"你真的对谁都好。"

言尚向她望来,怔了一下:"你讨厌我这样吗?"

暮晚摇想了下:"还好。你这样是麻烦了一点,但不讨厌。"

言尚露出一些笑。二人在灯火下走,言尚低声问她:"你和杨三郎……下午待得还好吧?"

暮晚摇:"嗯啊。"

言尚又犹豫,近乎纠结地问:"我来寺中没有找到你,问住持,住持也说不知道。你是不是送杨三郎回府了?"

暮晚摇:"我送他出城,他直接走了。"

言尚:"这样啊。"

他不再说话了,便换暮晚摇侧头打量他。看他蹙着眉,既有些放下心,又有些后悔自己的龌龊,还有些纠结自己为何要这样,最后,就是……还有一些吃醋就是了。

言尚抬目,与她的视线对上。重重火光照在二人的眼中。二人都齐齐怔了一下,静静地看着对方的眼睛。四处人海潮潮,好似一下子放空。二人这般对视,寂静安然,命不由己,竟是看得痴然,眷恋不已,都从对方眼中看出了情意。

言尚看她半天,喉口动了动,他忽然握住她的手腕,拉住她的手,将她拽得离自己近一些:"摇摇,为了我,你以后能不能和其他郎君……"

暮晚摇不等他说完:"能。"

他诧异看来。

暮晚摇眼神冷淡道:"我本来也没喜欢过他们谁,你不必担心。我和我姑姑不一样,我不爱乱七八糟的许多人。"

言尚目露温柔,轻声道:"怎么这么说?你当然和她不一样,我心里知道的。"

人流中,他终是不好意思做更多的动作,拉着她的手腕不放,就已经是他的大胆了。

而暮晚摇看着他,一会儿想到言尚方才对那个小孩的好,一会儿想到杨嗣说的"你要长嘴,不要耽误人家",一会儿还想到身在乌蛮时的痛苦,甚至想到岭南时所见的言尚家人……她突然说:"可我有一样是和我姑姑相同的。我不能给你生孩子。"

混乱人群中,言尚正小心牵着她走,怕她被人撞到。她忽然说了这么一句,混在嘈杂人声中,本是听不到的。可是言尚那么关注她,一下子就听到了。他扭头看向她,抓她的手腕一紧:"你说什么?"

暮晚摇:"我不能给你孩子。"

言尚静了半响,勉强笑道:"没关系,我不求那个。我们还年轻,我现在只想能够和你、和我修成正果……"

暮晚摇微微笑一下,眼神却是冷的:"言尚,你听懂我的意思了,不要装不懂。我不是说不愿意给你一个孩子,而是我不能,没有能力。我没法生孩子。"

言尚呆呆看着她。突然爆来的信息,让他茫然地望着她。他握着她的手腕,暮晚摇感觉到他的手在轻轻发抖。好一会儿,他说:"你是骗我的对不对?"

暮晚摇:"你觉得呢?"

言尚不说话。

暮晚摇对他笑了笑,道:"不用急着跟我说话,不用急着给我回应。你现在是不是很乱,很茫然,是不是分不清我的真话假话。好好回去想一想,仔细想这个问题。我本来不想说的,可是我不能一直骗你,一直欺负你无知。杨嗣说得对,我不能看你好欺负,就一直哄骗你。好好想一想吧,言尚。"

291

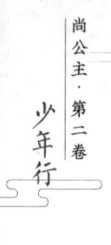

皇帝寝宫中，刚刚送走太子，老皇帝睡不着了，沉思着幼女的婚事。其实到今天这一步，暮晚摇嫁谁，对老皇帝来说都无所谓。李家要和韦家结盟又如何？暮晚摇没有孩子，这个结盟只会变得短暂，成不了气候。没有血脉牵连，无论是李家还是韦家，都不可能为对方付出。撇开暮晚摇，他们两家当然也能联姻。但是李家还是舍不得暮晚摇这个皇室血脉。

皇帝在黑暗中喃声："言尚吗……"也不是不行。兜兜转转，还是同一个指婚的人。只是比起当初老皇帝想打发掉暮晚摇，这一次，他忍不住开始为暮晚摇打算一番。只要暮晚摇喜欢，他就算逼迫，也要把言尚给暮晚摇弄来。言尚不能背叛暮晚摇，那么他就要言尚也不能生孩子……不能有其他孩子威胁暮晚摇的地位。而且要言尚变得足够强，在他走后，能够护住暮晚摇。皇帝的爱和恨都透着一股冷漠无情，让人心悸。

当皇帝暗自琢磨着这些时，他心里已经织了一张网开始布局，而面上却始终淡漠，好似完全不操心这些孩子的事情一样。正是他这般好似诸事不管的态度，才让所有人都很大胆，为自己筹谋。

第三十五章

公主府的卫士和侍女们，都能感受到暮晚摇和言尚从慈恩寺出来后的那种低气压。两人不如往日那般只是互相看一眼，那样的气氛就让旁人插不进去。而今暮晚摇重新戴上了幂篱走在前面，言尚跟在她身后，盯着她的背影。言尚眼神有些空，暮晚摇回头，便看到他望着自己出神的目光，目中有些哀伤。他哀伤地看着她，就让她心脏被针猛地刺了一下。暮晚摇静默片刻，将那股情绪忍下去："上车，一道回府。"

言尚："不必……"

暮晚摇不耐烦喝道："让你上车就上！哪儿那么多废话！"

公主突然的发火，吓了众人一跳。卫士和侍女们无措四顾，不明白公主如今怎么会无缘无故地对言二郎发火。然而言尚明白。言尚看她一眼，隔着纱看不到她的神情，却能想见她再一次关上了那道通向她心灵的门。她重新将自己用冰雪封了起来,开始用刺提防着他。言尚心里很乱,他有太多糊涂账想不明白。他想开口说点什么,却觉得自己现在说的一切都很虚伪,很客套。他终是沉默下去,随她一同上了车。

这是第一次二人同车,却一路无话。她既不来招他逗他,他就一直安静坐着。中间隔着张案,就像楚河汉界一样泾渭分明。压抑的氛围让人都受不了。好不容易挨到府邸门前,暮晚摇感觉自己终于松了口气,不用再面对言尚了。她迫不及待地开车门,不等言尚先下车后回来扶她,直接就要扶着外面侍女的手下车,袖子却被身后的郎君轻轻扯住。

言尚低声:"摇摇……"

暮晚摇的后背瞬间僵直。

言尚:"我不在意……"

背着身,暮晚摇非要厌恶地开口打断他的话:"言尚,我求求你什么时候能不这么虚伪一次?觉得我难受,觉得你不能不表明态度,所以你就要表明?你面对旁人时再多心思我也懒得管,在我这里,你能不能不这么虚伪?放手!"

身后的人没有说话,却没有放手,暮晚摇懒得搭理他,自己用力一扯,就将袖子从他手中扯走。她头也不回地离开,留言尚一人呆呆地低头,看着自己的掌心。

迎接暮晚摇的,并不只是这一个问题。虽然她答应言尚少喝酒,但是当晚仍忍不住喝了一宿酒。次日睡了一整天,才缓过来。而过了一天后,傍晚时候,暮晚摇才看到金陵李氏给自己写的信。

既有来自李氏家主的信,其中也夹着一封自己的舅舅李执的信。两封信其实是同一内容,都是让她和韦树定亲。信中说时机已足够成熟,暮晚摇在长安大权在握,韦树目前也没什么太大问题,正是二人定亲的好机会。哪怕定亲后,明年再成婚都可以。

李家和韦家只是怕夜长梦多,怕暮晚摇权势太盛,日后掌控不了,所以急于在此时,趁着暮晚摇权势还没有大到一手遮天的地步将婚约定下来。婚约定下,两家就好走动了。李家就可以借着暮晚摇的手和韦家的帮忙,一点点重新回长安政治中心了。

逼婚,逼婚!又是逼婚!看到这两封信,暮晚摇就火冒三丈,觉得自

293

己现在处处是麻烦。他们就知道跟她逼婚，就知道拿着她的婚事做文章！哪怕到了今天这一步，在他们眼中，联姻都是她的最大用途！暮晚摇气得破口大骂，又摔了一屋子的珍品器物，将公主府的侍女们吓得瑟瑟发抖。公主平时脾气就不好，但是自从有了言二郎后，公主脾气已经收敛了很多。这是两年来，暮晚摇第一次发这么大的火。

而暮晚摇眼尖，看到夏容苍白着脸向外面退，就拍案吼道："不许去请言尚！今天我府上的事，你们谁敢让言尚知道一个字，我拔了她的舌头！"公主的眼中尽是凶煞和戾气，不再妩媚动人，而是阴冷尖锐。公主府的人惶恐不安，自是听令，尤其是作为贴身侍女的夏容，服侍公主时更是怕得浑身发抖。而她仅仅因为哆嗦了几下，就被公主罚去膳房刷碗。唉……好怀念春华姐姐在的时候呀。

暮晚摇发了一通火，心情才稍微好一些。她晚上没心情用膳，就拿着书信回寝舍研究去了。而两个贴身侍女犹犹豫豫地端去果盘找公主，正碰上暮晚摇从寝舍出来。暮晚摇说太闷了，要透透气。侍女们连忙安排公主在府上散心，思考是否请府上乐人来弹唱讨好公主。暮晚摇却不等她们考虑出个章程，就自顾自地登上了府上最高的三层阁楼。

楼上灯笼点亮，腿上盖着一张薄褥，暮晚摇坐在阁楼上，习惯性地拢着手臂，望着对面府邸的灯火发呆。她在冷静地想李韦两家的联姻，要推掉这门婚事。太子这里走了一个杨嗣，正是用人之际，她还要多安插人手，多拉拢朝臣，岂能在这时爆出来，要跟韦家定亲？那太子会如何看她？她才站稳的脚跟，是否要因此事而打折扣？

而点头了这门婚事，对她又有什么好处？没太大好处的。只对李家、韦家有好处。而那两家一旦勾结上，她这个没有生育能力的公主，很容易会被抛弃。也许他们会直接安排其他人再联姻，暮晚摇在其中的作用，不过是当李家回到朝堂的一个桥梁。他们稀罕她身上这点皇室血脉，然而若无子嗣，自己的作用就不好说了。暮晚摇冷漠地想着，她不能把路走到那种绝境上。

今日的暮晚摇，和当初刚回长安的暮晚摇已经不同了。她在政治场上磨砺了三年，她远比当初了解这些人到底在想什么。自己只有站在太子和李家的中间才能借势而起，除非那一家大势已定，她偏向任何一家都不值得。这门婚事，带给她的利益不够。她要么拒婚，要么讨价还价，要那两家割舍更多的好处来，才肯答应这门婚事。只要有足够好处，成婚后她权势更大，不为他们所控,自己有没有子嗣,他两家都奈何不了她。只是……韦树怎么办?言尚又怎么办?都要为了她的一己私欲而牺牲吗?

暮晚摇略有迟疑,她放虚的目光凝实,熟稔地看向对面府邸书舍的位置。这一看让她怔忡,夜雾弥漫,一个不明显的人影推开窗,站在窗前。他不知在那里站了多久。暮晚摇怔怔地看着,心脏跳到嗓子眼。她难过地想:他在看我吗?能看到吗?他会一直看我吗?

言尚心里乱糟糟的。听一言,窥全貌。他的心从暮晚摇说她不能生育那一刻就开始乱了。他忍不住会想她为什么这么说,她是天生的不能生,还是后来的不能生?她怎么知道她不能生?难道还有女人天生不能生孩子吗?而如果是后来的不能生……她在乌蛮遭遇了什么,才会这样?

他的心为此疼得发麻,既痛恨自己的毫无想象力,也痛恨自己连想都不敢去想。他想到南山时涉水而立的暮晚摇,冲他哭着喊"自古红颜,只能为人所夺吗"的暮晚摇……言尚弓下身,捂着自己的心脏,想为什么那个时候他没有察觉呢?她的痛苦,远比他以为的深!如果她的痛苦是乌蛮造成的,自己在南山时阻止她杀蒙在石,她该多难过,多绝望。她孤立无援,连他也不信她,觉得她鲁莽了……

可是这人间事,谁又应该事事冷静呢?事事冷静的是圣人,既不是暮晚摇,也不是言尚。

蒙在石……为什么当初没有杀了他?

然而言尚又要逼着自己不要去想那些,想那些已经无用,更重要的是现在的问题——暮晚摇不能生孩子的话,他和她怎么办?

自古以孝治天下。若是没有子嗣,便是不孝,是大错。内宦们为何被士人那般嫌恶,瞧不上?一则辱了尊严,二则不就是断子绝根,没有子嗣吗?

言尚手撑着额头,想得自己头痛。他慢吞吞地打开一封来自岭南的信,是今早出门时收到的,他在户部忙了一天,到现在才有工夫打开信。

因为距离遥远,因为知道自己此生和父亲、兄长、弟弟妹妹的关系可能都只能依靠书信维持,言尚对家中的信件十分看重。他常常和家中写信,寄东西,在银钱不缺后,更是经常地给家里寄钱,妄图希望这样能减轻自己不能赡养父亲的愧疚感。每每收到家中信,他都珍贵地一读再读,缓解思乡之苦。然而这一晚,只是看到信封,言尚就手臂发麻,觉得压力极大。他喘不上气,麻木了许久,才打开信件。

信中都是家中最近的一些情况,对他的一些挂念。有一件好事是他三弟跟一位千金定了亲,今年就要成婚了。知道言尚是朝廷命官,轻易不能离开长安,回不去岭南,他们在信中安慰言尚,说待三弟中了州考,也许能带着妻子来长安,让他见一见自己的弟媳。

信中一派喜悦,言尚也为三弟高兴,只是父亲最后催促,问他为何还迟迟不成亲。难道等他三弟都有了孩子,等言晓舟都嫁人了,他仍然成不了亲吗?比起前两年的言父在信中只是规劝,今年随着言三郎定亲,言父已经十分着急,颇为不耐。尚还差一年就到弱冠了,还不成亲,让言父在乡邻家压力极大,足以让素来好脾气、不怎么管儿子的言父着急。而言尚若是能成亲,言家一家人,兴许能趁着这个机会和言尚见上一面。

言父问他是不是长安的女郎们太难讨好,又忧心忡忡需不需要找人帮他做媒,再催促他不要太挑剔了,差不多就行了,不要成了言家的笑话。言父认为自家二郎温柔和气,生得俊俏,又会说话,怎可能没有女郎喜欢?一定是言尚太挑剔,才耽误了婚姻大事。言父最后幻想了一下子孙满堂的未来,结束了这封信。

而言尚手撑着额头看信,到最后几乎看不下去。他心中愧疚至极,因自己何止是不能成亲,自己也许……没有孩子。他喜欢暮晚摇,可是他不能有两个人的孩子。心中泣血一般,言尚闭目伏在案上,感觉失去了方向,又恨又无力。他第一次对这段感情生了犹豫,生了害怕,生了踟蹰。

不孝有三,无后为大。在此年代,没有子嗣的后果,被人指摘一辈子的后果太可怕了。他又不是暮晚摇那般公主之尊,没有人会说公主,只会来说他。整个宗祠都会看着他,一个"不孝"压下来,他将被世人看轻、被族人看轻。即便他能承受,还要面对家人的失望和叹息。这个付出一生的代价实在太大,大得将他打醒,让他浑身发冷,让他茫然为什么会这样。他是做错了什么,他的摇摇是做错了什么,他们才要面对这样的难题?

言尚推开窗,想要透一透气,猝不及防,又在预料之中,看到了对面府邸阁楼上的灯火。摇晃灯笼下,隐约有个女郎黑漆漆的影子坐在藤椅上。女郎独坐高楼,使他思之如狂。而今、而今……言尚只是定定地看着那里,目不转睛。隐隐约约,他觉得自己目中生了潮气。他如钉在这里一般,心酸无比,难堪无比,只能用悲伤的眼睛远远看着她。

之后许多天，言尚和暮晚摇都没有碰上面。本在同一巷子，又住邻里，不想碰面比想碰面难上很多。但他二人就如同有默契一般，言尚要去府衙的时候，暮晚摇从不出门；暮晚摇傍晚回来的时候，言尚还在府衙办公务。只是夜里阁楼上的灯笼总是亮着。

四月上旬的一日，暮晚摇在宫中陪父皇说话。她府中厨娘酿了今春的"桃花酿"，特意拿来宫中请皇帝品尝。而也许是入了春，天气暖和，皇帝的病情缓解，有了精神，便喜欢暮晚摇日日来宫中陪他说笑。

坐在窗下海棠旁，桃红色的裙裾漫铺地砖上，丹阳公主云鬟松绾，眼尾斜红，唇染丹朱。她的美丽，远远压过了那窗边海棠红的浓艳。她手中托着小小一盏，正在笑盈盈地给皇帝介绍酒酿，便听到外面内宦通报："陛下，太子殿下与户部尚书都事求见。"

皇帝便看到自己小女儿托着琉璃盏的手轻轻抖了一下，纤浓绵密的睫毛颤了一下。户部尚书都事，乃是言尚。皇帝便看到暮晚摇不动声色地放下手中琉璃盏，仰起雪白面容，对他撒娇一般笑道："那女儿便先告退了。"

皇帝笑着拦住了她："不必退，都是自家人。"

谁是自家人？言尚吗？暮晚摇反应很快："公主不能干涉政务的。"

皇帝唇角笑意加深。不能干涉，她也干涉了那么多。反正大魏对公主是十分宽容的，只要不是谋反，基本对公主的事都睁一只眼闭一只眼，也没有大臣来参公主干政太多。皇帝只道："不要紧，他们估计只说两句话。"

皇帝都这样说了，暮晚摇就不好退下。只是她心脏剧跳，手规矩地放在膝上，却紧紧地握紧自己的袖子。她已经好多天没见过言尚了。她就要见到他了吗？

"臣向陛下请安、向公主殿下请安。"熟悉的温润嗓音如春水般流淌而来，潺潺入人的心房。枯槁一般的心房，好似都因为那道声音，而枯木逢春。暮晚摇微微侧了下脸，向言尚看去，对上他的目光。

他却不敢多看，很快移了目光。他后退一步，站在了太子身后。太子和皇帝都在观察暮晚摇和言尚，见他二人如此，皇帝和太子对视一眼，太子露出一丝放松的笑，觉得自己的筹谋可得。

皇帝则淡然，心想未必。

太子来见皇帝,是说起出访各国的使臣人员之事,说起大魏开商路之事。说来说去,便又是没钱,来找皇帝了。皇帝啧一声,看向太子:"去年豪强之事,户部刚发了一笔财,这么快就用完了?未必吧。"

太子一凛。

皇帝对他的暗示到此为止:"你自己想法子吧。"

太子觉得皇帝好似在点自己贪污一般,却又没有多说。他一时闹不清皇帝对户部的事知道多少,便只咬牙笑:"是儿臣唐突了,儿臣会想法子补缺口的。"

皇帝淡漠的:"嗯。"

太子急着转移话题:"大魏和各国开商路一事,是言素臣负责的。儿臣叫他一同来,便是让他向父皇详细演说此事。"

皇帝颔首。

暮晚摇一直在一旁听他们说政事,她有时走一会儿神,言尚不是才到户部吗,太子这么着急就用上了?

到中午时,皇帝竟然留太子和言尚用膳。暮晚摇惊讶了一下。皇帝对太子一直是淡淡的,不说好也不说不好。但毕竟是太子,皇帝通常情况下都是给太子面子的,留太子在这里用膳,虽然少见,但不奇怪。奇怪的是为什么要留言尚?凭什么留言尚?言尚只是一个七品官,刚刚摆脱芝麻小官而已。论理,他这样的品阶,连上朝的资格都没有,连面圣的资格都没有……皇帝凭什么对他另眼相看?

暮晚摇探究地看向言尚,见言尚目中露出一些惊讶。原来他也不知道。暮晚摇定了定神,提醒自己要警惕。

用膳倒是规规矩矩的,只是皇帝和太子喝酒时发现言尚不能喝酒,便都觉得有趣,多问了两句。言尚跟着两人喝了点浊酒,只是不多。而喝开了酒,紧绷的气氛就松懈了很多。

暮晚摇在旁听他们只是聊一些无聊小事,便放下心,专心用起膳来。她垂着眸,优雅无比地拿筷子夹菜,筷子从始至终不挨杯盏小盘一下,一点声音不发出。这般用膳姿势,赏心悦目,不愧是公主风范。

太子数杯酒下肚,有些醺醺然。他看着暮晚摇,再看向另一旁规矩而坐的言尚。言尚从头到尾没有多看暮晚摇一次,让太子赞叹其本事。换成其他年轻人,早忍不住偷看那般美丽的公主了。何况太子知道言尚和暮晚摇关系不一般。然而言尚和暮晚摇在皇帝和太子面前表现出来的，就好像他们不是很熟一般。真能唬人。太子哂笑，忽然倾身，看向言尚："素臣啊。"

言尚抬眸。

太子对皇帝笑道："父皇，您觉不觉得，素臣和摇摇看起来格外相配？"

暮晚摇一僵，抬起了脸。皇帝目光掠过他们，微笑着配合太子："是挺配。朕当日不就为他二人指过婚吗？可惜摇摇不懂事，拒了。朕记得言爱卿也说自己配不上公主殿下？"

言尚正要说话，太子强势打断："是吗，言素臣原来也拒了啊。"他半开玩笑一样，手指着暮晚摇，对言尚似笑非笑道，"素臣，你今日再仔细看看，我们摇摇哪里和你不相配，你又哪里配不上？你们年岁相仿，都是少年俊容，岂不正是最相配的？你还在南山时帮过她，难道一点心思都没有？孤可不信。"

太子懒洋洋道："你说，如果父皇再给你们指一次婚，言素臣你还要拒吗？"

言尚眸子一顿，看向太子，再看向上位的皇帝，明白过来这二人的意思，竟是在撮合他和暮晚摇。上一次的指婚不欢而散，而今他们再一次动了心思。

言尚沉默着，一时间竟然想要不就这样吧。皇命他是抗不了的，也不能以死相抗，再次说自己配不上公主。皇帝和太子就好像推了他一把，他本还在茫然，还在不知道怎么处理自己和暮晚摇的关系，这样一来，他不用想了。有人把婚事给他安排好了，不管日后如何，反正他抗拒不了。他只用想日后怎么应对难题，不用再做选择题。

言尚的默然，让太子心中一喜，知道以言尚这般内敛之人，如此几乎可以表示同意。

然而暮晚摇却冷冰冰道："父皇，大哥，你们再一次把我忘了吗？"

太子怔然，看去："怎么？你又不同意？"

暮晚摇被他诧异的语气气得眼红，冷笑着摔了筷子："难道我的婚事，我就总是没有一点决定权吗？你们总能一次次当着我的面来讨论，替我安排吗？"她站了起来，毫不掩饰自己的脾气，冰冷的眼睛看着言尚，一字一句，"不同意！我依然不同意！"

说罢，暮晚摇直接扭身，掉头就走，出了宫殿。宫殿气氛瞬间冷下。

言尚起身，向皇帝和太子俯身行礼。他要多说几句，却听皇帝淡声："行

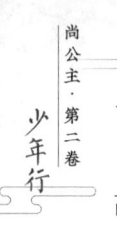

了，你追去看看吧。摇摇脾气大，估计生气了。"

言尚眸子微缩，觉得皇帝如今对公主，似乎忍耐度比当初第一次赐婚时高了很多。

言尚匆匆出了殿，暮晚摇已经走得没影了。他正要追去，身后传来太子跟出来的声音："素臣，等等。"

言尚心急如焚，却还是停了下来，回身向出殿的太子行礼。

太子说："务必要哄好摇摇，知道吗？"

言尚自是应下。

太子沉吟了一会儿，说："你不要不当回事，孤已经打听到，金陵李氏和洛阳韦氏，有让摇摇和韦七郎定亲的意思。你若不抓紧机会，不能让摇摇回心转意，她可能就嫁韦七郎了。"

言尚怔住，看向太子，眼眸静片刻，说："原来这才是殿下你想指婚的真正缘故。"原来并不是为暮晚摇着想。

太子眯眯，敏感觉得言尚好似冷淡，但言尚很快调整了态度，恭敬地说自己尽力，又向太子再次行礼后，匆匆离开。

暮晚摇早已驱车回府，言尚一路追进了公主府。他在她寝舍门外好声好气地敲门，求她让他进去。里面人不应，言尚咬牙，低声："殿下，我们今日必须解决这个问题！此事不能再拖了，殿下岂能一直逃避？"

里面女郎冷笑声传来："进来。"

言尚推门而入，见暮晚摇端坐着，目光冷寒地扎来，早就在等着他了。言尚关上门，在原地站半天，说："殿下方才为什么又拒婚了？"

暮晚摇："呵，你倒是不想拒婚，想指望别人推你一把，给你直接把难题解决了。日后就是这门婚事是皇命，你身不由己，反抗不了。我给你的难题，你根本不用解决，你只要应对之后的问题就行了。"

言尚向她看来，说："如此有什么不好？我只要想如何应对我父母，应对族人，应对世人的眼光便是……有何不好？"他语气忍不住带上了一丝怨怼。

暮晚摇拍案："因为你根本不是出于本意，你是被逼着走到这一步的！你本心是犹豫的，是没有想清楚的！你只是懦夫，不敢细想！"

言尚红了眼，忍不住道："那你要我如何？你要我如何？我当场向你发誓说没关系，你说我虚伪。我现在应下，你又说我不是出于本心。本心是什么？难道我不需要时间，不需要考虑吗？这么大的事，你就要我毫不犹豫地认定你，支持你。你只图一时痛快，你就不想想后果，不想想我的难处？"

暮晚摇大怒，猛地站起，抓过手中的杯盏就向他身上砸去："那你好好地想去吧！不过我告诉你，你想不想根本没用，因为……"

言尚："因为不管我能不能想清楚，你都不会嫁我！"

二人一时静下，暮晚摇呆呆看他。看他红着眼，本是温润的郎君却被她气成了这样。他强控着情绪，声音却还是因此而绷着："你在考虑和韦家的婚事，在考虑联姻……我到底如何想，根本不影响你，对不对？"

暮晚摇扬下巴，脸色白了两分，冷声："我要公主府封锁了消息，谁告诉你的？"

言尚轻声："原来你还想着一直瞒我吗？我们之间的问题，不只是我如何想，还有你是如何想的……你终是不愿意给我一个名分？你的婚姻，只和利益挂钩？你就是嫁去韦家，也不考虑我？"

暮晚摇："我不会嫁的。"言尚目中刚有惊喜，就听她冷冰冰道，"但我不嫁，只是因为利益不足以动我心。我会应付好这一次的婚事，但这和你无关，不是因为你。"

言尚："为什么……我们走到这一步，你还是觉得利益更重要，我不重要？我愿意为你而一生无子，你却不愿意为我放下你的……"

暮晚摇："可笑！你愿意？你是被逼的！"

言尚盯着她。暮晚摇看到他那碎了般的目光，心中竟一时发软，有些不忍。她语气放缓，有些后悔自己为什么告诉他自己不能生子，尽量温声："言尚，不如我们各退一步吧。你不用考虑我能不能生孩子，我也不嫁别人。咱们恢复以前的关系……做情人，不是挺好吗？"

言尚轻声："你觉得做情人就很好？不用负责的关系就很好？"

暮晚摇："你有什么不满的？不用你担心会不会闹大我的肚子，不用你对我负责。男人不都不喜欢对女人负责吗？我直接帮你解决了这个问题，你说这不好吗？你又不亏！你又没有失去什么，你又没有损失！"

言尚眼前发黑，既生气，又失望。他一阵阵发冷，整个屋子好像都开始因为酒的后劲而在他面前旋转起来。他努力地克制着，声音却还是忍不住抬高："我没有损失？我又不亏？我在你身上花费的情感都不算什么吗？我的情，我的爱，这都不是付出？只有物质的付出才叫付出吗？明明是你先来招惹我,最后却这样对我!你让我怎么办? 许多事你一开始不告诉我,现在才说。我付出的感情覆水难收,你要我怎么办?!"

第三十六章

暮晚摇用一切尖锐和防备来面对言尚。他那般伤心地看她,说话语调抬高,少有的真正动了怒……这一切都让暮晚摇背脊越挺越直,下巴越抬越高。他口中的"许多事你不早告诉我",更是直接刺激到了她,让她眼睛唰的一下红透,瞳孔震动:"早告诉你如何? 让你早早抽身而走,不用和我搅和在一起吗?"

言尚愣一下,勉强控制自己的口不择言:"我不是那个意思……"

暮晚摇冷笑:"趋利避害,君子不立于危墙之下……这不就是你的意思吗? 我哪里说错了? 你就是个木头,我不戳你你不动。是我一直撩拨你,可是难道你自己就很清白吗? 不是你一次次给我机会吗? 你要是真坚贞不屈,在岭南我第一次亲你时,你就应该一头撞死,以死明志!你没有!你有享受,你有沉沦……是你给我的机会!"

言尚辩解不能,脸色雪白。他确实、确实……不管出于什么心态,不管是想和暮晚摇搞好关系,还是不想和暮晚摇成为仇人,他一开始,确实……他微冷静了一下,轻声问:"好,是我不清白,我确实对你态度暧昧。那么,你说的让我做你情人、不给我名分,又是什么意思呢,殿下?"

暮晚摇不说话。

言尚盯着她:"是让我看着你嫁别人,和别人成为夫妻,我却只能和你在暗地里偷情?"

暮晚摇不耐烦:"我说了不会嫁人……"

言尚打断:"只是利益还不足以让你心动!一旦让你心动,你就会嫁。你想让我躲在暗处,将我当作你见不得人的情郎吗? 年年岁岁,你和别人光明正大地同时出现,我却只是祈求你的一点施舍吗?"

暮晚摇:"别说得这么可怜。我不阻止你娶妻生子。"

言尚望着她:"是吗? 你不会阻止吗?"

暮晚摇愕然看他。他眼睛冰雪一般照来，那看透她心的目光，让她本想说自己才不会管他的话硬生生咽了回去。他是如此洞察人心。但凡他不感情用事，不被她搅得稀里糊涂，他就是能轻而易举看透一个人到底在想什么。

暮晚摇不说，言尚就轻声帮她说："你口上说得好听，不会管我，但是我若娶妻生子，你真的能接受吗？殿下，你是那种能接受的人吗？你这么说，不过是你觉得我现在不会娶妻生子，不过是你觉得我对这些既然无所谓，为什么不顺了你，继续跟着你消磨。你希望我跟着你，一年又一年，一日又一日。你要我和你一直这么下去，让我一辈子和你这么磋磨下去……你太自私了，殿下。"

暮晚摇静静盯着他，半晌，她一下子好像失去了所有怒火的源头，自嘲地笑了一下。他期待婚姻，期待孩子；她厌恶婚姻，讨厌责任。他对不能有子嗣而犹豫，却想要名分；她因为利益牵扯不想给名分，却心安理得想享受他的陪伴。他们都不纯粹。

暮晚摇淡声："那你想怎样？"

言尚轻声："我知道我的态度让你失望，可是我真的不是那种靠着冲动行事的人。我确实需要想清楚一切后果，才能给出明确答案。然而……对殿下来说，你是否觉得你不配得到正常的婚姻？你是否觉得，利益野心权势比我更重要？你是否厌恶一段婚姻厌恶对爱人的承诺和责任，连我也不能让你垂青？"

暮晚摇看着他身如松柏，质如金玉，却这样狼狈地站在她面前，突然说："我们分开吧。"

言尚大脑空白，呆呆看着她。片刻，他目中浮起怒意，又更加恼恨，也几多伤心，知道她终是不肯好好和他谈，终是放弃他，选择她的权势。他在这里变得可笑。他的一切压力，他打算如何承受没有子嗣的痛苦，都变得这么可笑。终究是对他的戏弄。终究是触及她的利益，她就放弃他。这般羞辱一样的感觉！

言尚怔怔地看着她，不知自己还在指望什么，他心里难受至极，眼中的光如泪光一般，清湖涟涟。暮晚摇别目不看，坐了下去，高声："来人，送客！"

侍女们进来。当着言尚的面，暮晚摇看着他的眼睛，一字一句地吩咐："日后没有我的允许，公主府不欢迎这个人。他要是能再不通禀就来我公主

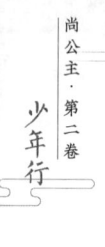

府，我拿你们是问！"

侍女们担忧地看一眼言二郎，见他睫毛颤动，脸色惨白。这般羞辱，就是言尚也待不下去了。他拱手行个礼，转身便走。

暮晚摇呆呆地坐在寝舍中，低着头。她看着一地瓷器碎片，是她刚才拿去砸言尚的。她再盯着地衣上的一角，想那是言尚刚才站过的地方。

他眼睛由一开始的期待，到后来的死灰一般。他终是失望了。可是他又算什么？一个子嗣问题就困住他，让他犹豫，让他不想做决定！他也不纯粹！他不爱她！她不后悔！

侍女夏容回来，轻轻在外敲了敲门，问可不可以进来清扫瓷器碎片。暮晚摇应了一声后，侍女们才静悄悄地进来打扫。没有人敢和这时候的暮晚摇说话。夏容悄悄看公主，见女郎挺着腰背坐在榻上，垂着脸，看着自己的手掌心发呆。公主的睫毛浓长，面容冰冷，分明一点脆弱的样子也没有露出来，但是夏容忽然觉得，公主一个人坐在那里不哭不笑，好像很孤单、很寂寞。公主好像很伤心。

平日夏容是不敢多劝暮晚摇的。虽是府中侍女，但是自从春华离开后，其他侍女对公主的过去不了解，就没有一人能走进公主的心里。她们多说多错，错了还要受罚，干脆不说。然而这一刻，夏容突然想说点什么。夏容立在暮晚摇身边，小心地将一杯茶放在公主旁边的案头上，小声道："婢子方才在外头，其实听到殿下和二郎在吵什么了。"

暮晚摇抬头看了她一眼，眼神清泠泠的，却到底没发火。

夏容心里难受，想原来公主不能有子嗣啊。难怪公主以前总是那样讨厌小孩子。她大胆继续："殿下，二郎是喜欢你的，方才二郎说了，他还是想要名分。说明比起孩子，二郎更在意名分。奴婢知道殿下也喜欢二郎。既然如此，殿下为何不松口，给二郎名分呢？"

暮晚摇反问："你凭什么觉得我很喜欢他？"

夏容呆一下，结巴道："因为、因为公主平时和二郎在一起时，就像个小女孩一样，喜欢跟二郎撒娇，喜欢让二郎抱殿下。殿下和我们从来不这样，殿下和谁都不这样。殿下虽然总是说二郎，但是其实不怎么真心跟二郎发火的。只要二郎出现，殿下的心情都很好，让奴婢们也跟着、跟着心情好……奴婢想，殿下一定是非常、非常喜欢二郎的。"她大着胆子，鼓起勇气，"奴婢觉得，殿下心里比殿下表现出来的，还要喜欢二郎。"

暮晚摇不说话。她当然知道她是非常喜欢言尚的。正因为她的经历不同寻常，她才在心里那么喜欢言尚。她的爱干干净净，剔透无比……这是唯一的、美好的、不容任何人破坏的，哪怕是言尚自己。

暮晚摇垂下眼，轻声："正因为喜欢他，所以但凡他有一点迟疑，我都不要。我什么都没有，这世间什么都不是我理所当然应得的，只有我的爱最美好。我不要他的犹豫。"

暮晚摇便再不见言尚了。有时马车在巷子里堵上，暮晚摇坐在车中，从来不向下看一眼。言尚也许有来找过她吧，她不清楚，但是从夏容犹豫不决的神色，暮晚摇猜到言尚应该是来找过她的。但是她不稀罕，断就要断干净。

她最清楚自己对言尚的喜欢有多不正常，她清楚只是看他一眼，她就会心动。因为他是那么好，是她的黑暗中最美好的光。她不知道世间有没有比言尚更好的郎君，反正她没有遇到。他对她的影响太大了。她不容许自己懦弱，不容许自己见他一眼就头脑发热，就想要找他回来。

有时到了晚上，她就会恨自己为什么要把一切挑明，明明继续哄骗下去，就能继续享受言尚理所当然的好；有时喝多了酒，她就有一种冲动想去找他，说自己后悔了，不管什么原因，只要他们在一起就好……而到了白天，冷静下来的时候，暮晚摇就庆幸自己又挨过了一天，她再一次告诉自己，选择没错。权势是先于情爱的，任何人别想夺走她手中的权势！不管是言尚，还是李家、韦家，或是太子，皇帝！她拼尽全力也要过得好，要让自己身边人受自己的庇护，过得好！

暮晚摇再一次见到言尚的时候，已经到了五月。她在一个朝臣的宴席上，本是和韦树见面。

韦树最近官运不顺。之前演兵之事，按说韦树应该升官的，但是吏部将他卡住了。毕竟监察御史这个官职得罪的人太多，朝廷中希望将韦树拉下马的人太多，而韦树既不求助韦家，也不求助暮晚摇。当暮晚摇知道的时候，已经是她决定解决自己夹在李家、韦家之间婚姻的问题了。

暮晚摇在宴上见到浮屠雪一般干净的少年郎君，二人静坐，彼此都有一些难言的尴尬。韦树悄悄看暮晚摇，觉得公主殿下的气质冷了好多。不知道是不是因为要和自己联姻的缘故，暮晚摇见到他，不像平日那般笑了。韦树低下睫毛，有些难受。

暮晚摇："巨源，你想娶我吗？"

韦树抬头向她看来。

暮晚摇没看他，眼睛望着宴席上来往的其他官员："如果你也不愿意，那我们当合作，一起拒绝这门婚事。如果你想娶我，那我就与你做一场利益交换——你和我一起拒绝婚事，我帮你解决现在官场被人找麻烦的事情。"

韦树垂下眼："殿下在补偿我？"

暮晚摇："嗯。"

韦树轻声："为什么要这样？"

暮晚摇不解，向他看来。见他抬起琉璃般的眼睛，安静地、哀伤地道："殿下以前不对我这样说话的。殿下现在已经开始讨厌我的存在了吗？"

暮晚摇一愣，心知自己的态度让韦树受了伤。少年抿着嘴，坐得僵硬，他的睫毛颤颤，眼睛染上霜雾。不管如何，到底是个比她小了整整四岁的弟弟。她一下子有些茫然失措，不知道该怎么哄韦树，而这个时候，不知道哪个官员喊了一声"言二郎"。她本是躲避韦树的眼神，本是随着本能看过去，却一下子和言尚的目光对上。

他和几个户部官员站在一起，其中还包括暮晚摇用得最得力的大臣户部侍郎。户部侍郎正嘉赏言尚公务办得出色，而言尚向暮晚摇这边看来。他怔了一下，因她竟然也向他看过来。一月不见，二人都有些出神，心神空了一下。

只是看着彼此，却好像回想起了很多过去……暮晚摇猝不及防地扭过了脸，态度冰冷："言尚怎么也在？"

韦树错愕，不知言二哥来，为何让殿下反应这么大？

侍女夏容屈膝，紧张道："通知宴席时，没有言二郎的名字。也许，言二郎是临时来的……是奴婢的错……"

暮晚摇："我们走。"她竟一刻不在这里多留，起身就要走。

韦树跟着她站起来，追上两步："殿下……"

暮晚摇勉强停步，对无措地看看她，又看看言尚的少年露出一丝笑，说："改日再与你聊，你不要多心，我没有针对你。"

韦树："殿下你和言二哥……"他心想殿下拒绝婚事，难道不是因为言二哥吗？

暮晚摇说："不管我和言尚如何，都不影响你。不要因为我们分开，你就变得慌张。"

暮晚摇就这样匆匆走了，连面子功夫都不多做，让一众官员脸色古怪，探究地看眼初来乍到的言尚。言尚目中微黯，自嘲一笑。他本来不来，是听说她来了，仍想和她见上一面。然而她本就是冷酷无情的，说是与他断了，就真的要老死不相往来了吧？

韦树走了过来，看着神色有些怔忡的言尚："言二哥……"

言尚温和对他一笑："巨源不必担心。不管我与殿下如何，都不影响你的。"

韦树不说话，心想你们的说法还真是一致，然而……你们真的分开了吗？是打算再不见彼此了吗？可是一个弄权的公主，一个步步高升的臣子，怎么可能再也见不到彼此？

暮晚摇明白这个道理，暗自有些后悔。这就是和一个朝中臣子谈情说爱的麻烦事。哪怕分开了，她也不可能再不用见言尚。而每次见到他，都有死灰复燃的可能性。这可怎么办？

在暮晚摇和言尚关系变成这样时，冯献遇离开长安，要去济州当参军。济州是一个荒芜的地方，冯献遇说去济州，其实就相当于被中枢贬官。冯献遇在长安的朋友不多，和几个交情浅的朋友喝了告别酒后，等来了匆匆而来的言尚。

冯献遇和言尚一起坐在灞桥柳树下说话。言尚皱眉看他，温声："冯兄，之前各国使臣还在长安时，我听说你献诗有功，还听说待使臣走后，你便会升官，却是为何如今要去济州了？"

冯献遇神色有些憔悴："服侍公主服侍出错了呗。"

言尚愕然。

冯献遇转头看他，意兴阑珊道："当时使臣在时，我献诗有功，长公主见我不依靠她，去找别的门路升官，就有些不高兴。但是殿下那时没有说什么，算是默许了我升官。之后殿下就不怎么找我了。有一次，因为我向殿下建议，让殿下遣散那些没什么用的面首。殿下当时因为气我升官没有告诉她，拒绝了。但我的建议被那几个面首听到了，他们嫉恨在心，就挑拨离间，在殿下面前陷害我，还设计让我去了殿下原本不许任何人去的、独属于她夫君和死去女儿的宫殿。殿下勃然大怒,我便连辩解的机会都没有,就被贬去济州当参军了。殿下算是彻底恨上不肯安分的我了。"

言尚听完这一切,轻轻叹一口气:"济州苦寒,冯兄当做好准备。"

冯献遇乐道:"多谢你没有跟其他人一样来拉着我一起哭,替我哭了。唉,算了,起码我这次去济州时,可以将我女儿接来一起,只是担心女儿吃不了苦,不愿意和我去济州。"

言尚温声:"冯兄可以亲自问问。"

冯献遇叹气:"我女儿太小了,又和我不亲……"

言尚:"再小的孩子也有自己的想法,冯兄总是要问一问才好。冯兄错过了与女儿的这几年,必然心中极为想念。人世一遭,父母子女缘分如此不易,兄长当珍重才是。"

冯献遇闻言露出笑。被贬出长安,他纵然难过,但是想到马上能见到女儿,又隐隐对未来有些期待。便是为了女儿,他也得坚持下去,不能死在济州。冯献遇看向言尚:"你呢?"

言尚一怔:"我怎么了?"

冯献遇:"你快要及冠了吧,家中仍不催着你成亲?我像你这般大时,囡囡都出生了。"

言尚摇头笑一下,眼中神色有些落寞:"我恐怕是没有这个缘分的。"

冯献遇只看到年轻郎君眼中的寥落哀伤,却不知更多,只以为言尚是和他一般,叹道:"你我相识一场,却是差不多的命运。你如今仍和丹阳公主在一起吗?"

言尚沉默,半晌,才轻轻嗯了一声。

冯献遇便劝他:"你看看我如今的样子,就知道尚公主不是什么好差事。虽然能够凭着公主青云直上,但是大魏的公主一个个脾气大,丹阳公主不会比庐陵长公主脾气好多少。为兄是为了仕途,实在没别的路走,但是你何必这样呢?你年纪轻轻,前途大好,何必去伺候她们这些公主?她是不是既不肯给你名分,也不肯给你孩子,素臣,听为兄一句劝,趁着年轻,离开丹阳公主吧。侍奉公主,不值得的。"

言尚轻声:"侍奉公主,那都没什么……只是,她真的这么不在乎我?从头到尾都是戏耍我吗?只是觉得我好玩,就一再戏弄我。我动了心,她就一次次后退、搪塞。她真的只是将我当一个解闷、好玩的。还是因为我地位不够、官位太低？为什么她从来不让我参与她的事情，总是一个人解决？我和她这样久，她既不走进我的生活，也不让我参与她的……我初时以为等时间久了就好了，可是已经这么久了。"

他低着眼，难堪道："我不怕等待，不怕时间，不怕那些麻烦，那都是可以解决的。问题是这个期限，到底是多久？是一辈子吗？是永不见天日吗？而今、她还、还……压根放弃了。"

冯献遇在他肩上拍了拍，不知道该怎么说是好。公主嘛，寻常人哪能应付得来。

言尚和冯献遇在灞桥喝了一点酒，送冯献遇离开。吹了一会儿冷风，言尚有些醉醺醺，却还是选择回户部办公。经过每日锻炼，他现在稍微喝一点浊酒，已然不会影响太大。且心里难受时，言尚发现，喝点酒确实能心情好一点。他依靠自己控制情绪已经很累，有时候只能依靠这种外力。

言尚到户部时，正遇上工部的人来要银子。在其他几部眼中，户部是最有钱的。但在户部自己眼中，户部永远是缺钱的。其他几部来要银子，每次都非常困难。工部这一次，是他们的尚书亲自来了。户部几个大官当即躲了出去，把小官们派出去应付。言尚刚回到户部，就要去应付这种事。

他到的时候，户部和工部正在吵，声音越来越大。言尚揉了揉有些痛的额头，走过去拦架，希望双方冷静下来好好说一说。他脾气温和，平时应付这种事驾轻就熟。但是这一次，户部和工部吵出了火，吵嚷着，双方推打开来，言尚被夹在中间，劝道："各位冷静……"

一官员斥道："不要多话！"

"关你什么事！"

推推搡搡下，言尚清瘦的身子不知被谁向后重重一推。言尚因酒而有些力乏，撞上了身后的灯烛，灯火和灯油瞬间向他倾来，倒下……

暮晚摇被刘若竹拉着一起去女郎们之间的宴上玩耍。她本不耐烦，但架不住这个刘娘子格外能缠人，说话柔声细语。暮晚摇就是拿这种人没办法，就真的去了，只是去了她也十分局促。她不适应这种宴席已经很多年了。她习惯了和大臣们往来，和这些娇娇俏俏的女郎实在说不上太多话……刘若竹就是担心她不适应，便非要亦步亦趋地跟着。因为言二哥求助，说殿下最近心情不好，她若有时间，希望能陪陪殿下。刘若竹自然一口答应。

刘若竹正陪着暮晚摇说话，忽然，她的侍女急匆匆过来，俯到她耳边说了一句话。刘若竹脸色瞬间就变了，一下子站了起来。

暮晚摇挑眉："又怎么了？"

刘若竹的星眸向她看来，慌了神，呆呆道："殿、殿下，你不介意我告诉你吧？言二哥、言二哥被灯油浇了⋯⋯"

暮晚摇大脑一空，猛地站起。她呆呆地，瞬间一言不发，转身就向外走。初时只是快步走，之后心急如焚，直接跑了起来。刘若竹在背后向她追来，追到府门口时，见暮晚摇已经骑上马，先于她的仆从离开。刘若竹慌着神，却让自己镇定：有公主在，言二哥一定会没事的。

暮晚摇纵马如飞。她马术了得，但长安街市上百姓众多，她很少纵马惊扰百姓。今日却是顾不上这些了。卫士们在后骑马追来，暮晚摇只来得及吩咐："去宫里，请御医来，务必要最好的、最好的⋯⋯"

她心乱如麻，勉强让自己定神作出决策，但是眼前已经开始潮湿，只不过控制着而已。暮晚摇不顾人阻拦，下马后就向言府后院跑去。她跑得上气不接下气，在院中看到一个仆从手里拿着一卷白色绸缎，一个个如丧考妣，心都凉了。

推开房门，暮晚摇将那些仆从关在外面，就向内舍走去。她看到床上躺着一个奄奄一息的郎君，见他脸色如纸白，额上缠着纱布，中衣凌乱，里面好像缠着绷带。他闭着眼躺在那里，气息都感觉不到一般。

她傻了，以为他死了，眼泪瞬间掉落。她扑到床榻上抱住他，搂住闭目不醒的他开始啜泣哽咽："言尚，言尚⋯⋯你怎么了？言尚、言尚、言尚⋯⋯你这样让我怎么办？我不能没有你！你不能离开我！你是我生命中最好的人，我不要你走，呜呜呜⋯⋯"

昏昏沉沉中，言尚听到暮晚摇好似在叫他，在搂着他哭。他艰难地撑着眼皮，便见她扑在床沿上，抱着自己不撒手，哭得快要断气一般。他被疼痛折腾得厉害，而今脖颈却好似要被她的泪水淹没了。他模糊地看到一个纤影扑着他不放，哭得他脑仁疼，含糊道："摇摇⋯⋯"

她呜呜咽咽，抱住他哭得更厉害，将眼泪埋在他脖颈上。言尚浑浑噩噩间，勉强地撑着手肘坐起，将她搂住，而她哭得更加厉害。却是她哭了半天后，终于想起了什么，抬起泪水涟涟的脸："你没死？"

第三十七章

言尚虚搂着暮晚摇,而哭成泪人的暮晚摇则被吓到。她憋了这么久,不能控制的泣声被他听到,他岂不是就知道自己根本离不开他了?暮晚摇僵硬地被郎君搂着背,她却想逃离这里。

然而她想多了。她只是僵着背希望自己这丢手脸一幕从未出现时,言尚不过虚虚睁眼看了她一眼,就重新闭上了眼。他歪靠着床柱,本就松垮的衣领因这个动作而扯得更开,里面的纱布绷带看得分明。他闭着眼,脸色苍白,黑发拂面,手却抚着她的后背,像安抚一只紧张弓身的猫咪一般,抚慰她:"摇摇别哭,我没事儿……"

说罢,他身子竟然顺着床柱向下滑去,多亏她手忙脚乱间倾身抱住他。见他竟然就这么昏了过去,暮晚摇感觉到他脸颊温度滚烫,她盯着他额上覆着的纱布,看到纱布边缘渗出了一点红色痕迹,再一次惊恐:"言尚?言尚?"她的泪水再次轻而易举,随着眨睫毛而向下扑簌簌地掉。窒息感掐住她的喉咙一般,暮晚摇急得哑着声喊人。她以为自己的声音一定很有气势,但是她害怕得声音发抖,颤巍巍:"医师呢?医正呢?侍御医呢?随便来一个啊……你们随便来一个啊!"

言尚刚受伤接回来,户部那边就从太常寺下的太医署请来了最厉害的医正来为言二郎看伤。医正为言尚包扎后,暮晚摇赶到,而再过了一会儿,公主直接从宫里请来了尚药局的侍御医。侍御医重新帮言尚看过伤后,安慰公主说之前的医正已经处理妥当,公主不必着急。

暮晚摇在屏风外和侍御医说话,方才医师重新为言尚包扎时她看到了,他肩背上被烧得大片大片红痕,触目惊心,吓得她浑身发冷,又不禁庆幸幸好不是脸被弄伤。若是脸上因此受伤,他的官运可能都要因此夭折。暮晚摇仍担心道:"上过药后,之后就会好吗?照顾好的话,不会留下疤痕吧?"

侍御医:"这个得用昂贵的药材……"

暮晚摇瞪回去:她像是没钱的样子吗?!

侍御医本想说言尚身为朝廷命官，伤势顶多由太医署的人开药看伤，不应归给皇子公主看病的尚药局管。而且这看病的药材，应该言二郎自己给钱才是。不过看到公主瞪来的眼睛，侍御医顿时明白，丹阳公主这是要自掏腰包给言二郎看病。

暮晚摇："用最好的药！用你们平时给我才用的那种药！不管什么药材，但用无妨。他日后要是留下疤痕，我唯你们是问！"

侍御医常年被这些皇室子女威胁惯了，便弯身称是，只交代："二郎晚上睡觉时需要人看着，不要让他随便翻身。但凡痛痒，都不能让他碰到，以防抓伤。"

暮晚摇点头记下许多侍御医交代的事项，蹙眉："他温度很烫，是发烧了吗？"

侍御医道："这正是最危险的。烧伤事小，发烧事大。言二郎是否近日公务太忙？他气血心力有亏，此次正遇上这伤，霎时间便病势汹汹。殿下此夜派人看好二郎，帮他降温。若是照顾不妥，一直烧下去，把人烧没了都是正常的。"

暮晚摇被吓到，脸色发白，又连连点头，保证一定好好照顾。然后她又不肯放侍御医回宫，非要对方今晚住在言府，好有个万一，侍御医能够及时照顾。

而晚上说要留人照顾言尚，暮晚摇站在廊下看到言家一排排仆从小厮，皱着眉记恨之前他们拿着白色绸缎，把自己吓得以为言尚过世了。这种仆从，怎么能照顾好言尚？

暮晚摇："留五人在外设榻，夜里轮换。里面我亲自照顾，不用你们。"

仆从们皆惊，夏容更是直接道："殿下，这怎么行？殿下若是因此累病了怎么办？"

暮晚摇本就身体娇弱，外界轻轻一阵风、哪天多下了一场雨，都容易让她卧病在床。而多亏暮晚摇是公主，被人悉心照料，才能像如今这般健康。而这样体质的暮晚摇，又怎能去照顾另一个病人？夏容现在渐渐比以前胆大，比以前管得多，都敢反驳暮晚摇了。暮晚摇却不搭理他们，扭头就进屋看言尚去了。见公主如此，夏容只好叹一口气，安排侍女们照顾好公主。

之后连续两日，暮晚摇夜里都睡在言尚这里。好在两家离得太近，仆从又都是从公主府出来的，才没人知道公主的任性妄为。

　　暮晚摇搂着言尚，悉心又生疏地照顾他。她知道仆从会比她做得更好，可是他们都不会如她这般用心。她搂着他，与他贴额，他温度高一点，她就胆战心惊；而他体温冰凉，她又惶恐不安。她拉着他的手，不敢让他夜里翻身，怕他碰到伤势。她睡在他旁边，他的气息稍微有变化，都能将她惊醒。在暮晚摇眼中，言尚不是在朝堂上多么厉害的官员，只是一个文弱书生而已。她是这般好地待他，不求什么，只要他好起来，她就能放心。

　　而过了两夜，言尚终于不发烧了，又在侍女们的下跪劝说下，暮晚摇才回自己的府邸睡。而即便如此，她仍日日过来这边，日日盯着人照顾他。侍女们面面相觑，以前只当殿下有些喜欢二郎，现在才知殿下竟是这般喜欢二郎。

　　言尚这两日都是半睡半醒的。他初时被暮晚摇的哭声和泪水弄醒，醒过来了一会儿就再次晕倒。而之后的两日，虽然他一直昏睡着，却隐约感觉到暮晚摇一直在身边。她的气息包围着他，给他上药，喂他喝粥。夜里时，她又会搂着他，有时不做什么，有时却会淅沥地小声哭，小声喊他"言二哥哥"。

　　言尚心酸无比，心如同泡在涩涩的水中一般，只恨不能快些醒来，让她不要担心了。他睡在梦中，总是觉得气息潮潮的，好像她一直在哭。可是她只是哭，却不说话。最开始时崩溃了的那般"你离开了我怎么办"的话，再也没有出现过了。沉淡，漠然。然而一直在哭。

　　为什么哭？不是说不喜欢哭了吗？不是说再不哭了吗？不是说和他分开了吗？那为什么还要这样？

　　第三日，暮晚摇例行坐在言尚的床榻边，低头为他喂药。喂完药，她要走的时候，手腕却被轻轻拉住了。那力道极轻。暮晚摇扭头看到床上躺着的人，神色憔悴，面容苍白，却睁开了一双秋泓一般温润的眼睛，伸手拉住了她。

　　暮晚摇僵硬地低头和他对视。面对一个刚清醒的病人，她的反应太过冷淡，只是低头看着他，一个惊喜的眼神都没有。

　　言尚哑声："摇摇……"他拼命醒来，就是为了跟她说句话，让她不要担心了。然而刚刚醒来，声音喑哑，说不出话来。他便只是费力地对她笑一下，希望她能看懂自己的表情。

暮晚摇将手拿开，背到自己身后，漠然道："我不是来照顾你的。我就是当个好邻居，例行来探望病人。因为大臣们都来，我不来显得不好看。你不要多想，这不代表什么。"

言尚说不出话，只怔怔看她。她垂着眼，起身站在床沿后，睫毛浓密，眼中一切神情都被她自己挡住。好像他的清醒，再一次让两人关系恢复到冰点。

暮晚摇漠声："不要叫我'摇摇'。我们已经分开了，言二郎注意自己的言行，不要坏我的名声。我探完病了，之后就不来了，你自己好自为之。"

言尚愕然。他撑着要坐起，要说话。她却是一转身，跟逃跑一般溜走，让他一句挽留的话都来不及说。而下一刻，外面的仆从们就涌了进来，激动地来伺候言二郎，将他包围住。里面仆从们热闹地又哭又笑，又去请医师。屋外，暮晚摇背靠着墙，平复自己的心情。

她已经盼咐两家仆从，都不能说她照顾了他两天两夜的事。她想自己方才一定表现得很好，将分开后的情人探病一幕，表现得非常正常。她庆幸自己跑得快，不然言尚就要看到她眼眶含泪、淅淅沥沥又开始哭的丑态。她庆幸自己跑得快，才没有扑到他怀里，抱着他哽咽。多亏她跑得快！不然她一时一刻都不想离开，每时每刻都想趴在他床边。可是她不能这样。她是个坏女郎，她已经自私了那么久，享受言尚的好享受了那么久。她不能再让自己沉沦。她好不容易摆脱了他的影响，她不能让自己再重蹈覆辙！

言尚对她来说，就如罂粟一般。她真的很怕自己就此离不开他，怕自己为他放弃一切，变得孤立无援。那太可怕了，就如同让她再一次交出自己的命运，把命运和别人系在一起一般。她再不想交出自己的命运，也不想变成坏公主，让言尚为她牺牲一辈子。她保守着她的心她的爱，不让任何人再来伤害她最后的尊严。

然而暮晚摇魂不守舍。她有些后悔自己去照顾言尚了。之前一个月，她不见言尚的时候，真的觉得可以熬过去；而现在，她见过了言尚，她便总是想到他。每次回府，她站在两道相对的府门前，总是忍不住扭头，去看言家的门。这样下去，暮晚摇都怕自己有一天神志不清地跨入言府的门，站在言尚床榻边，求他回来。

她觉得自己的人生好没意思。没有人总是跟着她,悉心体贴她的一言一行;没有人在她冷着脸的时候,用清润的、不紧不慢的声音来说话逗她开心;没有人在她扑过去打他时,只是吃痛忍耐,却从不回手;没有人被她又亲又抱,闹得大红脸,却只是叹一口气,就那般默认了。

夜里,暮晚摇坐在自己府邸的三层阁楼上,看着对面。这些天,对面府邸书舍的灯火晚上没有亮起过,一直是寝舍的灯火亮着。暮晚摇便想,他的伤有没有好一些,他这两日有回去府衙办公吗?那将他推到灯油上的官员,有没有来看他,向他道歉?暮晚摇什么也不知道,逼着自己不要去问。怕覆水难收,怕一问就停不下来。她只是长久地看着对面府邸的灯火,看薄雾中的那点灯火,她常常能这样坐一整夜,直到睡觉。

然而有一晚,对面府邸寝舍的窗子冷不丁被打开,一个郎君站在窗前。暮晚摇受到惊吓,一下子从藤椅上摔下去,蹲在地上慌张喊人:"把灯灭了!灭了!"

言尚能下了地后,想到什么,推开窗向对面府邸看。他才看到对面阁楼的灯亮着,下一刻,灯笼就灭了。披衣站在窗前的言尚怔了一下,又想到自己病中那两日,睡梦中总感觉她在抱着他哭。那样哭得他难受的泪水,依稀又让他感觉到。

言尚怔立了一会儿,就这般披着衣、提着灯笼出门了。他身上有伤,只能穿这样宽大的袍子,好不碰到身上的伤。言尚提着灯笼出门时,云书劝阻,却没有劝住,只好帮忙提着灯笼,陪二郎一同出门,敲隔壁府邸的门。

一会儿,公主府的守门小厮抱歉地来开门:"二郎,我们殿下不让你登门。且如今天晚了,我们殿下已经睡下了。"

言尚垂着眼,轻声:"我只是敲门,不曾喊你们去请示她,你们便知道她已经睡了?"

小厮因谎言而涨红脸。

而言尚自然知道这是谁吩咐的,他只道:"我只是想和她说几句话,实在不能通融吗?"

小厮:"二郎……我们没办法的。"

言尚:"好。"

公主府的小厮以为他要走了,松口气,却见府门前的少年郎君俯着眼低声:"那麻烦郎君告诉殿下一声,我今夜一直站在这里等她,除非她肯出来见我一面。"

小厮惶恐,赶紧回去报。

待守门小厮走了,跟着言尚的云书道:"二郎,如此我们就能见到殿下了吗？见到殿下,二郎放下心后,就能回去歇息了吧？"

言尚却道:"她不会来见我的。"

云书愕然。

言尚无奈地:"她狠下心时就是这样。我只是站一会儿,她会觉得我威胁她,更不会来见我。要不是我有伤在身,她估计会直接派卫士把我打出去吧。"

云书:"……那我们站在这里干什么？"

言尚轻声:"一个态度。"

他仰起脸,看着公主府的门匾,喃声:"我一定要见她。"

暮晚摇本来心如死灰,抑郁得快要死了一般,这两日随着言尚能出门了,她却要被烦死了。为了躲他,她现在每日出门都要偷偷摸摸从公主府的后门出去。方桐已经打听清楚了春娘的事情,回到暮晚摇的身边,而她已经没有心情操心什么春娘了。

方桐帮着暮晚摇出门,在公主府的后门先探情况,然后才让戴着幕篱的公主悄悄出来,赶紧上马走人:"殿下,我们日后难道都要这样躲着正门走？"

暮晚摇:"不然呢？言尚那么聪明,他真想和我们打照面,我们能躲过吗？"

方桐:"可是我们天天从后门走,这个二郎也能猜到吧。"

暮晚摇:"……"她含糊道,"反正他就一个人,能躲一天算一天。"

方桐:"殿下为什么这般怕他？只是与他分开了而已,殿下又不欠他什么,为何这般心虚？"

暮晚摇:"我是怕他一句话,我就忍不住跟他和好！我就答应嫁他,答应放弃权势利益野心,全都为了他。我不能舍下这些的,我不能失去这些东西。他只是命不好被我看上,而他也没那么爱我,我不要他那种同情一般的好心。"

方桐忍不住为言尚说一句话："二郎本就是一个冷静自持的人，从不冲动行事。殿下怎知二郎只是同情，不是真的下定决心……"

暮晚摇轻声："权衡利弊后的心，我才不稀罕。"

可是过了一会儿，骑在马上的方桐，又隐约听到公主的低喃："他不应该断子绝孙。他应该有更好的人生。"方桐侧头看去，公主骑着高头大马，幕篱一径覆住脚踝、裙裾。那低低一句话，好像他的幻觉。

皇帝在宫中见了暮晚摇。自从上个月太子在这里戏谑要为暮晚摇指婚，她就开始积极拒绝李家和韦家安排的婚事了。只是李家那边一连重新发了三四封信，最近信件却断了，暮晚摇调动南方资源时，开始调不动了。李家开始施压了。

皇帝看着座下的幼女，幼女明丽娇俏，他却觉得她哀愁难过。皇帝淡声："摇摇还在想自己的婚事吗？"

暮晚摇警惕。她半晌猜不透皇帝的意思，便微微伏低身子，趴在皇帝膝上，撒娇一般："父皇，我不想再嫁人了，我想一直陪着父皇。难道父皇就那般希望我再嫁吗？"

皇帝手抚她的乌黑长发，她从他膝上抬起黑葡萄一样的眼睛，妙盈盈地望来，秋波似水。皇帝神情一时间恍惚，好似看到他的阿暖活过来一般，然后便又一阵地难过，缓缓道："摇摇想不想嫁，想嫁谁，朕都支持。朕如今只希望你能过得好，过得开心些。"

暮晚摇诧异，呆呆地仰着脸。她本是做戏，却不想从父皇眼中真的看到了怜惜慈爱的神情……为什么他对她这么好了？

皇帝："李家是不是在逼你？"

暮晚摇不知道他什么意思，便不敢回答，她好一会儿才说："父皇在说什么，没有的事儿。"

皇帝："摇摇可要朕出手帮你解决李氏？"

暮晚摇猛惊，第一反应不是皇帝要帮她，而是皇帝要借这个理由，将李氏连根拔起。金陵李氏没有了，她如何在朝中立足？暮晚摇："不，我自己来！父皇、父皇身体不好，该多休养……这点小事，不劳父皇操心！父皇不是这两年都不想出手吗，这一次也让我自己来吧？我自己可以的。如果我不可以，再求助父皇，父皇难道会不管我吗？"

皇帝从爱女眼中看到惶恐和防备。他自嘲一笑，枯瘦的手抚一下她的长发，让她不必担心，再次重复："朕说过，不会再逼迫你。不管你是打算嫁人，还是真的不想再嫁了，朕都不会再逼你。只是摇摇啊，人生一世，遇到一个喜欢的人，不容易。朕希望你能得到幸福，不要太逼自己了。"

暮晚摇沉默许久，疑心皇帝在委婉地提起言尚，半晌说："我想去金陵一趟。"

皇帝抚在她发顶的手停住了。

暮晚摇仰头："我想去金陵一趟，亲自见见外大公他们。阿父不是答应我，我可以自己解决吗？阿父允了我好不好？"

皇帝说："摇摇，金陵太远了……"

暮晚摇低下眼，有些难过道："我知道。父皇，我不知道你能不能理解，我最近过得很不开心，经常恍惚。我觉得再在长安待下去，我会出错的。我想躲一个人，想忘掉一些事。我想去金陵散散心。我希望我回来的时候，这一切都结束了。"

良久，皇帝才道："你是朕最喜欢的小女儿，朕岂会不同意？"

暮晚摇含泪道谢。而金陵一行，放在两年前，皇帝是绝不会同意的。那时候皇帝警惕暮晚摇和李家走得太近，而今，皇帝好像不那么在意了。

暮晚摇想，难道他还真的是病得久了，所以病糊涂了，想起来疼爱她这个小女儿了？她不信。但不管怎么说，她总是享受到皇帝现在对自己放开的很多特权。

暮晚摇选择离开长安的日子挑得非常认真。毕竟最主要的是防止言尚知道。她特意挑言尚回户部办公的日子，还让朝臣们多找找言尚，拖着他。等言尚忙得晕头转向，她悄然离开，他自然全然不知了。

公主府如今对言尚隔绝了很多消息，言尚每日晚上来找公主，公主不见，他就回去了，并不知一墙之隔，公主府的仆从在收拾行装，准备跟公主去金陵。言尚最近忙的，是户部和工部的工作交接。

之前他被灯油烫伤一事，正是工部这边的官员造成的。晋王得知后和工部尚书一起来探望道歉，送了不少珍贵药材。等言尚回去户部的时候，上面的官员就让言尚和工部打交道，应付掉工部这一年的要钱。户部要言尚减掉一半开支。

言尚在户部待了一个多月，对户部的情况已经知道不少，低声："户部没有那般缺钱。"

交代他的官员看他一眼，笑："言二，第一天当官吗？那些外部都是贪得无厌的，我们给一半就够了。"

言尚："工部这一次是为了修大坝，造福民生，有利千秋。如此也要减一半？"

官员不悦道："等你什么时候成了户部侍郎，再操心上面的安排吧。这都是上峰交代的，如果钱全都给了出去，我等的俸禄谁给啊？每日晌午那丰盛的膳堂谁建啊？户部每月发下的钱财，是旁部的数倍……这些难道都没到你的手里过吗？"

言尚："然而户部总是跟人说没钱。这钱，到底都……"

官员打断："言二，难道你是想做个大清官吗？"

被对方威胁的眼睛盯着，言尚沉默一会儿，低声说"怎么会"，他接过自己该做的活儿，不再继续这个话题了。那个官员犹不放心，特意将言尚的言行报告给太子。那边又观察了几天，见言尚只是按部就班地和工部谈事情，没有做什么多余的事，才放下心。

连续几日后，言尚意兴阑珊。他身上的伤没有完全好，每日办差事办得也情绪不高，都想着请假了。

这日清晨，言尚去户部府衙的时候，迎面在官道上遇到几个内宦。为首的内宦面容清俊，身后跟着的小内宦低着头，小心侍奉。那内宦向这边看来，见到言尚，眸子微微一缩。言尚看到他，认出了刘文吉，眼神也微微一动。他在官道上停下。

刘文吉领着两个小内宦站在他面前，二人相对，静立半晌。刘文吉行了个礼，俯眼："见过这位郎君。"

言尚看得心中难过，然而他却不能和刘文吉相认，不管是为了他的官路，还是为了刘文吉在宫中的地位，只温声："几位这么早就来办公吗？"

刘文吉微微绷着声音，尽量不让自己的声音变得像其他内宦那样有些尖厉。他努力装作往常的样子，努力沉着道："得陛下令，去禁卫军观军容。"

言尚眉毛动一下，想陛下难道要动长安的军队？是针对秦王，还是只是例行的调动？言尚不多话，和刘文吉对行了一礼，看着那几个内宦从他面前走过。而待他们走远了，言尚才摊开手，看着手中卷起的一张字条——

是方才借着行礼时，刘文吉悄悄传给他的。

言尚打开字条，是刘文吉的字迹："丹阳公主不能孕。"

言尚一点点将字条撕干净，好不留下一点痕迹。暮晚摇不能孕，他早就知道了。这并不是这条字条的价值。它真正的价值是——皇帝知道这件事。

刘文吉一定早就想通知他，但言尚之前在中书省，刘文吉根本见不到他。之后言尚又病了，不常来府衙。刘文吉就算每天想办法出宫，来尚书六部前的官道上走一遍，都很难正好碰上言尚。所以这张字条应该是刘文吉早就想给言尚的，却到这时才给到。而言尚已经知道这件事。

刘文吉只能是从皇帝那里知道的。皇帝又是从何得知？很大的可能，是乌蛮王蒙在石。

言尚闭了目，想到那日在宫中见到皇帝和暮晚摇坐在一起喝酒的样子。明明是她的父亲，她却不知道，他早就知道这一切。她的大哥算计她，她的父亲冷眼旁观，她的爱人第一时间犹豫……言尚睫毛颤动，忽觉得有些难堪。

暮晚摇登上了马车，她最后望一眼长安，望一眼公主府对面的府邸。夏容问是不是还有什么没有带。暮晚摇摇了摇头，坐上车，放下帘子，就此离开长安，前往金陵。

晋王府上，晋王在城郊处理一件农事，晋王妃去登山祷告祈求孩子，王府中，留下来的地位最高的，竟是因为生了长子而被册封为侧王妃的春华。

春华听到有朝廷官员求见晋王，便让人去说晋王不在。来人却报说这位朝廷官员好似十分急，一定要在府上等晋王回来，想问清楚晋王何时能归。来来回回地传消息不方便，春华便收拾一下仪容，让人放下屏风隔开，亲自去和这位朝廷官员说话。然后，春华在晋王府的正厅中，愕然地见到了言尚。

隔着屏风，言尚向她行礼，让她错愕。她一时间，竟弄不清楚言尚是来见晋王的，还是故意找个借口，其实是来见她的。因为他轻声道："我想知道，殿下在乌蛮的时候到底经历过什么。我想知道一切。我先前以为不必那么清楚，想着总会有未来，何必总盯着过去。"他垂眼而立，在春华眼中，如同日光下的冰凉月光，惨白黯淡。

春华拒绝道："我不能告诉你。这是公主的过去，与郎君无关。"

言尚声音极为难过道："可是我要没有未来了。我只能求你告诉我一切。她为什么变成今天的样子，为什么会不能生子？ 她跟我说，她以前很乖，脾气很好；可是为什么我认识的她，却不是那样的。她在南山时质问我'自古红颜，只能为人所夺吗'的时候，她心里都在想些什么。我不能再逃避了。我知道她将自己关了起来，我那时候听到她一直在哭，可是我醒来她就不承认。春华，我想托着她。"

他抬一下眼，目中若有泪意，让已经准备离开的春华停步："我想暮晚摇能依靠我。"

第三十八章

刘文吉是以观军容使的身份莅临长安北禁军营地的。秦王被罚面壁思过，太子收了一部分禁军，于是皇帝派太监当观军容使，来看禁军情况。刘文吉得到这个差事，都是靠自己的师傅成安。他几乎把自己大半年来在宫里攒下的钱财全部花光，才得到这个离开宫廷、去观军容的机会。临行前，成安提醒刘文吉，皇帝恐怕要趁着秦王面壁这段时间，重新收编禁军。刘文吉若想立功，这个机会不容错过。

御前伺候几个月，刘文吉已大约看出老皇帝是一个喜欢借力打力的人。禁军重新编制，在世人眼中，大约是太子胜了秦王一次的功劳，少有人想到也许皇帝本来就想这么做。

云层荫翳，遮天蔽日。郊外北营地中，几位将领迎来刘文吉为首的太监，却敷衍地并不如何重视。刘文吉见惯了旁人的冷嘲热讽，又早在翰林院办差时就知道世人对内宦的鄙夷。他早已被练成了一颗麻木的心，所以看到将领冷淡，也并不放在心上，只琢磨着如何快速完成这桩差事，回去复命。

但跟着刘文吉的几个太监被人瞧不起，却是气得脸色扭曲。他们向来在宫里伺候，服侍的是主子们，这些粗人居然敢甩脸子？ 他们在刘文吉面前搬弄是非，见刘文吉不理会，就想了一个主意。几个内宦故意去招惹几个校尉，中午用膳时灌对方酒，再把刘文吉引过去，让刘文吉听那几个被灌醉了的武人是怎么说他们的——

"几个太监而已！怎么，陛下难道会因为几个太监斩我们脑袋吗？"

"陛下居然让太监来观军容，岂有此理！太监懂兵吗，知道我们在干什么吗？尤其那个刘文吉……不过是大太监身边养的一条狗，见我们居然敢板着脸，装什么？"

"老子杀人的时候，这些太监得吓得屁滚尿流吧！对了，他们还能尿吗哈哈哈……"

刘文吉站在帐外，听着里头不堪的粗话。带着他过来的内宦看他的脸色，见刘文吉忽地看他们一眼，眼中的阴鸷郁色一闪而逝，带着冰冷的杀气。刘文吉拂袖就走，没理会那里面更不堪的羞辱。不外乎是瞧不起他罢了，不外乎是羞辱罢了。命运的不公压在头顶，如天上阴云密布一般浓郁。道路陡险，逆行艰苦。刘文吉越走越快，脸色却变得越来越平静。杀气藏在心中，不再展露。

阴天下，树荫匝地，树上的小花在春夏交际之日，开得如同薄雾一般。韦府中，赵灵妃从墙上翻下来，本想走小道，却不料正好见到韦树站在树下，仰头看着树叶出神。树叶和光落在他身上，交重如藻，光亮如雪。赵灵妃与韦树漆黑的眼睛对上，一时脸红，又一时尴尬。毕竟她偷翻墙溜进来，正好被主人看到，确实不好。

然而韦树没说话，赵灵妃便厚着脸皮当作不知此事。她跳下墙，拍拍手，故作自然地为自己的行径解释："我回家了一趟，见我阿父居然开始交换庚帖，真的要把我嫁给那个老男人。我一气之下，吵了一顿，就又跑出来了。"

韦树没说话。

赵灵妃低着头，踢了踢脚边的花草："哎，不过你怎么在府上？你不是应该在府衙办公吗？"

韦树答："我被御史台警告，从今日开始，休憩在家。何时办公，再等通知。"

赵灵妃瞪大眼，为此不平："为什么？！你是犯了什么错，朝廷这么对你？"

少年面如清雪，安静淡漠。赵灵妃望着他半晌，骤然福至心灵："是因为……你不肯和丹阳公主定亲，韦家去你的长官那里说了什么吗？他们在威胁你？"

韦树垂下眼。李家、韦家要合作,他和暮晚摇就是其中的关键。尘世的旨意向他罩来,逼他屈服,一次又一次。他不过是韦家一个庶子,是韦家和李家手中的一个工具。他们需要他做什么他就应该照办,而一旦出错,他就会被抛弃。然而,这便是他的命运吗? 他十四岁时从韦家出走,十五岁时入朝为官,今年已经十六。他依然摆脱不了这种命运吗?

晋王府中,春华扭身,看向屏风外的言尚。言尚声音带着颤音,她不能置之不理。他第一次有求于她,这般卑微无力。春华看去,静默许久,才轻声:"殿下不会希望我告诉你的。她尤其不希望你知道,不希望你去同情可怜她。"

言尚难过道:"我知道,所以我从不问。可是我知道这些,并不是为了羞辱她。太多的问题挡在我们之间了,我只有知道过去,才知道我应该怎么做。我是为了尊重,不是为了同情。我会因为同情怜悯去帮助一个人,却不会因为同情怜悯而去爱一个人。我知道我在做什么。"

时间不能拖延,多拖一会儿,也许晋王就要回来了。春华良久,才低声:"那你要向我保证,日后找机会告诉殿下,不要欺瞒殿下。我之后如果有机会见到殿下,不会隐瞒今日之事。我告诉你这些,是信任言二郎的人品。若是你知道这些,要与殿下分开,我无话可说。但是殿下没有错,你不能怪罪她!"

言尚低声:"我绝不怪她。"

春华静了很久。隔着屏风,言尚听到她声音低缓,没有生气一般:"殿下十五岁的及笄,是在我们去和亲的路上过的。那时我们只以为乌蛮荒芜、野蛮,殿下信心满满,想教一群野蛮人变得有文化。那时跟在殿下身边最得力的贴身侍女不是我,而是一个叫秾华的姐姐。秾华比我们都大一些,就像姐姐一样守护着殿下。那时候我还有一些嫉妒秾华,想什么时候能像秾华姐姐一样。秾华只有一个,我们都用四季来命名,只有秾华和我们不一样。但秾华永远死在了乌蛮。她是我们中死的第一个人……"

阴云密布,即使远离长安,头顶的云层也跟着。暮晚摇坐在车中,手支着腮,闭着目。车马摇晃,她发间的华胜轻轻打在她额上,华胜上的红色宝石,映得她眉目盛丽,肤色如雪。

方桐在外敲车壁:"殿下,似乎是要下雨。我等是否要早早停下车马,今日早些进驿站?"车中女郎没有回答。方桐习惯了公主有时候的怪脾气,便不再打扰,而是吩咐卫士们:"抓紧时间,多走一段路。殿下不愿在此间休息,我们尽量天黑前赶到下一处驿站。"

车马行速加快,唯恐被即将到来的暴雨困在路上。车中的暮晚摇闭目沉睡,并没有听到方桐等人的请示。她陷入一个荒诞的梦中,那梦让她舍不得醒来。

晋王府中,春华为言尚讲着一个漫长的故事。话本中的和亲公主的故事,总是一段热情美好的异国情缘。话本中的和亲公主总是温柔善良坚强勇敢的,话本中的蛮夷王总是年轻英俊睿智聪慧的。不同的文化碰撞,美丽的心灵吸引。在话本故事中,和亲公主历尽千辛万苦,受尽委屈,总有被蛮夷王看到她真心的时候,总会被人理解。然而现实中不是那样的。

暮晚摇不够坚强,受到委屈只会茫然哭泣,乌蛮王也不年轻英俊,他是个中年男人,据说为了迎接王后入乌蛮,他还抛弃了自己的前一代王后。因为这个,他一开始就不喜欢暮晚摇。怪暮晚摇柔弱,怪暮晚摇不够强壮,怪暮晚摇不能像乌蛮女子一样不受礼法的束缚。乌蛮的女人是共享品,可是和亲的暮晚摇却拒绝这个;乌蛮的女人只用讨好男人,和亲而来的暮晚摇高高在上,不将乌蛮男人放在眼中。

老乌蛮王并不睿智,他一生最睿智的决定,恐怕就是和大魏和亲。而他之所以做出这种决定,不过是眼馋大魏的珠宝琉璃、绫罗绸缎。他粗俗野蛮,天生地养,不知规矩。暮晚摇深受其害。

春华轻声:"是现任的乌蛮王蒙在石将殿下从那般命运中救出来的。蒙在石多次搭救殿下,在殿下快要崩溃时带殿下离开。殿下好像真的变成了她想成为的那种女郎。可是我不知道,当坐在乌蛮的草地上,当围着篝火,当所有人都在欢歌笑语时,殿下看向蒙在石时,她那含笑缱绻的目光中,真的会有爱意吗?可是我不知道,当殿下变得强大,当殿下设计杀了老乌蛮王,她坐在老乌蛮王床榻边听着老乌蛮王对她的忏悔,殿下轻轻叹口气,真的会同情老乌蛮王要死了吗?"

春华声音带着颤音:"当辗转不同男人之间,当身边人一个个死掉,她在想什么?当她告诉我她怀了孕,可是她不能留下子嗣,要打掉胎,她在想什么？二郎，你可知，殿下是自绝生路。那个孩子一直打不掉，她就用尽各种办法。奄奄一息时，她流了那么多的血，是乌蛮王去雪山上求了神草来救殿下的命。可是乌蛮王跪在殿下床前时，看着那个血淋淋的死胎时，公主在想什么呢？

"蒙在石那晚抱着公主哭。可是公主一滴眼泪都没有。公主也没有看过那个死胎一眼，是我们偷偷埋掉的。我不知道殿下这些年都在想什么，她不跟我们交心，可她会对男人笑得妩媚漂亮，她变得肆意妄为，她动不动就发怒，经常因为我们笨手笨脚而骂我们……可是这有什么关系？"

春华低着头，眼中噙着泪。她手撑着木案，肩膀轻轻颤抖，泪水嘀嗒，溅在地砖上，生了枯花。她痴傻一般喃喃自语："只是发脾气而已，只是不高兴而已，这有什么关系？我见过她的委屈，见过她是怎么熬过来的……我巴不得她天天多发些脾气才好，把那些都宣泄出来，全都忘掉。二郎，你是不是怪殿下不能生子？你纵是怪她，也不要因为这个原因离开她，你随便找些其他理由都好……"

言尚沉默着。他不堪重负地向后踉跄两步，靠在了身后的几案上。他袖中拳紧握，面容绷了起来，因绷得太紧，而微微颤抖。他难堪十分地、恍惚十分地、狼狈十分地道："打扰了……我、我先告辞了。"

太过沉闷，他再无法在晋王府待下去。言尚仓促行礼，转身就向外走。他出大厅时，听到天上的闷雷声。他闭了一下眼，虽未曾亲见，却好像真的能听到她在他耳边的哭声。

言尚出了晋王府，骑上马。那些旧事包围着他，纠缠着他。他本就共情极强，何况这一次是暮晚摇。于是，少年郎君手握着缰绳，座下马每奔出一步，他都好像听到她的哭声一般。他睁眼闭眼，都好像看到她站在黑暗中。她提着剑，身上被血染红，面容又如纸一般苍白。凄风苦雨，满地荒芜，她漆黑的眼睛望着他，向他伸出手来，轻声："言二哥哥，救我。"

言尚在马上躬身，心脏痛得如人重捶。在他的幻觉中，他看到她躺在床上，血水漫流，生命也随之流逝；他看到她追着那个老男人，求对方不要带走她的侍女；他看到她和蒙在石骑马在石壁间穿梭，笑得烂漫无忧……而她转过脸来，看向他，那眼中的笑就变得空洞、虚伪。她向他伸出手，轻声：

"哥哥，救我。"

"救我。"

"救我！"

言尚目中忍泪，泪光却沾在睫毛上。他弓着身按着自己的心脏，痛得撕心裂肺一般，而全身颤抖，巨大的悲意向他笼罩，竟会让他忍不住想流泪痛哭。心疼得落泪，却悲不能言。

"轰——"雷声在天际爆炸，霹雳大雨浇灌而下，如洪水自天上来。

突然的暴雨，让半道上的丹阳公主一行人受阻。外面的人由方桐指挥着快速赶路躲雨，马车中暮晚摇云鬟蓬松，长睫颤动。她陷入梦中，依然不醒。

她梦到她变成了十五岁的少年公主。她摆脱了去和亲的命运，快快乐乐地长在长安，等着十五岁的盛大及笄礼。之后她在长安遇到了一个少年，那个少年丰神俊貌，秀美得如同天上玉人。她喜欢得不行，就四处央求，鼓起勇气第一次强硬地耍公主脾气，非要嫁给那个少年。父皇母后没办法，为那人点了探花，终是满足了小女儿的愿望，在及笄之日将女儿嫁了出去。

于是梦中的暮晚摇，便总是跟在那个少年身后：

"言二哥哥，留在长安好不好？你来尚公主好不好？"

"言二哥哥，你陪我玩好不好？你抱一抱我好不好？"

"言二哥哥，我们成亲好不好？我和你做夫妻好不好？给你生好多孩子好不好？"

"言二哥哥，你一直喜欢我好不好？我们一直、一直……在一起好不好？"

闷雷声下，雨大如豆。午后的长安城被雨水冲刷，狂风席卷而来，街市上的百姓纷纷躲雨。只有一个少年郎君不躲雨，他骑着马，恍恍惚惚地路过街市。站在商铺屋檐下躲雨的男女们，看着茫茫烟雨中的少年郎，有大胆的思春少女高声招呼："郎君，这么大的雨，快来这边躲雨呀！"

言尚骑在马上，身子和衣袍被雨淋湿。湿发贴着面，他有些茫然地扭头，看到商铺下站着的躲雨男女们。他忽而定了一下神，第一次失去了礼数，忘了跟招呼他的好心少女回礼。言尚握紧缰绳，转个方向，前往公主府。

公主府很多人已经离开长安了，却也留下一些人，为了造成假象，为了不让言尚知道公主已经不在了。言尚在巷子里下了马，拍门登公主府。公主府的仆从开了门，照例抱歉，然而这一次，言尚却是一定要进去，一定要见到她。挣扎吵闹中，公主府的人应对不了言尚，只好大喊："我们殿下已经不在长安了！二郎你再求我们，即便进了门也没用啊！"

"轰——"天边雷声再响。电光照亮言尚冰雪一般的潮湿眼睛。他一言不发，扭头便走，重新上马，直奔出城的方向！

长安的北营地，午膳刚过，暴雨刚至，便发生了一件暴乱。军中一些兵士和那些太监起了冲突，有一个校尉来解围，言语之间，却对太监们不够尊重。刘文吉被太监们领来，听到那个校尉打着哈哈："你们也真是的，跟那些没根的人计较什么。陛下派来的，不能不给陛下面子嘛……啊！"

校尉发出一声惨叫，周围所有兵士站起，怒目相对："郎君！你干什么？"

前一句是对着死了的校尉，后一句是对着提着剑、慢条斯理将插入校尉背后的剑拔出来、再将剑上的血擦干净的刘文吉。刘文吉拿着帕子，冷淡地擦掉剑上的血。兵士们围住他们，目眦欲裂，愤愤不平。他们蠢蠢欲动时，刘文吉抬目，阴鸷的眼睛盯着他们："我看你们谁敢动！是想要抗旨不遵吗？再动一下，我血洗你们整个军营，且看陛下是向着谁！"

刘文吉脸色苍白，眼神阴沉，一时间竟让这些兵士不敢动作。

静谧中，有大胆的兵士："陛下当然向着我们……"

刘文吉冷冷道："确定吗？我杀了你，你又能如何？"刘文吉手中提着剑，目光阴冷，一步步上前，那些兵士却一步步后退。他看向四周人，朗声："尔等想当逆贼吗？"

周围军人的气息粗重，瞧不起他的人用仇恨的眼神看来。可是这些人多么怯懦，竟然不敢动，竟然手持利器也不敢冲上来杀了刘文吉。刘文吉听到耳边溅开的雨声，面对着一营帐的压着火的兵士。他越是沉冷，这些人越是不敢动。好不容易有敢动的，他提剑指去，那个胆大的也被机灵的内宦们绑住。

后背被汗浸湿，第一次提剑杀人的感觉实在恐惧，可是这一刻，他又是酸涩，又是痛快。他忽然想要放声狂笑——可笑！可怜！这就是命运！

韦府中，暴雨淋漓的时候，韦树和赵灵妃坐在厅中。韦树坐在棋盘前，和对面愁眉苦脸的赵灵妃对坐。

赵灵妃喃声茫然："难道我真的要嫁给一个老头子吗……"

韦树道："不能。"

赵灵妃听到他说话，愕然看去。见韦树手中一白子落在棋盘上，少年垂着眉眼，睫毛浓郁。他既像是说服自己，又像是说服赵灵妃一般，语气淡却坚定："蜉蝣可撼树，蝼蚁也当争春。为何我们要屈服命运？"

赵灵妃呆呆看着他。他抬起眼来，看着她，又像是目光穿越她，看向更辽阔的未来。赵灵妃与他一同扭头，看向窗外被雨浇灌的世界，看到在雨中挺立的古树，看到窗下的藤萝被浇打却不肯摔下墙头。少年男女共看着天地大雨，自言自语地，齐声喃喃："……是啊，为何我们要屈服命运？"

命运不公！命运不堪！命运弄人！那便用一生去抗争，永不屈服，永不堕落！

雨水淋漓灌溉天地间，有少年太监持剑，面对整整一营的军人，开始杀人；有少年臣子和少年女郎对坐，心中下定一个决心，准备打破僵局；有少年公主在远离长安数里的马车中醒来，眺望天地间的雨帘；有少年郎君递交腰牌，骑马出城，奔离长安。

天黑了好久，雨变得小了些，方桐等人终于在远离长安十来里的地方找到了驿站，供他们今夜在此留宿。夏容扶着暮晚摇从车中步出，华美的裙裾铺在身后由侍女们托着，不让公主的衣裙溅到泥水。

暮晚摇悠悠然，定神看了看驿站的灯火，要走向驿站时，听到了身后追来的马蹄声。暮晚摇是这般高傲，此时也没有好奇心。她下午做的那场梦，让她心力交瘁，懒得搭理这个驿站还要住谁。暮晚摇抬步要上台阶时，马蹄声停了，走向这边的步伐又急又虚。她依然不在意，直到她听到一个侍女费解又惶惑的喃声："二、二郎？"

暮晚摇一呆。然而她又想世上排行第二的郎君多了去了，必然不是某人。某人这时候应该刚刚从尚书省回府，运气好的话，刚刚得知她已经不在长安了才是。这般想着时，那人却从她身后追来了。她的手腕被从后握住，被拽下台阶，被拧身和那追来的人面对面。而她渐渐瞪大眼睛，呆傻地看着这个全身潮湿、落汤鸡一样的言尚。

他的衣领、袖子上沾了许多泥点，发带湿漉地搭在肩上，长发也湿成了一绺一绺的，贴着面颊。他面容苍白，唇瓣嫣红。虽然这般狼狈的样子呈现出的凌乱美感十分动人，然而这不是言尚平时的样子。

暮晚摇恍惚着，心想难道这是做梦吗？下午这个梦……做得好漫长啊。

而黑暗灯火下，言尚握着她的手微微发抖，他睫毛上的雨水向下滴落，落在她干净纤细的手腕上。暮晚摇低头去看自己被抓住的手腕，又呆呆地抬头看他，依然费解迷惘。

雨水淅沥，夏容在旁举着伞，和其他侍女一起茫茫然。侍女们看言二郎站在公主面前，与公主对望。雨水湿了他全身，托着他清瘦挺拔的身形，如玉如竹，满身风霜。驿站前，言尚双瞳中的微光照着她，像夜色一般幽静暗黑，然而又如清水般剔透柔和。公主眼神有了异样，想挣脱而走，言尚却是少有的强硬，没有退后。

雨水包裹着那二人，方桐提着灯笼推开驿站门，看到站在廊下，言尚握着他们公主的手腕不放，轻声："你不是一直怪我没有冲动吗？我这算是为你冲动了一次吧……我没有告假，就出长安了。"

第三十九章

公主下榻驿站，驿站从官吏到小厮都要积极招待。已经半停的雨水顺着檐头，如滴漏一般断续地掉着，声音清脆。雨溅在地上，形成一片小洼。

夏容领着侍女们，穿着白袜红裙，手托托盘从回廊下鱼贯走过时，方桐打了声招呼，将夏容拽了过去。方桐看向一间厢房的方向："可有为言二郎备下新衣送去？还有，言二郎冒雨而来，身上旧伤未痊愈，又淋了一天的雨，若是耽误，得了风寒就不好了。你还要备些药膏、绷带纱布、姜汤送去。"

夏容睁大眼："可是殿下说不要我准备这些。殿下说'病死活该''关我什么事'。我怎能忤逆殿下？"

方桐叹气，为她指点迷津："殿下有时候说的话，你得反着听。她怎会突然说什么'病死活该'？分明是心里挂念言二郎，又不好意思表现出来、亲自探望。这时便需要你去猜殿下的心思了。"

夏容恍然大悟，连忙道谢。她正要去忙活，又忍不住退回来问："方卫士，你跟着殿下的时间最久,最为了解殿下,你能不能给我句准话,我该用何种态度对待言二郎?咱们殿下和言二郎,到底是断了还是没断?"

方桐含糊道:"你当驸马一样伺候便是。"

夏容眼睁睁大,刹那间托着托盘的手都颤了一下。

暮晚摇心烦意乱。她在驿站最好的房舍中住下,先去洗浴了后,就坐在床沿边心不在焉地擦拭着湿发。侍女们被她赶了出去,没在屋中服侍。她自己乱了一会儿,听到了"笃笃"的敲门声。暮晚摇沉默,有点生气地瞪着那扇木门。

虽然门外人没有说话,可是这般轻缓有节奏的敲门声,她直觉便是他。果然,言尚声音在外响起:"殿下,我端来姜汤给你。我可以进来吗?"

暮晚摇:"不可以。"

门外便不说话了。暮晚摇瞪着门,看到门上照着的影子一直没离开。显然她不应,他就不走。她更加心乱,气怒地将擦发的巾子往地上一扔,恨自己心软,语气便冲冲地道:"进来吧。"

言尚推门进来,关上门,目光快速地扫一遍屋舍。他将暮晚摇砸在地上的巾子捡起来,叠好放在案上,又端着姜汤到坐在床沿边的暮晚摇身边。他俯眼看一眼这个夜里穿着轻纱长裙、闷闷不乐坐在床头的公主,便开始劝她喝姜汤。

暮晚摇心烦他这种无微不至的体贴,快速看他一眼,见他应是洗漱过了。乌发只用银簪半束,还有些潮气。他垂眼站在她面前,换了身干净的男式杏色长袍,这般轻的颜色,衬着他清润温和的眉眼,被他穿出了风流儒雅的气质来。衣袍有些宽松,想来是为了不碰到他里面的伤。而想到他肩背上尚未好的伤,还追了大半天、在雨里淋这么久,就心软了。她喝了姜汤,将碗递回去,总是含着媚色的美目这一次低垂着,并不看他:"喝完了,你可以走了。"

言尚没走。他站在她面前半响,低声:"我有话和你说。"

暮晚摇不吭气。

言尚:"我们和好吧,好不好?"

暮晚摇嗤笑一声,这一次她干脆翻身上床,身子往床里一滚,卷上被褥,用手捂住耳朵,一副"我不要听你说话"的架势。

言尚坐下来，非常习惯地伸手扯了被子盖在她肩上。他知道她脾气就是这样，心中也不以为忤，继续温声细语地说自己的："我已经想好了，有没有孩子都没关系。我可以接受的。"

暮晚摇原本做好了不管他说什么都不搭理他的打算。可是他来这么一句，她的火气一下子就上来了，实在憋不住。于是才刚躺下的暮晚摇唰的一下掀开被子，坐了起来。她屈腿坐在床上，面朝言尚，瞪着他，嘲讽道："想了一个月才想清楚，你想得可真够漫长的呀。"

言尚有些自愧，搭在床上的手指屈了屈，低着眼睛，轻声："对不起……可这确实是很大的事情，我需要好好想清楚。我之前说无所谓的时候，你不是怪我只是敷衍你吗？我不想解决这个问题的时候，你还怪我逃避。我现在不逃避了，已经想清楚了。"

暮晚摇觉得可笑，声音抬高："我要你一个答复，你给我想了一个多月才想清楚，你早干什么去了？你想清楚了就想来与我和好，你不觉得晚了吗？难道你追来，我就会点头？你以为你是谁？你以为我离了你就活不成了？！"她语气激动，带着一腔愤怒和失望。

言尚看到她眼中的怒意，有些慌，忍不住为自己辩驳道："我、我本就是这样的人……对不起。可我和你不一样。你只要一时痛快，可我想的是长长久久。你只关心一时一刻，可我不能这样。我必须为我们的未来想清楚的。"

暮晚摇："你想清楚什么了？"

言尚停顿了一下，道："我见过春华了。"

暮晚摇敏感地跳一下眉，看向他的目光变得锐冷。而她的猜测果然中了，因为言尚下一句道："我问过春华你在乌蛮的事……摇摇！"

他才说一半，她跳下床就要走，言尚伸手拉她。她挣得很猛烈，他却知道不能放她这么走了。他紧紧抱住她，硬是将她拖拽到了自己怀里。暮晚摇又踢又打，却是挣不脱，她气得脸红，又因自尊而发疯。她低头一口咬在他手腕上，言尚闷哼一声，却还是不放开她。暮晚摇抬头，目中因怒火而发亮，尖声道："谁让你问的？谁让你多管闲事？我们已经分开了！"

言尚被她又踹又打，手臂和膝盖都挨了好几下。他苦不堪言，渐觉得制不住她，不禁语气加重，声音也抬高一点："我从来没想跟你分开。是你赶我走的。我一直在想我们之间的事，我……"

暮晚摇:"你就那么在乎我以前的事吗?!"

言尚:"是我在乎吗? 是你自己在乎得不得了,是你让我不得不这样的。你自己要是不在乎了,怎能影响到我?"

暮晚摇冷笑。她被他抱在怀里,他箍着她的腰不让她走,但她的手还是自由的。这番姿势其实不适合吵架,坐在他腿上的样子实在暧昧,但两人现在显然都没那种心思。暮晚摇抬手就掐住他下巴,在他错愕时,凑来就亲向他。言尚糊里糊涂,制她身子的手臂放松,等他弄明白的时候,他和她已经气息缠绵,难解难分,唇被吮得润泽鲜妍。他体温滚烫,心脏咚咚,忍不住倾身想要更多。暮晚摇却上身后倾,退开,目光冰冷地看着他。言尚一脑子糨糊,被她这种眼神打醒。

暮晚摇骂他:"你不在乎? 我亲你的时候,难道你不会想别的男人也这样亲我吗? 你搂我的时候,不会想别的男人也这样吗? 你根本不可能不在乎,骗人就能显得崇高吗?"

言尚涨红脸,他说:"我就是没有想。"

暮晚摇:"不信!"

两人又有开始吵架的架势。暮晚摇步步紧逼,言尚又急又气,半晌憋出一句:"你一靠近我,我就犯糊涂,根本想不到那些。我又不是你,亲人的时候还要算计我,还要使坏……我根本不会那样! 你以为谁都像你一样花花肠子啊。"

暮晚摇呆住。言尚说完,意识到自己说了什么,他也微怔,眼下浮起赧然羞愧的红晕。他与她对视半晌,轻声:"我真的没有想那些。"

暮晚摇看他这样子,其实已经有些信了。她咬了咬唇,忽觉得自己可笑,实在无理取闹。她手掩面,扭过脸,干干道:"哦。"

言尚见她乖了,不闹腾了,才微微舒口气。拥着她的肩,他低头来看她。她捂着脸挡着,不给他看。言尚心中好笑,轻声:"干什么呀……"

暮晚摇不吭气。

言尚:"那…… 你愿意坐下来,好好听一听我想了一个月的结果吗?"

暮晚摇:"听啊。我倒要听听你这一个月都在想些什么。"她有一种破罐破摔的放松感。如果言尚知道了一切……她的提防便没有意义。她倒是想听一听他的意思。

门外的侍女们听着里头的吵闹声，还听到公主的尖叫声。公主那般愤怒，她们在外严阵以待，就等着什么时候公主喊她们进去，她们将言二郎赶走。但是里面吵了许久，反而安静了下来。夏容和其他侍女面面相觑，便慢慢退远了。

房舍中，言尚正在拿着巾子为暮晚摇擦发。他非要这般劳碌，暮晚摇懒得理他，只听言尚非常细致道："你只是伤了身，乌蛮那样的地方又没有什么好医师，说不定你好好调养几年，身体就好了。我猜，殿下回来长安后从未找医师看过，因为你不敢……我觉得，可以请医师好好看一看。即便是真的不能生子，也能将殿下身体多年的亏损补回来。天气稍微一变，殿下就要生病，我很担心的。"

暮晚摇瞥他。她心中茫然，想不到有一天竟然能这么心平气和地坐着，和一个郎君讨论她不能生子的事。按她本性，一定是要生气，一定会听一句就走。然而言尚语气平和……她的头发还被他抓在手中。他语调悠然，好像说的不是她不能生子的大事，而只是一件明日吃什么的寻常讨论。这般态度，确实抚慰了暮晚摇，让暮晚摇不得不跟着他冷静。

暮晚摇颓丧道："不能生就是不能生。找医师调养，也不能生怎么办？"

言尚："真的不能，就只能接受了。幸好我家中还有兄长，我大哥有儿子，我们家不会绝后的。而且，我有没有告诉殿下，我三弟要成亲了？三弟很快也会有孩子。我在家中排行二，传宗接代的事，不至于一心指望我。你又是公主殿下，即便我们没有孩子，也没有人敢说你的。你不必担心有人指责你。这样想一想，当公主其实挺好的，是不是？"

看他竟然开玩笑，暮晚摇扭过脸。她并没有笑，黑漆漆的眼睛盯着他："没人会说我，却会说你。你走到哪里都要受影响。家人的指责、族人的质疑、朋友的关心、官场同僚的疑问……你此后一生都要承受这种压力。"

言尚低着头，慢慢嗯了一声，半晌道："所以……我不是考虑了一个月，才考虑好吗？"

暮晚摇别过脸，她抿唇："你其实不必这样的。如果因为同情我，大可不必。你这般好，喜欢你的女郎多的是。你根本不用承受这些压力。"

言尚重复一遍："所以我考虑了一个月。"

暮晚摇肩膀轻轻颤，她却故意做恶人，做出不理解他的样子来："你这是拿你的好心来逼我了？"

言尚道:"是以心换心。我想告诉你我的想法,你不接受的话,我也没办法。"

言尚凑过来看她,她扭过脸不让他看,他轻叹一声,将她搂入自己怀里,让她的脸贴着他的颈。这一次他感觉到颈上的潮湿,她却不必因被自己看到而不甘了。女郎在怀里颤抖着,言尚轻抚她后背,安慰她。她的声音带着哭腔:"可是你很喜欢小孩子呀。"

言尚低声:"我也很……喜欢殿下呀。"他哄她道,"日后、日后,若是你真的不能生,我们可以找我大哥和三弟过继一个啊。你要是不想要我们家的孩子,这世间被父母抛弃的孤儿多得是。当、当然……你不想要,也没关系。人生十全九美已然不错,没必要样样顺心。"

他轻声在她耳边说话,说他的计划、他的想法。他真的认真考虑了这件事的后果,然后一一想法子去解决。他用他的态度抚慰了暮晚摇,她本觉得这是一件极大的事,可是言尚这样,她又恍惚觉得,其实也没关系。只要他还在就好。暮晚摇从他怀里抬起脸,她手抚摸着他的面容,睫毛上沾的雾气蹭一蹭他的脸。她要来亲他,言尚却往后退了一下,表示了一下他拒绝的态度。

言尚低着头:"我给了你答复,你不给我答复吗?"

暮晚摇茫然:"什么答复?"

他向她看了一眼,抿了唇,微有些赌气的样子:"你要嫁别人的答复。"

暮晚摇一顿:"这个呀。"

言尚看来。

暮晚摇忍不住勾唇,若有所思地笑:"你都追出长安了,知道我是要去金陵的吗?我去金陵,就是打算亲自和我外大公他们说清楚我拒婚这件事。我本来就没想嫁,不是早告诉了你吗?"

言尚沉默,许久后道:"我求的本来就不是这一次。我要的是名分。"

暮晚摇手扶住额头。

言尚以为她又要拒绝,握住她的手,语气加重:"摇摇!"

他说:"权势是很好,可是难道我就不好吗?难道你就断定我没法帮你吗?我们可以一起啊。你许多事都不让我参与,我很担心你。我们能不能不要这样?就算我们不是那种关系,我不是还说做你的家臣吗?哪有主公总将家臣丢在外面,出点事,主公自己上的呀。"

暮晚摇盯着他，看他还要说什么。

言尚:"我就是想要一个名分……我不能无名无分地跟你在一起。这算什么？我不喜欢这样。我不喜欢总是偷偷摸摸，没法跟外人说我们的关系。旁人猜测着问我的时候，我也不能承认，就怕你不高兴，给你惹麻烦……我不想这样了。"

言尚抓着她的手腕，他怕她又含糊其词，又跳开这个问题，干脆一次性说个清楚:"我不是逼着你现在就给结果。我是说，你起码给我一个期限，到底要我等多久？我不怕等，就怕你一直磋磨我，让我看不到未来。你是要我等一年，两年，五年……还是一辈子？你总要给我说清楚吧。"

暮晚摇:"要是让你等一辈子，你当如何？"

言尚微怔，松开她的手腕，低声:"那样的话，我就不和你在一起了。"他说，"我的底线就是名分。你不能一直羞辱我。"

暮晚摇叹口气。言尚听得心里难受，他等了半天，什么也没等到，心就凉下去了。他不想再这么自取其辱，起身要走时，暮晚摇笑一声，缠了过来。她按住他的肩，让他重新坐下。

她跪在他面前，言尚仰头看她。暮晚摇入神地看着他，喃声:"我还以为你现在就要逼着我给结果，原来你只是要我考虑好，给你一个期限。言二哥哥，你为什么待我这般宽容？"暮晚摇低头来蹭他的脸，柔声，"言二哥哥，我不怕告诉你，我有那样的过去，权势对我来说就格外重要。我不能为你放弃权势，没有权势，我心里不安。我不能只有情爱，不能只有你。但是你很重要。权势和你，我都要，一样都不想放过。言二哥哥，你放心，如果你的底线是名分的话，我一定会给你的。"

她手抚他下巴，他目中光动，似要说话。暮晚摇一只手指按在他唇上，制止他说话，非常认真地凝视着他:"可是你真的想清楚跟我在一起了吗？即使我们很大的可能，一生无子？你真的想清楚了，不会再反悔？你要是想清楚了，我日后再不会拿这种事自寻烦恼，也不会容许你后悔。言二哥哥，你现在还有反悔的机会。不然日后我又无子又欺负你，你可就太难了。"

言尚低声:"不要贬低自己。"

他没明确回答，却抬手搂住了她的肩，向她望来。他目若清水，这般含蓄的回答，让暮晚摇顿时忍俊不禁，觉得他可亲可爱。她心中枯了的花重新绽放，枝叶舒展。他就是有这般能力，让她死了又活。

335

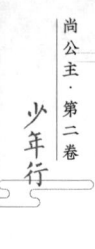

言尚还记着自己的要求:"我的名分……"

暮晚摇瞪圆眼,故意道:"你考虑了整整一个月,才考虑出结果,怎么就不容许我多想两天了? 我也要认真考虑,想清楚后果。嫁你太麻烦,我不是那般冲动之人。我拿不到好处,才不会嫁你! 你好好等着我考虑清楚吧。"

言尚愕然,意识到暮晚摇在报复他。他只能叹口气,接受了这个答案。

暮晚摇又压着他亲。然而踟蹰半响,言尚靠在床柱上,喘着气问她:"我们算是和好了吗?"

暮晚摇手指软软地,揉着他的腰,根本没有回答他,言尚不好总是问啊问啊的。他想应该是和好了,不然她不会这样。只是天色越来越晚了,漏更声响了不止一次。

言尚道:"天晚了……我该回去睡觉了。"他语气带一分挣扎,显然从美人窝起来,如他这般也会依依不舍。何况二人将将和好。

暮晚摇坐在床上看他起来,他回头看她一眼。暮晚摇挑眉。

言尚道:"我真的走了。"

暮晚摇不说话。

言尚:"明日……明日我就回去了,我只是专程来跟你解释的,说清楚我就得回长安了。"

暮晚摇依然不说话,似笑非笑。言尚再次回头看她,他就这般回头看了三次,暮晚摇唇角忍不住一翘,终是撑不住,坐在床上就往后倒。她笑得打滚,手撑着脸抬起来,眉间柔情四溢,眼中水波盈盈,腮上笑靥如花:"好了好了,你别再总看我了。我知道你的意思,想留宿就留嘛! 小别胜新欢,我从来就没有不肯过啊!"

言尚被她的促狭弄红了脸,坚持道:"我不是那个意思……我只是想多和殿下说一会儿话而已。"

暮晚摇郑重其事:"盖棉被纯聊天吗? 真有你的。"

她这么促狭,闹得他很不自在。他被她笑得越发不好意思,几乎要自暴自弃走了时,暮晚摇又亲亲热热地将他拉下来坐着,开始甜言蜜语地哄他,留住了他。

暮晚摇夜里睡的时候,例行就留一点灯火。言尚一直记着她的习惯,在帐外点了盏灯,将一重重帷帐放下,小心翼翼地回到床榻前,靠在床沿上,就躺了下去。

暮晚摇睡在里面,盯着他的背影,快要把他的后背瞪出洞来,阴阳怪气:"你这就睡了啊?"

言尚轻轻嗯了一声:"殿下明日要赶路,我明日要返回长安。"

听出他语气里的忧虑,暮晚摇猜出了他的心思,不禁笑:"你又来了。出长安时没告假的人是你,现在还没到天亮,你就开始坐立不安,愁明日的公务了。能不能放松一点啊?"

言尚:"对不起。"

暮晚摇哼了一声:"你是对不起我。"顿了许久,她突然又开口,"你真是根木头!"娇嗔的语气里多上两分失落,还有很多无奈。

暮晚摇正抱怨着他的无动于衷,听那背对着她的少年郎君道:"我怎么是木头了?"

暮晚摇:"你要不是木头,就不会旁边睡着娇滴滴的美人,你只背对着我,连头都不回。"

他不吭气。暮晚摇伸手想戳他,但是指尖只是轻轻挨了一下他的后背。她记得他身上的伤还没好,便不敢乱碰。她意兴阑珊,翻身也想背对着他了。言尚坐了起来,靠着床沿坐了起来,起身拉开床帏。暮晚摇偷看他要做什么,心里嘀咕难道他被她说得生气了、要走了?她心里不安着,见言尚回头来看她。目光依然是清润的,但也许是灯火太暗,他的眼中光影重重,有了更多的含义。

长安城中。郊外北营地的军队已经入睡,只有巡逻军士巍然而立。主帐中,只有刘文吉靠着一张榻,手里握着一把剑。他闭着眼,昏昏欲睡时,剑也不离手。他时而从噩梦中惊醒一瞬,蓦地睁开眼,看到黑漆漆的帐中只有自己,便重新闭上眼。

他时刻警惕着外面随时会发生的叛乱——北营地这边,定要降服!

韦府中,赵灵妃已经歇去了,韦树仍坐在书舍的案前。他孤零零地坐了很久,夜色已经深透,外面一声猫叫将他惊醒。他凝视着书案半天,铺开纸,开始写一封折子——求去出使诸国,联络巩固大魏与周边诸国之间的关系。

他写一道折子，论大魏和周边国家亦敌亦友的关系，又抒发自己的雄心壮志，用华丽的文采装饰，好让看到折子的人为他的抱负感动，答应他的请求。

韦家拿韦树当棋子，他却要跳出这张棋局。他对不起自己的老师，但他知道怎样才是更好的。他宁可离开大魏出使各国，之后数年不能归，也不愿成为他人手中的棋子——韦家可以让御史台停了他的职。然而他们不能一手遮天，让周边诸国听话。

皇宫中，皇帝半夜从噩梦中醒来，便再也睡不着了。睁眼等着天亮时，外面伺候的成安知道陛下醒了，便进来伺候。一会儿，成安通报了一个消息："陛下，言二郎似乎离开长安了。"之前皇帝就派人监视言二郎，言尚行事规规矩矩，好不容易出了一件没那么规矩的事，下面的人立刻来报陛下。

皇帝默然，若有所思："丹阳什么时候离开的长安？"

成安听懂了皇帝的意思，说："公主殿下是天亮时走的，言二郎是午膳后走的。但公主是坐马车，言二郎是骑马……也许真的能追上。陛下，看来言二郎和殿下真的要好事将近了。"

皇帝目露笑意，轻声："那朕就要给言素臣一个升官位的好机会了……全看他能不能抓得住。"他叹气，"言素臣不强大，如何能护住摇摇呢？"

第四十章

言尚一只手撑在床上，一手打开帷幔，俯眼来看那躺着喘气的公主。发如藻铺，香腮嫣红，如同一道清白月光照于她身，山丘湖面尽是冰雪覆来。她眼中眨着蒙蒙如水雾一般的光，春情诗意荡于眉眼间。一切结束后，她尚有些缓不过神，蹙着眉向言尚凝睇而来。

言尚心脏扑通，有些惊讶，又有些恍惚地看着她现在的样子。他第一次在她身上见到如此慵懒肆意的风情，她比之前两次状态都要好很多。他垂着眉眼，面上如染霞一般，青丝铺落。他这般微微笑了一下，便如山水轻荡一般惹人心动。暮晚摇看得心旌摇曳时，言尚已经放下帐子，离开这边了。

言尚去取了茶水漱口,又找了一方帕子来。他估计暮晚摇肯定是懒得洗漱,便想为她擦拭一下。他又这般来来回回折腾了半天,再回到床上的时候,刚打开床帐跪在木板上,一个娇娇的小人儿就展开雪臂抱了过来。

暮晚摇抱怨:"你又去这么久! 本来有点兴致,都要被你来来回回地搅没了。"

言尚有些羞涩,他解释:"我只是去收拾一下。"

见言尚手拿着一张帕子,半天纠结着不动,暮晚摇叹口气,拉着他坐下。她拿过他手上的帕子就要擦拭自己,她抬起膝盖,只是停顿一下,就见言尚匆忙扭脸背对她,不向这边看来。暮晚摇对着他的背影皱下鼻子,嫌弃他的放不开。

许久,听背对着她的言尚低声:"你擦好了吗?"

暮晚摇:"嗯。"

他转个肩,见她已经穿好中衣,没有哄骗他,这才微微舒口气,倾身来要拿她擦拭过的帕子。见他又有起身去收拾的样子,暮晚摇服了他了,从他手里抢过帕子往外面地上一扔,拉着他躺下,不悦道:"不要管了! 明日会有侍女收拾的。"

言尚被她拉着侧躺下。金色的帷帐和烛火照在他们身上,暮晚摇与他面对面而睡。安静躺下,四目相对,空气变得滚烫如炸。他睫毛颤抖,眼眸垂落,有点躲闪。暮晚摇见他这样,看他凌乱的乌发,看他面上还未褪去的红色,她越看越是欢喜。

暮晚摇假意板起脸:"你这些都是从哪里学的?"

言尚:"没有从哪里学……"

暮晚摇:"是不是你那个春娘啊?"

言尚愣了一下,说:"和她有什么关系……摇摇,你是不是去查她了?"

暮晚摇当即哼一鼻子。她有心发脾气,为春娘这个人和他吵一顿,无理取闹一通。她让方桐去查过,就已经知道言尚是怎么认识这个人的。知道言尚恐怕是有什么暗棋,暮晚摇便没那么生气。可是想到他教一个漂亮的名妓写字读书,和对方共处一室……之前两人分开了,暮晚摇没有立场管他;现在,她当然要吵一吵。然而眼下气氛太好,暮晚摇又吵不起来。

言尚已絮絮叨叨地解释:"春娘是刘兄之前救下的那个娘子。户部郎中张郎中家里的十一郎总是要回来长安的,我想着刘兄的事不能这么算了……

而且我在北里需要一个探子……"

暮晚摇不耐烦："好了好了！我已经知道了，不想听你再说一遍！"

言尚无奈："那你想听什么？"

暮晚摇："你晚上有没有和她睡一个房间？教她写字的时候，你有没有手把手教？和对方的距离，有没有近到我们现在这种程度？你有没有对她笑，有没有和她逢场作戏……"

言尚微笑。

暮晚摇："笑个屁！"

言尚来捂她的嘴，轻声："又说脏字了。一个公主，不能这样学坏。我只是有点高兴你在乎我……你放心，我把握着分寸，不会让你为难的。"他威胁她，"你要是从此以后只有我一个，我也只有你一个。"

暮晚摇觉得自己能做到，当即笑着应好，话题再说到一开始："可是如果不是从春娘那里学的，你到底是从哪里学的这般本事？你别怕，我只是看谁教坏你。我要去杀了他！"

言尚低声："跟你学的。你要杀你自己吗？"

暮晚摇呆住："啊……你真的……"

言尚："怎么？"

暮晚摇低落道："你太聪明了，让我好慌。我要是没有多一点本事，都要压不住你……"

言尚微笑："没有的。"

暮晚摇仰脸，手抚着他细致的眉眼，轻声："但是言二哥哥，你这样其实挺累的。你能不能试着放松放松自己，至少和我在一起的时候，学着放下你的担子，不要总琢磨太多的事情。你思虑过重，过犹不及，如果没有一个地方能让你稍微休息一下，你迟早会崩溃的。言二哥哥，试着在我这里放松吧。"

言尚俯眼望着她，如同有火花射入，迷人又温情。他一言不发。世间人都赞他风度，爱他无微不至，喜他进退有度。只有暮晚摇，一次次地希望他能够放松，能够纾解。她一次次嫌他绷得太紧，一次次让他不要太逼自己。世人都爱他是君子、圣人，只有她爱他是言尚吧。

言尚轻声："我会试试的。"

房舍外的竹柏影子落在地上，如青苔；廊下的灯笼照在树影间，如火花。

风沙沙过，淅淅沥沥，雨点彻底停了。

次日天未亮，言尚便要返回长安。暮晚摇不高兴，和他闹了一通，嘲讽他就算现在回去也晚了："你的长官不会因为你今天回去就高兴，但是你现在走了，我会不高兴。"

言尚便陪暮晚摇在驿站留到了中午，其间，他总算如意，和暮晚摇讨论了她的金陵之行。他听她讲要说的话，对此又加以分析和修饰。也没太重要，只是言尚觉得自己终于能参与一点她的事情，心中愉悦。不过他的愉悦是那般浅浅的，没有人注意到。

到中午的时候，方桐才催暮晚摇，说再不赶路，今天就没法赶去下一个驿站休息了。言尚这才能和暮晚摇分别，答应在长安等着暮晚摇回来。

暮晚摇这时已经有些后悔自己要去金陵。她原本去金陵，很大一部分原因是躲言尚，现在和言尚和好了，金陵和长安的距离就成了两人之间很大的阻碍。少说也得一个月才能回到长安，才能再见到言尚。暮晚摇恨言尚是京官，若是他还是当初的岭南言石生，她大可以不顾他的意愿，强行将他带走一起去金陵，也没人能说什么。而现在，暮晚摇只能道："我不在金陵多留，尽量一个月就回来。你乖乖等着我回去，知道吗？"

被众卫士和侍女一同看着，言尚很不自在，硬是在暮晚摇的逼视下轻轻说了好。他望着马车离开，心中生起无端怅然。他心里舍不得她，只是她已经表现得很依依不舍了，他便不能跟着她不舍。两人若一起悲情下去，这路就走不下去了。

言尚当天回到长安，次日去向长官道歉。他本以为他的无故缺席必然要被责骂，然而回到户部的时候，发现众人都忙碌着，根本没工夫关心他缺的那一天。言尚忙问发生了什么事，得到回答："北方十六县发生地动，有河水当即干涸。又连续无雨，已有地方出现干旱，群众暴乱……"

言尚喃声："每逢天降大灾，必有叛乱、流民……"

被他拉住询问的官员敷衍点个头，继续去忙此事了。言尚也连忙去帮忙。

这会儿，户部的重中之重，从派使臣出访各国变成了赈灾救民。连续半月，不断有地方消息传入户部，河水枯竭，大旱的地方越来越多，户部的粮钱批了一拨又一拨，灾情却好像一点没有减缓，听说有地方已经出现人吃人的现象……

言尚被叫去见户部尚书和户部侍郎，陪坐的还有太子。户部尚书本是户部的一把手，然而因为年纪大了，再做不了几年官就会致仕，所以虽然言尚来户部已有两月多，却没见这位尚书多管过什么事。户部真正管事的，是旁边的户部侍郎。

这位侍郎，言尚非常熟。因为这位户部侍郎曾做过暮晚摇的幕僚，从公主府出去做官，之后在太子的扶持下一路高升。官位做到这般地步，这位侍郎已经是暮晚摇结交的大臣中最厉害的一位了。何况这位侍郎对暮晚摇忠心耿耿，在言尚到户部后也一直很照顾言尚。

此时言尚见这三人，他向三人行礼，只有户部侍郎对他露出和气的笑："素臣，如今北方大旱、百姓流离的事，你应已知道重要性了。按照规矩，中枢会派一位朝廷命官去地方监察赈灾事宜。其他几州都有安排官员，唯有蜀州几县，自古民风彪悍，地又贫瘠，朝中无人愿意去。我思来想去，户部诸郎中，唯有你心细胆大，又为人谨慎，不必担心被地方官员架空挟持。我向太子殿下建议，让你去蜀中赈灾，不知你可愿意？"

言尚并没有犹豫："自然愿意。"

那三人为言尚的果断愣了一下，才称赞说好。长安这些京官，其实大部分都是不愿意去地方的，嫌地方贫苦，嫌治理麻烦，嫌民智不开。去蜀中尤其是个苦差事，自古多少京官被贬之地就是蜀州。户部虽然要安排人去，但朝中官员大都是世家子弟，不能逼人家。想来想去，只有言尚。然而言尚这般果断点头，仍让人意外。

太子坐在一旁，听言尚询问侍郎可有注意事宜。太子微皱了眉，心中总觉得哪里古怪。因为言尚不是他推举去赈灾的。太子需要言尚在朝中，他将出使一事处理妥当，对太子来说就是大功德一件。太子认为言尚在中枢比去赈灾有用得多。这般才能，赈灾是大材小用，然而是皇帝点名让言尚去蜀中的。

皇帝表现出了对言尚的复杂情绪，一会儿说到言尚搅局了暮晚摇的和亲，一会儿说言尚无故告假，一会儿再说言尚的官位升得太快，会让诸臣不满……总而言之，太子听懂了皇帝的暗示。皇帝希望太子压一压言尚。这一次派言尚出京去赈灾，便是太子对皇帝作出的交代。皇帝没再多说，看似已满意。太子却依然觉得哪里很奇怪。父皇真的要压言尚吗？为什么？总觉得皇帝给出的理由,很敷衍啊。

同一时间,户部、礼部、吏部也终于商量出了出使诸国的朝臣名单。韦树赫然在列。他被任命为副使,跟随正使出大魏,出使诸国。

中枢的官员调动名单下来,韦家便沉默了。韦树离开长安,少则一年,多则数年。他们想要用韦树联姻李氏的算盘……就基本断了。谁知道韦树什么时候能够回来长安?

五月底,言尚要去蜀中,韦树离开大魏,二人得知对方消息,约了在长安北里的一家酒肆中为对方送行。

言尚前往北里时,在街市上遇到返回长安的北衙军队。将士在列,军队肃整。为首者竟不是将军,而是内宦刘文吉。刘文吉骑在马上,一身内侍服,却无法挡住他眉目间的沉冷寒气和隐隐得意。

围观百姓们窃窃私语:

"怎么让一个内宦领队?陛下怎么能用太监当官?"

"狗仗人势!一个太监敢走在将军前面……太没有规矩了。"

刘文吉冷目看向人群,当即有兵士出列,绑住那多话的百姓。刘文吉就要下令拔舌杖杀之时,冷不丁看到了人群中的言尚。言尚目中含笑看着他,略有些为他高兴的意思。与他四目对上,言尚拱手点头。

旁边的内宦小声问刘文吉:"要杀吗?"

刘文吉不愿让言尚看到自己这一面,便皱了下眉,说:"稍微教训下,就把人放了。"他心想等言尚看不到的时候,再杀也不迟。北衙军队……皇帝隐隐有要太监掌控的意思,他要抓住这个机会才是。

言尚只是在街上看了一会儿刘文吉的风光回城,为自己的昔日朋友感到欣慰。他没有多看,便匆匆离去,去北里和韦树见面了。

皇宫中,皇帝听着各方消息,笑了一声:"看来言尚真的要去蜀中了啊……"

成安在旁:"奴才不解,陛下既要提拔言二郎,为何派他去做这种吃力不讨好的事情?"

皇帝哂笑:"为了收拾户部。户部被太子管了几年,越管越缺钱,年年没钱……朕便不懂，他发了好几次财，怎么还能这般捉襟见肘？户部得收拾一下了。"

成安道："陛下让内宦沾手北衙，是为了削弱秦王殿下的背后势力。老奴不懂，陛下为何不将秦王势力一网打尽，为何仍要分心于太子殿下呢？若是言素臣没有按照陛下的谋划走……"

皇帝淡声："所以朕不是在试探言素臣吗？朕就是在试，言素臣到底是怎样的人。"他意味深长，喃喃自语，"看他是要为谁所用，站在哪一边。"

成安："朝中皆知，言二郎是太子的人。"

皇帝淡声："不一定。当日他一箭射杀郑氏家主，看似是帮了太子，然而也许只是巧合。但是无论如何……这一次，是不太可能是巧合了。朕要给摇摇找个好靠山，首先得知道这个靠山值不值。朕可以容许一时私心，不能容许一世私心。"

成安心想，看来陛下是在赌，这一次言二郎会和户部对上，和太子对上。但是……言尚真的会这样吗？明明站队站得很好，言尚真的会放弃太子吗？

皇帝忽然道："摇摇这时候，应该到金陵了吧？"

成安连忙："是，陛下放心，公主殿下如今聪慧了许多，定能安抚好李氏，平安回来长安的。"

皇帝点头，闭上了眼。

暮晚摇此时已经身在金陵。她心急如焚，想解决了自己的婚事，回京和言尚团聚。可是金陵这边的李氏，拿乔不见她。暮晚摇给了他们两天面子后，就不耐烦了。她的卫士们开路，和李家卫士大打出手，而暮晚摇提着剑，直接闯入了书房，见到自己的外大公。

暮晚摇开门见山："外大公只想李氏鼎盛，非要我联姻。然而在那之前，外大公不想李氏能不能存下去吗？"

看着那个背对着她站在书架前看书的老人，暮晚摇眉目如霜，步步紧逼："外大公难道以为，我父皇会看着李氏壮大，看着韦氏壮大吗？方桐，取我刚收到的来自长安的消息，让我外大公看看——我父皇如今在收拾谁！我三哥背后势力仅次于李氏，所以才在长安张狂这么多年。而今三哥被禁在家，北衙兵力开始被内宦接管。外大公莫不是以为这是巧合吧？外大公以为我父皇的安排会是巧合吗?

"如今我双方应该联合起来,应对我父皇! 我父皇想要李家死。你们就是在金陵待得太久,久得已经失去了敏锐的政治察觉能力……而今,到了我们合作的时候,不要被他人布局牵扯!"

第四十一章

金陵李府,是整个金陵名士、世家们最向往的地方。而能站在李公的书舍,更是一份值得跟人炫耀的得意事。而今日,提着剑闯入书舍的却是一名女子。虽是公主,可这位公主,昔日只被当作一工具,李家这边,并没有人真正认真看过她。但是从这位公主说出那番话后,李家就不能再把她当作一个联姻的工具了。

站在书架前的李公慢慢转身,看向气势汹汹的外孙女。暮晚摇明艳年少,身上自有一派天生地养的雍容贵气。当李公端详她的时候,其实她也心中忐忑,观察着自己的这位外大公。李公是她的外祖父,今年已有六七十,两鬓斑白,面容清癯,身量瘦极。然而李公看向她的眼睛如星如电。这是一位并不糊涂的老人,不会由暮晚摇说什么,他就信什么。暮晚摇高昂着下巴,并不被吓住。

李公盯了她半晌,仆从闯进来,惶恐地求饶,说不该让公主闯入。暮晚摇不屑地嗤一声,李公淡声吩咐把没拦住的卫士杖二十后赶出李家,才捧着书坐到书案前。

听到李公直接将人赶出李家,暮晚摇眼眸颤了一下。金陵是李家的大本营,李家的仆从被赶出去,那些人日后还能有府邸敢收? 这是断人生路啊,好狠。

李公看了她的神情,淡声:"怎么,公主殿下心软了? 心软的人玩不了政治。心软的娘子,不如早早嫁人,生儿育女。婚后任由你继续做嚣张跋扈的公主。"

暮晚摇立即:"并未心软! 李家的仆从,外大公自己都不在意,我在意什么? 我自幼生在宫廷,从小就见宫人仆从被打死。要心软,我早就心软了,何必到现在？今日和外大公说的乃是大局，是政务。难道外大公以为几个仆从的生死，就能让我后退吗？"她眼中带着明亮的光，往前走了一步，站在了书舍正中的阳光下，"到了今天这一步，我一步也不会退了。"

李公深深凝视她，然后淡淡说道："所以，你是不肯联姻了？当年李家支持你，说好的条件便是让你联姻。殿下如今翅膀硬了，就要反悔了？"

暮晚摇反唇相讥："此一时彼一时。当年你们欺我年少不懂政事，仓促帮我做了决定，我焉能有想法？而今也并非反悔，只是局势已变，李家久不在长安，远离政局已久。这天下大势，终究还是中原来定的。当日外大公定下的决策，今日已无行事的必要。我还是以前那句话。我嫁不嫁人其实都无所谓，反正我是公主，你们要的只是联姻。就算我嫁过去后，不喜欢韦巨源了，我养几个面首，韦家又能说什么？我不过是心里向着外大公，不愿见李家吃亏，所以才赶来金陵解释的。到底是我母家，我怎能看着母家重蹈覆辙，被局势吞没？"

李公半晌没说话。如暮晚摇所说，李家如今有个很大的缺陷，就是久不在政局中心，很难判断如今情势。暮晚摇话中几分真假，李公还真不确定。他道："李家和韦家联姻，如何就会被局势吞没？"

暮晚摇心中一松，知道对方开始动摇了。然而她提醒自己不能得意，定要稳住，气势上稳稳压着，一旦露出怯意，就容易被对方察觉。对方这种玩政治玩了几十年的人，她真的一步都不敢乱走。所以要半真半假，才能哄住对方。

暮晚摇面不改色："先前李家掌管南方边军时是世家第一，无人敢说什么。之后李家败退金陵，这些年，我三哥所属的南阳姜氏一族，渐渐地就开始代替李家当年的地位了。姜氏一族近关中，是北方大世家，本就容易插手这些。李家放下的兵权，自然有人要收整，这接收的人就成了我三哥母家一族。而靠着兵权，姜氏这些年隐隐气盛，三哥竟敢和太子争一争那个位子。连父皇也不能说什么。"

李公嗤声："你父皇老了。"

暮晚摇颔首："外大公说得不错。自母后过世，父皇身体大不如以前。往年他如何压制李家，现在却没有当年的精力去压制南阳姜氏了。但是世家终究是父皇一块心病，他不能坐视姜氏权大，成为当年的李家。他委婉了很多，比起以前的雷霆手段，现在用的是借力打力。这一次使臣们在长安和三哥动作频频，朝廷如何不知？等到使臣走后，中枢当即用了这个借口，让三哥关了禁闭。之后太子殿下收长安兵权，父皇借太子殿下的手，调动了禁军北簡。父皇终究是向着太子殿下，帮太子殿下收兵权，不让三哥独大，威胁到太子殿下。"

李公沉思许久，心想皇帝真的会手段软和，不再雷霆了？这还是让李家忌惮的皇帝吗？难道说，老皇帝终是老了……或是因为他的女儿，而心软了？女儿已逝，他开始悔悟。这太可笑了。李公淡声："然而这和我李家有何关系？"

暮晚摇朗声："李家的当年，不就是姜氏的现在？姜氏的现在，不就是想和韦家联姻的李家未来吗？父皇不让世家坐大，你们偏偏要坐大，这不是往父皇跟前送眼中钉吗？外大公因跟皇室联姻而意兴阑珊，知道皇权可怕，不想再敌。难道外大公还希望再和皇权碰一次吗？当年被逼回金陵，再碰一次，李家会不会直接被碰没了？"

"放肆！"李公拍案怒声。

暮晚摇步步紧逼，美丽明亮的眼睛如火焰般盯着对方："外大公！这世间，终是皇权至上！世家再强，也要让路。除非你们想谋反，自己称帝……可是自己称帝，你们又是新的皇权！父皇在收拢皇权，加固皇权。长安那些世家各个装孙子，不肯出头。难道我们就要出头，就要被碾压了？韦家为什么答应让韦巨源和我联姻？因为韦巨源只是一个庶子，说得难听点，他是外室生的！这种出身，韦家随时都可以放弃。如果中间出什么错，韦家放弃一个韦巨源，明哲保身。那李氏要放弃什么？放弃我吗？

"你们若是放弃了我，就和政权中心一点都挨不上边了！现在李家太平，是因为有我在！我依赖李氏，皇室也通过我来控制调整和南方士族的关系。你们若是放弃我，难道是准备彻底决裂吗？李家败回金陵不过几年，一切都没休养好，现在还有决裂的底气吗？你们该信赖我，该借我的势，该好好将南方世家经营好。我理解李氏想重回长安，可是至少在我父皇当权的时候，这是不可能的事情。但是只要太子上位，太子是信任世家的！只要太子上位，我们便有机会！"暮晚摇侃侃而谈，声如珠玉，然而她已不是普通的任由李家控制的傀儡。

李公怔怔看着她，见她目中尽是自信的光，大谈局势，加以自己的分析，不说条条中，起码大体上的判断是正确的。恍惚地，李公在她身上看到了爱女当年的身形，看到了女儿还是未嫁女郎时，也是这般自信，这般将天下局势、英豪随意点评……

李暖是何等风采！少女时点评天下英豪，被私访的还是皇子的皇帝听到。那个人当年求娶李暖，金陵李氏却还在犹豫该不该和那位皇子合作，而又是李暖跑到书舍来，就站在现在暮晚摇所站的位置，侃侃而谈，自信地说一定会帮助那位皇子登上皇位，一定帮李氏鼎盛。倏忽间，三十年从中过！三十年！李公还以为，再不能从任何一个女郎身上看到女儿当年的神采了。

暮晚摇道："所以，我不能嫁！"这道声音，与李公记忆中李暖的声音重叠。而李暖那时说的是——"所以，我当嫁！"

暮晚摇说完这些，没有听到动静，心有些慌，转身看李公。竟见李公呆呆看着她，目露疲色，瞬间老了十岁不止，她怔忡地轻声道："外大公……你怎么了？我说错了什么？"

李公收回混乱的心神，掩袖遮挡了一下神情，再抬脸时，恢复了镇定，疲惫道："所以你不愿李氏和韦氏联姻，是觉得李氏输不起。你希望我们继续和你合作，给你提供助力，让你帮李家在长安转圜。你想得很好……可是，你终究是女郎，总是要嫁人生子的，为何不直接听我们的？难道舅舅给你选的韦巨源，哪里不合你的心意？我们为你选的夫婿并不差啊。结亲结亲，并不是结仇啊。"

暮晚摇轻声："韦巨源很好。我与他合作……其实挺愉快的。我知道李家虽然想借我联姻，但也希望我婚姻幸福。毕竟我是母亲的唯一女儿，您是我的亲外祖父，不会看着我伤心余生。可我是一个和亲回来的公主。我已经看透婚姻，对此没有兴趣。我和李家是绑在一起的，一荣俱荣，一损俱损。外大公不如好生休养生息。李家如今不该出头，就让其他世家出头，我们看戏好了。外大公要是不信我的判断，我们不妨打赌？父皇一定会收拾三哥母族的。"

李公沉默许久，说："你在金陵多留两日，向我等说说长安的情况吧。"他自嘲一笑，"久不在政局，已成井底之蛙，让人笑话。如今还要靠你一个女娃娃来知长安事……李氏在我手中实在是经营得差，日后到了黄泉之下，愧对列祖列宗。"

暮晚摇听一个老人这般说，心中有些难受。然而她微微松口气，知道自己此次到金陵的目的基本已经达成了。她变得轻松起来，唇角露出一丝笑。

只是被李公望一眼,她又连忙收了自己的得意。

李公摇头,心想喜怒形之于色,小公主还是嫩啊。

暮晚摇要告退时,李公忽然叫住她:"摇摇。"

暮晚摇怔了一下,侧了半个肩,凝眸望去。她听这个老人温声:"摇摇,别怪我们,别怪你母后。当年送你和亲,实在是情非得已。你母亲在你走后,得了心疾,日日以泪洗面,已然后悔。当时你母亲与我说,希望李家和你父皇的内争早日结束,她想接你回来。不管乌蛮提出什么条件,你母亲都想接你回来的。"

暮晚摇面容忽地绷住,心间一口气瞬间哽住。她不去想,从不敢去想。她和亲时与母后分离,再无再见之日。她借助母亲逝去的消息回来长安,却始终无缘问母后一句,当年送我和亲,你可曾后悔?世人总说母亲比父亲心软,而她母亲却是这般心狠,为了二哥,一心报复父皇,连女儿也被卷入其中。在九泉之下知道我遭遇了什么后,母后,你可曾有过后悔?难道二哥是你的骨肉,我便不是吗?难道你只爱二哥,就不爱我吗?母后,我对你们何其失望。以至于到现在,当外大公这么说时,我竟不知他说的是真话,还是只是想靠亲情来稳住我。你们这些人……虚伪,肮脏,阴狠……而我正在变得和你们一样。

李公静静看着站在书舍门前的少年公主。

见暮晚摇站了许久后,回头微笑,眼中如湖泊一般光波潋滟:"我知道。不管外大公说的真假,母后若是爱我一分,我总是心里安慰一些。"

李公见她这般,就知道她并不是很信,自嘲一笑,他叹气:"摇摇,也许你怪我们心狠。可是世间事,世间人……都是这样的。你生在皇室,又是李家的外孙女,到底要和我们走一样的路。你先前说得很好,很能唬人,现在却露了怯。摇摇,你还是要更心硬一些,更圆滑一些。"

暮晚摇偏了下脸。她想到当日使臣还在的时候,皇帝做主,让翰林院和文斗这些人共同编写的三本书:《长安女儿行》《长安少年行》《长安英豪录》。她痴声:"我知道我会变得和你们一样……但我更想做英豪。"

李公沉默了一下,说道:"便是做英豪,又有谁天生就是大英豪呢?"

暮晚摇轻轻一叹,点头凝望书舍窗外一角照出的天宇——是啊,谁又天生便是大英豪呢?

暮晚摇被李氏留在金陵,李氏要她详细说说长安政局已到了何种情况。

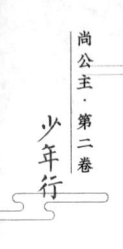

暮晚摇虽归心似箭，却仍耐着性子说服李氏。她将长安政局说得比实际情况更严重更混乱，好让李氏决定不搅浑水。

长安则阴雨连连。酒肆中，韦树正坐在窗前独酌，听到小二的招呼声，他偏过脸，见到言尚正由小二引着上楼来。言尚边上楼边收伞，弹去肩上溅到的水珠，而同时，还偏头和那小二轻声说话。韦树便见那对自己爱搭不理的店小二对言二郎何其热心，不光主动帮言尚收伞，还取来巾子为言尚擦肩上溅到的雨水。而言尚又是一通道谢，还非要给对方赏钱。小二离开的时候，韦树觉得对方整个人都是晕晕的，被言二郎感动得不得了。

韦树静静看着。上楼后的言尚也看到了他，对他露出温和的笑，向这边走来。他斯文又清隽，周身气质朗如明玉，这般的好风采，比韦树刚认识他时更好了很多。韦树便心想，这世间有的人是越相识，越无趣；然而有的人却是认识得越久，越觉得对方好。

言尚过来坐下，抱歉解释："过来时见到了刘兄领着北衙军队从御街走过，我一时感慨，跟着百姓多看了两眼，便耽误了时间。为兄自罚一杯，向你道歉了。"

韦树看着他，说："用酒自罚吗？"他当然知道言尚轻易不喝酒。

言尚停顿一下，笑一声接受了："也罢，酒便酒。"说罢他为自己倒了一盏酒，一饮而尽。

韦树见他肯喝酒，目中生了笑意，知道言尚在真诚道歉："你说的刘兄，是刘文吉吧？"

言尚点头。

韦树声音清清泠泠道："我们这些人，只有你还会记挂刘文吉了。"

言尚静一下，轻声："他走到今日，很不容易。"

韦树不在意，他靠着窗木，低头看着自己酒樽中的清酒，淡声："没有本事却强自出头，有什么后果，就担着什么后果。这世间谁又容易了呢？"韦树为人冷清，常常是旁人找他，他从不主动找人。而当了监察御史后，韦树就更加冷心冷肺，独来独往，在朝中为人所厌。主动点评刘文吉，韦树还是第一次。

言尚向他看去，见少年眼下有点红，目中光有些蒙蒙。言尚再掂了下空了大半的酒坛，便了然叹气："巨源，你喝多了。你年纪尚小，怎能这样无节制地饮酒？"

韦树说："我不小了，已经十六了。韦家都要给我和公主定亲了，我还小吗？"

言尚不语，而是唤小二来，为韦树烹些热茶解酒。言尚又开始这般忙碌起来，他照料自己身边的人，好像已经照料出了习惯。韦树坐在对面看他半晌，忽道："我去出使诸国，离开大魏，反抗了和公主的联姻，你不该谢谢我吗？"

言尚怔一下，反问："你需要我谢谢你？"

韦树不说话。

言尚轻叹："巨源，你虽年少，心中却极有主意。你小小年纪便在朝上独当一面，我怎能小看你？无论你拒婚还是不拒婚，都有自己的想法。你要的并不是我一声道谢，是我的支持。我知道你心有抱负，不愿沦为他人棋子。这出局一步，你走得极为决断。便是我在你的位置上，也不能比你做得更好。当断则断……韦七郎的魄力，我是不如的。"

韦树愣愣看他，半晌，禁不住露出笑，肩膀一松，他伏在了案上，嘟囔："言二郎总是说话说得很好听。"

言尚温声："我说的是实话。"

韦树沉默许久，声音有些低迷道："但是我做得真的对吗？我为了跳出棋局，主动去出使诸国。这一去天高路远，不知何时才能回来。也许我会死在外面，也许我再也回不来长安，也许出使任务完成不好，回来后官路也断了。韦家安排我入仕，我知道他们在想什么。他们想我不过是外养子，如果和公主合作得好，韦家攀上皇室，前途会好。毕竟李家当年的事，到底让世家心悸。然而即使合作得不好，我也随时可以被放弃，反正韦家没有损失。老师让我尚公主，是为了双方合作。我不知道老师对我的师徒情谊重一些，还是利用我的心更重些。我本安稳照着他们的安排走……只是我越来越、越来越不服气！这本不该是我的路！"

伏在案上的韦树蓦地抬头，他面容俊极，眸底如冰雪蹿生，亮得惊人，盯着言尚："去年我和言二哥同时科举，之后同时参加制考。我是状元之才，言二哥不过是个探花。且言二哥的探花，不知道有多少是公主殿下提前指点你的。我虽不说，可我知道你是被殿下帮着，才艰难登第。我不在意，但我心里也不服气。我觉得凭什么你可以得殿下的青睐？我才是状元，之后制考后，我是正八品，你是从八品。你一直比我矮一头！

"那时我也意气风发！然而之后就不一样了……你一箭杀郑氏家主，你还没参加制考，朝廷就争着抢你了。然后你突然就拜了宰相为师。你开始在长安出风头，我却因为总在监察百官，而为人不喜。之后是各国使臣来朝。南山一箭，将你和公主绑在了一起。然后你和乌蛮王谈判，据理力争，帮乌蛮和大魏定下了新的结盟条件。

"再是演兵！你只是一个文官，乌蛮王凭什么要你上场？可是乌蛮王就因为不喜欢你，非要你跟着一群武官上场。演兵之时，我只是在后方管理粮草，你和杨三郎在前线。杨三郎大出风头，凭几十人将乌蛮王拦住，逼得对方绕路。你烧粮草，断对方粮。之后对各国兵力分析，你做得不和杨三郎差多少。

"然后你便一下子超越了我，成为七品官。你向中枢上书，开商路，定出使。而我被韦家打压，不得不出使！今日你又要去蜀中……言二哥，我总觉得自从开始当官，你就总比我走得好一些，快一些。为何我这般不如你？"

言尚静静看着韦树。韦树是从来不说这些的，而今不过是要走了、不过是喝多了酒……言尚道："巨源，你何必看着我？你也有你自己的路，你……"

韦树轻声打断："可我不知道我走得对不对。"他沉默一会儿，缓声，"我去出使，真的能有好结果吗？我思来想去，想到我一开始当官，其实是为了给母亲挣个诰命。后来就是为了让韦家看看，看我不走他们的路，也能搏出一条路。再之后，我开始茫然……想做更多的。我开始觉得，若是只是被政治掌控，被左右摇摆，未免有些无趣。言二哥，我也想做点什么……"

他说着，声音渐渐低下。因为心中迷茫，因为不知前路。

言尚忽然道："巨源，其实我与你一样的。我初时当官，想的是为民做事。然而其实真正当了官，发现不是这样的。我初入仕便是中书省，看着开头极好。但是我在中书省，整日忙的都是一些打杂之类的事务。而且我不觉得长官们在忙的是什么要紧的事务。不过是一道又一道烦琐的程序，不过是一个政令下到了这一部，这一部又推到另一部，不断地踢皮球，不断地来来回回。你说这些有什么意义？我整日忙于这些事务，于民何益？正因为我不喜欢做这些，才拼力去参与使臣之事，去不停地上各种折子……你只见中枢录用了我一道折子，你不知道我有更多的折子，长官看都没看过。"

韦树抬头，看向他。

言尚说："我很沮丧，也很无奈。我经常在想，我当这个官做什么？我现在已是七品官，而我整日忙在户部。说实话，我觉得户部少我一个，根本不影响。因为许多官，整日忙的都是些烦琐又无用的公务！所以这一次去蜀中赈灾，我才毫不犹豫地接下了。因为我不喜欢现在的事，我想做点真正有用的事。正如巨源你一样。你出使，便是真正有用的事。你忙于官场上的暗斗时，就总是觉得很无趣。这天下英豪，都是从你我这样时期开始的。有谁天生就是英豪呢？有谁天生就有一腔志气呢？你不知自己做得对不对，对自己的官路是否会有影响。我想送你一句话——但行好事，莫问前程。河狭水激，人急计生。"

韦树目中迷茫的光，渐渐定了下来。他呆呆看着言尚，重复了一句："但行好事，莫问前程？"

言尚道："此话我本不该说。因这官场碌碌，多少人求的是升官发财路。我只是觉得巨源不该这样。这天下许多事，不一样会有好结果，不一样会有什么好处。也许你出使归来，官路依然不开；也许我蜀中一行，会得罪许多人……然而这天下，总有些事，是应该有人去做的。也许辛苦，也许没有好处，但是它是对的，它是正确的。那我们便应该有人去做。"

韦树看着他，忽然笑起来。他坐直，倒酒相敬："是，说得有道理。我行的是正确的事，我为何要彷徨，为何要为韦家的态度而摇摆？我是正确的，哪怕结局不好，但只要它是对的，我就应该去做。但行好事，莫问前程！言二哥，我敬你！望你我都谨记此话，不忘初心！"

烟雨蒙蒙，行人寥寥。两个少年于酒肆喝酒，醉后大谈天下英豪，兴起时举箸而歌，之后兴尽而归。

五月底，韦树出使诸国，离开长安。言尚同时离开长安，动身前往蜀中赈灾。

六月底，暮晚摇从金陵归来。归来第一日，暮晚摇还未进宫向皇帝报平安，就兴致勃勃地要见言尚。她没有见到言尚，只收到了对面府邸中留下的一封很长的书信，言尚向她告别，解释去赈灾一事。

拿着信纸，暮晚摇懵然——她的言尚呢？她的郎君呢？她那个乖乖

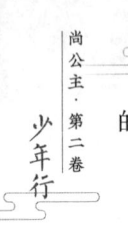

的、好端端待在长安等着她回来的郎君呢？怎么这就没了？

第四十二章

天炎气干，黄沙滚浪。韦树作为副使，跟随使官正使，已经离开大魏边关百里有余。出关、出陇右，他们一行百来人的队伍，将马匹换成了骆驼等物，开始适应沙漠生活。其间有一人因水土不服而病倒，但出使团不能停下队伍等一人，便将那人安顿好后，继续上路。

他们按照地图，原本是要访一小国。据说该国乃是某一部落分支，为躲战乱而在此地建国。年初时那些使臣团来访大魏，各方做证，他们就曾向大魏提供过这么一份地图。然而如今韦树一行人按照地图找来，却是立于茫茫荒漠中，看着被尘土埋入地下的古城遗迹，有些茫然恍惚。被雇来做向导的胡人也是愕然，没想到该国已然消失。

气候大旱，韦树立于沙漠笼山高处，周围人皆有些沮丧地坐在地上，各个扬着纱帽扇风，韦树倒出汗少些，不像旁人那般热得受不了。他听到那向导无奈道："大人，我三年前来过这里的。那时候他国家还在，看这样子也不知道是战乱还是缺水，反正……唉，白跑一趟，各位大人，雇我的钱还给吧？"塞外胡人们不懂大魏那些繁复的官职称呼，一概将所有人称为"大人"。

韦树蹲在沙地上，拿着笔开始修复此间地图。他将原本地图上该国的标志删去，在旁标注上向导的说法。一座古城悄无声息地消失，既无文字记录，也没有留下传承。若非他们前来，恐怕历史上根本不会留下只言片语的记录。

正使见大家都有些沮丧，便道："如此，我等在此地稍微休整一番，再去下一个地方吧……"

那向导却非常紧张："大人，这里不安全，如果有匪贼出没……"

话还没说完，众人都听到了异声，齐齐抬头。他们一行人分散地立在古城遗址前，韦树还跪在滚烫的沙地上，抬头便见乌云罩天一般，上方沙漠丘陵上，出现了数十穿着羊皮衣、挥着长矛的胡人。那些人骑着马，在沙漠上行动如电，黑马从上灌下，胡人们叫嚷着他们听不懂的话，向下面杀来！

正使当即："备战！"

向导在旁："他们肯定是见我们有货队，来抢东西的。大人不妨将货物丢下，求个平安……"

韦树已经走了过来，在正使犹豫时，他声音冷清："不能丢下。"

向导快被打斗吓哭了："那我们的命就要留在这里了！你们大魏人不知道，这些沙漠里的悍匪特别厉害……好多国家都被他们灭了！"

一国被灭！这是何等彪悍！正使目光一闪，微有些紧张，大声喝着众人聚拢，不要分散给敌人突击的机会。

同时间，韦树向向导看来，语气微怪异："敢问被灭的国有几州几道？"

向导茫然："什么几州几道？"

韦树干脆说对方能听懂的："全国有多少人？"

向导："几百人吧……"

这话一说，连原本紧张的正使都没那么紧张了：说被灭国，让他还紧张了一下。区区几百人，也称得上国……虽然几十人对上几百人的战绩依然彪悍，但是起码没有他们想象中那般不可战胜了。

韦树在旁解释："此时不能丢下货物。我等才出使就少货物，日后只会更加艰难。起初能多保存一些，便不该放弃。"

正使赞许地看一眼韦树，心想韦家的这个七郎虽然年少了些，但不拖人后腿，还冷静聪明，是很不错的。然而就算这些匪贼没有大家以为的那般厉害，但是他们纵横此地不知多久，大魏这些出使团一半文人一半武人，还真不是对方的对手。眼见对方骑着马将他们团团围在中间，嚣张而兴奋地叫着，直盯着被出使团护在最中间的货车。

韦树见他们要杀来，一把抓住旁边瑟瑟发抖的向导："你能听懂他们说什么吗？能把我的话翻译出去吗？"

向导："……能！"

韦树："好，你帮我告诉他们，我们是大魏派出的使臣，大魏国土富饶，非是小国！若伤了我等性命，大魏必然出动兵马。若是他们只盯着货物，我们可以谈判！"

他的话太长了，向导翻译得磕磕绊绊，而那些匪贼哈哈大笑，根本不听他们说什么。只听对方首领护臂一喝，数十人向他们扑来，盯着他们的眼睛泛着绿光，不知几多贪婪！

生死之时，韦树头皮发麻，知道和这样的强盗讲理是没用的。他手提着剑，只能先和对方打了再说。虽说他不是武臣，但是世家都讲究文武兼修，就算韦树不如杨嗣那般武力出众，一般的打斗还是可以的。然而韦树现在愁的是这些匪贼好似格外强悍，他们出使团难道要折在第一路？韦树拼命想着脱困法子，而对方扑来的架势威猛，他应得艰难。对方身形魁梧，长刀在握，满不在乎韦树这样身形单薄的少年，随手一挥就要杀了韦树，旁侧却忽有雪白刀光一闪，斜刺横插而来。匪贼当即警觉！

同时间，韦树被一只手拉住，向后重重拽去，那力道几乎将他扔砸在地。他趔趄几步后，见到一个少年身形的人替他迎上，一把窄刀极利。这人只和敌人对了数招，就斩杀了敌人。敌人鲜血汩汩流出，那救了韦树的人回头，声音清朗："和人谈条件，得先用武力制服。打都打不过对方，谁跟你谈条件？"

韦树则瞠目结舌，呆呆看着这个少年郎打扮的人，柳眉杏眼，腮白唇红……分明、分明……他脱口而出："赵五娘？"

赵灵妃对他扮个鬼脸，不等他回过神，再次转身迎战！

当夜，出使团和匪贼达成了和解，第二日双方谈判。使臣团在古城遗迹这里休养，韦树作为副使，去抚慰了众人，又和正使请教了之后，出帐子，在明月下发了一会儿呆。韦树仰头，看到月光下的沙丘高处，少女盘腿而坐。

赵灵妃正在月光下擦刀，感到旁侧有人过来，侧过脸，见果然是韦树。沙漠之中，所有人都有些狼狈，韦树却依然清光熠熠，芝兰玉树一般。赵灵妃笑吟吟道："你和以前不太一样了哎。以前你一天说不出一句话，但我在出使团中见你，你每天都要跟各方人士说好多话。"

韦树："公务而已。"

见他又是这么几个字打发自己，赵灵妃哼一声，如小女儿般托起腮来，再不见白天时她杀人那般英武飒然之姿了。

她不说话了，韦树便向她看来："你第一次杀人吧？挺……熟练的。你不害怕吗？"

赵灵妃："你死我活之时，哪有工夫害怕？"

韦树静静看她。她觉得他和在长安时不一样了，他也觉得她和在长安时不一样了。长安时的赵灵妃还是赵祭酒家中的五娘子，虽然习武，却娇憨活泼。然而塞外的赵灵妃，目光明亮坚定，眉目开朗，像天上的鹰一般，冲出牢笼。韦树："所以你一直跟在使臣团中，只是之前怕我发现，一直没在我面前露脸？"

赵灵妃："没办法。我女扮男装失败过一次，被言二哥揪了出来。我怕这一次也被揪出，还没出大魏就被你们送回长安。所以一定要小心。"她转头，看韦树的目光多了恳求，轻轻扯他衣袖，小声，"你就当没见过我，别把我送回长安好不好？我可以跟着你们，一直保护你们。你今天也看到了，大魏外面这么危险，你需要我的。"

韦树抿唇，低声："你终是女儿家。"

赵灵妃："女儿家怎么了？何必瞧不起我？今日你差点被杀死时，不是女儿家救的你吗？"

韦树无奈道："我是说，你和我们一众男子混在一起，总是诸多不便。赵祭酒知道了，必然会气疯的。"

赵灵妃一呆，不知想到了什么，她红了脸，变得扭捏起来。她支支吾吾半天，还是红脸低头。然而她到底轻声："反正我不能回去，我要跟着你们。"

韦树："你为何不去找杨三郎？"

赵灵妃："你说表哥他吗？他现在自己都从一个小兵做起，又不是什么将军，怎么能藏得住我？而且我阿父跟他多熟啊，说不定一封信送去陇右，我表哥就把我打包送回长安了。但是你们就不一样了。你们离开了大魏，没法和大魏联系，大魏也控制不了你们，跟着你们越走越远，我才是安全的。"

韦树："为什么？你阿父还在逼婚？"

赵灵妃闷闷嗯了一声。

韦树："可是我们不知什么时候才能回去，也许一年，也许十年……你真愿意这样？"

她情绪低落，却又弯眸轻声："不是你说，不要顺从命运，要反抗吗？我阿父连庚帖都要跟人换了，我再不逃就逃不掉了。他说我离开赵家就活不了，我的一切都是依靠他。我偏偏不信。所以我要离开大魏，要证明我不需要依靠他们，不需要男人来养。我自己可以养活自己，我自己的人生，不由我阿父控制。他们生养了我，可是难道我就该做个木偶吗？若是不愿做木偶，我就该以死谢罪吗？这世间不应该是这样的。七郎，巨源哥哥，你就帮我一次，让我和你们一起走吧！"

月明星稀,沙漠尘飞。赵灵妃仰头看着天上的月亮,神情一点点坚定下来:"我表哥一直想离开长安,而我现在明白,我也想离开长安。我表哥想做自由自在的天上鹰,我现在明白,我也想做,我不愿为人所束缚! 女孩子就只有嫁人一条路吗? 女孩子就除了为家族换利益,就没有自己的人生吗? 我不知道……但我要自己弄清楚自己要什么。"

韦树静看着她,当她说起自己的想法时,在发着光。可是连她自己恐怕都没注意到。

长安城中,赵五娘的逃婚,让赵公发了好大一通脾气,还得捏着鼻子跟联姻的那家世家道歉,丢脸地将庚帖重新换了回来。赵公放下话,等再见到赵灵妃的时候,要把她的腿给打断!

他此时只以为女儿如往日般躲去了长安哪里,顶多有勇气去边关找杨三郎。他不知他女儿大胆成那样,直接离开大魏了。赵夫人天天以泪洗面,赵公四处经营却不得法,赵家乌云笼罩,连丹阳公主都从一个大臣的嘴中,听说了赵家的八卦。

听说赵灵妃逃婚,暮晚摇暗自警惕,连忙给蜀中发了一封信,唯恐赵灵妃是去找言尚的。她同时心里庆幸,幸好自己紧紧抓住了言尚。不然就冲赵灵妃这般天不怕地不怕的脾气,言尚还真可能被赵灵妃打动。言尚离开,尤其是赈灾这种事,还是那么远的蜀中,怎么说也小半年过去了。暮晚摇颇有些烦躁。她在长安不过是按部就班地拉拢自己的政治势力,没有言尚陪伴,没有言尚让她逗弄,这种生活太过正常,正常得无趣。然而暮晚摇不可能追去蜀中。人家在忙政务,她整天追来追去算什么? 显得她有多离不开言尚一样。何况难道她不忙吗?

暮晚摇闷闷不乐地忙于长安政务时,长安没有发生什么大事。唯一对她来说有点不同寻常的事,是晋王妃有孕了。晋王妃求了不知多少年,拉着暮晚摇拜佛就不知道拜了多少次。而今晋王妃终于有孕,让一路见识到这位王妃有多焦心的暮晚摇也松口气,有点为这位不容易的王妃高兴。原来有人求一个孩子,真的能求到这种地步。晋王妃再没有孩子,暮晚摇觉得她离疯也不远了。暮晚摇转而想到自己,却很快让自己不要多想。言尚已经接受她,她不要自寻烦恼,自己折磨自己。

然而高兴之余,暮晚摇就担心起春华在晋王府的待遇。晋王妃没有身孕的时候，将春华抓得紧紧的，因为晋王妃要做最坏的打算——如果一直没有，晋王妃必然就会认下春华的儿子，当成自己的养。但是晋王妃现在有了身孕。如果生下儿子，那么嫡子和长子之间微妙的竞争关系势必导致晋王妃对春华的态度发生改变。春华在晋王府的日子，恐怕不会那么好过了。暮晚摇怔怔想了一会儿，却没什么办法。日子是春华过的，她不能代替春华去嫁给她五哥，顶多在五哥耳边多提醒提醒，让五哥照看点后宅。所以当初，如果春华不用去做妾，那该多好。

想着想着，暮晚摇便更恨秦王。而最近秦王那边也动作频频……因秦王被关禁闭的时间足够长了，长安城中军队调动的事让秦王不安，秦王最近估计要被放出来了。暮晚摇当然使尽手段希望秦王多被关一段时间，然而七月份的时候，还是无奈地看着秦王被放了出来。好在这一次长达小半年的关禁闭，给秦王造成了很大影响，让他一时低调了很多，不敢再出风头。

秦王还专程来公主府和暮晚摇把酒言欢，说要与她暂时和解："摇摇啊，我们本来就不是敌人。之前有些事是三哥对不住你，三哥现在专程来跟你道歉，你就不要在朝上揪着我不放了。"为此，秦王送了大批珍宝来。

暮晚摇现在确实拿他没太多办法，半推半就地接了秦王的和解。而同时她心中隐隐得意，在府上把玩秦王的道歉礼物时，想到这一切都是因为她今日的地位带来的。权势，权势，尽是权势。这让她着迷不已。她更加沉迷于参与政务，没有了男人，她变得比之前更热心，一心一意地为自己筹谋。朝堂背后，丹阳公主的话语权变得何其重要。而就是这个时候，夏容有一日，冷不丁提醒了暮晚摇一件事："殿下，言二郎什么时候能回来啊？"

暮晚摇正在看一本折子，闻言警惕："你关心这个干什么？"

夏容："因为奴婢前两日有个弟弟出生，奴婢忽然想起来，二郎是不是快要及冠了。"

暮晚摇怔一下，说："他十月中旬生辰，到时候就及冠了。"

夏容："那二郎到时候能回来吗？"

暮晚摇不悦："当然能回来了！他是赈灾，又不是住在蜀中了。蜀中再怎么难，熬过九月就熬过旱季了，他再热心，也没必要再在蜀中待下去了。"

夏容的提醒，让暮晚摇若有所思，同时兴奋起来。暮晚摇扔下折子，起身踱步，喃喃自语："男儿郎的及冠礼多重要啊。加冠后，这才是真正长大成人了。他父亲不能来长安，我作为他的……嗯嗯，就应当帮他操办。"她

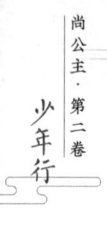

偏头想了想,"我应该去找刘相公商量下。"

刘相公是言尚的老师,言尚在长安肯定是要刘相公这种德高望重的长辈来为他加冠的。暮晚摇心中雀跃,想自己一定要和刘相公好好商量,给言尚一个惊喜。他恐怕根本不觉得自己的及冠会有人在意。暮晚摇行动力强,才有这个意思,便招呼也不打,直接驱车去了刘相公府邸,去找相公商量事情。

公主突然驾到,刘府仓促接待。暮晚摇下马车入刘府中时,竟是刘若竹急匆匆来迎。这几个月,因为刘若竹的死缠烂打,暮晚摇对这位小娘子熟悉了很多,观感好了很多。于是见到刘若竹时,暮晚摇还噙了一丝笑,向刘若竹点头致意。然而目光转到刘若竹身后,看到一个身形颀长、长相斯文,还隐隐有点眼熟的郎君,暮晚摇就怔了一下。

那郎君向她行礼:"臣翰林院学士林道,向殿下请安。"

暮晚摇想起来了,这个人在她主持文斗时在翰林院弄了个类似说书的,和她打擂台,把她气得半死。

暮晚摇不悦:"你怎么在这里?"

刘若竹在一旁笑吟吟:"我从东市买的那批书有些失真,有些是失传的孤本,还有些是后人杜撰的。我一个人整理不过来,林大哥就来帮我。林大哥的学问好,有他帮忙,我们这几个月已经整理出了许多书。待全部整理好后,我们便想摘抄出来,送去弘文馆,供天下士人都能读到。"

林道在一旁点头:"刘娘子救下的这批书,确实极为重要。可惜我原本想捐去翰林院,她却想送去弘文馆。"

刘若竹红脸,不好意思道:"反正是要让更多人能够看到的。殿下若有兴趣,我们也向公主府送一些?"

暮晚摇含笑:"哪能只让你们摘抄呢?我派些人帮你们一起抄书吧。"

她从二人身边走过,闻到二人身上的墨香,想来之前就在书舍中忙碌。刘若竹跟上暮晚摇,带暮晚摇去见自己爷爷。暮晚摇回头,见林道跟在刘若竹身后,她目光闪了下,忽觉郎才女貌,原来是应在这里了。

暮晚摇问刘若竹:"你整理完这批书,又要做什么呢?"

刘若竹轻声:"世间有许多已经失了传的书籍,我都想一一补回来。可惜我人力卑微,又是一女子,不知此愿如何能成。"

暮晚摇随口笑:"这简单。你嫁给愿意陪你一起做这种事的夫君就好了。"

和你一起收集这些，整理这些；陪你四处游走，访古问今，和你一起来保护这些失传的文化。"

刘若竹骤然红脸，尤其是暮晚摇当着林道的面，让她一下子结巴："殿、殿下这是说什么！怎能突然说这种话！"她有些慌地看身后的林道。

林道对她笑一下，让她脸更红，心虚地别过目光。

刘若竹："我、我去帮殿下看看，殿下想要什么书……"

暮晚摇慢悠悠地摇着羽扇："你随便挑吧，反正我就一个人看而已，不能像你一般，有人陪着你，红袖添香，志气相投。我们言小二，可是不好这些的。"

她亲昵地唤一声"言小二"，刘若竹已经习惯公主这种时不时地炫耀和提醒她远离言尚的风格，闻言只是抿唇笑了一下，倒是林道若有所思，心里猜言小二是谁？莫不是……言素臣？温文尔雅的言素臣和这个骄横的和过亲的公主殿下吗？有趣。

暮晚摇在长安与刘相公商议言尚的及冠礼时，言尚在蜀中的赈灾，则进行得分外顺利。顺利得……近乎诡异。他到蜀中后，先去益州，也称蜀郡。益州是剑南这边极为富饶的州郡，然而大旱就发生在剑南。益州的官员非常配合言尚，言尚要求什么，这边的官员就安排什么。益州这边的灾民没发生什么大事，既没有闹事也没有叛乱，朝廷发粮，他们每日排队来领。言尚怕这些官员从中做什么，亲自在旁监督，也没出什么问题。而益州这边的太守县令各个称自己爱民如子，绝不敢忤逆朝廷，阳奉阴违。言尚暂且信了他们。

之后离开益州，再去其他几个重点的县。这一次，便不像益州那样灾情可控了。言尚作为从长安派出的官员，地方上这些小官自然热情招待。而言尚同样如在益州时那般监督他们赈灾。只是这一次百姓们排队来领粮食时，言尚便发现粮食中掺杂了沙子、石子。每日布施的粥也掺了极多的杂物，多水少米。

言尚于情于理都要过问，官员们哭号自己的不容易："郎君，您从长安来，没见过灾民，不知道我们的不容易。受难的百姓们太多了，我们多掺杂些杂物，能够救更多的人，只要没有人饿死就好了。到了这一步，救更多的人才更重要。"对方显然将言尚打成是不知民间疾苦、不懂地方官难处的上等官员。哪怕对方的品阶真正论起来，是高于言尚的。然而官员和官员也有区别，长安官就是地位高于地方官员。

　　言尚面上接受了他们的说法，回身时，他和自己的小厮云书说："粮中掺杂物，这种现象背后，有两个数可能出错了。一个是仓库中的粮食数量，很大可能出了问题；还有一种可能，是百姓的数量与实际情况对不上。"

　　云书不解："我们有这里百姓的户口记录，每日来领粮食的名额都有记录，怎么会对不上？"

　　言尚低声："我也不知。只是说有这种可能。这件事太过顺利了，背后的线可能埋得很长。但也许是我多心了。无论如何，查查再说。"

　　云书："若是他们真的欺上瞒下……"

　　言尚叹口气，没再说话。

　　百姓中大部分成了灾情受难者，但也有不受难的。比如豪右，比如世家。蜀中这边没有什么大的世家，真有世家，也不过是刚刚摆脱了豪右的那些人家。这样的人家查起来比查世家容易多了。言尚和自己的人私访民间，轻而易举看出这样的几家背后都有人供粮，并不缺粮食。

　　云书拿着他们查出来的，说道："这些人家都是自己跟外面商人买粮的，粮钱比市上是贵一些，然而这也无可指摘。总不能不让商贩赚钱吧？"

　　言尚叹气："商人。"

　　夜里书房中，云书见言尚沉默，便抬头："郎君怎么了？"

　　言尚手搭在额上，轻声："云书，你可知为何我们一直抑制商人坐大？明明他们只是赚钱，我们为何要不停地贬低他们的地位？商人重利，官员同样重利。官商一旦勾结……实在麻烦。"

　　云书一惊："郎君是怀疑，他们拿着赈灾粮做文章？"

　　靠着书案，看着案上摊着的纸页，想到白日时问访的那些百姓，言尚声音平静："如果只是这样，我还能应付。我怕的是更多的……我怕整个蜀中，都在做这种事。我更怕从上到下，所有人都心知肚明，在默许这种事。如果牵扯的官员太多，法不责众，我该如何？"

　　云书不语。听言尚语气平淡，但是跟着郎君这么久，他已听出郎君语气里有一丝怒了。云书暗自咂舌，想竟然能让郎君这般好脾气的人发怒……这些官员，确实厉害。

第四十三章

蜀中，言尚先对各大世家施压。他以中枢下派巡察的官员身份，强行要这些不缺粮财的世家上缴粮草，无条件供官府赈灾。正常情况下，当官府仓库不够，都会要求这些世家出钱出力。然而言尚这一次实在过分，竟是要缴对方八成以上的粮食。这样的粮食缴上去，世家本身日常都要受到影响。世家便派人来当说客，说自己的难处，并不是不愿为国分忧，而是官府要的粮食数额太大，世家实在缴不出来。然而言尚态度坚决，压根不容他们置喙。

连续三日，不同的世家派人来找言尚。最后，他们还请动了当地一位德高望重的老族长，并当地官寺中的两位司马，来恳求言尚不要这么过分。

夜里，几人在言尚的书舍说得口干舌燥，见那位年纪轻轻的下派朝廷官员只是喝茶、批公务，根本不搭理他们，他们暗自心中带怒，心想是谁说这位官员看着年轻，好糊弄，好说话？他们请来的老族长咳嗽起来，老人家咳嗽得惊天动地，让站在言尚身边磨墨的小厮云书看过来。

云书过来请老人坐下，端茶递水缓解老人的咳嗽。而云书的主人言尚终于从那堆积如山的公务后抬起了脸，关心地看过来："老人家若是身体不好，不妨早早回去歇着。些许小事，不足挂心。"

老族长一下子火气上来，将拐杖敲得"笃笃"响："些许小事？不足挂心？！"

言尚温声："不然呢？"

老族长看对方温雅秀气，是读书人的样子，便忍不住苦口婆心："言郎，我等知道你是为赈灾而来此地。不然这样的贫寒之地，如您这样前途远大的京官，是根本不会来的。言郎自来在长安做官，见惯了长安世家那等滔天富贵，自然不知我等的艰难。"

言尚不置可否。对方见他没打断，便认为还有希望，说得更加动情："说来惭愧，我们自封世家，但是出了益州，天下哪个世家承认我们？都说我们是豪右出身，没有家底。我们送自己的孩子去读书，去学经，去做官……就是为了真正能跻身世家。所以言郎可能初来此地，觉得我等富饶，但其实不是这样的。我们老老实实在益州百年，从未欺压百姓，鱼肉乡里啊。也许一些不懂事的百姓在言郎面前说了我们什么，但那都是错的，我们和百姓……"

言尚打断："我此次为赈灾而来，不是调解你们和百姓的矛盾。老伯大约不需跟我说这些吧？"

老族长愣了一下，见言尚态度和气，便将话说了回去："也是，也是。赈灾重要，赈灾重要。我想说的是，言郎您一心为百姓着想，是个好官，但是您也得给我们活路啊。难道我们倒了，就能养活益州了吗？益州是很富饶，但益州何其广，我们这样的荒僻县城，真的不如郡都啊。言郎若是非要强行征粮，就是逼死我们！老夫今晚不走了，直接撞死在郎君门前，以示决心！"

说着这老头子就站起来，颤颤巍巍就要去撞柱子，屋里的一众年轻人连忙来拦，连连说着"郎君定不是这个意思"。言尚被这个老族长吓一跳，从书案后站了起来，过来查看。老族长老泪纵横，拉着言尚的手，不断哀求。

言尚叹口气，问："你们真的出不起这个粮数吗？"

众人："真的出不起！但凡能出得起，如何都要咬紧牙关，怎敢三番五次来找郎君求通融？"

言尚幽声："然而我听说，此次灾情没有波及你们。按说你们都有良田不知多少亩，怎会没有波及……"

众人激动："谁这般说的？！当然波及我们了！灾情如此突然，我们家中余粮早早告空！若非为了面子，我们也要派人去官府领赈灾粮的！"

言尚不以为意："若是真的缺粮，你们早去官府领了。如今我还能从你们这里削掉一部分粮食，说明你们不缺。我很好奇，为何尔等不缺？"

众人正要七嘴八舌地解释，那个年长的族长挥手让众人闭嘴。他深深看一眼言尚，言尚对他温和一笑。而到了此时，这位老族长若有所思，大约领悟到这位郎君想要的真正是什么了。老族长掂酌着道："我们之所以还能支撑到现在，是因为有从当地富商那里买粮。虽花了比市价贵三倍的价，但到底买到了粮。"

言尚声音淡了："你们都没有粮食了，富商怎会有粮？纵是商人多少会屯些货，如今灾情好几个月了，早该用尽才是。怎么还会有？哪来的粮食？"

老族长小心翼翼道："他们早早有人屯了粮食，商人走南闯北，比我们有预见性。"

言尚笑了，说："灾情同时发生，商人反倒反应比所有人都要快了？若真有这么大的本事，经什么商，我直接举荐他去户部也无不可啊。"

老族长叹口气。话说到这个程度，他已大约明白这位朝廷官员的意思，无奈道："那郎君要我们如何配合你呀？是否只要配合了，我们要征的粮可以少一些？"

言尚："我只需你们亲自指认，是哪几家商户到现在还敢哄抬粮价。我自然要亲自拜访，问一问这生意经是如何有这般远见的。"

借世家之手，拔出在此间发财的商户。商户知道自己此举不能显眼，便做得十分隐秘。如果不是言尚将那些世家逼到绝路上，他们断然不会咬出些商户。而言尚拿到名单，见这批商户中最大的竟是益州首富。首富也发这种国难财！如此还有什么好说的？自然要拿着证据找上门问话。

这位首富姓陈，人称陈公，平日博得了一把好名声，对于言尚的夜探府邸，非但不慌，还早有准备。陈公请言尚上座，让自家的管事拿着账簿来给言尚看："郎君你看，我从头至尾都是老老实实做生意。粮食是我买的，不是我抢的。卖出去也是双方满意，纵是价格贵一些，可是如今益州情况，贵一点岂非理所当然？若是便宜些，我府邸早被那些百姓给搬空了。我愿意卖，有人愿意买。如此何错之有？"

言尚扫一眼他交上来的账簿，说道："灾情还没开始的前一月，你就开始屯粮了？你那时屯的哪门子粮？"

陈公神色不变："商人嗅觉而已。郎君你没有经过商，自然不懂。"

言尚不置可否。其实他对商路，还真的懂一些。一是因为他如今在户部，多多少少会看到一些商人的手段；还有一部分原因是他那个自小不肯安分读书的三弟，自小就喜欢捣鼓这些，赚点小钱。甚至可以说，言父不擅经营，言家在岭南看上去不错，都是言三郎捣鼓出来的。恐怕如果不是因为经商乃是末路，且会影响家中读书人的生路，他三弟早弃文经商去了。

言尚现在翻看这些账簿，便能想到自己三弟以前总在自己耳边唠叨的如何赚钱的事。言尚说："一个月的时间，你不可能屯这么多粮，哪怕你开商路去别的州县运粮也不够。而且你买进的价格远低于市价，一个月的时间做这些，我暂且信你经商有道，不愧益州首富之名。但是数额太大，光凭你是做不到的。"

言尚垂着眼,心中算着账。

那陈公不服:"郎君不能因为自己做不到,便说我做不到。"

言尚:"即是说你花了多少钱,就买到了多少粮。这数额全都对上了?"

陈公自豪道:"是!账簿全都对得上,分文不差!郎君你便是查,我也是清白的!"

言尚抬了一下眼皮:"你能做到这些的唯一可能,是灾情开始一月前就有人暗下通知了你。益州除了蜀郡,县城皆运输不通,你就算找得到买家,也不可能把粮食完好无缺地运进来。难道你不需要中途犒劳各方地头蛇?难道你中途一个盗匪也没有遇上?难道运粮的伙计,一口粮都没有吃过,饿上了三十天,给你完好无缺地把粮草运进来了?"

陈公愕然,一时想辩,他额上却出了汗,意识到自己出了错——自己把账做得太完美了!

言尚将账簿一摔,起身隐怒:"唯一可能是你在灾情开始前,跟官府买的粮!你们动用了官府仓库,仓库的粮早早卖出去了,早早跟数额对不上了,所以现在才会掺水掺杂。不过是糊弄着,彼此求个方便!你们、你们好大的胆子!灾情一月前你们就知道了,却、却不上报朝廷,而是私下先做买卖?!你们将王法置于何地,你们眼里还有中枢吗?灾情开始前一个月,你们不做准备制止灾情,而是琢磨着如何发国难财。益州万户人口,在你们眼中如同儿戏,死了活该?"

这么大的罪名砸下来,陈公当即满头冷汗,肥胖的身体发着抖。他扑通跪下,惨哭道:"郎君,郎君!那些我都不知情,和我无关。我只是一个做生意的,别人要卖,我就买。有人想买,我就卖!我不过从中赚个差价罢了!我、我也曾捐赠钱财!官府如今赈灾的粮食,有我捐赠的!我带头领着其他商人一起捐的。"

言尚闭目,要自己忍下来,这只是商人而已,还没有查到更大的:"将你们的余粮,全都交出来!"

陈公讷讷抬头,没想到言尚会轻拿轻放:"郎君……要跟我们买粮?"

言尚向他看去。陈公一下子反应过来对方不是要买粮,而是要免费征用。他浑身冒了冷汗,这么大的事怎么敢做。他哆嗦着:"郎君,你这是断我们的生路!我们若是交出去,不知多少人会因钱财跟不上从而家破人亡,郎君你不能叫我们去死啊!我们只是做生意而已,郎君你不能逼死我们啊!"

为何不能站在我们的立场想一想？"这般一想，他竟然边说边号哭，"平时我们总被世人瞧不起，说眼里只看着钱。而今好不容易挣一点钱，郎君却要搬空……我们辛辛苦苦挣钱，剥削百姓的不是我们！我们不曾做恶事，只是买卖而已，买卖不是罪啊！我们没有损害旁人利益啊，只是赚自己的利益，这样也不行吗？郎君为何不为我们想一想？"

言尚低头，看着这个抱着自己大腿哭得鼻涕眼泪糊一脸的胖子，难得心中生了嫌恶，冷声："你们损害了百姓的利益！是，你们从头到尾做生意，都是与世家做。然而你们哄抬粮价，其他价格难道不会跟着波动吗？然而你们最开始的粮是跟官府买的，现在的赈灾粮不够，和你们当初的做生意无关吗？你们即便现在将粮食卖给百姓，有几个人买得起？你们将整个市场扰乱得一团糟，现在却告诉我你们只是做生意，只是利用差价赚钱，你们是无辜的？是，站在你们的立场，你们很无辜。然而我不能站在你们的立场！"

陈公大哭："言郎！难道你眼中只有公，没有私吗？难道为了大家，就要逼死我们这一个个小家吗？我们难道不是百姓吗？你就一点感情没有吗？商人就该去死吗？"

言尚将自己的衣袖从对方手中拔出，他心里静了一下，却又很快让自己不要受陈公的影响。在商人眼中，他们无错，他们甚至还会帮忙赈灾，给粮给钱。恐怕陈公这种行为，还要被百姓们夸一句善人。而如言尚这样逼迫陈公散财充公的人，要被骂一声"狗官"。

百姓愚昧。然而如他所说，言尚不能站在商人立场上。在对方的号哭声中，言尚终于道："我可以给你们一条生路。"

跪在地上，陈公当即满脸泪地仰头看来。

言尚说："我要听你们指认，灾情开始前一个月，益州都有哪些官员知道灾情即将要开始了。灾情开始后，你们是否还在和官员做生意。和你们联系的官员，有哪些……"

陈公怔坐不语，突然爬起来，要撞向旁边一根柱子。言尚手快，对方冲出去时，他已经有所警惕。陈公没有撞死，却被言尚的手掌一拖。言尚痛得闷哼一声，却扣着对方的肩，目如冰雪如寒剑，幽声道："我知道你害怕，不敢说。然而要么是我一锅端平益州所有商户，要么是你听我的话，看官员们一一下马。"

陈公惊恐："会死很多人的！"

言尚:"你放心,我不会将事情做绝的。我不可能动得了整个益州,只要动一些最典型的官员便是……"

言尚对陈公又是威胁,又是利诱,终是让这个益州首富选择和他合作。而得到陈公的帮助,言尚看到有哪些官员知道这件事后,几乎头晕眼花。因为几乎、几乎整个益州,上下的官员全都知道!全都知道!无人上报中枢!言尚咬着牙,沉思了两日后不得不承认,自己不可能动得了整个益州。这么大的官员缺口,他动不了,也补不了。为今之计,不过是从一些犯错不严重的官员身上下手,让他们暗斗,贬一些罪大恶极的官员,推一些还有良心的下级官员上位……

八月上旬一深夜,言尚去拜访了一位司马。

益州生变的时候,长安城中最新津津乐道的事,是皇帝将长安军队彻底分成了南衙和北衙。南衙仍由之前的将军领兵,不过太子从中安排了一部分人;而北衙被皇帝收回,安排了一个宦官,站在所有将军的上头。宦官无根无基,只能依靠皇帝。皇帝用宦官插手军队,让原本泾渭分明的军队变得不再是秦王的一言堂。且这个宦官由皇帝亲手扶持,秦王也不敢反抗。

寒门暂时无法压制世家,皇帝别出心裁,居然把内宦势力引入。不过此时内宦势力即相当于皇帝的势力,是皇帝在朝中的眼线。这些士人虽然不满和内宦共事,但除了上书抗议,也没有太多法子。宦官中如今风头最盛的,乃是刘文吉。他以观军容使的身份掌控北衙,有兵权在手,有几人敢不给他面子?

"长安风向变了啊……"这是朝臣们最近常感叹的话。然而毕竟只是小试牛刀,如皇帝这般人物,让刘文吉掌兵权已是极致,不可能所有事务都要内宦插手。所以朝臣们除了感慨外,讨论最多的也不过是"这个刘文吉是什么人物,居然能掌控了北衙?秦王那边该着急了吧"。

秦王是着急。但是秦王刚刚关禁闭放出来,再心急如焚,也得小心翼翼,没有如世人的愿去招惹刘文吉,公然挑衅他的父皇。

而看到秦王居然不压制刘文吉,朝臣们多少有些失望。士人们自然天生就是瞧不起内宦的。却偏偏世上也有特例,比如赵祭酒赵公。赵公见到刘文吉如今掌兵权,权势眼见着要被皇帝亲手扶起来,动了心思。因赵公一门心思想往上爬,然而这么多年了,他还是当着祭酒这个没有实务的闲官。如今内宦势力崛起，反而是赵公的一个机会。因为天下士人都瞧不起内宦，不会有人去依附内宦！但是如果赵公做了这第一个依附的人……日后刘文吉真的权势滔天，赵家的富贵就来了！

赵公比较担心的，一是刘文吉能不能权势滔天，皇帝借刘文吉平衡了秦王后，会不会不等刘文吉坐大就让这个内宦下台；二是赵家这样的清贵世家，如果第一个去依附内宦，会被所有世家排斥、瞧不起，恐怕会成为世家的攻击对象。赵公愁了三日，却依然下定决心——被世家们瞧不起如何？赵家如今最重要的，是先跻身一流世家！等赵家有了威望，那些世家不照样要依附？只是如今该如何向刘文吉投诚呢？

刘文吉这边，自然知道那些士人瞧不起他，却不知道还有一位赵公正抓耳挠腮地伸长脖子找机会来依附他。刘文吉如今要紧紧抓住北衙，帮皇帝将北衙的兵力完全收回。皇帝要削秦王背后势力，刘文吉自然要做好皇帝手中这把刀。他的一个机会不容易，岂会因为名声不好而退缩？

然而刘文吉没有想到，他第一次代表北衙和长安所有军人面见的时候，会在人群中看到一个他不愿意看到的人。对方也愣愣地看着他，显然没想到他走到了今日的地位。这个人便是如今的右卫大将军，罗修，即之前明着为乌蛮、实际为南蛮来长安的使臣。这个罗修和刘文吉私下交易，弄来了大魏的情报，本以为可以送给南蛮王，却被蒙在石留在了长安。幸好罗修之后遇见了一个乌蛮人韩束行，托对方去南蛮为他传情报。罗修本人在长安，和长安官场彼此排斥。没有官员将他当回事，他这个右卫大将军，不过是大魏找个借口把他逼着留在长安而已。看到当日的那个小内宦，如今竟然掌了兵权。罗修心中隐动，想双方是不是可以继续合作，颠覆大魏？

而刘文吉看着这个罗修，心中想的却是：不能让这个人活着。这个人活着，他私通南蛮的事就会被人发现。只有罗修死了，他才能安全。

罗修在众军人中，对那面白无须的内宦露出友好的笑。刘文吉盯着他半晌，也露出一丝笑，做了个友好的表态——把人弄过来，就杀了此人。麻烦的是对方是个官员，还是乌蛮留下来的质人，杀起来有点麻烦，他得想个稳妥的法子。

东宫之中，太子收到了益州赈灾那边传来的消息。消息却不是言尚发回来的，而是益州的官员们通过户部发来的请求——言尚做得太过分了。太子咬牙:"孤只是让他去赈灾,他好好赈灾不就行了? 他现在要动整个益州的官场?"

来传消息的户部侍郎忧心忡忡:"此次派言二郎去赈灾,恐怕我们派错了人。言二郎是心细胆大,但是心未免太细了,臣恐怕让他这么查下去,会查出一个惊天大案,我等谁都脱不了干系。"

太子沉默许久,缓声:"孤不怕益州官场的变动……孤怕这个变动,波及户部。户部如此重要的地方,岂容言二郎胡来?"

户部侍郎:"好在马上到了九月,旱季一过,言二郎就没有理由留在益州了……"

太子幽声:"他那么动益州,孤恐怕他都走不出益州。"

二人沉默。然而太子又轻声:"不,孤不能寄托于外力,不能寄托于言素臣肯收手这种可能。言素臣的本事,孤从来不敢小瞧。益州若是没有吞了言二郎,言二郎转身来对付户部就麻烦了。当务之急,结束赈灾,派新的官员去,将言素臣召回来!"

当天长安大雨。夏日闷热,便是下一场雨也没有多缓解燥热。暮晚摇在自己的公主府中瘫着休息,吃了两片冰镇的绿皮瓜后,就得到通报说太子和户部侍郎登门来拜了。暮晚摇愕然,通常是她去东宫拜太子,这是第一次太子登门来拜她。

太子冒雨前来,进舍后肩上淋了雨。户部侍郎在旁向公主请安,太子来不及整理一下仪容,就将益州那边传来的折子递给暮晚摇。太子盯着暮晚摇:"必须将言尚召回! 益州官员如今群情激愤,言二再在益州待下去,很可能性命不保。"

暮晚摇看到这折子,也是面色苍白,看出了那些官员对言尚的不满。她担心言尚的安危。赈灾而已,他怎么能搞得这般声势浩大? 听说益州很多地方教化不开,言尚在那里会很危险吧? 暮晚摇心中煎熬,不禁问太子:"大哥的意思是?"

太子:"我想让言尚回来。但恐怕这个旨意中书省不会下,因为言尚老师在中书省,会卡着这个环节。刘相公一心为天下,学生又众多,不会在意素臣安危。然而我等在乎。恐怕我让言尚回来,他不会回来。那我不得不希望借一借小妹你的势了。就说你大病,性命不保,让言尚回长安来,不要再管益州的事了。我们这是为了言尚好！小妹你如今也知道官场是什么样子的，没有人真正干净……言尚不能再查下去了！"

风雨招摇。益州蜀郡，几多官员聚在一起，由益州太守牵头，他们讨论的是——

"言尚不能留。他再待下去，我们益州就要大换血。

"雇游侠匪贼，做了他吧。"

第四十四章

太子要求将言尚召回来。暮晚摇认同这个建议。在她看来，言尚待在蜀中得罪了太多利益方，已经不再安全，确实需要回来。但是基于这个建议是太子提出来的，暮晚摇的政治敏感度让她停顿了一下，没有当场答应，而是蹙着眉："再等两日。"她不信太子会在意言尚的安危。言尚又不是杨嗣，太子怎么可能那般关心言尚。太子应该另有目的。

太子语重心长："摇摇……"

暮晚摇坚定的："再等两日。"她看向太子，忧心道，"这两日如果蜀中没有更好的消息传来，我再让他回来。说不定他能应付现在的情况呢？我装病骗他……总是不太好。"

太子想要再劝，但看暮晚摇的神情，压着眉，终是将劝说的话压了下去。暮晚摇今非昔比，今日她不愿意的事情，太子已经不能如最开始那般强迫。冒雨而来，淋雨而归，太子怏怏离开丹阳公主府。回去东宫的时候，太子吩咐户部侍郎，这两日多来暮晚摇这里劝说，一定要让言尚回来。如果暮晚摇最终都不肯合作，宁可伪造暮晚摇生病的证据，太子也要言尚回来。

不等两日，太子那边心急如焚，暮晚摇这边也召见了户部侍郎。作为从公主府出去的大官，户部侍郎自然是随叫随到。

户部侍郎入座，坐在暮晚摇对面，公主府上侍女沏好的香茶，他却只是抿了一抿，没敢多喝。

暮晚摇盯着他："是你向太子提的建议，让言尚回来？"

户部侍郎垂目:"是。"

暮晚摇手叩案面,沉思片刻,问:"蜀中情况当真危险?"

户部侍郎:"是。言二若不回来,真的有可能命丧蜀中。还请殿下相助……"

暮晚摇打断他的废话:"我已经看过了户部递上来的折子,差不多清楚这些事了。只是我依然不解,你们为何非要言尚回来?确实,言尚待在蜀中可能很危险,但是我自认为你们没有人应该担心一个七品小官的性命。而且我相信言尚有本事处理好蜀中的事,他不会去挑战应付不了的情况。我虽然担心他的安危,但同时放心他的本事。你们认识言尚不是一两日,和他共事这么久,应该更清楚他的本事。怎么蜀中才有变动,你们就着急要他回来?其中到底是有什么内情?"

户部侍郎讷讷不敢言。

暮晚摇冷声:"说!不说我如何帮你们?"

半晌,户部侍郎苦笑:"殿下现在应当已经知道,蜀中官官相护,官商勾结,很容易酿成一件大案。言尚年轻气盛,恐怕会将案子闹大。闹大了,我们哪来的那么多官补缺口?而且我们的利益也会受损。殿下难道就不怕吗?"

暮晚摇静片刻,轻声:"你的意思是户部也脱不了干系,有可能烧到我们头上?"她拍案,"你们好大的胆子!"

户部侍郎苦笑:"殿下,户部是富得流油的一部,怎么可能和下面的官没有一点勾结呢?真论起来,恐怕吏部也不干净。但是这一次赈灾是户部发起的,和吏部无关。言二郎若是查得深入,只会波及我们。陛下也不允许波及得太多。殿下和太子的立身之本都在户部,岂能出错?"

暮晚摇顿半响,声音更轻了:"那让事情留在蜀中,在蜀中解决掉便好。"

户部侍郎抬头:"殿下,我们都想事情在蜀中得到解决就好。就怕言二郎不肯。"

暮晚摇咬牙:"笑话!他为何不肯?难道非要逼死我们?我了解他,他不至于这般!"

户部侍郎:"那如果益州刺史,是臣的一个堂弟呢?"

暮晚摇眼中神情蓦地一空,声音发凉:"你说什么?"

户部侍郎起身振袖,向暮晚摇跪了下去,口中发苦:"今日的益州刺史,是臣族中的一个堂弟。虽然和臣平日不如何联系,然而到底同出一族,如何能真正没有干系? 恐怕有人会轻而易举由益州刺史联想到臣身上,而联想到臣身上,户部便不保。"

暮晚摇一言不发,手捧着茶盏,毫不犹豫,一杯热茶就砸了出去。

"咚——"白瓷茶盏落在地衣上,因地上铺着茵毯而没有碎开,茶盏却发出沉闷的声音。户部侍郎被滚烫的热茶和茶渍浇了一头,热水顺着他的衣领向下滴,他惶恐地伏跪在地,不敢起身。

暮晚摇看他的眼神,如同要吃了他一般,咬牙切齿:"你好大胆子! 明知此事,你居然还敢让言尚去蜀中? 你们当初怎么想的,怎么就敢让言尚去?"

户部侍郎:"我们没人想得到他不去赈灾,跑去查背后的事情。我们没想到他真的能查出来,并且不停手! 而今骑虎难下,只能求殿下出手,让言二郎回来。若是言二郎再这般下去,臣的官位恐怕就不保了⋯⋯"

户部侍郎是暮晚摇手中一员大将,暮晚摇如何甘愿损失? 她气得脸充血,目眦欲裂,恨不得掐死这群废物。连她平时都小心翼翼,避免跟言尚因为这种事而观念不同,户部侍郎和太子居然敢放言尚去查! 当日言尚毫不犹豫地射杀郑氏家主一事,还没有给够他们教训吗? 他们难道没有意识到言尚是什么样的人吗? 那样一心为民为公的人,天生和他们这样的阶级得利者不同。那样的人,天生不会站在他们的立场考虑问题! 所以很多时候,暮晚摇避免让言尚了解太多自己这边的事情。她都不敢暴露的真相,户部居然敢。

然而户部这群蠢货⋯⋯ 暮晚摇在屋中徘徊踱步,总算明白太子的煎熬是何缘故了。暮晚摇这一下也生起了忧心,既怕言尚非要查得罪了蜀中官员、就此回不来,也怕他真的查到户部,要和户部所有官员为敌。她不能让言尚损害自己的利益! 她的地位由这些官员支持,她得到的东西未必没有这些官员搜刮过来的。她不能让言尚毁了一切。暮晚摇闭目,下定决心:"夏容,进来! 即刻往蜀中传书,说我病重,命不久矣,要言尚回来!"她再看向户部侍郎,冷声,"你们可以往蜀中派别的官员,将他替回来了。还有,把你们的账给我填干净! 尤其是你! 不要让你那个什么堂弟波及你,必要的时候直接弄死你那个堂弟! 就让蜀中成为事情的最后爆发点,不要回来长安! 居然要我给你们补漏洞⋯⋯ 你们要是再出错,干脆以死谢罪好了。"

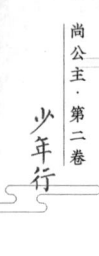

夏容匆匆出去,照公主的吩咐写信。

户部侍郎连声喏喏,答应一定补救好此事。他心中舒口气,心想只要公主殿下答应出手,一定能让言尚回头吧? 朝中都说言二郎和公主殿下关系匪浅,言尚纵是不给他们面子,也会给公主面子吧?

蜀中一直不下雨。言尚所在的县城,因言尚对官员的弹劾,人心惶惶。而言尚这边,也已经得知:"益州刺史,原来是朝中户部侍郎族中的一个堂弟。"

连云书这样的小厮,都意识到了自家郎君涉及的案子,非同小可。云书忧心忡忡:"郎君,再查下去,恐怕就要闹到长安了。那样事情变得严重,郎君的官位可能都要不保。"

言尚沉默。他一开始就怕这种事情,没想到最后还是预言成真。想到长安……他有些犹豫,知道案子若是回到长安,自己得罪的就不是一两个人,而是一个团体。他官位低微,恐怕难以自保。言尚轻轻一叹,低声:"我也希望事情在蜀中能画下圆点。"

见郎君没有不自量力地非要将事情闹大,云书轻轻松口气。他都担心郎君若是一意孤行,会和公主翻脸。说实话,郎君的今日,很大程度上来自公主的庇护,不然二郎升官不可能如此顺利。

言尚说:"我们去见见益州刺史,和他谈谈吧。"

言尚和云书领着一些仆从,离开所在的贫瘠县城,前往蜀县。益州下县城共有十座,蜀县是益州州治所所在,亦是益州刺史势力的大本营。言尚将小县城这些收整得差不多了,自然要去会一会益州最大的官。益州此地,自古穿山越岭,道路崎岖。言尚等人在山中行走,为了防止遇到贼人,还雇了游侠来保护。但是即便已经如此小心,一行人在山中穿行、疲累至极时,仍有山贼从天而降,将言尚等人团团围住。山贼们嚣张无比,各个面目狰狞。

云书紧张地挡在言尚身前,高声:"大胆! 你们知道我们是谁吗?"

对方张狂大笑:"不就是狗官吗? 呸,把老子们逼得无路可走,老子们今天就替天行道,杀了你们!"

言尚这边的卫士们齐齐拔剑,眼看包围他们的山贼毫无秩序地冲了下来。打斗不绝,云书惊恐,拽着言尚便哀求郎君快逃。言尚苦笑,他眼观八方,看对方围住己方的阵势,再看还有山贼坐在高处的石头上不下来,就盯着他们。言尚便知对方早有准备，逃是逃不了的。何况……

言尚喃喃自语："原来对不上的户籍，是在这里了。"

云书一时没听懂郎君在说什么："什么户籍？"

言尚盯着这些山贼，让自己的声音高了一些，好让那高处坐在石头上的贼人能听到自己在说什么："灾情发生后，蜀中的人口顿减，按照往年他县灾情数据，本不可能一下子少这么多。我一直奇怪难道一个旱灾就能死这么多人。而今我才明白，原来并非死了，而是上山为贼！"

打斗中的山贼们身形一滞。坐在高处的山贼们厉目盯来，目有杀意。

言尚盯着他们，淡声："本是耕种为主的寻常百姓，被逼上山做贼，难道就想从此以后一直做贼，不想回到正常生活了？种了几十年的地，一朝天变，从此后就要开始打打杀杀，放弃户籍，被朝廷遗忘，成为被剿被灭的山贼吗？纵是尔等愿意，难道你们的孩子、子子孙孙，都愿意做贼吗？今日若一介朝廷命官死在你们手中，你们就永无恢复良籍的可能了！"

坐在高处的山贼蓦地站了起来，不少山贼哗然，甚至不少打斗中的山贼都停了下来。他们惶恐不安地四顾，到底不是真正的山贼，而是被世道逼到这一步，所以一听言尚说他们再无恢复良籍的可能，一时间都犹豫起来。为首的山贼唾骂一声，高声："兄弟们，不要听他胡说！就是他这样的狗官，把我们逼上山成为山贼。他的话不可信……"

"胡闹！"山贼中意见竟然不能统一，那个为首的人发号时，另有一道声音从山后赶来。这边的官吏卫士和山贼们一同看去，见是一个身材魁梧的男人纵来，目有怒意。那男人喝道："你们怎么真的敢来杀朝廷命官？"

山贼们看到男人，一个个激动："二当家……"

原本的首领自然是大当家，轻哼一声，却没反对"二当家"的插手。而言尚睫毛轻轻颤一下，若有所思地看着那个二当家，二当家转头来看到下方长袍玉带的俊逸郎君，目露激动，不顾自己的兄弟们，就跳下山头，跪在了言尚面前。男人抬头，激动道："郎君！"

言尚望着跪在自己面前的男人，诧异地露出一丝笑，弯身扶人站起："韩束行？你怎么落到这一步了？"

山贼们不满："二当家，你怎么和狗官认识……"

韩束行面对言尚时谦卑激动，回头面对山贼们则是寒下脸："放肆！竟敢在言二郎面前这样！老子告诉你们，这天下的官员纵是都犯错，言二郎

375

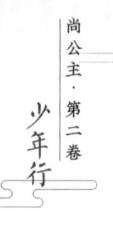

也不会和他们同流合污，其中定有误会。"

山贼们愤愤不平："可是他带着卫士们，不是来剿匪的吗？"

言尚挑一下眉，说："我倒是觉得，是你们来杀我更为恰当。"

如此一对，双方皆怔，意识到其中讯息有差，恐怕出了错。

原本这些山贼是听了一个密报，说是朝廷来的大官要剿匪，灭了他们这些从良民变成匪贼的人，好将户籍做得干净，不留痕迹。他们愤愤不平，自然不愿意被杀。既然得到消息，就要提前动手。

而韩束行离开长安后，漫无目的地行走，机缘巧合下来到蜀中，赶上大旱。他看这些百姓失去良田，不能过活，乱七八糟地只能上山当贼，一时可怜他们，就帮了一把。从此后韩束行就被赖上了，莫名其妙成为他们的二当家。

当夜言尚宿在山间，听这些山贼说明了情况。双方信息一对，言尚便知想借这些山贼的手除自己的人，恐怕是整个益州的官员。云书目瞪口呆，又很惊恐：如果整个益州的人都想言二郎死在这里，言二郎如何才能逃出去？何况还有这些山贼。

韩束行替这些贼人跪在言尚面前，恳求："郎君，他们不是恶人，都是被世道逼出来的。如果能够恢复良籍……"

黑漆漆的山洞中烧着火，山贼们乱七八糟地站着，大当家领着兄弟们警惕地看着这边，根本不信言尚作为官员，会不在意他们的罪，帮他们恢复良籍。言尚坐在黑暗中，看着他们。他的目光一一从这些山贼的面上掠过，看到强装的不羁，拼命作出来的凶狠，看到他们的武器乱七八糟，有的甚至拿着耕种的长犁就上了山……

一时间，他又想到幼年时，跟随父母在江南行走时见过的那些灾民、难民、流民，见到多少人饿死路边，见到多少人追着他们的马车，他的父母却不敢停下来，只怕流民吞没他们……

幼年时的言尚问父母："总是这样吗？"

他母亲搂着他的肩，柔声叹："总是这样。所以二郎若是真的当了官，不妨帮一帮这些人……"

过往种种，历历在耳；眼前种种，历历在目。幽静中，在众人的质疑恐慌中，言尚闭目，心想这是怎样的世道，竟将人逼到这一步。

再次睁眼时，言尚扶起韩束行，轻声："我会让你们恢复良籍的。"

山贼们哗然。那个匪头大当家站直身子，不由绷着声音问："你是不是要我们付出什么代价？"

言尚望着他们，心中难受，只道："不用你们付出任何代价。"

有山贼不安："可是我们毕竟杀了人……"

言尚轻声："杀人的实在太多了。你们杀人，益州官员也在杀人。我怎可能——算得过来？"

益州刺史以为泄露出消息让那些对官员们恨之入骨的山贼杀了言二郎，自己就可以高枕无忧，安心做这个官。但两日后，益州刺史见到了活着的言尚。不光是言尚到来，言尚还绑来了一个身材高大的匪贼，又将益州这边的所有官员叫了过来。

益州刺史惶恐不安，和站在园中的所有官员面面相觑。他们看到那个跪在言尚脚边、被卫士们绑着的匪贼韩束行，心中惊恐，想难道计划暴露，言尚要和他们所有人算账了？可是怎么算得过来！

午后天气阴沉，言尚坐在益州刺史的院落中，等待所有官员到场入座。所有官员不安的时候，言尚开了口："诸位，我来益州已经两月有余，和你们打交道不是一两日。你们知道，我一直不信赖你们，对你们抱有怀疑。最近我又遭了山贼刺杀。多亏本官命大，才没有死在贼人手中。而我审问了这些山贼，总算知道到底是谁想杀本官。"

院落草黄，因缺水而萎靡不振。闷热的空气中，所有人都流了一身又一身汗。他们不停地拿袖子擦汗，听到言尚挑明，流的汗更多。彼此对视，心中有一抹狠厉涌上——若是言二郎真的敢让他们所有人落马，今日就要将他杀死在这里！

言尚看着他们的表情，心中涩然。他心知肚明这些人在想什么，但确实不能让所有人落马，只能选出罪大恶极的，只能和他们谈条件。言尚的目光，落在了不停擦汗的益州刺史脸上。

所有官员的目光跟随着言尚，落在了益州刺史脸上。有人迷茫，有人恍然大悟，有人惊恐，有人兴奋。

那个闷热的下午，言尚和这些官员秘密谈成了条件。所有的罪被推到了益州刺史身上，不管益州刺史如何说自己冤枉，这些官员都异口同声，站在了言尚这一边，支持朝廷命官。

言尚要上书朝廷，撤掉益州刺史的官位，并且带益州刺史进京治罪，益州的官员们纷纷点头，直说郎君辛苦了。而投桃报李，他们配合言尚，开始重新编制益州的户籍，开始要求那些躲在山上的匪贼归家，开始各自出银，自愿帮这些百姓重新安顿，重新分配土地。

众人在益州，等着各地的调水，或者天降甘霖，解了益州的旱情。

九月上旬，言尚终于和益州这些官员磨合得差不多了，愿意放下心让言尚带益州刺史回京治罪。他们得到了言尚的保证，只要他们安顿好百姓，官位就不会出大变动。正是这个时候，言尚收到了来自长安的信，朝廷派了新的官员代替他，来蜀中等着下雨；而丹阳公主病重，公主府的人写来信已经过了半个月，言尚心急如焚，不知暮晚摇病到了何种情况，才会写信来。

如此匆匆交接差事，由官吏们在后慢慢带着益州刺史押送长安，言尚一马当先，快马加鞭先回长安。

言尚离开蜀中不过十天，蜀中暴雨，旱灾终于得解。而又过了五日，蜀中悍匪出没，真正的山贼下山，杀戮平民。当日下了山回归良籍的百姓，九死一生，他们熬过了旱灾，却没有熬过山贼们的掠抢。

益州将此事件定义为意外，益州新的刺史没有任命下来，这些官员就乱糟糟地、随意地主持着兵马剿匪，却也没剿出什么结果来。

九月下旬，韩束行将所有的兄弟埋了后，上山挑战那些匪贼。之后他从匪贼口中得知了想杀掉那些百姓的人真正是谁。韩束行在山中兄弟们的坟墓前坐了一晚上，沉默地喝了一晚上酒。第二日，他砸掉酒坛，转身离开，提剑上长安，想向那凶手要一个答案。

同时间，言尚回到了长安，他风尘仆仆，不及洗漱，先去拜访公主府，问起公主的病情。公主却不在府上。

府中侍女支支吾吾："我们殿下的病？已、已经好了啊。"

言尚立在公主府院中，静静地看着面前目中闪烁、不敢与他对视的侍女。心凉如冰，人心至寒。秋日枫叶漫卷长安，红叶树下，言尚刹那间有了一个猜测——也许她根本就没病，只是骗他回来而已。

第四十五章

言尚仍没有走，问公主府留下的侍女，公主去了哪里，何时归来。这个问题就容易多了，留守的侍女秋思屈膝行礼后，恭敬回答道："陛下去樊川养身子了，我们殿下跟去侍疾了。"

恐怕想到暮晚摇刚生了大病就跑去侍疾，有点不合常理，这个叫秋思的侍女年纪尚小，不太会撒谎，就结结巴巴地为先前的话补救："殿、殿下虽然之前重病，但、但很快就好了。因、因为那病虽然厉害，但也没那么厉害……"

言尚默然。对方不会撒谎，他都有些想替对方把谎编得圆一些了。恐怕暮晚摇没有想到他会这么快回来，估计以为会和押送罪臣进京的车马一道回来，所以还没教府上的侍女如何编谎。言尚替这个侍女找了个补："可是虽然病势来势汹汹，但并不危及性命？"

秋思舒了口气："对、对！"

言尚："那是什么样的病？可是头痛、恶心、反胃、身体发酸这样的？"

秋思："对……就是这样。"

言尚便静静看她半天，不说话了，向侍女告别，说自己要回府休息了。他没特意交代什么，实在是心灰意冷，不知如何自处。且他心中总是对暮晚摇抱一丝幻想，所以离开公主府的时候，遇到一个粗使丫头，言尚又问起公主的病。

粗使丫头连公主生病这样的谎言都接触不到，自然是言尚问起，对方一派迷茫。而暮晚摇若是真的病重，公主府上上下下都会动起来，岂会像现在这样？言尚叹口气，知道最后一丝幻想也被打破了。

夜里他在自己府邸，思量着如何就蜀中的事上折子说明。他既然已经和蜀中官员们说好，便应该在折子上注意措辞，不应将所有人拉下马。毕竟蜀中还要靠那些官员治理,动一州的所有官员,不是那般容易。这份折子,言尚早就打好了腹稿。但是现在,他看着这份写了一半的折子,狼毫上凝着墨,墨汁浓郁,从他笔尖渗下,滴落在折子上,晕出一片黑潭来。这份折子就这样废了。

言尚将折子丢掉,重启一页。然而他又卡住,依然不知道该怎么下笔,因为想到了暮晚摇。他心中忍不住怀疑,如果他现在还在蜀中,一定会盯着蜀中官员接下来的事情,将那边情况完全稳了才会回长安。可是暮晚摇用装病这种理由将他骗回来,是不是有一种可能……是这个案子牵扯到了她,她不希望他查下去了?

言尚怔坐着,竟有些不敢细想。他猜这个案子涉及长安官员,涉及户部。他自己本就犹豫该不该继续,暮晚摇的行为真的让他疑虑加重。她……到底涉入了多少,才会怕这个案子继续查下去?鱼肉百姓的官员,也有她一份指使吗?就如当初整治豪强的最初……暮晚摇可以放下豪强,因为不过是豪强;然而今日到了朝中官员身上,暮晚摇要保他们了?

言尚再想到当初自己听到暮晚摇振振有词,说服赵灵妃的那些话。那些话当日如何打动他,今日就如何让他觉得讽刺。当日她明明为他对百姓的牵挂所感动,明明为他的气节折服过。但实际上,折服是一回事,做起来又是另一回事吗?

言尚产生了巨大的迷茫,不知自己到底该如何自处。他到底该不该继续查下去,而她到底涉足的程度有多深?她知不知道这是错的?爱权爱势都好,然而她是不是已经爱得有点过分了……她本不应该是这样的!当年在岭南时与他一起诵读《硕鼠》的公主暮晚摇,是从未出现过,只是自己的幻想,还是她已经走远了,抛弃了那个时候的她自己?

言尚心中酸楚又沉痛,俯下身子,趴在案头,笔下的折子,无论如何也写不下去。

言尚的纠结对于外界没有太大意义,他最终还是将罪放在了益州刺史身上。不过回到户部后,言尚自己不用犹豫他还要不要继续查,因户部直接将他派去仓部处理一些积压多年没有处理的杂物文书,不让他涉及户部重要的部署。而在益州刺史进长安前,户部对言尚不管不问,好似他压根没有办过这件公差一样。先前和言尚关系不错的那些户部官员,如今都开始躲着言尚。

言尚心知肚明是户部的打压来了，这只是一个开始，等到益州刺史进京，真正的矛盾才会爆发。言尚如今接触不到户部重要的部署，没法就益州的事去特意查户部大头，然而积压多年的文书……言尚苦笑，心想这里面的东西好像也不少。他已经不知道该怎么办，只能先查着看看，尽量不惊动上面那些人。

十月初雪，长安遍寒。益州刺史在这一天被押进了刑部大牢，进了长安。自言尚回来，一直跟着陛下的暮晚摇始终没有回公主府，两人没有见过面。但是言尚知道，随着益州刺史进京，一切风云都要搅动起来了。

坐在北里南曲一间雅舍中，言尚正于窗下伏案。这处雅舍是南曲名妓才会住的房舍，胜在清幽高洁，没有乱七八糟的人能轻易进来打扰。言尚在这里伏案了许久，外面竹帘发出"啪"的撞击声，听到门吱呀打开，急促的脚步声向这边过来了。言尚侧头看去，见是一青春妩媚、颜色姣好的女郎匆匆提裙而来。正是春娘。

半年不见，春娘完全按照言尚离京前留给她的课业训练，如今已是南曲知名的头牌。虽然还没有成为正式的"都知"，但也相差不远。相信再磨上一年半载，成为都知不难。

春娘如此仓促，对上言尚探望过来的目光，她忙收住自己的慌张，尽量心平气和地向那坐在案前写什么的郎君伏身："二郎，可是我惊扰你了？"

她盯着言尚的容色，心中惴惴，又生了向往眷恋之心，觉得不过半年不见，言二郎好像更加好看了些。她心中又羡慕起言二郎家中那位好运气的娇妻来。夫郎如此自律，又俊美多才，那位女郎，多么幸运。

言尚温和问她："为何如此匆忙？"

春娘这才想起自己为什么着急跑进来，春娘张皇道："二郎，我方才在下面见到了一个熟人……张十一郎回长安了！"她以为言尚会对这个人不熟悉，正要解释这个人是谁时，见言尚轻轻怔了一下，说："那个害了刘兄和你的户部张郎中家中的十一郎，之前逃出长安避事，现在风头过了，他回来长安了？"

春娘愣一下，只能傻了般地点头，没想到言二郎居然如此清楚，且记性这么好。

言尚沉思一下，推开自己旁边的窗子，向下看过。推开雅舍窗子，看到的便是北里南曲楼阁中真正的纸醉金迷，胭红脂艳。靡靡轻浮的歌舞声自下传上，袒胸露腹的女郎们在下面又是跳舞，又是敬酒，灯红酒绿，莺歌燕舞。而一位年轻的郎君左拥右抱，哈哈大笑着，从自己腰带间把荷包钱袋全都扯了出来，将金叶子满天乱扔。女郎们热情地围着他，他正张狂道："让你们的头牌全都过来！我今天高兴，所有人重重有赏！"

春娘轻手轻脚地站在了言尚身后，和言尚一同透过窗子细缝，看到下面的风光。她伸指为言尚指认："那便是张十一郎……"

对方似乎察觉，目光向上看来，春娘慌得脸色猛白，言尚淡然无比地关上了窗子。言尚若有所思。春娘正想做出娇弱状寻求言二郎保护，但她只低头，看到言尚案头摆着的宣纸上的内容后，她愣了一下，心里对言尚的那点动心，瞬间有点被打醒了。

言尚看向春娘："你可敢和他接触？"

春娘愣一下，心中惧怕，但想到言尚救自己的目的，还是点了点头。

言尚说："好，你不必刻意和他接触。如果在楼里遇到，他若是还对你有些心思，你就吊着他。男人对自己没有得到的女人总是念念不忘，尤其是他去年还因为你而逃离长安。今日风光回来，必然会对你心情复杂。不过你放心。我会派卫士跟着你，不会让你性命不保。"

春娘忐忑，但是她明白这恐怕是言尚留自己这么久，真正要自己做的事。什么都知，只是顺带。这位张十一郎，才是言二郎的目标。春娘："郎君要我做些什么？"

言尚皱着眉，他又有点迟疑了。想到去年的户部郎中，今年的益州刺史，户部侍郎，还有不管事的户部尚书……所有人都牵着户部这根线。言尚不一定要做什么，但是当他想做什么的时候，他希望这条线能够用到。言尚轻声："先与这位十一郎虚与委蛇，不必做多余动作。我需要你如何做的时候，再吩咐也不迟。"

他静了许久。春娘立在他面前，不敢多话。言尚抬目看她，望了片刻，道："我尽量保全你。若是不能……"

春娘含泪而拜，跪在他面前："郎君，我的性命都是你救下来的。我知道郎君是做大事的人，郎君是我的救命恩人，我定会不负郎君所托。"

言尚默然，让她起来，出去让自己静静。

春娘要走时，又回头，望着言尚案上的宣纸，说："郎君，你画的可是家中那位夫人？"

言尚怔一下，看向自己案上的宣纸。宣纸上立着一位年轻女郎，舜华之貌，青春之态，大气雍容，眉目间又藏着几分狡黠，让她平添许多俏丽活泼感。言尚苦，看着宣纸，轻声："她让我好好学画，说之后有……有用途。我自然要学一学画的，只是画得不好，恐怕距离她的要求还有很远。"说着，他将宣纸一揉，就要将这人像扔了。春娘大觉可惜，连忙请求将画留给自己收藏。春娘说："女郎这般貌美，郎君扔了多可惜，留给我吧，做个念想也好。"春娘心想大约只有这般相貌的女郎，才配得上言二郎。

言尚觉得画得十分拙劣，春娘要留着，就没多说，随她去了。

既然益州刺史进京了，言尚上的折子的内容，也不是什么轻而易举能糊弄过去的。尚在樊川养病的皇帝，便召见了言尚。

因皇帝养病，樊川最近变得非常热闹，许多大人物都跑来住在自家在樊川的园林中，找借口等皇帝的召见。比如晋王。

当言尚来到樊川的皇家园林，被内宦领着去见皇帝时，言尚便看到了拖家带口的晋王，抱着他那个长子刚刚进园林。言尚目光掠过晋王身旁、大腹便便的晋王妃，落在他们身后的春华身上。他向晋王殿下行礼，又对旧人颔首致意。

春华只敢跟着众人回礼，悄悄多看了言二郎一眼，心中为言二郎高兴。虽然不知道言二郎如今官做得如何，但是能让皇帝召见的官，一定是很了不起的。因为春华听晋王说，只有五品以上的大官才能日日上朝，经常见到皇帝。五品以下想见皇帝，难如登天。

言尚被带去一处暖阁，他向皇帝请安时，目光顿了一下，因看到皇帝旁边坐着的暮晚摇。暮晚摇侧身坐在皇帝身畔，削肩细腰，红唇雪肤，胸口在纱绸下半隐半露，惹人遐想。她偏着脸看他，端丽娴雅，又流光溢彩。她那金碧辉煌一般的美貌，柔柔望来的含情美目，都让言尚脸颊当即一热，移开了目光。他因为她而怨了小半个月，可是一见到她本人，却还是会露出丑态。言尚便垂着眼，也向公主殿下请安。

暮晚摇含睇窈窕，眼波向上挑了下，妩媚又不失纯真："免礼！"

皇帝当作没发现暮晚摇挑逗言尚的这一幕，低头看言尚写上来的那份折子，慢悠悠道："言素臣，你在折子上，说蜀中之过，皆在刺史一人身上。

可是当真?"

言尚顿了下,说:"禀陛下,臣并未完全说实话。"

皇帝挑眉。原本觉得失望,言尚这般,他总算有点兴趣了。

言尚轻声:"陛下,臣不能在奏折上如实以报。因臣若是说了实情,恐怕这份奏折,根本递不到陛下这里,就会被从中拦下。蜀中情况复杂,无法在折子上写尽。"

暮晚摇神情一顿,她身子前倾,有点紧张了。

皇帝看着言尚,慢声:"蜀中如何情况,这里没有外人,你现在可以如实道来了。"

暮晚摇则是手心出了汗,听皇帝这话,她脸色微微僵了一下,惧怕言尚将事情放大,推到户部上来。她心中乱想,户部侍郎告诉自己,言尚回京后就被派去了偏远部署,不会涉及重要差务,然而言尚的本事岂能小瞧!他若是告发了所有人……不,他不可能有证据。

言尚目光与暮晚摇对了一下。她眼中的紧张和僵硬,让他微微一顿,再次确认了她的立场。言尚沉默一会儿,皇帝也不催促。就如一道选择题一般,皇帝交到他们手中,从不干涉。半晌,言尚开始答皇帝。他如实禀告,在蜀中看到什么,便说什么:"蜀中官员官商相护,本该治罪,但是臣在蜀中时便已经上报朝廷,调整了他们的官位,如此影响已经降到最低。若是将所有人的官位抹下,恐怕动摇太多,朝廷一时也安排不了这般多的官员。而一时间官位空缺,蜀中刚经历灾情,很容易大乱,不如徐徐图之……"

随着言尚讲述自己的意见,暮晚摇由一开始的不自在,慢慢放松了。他没有引申,没有刻意引到长安官员上来。如此就好,让事情在蜀中结束,就是最好的结果。死一个益州刺史就能结束这件事,最好不过。

天色已晚,皇帝留言尚住在樊川。言尚和暮晚摇相继告退后,皇帝坐在幽室中,半晌叹了口气。成安为皇帝端上药碗,皇帝看了眼黑色药汁,却没有喝的心情了,喃声:"言素臣到底没敢得罪户部啊。可惜了。"

成安躬身:"言二郎或许是为了保全公主殿下,不愿对户部出手。言二郎对公主殿下有情,陛下不也可以放心吗? 若是言二郎为了公,彻底放下公主,陛下纵是高兴,也会不敢将公主托付给他吧?"

皇帝淡声:"他如今态度,却不算好。摇摇本就错了,为了护摇摇而放弃自己的立场，这种人，朕如何放心？"

成安："陛下对人心要求太苛刻了。"

皇帝沉默，缓缓道："再看看吧。"又过了很久，皇帝声音疲惫，"成安，我对人心要求本是最不苛刻的。可是摇摇……朕虽怜悯她，想要阿暖和朕的血脉在朕走后，风光无限，却也不愿意她成为一个恣意妄为的公主，把持朝务，架空皇帝。如果没有人能够约束她，朕是不放心摇摇的。"

成安低声："陛下不可能安排好所有事，不能将所有人心算清。"

皇帝喃声："朕为了这个天下，付出了这么多。若是之后重蹈覆辙，朕牺牲的意义何在？朕负尽人心，独独不负天下，总是希望这天下，也不要负朕。"

成安目中涌上热泪，想到皇帝如今还撑着这样的身体，为大魏操劳。孤家寡人至此，除了大魏江山，陛下又剩下什么呢？

皇帝闭目，又忽然想起来："刘文吉还未回来吗？"

成安说："他领着北衙和南衙今日去狩猎，应该快回来了。刘文吉……陛下，老奴还是觉得，用内宦制衡朝臣，有些、有些……"

皇帝淡声："谁让无人扶持寒门呢？寒门如今不成气候，只能内宦上位了。这些世家子弟……必须有人给他们上锁，拴链子。成安，永远不要小瞧这些世家，我等稍微放松，他们的势力就会卷土重来。那朕就只能一直拴着他们了。"

成安："可是太子、丹阳公主……都是偏世家的。"

皇帝叹气，没再说话了。

刘文吉领兵狩猎，不过是借助狩猎之名，让北衙和南衙拼兵力，希望能够压倒南衙。而之所以迟迟不归，因为除了这个明面上的任务，他还有个私心。右卫大将军罗修，终于忍不住跟刘文吉私下联系了。他仗着自己之前帮刘文吉处理了两个内宦，帮刘文吉上位，便来威胁刘文吉继续提供大魏情报。而刘文吉心想这个人果然是隐患，若是陛下知道自己做过的事，自己今日的风光必然不在。刘文吉对罗修起了杀心，便利用上了这一次狩猎。

狩猎中，刘文吉这一边，特意带上了右卫大将军，对罗修的说法是找一个私密的地方，好谈私事。罗修便也带了一些护卫，跟上刘文吉这个内宦所领的队伍。

狩猎队在南山林中，越走越偏。天色越来越暗，黄昏红霞铺满天际。罗修开始警惕，不肯再跟着刘文吉一队继续走时，发现这些内宦骑着马，开始不怀好意地包围他。罗修一个哆嗦，抬头和刘文吉那冰冷的目光对上。如同看到一条毒蛇一般，攥着剧毒盯着他。罗修大骇，当即掉转马头，不管不顾地往林子外逃跑："拦住他！他要杀我！救命——"

而刘文吉那边，立刻众人追上："追！不要让他逃走！"

南山的这场杀人狩猎，将罗修身后护着的卫士全都杀尽。这些内宦领着兵、拿着刀，一个个兴奋又残酷，见血让他们骨子里那因去根而扭曲的暴虐得到了释放。这些人如今完全跟着刘文吉，听令于他。刘文吉带他们做这第一件大事，就是说这个罗修在朝中非常不起眼，杀了也没关系，刘文吉会找理由处理尸体和后果的。不过是一个南蛮人，杀了就杀了。乌蛮不可能因为一个人和大魏开战，而刘文吉这边能编的意外死亡的理由，实在太多了。

只是可惜罗修的卫士们竟然忠心耿耿，最后一个卫士拼尽力气，当刘文吉提着刀追砍地上打滚的罗修时，扑过来抱住刘文吉的腿，又跳起来和这些内宦、兵士们打起。这个卫士喊着："郎君快逃！"

罗修惊骇至极，从山坡上滚了下去。密林葱郁，众人追了一段路，只追到山坡下的水流湍急处和几个血脚印，却没有找到罗修。刘文吉满身戾气，吩咐这些人："必须给我找到他，杀了他！他要是敢乱说，我们所有人都死定了！"

下属们知道此事至关重要，又知道刘文吉要回去向皇帝交差，杀人灭口的事需要他们做。下属们当即应下，连夜去捉拿罗修，发誓要罗修命丧黄泉。

而刘文吉便带着这么一身血，回来樊川。他狩猎而归，身上即便有些血迹，也没有人会多问。刘文吉一身阴鸷气，进入了皇家园林，问起陛下在哪里。刘文吉打算去换下身上染了血的衣袍，再去面见陛下，向皇帝回复南衙和北衙之间的争斗。

小内宦跑着跟上刘文吉的步伐："陛下正要准备开夜宴，召晋王过去。陛下心情极好……"

刘文吉皱着眉："晋王来了？他又跑来干什么？"他需要弄清楚所有细节，才能在皇帝面前不出错。然而刘文吉忽地停住脚步，闭口不语。他忽然什么都不用问了，一下子明白晋王来干什么了。

夕阳落入沉沉湖水中,暮霭阴郁,满园幽静,华灯将将亮起。一个女郎蹲在湖水边,抱着一个幼儿,正轻声细语地哄着那个婴儿玩耍。夜风吹动她的衣袂,拂过她的面颊。她如清水,如露珠,在湖水边含笑婉约,刘文吉的心随之怔忡,世界因她空白,寂静。

而她听到这边动静,以为自己冒犯了贵人,慌得抱紧她襁褓中的婴儿,起身向这边望来。她第一反应是行礼请罪,然而她看到了来人,一下呆住了。春华呆呆地看着刘文吉,蓦然出现的刘文吉,猝不及防的刘文吉。隔着内宦们,隔着宫人们,隔着楼阁池藻,她抱着自己的孩子,脸上的母爱光辉如血色褪尽一般。她看着那个穿着内宦服的刘文吉,连怀里婴儿突然哭泣也忘掉。

"公公?"小内宦疑惑地询问刘文吉,惊醒了所有人。

湖泊上停驻的夜鸟拍翅惊飞,春华慌乱地低头去哄她那个哭起来的孩子,而刘文吉蓦地背过身,快步走向另一个方向。刘文吉走得极快,黑夜变得格外冷,他越走越快。乌云密密地压顶,天边响雷轰轰。刘文吉在窒息般的静谧下快走,低头看着自己的内宦服,看着自己衣袍上的血迹,又想到方才看到的春华,抱着她的孩子在湖边玩笑,快乐无忧。她依然那般美丽完美,而他已堕入深渊,越陷越深。走在黑暗中,刘文吉的眼泪从眼眶中掉落。无声无息,泪水越来越多,让他视线模糊。

天边闷雷滚滚。言尚被皇帝留宿樊川,没有去参加皇帝的夜宴,而是在屋中洗浴,准备早早歇下。他背着屏风穿衣时,没有听到门从外的"吱呀"推开声。他心事重重,轻轻叹口气。然后一双手臂从后搂住他的腰身,暮晚摇从后贴来,与他只着中衣的身体贴得严丝合缝。言尚微僵。

暮晚摇哼声,贴着他的颈:"你又一个人闷闷叹气……你哪来那么多气叹?"

他被她的气息拂得面红耳赤。他分明心中纠结,可是她每次主动找他,都让他心生欢喜。心里悄悄喜欢了一会儿,言尚憋出一句:"殿下……不可这样。"

暮晚摇委屈:"我明明在樊川,你却不来见我,你是不是反悔了,不想和我好了?"

第四十六章

又是倒打一耙。言尚想，这应该是他喜欢暮晚摇后，让他最不愉快的一次体验了。哪怕温香软玉，哪怕女郎姣美，他依然心中煎熬，左右摇摆。

暮晚摇从后抱着言尚，看他低着头，连她这样诬陷他要抛弃她，他也一言不发。言尚确实是很少发火的那类郎君。旁的郎君火冒三丈是家常便饭，言尚温和却才是常态。之前二人因为孩子、婚姻吵时，就是言尚难得一次真正动了气。而这一次，虽然半个月没回长安城去，暮晚摇又怎会没有得到公主府的报告？她怎会不知言尚十天前就回来了长安，还去公主府找过她，并且大约他已经知道了她装病骗他回来的事？再加上他在蜀中的遭遇。他应该非常生气，比上一次更加生气。他冲她发火才是正常的，所以他现在一言不发，才更加让暮晚摇觉得事情严重。

而他这样，暮晚摇就好惊恐，怕他认清现实，怕他思考后认为两人不合适，怕他不要她，要和她分开。暮晚摇心中恐惧，可是作为一个从来不用去讨好别人的公主，她又是真的不知道怎么道歉才是真正的诚意。暮晚摇便从后抱着他的腰，想他虽然不说话，却也没推开她。她笑盈盈："去蜀中半年，你的肩宽了许多，腰却还是这般细哎。"

言尚低声："殿下让我先穿好衣服吧。"

暮晚摇自然不肯让他好好说话。她紧抱住他蹭了蹭，又从后亲他的后耳，声音温软偏柔："父皇赏赐晚宴，你怎么不去？我看你的样子，是这么早就打算睡了？这么早，你怎么睡得着？"

言尚："你怎么不去？"

看他肯和她说话，暮晚摇目中便噙了笑，她仍是轻轻地、点水一般地亲他，同时道："你不去，我去干什么？本来就是想见你的。半年不见，你一点也不挂念我，然而我时时刻刻都想念你，言二哥哥。"

言尚心中一软，轻声："我也想你。"

暮晚摇登时欢喜，拉着他转过身来面对她，言尚没有太反抗，就被她拉着手转了方向。而暮晚摇换了身衣裳，不像他下午见她时那般裙帔层叠，此时她穿粉白间色裙，高束腰，长裙摆。裙摆一枝遒劲梅树，灵巧又活泼。

暮晚摇身后是一个原本摆放书册的桌架，她轻轻踮脚一跳，就坐在了桌上，并拉着言尚，让言尚过来几步。她让他挨着她站，她脚不踩地，晃了两晃，又张臂钩住他脖颈，就能让他低下头，好让她亲一亲了。她手指绕入他腰间。窸窸窣窣间，她仰着头小声和他说话："我知道你生气我装病骗你，可我是为了让你早点回来呀。我听说你在蜀中遇到了刺杀，如果不是距离太远，我赶不过去，我一定要去救你的。你在那里那样不安全，我怎能看着你涉险不归呢？"

言尚俯眼，漆黑的眼睛盯着她，似审度判断。

暮晚摇唇挨着他脖颈，对他又亲了亲，说道："我让人给你做了大氅，做了兔毛裘衣。你是岭南人，到了长安，冬天就比我们更怕冷，我早早为你备下，你今年就能好过一些了。"她偏头想了下，心疼道，"不过方才我抱你时，觉得你好像瘦了些，必然是蜀中不好，让你不适应。你看你是要多吃点，我将你喂胖一点呢，还是重新量一下尺寸，将我给你做好的衣裳改一下尺寸？"

言尚怔然。他微凉的手指抚上她皎白面颊，看她乖巧地坐在桌上，仰脸任他观察，心中说不清是什么样的感受："你竟然……给我做衣裳？你以前……从不管我的。"

暮晚摇微羞："我以前不懂事嘛，现在在学怎么照顾自己的郎君呀。我跟我四姐学了不少。言二哥哥，半年不见，我真的比以前好了很多。我没有那般骄纵只管自己了，在学着体谅你呀。"

言尚俯下身，抱住她。

见他肯抱她，暮晚摇格外欢喜，又侧过脸来亲他，碰他的唇。而他被她的气息所扰，却第一次在和暮晚摇这样时，走了神。他用一种复杂的态度看着她。一个人的性情，必然受她的经历影响。她既害怕直面问题，又会干脆斩掉问题。她既像抓着一根稻草般紧紧抓着他不放，却又会非常决然地一刀两断。她胆大，又胆小。她肆意，又脆弱。她不蠢，非但不蠢，其实她很敏锐。她笨拙地、如此小心翼翼地讨好他，她漂亮的眼睛看着他，就是在跟他说"抱歉""我错了，但是你不要生气"。

暮晚摇眉目间染上动人的春意，在她的胡闹下，言尚那本就单薄的中衣已被她弄得不成样子。她知道他也动了情。她便有点得意地笑，仰高脖颈，拉着他的手来抚自己。

言尚突然道："你在这次事情中，到底涉入了多深？"

暮晚摇一怔，抬目看他。她顿了下，乖乖回答："我其实没有插手，只是将你叫了回来。"

言尚绷着的下巴微微一松。他就怕她涉入太多，她若是罪大恶极，他便是保她……都是错。言尚又道："户部真的和益州官员联系很深吗，是不是都收了下面的孝敬钱？"

暮晚摇不耐烦了："你是查案子吗？是审问我吗？是想从我这里得到什么答案？"

言尚住口。

暮晚摇便立即发现自己态度不对，她是来讨好言尚的，不是来和言尚矛盾加深的，于是放软自己的态度，轻声："我们不能谈谈情，说说爱吗？你要查事情，你自己去查好了。不要在这个时候问我，不要在这个时候，用这种怀疑的态度对我。"

言尚说："对不起。可是，你真的……"

她堵住了他的口，不让他再说了。春情若水流，窗外月明照。暮晚摇努力引导言尚，让两人的话题不要那般紧绷。但是他始终进入不了状态，她耐着性子忍了很久，第一次两人相处变得如同折磨一般，既让他不太情愿，也让她感受不到一点美好。都是在忍耐，而这种忍耐很快爆发。

暮晚摇忽地一声惨叫，全身绷紧，眼尾都疼得噙了泪："你怎么敢直接硬来？"

她口不择言："水平差就算了，现在连一点温柔都没有了。你把我当什么？当受罪，当磨难，当任务？你自己直接舒服了就是？觉得我不会疼？"

言尚脸色青青白白，第一次被人这么直白地说水平差。他额上渗了汗，透过烛火和窗外的光，看到她脸色难看，有点发白。他被她这么骂，也顾不上自己被她突然推开的难受，第一时间低头想看自己哪里弄疼了她。言尚讷讷："对不起，我不知道会这样。我弄疼你了？你受伤了吗？让我看看……"

暮晚摇："走开！"她受不了这种气氛了，无论如何都不肯让他再挨她一下。她从桌上跳了下来，火冒三丈地稍微整理了一下自己的衣裳，寒着脸就向外走。言尚急忙系衣带，四处找衣物，好去追她。暮晚摇走了一半又退回来，把一个东西砸向言尚，却并不疼。

言尚一把抓住她砸来的东西，低头看，是一个很丑的荷包。上面绣的是什么？水草？蟑螂？还是蝴蝶？恐怕他小妹十二岁时绣的荷包，都比这个砸来的东西好看很多。暮晚摇眼眸气得又红又亮，她张开自己的十指晃了一下，怒气冲冲："我为了给你绣这么一个荷包，十根手指头都快被扎断了，手肿了一个月！你高风亮节的时候，我心里全是你！"

言尚："摇摇……"

他抓住荷包，只匆匆挡住自己散开的领口。暮晚摇再次向外走，他有太多的话想和她说，便追上去，抓住她手腕不让她走。心知肚明的问题，一定要说！一定要解决！言尚语速微快，就怕她要走："蜀中的事果然和户部脱不开关系对不对？你是要保护他们？你要保谁？这件事既然不是你下令的，你就不要再涉入了。即使损失一些，你到底是公主，身份不会有半点损害……"

暮晚摇被他扣着，觉得可笑："我损失的人手，损失的权势，我损失的那些好不容易搭起来的资源、声望……都不算什么？"

言尚语气微厉："那些有什么关系？我早提醒过你，早告诉过你很多遍，爱慕权势不算大错，但是你不要沉迷于此。你不要执迷不悟，越陷越深！你……"

暮晚摇盯着他，轻声："权势不重要？可是言尚，如果没有权势，你怎么尚公主？我怎么嫁给你？"

言尚愣住，不知话题为什么转到了这个方向。

她静静地看着他，眼中含着方才残留的泪花，眼中的神情也十分疲惫。暮晚摇在此时，不像个骄纵任性的公主，周身透出上位者那股冷漠和绝望。她盯着他的眼睛："言尚，你离开长安前，追出数十里，求的是什么？求的是我和你重归于好，求的是我给你一个期限，不要让你不明不白地等着我，却不知何时才能光明正大地和我在一起。我把你的话记住了，我一直在努力给你一个答复。这个答复，没有权势，我能做到吗？我若是失去了现在的地位，是李家能放过我，还是太子能放过我？你求的是百姓安康、家国天下，我求的就是活下去，风光地、不受人胁迫地活下去。

"我一直在想，只要我手中权势让太子忌惮，让李家必须依靠我，那我就能和李家提出条件，我就能告诉所有人，我要言尚做我的驸马。只有到我手中权势让人不能小瞧我，我才能自由地嫁给我想嫁的人，过我想过的生活。"

她眼中的泪向下掉一滴，溅在言尚握着她的手臂上。他胸口发涩，对她的许多指责，在这一滴眼泪下都说不下去了。

暮晚摇眼中泪落，然而神情却是倔强的、不服输的："你走了半年，我非常认真地思考，你想要的期限，我到底多久能给你。我给自己的目标是两年，两年内，我一定要嫁给你，并且让李家、太子全都不反对。我不靠自己，难道能指望得上你吗？言尚，你是从来不肯以公谋私的，我指望不上你。我爱上一个一心为公的人，我不怨你，这是我自己选择的路，我自己走。你现在说我爱权爱得不正常，你让我放手……言尚，不经他人苦，莫说他人恶。我没你幻想中那般好，可我也并非十恶不赦。

"你我立场不同，非我所愿。然而你要与我兵刀相向的话，我一步不会退，一下也不会手软。言尚，当日你投靠我的时候，我就说过，一旦你不为我所用，一旦你我走了不一样的路，我会杀了你。而今……你我各凭本事吧。"

她甩开他拽她的手腕，向外走去。他追了两步，立在屋门口，却只见她伤心离去的背影。言尚心中生起迷惘，生起许多涩然。这人世间，很多事并非非此即彼，他要帮一些人，就要伤害另一些人。他坚信他是对的。可是暮晚摇也不是为了做坏事，而要选择和他为敌。她为的是自保，为的是……能有和他成亲的那一日，不受人质疑，不被人抛弃。

这个晚上，后半夜下起了雨。言尚一夜未眠，想了许多事；暮晚摇也一夜没睡，熬得眼通红。还睡不着的一个人，是刘文吉。

刘文吉坐在暗室中，孤零零地给自己一杯又一杯地倒酒喝。自从开始掌控北衙，他在皇帝面前当职的时间少了很多。就如这个晚上一样，他有时间自己躲在屋子里喝闷酒。酒液下腹，下腹烧得灼灼，脑中一遍遍浮现的，便是傍晚时看到的春华抱着她孩子、在水边笑靥婉约的那一幕。

刘文吉面无表情。自从去势进宫，他忙于各种事务，和各种人打交道。他让自己格外累，格外卑微。因为只有这样，他能忘掉春华。一年过去了。他一次没有想过春华。一次也没有。只有不想她，他才能活下去。只有不想她，他才能说服自己。可是她今日猝不及防地出现，有爱她的丈夫，有依赖她的儿子。她生活幸福，笑容如清露般湛湛。

刘文吉又嫉妒，又心酸。他如今躲在黑暗里，捂着自己日渐扭曲的一颗心，伤痕满满，只能兀自流泪——为何独独让她看到了这样的自己？为何要让她看到？让她看到爱过的人成为一个太监，并且是一个满手鲜血的太监。难道要她同情他吗？可怜他吗？上天让人相爱一场，早早忘却彼此便是应该，最后遗留的为何是同情？他怨恨这个命运，他不甘心这样的命运！

刘文吉枯坐一夜，听了一夜闷雨。次日天亮，雨水歇了。刘文吉洗把脸，知道自己的状态不适合服侍陛下，正要告假时，外面的内宦来敲门。刘文吉疲惫地让人进来。

那内宦在他耳边小声："公公，罗修死了。"

刘文吉猛地睁开了眼。

内宦赔笑："不是我们杀的，我们找到人的时候，他倒在水里，已经被泡肿了。我们是在一位郎君的府邸后山找到人的。那位郎君帮我们解决了罗修，并且说，可以说罗修是喝醉酒，掉到水里淹死的。有人查下来的话，那位郎君会帮我们做证。"

刘文吉定定看去。他看着这个内宦的眼神，顿时明白了："……是有人来送投名状？呵，士人向来瞧不起我们，不知是哪位如此有先见之明？"

内宦轻声："是赵祭酒。"

刘文吉皱眉，没听过这么一个人物。不过祭酒嘛……无足轻重的显贵清官，没听过也是应该的。

内宦："那位赵公要来拜访公公，不知公公可愿见他？"

刘文吉唇角浮起一丝恶意的、嘲弄的笑。他声音轻缓，漫不经心："见！怎么不见！有士人来投靠……日后还会有更多的。"他低头看自己修长的手指，却隐约可见昨日这手掌中的鲜血。他唇角的笑便加深，声音更轻，扭曲一般道："看着吧，这只是刚开始。来依附我的士族，只会越来越多……"

权势，像怪物一样，引诱着所有人，拉所有人下地狱。那越来越膨胀的野心，那越来越舍不得放下的权力……只要尝过它的好，谁肯甘心放下？

言尚却是一心要将暮晚摇从中拉出来。暮晚摇依然在樊川的皇家园林，言尚次日便仍旧来这里求见她。有皇帝在，暮晚摇不好在皇帝眼皮下和言尚拉拉扯扯、闹出小儿女那般你来我往的架势，便只好放言尚进来。只是她放他进来，却并不搭理他。烧着炭火的厅中，暮晚摇依偎着美人榻，一杯接一杯地喝酒。言尚坐在一旁低声和她说话，劝她少饮酒，又或许在劝她更多的事。

春华进来拜见公主时,见到的便是这样。这让春华产生恍惚感——好像她还在公主府时那般,总是公主气鼓鼓地不理言二郎,言二郎好声好气地安抚公主。

暮晚摇撩眼皮,看到春华。

几人见过礼后,春华入座,有些难堪,她发怔了好几次,还是鼓起勇气:"殿下,我见到刘文吉了。"

暮晚摇捧着酒樽的手停住了,她已经喝酒喝得有点糊涂了,却神志尚在,一下子听到了春华在说什么。暮晚摇向春华看去,坐在暮晚摇旁边的言尚,也是怔愣地看去。春华忍住目中的泪。她知道自己不该多问,可是昨日看到那样的刘文吉……她无法不问。春华不敢在晋王面前有所表现,忍到公主这里,泪水终于猝不及防地掉落。她慌张地去擦自己眼中的泪,泪水却掉得更多。春华红着眼眶,心中又怎能无怨,怎能谁也不怪? 她颤声:"殿下……殿下不是答应我会照顾他吗? 为何他会成为太监? 为什么他不是有妻有子,儿女双全? 为什么会这样?"

暮晚摇握着酒樽的手微微发抖。她绷着腮,面颊因醉酒而晕红,此时又慢慢地发白。她头痛欲裂,心中烦躁,可是她又强忍着。暮晚摇伸手,推言尚的手臂,蹙眉忍着自己的难受,含糊地让言尚起来:"你去和她说,你去告诉她怎么回事,你脾气好,你代替我去说!"

言尚叹口气,离去前,只叮嘱夏容,让暮晚摇不要再喝酒了。

夏容则惶惶,心想言二郎你都看不住的事,我怎能劝得住? 果然她试着劝了两句,就被公主赶出厅子去吹冷风了。

言尚再次回来时,已经过了两刻。厅中的炭火已经熄了,他见暮晚摇伏在案上,手撑着额头。她似痛苦无比,以指敲额。言尚见到她这样,就又生气,又怜惜。他入座来倾身看她,暮晚摇忽然醒过来,伸手将他推开。言尚微恼:"摇摇!"

暮晚摇转过脸来看他,问:"春华走了?"

言尚按捺住自己对她的担心,轻嗯一声:"我将事情告诉了她,又陪她哭了一会儿,再劝了她几句。你放心,她离开的时候,我让侍女带她去洗脸,不会让人看出她在我们这里哭过的。"

暮晚摇说:"是我这里,不是我们这里。"

言尚不说话。

暮晚摇闭目，自嘲："我现在可真倒霉。谁有个破事，都要来找我算账，都要来找我要个交代。好像是我阉了刘文吉，是我去蜀中为非作歹一样。我自该五马分尸，以死谢罪，你们才会满意了。"

言尚心里难过："你这样说，是剜我的心。我要是这样想，怎么会还在这里坐着？"

暮晚摇："我也不知道你为什么还在这里坐着！你难道不应该去查账，去调查，去想怎么把我拉下马吗？你来我这里干什么？求同情？求安慰？"

言尚默然片刻，说："我如今在户部成了边缘人物，什么也接触不到。我能怎么查？"

暮晚摇讽刺："那真是活该了。"

言尚一直心烦此事，绷着那根筋，此时心力交瘁。他疲惫道："你不要这样好不好？有问题我们解决便是，你这般阴阳怪气地嘲笑我，你又能心里舒服，又能得到什么好处？"

暮晚摇沉默一会儿，说："我以为不杀你就是对你的仁慈了。言尚，你要知道，若是旁人这么触及我的利益……"

言尚说："若是旁人，我也不会这般受制其中。"

暮晚摇警惕。她看向他，他也向她看过来。二人一起看向厅外。

言尚缓声："我不想追究太多，而且我也没有那种能力。现在重要的不是追究谁的罪，而是补救。我现在被你们架空，确实查不到什么。摇摇，你不要逼我非去查，我不想大家鱼死网破，谁也讨不到好处。我需要你们做出补偿，为蜀中百姓做出补偿。蜀中的官员，虽然只死益州刺史一个，但是其他官……我也希望他们能换掉。只是我已和那些官员说好，我不能出尔反尔。这样的事，便只能你们来补偿了。明年春闱，又是一批新官入朝。我希望你作出承诺，让这批官员入朝，补下蜀中的缺口。"

暮晚摇没说话。

言尚轻轻握住她的手，她颤了一下，挣扎了一下，却没有放开。言尚发怔了一会儿，说："摇摇，我知道你之所以这样，是你从来没有见过真正受苦的百姓。能和我一起读《硕鼠》的女郎，能对赵五娘说出那样话的女郎，绝不会是一个草菅人命的坏公主。你只是没有见过，你只是不懂。摇摇，明年春耕的时候，你和我一起想个法子离开长安吧。我一定要你见一见真正的民间是什么样子，不是你想象中的、从书本中看到的那样。你看到了他们，

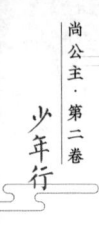

才会懂我为何站在他们那一边。"

暮晚摇侧过脸，静静看他。风马牛不相及，她突然提起一个话题："我为你备了及冠礼，请你老师为你加冠。就在几日后。"

言尚怔一下："我的及冠礼？"

暮晚摇唇角带一丝自嘲的笑。她垂眼，说："你心在民生，在天下。我心里却只有一个你。"她眼睛看着厅外的没有一丝云的天边，轻声，"我太渺小，太可悲，太让人发笑，是不是？我一直很渺小，很可悲，很让你发笑，是不是？"

言尚怔忡看她，他伸臂，将喝得半醉的她抱入怀中。这一次不顾她的挣扎，他紧抱住她，滚烫的心脏贴着她冰凉的身体。发誓一般，他在她耳边轻喃："我会看着你的。我一定看着你。我不会让你步入歧途的。我一定拉着你。"

言尚哄暮晚摇睡下后，离开了樊川。他去了户部一趟，很快又离开了。因为如今他在户部被架空，真的没什么事能做。户部提防着他，他整日根本无事可做，不如离开。但是这并不意味着言尚能够轻松一点。

朝中有一个最新的消息：罗修死了。一直负责查罗修背后人的言尚顿时警醒：罗修之死，绝不可能是意外。

第四十七章

罗修之死，刑部按常理进行调查。因为大魏整体的态度，当时乌蛮王又是将这个人留下当人质用，且这个人和南蛮关系纠缠不清，而大魏和南蛮又并非友邻。综上所述，刑部只打算简单查一下，之后给乌蛮一个说法，了结此案。但是在言尚涉入此案后，刑部就不能随便查了。

言尚虽是户部官员，但是户部现在扔着他不管，他没事可做，而他不知如何拿到了一份中书省签下的制书，说罗修此人牵扯甚广，不能轻易结案。言尚拿着中书省的制书说要和刑部官员一同查罗修之死，刑部这边并不清楚罗修牵扯到了什么，中书省的这封制书牵扯国家机密，不得随便打开，刑部的官员便也只能配合言尚一起查罗修之死。户部那边见言尚去和刑部的人合作,也乐得清闲,心想总算把这尊神送走了。

在言尚看来,罗修背后有和一个朝廷大官叛国的可能,罗修留在长安,那位朝廷大官一定会想方设法和罗修联系。那么罗修之死,很可能是那位大官做的。如此,言尚和刑部官员一同去了位于樊川的赵祭酒的私宅,问罗修是如何被发现的。

众人再看罗修被水泡得肿起的尸体,言尚跟随刑部官员一起验伤,在罗修的发顶找到了被闷棍敲打的血迹。如此,言尚再拿着证据,直接找上赵公府邸。

赵公初次和如今炙手可热的大宦官刘文吉合作,哪里想得到自己递个投名状,就遇上言尚这么难缠的人?原本刑部官员可能给个面子轻轻放过,言尚这边紧揪不放,赵祭酒进退两难。私下里,赵祭酒悄悄送言尚礼,又吞吞吐吐地拿自己女儿赵灵妃和言尚的私情作托,希望言尚放过此案。然而适得其反。也许言尚本来没觉得赵公和此事有太大联系,他现在反而要查一查赵公的目的了。

罗修死的当日,赵公住在樊川私宅,而南山有宦官狩猎,赵公的私宅正在南山脚下。罗修的靴子里有草屑的痕迹,罗修又是右卫大将军,当日很可能参加过南山上的狩猎。如此,涉及南衙和北衙之争。秦王所掌的刑部和言尚合作,秦王只是关注了一下;言尚开始询问军队的人,秦王特意见了言尚,问起他在查什么。

紧接着,言尚便开始往宦官的方向查了。

宫中,当言尚拿到当日狩猎宦官名单、开始让刑部提取宦官查案时,刘文吉这边就收到了消息。当日派去杀罗修的小内宦战战兢兢跪在刘文吉这里,面如土色:"公公,那位言二郎实在让人生厌,揪着一件事死死不放。再让他查下去,很可能查到我们头上。奴才死了无所谓,若是因此影响了公公,就是罪过了。"

刘文吉眉目阴沉,他手叩着案,心中烦躁,又颇有一丝犹豫。言尚……怎么就是言尚呢?

小内宦凑近他耳边,阴狠地建议:"公公,一不做二不休,不如直接杀了他!"

刘文吉却沉默,依然犹豫。换一个人,刘文吉也许就直接杀人灭口了。只有言尚会让他犹豫,让他不好下手。然而刘文吉心知肚明,自己对言尚心软,一旦言尚查到自己,言尚却不会对自己心软。言二郎看似脾气好,对朋友掏心掏肺,但是那都是没有触及言二郎的原则。而言二郎的原则……

刘文吉喃声:"他为什么要查罗修之死?难道他知道了私传情报的事?"

刘文吉凛然!这事若是查出来,是叛国之罪。绝不能让言尚查出背后人是自己!但是刘文吉又不想杀了言尚,他低声吩咐:"最近言二郎卷入益州灾情一案,户部和太子那边的人手,都在参他。找个时间,我与赵公见一面,赵公多年在朝,应该和御史台那边官员认识不少。让御史台的人也开始参言二。务必让言二郎抽身乏术,自顾不暇。"

内宦眼一亮,当即听令。朝堂的事,最终回到朝政上,才是最聪明的政治手段。

户部这边参言尚的折子,其实暮晚摇是有意识压着的。她既然与言尚做了约定,自知不让他继续查下去理亏,当然除了补偿之外,也不能让户部官员将言尚踩死。但是一朝之间,御史台那边开始参言尚,他们找不到言尚官路上的污点,就开始挖私德,而私德上挖不出来,就开始参言尚沽名钓誉,参言尚曾经无故离京一天……折子纸片一样地飞向中书省,一时间,言尚变成了众矢之的。

暮晚摇当即去问御史台那边,勉强压下了御史台那边的折子。而太子这边,又马上派户部侍郎来问暮晚摇:"言二郎若是自顾不暇,没精力与我等斗法,这一次益州之事便会控在我们手中,为何要御史台停下来?"

暮晚摇脸色难看,半晌憋出一句:"因为御史台参他无故出京一天,他是去找我的。你帮我问一声大哥,他想拉下言尚,难道也想拉下我吗?"

户部侍郎一惊,当即不敢就这个话题再多说了。而看着公主拂袖转身出厅,户部侍郎犹豫一下,跟了上去:"殿下……殿下,其实臣知道,殿下是不愿意言二郎在此次事件中有所损伤的。"

暮晚摇立在厅外花后,转脸来看户部侍郎,神情冷淡。

户部侍郎苦笑:"臣最开始被先皇后提拔,之后一直跟着殿下做幕僚。殿下的心思,臣大约还是能看懂一些的。殿下放心,殿下不想两败俱伤,户部也不想,臣会尽力争取让案子不要牵扯太广。"他犹豫一下,"前提是,言二郎不要再发散此案了。"

暮晚摇说:"他答应我,不会再查益州之事了。"

户部侍郎舒展长眉:"如此便好,臣放心了。"

暮晚摇侧脸看着这个中年男人,对方的堂弟如今被收押刑部,朝廷正在问罪,户部侍郎必然也承受着族人的压力,颇不好受。暮晚摇叹口气,语气温和许多:"你放心,只要我等做出补偿,我便能保住你。"

户部侍郎反问:"殿下,臣有一言不知是否当问。而今户部冷落了言二郎,言二郎在户部无事可做,根本什么也接触不到。他只是一个七品官,我等架空他轻而易举,为何殿下还如此警惕他?"

暮晚摇轻轻一叹,低声:"言尚这个人太聪明了,我们不能给他机会。我几年前就认识他,他破局的能力实在厉害。他如今不过是和我讲好了条件,才不动,我们不能将他逼得走投无路。我不敢小瞧他,不敢相信他真的会如他所说的那样无能为力,提防着他总是好的。"

户部侍郎迟疑一下,点了头:"殿下既然这么说,臣便信了。"他看着公主的侧脸,见几日而已,殿下却似瘦了很多,脸色苍白许多。他知道以殿下和言二郎的关系,这般情形,公主一定很不好受。恐怕公主被夹在其中,最为艰难。只是一个女郎而已……户部侍郎心中生了不忍,主动说道:"殿下可以做宴,请臣和言二郎来,我双方正式和解,将此事说开,殿下觉得怎么样?"

暮晚摇心动了一下,但是看着户部侍郎,又摇头:"还是不要去刺激他了。我怕你出现在他面前,他就会想起益州刺史,就会反悔和我的约定。如今我们双方各凭本事,只等此事结案吧。"

罗修的案子一时间查不动,毕竟言尚正在被各方参折子,需要配合调查。益州刺史的案子,却没什么不好结案的。各方都需要益州刺史为这次灾情负责,且益州刺史本人对自己的罪状并不反驳,很快画了押。于是仅仅几天,案子就判了下来,朝廷判益州刺史流放岭南,终生不得返回中原。连坐制波及五族,不是九族,所以户部侍郎因此罚了俸禄,并未被牵连进去。

益州刺史被流放岭南的当日,游街出长安,言尚也去看了。他在百姓围观中,确认了那人确实是益州刺史,朝廷没有用其他死刑犯来冒充后,才放下心,只是心里依然不好受。益州灾情数月,最后只是刺史一家流放,到底觉得不公平。然而言尚又知道自己大约只能做到这一步了,他再查下去,长安那些官员对他群起攻之,他背后没有凭仗,只能被吞没其中,死得不明不白。毕竟,连暮晚摇都和他立场是不一样的。

对于他和暮晚摇之间的问题……言尚不知该如何解决，只能想着等春耕来了，他和暮晚摇出长安一趟，让暮晚摇亲眼见到，也许她的态度才会变。而今更重要的是言尚想弄清楚罗修是怎么死的。他已经查到了宫中的内宦，必须从中找到证据。而正是这个时候，御史台开始参他。言尚不得不怀疑，他要查的内宦权势不小。而今长安城中权势最大的内宦……是刘文吉。

言尚怔然，实在不愿意这一次的对手是刘文吉。正是言尚迟疑之时，一个消息从外传了进来——"益州刺史死了！"

消息传进来的时候，言尚正在户部消磨时间。虽人在户部，他想的却是罗修的事。外面官员讨论益州刺史的身死时，言尚开门出去。而见到他，那些官员脸色一冷，当即散开，不再说了。即便言尚是如何温雅的一人，立场不同时，一切都是虚妄。言尚面色却如常，并不将旁人的躲闪冷淡放在心上，他拉住自己以往经常帮助的一位官员，先作揖，才问："益州刺史是如何死的？"

这位官员迟疑了一下，想到言二郎素日对自己的关照，还是简单说了下："官差们押送益州刺史去岭南，才出长安城不远，就被一个蒙着面的游侠袭击了。官差们以为那游侠是来救益州刺史的，颇为紧张。而就是那益州刺史，恐怕自己都以为自己从前做过什么善事，这游侠从天而降是来救他的。那游侠捉到益州刺史，益州刺史说着什么'大侠救我'，那个游侠转头就给了益州刺史一剑，然后逃跑了。官差都看傻了眼，好一会儿才想起去追那游侠。但是官差们再回头，发现益州刺史已经死了。才出长安一日，他们只好再回来复命。可怜啊。"

言尚若有所思，再行一礼，谢过对方的回答。他要走时，对方叫住他，微犹豫："言二，听我一劝，益州刺史既然已经死了，你去向太子，或侍郎认个错，这件事就这般结束吧。你如此有才，不该被这般冷落。"

言尚行礼温和："多谢郎君关照。"

言尚当晚回到自己府邸，如往常般先去净室洗漱。他仍百思不得其解，不知是谁杀了益州刺史。进到净室，言尚仍想着这个问题。灯烛火光在窗上轻轻晃了一下。言尚凝着那窗上突然轻晃的烛火光一息，下一刻，他当即侧身躲开，同时伸手将自己身旁的架子推倒。而如他所料，一柄寒剑幽然无声，穿拂帷帐，极快地向他刺来。他推倒的架子阻拦了那剑势一下，剑的主人露出了身形。

言尚凝目："韩束行！"

韩束行一言不发，他躲在这里等言尚回来，一击不中，手中的剑再次掠向言尚。言尚本是文臣，武功马马虎虎，在这种武人面前实在不够看。但言尚的沉冷又让他应付韩束行的刺杀，虽狼狈，却也没有被一击即中。不断地推倒瓶子、匣子，借帷帐来拦人。乒乒乓乓声中，整个幽室被弄得一团乱。

言尚的动作在韩束行眼中极为慢，毫无技巧，偏偏言尚的每一次动作都正好能拦住韩束行的剑，让韩束行心中杀意更重。韩束行一声冷笑，当即身形加快，如旋风一般掠向言尚。言尚侧肩时，耳畔的发丝被寒剑削落，冰凉的剑擦过他的脸颊。而这一次，韩束行手中的剑抵在了言尚咽喉上，让言尚再无法行动。

同时间，外面的云书高声："郎君，可是有什么事？"

韩束行一惊，对上言尚温淡的眼神，这才明白原来言尚方才不停地推倒古物架、瓶子，都是为了通知外面的仆从。

韩束行手里的剑抵着言尚咽喉，言尚动弹不得，却仍是微微一笑，低声："这是我的地盘。不说府上卫士如何，隔壁便是公主府，私兵更多。郎君手中的剑很快，我说话大约也不会太慢。且我虽死，你也难逃一死。你当真心甘情愿陪我赴死吗？"

韩束行一点表情也没有。言尚望着他，仍然低声："我不知出了什么误会，让你想杀我。不妨你我坐下来，说个清楚。我让外面的仆从退下，你也将剑移开。你自信你的武艺，相信只要我在这里，你想杀我，应当随时可以吧？韩束行，我们谈一谈。"

韩束行盯着他，盯着这个清风明月般的俊逸郎君，又想到山上那些死了的弟兄。韩束行双目熬得通红，他放下了手中剑，哑声："是我杀的益州刺史。"

言尚颔首："你来刺杀我，我便想到那个游侠是你了。只是朝廷正在捉拿你，你竟然不逃，还敢返回长安，冒死来杀我。敢问我是做了什么大逆不道的事，让你这般恨之入骨？"

韩束行："山上的那些弟兄，七十二人，你全都见过的。你说过救他们，让他们恢复良籍，但是他们全死了。"

言尚表情变得空白，脸上那礼貌的、客套的笑意顿时消失。他怔怔地看着韩束行,看韩束行蓦地扔了剑,颓然地坐倒在地。屋舍静谧,外头飞雪。言尚坐在炉火边,听韩束行说起他这一行——

"我去挑战那些山贼,为兄弟们报仇。我要杀最后一个人时,大概是那人怕死,告诉我说是官府下的令,把那些恢复良籍的兄弟全杀了,他们是和官府做的生意。我说不可能,益州刺史被抓进京,益州所有官员的行动都被监视,怎么敢下令?那个山贼却说,是益州新派去的朝廷官员和他们做的交易。言二郎,你前脚刚走,接替你的官员,就下令屠杀。你们前面才承诺不将恢复良籍的百姓当山贼,下一刻就这么杀人。如果你们一开始就决定不给我们活路,为什么中间要装模作样,要给他们恢复良籍?只是为了成就你的名声吗?"

言尚脸微微白,放在案上的手肘轻轻颤抖:"是哪位官员下的令,你可知道?"

韩束行反问:"我怎么知道?不是你们所有人吗?不是你们所有人都心里有数吗?你们串通好了,根本不相信那些曾经当山贼的人恢复良民身份后,会老实,会听话。你们不是一直是这样吗?从来拿大话骗我们,从来答应得很好。可是你们说出的话,你们自己都不信吧?你们这些当官的把我们看成是什么?是一串数字吗?是你们政绩上的一笔吗?"韩束行红着眼,"你们是在剿山贼吧?你们是正义的吧?"

言尚大脑混乱,他艰难地解释:"韩束行,其中和你想得不一样。我不清楚这件事……我若是知道,我一定不会离开益州……我若是知道……这件事,没有上报朝廷……我、我……应是长安这边的内斗,你要知道,官员和官员不是一个人,我们的命令各不相同,其中可能不是同一个人下的令……"

韩束行说:"我不懂你们这些。你的意思是,长安一些官员和你的想法不一样,你要救人,他们想杀人。你们的内斗,牺牲了我们?"

言尚一句话说不出来。韩束行苦笑。他坐在地上,静了很长时间。他盯着那燃烧的火烛,喃喃自语:"其实我是相信你的,相信你是好人。如果你一开始就要杀我们,中间何必惺惺作态。可是我依然怪你,为什么要给人希望。如果不是你说可以恢复良籍,他们怎么会下山?他们是信了你,是信了我,才下山的。是错信了我,错信了你,才被杀的。我颠沛流离多年,从乌蛮到大魏,乌蛮不把我当作同族人,大魏也把我视为异类。我被你们弄成奴隶，在你们的市上卖来卖去。没有人相信我，连我自己都不知道我到底算哪族人。

"我在长安找不到归宿。可是我在你们大魏待得越久，学习了你们的文化，越是想要一个归宿。乌蛮人质问我为什么帮你们大魏，而我不管做了什么，你们大魏人也不会相信一个异族人。我越是懂你们的文化，越是得不到认同感。我不知道我为什么来到这里，不知道我要去哪里。我不是乌蛮人，也不是大魏人。我到底算什么？"

他的目中隐有泪意，闪着微光，低声："当日你放我走，让我去做我想做的事。我一个没有归宿没有根的人，我不知道我能做什么，直到我遇到了那些兄弟。他们需要我的帮忙，依赖我的帮助。他们称我为二当家，我好像一下子找到了自己存在的意义。"他抬目看言尚，惨笑道，"二郎，你成全了我，又毁了我。"

言尚色变，蓦地站起，他蹲了下来，握住了韩束行的肩。他盯着这个憔悴的、胡子拉碴的男人，看到对方眼中空洞的血丝，好像通过对方的眼睛，看到那七十二条人命。每个人都盯着他，每个人都在质问他为什么。言尚忍着心中巨大的痛意和恨意，低声："是我错了……你且信我一次，你且看着，我不会让人这么白死的。"

韩束行看着他，忽然伏地痛哭。高大的男人缩着肩，抖着手，哭声沙哑无望。人命填在其中如同天壑，谁能轻易绕过？

烛火在窗上轻轻摇晃，突兀地爆了一下，再次幽幽沉静。

深夜时分，言尚将韩束行安顿好，藏在府中。他叮嘱云书定时送吃送喝，不要让人查到朝廷命犯躲到了他们这里。

次日冒着雪，言尚出了门。本应去户部办公，但是言尚在尚书省前立了很久，迟迟不想进去。他转身离开，去中书省。心有疑问的时候，他想去见一见自己的老师，向老师请教。

言尚被领去内舍的时候，刘相公并不得空闲。每日来见宰相、向宰相问事的官员太多，哪怕作为刘相公的学生，言尚也需要排队。刘相公正在将一本折子砸在一个官员的脑壳上，中气十足地大骂："见小利而忘命，做大事而惜身！你怎么做事的？给我回去面壁思过，接下来半年，不用来中书省报告了！"

那个官员被训得如同孙子般，灰溜溜地逃了出去。言尚怔然，听着刘相公教导旁人。见小利而忘命，做大事而惜身。这用来说他，又何错之有？既然要做大事，为何要惜身？既然心中已有决断，为何还犹豫为难？岂因小我弃大家，岂因私情废大局？

言尚默默站了半天，忽地转身掀开门帘，向外走去。他已不用再问老师，他心中已有了答案。小利不能让他忘命！但大事不可让他惜身！

刘相公喝了口茶，听到小官吏说言二郎来过，又走了。刘相公愕了一下，叹口气，没多问。

旁边的一相公说："你学生最近很难，大约是来向你讨教的。你不多管管？"

刘相公慢悠悠地给自己倒一杯热酒，随口道："他的路，总是要他自己走。"

那相公笑问："不怕惹出天大祸来？"

刘相公转头，望着天下飞雪，将手中酒樽一饮而尽，他豪声："少年才俊，岂能怕惹祸！"

言尚回去后，就先去北里，问起春娘："你和张十一郎如何了？"

春娘连忙："十一郎果真如郎君所料，追慕妾身。妾身正与他周旋……"

言尚打断："不用周旋了。听我的盼咐，如此行事……"

他如此这般交代一通，出了北里，让小厮去请秦王殿下吃酒，然后又让云书备马，说要去找暮晚摇出城。一切节奏开始变快，一切阴霾开始后退。天上的雪卷上言尚的衣袍，冷冽寂静，映着年轻郎君清秀的面容。

备好马，云书小跑着跟随言尚，见到郎君侧脸沉静，他不禁心有怯意，小声："郎君，难道你要出手了？不是说、不是说郎君没有证据，不可能拉得下户部那些大官吗？"

言尚沉声："我是没有证据。但我不是没有法子。我不过是犹豫，不过是被私情所误。"雪花落在他的睫毛上，他凝望着天地大雪，轻声，"而今，我才知道自己错了。纵我身死其中，也不能放任不管。七十二条人命……其实不止七十二条。天下百姓，需要一个人逆流而上，为他们讨个公道。我只恨自己醒悟得太迟。"

云书："那殿下……"

言尚闭目轻声："算我反悔，算我对不起她……然而我不悔！"

第四十八章

　　云书说言尚没有证据，但言尚其实不需要证据。能打压一党的，唯有他的政敌。而太子的政敌，正是秦王。秦王殿下因年初关禁闭一事休养了许久，如今正琢磨着从哪里找事，好让朝堂知道自己并没有败，重新回来了。十月以来，因刑部在查罗修之死，秦王和言尚打交道比以前多了许多。所以这一次言尚约秦王在北里见面，秦王欣然赴约。

　　之后便是针对太子的打压。秦王诧异，却乐见其成，坐看言尚和太子势力决裂。言尚此计若能削弱太子势力，秦王为什么会不帮言尚？便是怀着看热闹的心态，青天白日，秦王坐在北里一处酒肆吃茶，对面坐着刑部侍郎。而这个酒肆暗处多多少少站着、藏着的，都是刑部的办案官吏。

　　众人凝神以待，等着秦王的下令。秦王等得颇不耐烦时，突然听到了男女在下面纠缠不清的吵嚷声。微微掀开竹帘，秦王和刑部侍郎看去，见正是言尚安排的那个唤作春娘的名妓，和那个户部一郎中家中的张十一郎正在纠缠。

　　张十一郎回了长安后，多次为春娘一掷千金，成为春娘的入幕之宾。然而时隔一年，春娘已不是去年张十一郎认识的那个寻常青妓。如今春娘能弹会唱，诗作更是一日千里，多次被长安士人请去宴席上做"都知"。大魏对青楼女子作诗技能的要求，已到一种十分夸张的地步。春娘凭着才华在宴上地位节节升高，在北里的话语权自然非素日可比。最明显的例子便是，春娘的入幕之宾不是只有张十一郎一人。且春娘对张十一郎若即若离，并不让张十一郎得到自己。而今这两人站在楼梯上，便是为一男子在吵。而那个被他们争吵的男子，站在春娘另一侧，抓着春娘的手腕。

　　张十一郎喝了酒，酒劲上脸，抓着春娘的另一只手腕时，火气也比平时大："你爽我约爽了多少次？你不过是一个妓，真以为自己是什么大才女，这般不给老子面子？今天这酒宴，你必须跟我走！"

　　春娘为难。她另一侧的郎君就趁机道："郎君，怎可如此唐突佳人？春娘，你收了我的缠头，得和我走才是。"

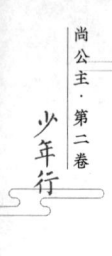

春娘就蹙着眉，抱歉地看张十一郎："郎君，我已和人约好……"

张十一郎受不了："每次都这样！你必须跟我走！"他初时克制着，因他之前毕竟因为在北里放肆的缘故，被阿父送出长安躲祸，这一次好不容易回来，阿父的官职也恢复如初，他当然不敢像以前那般胡来。可是这一次，他不愿胡来，有人却非诱着他胡来。

春娘捂脸嘤嘤哭泣，另一边的郎君火冒三丈，来推张十一郎。

张十一郎反手推回去，靠着酒劲骂骂咧咧。

春娘怯怯道："二位郎君不要吵了……"

争吵中，二人开始上手推打对方。春娘后腰贴在楼梯上，瑟瑟躲避。她盯着打起来的两个人，手中的帕子捏得快要出水，心脏跳得快要出喉咙。她挑上的这个与张十一郎对上的郎君，是脾气火暴之人，非常容易和人发生意气之争。而张十一郎喝醉了，这两人很容易……

突然，张十一郎重重一推，将另一个郎君推下了楼梯。那人顺着楼梯向下滚去，初时还发出救命声，之后摔倒在楼梯下，惊了满楼的人，却半晌没有爬起来。

伴随着春娘的惊叫声，张十一郎开始酒醒，开始害怕："我没用力，我就是推了一下……"

春娘："你杀人了！快、快，快来人救他……"

楼里怕出人命，一个个全都围了上去。张十一郎后怕地往后退，一直说自己没有用力。春娘哭泣，楼上的秦王觉得火候终于够了，一声令下，对坐的刑部侍郎就站了出去："谁在这里打扰老夫喝酒？"

刑部侍郎一派惊讶："怎么，出人命了？"

张十一郎仰头，看到背手自楼上走出的刑部侍郎，突然福至心灵，看到各个方向不动声色向他包围来的刑部其他办案人员。他一下子惊惧，想到了自己去年在这里被丹阳公主的人追杀的事情，头也不回，转身向外跑去。

刑部侍郎当即："追！"不管春娘抱着的那个郎君有没有真死，刑部侍郎的态度很坚决，"杀人偿命！"

而转身没命一般向楼外跑的张十一郎听到"杀人偿命"，更是认定自己杀了人，刑部侍郎在这里，说不定真的会把他这个目前还没有官位的人直接杀了。

张十一郎没命般地跑，刑部官员向他追去。出楼阁，出北里，纵马长安街,一路狂追。刑部这些办案人员,竟始终没有一人追上那个骑着马、没头苍蝇一样往家里躲的张十一郎,因所有人都记着秦王殿下的吩咐:"不要追上,让他跑。我们的目标不是他。"

张十一郎跑入了自家府邸。户部郎中府邸所在的坊街巷迎来刑部官员,一下子变得热闹十分。户部侍郎府邸的斜对面,正是那位户部郎中张郎中的府邸。巷子里迎来刑部官员的时候,户部侍郎还站在自家门口看了一会儿热闹,抚着胡须笑着感叹:"看来张郎中他家里的小十一又闯祸了。这个儿子,还真是冤孽啊。"

户部侍郎的长子跟在他身旁,恭恭敬敬道:"阿父说得对。"

户部侍郎拿着隔壁人家三天两头的热闹教训自己长子:"看着点,千万不要学隔壁的十一郎。你要是像十一郎那样犯浑,我可不会像张郎中一样捞你。为父如今处境艰难,得多警惕啊。"

他长子恭敬说是。户部侍郎便回去府邸继续喝茶,准备喝完这盅,等隔壁的刑部人员走了,自己再去尚书省办公务。而这样悠闲时候,他家长子急匆匆、大汗淋漓地跑了进来,衣冠不整,一只鞋还就此跑掉。

户部侍郎正要斥责儿子不成体统,就听长子惊慌道:"父亲,不好了!刑部人员说张十一郎和他的同伙翻墙逃到了我们家,开始敲门要我们配合办案。我见到他们来者不善,当即关上门。他们竟开始砸门!父,这是怎么回事!您是侍郎,是正四品的大官!刑部人员怎么敢砸我们的门,他们不怕被参吗?"

户部侍郎脸色霎时变了,喃声:"不好!"他猛地站了起来,脸色瞬白。几乎刹那间,他凭借自己多年的政治敏锐,察觉到了刑部公然砸门,不可能是冲着一个张十一郎,只能是冲着他……张十一郎!户部侍郎一下子还没想到张十一郎是怎么和自己联系到一起的,但他敏锐意识到,刑部必然酿着一个阴谋。户部侍郎立刻嘱咐:"他们一定是奔着为父来的,你去正门前挡着,为父从后门先逃。"

长子愕然:"他们只是捉拿张十一郎……"

户部侍郎斥责:"糊涂! 不管是一个郎还是一个郎中家中的儿子,都不足以让他们砸我们的门。我的正四品官,是看笑话的吗? 必然是想祸水东引。为父也希望自己想多了,但当务之急,为父先出去躲躲!"他又吩咐,"你派人向东宫求救!"

他长子连忙应了，帮父亲去挡前门的人。

砸门的刑部官员动作已经很快，却没想到那个户部侍郎是个老狐狸，这么快就反应过来。门砸开的时候，他们只见到了户部侍郎的长子，户部侍郎早已逃出了府邸。这一次，刑部官员脸色是真变了，高声："追！"

为首者旁边的官吏押着已经被捉拿到的张十一郎，这个为首者却依然眼睛都不眨一下："张十一郎的从犯逃了！人命关天的事，既然被我等当众看到，岂能不给百姓一个交代！务必要将这个从犯绳之以法！"

户部侍郎惶惶地躲出街巷，出了坊。后面黑压压的官吏追来，户部侍郎便知道自己的不祥预感成真了。刑部真正奔着的人，果然是自己。虽然不知自己犯了什么罪，但他知道秦王和太子是政敌，自己落到刑部手中，不死也脱层皮。户部侍郎全身冒虚汗，想也不想，就深一脚浅一脚地向丹阳公主的公主府所在的府邸逃去。

因他如今形象，皇城门即便开了，门后的宫城门又是一道关。而即便过了那道关，东宫的门也不是轻而易举就能立刻为所有人打开的。太子不能及时出手相护，户部侍郎凭着自己的直觉，就要去向丹阳公主寻求庇护！

丹阳公主正在出城的路上。

言尚今天难得不去查那个罗修的案子，而是来了公主府，陪暮晚摇一起用了早膳。暮晚摇最近心情不好，见到他没有太好脸色，但是言尚提出两人一起出城去曲江池畔游玩的时候，她并没有反对。因为言尚说的是："因为最近的事，殿下与我关系冷淡了许多。连殿下说好的为我准备的及冠礼，我也没有享受到，说来真是有些遗憾。殿下不如陪我一起出城玩两日，就当陪我过及冠礼如何？"

暮晚摇踟蹰："及冠应该是你老师帮你，我又不是你的长辈，找我不好吧？"

言尚道："然而我只想与殿下私下过一过，并不想麻烦太多人。"

他如此一说，暮晚摇就心软了，觉得因为益州的事，言尚的及冠礼只是由刘相公仓促加了冠而已，没有好好过。而且他说到想和她一起私下待两天，说到了暮晚摇心中。暮晚摇就觉得因为最近的事，两人离心了不少。他主动有所表示，她自然欣然应允。

然而暮晚摇不知道，言尚用抱歉的眼神看着她，心中想的却是——将她从这事中摘出去。等离开长安两日,长安中的事就能尘埃落定了。他不愿和暮晚摇为敌,不愿暮晚摇牵涉其中,想到的最好法子就是将她摘出去。

左右户部现在不需要言尚,言尚要出城郊游,户部巴不得他走。暮晚摇和言尚骑马出城,公主府的侍从和侍女们骑马跟在后面。如言尚这般低调之人,如今是越发不掩饰自己和暮晚摇的关系,而暮晚摇偏头看他一眼,目中噙笑,也不如以前那般和他保持距离。

在城门前的时候,守城将士要看公主府的鱼符玉牌。方桐去交接的时候,那守城的将士之一笑着和言尚打了个招呼:"言二郎,你这是要出城?"

言尚唇角那时刻礼貌的笑容停顿了一下,才客气回答:"是。"

旁边骑在马上的暮晚摇果然向他这个方向偏了脸来:"你认识?"

言尚解释:"近日与秦王殿下打交道多,不免与这位兄长多见了几次面。"

那守城小将就对暮晚摇夸言尚:"言二郎风度翩翩,不小瞧我等习武之人,我等自然愿意和言二郎结识啊。"

言尚却明显不想多交流的样子:"嗯。"他转头对暮晚摇低声,"我们快些走吧。"

暮晚摇却没有回应。她想起来言尚抱怨过,说她总是不关心他的朋友,不了解他的圈子。她这会儿正有工夫,可以了解一下。于是,虽然仍骑在马上,暮晚摇低头看那小将,唇角却带了一丝笑:"守城一晌午,当是极为辛苦的吧?"

那小将一愣,对公主的关照受宠若惊,连忙道:"不敢不敢!其实我是刚刚轮换上来的,没有守城一晌午。"

言尚眼眸微微缩了一下,再次暗示暮晚摇可以出城了。

暮晚摇却坚持她和小将的聊天:"怎么会?这个时辰,不应该是守城轮换的时辰啊,明明还差半个时辰,你们才可以轮换才是。"

小将傻乎乎地答:"因为秦王殿下临时调了些兵,带走了他用得熟练的。我就被派过来了。"

言尚再一次催促:"殿下,我们出城吧。"

暮晚摇不悦,瞪言尚一眼。说她不关心他圈子的人是他,她现在关心一次,他两次三番地催促。她觉得哪里有些不对,但一时没有想清楚,就一直被言尚催着走。暮晚摇不好当众落言尚面子,就结束了自己和小将的对话,

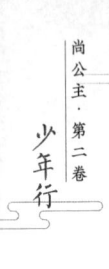

出了城。言尚微微松口气。

秦王调动了刑部、兵部的人，一起捉拿逃走的杀人从犯。整个长安城中兵荒马乱，户部侍郎气怒自己莫名其妙就成了什么杀人从犯，但是他不敢停下来，就怕对方有诈，一定要他入牢狱。

户部侍郎无法躲入东宫，但是东宫的消息传递却不慢。太子在东宫得到了户部侍郎家中长子拼力传来的求助，当即面色一变。比起心慌意乱的户部侍郎，太子更为冷静。太子知道言尚最近和秦王混在一起，如果这件事和言尚有关的话，太子一瞬间就猜到言尚的目的——言尚没有户部受贿的证据，账目也被他们填好，言尚那种级别的小官，不可能查得到证据。但是可以让刑部以其他罪名捉户部侍郎入狱，严刑逼供之下，刑部屈打成招，会让户部侍郎吐出户部的事。作为户部的二把手，户部侍郎吐出的话，一定会成为今年年底的大案！

太子当即嘱咐："摇摇呢？让她从刑部手中救侍郎！让她用她公主的身份拖延时间，绝不可让侍郎被刑部人带走！"

太子焦灼，又发第二条令："让大理寺卿领人去对上他们！让大理寺与刑部抢人！不管什么罪名，户部侍郎必须在我们这边！"

一连两道命令，太子却依然心中不安。他只希望自己想多了，希望言尚不会这样做。毕竟暮晚摇跟他保证过，言尚和他们和解了。言尚不会和秦王合作……但是如果言尚和秦王合作呢？太子面容扭曲，一腔恼恨涌上心头！若是户部出事，他定要言尚以死谢罪！

户部尚书府中，竟也有人将户部侍郎被满大街追的事传了过来。虽然户部尚书在户部是一尊整日闭着眼不说话的菩萨，但是毕竟是真正的一把手，有些事即便出于礼貌，都要告诉尚书一声。

户部尚书正在与自己的儿子下棋，双方说起自己父亲后年致仕的事。户部侍郎的事传进来，坐于庭院中，户部尚书手中捻子，迟迟不落。半晌，户部尚书叹："应该是言尚和秦王合作了。"

他儿子道："我们看着他们狗咬狗便是。言二到底年轻，他出尔反尔，太子这次即便倒了，也要剥他一层皮。父亲马上就要致仕了，不要参与他们的内斗。"

眉须皆白的户部尚书脸上皱眉纵横，一双眼睛灰暗，看似老态龙钟，毫无神采："太子是一野心勃勃、心机深沉之人。恐怕侍郎还没想明白刑部为什么对付他，太子那边已经想清楚，要出手了。"

他儿子点头："听说言素臣刚刚及冠？这般年轻，可惜了。"

他邀父亲继续下去，户部尚书手中棋子不落，棋子被他扔回了棋篓中。户部尚书声音苍老，缓缓说道："我之前拜过刘相公，也见过言素臣。而今我们都老了，大魏未来如何走，不是看我们，也不是看户部侍郎这样的，而是看言素臣这样的年轻人。大魏的未来是言素臣这样的人的。他老师说他才华横溢，非池中之物。当日他来户部，他老师私下还托我照拂他。只是言素臣本事之强，从不用我照拂。

"虽然户部如今……不成样子。但是想到未来言素臣这样的年轻人会上位，老夫便觉得也没什么。言素臣啊，哪里都好，然而他小瞧了天下人！天下的聪明人，不只他一个！太子如今必然让大理寺出手抢人了，只要大理寺比刑部快一步，户部侍郎仍然不会有损失。"

说罢，户部尚书站了起来。他背身，向外走去。他儿子跟随他站起，忽然有些慌，在背后喊他："父亲，你要做什么？要帮言素臣吗？父亲，不可！这是与太子为敌，这是与户部为敌，绝不会有好下场！"他儿子目中含泪，拦住户部尚书，跪在父亲面前，苦苦哀求，"父亲马上就要致仕了，何必为这种事出山？何必不平安退场，何必惹事上身，何必让自己陷入刀山火海？"

尚书低头看他，手扶在他肩上，缓声："子诚，这世间有些事可以不为，有些事必须为。如为父这样即将入土的老头子，作用不就是托着尔等吗？我们会在下面托着你们……为父今日救言素臣，也是救你们所有人。最大罪过不过是身死，为父当官数十年，常被人说是泥菩萨，这也不管，那也不问。今日这事，为父也该管一管了……该让天下人知道，户部并不是某人的一言堂！"

他绕过了儿子，负手向院外走去。他自然是要去大理寺，将大理寺卿拦住，好给刑部、给言尚争取时间。

他儿子跪在地上，低着头。忽然，他儿子跪向父亲出门的方向，抬袖行礼，高声道："父亲！我等着你回来下完这盘棋！我们父子的这局棋，儿子会一直等着您回来！"

411

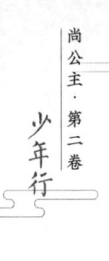

尚书回头看他一眼，目中既有欣慰，又有哀伤。他看着跪在午日阳光下的儿子，依稀好似看到牙牙学语时期的长子。万般滋味，心中酸楚，到底无言，只勉强露出一个苦涩的笑。尚书挥了挥手让儿子回去，步伐蹒跚地出门走了。

暮晚摇和言尚已经出了城，暮晚摇低着头，一直在思量到底是哪里不对。她忽然抬目，看向一丈外的言尚。他控着马缰，格外安静，更不对劲了。言尚虽是一个害羞沉静的人，但他在她这里一直是很主动地想靠近她。如果她主动，他会后退；如果她不主动，言尚就会催着她主动。而他今日从头到尾都很安静，没说几句话。难道是因为两人最近吵架的缘故？

暮晚摇皱眉，觉得依然不对。她回忆自己今日的所有记忆，把模糊的片段从自己脑海里拉出来。早上言尚赖在她这里不走，邀请她出城时虽然语气温和、声音平缓，但他明显有些紧张，且在她应下后，他因为紧张，都没有笑一下。方才在守城小将那里，言尚一直催她出城。

等等……那个守城小将！那个守城小将和言尚很熟，但言尚表现得冷淡，分明和平日对朋友的态度不一样，说明他认识那个小将，却不想让暮晚摇知道；那个小将说自己是刚刚换过来的，因为秦王调了一些人离开。好端端的，青天白日，秦王突然调人干什么？那个小将说完后，言尚就再次催她走……

暮晚摇控住了缰绳，停了下来，不走了。言尚转头看向她，暮晚摇盯他一瞬，缓缓地试探他道："我想到我有东西忘了带，要回府取一下。"

言尚握着缰绳的手上青筋突出，被暮晚摇看在眼底。他语气平和地建议："曲江池那边什么没有？何必要回去特意取一趟？已经出城这么远，何必中途折返？"

暮晚摇唇角一勾，说："我偏要中途折返。"说罢，她骑着的马掉转马头，裙裾在马上轻轻扬起，瞬间便要回城。

言尚立刻御马到她身边，拦住她的路："不如殿下告诉我，你忘了带什么，我为殿下走一趟……"

暮晚摇冷目："让开。"

言尚依然温声细语："殿下公主之尊，岂能事事自己操劳？不如让我……"

暮晚摇讽笑："你是都不敢让方桐代劳了，非要自己来？"

言尚眸子一缩。

暮晚摇逼视他："你是在城中布置了什么，才这么怕我回去？"

他微躲闪。

她不再和他废话，当即绕过他要继续骑马回城。言尚却仍再次跟上，要拦她。暮晚摇神色越发不耐，当即喝一声："方桐！"

一直跟在后面的方桐等卫士心中叹气，却仍是左右御马而来，一左一右地拦住了言尚，要将言尚带离公主身边。言尚却不肯离开，仍要跟上暮晚摇，努力劝说："殿下！"

暮晚摇："不要废话！我想做的事，你拦不住！"

言尚抿一下唇，道："我想做的事，你也拦不住。"

暮晚摇当即目中欲喷火，他还试图劝说她："只要殿下离开长安几日，那些便都和殿下无关。殿下即便现在回去，也来不及的。"

暮晚摇："来不及？！"她逼近他，"你做了什么？你安排了什么？为何说我来不及？我马术了得，回城会比你快上一倍，如此也来不及吗？"

言尚看着她的眼睛，轻声："来不及的。因为……这是阳谋。无论你回不回去，该发生的事都会发生。我只想你置身事外。"

暮晚摇打断他："要不要置身事外是我的事，不用你替我做主！你以为你智谋极高，所有人所有事都会被你料中？如果你真的这么有把握，你现在拦我干什么？言尚，你不过是害怕我毁了你的计划！方桐！我们回城！"

言尚无法阻拦暮晚摇，只能纵马努力跟在她身后。而如她自己所说，她骑术果然了得。她料定言尚必然是做了对不起她的事，心焦如焚，马术之快，不说言尚，就是方桐等人都是被甩在身后。公主府的人马行去匆匆，在长安大街上扬起滚滚尘烟！

到公主府所在坊间，暮晚摇才下马，言尚艰难跟在后。他仍试图劝说，暮晚摇大步流星，理也不理。而他们前方，出现了蓬头垢面、跌跌撞撞的一个人。户部侍郎慌张间见到公主从城外赶回，扑过去就抱住公主的大腿，惨声："殿下救命！殿下救命！"

暮晚摇抬目，看到刑部官员包围了这里。言尚脸色微僵，暮晚摇神色不改，她手按在扑跪在地的户部侍郎肩上，盯着刑部人："有我在此，我看谁能带走他！"

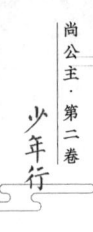

无人敢动公主，场面一时僵住。户部侍郎微松口气。他被公主扶起来，知道自己安全了。他露出一个有些得意的、嘲讽的笑，然而一回头，对上言尚的目光。瞬息之间，言尚向他走了一步。在公主对上刑部的时候，言尚一把刀抵在了户部侍郎的肩头。

户部侍郎火冒三丈："言素臣！你敢！"

暮晚摇回头，看到言尚在做什么，她气得脸白："言尚！你敢！"

紧张气氛再次凝聚，急转！

第四十九章

大理寺门口，大理寺卿刚要持刀出门，便被户部尚书堵在了院门口。户部尚书还是往日那副悠悠然的样子："你这是要去哪里啊？老夫刚得了二两好茶叶，陪我品鉴品鉴吧。"

大理寺卿努力按压着不耐烦："老夫尚有公务在身，你要喝茶自便吧！"

户部尚书仍堵着他不放人："一杯茶的工夫，能耽误什么事？不知是什么样的紧急公务？"

大理寺卿急不可耐，但是又不能一刀砍了这个挡路的老头子："有人当街杀人。"

户部尚书："我也听说了，但是听说刑部尚书在场，亲眼见到了。你就不用凑热闹去了吧。"

大理寺卿："你这是故意耽误拖延太子殿下要办的事了？"

户部尚书一派迷茫："太子殿下吩咐你办事，什么事？总不会是杀人案吧？那种当街杀人的小事，不用劳烦你处理吧。你莫不是诓骗老夫，故意拿太子压我？"

二人车轱辘话拉了半天，大理寺卿慢慢静下。他盯着这个老头子："看来尚书是不让老夫出门了。你是三品官，我亦是三品官，不知你能如何拦住我不出门？"

户部尚书："我是正三品，你是从三品。何必这般暴躁？都是同僚，联络联络感情何错之有？"

大理寺卿一声冷笑，当即吩咐人："来人，以妨碍公务之罪名，好好请咱们这位尚书坐着喝盅茶！尚书既然想喝茶，自己喝便是，等某办事回来了，再和尚书好好喝这茶！"说罢，他整装提刀，大步出府上马，已经调动得到的兵马跟随，众人骑马而出皇城。

户部尚书叹口气。反正他现在官身还在，就算被大理寺卿留在这里喝茶，也没人真的敢碰他。就是不知道等大理寺卿回来，他的官位还有没有用了。户部尚书格外不讲究，好脾气地被人请进屋舍喝茶，他一边抠抠搜搜、心疼无比地捻自己挑好的细长茶叶，一边看眼外面万里无云的样子，心中叹息：总算耽误了一段时间。不知这段时间对那边事能不能起到作用……只要刑部收了人，快刀斩乱麻，这事便没有回转余地了。

这事却仍有回转余地。丹阳公主去而复返，让前来捉拿户部侍郎的刑部官员陷入了被动。原本刑部这边想打个糊涂账，借其他案子把户部侍郎弄进去再说。但是现在暮晚摇回来，当面证实这是户部侍郎，敢问刑部以什么理由让一个四品大官入狱？大魏的官制中，除了一二品那样空有名号的虚职，最高的官不过三品，接下来就是四品。没有皇帝制书，刑部凭什么关押一个四品大官？

刑部这边僵持不下，无法闭着眼睛在公主面前说那人不是户部侍郎，只是一个逃犯，这也太小瞧人了。刑部几乎以为这次任务失败时，不想暮晚摇那边有人倒戈——言尚将刀架在了户部侍郎的脖颈上。

暮晚摇："言尚，放下刀！"她最不愿让自己背部受敌的人，是他。

言尚目光轻轻地看她一眼，便移开了。他就像个没有感情的玉人般，如果说之前他还在为私情困扰，到了这一步，已经无路可退了。户部侍郎不入狱，甚至不立即入狱……这件事如何推进？不撬开户部侍郎的口，益州那么多条人命，谁来承担？

言尚自己变得可笑无所谓，只是恐怕自己此计不中，日后再无人动得了户部这些人。这些人不会觉得自己错了，任何一个小错都有公主这样的人为他们兜着，受苦的只是百姓，被牺牲的只有平民。可他们高高在上，他们全都看不见那是人命。人命本不该卑微至此。言尚面向刑部官员的方向，轻声："敢问郎君，若是两名官员当众动手，是否两名官员都该入狱调查？"

刑部那边目光闪烁："可是毕竟是四品大官……"意思是：你的官职太

小,当街和四品大官动手,四品大官也不好下狱。

言尚轻声:"若是七品小官被四品大官所伤,律法也不罚吗?"

刑部那边目色微亮,暮晚摇这边反应过来让方桐去拦,但他们都比不上言尚的动作快。那个上一刻还被挟持的户部侍郎茫然间,架在他脖子上的刀就被言尚塞到了他手中。而再下一刻,户部侍郎手里的刀尖就抵向言尚胸口了。鲜血溢出。

暮晚摇觉得自己要疯了:"言尚!"

言尚脸色苍白,下巴微抬,手仍抓着户部侍郎的手,和对方一起握着那把刀。刀尖在滴血,那是言尚自己的伤。想要扳倒一个大官,岂能惜身。言尚给他们找到了一个借口,刑部立马道:"殿下恕罪! 这二人都是朝廷命官,却当众斗殴,侍郎更是动刀伤了对方,于情于理,都该入狱一遭……"

暮晚摇眼睛盯着言尚胸口那颜色越来越浓的血迹,余光看到刑部人员动手,她一个眼色下去,公主府的卫士们便齐齐对对方亮了刀子。刑部人员面色大变,暮晚摇这边目光冷寒:"我已通知了大理寺的人,这个案子理应交给他们来办。如今他二人在我公主府门前斗殴,伤了我的颜面。我弄清了此事,才会将人交出给你们。"

刑部人员惊疑:大理寺? 公主怎么可能这么快反应过来叫大理寺? 公主这是和他们撕破脸了。这是以权压人,以势逼人,都不伪作了! 时间不等人,刑部那边咬牙:"公主妨碍公务,我等不必手软! 上!"

众人在公主府门前胶着。刑部人员向公主府这边逼近,眼见双方就要打起来,大理寺那边的救星却依然没到。

户部侍郎忽一声低笑:"原来如此。"他终于明白言尚的计划了,终于明白自己今日必然入狱,而若是入狱,等着自己的是什么了。

户部侍郎向后退,言尚一直盯着他。但是见到他动作,言尚这边才一动,就被方桐按住了。方桐听公主的吩咐,不让言尚再有行动力。言尚无法阻拦,眼睁睁看着户部侍郎退后了五步之远。

户部侍郎手里仍提着刀。刑部那边也盯着他:"他要逃! 大家当心,莫要他逃走!"

户部侍郎当即被逗笑:"逃? 尔等小吏,太小瞧我了吧!"他根本没有要逃的意思。退出五步之远,面朝公主的方向,扑通一下,户部侍郎跪了下去,朝暮晚摇磕了个头。

暮晚摇脸色微白，艰难道："你起来！有我在，今日不会让你进刑部大牢！"

户部侍郎目光深深地看着公主，自嘲一笑，他再面向言二郎，眼神就冰冷了很多："言二郎，这招'抛砖引玉'不错。什么张十一郎，不过是一个引子。原来你们真正想要入狱的是我。你算什么？你不过是沽名钓誉，想借着我成就你的好名声罢了。'为民请命'！这名声多好！然而我有何错？益州之事是我主使的吗？派你赈灾的人难道不是我吗？官场上一些银钱往来，稀松平常，何错之有？

"你如此自大，如此不知变通，还将我与公主殿下逼到这一步！我堂弟被你害死，你还觉得不够，一定要我折在其中，你才肯罢休是吗？我也在为民办事，若是没有户部，没有我的周旋，益州今日还不知道是何现状！你如此逼迫人，不过是一'酷吏'之名！焉能留名青史！"

言尚身上的伤没有人处理。因为失血，他脸色隐隐发白。他被方桐押着，面对着暮晚摇仇视的目光，他又好受在哪里？户部侍郎质问他，言尚漆黑的眼睛看过去。盯着对方气势雄壮的言辞，言尚目中浮起一丝寒。

言尚轻声："'为民请命'这几个字我用不上，你也不配提。我若是为了好名声，今日就不会随公主回城。为百姓做事，你有脸说这样的话吗？益州七十二条人命，或者比这个更多……你说你何错之有，那我问你，天下百姓何错之有，被你们蒙蔽的百姓又何错之有？他们就活该吗？你们不过收了些钱，他们付出的就是一条条人命。

"我去益州查案，动的何止是官？还有那些和官场勾结的商人，那些跟商人买粮的世家豪右，那些被逼上山做山匪的平民……所有人，都何错之有？他们活该摊上这样的官，活该受这样的苦，活该没有一个人为他们说句话吗？我不配说自己为民请命，你更不配以此质问我。"

声音虽轻，却振聋发聩。户部侍郎面色青青白白，终是知道这样子说不过言尚，只最后冷冷地留了一句话："言二郎，送你一句劝，天下聪明人何其多也，莫以为你真能掌控一局，无人能翻盘。"

言尚心中登时有不祥预感。户部侍郎已不再和他废话，而是转向暮晚摇，见暮晚摇有些发怔，户部侍郎再次弯身一拜——

"殿下！言二郎欲借我而成就他名士之风，祸公主风评，害太子名誉……臣自殿下少年时便追随殿下，先后将殿下托付臣，是臣中途走错，没有尽到忠臣之责。臣没有管好部下,没有约束住言二郎,只是言二郎此人沽名钓誉,臣不忍殿下受他妖言,特向殿下提醒,务必警惕他,不可信他!臣走错了路,害殿下进退维谷,还要被如此小人要挟!臣心中愧疚,不愿殿下受他挟持。臣……以死谢罪!"

暮晚摇:"你——"

终是晚了一步。谁也没有户部侍郎这份决然。说话间,他提着刀,最后含泪深深看公主一眼,当堂自刎,无人能拦! 竟是死,也不肯入狱,不肯招罪。竟是死,也不肯让言尚的计划推行下去! 他看出了言尚的想法,当即以死破局,让今日之事再入死局!

言尚脸色苍白,看暮晚摇凄厉地唤了一声,推开众人跌跌撞撞地扑过来,跪在户部侍郎的尸体旁边。她握着户部侍郎的手,却无论如何也唤不醒那个人,抬头恨怒地盯着言尚,言尚脸色更白。她被他一步步逼入绝路,害死她身边最得力的人! 她视他如仇人。她这看他的一眼,就让他心如剜刀,寸寸滴血。

暮晚摇声音微哑:"你满意了,是吗? 把我逼入绝路,你满意了是吗? 前面拦人,后手杀人……言尚,你当谁不知道你的手段!"

言尚唇角颤抖,双目微红。他僵立在艳阳天下,唇色惨白,胸口衣襟被血染得更红。可他同时也被户部侍郎逼入绝路——户部侍郎已死! 终是不认罪! 终是言尚输了!

大理寺的人姗姗来迟,在这条拥挤的巷中和刑部人员对上。

暮晚摇跪在尸体旁,哀伤无比地看着户部侍郎,脑中充满了愤怒和伤心,但是此局应该就此结束了吧? 不然有大理寺在,刑部还能治什么罪? 那个可笑的张十一郎的案子,难道还能让公主府来买单吗?

刑部这边讪讪间,也是知道此局随着户部侍郎之死,已方输了。他们正要灰溜溜地告退,等着公主日后跟他们算账,却听到极轻的一声:"还没有结束。"

暮晚摇怒极:"你还要干什么!"

那极轻的声音来自言尚。如同不死不破一般,今日无论如何都不能放手。已经走到了这一步,已经没有路了。回头是暮晚摇怪他,往前走还是暮晚摇怪他……已经退无可退了!

方桐按着言尚,言尚身子微微晃了下。言尚向前走了两步,宽大的衣袍被风猎猎鼓起。他跪了下去，不知面对着谁，低着头，轻声："我要翻案。"

刑部的人都没有听懂："翻什么案？"哪有案子要翻？

言尚抬起头来，望向暮晚摇，她却是扭着头不看他。他静静地看着她，哀伤无比，声音缥缈一般："先前我在奏折上说，益州之祸是益州刺史一人之错。我现在要翻自己当日说的话。益州之祸不是益州刺史一人，是益州所有官员勾结，和长安这边的户部勾结……户部并不清白。我在户部数月，知道户部是什么样子的。整个户部都是一潭浑水，没有人清白。"

刑部官员脸色猛白。大理寺卿脸色猛变。暮晚摇蓦地抬头，向他看来。

大理寺卿威胁一般道："言二郎，你要知道你都说了些什么。身为朝廷命官，说自己在奏折上说的是错的，要翻自己之前的上奏……御史台都不饶你！你当真要如此？"

言尚唇角颤了一下，没说话。

大理寺卿冷下了脸："你以一人之身告整个户部的官员，你可有证据？"

言尚轻声："我不就是人证吗？"

刑部来办案的领头人都开始有些不安，这和最开始说好的不一样，来这里前谁也没想到言尚要玩这么大的一出——连他这个巴不得看太子和户部热闹的人，都禁不住提醒："状告这么多官，还推翻自己先前的奏折，这就是承认你之前包庇了，承认你同流合污了。言二郎，无论旁人怎样，律法是要先治你的罪的。你清白了，才能去告旁人。你犯的错，不管是包庇还是合污，在刑部，都是要大刑伺候的。"

大理寺卿冷声："在大理寺，也要大刑伺候。"

言尚轻声："是，我知道。我认罪，我伏法。我全盘接受我的罪。只求他人的罪，也莫要放过！"

言尚被刑部带走了。大理寺这边被这种状况打得措手不及，为了避嫌，只能眼睁睁看着，之后大理寺卿连忙进宫和太子商量了。紧接着，暮晚摇也进了宫，更加详细地和太子商量如今局面。

言尚这一次的入狱，大刑之下，不死也去半条命。紧接着，参户部、参言尚的奏折，仅仅在半天之内就飞到了太子的案牍上。烛火昏昏，太子将奏折砸在暮晚摇身上，咬牙切齿："你调养出来的好狗，转头就咬了我们！摇摇，这一口，咬得可真疼啊！"

暮晚摇闭着眼，任片片纸张砸在她身上。睁开眼时，她脸色雪白，声音却很冷静:"怪那些有什么用? 如今重要的是保户部。"

太子讽笑:"保? 如何保? 你看着吧,明日开始,所有官员都会来参!事情闹大了,我们那位总不理事的父皇都会过问,我们自身难保!"

暮晚摇猛地站起来,高声隐怒:"难保也要保! 难道就此认输吗? 难道一个挣扎也没有吗? 我们的翅羽就要这样被剪断吗? 不管大哥怎么想的,我不会看着自己的势力被人推倒!"

她转身大步向殿外去。太子盯着她的背影,终是确认暮晚摇还是和自己一伙的,轻声:"小妹,这次我们脱一层皮都是言尚造成的。我要言尚死,你不介意吧?"

背对着太子,暮晚摇的脸色纸一般白。她的表情是空的,整个人是木偶一般浑噩的状态。可是她撑着,回头对太子答:"……我不介意。"

毕竟早就说过了,各凭本事。毕竟她开始和言尚好的时候就提醒过了。毕竟她早就说过——你若是和我立场不同,我就杀了你。

如此何错之有? 难道言尚就是对的吗,难道他们就要被打压下去吗?她是做了什么错,才会认识言尚,才会领言尚入门,才会走到四面皆敌的这一步?

太子和暮晚摇的担忧没有错。言尚在刑部大牢中大刑加身,吊着一口气,次日就将户部所有官员告了。御史台和各方朝臣的参人折子也不停。有的是参户部,有的是参言尚……总之是大家一起死、鱼死网破的局面。

言尚把这个局面走得如此惨烈,即使太子的户部势力倒下了,言尚自己恐怕也活不出刑部大牢。尤其是太子联合了太多人,盯着言尚那翻案的罪,说他不配为官,朝秦暮楚,这种在奏折中都撒谎的人,口中没有一句实话,不能信他的告状! 还有的说都是一丘之貉,太子要查,丹阳公主也要查,要禁止公主参政! 这一切祸事,都是皇帝对子女的宽容,才造成了今日局面。暮晚摇这边交好的大臣,拼力阐述户部的无辜。却也有大臣说言尚这是名士之风,不畏强权,理应网开一面,先查户部之事,再对言尚嘉赏。只是这类声音如今较弱,不成气候。

乱糟糟中,连中书省都下场了。刘相公在朝堂上掷地有声,唾沫星子喷了所有大臣一脸,拦住了那些不怀好意要处死言尚的决定。但是刘相公虽然把他们骂退，可也知道不过是靠一时气势让他们不好说，这些人还是想言尚死的。因为言尚扯开了官场上心照不宣的一个口子。他不仅撕开了户部受贿的口子，让所有官员人人自危，怕自己若是不能拉下言尚，有朝一日也遇上言尚这样的人，要剥自己一层皮。

皇帝近日的精神状态好了些，又因为情况特殊已经不适合太子监朝。今日的早朝，皇帝来了。听着下面的义愤填膺，皇帝脸色倒很平静。最后，皇帝暂时撤了太子身上的职务，让大理寺和刑部一起调查言尚和户部的事，中书省主管此事，与御史台一同监察。这是今年年底前的大案，皇帝下令，中书省要查清一切，但凡有人徇私，革职查办。

刘文吉作为一个内宦，有幸参与朝务。只是他脸色青青白白，从头到尾没有插得上话。而且他不知道陛下的态度，只是听说此事由张十一郎调戏一青楼女子引发，如今包括那青楼女子，所有人都被押入了刑部大牢。而不出意外，张十一郎恐怕会死在这一次的案子中。

刘文吉恍惚至极。没想到言尚是选了这么一步棋开局。他让御史台的人参言尚，让言尚自顾不暇，言尚到最后，开局的时候，还是借用了张十一郎这个棋子，为他报仇？像是闷棍迎面打来。刘文吉羞愧至极，后怕言尚会死在这一次中。若是言尚死在牢中，是不是他也助了一臂之力？

听那些大臣的意思，八成大臣的态度都是户部也许有罪，但尚未查出来；然而言尚已然有罪，他们甚至巴不得言尚的罪直接是死罪，直接问斩最好。这些大臣，平日也许和言尚的关系不错，真正斗起来，却谁都没手软。那么……皇帝的态度，在其中便极为重要。因还有两成大臣在观望，想知道皇帝会不会保人。不说那些大臣，刘文吉这个常日跟在皇帝身边的，都猜不透皇帝会不会保人，只能借助平时服侍的机会，小心翼翼地向皇帝建议："朝堂上一面倒的声音太高，也许他们是怕了言二郎，但这恰恰说明言二郎是对的……"

皇帝淡淡看一眼刘文吉，忽然说："因为言尚是你的同乡，那个张十一郎废了你，你才这么替言尚说话吗？"

刘文吉一怔，然后跪下："陛下，臣万万不敢以私废公！言二郎行的是对的事，臣才为他说话……"刘文吉倒是不意外自己的身世被皇帝知道。皇帝既然用他，怎么可能不查清他？皇帝必然知道刘文吉没有占任何势力，即便他是被公主送进宫，也从未和公主走到一起过。刘文吉只能一心依靠皇帝，所有权势都是皇帝给的，皇帝才能放心用他这样的内宦。"

皇帝笑一声，温和道："起来吧，朕没怪你。"皇帝若有所思，"本以为上一次的益州事件已经结束了，没想到他们还能走到这一步来。言素臣，朕果然没有看错啊。"

刘文吉心中一动："陛下难道是要保他？"

皇帝哂笑，慢声："再看看。看看他们都是怎么想的，看看这些大臣要走到哪一步……文吉啊，朕最近在想，若是强臣弱帝，臣子强硬却一心为公，这天下，大约能过渡一下吧？"

刘文吉一愣，心里想的是皇帝的身体真的熬不住了吗？可是如今看几位皇子……他小心翼翼："几位殿下，各有强项。总体而论，依然是太子势强。只是太子这一次……也许错了。"

皇帝不置可否，喃声："希望他能醒过来吧。"然而路是旁人走的，皇帝对自己的几个儿子都没有兴趣，便只是看，不说话。

"爷爷！爷爷！"刘相公下朝回来，寒冬腊月，他却大汗淋漓，可见最近朝中的事有多烦。他背手走在前，刚进府门，就被刘若竹在后追喊。刘若竹跺着脚，追到了爷爷的书房前，她紧张地："爷爷，我听说最近朝上的大案了……言二哥会不会有事啊？爷爷，你们会保住言二哥吧？言二哥并没有错啊！"

刘相公轻叹道："他这一次动了太多人的利益，我没想到他强硬至此，莽撞至此。若是知道他会这样做，当初他来问的时候，我就不该说什么'做大事而惜身'。他这哪里是不惜身，他是已经奋不顾身了。"

旁人说她不信，爷爷也这么说，可见言尚此局难了。刘若竹心中仓皇："可他是对的，我们都知道他是对的！为什么没有大臣帮他说话？为什么没有人站出来支持他？是因为言二哥势单力薄，背后没有势力支持吗……可是只要是对的事，就总应该有人支持啊。"

刘相公说："现在聪明的人都在观望……等着看陛下的态度。"他又苦笑，"然而我们这位陛下……何尝不在观望我们呢？咱们这位陛下，是最不喜欢强行插手的。都到了这一步，我也不知陛下是要保太子还是保素臣。只能秉公执法。"

刘若竹松口气："秉公执法就不错了，我相信爷爷你们一定厘得清。我今天出门，百姓们说起这事，都说言二哥是对的。百姓们都支持言二哥。"她眼中神采奕奕，拼命压抑自己的担忧，"民心在言二哥，一定会像上次郑氏家主那次，言二哥会得到民心的……"

刘相公淡声："上次他得的不是民心，而是士族的支持。他这次是反了士族了。虽我们都不愿承认，然而世家的声音，才是最高的。民心除了同情，是能为素臣上金銮殿，还是击鼓鸣冤？而恐怕真有这一出……太子更是要将素臣说成是沽名钓誉之辈，还是要素臣死。"

刘若竹怔忡，目中神采暗下。她其实心里知道，只是希望言二哥能有好结局……她目中噙了泪，说："那怎么办？没有人能救言二哥了吗？爷爷你也救不了吗？还有公主……丹阳公主殿下，是放弃言二哥了对吗？"

刘相公苦笑："丹阳公主恨不得杀掉素臣。"

刘若竹含泪，半晌说："那……我能去看看言二哥吗？"

刘相公摇头："如今刑部大牢，可不是寻常人能进的。且你去了能做什么？"

刘若竹："我……我起码想让言二哥知道，百姓们的心声，百姓们是支持他的。他不必怀疑，哪怕百官都要他死，也有人、有人知道他是对的。只是自古以来，动旁人利益者都如他这般艰难。我希望他不要放弃希望，不要绝望。"她说着说着哽咽，立在黄昏下，哭得说不下去。

刘相公回头看她，见孙女泪流不止，一遍遍地擦眼泪。他自来教孙女公义，教孙女大爱，教孙女国事……然而到这时，刘相公才欣慰，原来自己竟然将孙女教得这么好。

刘若竹抿唇，忽然偏道："我、我一定要让言二哥听到百姓的声音……我不管朝堂上是如何想他的，我只希望用自己的力量，让他知道，这世间，有人是能理解他的。"

刘相公道："好孩子。你们都是好孩子……如此，我怎能不拼命来保住你们呢？"

刑部大牢，暗无天日，阴仄潮湿。言尚昏昏沉沉醒来，是被后背上的鞭打之伤痛醒的。这一次进大牢和之前那次完全不同。每日的问刑不再是走过场，每一次的问话都要伴随大刑伺候。每日每夜，时间变得没有意义。言尚撑着一口气，知道那些人必然希望自己死在刑讯中，他才不能死——起码要看到有好的结果，才甘心赴死。

　　这一次半夜中痛醒，睁开眼时，言尚看到了昏昏的烛火光。他被关押的这里，根本没有人会点烛火。言尚手撑在稻草上，抬目看去，看到了暮晚摇坐在对面靠壁的地方，正在俯眼看他。言尚呆呆地看着她。

　　暮晚摇盯着他憔悴的样子。透过中衣，隐约看到他白衣上的血迹，然而她当没看见，轻声："你害惨我了。"

　　言尚如同做梦一般看着她，向她伸出手："摇摇……"

　　暮晚摇靠壁而坐，并不过来，她淡声："言尚，我是来和你决裂的。我们结束了。"

　　他不说话，就这般看着她。暮晚摇不敢多看他，怕自己多看他一眼，就会心软。可她如今还能有什么资格心软？

　　良久，言尚低声："好。"

　　暮晚摇静片刻，忽而自嘲："好？因为觉得自己快死了，不想连累我，所以说一声好？"她忽然站起，全身涌上愤怒，几步到他面前跪下，一把扣住他肩，让他抬头看自己，语气激愤，"死到临头了，你还当什么好人？好人就那么重要吗，百姓就那么重要吗？为什么就是不低头！为什么……到现在都不低头！

　　"太子殿下让我来找你，说只要你低头，他可以饶你一命。可是我知道你不会低头，但我还是来了……我觉得……你让我觉得，我在看着你走向死路！明明是你逼着大家一起走向死路，可是现在，你却要我这么看着你先走！所有人都想你死！所有人都想你死！你知不知道！你知不知道！"

　　她说着说着眼前红透，说着说着绝望无比，说着说着眼泪滚下。言尚望着她，心中凄楚。他说了一句话。暮晚摇："什么？"

　　言尚道："应当是你不要我。因为我这么不好，配不上你。"

　　他缓缓地伸手搂住她的肩，低声："是我不好。是我没有能力护你，是我天真不懂韬光养晦，是我非要和所有人作对……但是，我没法子了。我过不了自己良心那道关，我做不到。我无法明明知道死了太多人，仍当作不知，只壮大自己的势力，只是去忍耐。这种事，不管多少年，只要我出来认下，我都是要死的。自古以来，像我这样的，不管做多足的准备，有几个能活下来。你就当一个高高在上的公主吧，就抛弃我吧，就忘了我吧，就恨我吧。"

第五十章

当他这样说时,暮晚摇眼中光摇,恨意更锐。巨大的嘲讽恶意让她觉得可笑,一时都不明白为什么会走到这一步:"你在博同情吗？我抛弃你？是你抛弃我！当你选择走这一步……你从一开始就做了和我决裂的打算！你一开始就放弃我了！你才是坏人,才是欺负我的那个！"

言尚脸色在烛火下有些白。不知是因为她这样的话,还是因为狱中生活让他本就失血过多。他只是唇颤了颤,然而就这么认下了她的话。只要她高兴,无论她想要什么样的认定都可。

暮晚摇看他这样,眼神更冷。她逼着他抬头看她,用所有的刺来攻击他:"现在的情况,你满意了吧？因为这么多人看你不顺眼,就算你走出牢狱,满长安……整个官场你得罪了大半吧？你就算不死在这里,出去后也会被人找借口弄死。没有我庇护你,谁管你的死活！那些人恨不能用唾沫星子淹了你。可你却这般对我！"暮晚摇声嘶力竭,"言尚,我是满盘皆输,可是你也没有赢！"

言尚垂着眼,他心里越痛,脸色越白,却越是不说话。任由她发泄,任由她捶打他,任由她用痛恨的眼神看他。说好了要分开,可是他的心撕开了一道口子,暮晚摇又怎会好受？他便无可辩驳。

暮晚摇最恨他这般逆来顺受的样子。正是他这样温柔,才欺骗了她,让她觉得他会一直这样。可是在某个时候,他却那么狠——"说话,言尚！你到底为什么非要走这一步？难道你不知道你卷入其中,也是输家吗？你以命相搏,谁又在乎？"

他本不想辩驳,可他终是不想让她越走越远:"我以命相搏,求一个公道,满朝文武也许都不在乎,还觉得我以卵击石。然而百姓们在乎,发生灾情的益州在乎,益州灾情中死了那么多条人命在乎。灾情结束后……被灭门的七十二条人命在乎！我知道,你会想我为什么要这么冲动。明明户部侍郎都死了,可我还是要站出来。摇摇,这根本不是冲动。我思来想去……我其实挣扎了很久,你怪我出尔反尔,但是我亦想不到你们在之后

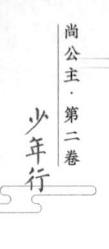

还要灭门。"

暮晚摇："什么灭门？"

言尚望她半晌："你不知道吗？"

暮晚摇沉默片刻，确实不知道言尚口中的七十二条人命是什么意思，但是她冰着脸："那些先不提。我一直知道你我立场有微妙不同，但我一直以为我们能够和平共处。因为你本不是一个宁折不弯的人，实则是很容易变通、很圆滑的一个人。你和各路性格的人都能交朋友，反而这一次不能忍。就算……就算你不满这些事，你可以等我站稳，再做这些！你可以等你手中权足够大了，再做这些！忍不是错，一时之忍是为了之后的清算。可你偏选现在就出手，自己走死路不说，还将我连累至此。"

言尚轻声："忍到你权倾朝野吗？那时我们的矛盾只会更加大。中间隔的这么多年，我和殿下会越走越远，离心离爱。殿下是否觉得这样更好？

"忍到我权倾朝野的那一天？那这中间又得有多少人因为这种事而死。每年死一些，每年死一些……殿下，人命是数字吗，是功绩吗？是否人的性命轻轻一笔，在殿下眼中无足轻重，殿下根本没有看过一眼？我要忍到那个时候再算账……就算我忍这多年没有忍出毛病，还能保持今天的心性，且说到了那个时候，朝野又得混浊到什么程度？有问题时不解决，只是堆积，便是对的吗？

"或许殿下还要说让我谋定而后动。殿下，这种事是永远没有真正'谋定'的那一天的。古来商鞅变法，他的结局是车裂，我不知道吗？这种事，再多谋定，到头来不过临门一脚。原本户部侍郎不死，我也不用站出来，但是他死了，若我此时不站出来，你们对此警惕了，日后我想破局更难。大约真的只有这个机会让所有人措手不及，才是最好的时机。

"或许殿下觉得我应该等自己的势力强大起来再说。但是朝中势力这回事……没有那般容易。消磨的这些年过去，恐我自己的血都会冷了。

"再或许殿下觉得这样我会死的，这种事让旁人去做，我应该做更有意义。殿下，这世间该做的事，没什么让旁人牺牲、自己坐享其成的说法。殿下眼中，如殿下这样的人性命才值得尊重。可在我眼中……都是一样的。我的出身让我没办法漠视人命。

"我对不起的，便只是殿下。还有……我的亲人。"

暮晚摇静静听着他说，待他说完，才冷冷道："阶级不同，立场不同。

原来你知道。那你可知你做的这些，并不能根治官场的毛病？你就算拉下了户部，不过给官场以警醒。假以时日，仍会重来。除非你从根本上杜绝。但是这种事是无法从根本上杜绝的。

"你要保护的百姓们死，是因为你眼中的官商勾结，上官庇护下官。而之所以形成这种庇护，是因为如我这样的人，要维持自己的利益。发生灾情了，商人就想从中发财，官员就想多一事不如少一事，整个局面不变就好。户部侍郎没有管下面的事吗？他管了。他派你赈灾去了。中间发笔财又怎样？你待在户部，也知道向户部伸手要钱的人有多少。边关军饷不要钱吗？工部修缮不要钱吗？便是吏部官员选拔……不要钱吗？

"我知道，你又要说小贪可以，然而我们未免太过分。言尚，过不过分的界限，谁来衡定？由你吗？难道你此番一闹，能保证水至清则无鱼？你不过是把户部拉了下来，重新派了新的官员，让我与太子殿下从中受损，意义很大吗？"

言尚："意义很大。因事情闹得这般大，陛下便会过问，太子殿下过分的那些事都会叫停。天下官员看到户部在其中的折损，最少五六年，都没有官员会再敢如此明目张胆。而朝廷可以选更多的监察，补充更多的措施。其中争取到的时间，很有必要。"

暮晚摇："五六年而已。"

言尚："五六年足矣。"

暮晚摇讥诮："你的性命，也就值五六年。"

言尚语气平静："我的性命能够换来五六年的太平，我已知足。"

暮晚摇："看来是活够了，不想活了。"

言尚："各人选择罢了。"

暮晚摇不说话了。终究说来说去，依然是二人的立场不同，想法不同。他维护他的，她维护她的。无法说服对方，无法让对方低头。这让暮晚摇疲累，让她难过，让她觉得……

暮晚摇喃声："你让我觉得，这世间，谁也不爱谁。"定是因为不爱，才会选这一步路吧。说罢，她已觉得和言尚无话可说，起身便要走。谁料到言尚之前阐述他的想法时那般冷静，可是她这么一句，让他眼睛一下子红了。她起身要离开时，他猛地抬眼向她看来，伸手抓住了她的手腕。

他眼圈微红，眼中的光如潮水般摇曳，声音有些颤音："你不要这么想。

所有的事情……我最怕的就是你会这么想。

"是我选择走这样的路,我不配得到你的喜爱,我当日就不该走向你。我已后悔万分,不该让你受我的苦。但是你不要这么想。只是我不好,并不是世间所有人都不好。不要因为我,就觉得你再得不到纯粹的爱了。不要因为我,就此封闭自己,再不相信任何人。我好不容易让你、让你……走出来一些。我不想你再躲回去。

"其实、其实……我有为你留了一条路,只是怕你不愿意走而已。你有没有想过和太子殿下这样一根筋走下去,等着你的是什么后果?足够幸运的话,你成为一个有权有势的公主,可是你见证过他的过去,你手中权和他重叠,你若是威胁到他,他会不会对你下手?与人合作,无利不起早,算怎么回事呢?殿下,你去和亲,是因为世家和陛下的制衡。而今你回来,又选择与世家合作。你受到这样的威胁,就想得到这样的权力,这没有错。但是其实你可以跳出来。人要向着好的地方走,不要总在污泥里待着。

"殿下……不要因此心灰意冷,不要因为我而绝情断爱。我不值得殿下这样……"

暮晚摇被他抓着手腕,听他难得颠三倒四,说得很乱,很不像平时的他。他苍白、清瘦,长发披散。他如蒙蒙月光般仰头看她,她只怔怔地俯眼,忽而听到自外而来的脚步声。暮晚摇扭过头,见本只是开着一条缝的牢门被打开,刑部的官吏们出现了。

看到他们,言尚抓着她手腕的冰凉手指如被烫了一般,缩了回去。

暮晚摇正奇怪,听到那官吏们弓着身对她讨好地笑:"殿下,我们该提审犯人,审问一些东西了。"

暮晚摇诧异:"提审犯人?这个时候?"她抬头看眼墙上小窗照入的月光,"刑部三更半夜提审犯人?"

官吏们赔笑:"正是趁着这样的时候,趁着犯人神志不如白日清醒,才好让他们张口说出实话。"官吏们犹豫着,没有多说。因见丹阳公主和言二郎关系似不同寻常,他们怕说再多的会刺激到丹阳公主。毕竟是娇贵的女郎,见不得他们这些腌臜。言二郎夜里多次受刑的事,没必要让公主知道。

暮晚摇眼神微乱,一下子就反应过来官吏们是什么意思了。她脸色蓦地白了,第一反应就是看跪在她脚边的言尚。她再次看到了白色中衣上的血迹,这一次却想到了衣服下藏着更多的伤。她不说话,呆呆地立在那里,官吏们就以为公主默认了,去抓住言尚的手臂,将他提了起来。

暮晚摇这才发现言尚虚弱得竟是站都站不起来。她张口就要让他们住手,不要这样伤他,但是话到嘴边,又好像烫嘴一样,一个音也发不出来。言尚是敌人!是敌人!

言尚被官吏们架着,他尽量掩饰自己的伤,尽量靠自己走路。但是他看到暮晚摇那样茫然无助地向他看来的目光,静了一下,微微露出一个笑,轻声:"殿下,可以离开这里吗?"

暮晚摇茫然。

他垂下眼,低声坚决道:"好歹……我们相识一场,请殿下给我一些尊严。"

暮晚摇迷惘:难道她看着,便让他失去尊严了?暮晚摇没再说话,转身便走了。然而她又没有真的走,只是走向出牢狱的方向,可是她的脚步越来越慢。空荡荡的牢狱中,半夜三更来审问犯人的,只有言尚有这种殊荣。暮晚摇听到了鞭子挥动声,听到官吏的厉喝质问声,间或有泼水声传来。面朝着牢狱出口的方向,暮晚摇的背脊越挺越僵,越挺越直。她屏着呼吸,不敢多听,逃也似的加快步伐,离开这里。

言尚是对的。她不能多听,更是一眼不能看。因为……她但凡看过一眼,就绝不会让他们那样对待言尚。她会头脑发热,会哭,会保护他……可是他那么可恨!她既不明白也不想明白……她就想争取自己该得的。他死了……他就算死了,她也不会为这个背叛她的人掉一滴眼泪。

夏容在牢狱外见到公主,她以为自己会看到眼圈通红,或者已经哭了一顿的公主。然而暮晚摇是那么冷,一点表情也没有。夏容:"言二郎……"

暮晚摇冷冰冰:"快死了。怎么,要给他陪葬?"

夏容便不敢再问了。

言尚惹出的这桩案子继续发酵,让整个户部都被革了职,在被查办。

刑部最近热闹得不行,这是斗倒太子的一个天大好机会,然而秦王其实没有他想象中那么高兴。他有些被言尚这股拉着所有人下水的狠劲吓到,有些怕日后自己也遭到太子今日受到的打击。

当日言尚不回城,如果只是审讯户部侍郎,情况很大可能不会发展到这种无法挽回的地步,然而没有如果。现在朝上都在关注这事,秦王反而不敢

429

公报私仇，该怎么查就怎么查。只是一个户部，牵扯了整整六部。刑部顶着的压力很大，秦王不禁怪罪言尚多事，让人刑讯时悄悄让言尚多受罪一些。不过秦王不会让言尚死在刑讯里的。大理寺那边每次审完都要言尚去半条命，刑部这边反而要保证言尚不死。起码言尚不应该死在这时候。等太子先倒，言尚出去后怎么死，秦王就不在意了。

这个案子查下来，再多的人不愿意，再多的人隐瞒，也只能眼睁睁看着更多的证据被呈上了御案。整个朝堂哗然。

因户部这些年在太子掌管下所吃的回扣，竟然比所有人想象中都要巨大。户部的年年吃空，更有不知多少银钱流入了户部那些官员家中。其中牵扯了许多世家出来，许多人借助户部捞钱。兵部发现自己每年得到的钱被砍，但工部竟然没怎么被砍，一下子不满。吏部和礼部也在吵某一年户部调的税是谁花了。

言尚条理清晰地，在三堂会审时记出户部这些旧账。他在仓部时看的那些账簿出来，发现与实际情况对不上。于是又是刑讯，又是传人……乱糟糟中，大半臣子都下场了。

太子和暮晚摇这边一直否认，否认不了时，就找替罪羊出来。太子派来的官员当庭和言尚对峙，当日弄得那位官员回去后就被革职流放。暮晚摇这边的官员借关系让刑部网开一面，然而有中书省、御史台、门下省监察此案，刑部已不敢网开一面。

局面越来越不利太子一方，渐渐地，朝上风向就开始变了，试探一般地，翰林院开始有折子为言尚抱屈了。翰林院的折子只是让人一笑置之，但是更多的折子送来，太子和暮晚摇应对得就极难了。

颓势不可避免。暮晚摇因和言尚谈过后，已经有这种觉悟，她虽然也生气，但情绪尚平稳。然而太子最是恼火，多次在东宫摔案木，扬言不放过言尚。东宫日日硝烟滚滚，暮晚摇本想和太子研究下是哪些大臣在参他们，现在却听他这话都听得耳朵生茧。

此次事件中，太子对那些幕僚、大臣们喜怒不形于色，回来就把火发在暮晚摇身上，拿她来当宣泄口。她只面无表情，太子便又来怪她，说都是她的纵容让言尚走到了今天这一步，暮晚摇不耐烦太子总用怀疑的目光看她，当即掉头就走，于是更让太子恼火她脾气之大。

暮晚摇因这些事心烦，夏容和方桐就撺掇着她去民间走一走，好散散心。暮晚摇本不情愿，但不想回去和太子吵，便被他们拉出了门。

下午黄昏时，暮晚摇驱车到了东市，然而她在侍女们的陪伴下刚进东市，就觉得这里比往日冷清很多，百姓不如寻常那么多。暮晚摇疑惑，让方桐去查。过了一会儿，方桐说人都聚在一个地方，暮晚摇便好奇地过去。

果然如方桐所说，百姓们都围在一个地方。那里支着一个帐篷，年轻侍女们端茶倒水，来去婀娜，而一个小娘子坐在一张案前，正被百姓们围着，七嘴八舌地说话。那个娘子在写字，而百姓每从人群中走出一个，都能从侍女那里领到一杯热茶。不过是不用花钱的热茶而已，就能让这些百姓聚过来。

暮晚摇认出那个被百姓围着写字的娘子，是刘若竹。她喃声："若竹妹妹在这里做什么？难道这些百姓家中还能有珍贵书籍让她收藏？"

"还不是为了言二郎。"旁边一道冷淡男声传来。暮晚摇侧头看去，见自己旁边多了一个翩翩男子。

她看半天："……林厌？"

男子脸一黑："臣叫林道，字衍之。"

暮晚摇无所谓："哦。"她问，"是你领着若竹妹妹来这里玩？"

林道淡声："是她自己的主意。原本言尚如今情况，朝上大臣为他说话的不多，原本那些太学生应该站言尚。但是殿下也知道，太学生大都出自世家，这一次他们估计都得了家里长辈的话，不要站出来。那便只有让朝廷听一听百姓们真正的声音了。若竹便在搜集这些。她会将这些带去给言二郎看，而我会将这些呈到御前。这样的声音越多，朝中大臣们才越会被影响。"

暮晚摇声音比他更冷淡："我知道，翰林院第一封为言尚说话的折子，就是你上的。可惜命不好，被太子先拦了下来。太子可记住你了。"

林道："无所谓。反正我常年在翰林院，最差也不过是这样了。"

暮晚摇："你出身世家，刘若竹也出身世家，我没想到你们都会站言尚。"

林道："并不是站言二郎。若竹站的是公义，我站的……是她。"

暮晚摇缓缓抬眼，向他看去。见他清冷神情中，分出许多柔情来，望着那个坐在帐下写字的小娘子。林道专注地看着那个方向，心事昭然若揭。

暮晚摇忍不住："她这般莽撞天真，写百姓的这些话，恐怕刘相公都不会为她呈至御前，你怎么却帮她？难道你不知道这根本没什么用？话语权不在这里，在朝中大臣手中。"

林道笑一下："我其实也觉得没什么用。陛下若是要保太子殿下，言二郎就会死在牢中；陛下若要保言二郎，言二郎被太子和殿下抛弃后，出来后也说不定会被那些大臣弄死。若竹做这些，除了让言二郎振奋一下，有什么用？"林道顿一会儿，轻声，"但是我……就是很羡慕她这样的傻子，尽力护一下罢了。殿下喜欢言二郎，难道喜欢的不是他身上的这一面吗？"

暮晚摇冷着脸："谁说我喜欢他？他是马上要入土的凡人，我是高高在上的公主。我怎么会喜欢他？"

林道哂而不语。而那边刘若竹偏头，大约是想找这边的林道，却不料看到了和林道站在一起说话的公主。刘若竹一时诧异，突然眼睛发亮，不知她误会了什么，眼中流露出欢喜泓色。刘若竹跟侍女们说了一声，就向这边过来了。她喜悦地望着暮晚摇："殿下也来了？我便知道殿下是爱民如子的，殿下只是因为一些原因被牵扯，殿下和我们是一起的……殿下，你也要写几笔字吗？"

暮晚摇："我是来逛街的，遇到你实属意外。"

刘若竹却不信，坚信她只是嘴硬不承认。刘若竹觉得暮晚摇定有一腔话想告诉言尚，还问公主愿不愿意带着这些百姓的只言片语，一起去牢中见言尚，鼓励言尚。

暮晚摇觉得她真傻，双方立场对立，她怎么可能去看言尚？何况她和言尚已经分开。但是稀里糊涂的，暮晚摇大约是真的抵抗不了这般说话温声细语的人，被刘若竹拉了进去。暮晚摇不肯帮百姓写字，因如此就违背了她的立场。但是刘若竹往暮晚摇手中塞了笔，转头又去帮百姓写字，让暮晚摇拿着笔发了一会儿呆。

暮晚摇还是没有帮刘若竹。半刻后，林道从刘若竹与她侍女写的那些字迹中，找出了暮晚摇留下的一句话："爱慕英豪，此爱甚难。"

去东市逛一圈，没有让暮晚摇情况多好。次日，她就又被那些朝臣参了，说她干涉政事过多，请皇帝好好管管女儿。这必然又是秦王那边的手段。

以往这样的折子暮晚摇并不在意，但是这一日，暮晚摇去太子东宫要参与他们的政务时，东宫却客客气气，说公主刚受到弹劾，最近还是低调些。暮晚摇心中一顿。她回去后，就给自己在东宫埋的一个臣子传了消息，要对方告知她，太子这是什么意思。

那位大臣悄悄告诉公主："据说在青楼那个春娘那里，搜到了公主的一幅画像。太子怀疑，公主和言二郎早已勾结，为了参倒户部。"

暮晚摇瞬时觉得可笑："户部侍郎都死了，参倒户部对我有什么好处？"

大臣苦笑："老臣会帮殿下劝说太子殿下的……太子殿下最近，很难。"

然而谁又不难？幽室中，暮晚摇闭目，静静沉思。看来太子是要疯了。她还要不要将船绑在这里？暮晚摇迟疑许久，想到言尚说的给她留的那个后路。她心中有些预感，只是还没有完全把握。

当夜，暮晚摇驱车进宫，去孝敬她那个父皇。她要自救，不能指望那个和她离心的太子！

第五十一章

雪白帕子叠得齐整，刘文吉捧着金盏躬身伺候在帐外，更远处的殿廊，捧药的宫女们袅袅行来。刘文吉向她们使个眼色，又暗示地指指宫殿，再摇摇头。宫女们捧着皇帝一会儿要用的药，刚从尚药局出来。为首宫女侧耳倾听，听到殿中断断续续的哭声，便知是丹阳公主。众人不敢打扰，宫女却为难地求刘文吉，说药凉了失了药效，恐怕不好。刘文吉思忖一下，便说进去请示陛下。他寻了这个借口进到宫殿，将里面丹阳公主淅淅沥沥的哭声听得清楚了些——

皇帝卧在躺椅上，暮晚摇正伏在皇帝膝头哭泣。刘文吉进去，从镏金黄铜镜中，清晰地看到暮晚摇仰起脸时，竟是脂粉不施，全无往日的张扬明艳，而是一派楚楚动人、我见犹怜的样子，正在哭泣："阿父，最近我和大哥做了许多错事，一直不敢来见你，怕你对我失望了。阿父，你会不会怪我呀？"

皇帝消瘦至极，比暮晚摇上一次见他时更显憔悴。他伸出枯槁的手，在暮晚摇肩上拍了拍，示意她不必这样。

暮晚摇仰脸，昏黄灯火下，见她父皇垂下眼看他。不知是否因为灯火太暗，她竟然从自己父皇眼神中看出一些怜惜色。

暮晚摇怔然时，皇帝叹道："你是朕的小女儿，咱们自家人，有什么好怪的？"

暮晚摇咬唇："但是我鬼迷心窍，走了好多错路。"

皇帝微笑："迷途知返，不还是好孩子吗？"

暮晚摇不安道："阿父，你会特别生我的气吗？其实我没有做什么坏事的，言二说起益州七十二条人命，我都是这两天才知道是怎么回事的。我一得知，就觉得这事有些过分。我夜里睡不着，总是做噩梦。户部侍郎是从我府上出去的，大家都说他做什么都是我授意的。这两天朝上都在弹劾我，要阿父将我送去丹阳。我知道我做错很多事，但是阿父身体不好，我想留在阿父身边照顾阿父……"

丹阳是暮晚摇的封地，但是若非太不得宠，有哪个公主会被赶去自己封地了却残生呢？她半真半假地不叫"父皇"，而是如民间那般亲昵地叫着"阿父"。她一声又一声地叫阿父，又泪眼汪汪地趴在皇帝膝头哭。

这般情绪下，皇帝如同被泡在她的泪水中般，更加心软了，道："摇摇，不必害怕。没人能把你赶回丹阳去的。那些大臣的弹劾，你不用担心。说到底，你是君，他们是臣。你是主人，他们是管事。管事们能把主人从自己家赶出去吗？放心吧。"

暮晚摇停顿了一下，低落道："我以为我失了民心，父皇会很怪我。"

皇帝的回答就十分玩味了："民心这东西，失去容易，得到也容易。整体局势在可控范围内就足够了。摇摇，你要记住，我们是君，是主人。"

暮晚摇一怔，隐隐产生一种迷惑茫然，就好像她天天被言尚耳提面命要对百姓好，都要动摇了，可是她一转身，一回到她父皇这边的世界，就会觉得——大家都不是太在乎。皇帝只是要维持稳定而已，真正在乎百姓的只有言尚。

暮晚摇正在发怔，听到皇帝掩帕咳嗽，她余光看到刘文吉，当即反应过来皇帝该吃药了。暮晚摇连忙起身服侍，刘文吉那里也快走两步上来，扶着皇帝躺回榻上。暮晚摇盯着自己手中拿着的方才皇帝用来压制咳嗽的帕子，看到帕子上的血迹，淋淋漓漓。虽然一直知道父皇身体不好，但是每次看到，都感觉到父皇的性命在一点点消逝……哪怕很讨厌他，暮晚摇也无可避免地觉得悲凉。

反而是皇帝转身，见到女儿拿着那方帕子发怔，开口安慰她："都是老毛病，不用在意。"

暮晚摇回头，泪眼蒙蒙地望他一眼，说："父皇一定要保重龙体。"……至少在现在，皇帝的身体不能出一点差错。不然就是太子顺理成章地上位，她也许不会太顺利。

暮晚摇和太子的合作，一直是利益为主，各取所需。只是她以为合作了这么久，太子应该信任她一些，没想到出点风吹草动，太子仍会怀疑她，从来就没将她当过自己人。平日粉饰太平，真正危机发生时，两人之间的隔阂就会造成很大问题。就如这一次。

暮晚摇进宫跟皇帝哭了一顿，其实她没说什么重要的，也不知道以自己父皇那身体，现在对朝堂上的事了解多少。但至少暮晚摇从皇帝这里得到保证，户部倒了归倒了，皇帝没打算清算暮晚摇。有了这个保证，暮晚摇就安心很多，不那么慌了。她开始有心思想更多的自救方法。在她眼里，自己的局面颓势一面倒，得力的大臣八成都折损了，恨是恨死言尚了，但更重要的还是把自己摘出来。

暮晚摇又去了两次东宫，太子依然不见她后，她就不搭理太子，而是自己琢磨了。她研究朝堂上现在帮言尚说话的大臣，发现都是一些根基比较浅的臣子，根基雄厚的世家不多。暮晚摇不禁若有所思，猜测这些大臣没有根基，竟然支持言尚，朝上的正义之士是真的这么多，还是有人授意他们做？若是有人授意……是父皇吗？而父皇是想……扶持寒门吗？

暮晚摇怔住。若是父皇想借这个机会，让寒门出身的大臣在朝中获得更多话语权，那言尚所为岂不是符合了父皇的目标？难道这一次，父皇会保言尚？暮晚摇坐在屋舍中分析着如今这些情况，余光看到珠玉帘外，侍女们立在廊下轻声说着什么。暮晚摇心烦意乱，便觉得她们的小声说话声也格外吵，怒道："都在说什么？！"

外头说悄悄话的侍女们吓了一跳，讷讷不敢答，还是夏容进来，跟公主请示："奴婢们在说隔壁的事呢。"

暮晚摇静一下，嘲讽："怎么，准备叛出我公主府，相约着去牢狱看言二郎？他是怎么给你们灌迷魂汤了，你们是不是还打算给他做十七八房小妾啊？"

夏容哪里敢介入公主和言二郎的感情问题，赔笑道："婢子们不是说那个，是说大理寺的人上门，在搜查隔壁府邸呢。"

暮晚摇怔住，喃声："大理寺的人来抄家了？"她想：关我什么事，言尚现在的处境，被抄家是理所当然。

夏容观察暮晚摇的神情,说道:"可是隔壁府邸是殿下赠给言二郎的,大理寺这般抄家,是不是有些打殿下的脸?"

暮晚摇垂眼捧书,淡声:"人家秉公执法,我要避嫌。"

夏容就不好再说什么了,退了下去。然而暮晚摇在屋中只看了一会儿书,夏容去而复返,在珠帘外请示暮晚摇。暮晚摇怒她烦人,瞪过去时,见夏容又慌又迷茫:"殿下,大理寺的官员来我们公主府了。"

暮晚摇一愣,然后大怒:"什么意思?!我不去管隔壁的事,任由他们抄家,他们反而要来抄我公主府吗?看着我好欺负?!"暮晚摇怒极,自然大步出门,去迎接那大理寺的官员们。

大理寺的官吏们被堵在公主府外的巷口,方桐等公主府的卫士们拦住对方,不让对方进公主府。为首的官员正在跟方桐交涉,说自己是秉公执法,却听一个含着怒意的女声由远而近:"不知道我是犯了什么大错,大理寺竟敢来搜我公主府?我是犯人吗?你们这是忤逆!"

大理寺官员抬头,见红裙纱帛的丹阳公主顺阶而下,身后跟着侍女们。暮晚摇望来,眼中噙着三分笑意,剩下七分却都是冷冰冰的怒火。

见到公主误会,大理寺官员连忙解释:"殿下误会了,臣不敢搜公主府。臣是来搜言府的,只是从言府中搜到了一些东西,解释不清。言二郎行为不端,我等自然要查,只是前来问殿下一些话而已。"

暮晚摇心想:原来是言尚烧来的火。但是言尚都快被他们折腾死了,又能做什么?想到自己那日在狱中所见的言尚,暮晚摇心神不宁,语气微敷衍:"你们想问什么?"

大理寺官员道:"在青楼的那个春娘屋中,有搜到公主殿下的画像。我等自然知道如殿下这般尊贵,不可能和一个青楼女子有往来,这自然是言二郎故意所为。我等便得了令来搜言二郎的府邸。"

暮晚摇盯着他们半晌,道:"在一个青楼女子那里搜到了我的画像,觉得我和言尚有私情,怀疑是我授意言尚查户部,我有不为人知的目的。所以你们来搜言尚的府邸,想看看他那里有没有和公主殿下私相授受的东西,好证明他和我有染。"

大理寺官员顿时尴尬。

暮晚摇冷声:"你们搜到他和我有染的证据了吗?"

大理寺官员好声好气:"殿下冰清玉洁,言二郎府中自然没有这类东西。"

暮晚摇没说话。她从来就没有把自己私人的东西送给言尚过，他也从来不要。所以不管明面上那些大臣如何猜她和言尚关系不一般，都没有物证。暮晚摇和言尚相交一场，统共就在上个月，送了他一个绣得很丑的荷包。那么丑的荷包，估计也没人在意。他们就算见到了，也不会觉得那是公主送给一个臣子的。想到这里，暮晚摇不禁有些难过。

大理寺官员继续："臣却在言二郎府邸，搜到了一些不符合规制的东西。"

暮晚摇蓦地抬眼看去。

这位官员微笑："以他的品阶，有些东西他绝不可能用得起。只是听闻殿下曾和他有过家臣君主之谊，所以想知道是不是殿下给他的。"

暮晚摇听着，第一时间觉得对方在诈自己。但她张口要怒斥对方胡说时，又忽然一愣，眸子缩了下——言尚那般自省的人，是不可能用什么超过自身官职规格的东西。往日暮晚摇送他什么，他都会想法子退回来。但是有一次他没有退，或者说他一直没有来得及退。那是她逼着言尚在马车中胡闹时，言尚情不自禁顺了她意，二人却撞上杨嗣来找暮晚摇。言尚羞愤至极，甩袖而走，暮晚摇就送去隔壁很多珍品，向他道歉。但之后两人就因子嗣的问题争吵，暮晚摇离开长安去金陵，言尚去益州。再回来的时候，两人又因为益州的事情闹得不愉快。暮晚摇送给他赔罪的那些珍品，就一直没有退回来。如今大理寺这些人，恐怕就要用这批东西，将她和言尚捆绑到一起。

暮晚摇问："言尚怎么说的？"

大理寺官员笑："物证全在，他能说什么？如果不是有证据，我们怎会来问话殿下。"

暮晚摇："你的意思是说，言尚说这是我送他的？"

大理寺官员答："证据皆在这里。"

暮晚摇露出讥诮的笑："言尚没有这么说，对不对？他承认他和我的关系了吗？他亲口说我和他关系非同一般，他所为都和我扯不开关系吗？你们严刑逼供之下，他开口了吗？"

大理寺官员避重就轻道："我们的刑讯手段，殿下是清楚的。"

暮晚摇冷冰冰道："还是不敢正面回答我的问题。"她微抬下巴，冷漠地看着巷中的这些官员，说，"什么时候你们从言尚嘴里得到确凿的证据，他开口画押了，你们再来找我问话。"

大理寺官员："那殿下就是不承认了？"

暮晚摇说:"我等着言尚的证词。方桐,送客!"

她转身进公主府,背过身时,面容僵白,扶着夏容的手心也在冒冷汗。夏容抬眼看公主,见公主神色有些空白,悄声担忧:"若是言二郎说出公主……"

暮晚摇轻声:"他不会说的。他不是那种人。大理寺一定是不能撬开言尚的嘴,不能证明我和言尚是一伙的。太子给大理寺施压,大理寺就来诈我。但是言尚是不会开口承认的,他不是那种人。"她目中若有泪意,若有星雾。明明已经到了这般境地,可是她坚称他不是那种人。她说:"让言尚亲口说。"

而大理寺的客气被请出去的官员们,审问言尚,言尚却一言不发。

春娘被刑讯,实在扛不住,哭着说言二郎说画中女郎是他妻子。但是所有人都知道这是丹阳公主,太子终于找到了突破口,他要证明这是言尚和暮晚摇的阴谋,他要把所有错事推到暮晚摇身上。

明明春娘都指认了,言尚却不说话。大理寺和刑部的人实在没办法,才找去公主府。暮晚摇却又这样。

太子得知后冷笑:"摇摇死鸭子嘴硬,我自然知道。没想到言二居然不承认他和摇摇的私情,当我们所有人都眼瞎了吗?这件事,必须有人背锅。"

难的是言尚不说话。因为只要他说话,无论否认还是肯定,大理寺都能想法子给他安罪。他若说他和暮晚摇没有私情,只是爱慕公主才搜集公主的画像,那么言尚府上搜到的那些不符合他品阶官职的东西,就足以证明他并不清白,他自己不清白,如何说户部贪污;他若是承认和暮晚摇有私情,那么这一切变得更为耐人寻味。这便是公主和太子有了间隙,公主故意用此事来害太子,户部那些事大部分都是公主背着太子悄悄做的,太子不知情,都是公主的错。只要言尚开口……都能定罪!

这正是太子见赖不掉户部之事后,想出的法子,说明太子已经没办法,只能抛出人当替罪羊。最好的替罪羊,就是和太子走得近的暮晚摇了。

暮晚摇坐在暗室中发呆。在大理寺的官员走后,她思索着,酝酿着。言尚留给春娘的画像,言尚不肯开口……他在牢中说他给她留了一条后路,只是不知道她愿不愿意。

大理寺和刑部的人就画像审问他,他不知道她会怎么选择,所以无论如何都不会开口。他就是这样的人。大理寺居然拿言尚来诈暮晚摇,可是暮晚摇怎么会相信言尚会攀咬她呢？这世间只有一个言尚这样的人。他就是死在刑讯下，也不会说她半个不字。这样让人心恨的郎君。

暮晚摇闭上眼，睫毛颤抖，放在案上的手指也轻轻颤动。她忍下自己想到言尚时的心神紊乱，让自己冷静，想如何自救。太子已经对她下手，已经要抛弃她了。她要抢在太子之前，做和太子一样的事。她要和太子抢时间！

暮晚摇走出屋子时，夏容等侍女怔了一下，因公主长发微散，衣衫不整，就这般吩咐她们："备车进宫。"

夏容："公主的仪容……"

暮晚摇："我便要这样去父皇面前哭。"要让自己显得很可怜。要说自己是无辜的。要说自己都是被陷害，被逼迫的。要展示自己身为女性的柔弱，要让父皇知道她只是一个不懂事的公主……要让父皇爱她，相信她，愿意帮她！

扶持寒门！她要父皇亲口用这个答案来救她！

居心叵测的暮晚摇再一次进宫面圣。这一次她衣衫不整，一路走一路哭。路上好似还摔了一跤，本是华美的衣裳，沾上了泥污。她的面容也沾了尘土，云鬓间的步摇散了，乌黑长发一半都散了下来。

皇帝刚喝完药，他的小女儿就跪在他膝边，开始哭大理寺今日到公主府对她的欺辱："父皇，你救救言尚吧，我在大理寺那里不敢承认，可是父皇是知道的，我和言尚不清楚，若是大理寺再查下来，他们肯定要说户部的事是我指引言尚做的。他们要杀了言尚，还要欺负你的女儿！我做错什么了？我就是喜欢言尚，见不得言尚死。我偷偷去牢中看过言尚，他们要证明言尚的清白，那么狠地打他。我受不了……我太难受了。"

都是假的。不过是让皇帝觉得她是一个心里只有情爱的傻公主，所以才这般故意哭。皇帝觉得她傻，觉得她只是喜欢一个郎君，才会怜爱她，才会帮她。可是哭着哭着，暮晚摇想到言尚，泪水就真的凝起了，真的哭得有些喘不上气。真真假假，她心里难受，如此伪装，才最天衣无缝。

果然哭着哭着，皇帝就让她坐起来，给她拿帕子。皇帝说："青楼那个娘子手里有你的画像？"

暮晚摇哽咽，茫茫然地抬起雪白的脸，泪水涟涟："大哥就是要用这个来害我。他要让我替他背锅。他们现在要让言尚不干净，要我不干净。大哥要放弃我，可是我没做什么。我只是想救言尚。我不知道怎么救。"她不是想救言尚。她是想自保，是想和太子划清界限，是要把自己洗出这件事，哪

439

怕自折羽翼,也不能被人弄成替罪羊。

暮晚摇:"我想帮父皇肃清朝政,我不想被他们利用来,丢弃去。父皇,我有什么法子能够救言尚吗? 父皇,有什么事是我能帮你做的吗?"

女儿哭得厉害,让皇帝心中一派柔软。很多年,没有女孩在他跟前这样。暮晚摇淅淅沥沥如同下雨般,让他想到了遥远的阿暖。皇帝意识昏沉,看着暮晚摇,半是现实,半是虚幻,分不清眼前是他的女儿,还是他已经死去的妻子。只是看着这个女孩呜呜咽咽地一直哭,心就一阵阵地跟着抽。

别哭了,别哭了……没什么的。皇帝说出了暮晚摇早在等的那个答案:"……扶持寒门。"

朝中局势在暮晚摇反水后,再次大变。暮晚摇领着她那稀稀拉拉、少数坚定支持她的大臣,和太子公然唱起了反调。她开始站在公义那一面,扶持一些没有根基的大臣上位,让这些人和太子斗法。又有秦王搅浑水。户部摇摇欲坠已经无可挽回,太子遭受的最大打击,还是暮晚摇的突然背叛。暮晚摇带走了一批大臣和他反目,掌握着昔日一些事的痕迹证据来威胁他。暮晚摇突然就要站在民众那一边,为百姓讨个公道了。

隆冬腊月,一日早朝结束,太子寒着脸出殿时,居然见到了坐在辇上、悠悠然准备又去孝敬皇帝的暮晚摇。暮晚摇对太子遥遥一笑,冰冷漠然,太子面无表情。太子要擦肩时,暮晚摇让辇停下,说:"大哥,若是再不认输,户部就要从你手中彻底丢掉了。还不如早早认错,为言尚洗清他身上冤屈,承认户部之前确实做错了。"

太子淡声:"这都是父皇教你的?"

暮晚摇对他一笑,眼尾金粉轻扬:"我是为大哥考虑。大哥再执迷不悟,弄丢了户部,如今隆冬天寒,边关兵士正是缺军饷的时候吧? 大哥若是弄丢了户部,户部彻底不听大哥的话,那杨三郎今年在边关的日子,就不好过了。毕竟军饷这事,除了大哥,谁还会那么上心呢?"

太子盯着她,忽然笑:"你用杨三威胁我吗?"

暮晚摇:"提个醒而已。"

太子:"你真是了不起。枉费杨三昔日在我面前多次为你说好话,今日你也将他当作一个工具、一个棋子来用,让我认输。暮晚摇,你今日的面目全非,枉费他对你昔日的维护了。"

暮晚摇沉静半响，微笑："我不在乎。"只要权势在握，只要东山再起，都无所谓。起码她能够不被当成替罪羊扔出局了，起码她重新找到了自己在朝堂上的位置，起码她知道皇帝在想什么了，起码……言尚能够活着了。

腊月末，朝局向好的那一面发展。朝中支持言尚的声音增多，在太子进宫向皇帝摘冠请罪时，这桩年底大案基本快结束了。皇帝将太子拘在东宫中，让他重新好好学一学为君之道。之后皇帝面见了言尚。两个月的牢狱之灾，在这一日结束。

皇帝昏沉间，得到刘文吉提醒，说言二郎来了。皇帝打起精神，让言二郎进内阁来。言尚在侧向皇帝请安，皇帝抬眼看向他，觉得这个人似乎瘦了很多，只是依然洁白秀美，温润沉静。牢狱之灾啊。

皇帝淡声："这一次的案子，太子已经认错，暂时交出了户部。你的冤屈洗清了，想来不久，言二郎'海内名臣''宁折不弯'之风，就能传遍朝野了。"

言尚拱手垂袖。

皇帝问："下一次再有这样的事，还敢吗？"

言尚轻声："不过是微臣该做的事罢了。"

皇帝盯他半响，忽揶揄一笑："可惜你不能待在长安了。再在长安待下去，你的性命就要不保，摇摇又得来朕这里哭了。"

言尚默然，或者说近乎麻木。

皇帝说："你去南阳，当个县令吧。"

言尚抬头，看着这位皇帝。南阳不算什么特殊的，特殊的是，南阳是秦王背后的母家势力所在。皇帝要将言尚这个工具……用到不能用为止。

第五十二章

南阳郡属山南道，南阳最高官员是刺史，而南阳刺史所在的治所在穰县。如今皇帝说让言尚去南阳当个县令，指的其实是让言尚去穰县当县令。即是说，南阳刺史和穰县县令，都会常年居于穰县，隔着一条街，一边是县令府衙，一边是刺史府衙。而南阳最强势的世家是姜氏，南阳刺史就是姜家出身。皇帝让言尚这个县令去和姜氏出身的刺史对着干的意思，昭然若揭。

言尚轻轻叹了口气，感觉到了一丝累和那种莫名的寒意。皇帝不许他待在长安，因待在长安，在和太子闹翻脸的情况下，为了自保，言尚很容易会选择和秦王合作。但是皇帝显然没打算让秦王好过，言尚刚出狱，皇帝就马不停蹄地把言尚派出去，断秦王的根基去了。

当然正常情况下，一个县令不能对一州刺史有任何影响。然而谁让这个新任的县令是在长安闹出这么一出戏的言尚呢。而言尚自己的生死，在皇帝眼中，恐怕就无所谓了。活着很好，扶他继续上位；死了也罢，换个人扶持而已。

出了宫殿，言尚在前，刘文吉跟在后。刘文吉观察着言尚，言尚穿着偏旧的雪青色长袍，肢体修长舒展，瘦如玉竹。只看背影，都能看出他的好颜色、好气质。然而这样的人，每一次抬步，脊背都不可避免地轻轻僵一下。刘文吉再看言尚袖中落出的手，隐约看到对方手背上露出的一点结痂的疤痕。而再看对方颧骨瘦极，眉目间亦有些枯意。刘文吉心中想，牢狱之灾不知道对言尚的精神有无打击，但至少对他的身体造成了不可磨灭的损害。刘文吉心中一下子难受，因觉得言尚的牢狱之灾，有他推一把的缘故。虽然之后他想方设法在皇帝面前为言尚说话……刘文吉听到言尚轻声："多谢你。"

只有他二人出殿，周围最近的宫女都离言尚两丈远。言尚背对着刘文吉，这话却只可能对刘文吉说的。刘文吉顿一下，低着头，掩饰自己的说话："谢我什么？"

言尚："陛下让我外放，你必然也出了份力。因如今长安对我来说不安全，南阳反而好一些。"

刘文吉没说话，低垂的面容上，却轻轻浮起一丝笑。他当然帮言尚说话了。这种背后帮忙、被当事人洞察的感觉，他只在言尚身上一次又一次地看到。刘文吉低声："我也要谢你。"

这下换言尚不说话了。言尚目光越过宫殿前的白玉台阶，越过重檐斗拱，他知道刘文吉说的谢是为了张十一郎。张十一郎废了刘文吉，言尚这一次让张十一郎被刑部关押，之后数罪并罚，也许会被流放。言尚确实帮了刘文吉，他接受了道谢。

刘文吉看眼言尚侧脸，低声："南阳富饶之地，去做县令其实也不错。

而且你先前是从七品上的官职，南阳县令却是正七品上的官职。这算是升了官，也是好事。"

言尚微微笑了一下。看似升官，实则贬官，就如暮晚摇以前告诉他的那样，京官和地方官员之间的区别，大如天壑。想到暮晚摇，言尚乌浓的睫毛颤了颤，垂下了眼："罗修之死，是你害的吗？"

刘文吉一怔，然后面不改色："不是。"

言尚转头看了他一眼，没探究什么，或许他心里已经有了定论，现在却没能力做什么了。他只说："好自为之。"

刘文吉眸子一缩，声音扬高中带一丝太监独有的尖锐刺耳："奴才恭送言二郎——"在刘文吉眼中，只要将言尚送出长安，罗修的事情成了悬案，就会这么结束。但罗修其实对刘文吉早有提防。对一个为了上位、会下手杀死两个人的太监，罗修并没有觉得对方会对自己网开一面。

大魏长安因为户部的案子而闹得人心不稳时，南蛮之地，乌蛮王蒙在石的帐中，迎来了一位千辛万苦从大魏长安逃出来的南蛮人。这个逃出来的南蛮人是罗修的亲随，此时浑身泥污地跪在蒙在石的脚边，饱含血泪和仇恨地诉说那个刘文吉为了掩饰过去，如何追杀他们，自己如何换装，如惊弓之鸟般逃出长安……

蒙在石若有所思："是吗，罗修受苦了。"他站在这个罗修的亲随前，想的却是罗修死了也好，反正自己没损失。他亲切地关心这个亲随，俯下身做出要扶对方起身的样子。亲随低着头感动时，不知蒙在石的手搭在他肩上，手指弹了弹，不紧不慢地擒向他的喉结。这是一个捏喉致死的动作。但是蒙在石动作到一半，中途停顿，将亲随扶了起来，语气沉痛地叹气。

而同一时间，毡帘被从外掀开，咚咚咚的大地震动从远而近，火气腾腾的南蛮王阿勒王声如雷霆："罗修死了？大魏竟然把我们的使臣害死了？大魏是不把我们南蛮放在眼中吗？"

蒙在石便不动声色地退开，摊手表示了一下遗憾，任由气势雄伟的阿勒王一把掐住那个脸色发白的亲随，轻轻一捏就把亲随提到了他面前。阿勒王开始用南蛮语言大骂大魏的奸诈，骂大魏的别有用心。蒙在石唇角噙着笑，观察着这位年轻的阿勒王。对方三十多岁，正是壮年，他身胖腰宽，走来如同一座小山，发上抹着油梳成鞭子，穿着貂皮大裘。正是南蛮王者的打扮。

蒙在石离开大魏投奔南蛮王，一方面发展乌蛮自身的文化，另一方面用自己从大魏那里借来的小国讨好阿勒王，帮阿勒王南征北战，征服整片南蛮。如今乌蛮王蒙在石，成为南蛮王身边最得力的股肱之臣。有人劝阿勒王说乌蛮王狼子野心，不能尽信。阿勒王一开始也怀疑，但蒙在石除了不肯让乌蛮陷入战局，自己和属下在战斗中舍生忘死，还有一次在战场上救了中箭的阿勒王……从此后阿勒王就极为信服蒙在石了。

此时蒙在石听阿勒王骂了许久，大有立刻和大魏下战书、双方开战的意思，蒙在石摸了下自己怀里的地图。正是那个亲随刚才给自己的。毕竟罗修派人去南蛮送地图，一直没有消息，当然也会产生怀疑，会做其他准备。这一次的亲随逃出，身上就带了当日罗修和刘文吉交易的长安地形图。只是可惜，罗修从刘文吉那里换来的长安情报，因为南蛮没有文字的原因，永远不会有人知道了。

蒙在石对盛怒中的阿勒王说："大王，如今我们不适合和大魏开战。"

阿勒王冷静了下，说："对，我们应先统一南蛮。但是如此放过大魏，让人不爽！"

蒙在石随口道："派一些小兵，不断地去骚大魏的边关吧。大王再以南蛮王的身份，向大魏发一封国书，谴责他们的行为。告诉大魏，如果不交出杀害罗修的凶手，南蛮就要对大魏开战。"

阿勒王沉吟道："不，我们既然知道大魏中是谁和罗修联系，以后应该能够运用。杀了可惜了。"

蒙在石心想这个胖子居然还有脑子，可惜了，便笑："那就只发国书谴责吧。"

阿勒王同意了，毕竟南蛮现在确实抽不出太多的手对付大魏。

蒙在石出了帐篷，慢悠悠地从怀里掏出那个亲随方才给的长安地图，低头看了半晌，发现和自己记忆中的长安地形图无差别。蒙在石啧啧两声，将地形图重新收好，以后说不定有用处。他待在南蛮王身边，当然不是为了效力这个人，而是为了寻找时机，取而代之。

大魏长安这一年的元日，过得气氛低迷。因皇帝又病了，没有来参加盛宴。太子被关在东宫中，没有主持宴席。春风满面的人是秦王，他主持这一年的宫宴，只是在和大臣们交谈中，所有人都能从秦王这里看出一二分的忧虑。暮晚摇见皇帝不来，干脆自己也称病，不来参加宫宴。只有晋王依然和往年一样，老老实实。

这一年的宫宴人数降了一半，大臣们稀稀拉拉。因户部全部覆灭，巨大的官位缺口出现。多年制考考不上的待诏官们捡了一个从天上掉下来的好机会，这几个月正拼命活动，想方设法往户部挤，要补户部的缺口。官员大调动。为了应对出现这么多的官位缺口，新春的科考要扩大一倍录用。而且这一次的登第，不用再待诏，直接就会当官。这对天下文人，当然是个好消息。

更敏感些的则直接能从中看出，扩大了一倍的科考，代表的可能是寒门的崛起。恐怕户部闹这么一出，世家理亏，让寒门上位，才是皇帝的真正目的。这一年户部官位调整，出身寒门的官员大放异彩的机会比之前多了很多。而在丹阳公主开始支持这些官员后，他们和朝中那些世家出身的隐隐形成对峙之态。只是尚且弱小，不足为虑，但来日可期。

暮晚摇按部就班地帮着这些寒门出身的官员在朝上出人头地。科考在她父皇这里才开始实行，如今不过短短二十余年，寒门还不足以和世家抗衡。但暮晚摇洞悉皇帝的态度后，又因为和太子反目，便选择了走这一步。况且和之前帮太子不同，现在她帮自己的父皇扶持寒门，不再像之前待在太子身边时那般急切，那般张扬。只因那时暮晚摇恐惧自己会被当作和乌蛮联姻的牺牲品，恐惧自己成为弃子。而今她虽然势力损失大半，那种被送去和亲的恐惧感，却已在一次次对皇帝的旁敲侧击下消失了。她没那么担心自己成为弃子，只因为……她的哥哥们都向着世家，只有她帮寒门。就算为了这个，她的父皇也会为她保驾护航，支持她。

寒门上位嘛……是个漫长的过程，急是不能急的，慢慢来吧。新一年的科考，倒是可以好好利用一番。

暮晚摇在新春之际，没有参加宫宴，府上的人情往来却不少。从大年初一到十五，不断地有臣子来拜访她，经她引荐。而且暮晚摇知道隔壁府邸，言尚已经回来，正在养伤，但是她一次也没有问过，没有看过。她的情绪稳定，心情平静，侍女们也小心翼翼地不敢在公主面前提起言二郎。

暮晚摇处理这些事时，想到了太子，不禁沉吟，觉得有些难对付。因在她忙碌的同一时间，太子借助身份的便利，也在皇帝的病榻前尽孝。他及时断了自己的手脚，向皇帝认错，几乎采用和暮晚摇一样的方式，用亲情来打动皇帝。所以虽然损失了一些，但太子之位仍然得保。太子如今日日跟在皇帝身边，不去监国，朝政被控制在了秦王手中。朝中隐隐有秦王独大之势。

太子却当作不知。如此当断则断的心狠，如何不让暮晚摇提防呢？

斗争埋在一片平静下，新春过去，时入二月，朝中准备开试科举时，言尚也得到了吏部签下的正式调遣书，升他官为正七品上，南阳穰县县令，兼少监之职。命他即刻出京，前往南阳上任。

言尚做了这么多事，韩束行看在眼中，心惊胆战，他的怒火平消后，开始后悔，觉得是自己害惨了言二郎。韩束行不知道在市集间怎么听到了流言，说言尚此行会不安全。于是在言尚从牢狱出来后，便非常坚定地要求做言尚的贴身卫士，跟随言尚一起去南阳上任。言尚拒绝了几次无果后，就随他了。

二月上旬，长安城外，一些旧相识来送言尚离京。其中包括林道与刘若竹，还有一些朝中新起的寒门出身的大臣，并一些在户部此事中与言尚并未彻底交恶的旧友。

不光送言尚出京，也送以前的户部尚书出京。不错，原本只差两年就能致仕的户部尚书，在户部全军覆灭后也被中枢贬了官。年已六十多的户部尚书被朝廷派去当益州刺史，收拾益州现在的烂摊子。两鬓斑白的户部尚书牵着马出现在城门外，身后跟着他那个来送行的长子。

户部尚书家的长子看到言尚，便脸色冷淡，颇为不耐烦。户部尚书对言尚的行礼倒很和颜悦色，笑呵呵："无妨无妨，不过是去益州而已。为国效力，老当益壮嘛。"

他儿子眼泪差点掉下来："父亲已经这般年纪，去那般穷寒苦地……"

户部尚书："瞎说。我掌管户部多年，我不知道吗？益州还是很有钱的，你们就别担心了。"他拍拍言尚的肩，看着这个清瘦的年轻人，开玩笑道，"海内名臣言素臣吗？名气不小啊。"

言尚心里并不好受，低声："是我冲动，连累您了。"

户部尚书摆手，不让他们相送。他从自己依依不舍的长子手中接过酒壶，饮了一大口酒后，蹒跚地爬上马背。身边就跟着两个小厮牵马，这位老人家瘦小地坐在马上，迎着夕阳，走向未知路。春风古道，杨柳依依，细雨如牛毛，沙沙作响。一众年轻人站在城楼下，他们没有一人撑伞，只静静站着，聆听风中传来老人家的沧桑歌声：

"万事莫侵闲鬓发，百年正要佳眠食。"

"此老自当兵十万，长安正在天西北！"

"父母且不顾，何言子与妻！"

下了雨，雨水却清润，不让人厌烦。暮晚摇和自己的随从们从城外来，骑在马上，远远看到了长安城楼下的一众年轻人。她眼尖，一下看到了言尚，便沉下了脸。为了躲这个人，她特意出城，以为等自己回来，他应该已经离开长安了。怎么还没走，还在城楼下和人依依不舍？方桐见公主不悦，便绞尽脑汁地想法子另走一路，好躲过言二郎；夏容则乖乖地坐在马上，一句话不敢多说。

没等他们想出法子，暮晚摇忽然手指一人："那人是谁？"

方桐看去："是……韩束行！啊，居然是他。看样子，他竟然跟随言二郎当卫士了？"

暮晚摇："拿箭来。"

方桐："……"

暮晚摇眼睛盯着背对着这边的言尚，语气加厉："拿弓箭来！"

方桐：……这是要射杀言二郎？

至、至于吗？

城楼下，刘若竹目中噙泪，其他人也是依依不舍。

言尚好笑，道："好了，再次别过吧……"

话没说完，他身侧后两步外的韩束行忽然背脊一僵，猛地蹿起，扑向言尚："二郎小心！"

伴随着这个声音，言尚听到了极轻的"铮铮"声。他被韩束行拽得一趔趄，林道在旁厉喝："谁？！"

言尚回头，一支笔直的箭堪堪擦过他的脸，掠了过去。他抬眸看去，一时间怔怔而立，眼睁睁看着暮晚摇和她的随从们骑马而来，暮晚摇手中的弓还没有放下。

刘若竹惊疑："公主殿下？怎能、怎能……这样射箭呢？若是闹出人命……"

暮晚摇笑盈盈："为言二郎送行嘛。这是说'开弓没有回头箭'，我是祝言二郎一路顺风，开心一下呗。"她俯眼看言尚，看到对方脸色略白，仍慢条斯理地笑，"言二郎介意本宫这般为你送行吗？"

447

言尚垂着眼，道："殿下与众不同。"

暮晚摇道："你也不差。"

一人尚立在地上，一人还趾高气扬地坐在马上，气氛变得古怪，且越来越怪。刘若竹在旁干笑一声："下雨了哎。好像送别的时候都会下雨，说是挽留的意思……"

暮晚摇："嗤。"她头也不回地骑马走了，越过众人。言尚抬目盯着她鲜妍的背影，望了许久。直到城门关上，公主一行人彻底看不见。而言尚不再和众人多说，上了马车，便离开此地。

暮晚摇骑马走在长安道上，眼睛看着前方，忽然问："隔壁府邸还是姓言吗？"

夏容赶紧策马上前，来为公主解答："是。言二郎一直想把府邸卖出去，但是咱们公主府对面的府邸，岂是寻常人租得起的。言二郎无法，便只好留下了，但是其他的房子院落，他都已经卖掉了。"

暮晚摇不吭气。夏容舒口气。暮晚摇："继续。"

夏容愕一下，不知道公主要自己继续什么，只能自己乱猜着说："还有、还有……言二郎来府上还殿下昔日赠他的东西，还要送公主东西。奴婢、奴婢都按照公主的吩咐，打发了出去，说公主不想和他有任何联系，让他离我们的公主府远一些。言二郎还在公主府外站了一会儿才走，看上去……好像有点伤心。"

暮晚摇御马的动作忽然停下。座下的马被她拴着缰绳，低头吐着混浊的气息，马蹄在雨地上轻轻踩两下。长裙覆在马身上，她目光静静地看着前方，就这般呆呆地坐了很久，身后的人陪她一同淋在雨中，无人敢大声说话。雨水的气息绵绵地，潮湿地包裹着她，笼罩着她。

忽然间，一声娇斥自公主口中发出："驾——"她掉转马头，向出城的方向快速驰去。

马车辚辚，因下雨而行得缓慢。云书在外面骑马，初时高声地试图和那个沉默寡言的韩束行攀谈。对方总不说话，云书便也失去了兴趣。而马车中，言尚低着头，看着自己手中捧着的写满字的折子。这本是他想给暮晚摇的，但是自他从牢中出来，她从不见他，一个眼神也不给。他自然知道这是最好的，不只她这样，他其实也应该淡下心思，彻底放下旧情。只是这折子是他想送给暮晚摇的最后的礼物，她却也不要。

言尚心里如同一直下着雨，难受得厉害。他情绪低落，闭上眼缓一会儿，让自己不要再想那些无谓的事了。他应当反省自己在户部此案中的错处，他太过冲动了。自甘入狱接受调查是一回事，没有给自己留足后路又是一回事。这一次若不是运气好，他也许就……

这种错误，日后不能再犯了。不管做什么事，都应多准备几条路。这一次，就是因为自己准备得太少了。他缜密地想着这些，闭着眼，手摸到案几上的一杯凉茶。他饮了一口，低头咳嗽两声，眉峰轻轻蹙了下。牢狱之灾带上的伤还没有好全，至少到现在，他的肺仍会抽痛。

言尚咳嗽时，朦朦胧胧地听到外面的女声："马车停下——言尚在吗？"

他手搭在茶盏上，冰凉的指尖轻轻颤了下。他疑惑是自己的幻觉，因为他竟然觉得这声音是暮晚摇的。虽然觉得不可能，言尚却猛地掀开了车帘，向外看去。

马车正好被追来的人喝停，透过车窗，言尚漆黑温润的眼睛，看到了策马而来、身上沾着雨水的美丽女郎。她正不耐烦地让他的马车停下了，呵斥云书不懂事。暮晚摇忽然扭头，她的眼睛和他对上了。

言尚心跳咚了一下。他一下子僵得往远离车窗的方向退开，然后静了静，又倾身去打开车门。而正是他打开车门的工夫，明艳夺目的女郎正踩着脚凳、提着裙裾，登上了马车。

车门打开一瞬，言尚看着登车而来的暮晚摇。他有些疑惑地看着她，见她垂着脸，抬眸瞥了他一眼。那一眼中的艳色，夺人心魄。暮晚摇面上却没什么表情，她躬身入车，言尚不得不向后退，给她让路。而她进来，就关上了车门。

言尚靠着车壁，不解地："你……"

关上门的车厢，窄小安静。暮晚摇俯眼看他，冷淡而漫不经心。他穿着白色的文士服，清润干净，仰头看她。他瘦了很多，面容却还是隽秀好看。坐在车中，他如朦胧月光，如暖色春阳，清澈的瞳眸中倒映着她。即使是到了这个时候，暮晚摇看着他，仍觉得他非常好。

暮晚摇对他微微笑："言尚，我们该有始有终。"

言尚怔愣看她，哑声："什么意思……"

暮晚摇淡漠道："怎么开始的，就怎么结束。"

言尚仍然没有想明白她这么追来，说这么一句话是什么意思。他想不是已经分开了吗？不是已经结束了吗？还要怎么结束？

他想不清楚的时候，暮晚摇向他倾身，向他怀中拥了过来。她搂住他脖颈，吻上了他的唇。言尚瞬时僵硬。

春雨绵绵密密。方桐等人冒雨赶到，看到云书等人茫茫然地立在马车下。云书无奈地摇头，手指马车，示意公主将他们都赶了出来。而车中，言尚靠着壁，仰着面，他的睫毛轻轻地、悠缓地擦过她的脸。他的气息和她在窄小的车中挨贴，她的呼吸与他交错，发丝落入二人的鼻息下。

初时僵硬，后来他禁不住抬起了手。脑中绷着的弦"啪"地断掉，他在她这无所谓的态度中，红了眼，一把搂住了她。看似他被她压着，他却伸臂揽住她的后背。柔软相碰，你来我往。心如火落，心如冰灌。煎熬痛苦，悲哀难受，情却不减分毫。亲密无间，爱意如此潮湿，正如也在淅淅沥沥地下一场雨。

二人脑海中，都不可控制地想到了当初，想到了暮晚摇离开岭南那天，是如何将言尚压在车中亲他。气息滚烫，难舍难分。不管外面的仆从如何等候，谁知车里面在做些什么，压抑着些什么。忽然，言尚唇上一痛，暮晚摇退开了。言尚摸一下自己的唇角，是被咬破的血迹。她的唇红艳水润，也滴着两滴血。

暮晚摇看他一眼，转身推开车门，跳下了车。善始善终，如此结束。她袖中却被他塞入了一份折子。暮晚摇扭头看马车最后一眼，头也不回，骑上自己的马，这一次真的走了——

依然觉得他很好。但是……再也不见了。

第五十三章

三年岁月，时如逝水。祐和二十七年，元日刚过，长安烟水明媚。

大魏陇右关被南蛮小部分军队连续扰乱三年，在这一年春天，一个刚提拔上来的小将采用挖地道的方式，包抄敌军后方。大魏军队和南蛮骚扰军队在陇右打仗，战线长跨数十里，持续月余。在敌军连续三个首领被杀后，这批骚扰大魏边境的南蛮军队不甘不愿地退了下去，再没有来犯。中枢得到战报，当即大喜，召见这位小将入长安，授官授爵。而到这个时候，中枢才知道这个从底层爬上来的小将，并非无名之辈，而是好久未曾听到消息的长安杨氏三郎，杨嗣。

就在中枢研究给杨嗣授个多大的将军职位时，杨嗣召集兵马，从陇右前往长安。在离长安还有数十里的地方，兵马结营驻扎此处。自然，寻常情况下，这些兵马只为壮声势，不会进入长安。得到召见的，只会是杨嗣一人。

当夜，杨嗣在帐篷中被高兴的将士们灌醉，饶是他酒量了得，也架不住这么多人劝酒。将士们都喝得醉醺醺，杨嗣亦是醉了。他头痛欲裂，但精神却格外亢奋。四年不曾入长安，不曾见父母，如今锦衣返乡，如何不喜？

醉得熏然的杨嗣解了缰绳，没有搭理满营帐的喝醉将士们，他骑上马，就趁着这股激荡，一路南下疾驰，向长安行去。快天亮的时候，马因疲惫而步伐放缓，杨嗣撑着额头，烦躁之时和座下马较劲。一人一马在黎明之下近乎斗殴，这场闹剧一般的斗殴以杨嗣被甩下马结束。杨嗣被他的马摔下，失了主人的宝马兴奋地长嘶一声，扬着铁蹄激动跑远，将杨嗣丢在荒郊野外。杨嗣低咒一声，扶着头灰扑扑地爬起，跌跌撞撞地走路。没走多远，他便跌在一条小溪旁，上半身都浸入了水里，闭上眼睡得人事不省。

而天亮的时候，一对兄妹骑着马，从道路的另一旁走来。溪水潺潺，春景怡然，这对兄妹看到了倒在溪水边的青年。那位妹妹咦了一声，不顾自己哥哥的阻拦，跳下马来蹲在溪边查看这个昏睡的青年。杨嗣整张面容英俊酷冷，却带着醉酒后的潮红色。他睡得天昏地暗，但是才被近身，多年来养成的习惯让他当即摸刀。可惜腰间的刀在昨晚醉酒时输了出去，杨嗣没摸到刀，然而手一拧，一把拽住了那个碰到他的少女手腕。

少女吃痛叫了一声，却声音轻柔："郎君，郎君你怎么了？ 是喝醉了吗？我不是恶人，我与兄长是去长安的，我兄长要去参加春闱的。"

她哥哥嗓门很大："晓舟！ 这人一看就很凶，你快别管了，咱们赶紧赶路吧。"

杨嗣迷糊地睁开眼看了一眼，隐约看出一个黄衫少女的轮廓，并不是兵痞子，也不是战场上的敌人。他血液里流淌的厮杀稍微退了些，模模糊糊地，看到少女对他婉婉一笑，再次轻声安抚他。杨嗣醉醺醺想，声音这么软，像唱歌一样。他松开了扣紧她的手腕,头向后一仰,再次睡了过去。

言三郎没办法,只好答应小妹的央求,将杨嗣扶上了他们的马。那个郎君伏在他的马上,他则牵着马缰,和言晓舟边走边聊。而马背上的杨嗣,颠簸中,半睡半醒地听到了他们在聊什么,只是精神太过疲惫,让他不想睁眼。

山道上,言三郎正在训妹妹:"你真是的,多管闲事。谁知道他好人坏人,万一他是强盗,是匪贼呢?"

言晓舟俏皮一笑:"所以我不是用绳子把他绑了嘛。"

她又向哥哥撒娇:"我们把他送去最近的驿站,让他去那里休息不就好了吗?哥哥,怎能见死不救呢?万一这位郎君有什么急事,有什么难处,我们不管,不是耽误了人家吗?"

言三郎侧头看一眼妹妹。正是十七八岁的青春年华,雪肤柳腰。她拥有春晖一般的美貌,笑起来时眼眸弯弯,瞳心漆黑,又澄澈,又干净。无论是美貌,还是她身上那通透清澈的气质,都极为吸引男子。言三郎和妹妹一路从南往北行来,如何不知道那些男子看妹妹的眼神?所以才如此紧张,暗自后悔不该带妹妹出来玩,不然应该让大哥跟着才好。

言晓舟笑盈盈:"三哥,我觉得你又在心里悄悄念我了。"

言三郎吓一跳,然后嚷道:"没有!你现在怎么跟二哥一样,别人什么也没干,你就叽叽歪歪。不要这样了!一点都不讨人喜欢。"

言晓舟抿唇柔笑,心想像二哥也没什么不好的。然而——她有些怅然,轻声喃喃:"可是,我已经有五年多没见过二哥了。二哥也不在长安。"

言三郎跟着情绪低落起来,但毕竟为人兄长,很快安抚妹妹:"二哥不是跟我们说了吗,让我们好好待在长安,他今年一定会回到长安的。"他心中有话没有告诉妹妹:此次来长安,一方面是为了他的科考;另一方面,也是想等二哥回长安,帮妹妹在这里找一门好亲事。岭南没有什么好人家。如果二哥以后长留长安的话,小妹能够嫁到长安,有二哥照应,他们一家人也能放下些心。

杨嗣彻底酒醒的时候,已经到了这一天的黄昏。他赤脚沉脸,在驿站的一间房舍中想了片刻,也只模模糊糊地记得那个帮自己的兄妹一路上都在嘀嘀咕咕什么大哥二哥的,没什么意思,就是记得那个娘子说话声音很温柔。想了半天没想起来什么有用的,干脆放下此事,杨嗣下楼见到驿丞,打了声招呼后,管对方借了马匹,这次直接一口气进长安城了。

他这一次估计会在长安待半年之久。一方面是老皇帝提防，不会让他立刻回边关；一方面是，嗯，丹阳公主大约要嫁人了。

公主出嫁的衣服，由少府监织作。这一年入春，少府监和礼部就开始准备丹阳公主的婚事。若无意外，丹阳公主会在这一年的九月嫁人。半年时间准备公主的婚礼，修葺公主府，时间勉强够用。

杨嗣回长安，回家了一天，去东宫待了半天，便登上丹阳公主的府邸，好奇暮晚摇选的驸马是谁了。

这么多年，许多事情都发生了变化。例如太子如今跟在皇帝身边学习为君之道，户部虽重新回了太子手中，太子却谨慎很多，不像以前那样事事插手；比如如今长安风头最盛的，是秦王；再比如，秦王虽得势，这些年对秦王背后势力的压制却比杨嗣离开长安时，要厉害了许多，其中出力最多的，便是朝上那些拧成一股绳的寒门出身的大臣。秦王既风光，又天天被讨一屁股债，也是心情复杂。

而再说起暮晚摇……这些年行事沉稳许多，也安静了许多。太子如今不像当年那样说一不二，暮晚摇也不像当年那样事事出风头。她支持着朝中的寒门子弟，手段却委婉柔和许多，但是权势反而更盛，一时之间无人和她相争。丹阳公主在长安的权势圈，基本稳稳立足。当她得到立足的时候，她便会考虑婚事了。

杨嗣虽然遗憾暮晚摇到底没有和言尚成事，但是暮晚摇终于要嫁出去了，他还是由衷为她高兴的。所以刚回长安没两天，杨嗣就来暮晚摇这里讨酒喝了。

公主府中的正厅，暮晚摇笑吟吟请杨嗣入座，让他品尝自己新得的美酒。二人之间说笑，不像小时候那样打闹，但是多年不见，即使暮晚摇如今和太子还是互不搭理，和杨嗣的关系并未受到太多影响。暮晚摇观察着杨嗣，见他面容冷硬了很多，坐姿也比以前挺拔许多。他现在巍峨的气势，褪去了少年时的肆意，才像个真正从战场上走出的将军。

杨嗣忽然向她偏头，淡声："那位便是你即将的驸马？"

暮晚摇顺着杨嗣的目光看去，见庭院春花飞落，一位年轻郎君被侍女们领着从远而近。裴倾经公主介绍，恭敬入座，坐在了公主身后。他知道杨三郎是什么人物，便压抑心中紧张，微笑着和这位郎君攀谈："听说三郎与殿下是青梅竹马，这一次是专程为殿下的婚事回来的。三郎与殿下这般好的感情，让某万分羡慕。"

杨嗣的神色冷淡，看了暮晚摇一眼。

暮晚摇手中摇着酒杯，唇角噙着一份漫不经心的笑。杨三郎瞥她一眼，她才回头："裴倾，给杨三倒酒。他无酒不欢，想讨他的好，送他酒喝便是。"

裴倾本能觉得杨嗣不喜欢自己，他压下那股被审度的凉意，笑着说好。之后杨嗣在这里用膳。裴倾目光一直放在暮晚摇身上，暮晚摇想要什么，他都能及时察觉。一个酒樽，一道菜。皆被他放在暮晚摇最近的手边。杨嗣冷眼看着。裴倾大约一直想和他多说话，但杨嗣周身那冷洌之气，将这个读书出身的年轻人压得几次面露难色。他不自在地多次看暮晚摇，暮晚摇对杨嗣笑："你别欺负裴倾。"

杨嗣一哂。但用完膳，他的手臂向外一扯，淡声："出去。"

裴倾身子微僵，看向暮晚摇。暮晚摇唇角笑意依然若有若无，眯着眸，几分慵懒随意："下去吧。"

厅中只剩下杨嗣和暮晚摇。杨嗣便不再客气："这就是你挑的驸马？什么眼光？"

暮晚摇漫不经心："哪里不好吗？听我话，乖巧，懂事，让他往东他不往西，事事以我为先，眼睛永远放在我身上，还努力跟我身边的人打交道，即使如你这样给他脸色，他也忍了下来。这么好的驸马，哪里找？"

杨嗣脸色越冷，道："你是招驸马，还是招傀儡，抑或是养面首呢？"

暮晚摇看向他。杨嗣盯着她，冷锐的目光在对上她艳丽噙水的眼眸半晌后，终是将自己的气势放了放："你到底在搞什么？"

暮晚摇晃着酒樽，没说话。杨嗣觉得裴倾不好，她却觉得还成。裴倾寒门出身，从科考开始就一路为她所控。如今她在争取吏部的话语权，想将裴倾安排进去。裴倾若是能对每年的科考说上话，那她这边能用到的人手就更多。只是裴倾年轻，能够入吏部当个员外郎，暮晚摇和他都要花费许多精力。但是如果裴倾能够尚公主……这个吏部员外郎的官职，必然稳了。说到底，还是为了权势。而且和寒门联姻，也方便暮晚摇对寒门表示态度。

暮晚摇将自己的婚事当作政治工具用，驾轻就熟。然而杨嗣虽然不知道她的目的，却看出她对婚姻那无所谓的敷衍态度，不禁有些生气。他压低声音："当年我离开长安时，你还不是这样子的。这些年，你越活越过去了？

成婚是一辈子的大事，你就打算这么随便来？"

暮晚摇反问："有什么不好？裴倾很听话，也很爱我。你只是还不了解他，你了解了他，就会知道我这个驸马选得是很不错的。"

杨嗣："我是看出他眼睛都在你身上了，但我看不出你眼睛往他身上放过一次。你知不知道你看他时，目光都是随意掠过？"

暮晚摇说："胡说。我有认真看过他。不如你召裴倾过来，我认真给你看一次，让你看看？"

杨嗣淡声："但是你看着他时，心里想的是谁呢？"

暮晚摇偏过脸。她雪白的面上神情有点冷，眼中还带着三分笑。她反问："我在想谁？"

旁人不敢说，杨嗣却从来不怕她这个小丫头："你在想那个裴倾像极了的人。"

暮晚摇目中一怔。站在廊下的夏容听到杨三郎这么不客气地指出来，顿时有些着急，怕公主会掀案发怒。这三年来，他们都不敢在公主面前提起那个人……杨三郎这是做什么呀？

然而暮晚摇并没有发怒，她手托腮，若有所思地看向窗外春景，随意地、无所谓地道："那有什么关系。说不定我审美就是这样，喜欢的都是同一类人。我就喜欢这般乖巧听话的。"

杨嗣嘲她："你连点激情都没有，你说你喜欢？"

暮晚摇本不想发火，她这三年来已经很少发火了，但是杨嗣一次又一次地挑衅她，她终是怒了，手指门外："你给我滚！跟你什么关系，你懂个屁！"

杨嗣从来不惯她。他长身跃起，拔腿就走，临走了还嘲讽她："我是不懂你这凑合着过的日子。好歹一个公主，连想要的都得不到，你算什么公主？"

暮晚摇气怒至极，高声喊着方桐等卫士，让卫士们把杨三丢出公主府，不许杨三再来。她和杨三郎站在廊子的左右两边对骂，吵得不可开交。暮晚摇恨不得自己提着棍子把杨三郎打出去，终是把人赶走了。

暮晚摇和杨嗣争吵后，气呼呼地关门回了屋，不许任何人进去打扰。夏容和那靠在廊柱上看戏的方桐八卦道："殿下好像有活力了哎。"

方桐："嗯。"

夏容竟然有些欣慰："看来我们殿下还是适合跟杨三郎这样的人物在一起，应该让三郎多登门，和殿下吵一吵，也许殿下就不会像平日那样总是一个人待着了。"

方桐叹口气。

夏容嘀咕："还说选驸马呢。殿下都不许驸马在府上过夜，和……和之前那位一点都不一样。"

暮晚摇并不理会杨嗣。杨嗣对她选上的驸马看不上，但这是她成亲，又不是杨嗣成亲，看不上就看不上吧。只是大约受杨嗣的影响，再看裴倾时，暮晚摇便更加提不起劲。她可以和裴倾谈公务，但是朝堂上的事情谈过后，她就想赶裴倾走，让自己一个人待着。她觉得自己一个人待着，都比府上多一个男人要舒服很多。暮晚摇怀疑自己哪里有些毛病，可她并没有哪里不开心，不好不坏而已。

这一日，暮晚摇刚从外面回来，裴倾便登公主府门。暮晚摇神色冷淡，从车上下来时，看也没看裴倾一眼，提起裙裾就要上台阶。而裴倾从她的神情，就看出她今日心情不太好，想来是和哪位大臣吵了一顿。裴倾正犹豫着，暮晚摇转脸向他看来："有什么事，快点说。我今日有些累，不留你用晚膳了。"

裴倾将自己身后一位布衣少年拉出来，温声："是这样，我与这位郎君刚刚相识，感他才学甚好，今年春闱也许榜上有名，便想带他拜见殿下一番。"

他说得这么委婉，暮晚摇却知道这意思，是帮对方行卷，她的唇角勾了一勾，敷衍道："你也是朝廷大官，用我的名义去找吏部尚书便是。这种小事，不用请教我。"

裴倾身后那位少年脸色有些不堪，羞恼。他听出了公主的不当回事。

裴倾同样尴尬，因暮晚摇的态度，让他之前的作保变得可笑。他上前一步，跟在暮晚摇身后，还是争取了一下："殿下，他是南阳有名的才子，殿下真的不多问一问吗？"

暮晚摇立在台阶上，脚步突然停住了。耳边听到"南阳"两个字，鬼使神差，也许杨嗣训她的话真的影响到了她，也许她下午时喝的酒这会儿有些上头，暮晚摇转脸看向那个一脸不高兴的少年。她唇角带着一丝笑，像是故意逗弄对方，又像是好奇一般："南阳才子呀？那你认不认识一个叫言尚的人？"

裴倾眼神微僵。他看向暮晚摇，暮晚摇却好似真的只是好奇，笑容还是那般无所谓的态度。那个少年茫然。

暮晚摇随口道："就是你们南阳穰县的县令……"

少年郎君恍然大悟："殿下说的可是富有'海内名臣'之称的言郎吗？说的可是我们的府君言素臣？"

暮晚摇："……"她目光凝住了，失笑，"对。就是他。怎么，他名气很大？"

裴倾脸上笑容已经十分勉强，他放下了袖子，看着暮晚摇。然而暮晚摇黑漆漆的眼睛，盯着他身后的少年，完全看不到他。

那个少年语气称赞："我们的府君自然名气极大。殿下不知，南阳如今官学、私学之盛，已超过长安。我们那里许多名家、大师都去学堂教书，都是我们府君请来的。府君不仅为我们聘名师，还办启蒙学堂，亲自去编书籍。如我这样的寒门子弟，没有来长安的赶路费，他还会资助我等……"

暮晚摇盯着少年眼中的向往神情半晌，她露出笑："留下用晚膳吧。"这个裴倾请来的少年，明显感觉到公主殿下对他们府君的兴趣。要托公主行卷，要入公主门，自然要讨好公主殿下。所以一晚上用膳，哪怕那位裴郎几次暗示他不要说了，但只要公主愿意听，少年仍绞尽脑汁地想他们府君的事迹。

食案撤下去后，暮晚摇仍不打算结束谈话。她托着腮，目中光若星摇，被少年的话逗得笑出来。她笑吟吟："真的吗？你真的见过他？难道他还会去教你们读书吗？不能吧，他应当没有这般本事才对。"

少年激动道："怎能劳烦府君教我等读书呢？是有一次府君来学堂，大家都跑去看，我在人群中也看了一眼。殿下与我们府君是旧相识吧？那殿下当知，我们府君的风采，真的是……涵养气度，都让人没话说。"

暮晚摇红了腮，有些不好意思地垂了长睫，轻轻嗯了一声："他是长得很好看。"

少年说："殿下知道我们南阳刺史是谁吧？是我们南阳有名的大家姜氏家中出来的郎君。南阳刺史想把他女儿嫁给我们府君，结果刺史和我们府君聊了一晚上，次日就羞愧说自家女儿配不上府君。"

暮晚摇抿唇笑，她眼中的光更加亮："所以你是真的见过他？"

少年："见过见过！我不光见过，还与府君说过话。"

暮晚摇："他的声音是不是很好听？那种又低又柔，像、像和你说悄悄话一般，又像是春风拂过一般。"

少年笑了，说："大约是吧。我没见过府君高声说话。"

暮晚摇："他本就不高声说话的！因为他涵养极好，很少生气。而且你就算惹了他生气也没关系，他很少不给人面子的。你做错了事，他就是看着你，特别无奈地叹一口气，像这样——"暮晚摇闭目，一会儿再抬目时，整个人气质变得温柔十分。她目光柔柔地看着席上二人，轻轻地叹口气，像一团雾轻轻吹起，柔柔散开。

少年说："我没见过他叹气。"

暮晚摇不悦，觉得他的了解太少了。然而她还是很有兴趣和这个少年说话，她说："那你见过他发呆的样子吗？"

少年想了半天，说："有一次！有一次我去学堂，就见府君立在我们学舍外，老师们都走了，他还站在那里不动，就是在发呆吧。"

暮晚摇脸颊生热，她笑吟吟："他发呆的时候是不是很好玩？眼睛看着天，就那么茫茫然地站半天。他整个人糊里糊涂的，然后他发呆半天，你就能听到他长叹口气。这时候的叹气和他无奈时的那种不一样……我很喜欢看他发呆的。"

如是如是，那般那般。一整晚，暮晚摇和少年就着一个人相谈甚欢，裴倾中途告退，没有扫暮晚摇的兴致。毕竟是公主，她想如何就如何。只是裴倾开始不安……开始觉得，有什么事，即将要发生了一般。

暮晚摇与少年谈了一晚上，当夜邀请对方住在公主府，次日她就主动地帮对方行卷。可惜这个少年对言尚的事情了解得很少，暮晚摇无法从对方嘴里知道更多的事，她很快失去了兴趣。

夜里，暮晚摇独自在府中喝酒，夏容来报她说："裴郎求见殿下。"

暮晚摇皱眉，说："没要紧事就不必见了。"

于是夏容出去一趟，她再回来时，见公主还在自饮自酌。夏容跪在公主身边，迟疑一会儿，还是劝道："殿下马上就要成亲了，为何还这般冷落裴郎呢？"

暮晚摇头也不回，说："他给你钱，贿赂你，让你在我面前给他说好话了？"

夏容羞愧："没有。裴郎是这般做了，但是奴婢没敢收他的钱，就是觉得有些同情他，才这般说的。"

暮晚摇嘟囔一句："言尚就从来不这样。"

夏容怔一下，几乎以为自己听错了。

窗外月蒙蒙照入，冷白清寒，铺在暮晚摇身上。夏容看公主一会儿说："殿下最近经常提起言二郎呀。"

暮晚摇没说话。

夏容："奴婢不懂……当年那事后，殿下不恨言二郎了吗？怎会如今……那天那位郎君和殿下说起言二郎，这几年，奴婢从未见殿下这般开心过。裴郎当时脸色难看，但是奴婢见殿下却几乎忘情了。"

暮晚摇嘴角勾了勾，她手撑着额头，垂眼看着杯中酒，几分迷茫道："我不知道……也许是因为杨三回来了，也许是因为快要成亲了……我就总是想起他，越来越多地想起他。你知道吗，我现在看着裴倾，都在想杨三的话。我当初扶持这个人，是不是因为裴倾某方面很像言尚？可是我又觉得裴倾不好。我经常想，他和言尚根本不一样。他不像言尚那么害羞，他虽然也内敛，但他不像言尚那般总是不自在。他眼睛总是跟着我，但是言尚很多时候不看我。我一回头，裴倾就在。可是我、我很喜欢看言尚坐在那里发呆。

"明明裴倾心里只有我，可是我为什么无所谓？明明言尚心里不只有我，可我为什么和他在一起时，就不会觉得无所谓？我不喜欢和裴倾坐在一起，不喜欢和他说话，不喜欢我每说一句话，他都认同……他是很听话，可是我……我不知道。我就是觉得……"暮晚摇趴在了案上，喃声，"言尚在的时候，我觉得很安全，情绪会起伏。裴倾在的时候，我心无波澜，如同死灰。"

夏容沉默一会儿，道："殿下为什么觉得言二郎很安全？他明明、明明那样对殿下。"

暮晚摇立刻抬头，也许是喝醉了，她快速反驳："那又不一样！他又不是因为别的原因离开我，只是当初和我的立场不同，我们没办法走下去而已。他又不曾对我使坏，他走了后还给我留下折子，劝我该怎么做……夏容，你不了解言尚。你不知道他是什么样的人。但是我知道。我从一开始就知道。"

她转头，对自己的侍女露出一些像是秘密一般的笑。她小声："我悄悄告诉你，如果我瞎了瘸了，如果我不是公主了，你们都会因为这个而对我的态度发生变化。可是言尚就不会。哪怕他不在我身边，我也知道如果我出事，

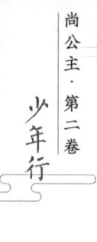

他会帮我，会毫无保留地帮我。"

她眼中波光粼粼，仰头看着明月。月光照在她眼中，落在她漆黑的世界里。她不彷徨，也不无助。她不难过，也不伤怀。就只是寂寞而已，就只是夜里经常觉得太过安静了而已，就只是提着灯会突然不知道自己要看谁而已。暮晚摇望着月光，痴了一般喃喃："他是我见过的世上最好的人。谁也不如他好。"

暮晚摇伏在案上，肩膀轻轻颤抖。夏容觉得她在哽咽，轻轻推公主，看公主的脸。然而又没有看到公主在哭，公主就好像小猫一样，呜呜咽咽，幽幽怨怨，挠着爪子——她想要一个谁，特别想要。只是平时不能表现出来。

暮晚摇那夜醉酒后的表态，昙花一现。夏容次日想和公主讨论一下此事，暮晚摇轻飘飘掠过，根本不给她说话的机会。直到这一日，暮晚摇一行人从外面回来，立在公主府所在的巷子里，突然怔忡。因一辆马车停在巷中，这普通规制的马车，很显然不会是暮晚摇用的。而且小厮进出往隔壁搬什么……暮晚摇感觉自己的心跳一下子不自然。

不等夏容等人反应过来，暮晚摇已经走进了隔壁府邸。隔壁府邸三年没人打理，十分荒芜，然而暮晚摇眼睛搜寻的并不是景致，而是人。她没有找到自己以为的那个人，说不出是什么感觉时，听到轻柔又诧异的女声在后："是……殿下吗？丹阳公主殿下？"

暮晚摇扭头，见一个少女抱着一堆书，对着她露出婉婉笑容。而一个青年急匆匆地，口上大声嚷嚷什么，却在看到暮晚摇时，如同被掐住喉咙的鸭子，一下子失了声。

暮晚摇没有认出那个青年是言三郎，但她盯着这位亭亭玉立的少女半响，叫了出来："你是……言晓舟！"

言晓舟和言三郎有些尴尬。本来是想趁公主不在的时候整理府邸，没想到还是碰上公主了。言晓舟说话轻声细语："是这样的，我陪三哥进京赶考，二哥不想让我们住在这里，说想将这个宅子卖了。三哥就打算自告奋勇，我们稍微收拾一下院落，帮二哥把这个宅子卖了为好。因二哥也要成亲了，总是需要钱财的……"

暮晚摇呆住，蹙眉："成亲？"

言晓舟幽黑干净的眼睛看着她。她望着这位公主，敏锐地洞察了公主的心思,所以犹豫一下,没有说话。

言三郎却呆愣愣的:"殿下,你要做什么?我二哥不能成亲吗?我大哥都有三个孩子了,我第二个孩子也要出生了……我二哥好不容易被我们说服要成亲,已经很晚了,他不能再拖了!"

第五十四章

三年来,暮晚摇第一次进入隔壁府邸。荒草满园,树木枯落。池中的水已成死水,水面上漂着的轻絮如旧日阴影。她立在此间,见到言三郎和言晓舟兄妹,又听他二人说话,恍惚有一种时光倒退的感觉。但是时光分明没有倒退,因为言三郎说,言尚要成亲了。

暮晚摇心中空荡荡的,她一时之间,不知自己在想什么,只觉得好似在出神,好似在神游。等她回过神的时候,她已经站在了言尚昔日的屋舍中。屋里的家具如昔日,除了落了一层灰,各处角落里布满蛛网,其他的也没什么。暮晚摇看的却不是那些,她站在一张书案旁,垂目看着的是一盆已经枯了很久的睡莲。她俯眼盯着这花盆,忽而想到了那一晚的大雨,他打开门看到她时,眼中如同流星掠起一般,又清又亮。她看着盆中的淤泥,模模糊糊地看到了帷帐纷扬,烛火幽若,她撑在他后背上看他,他问她"睡莲开了吗"。

睡莲没有开。睡莲已经死了。

裴倾来公主府,见巷中停着不属于公主府的马车,心中已觉得不对。而他很快知道暮晚摇去了隔壁,裴倾连忙到隔壁,一路畅通无阻,看到所有仆从并两个陌生男女,一同站在一间房舍外。

裴倾借用身份的便利挤入人群。他透过窗,看到站在一花盆前的暮晚摇。她就那么站着,夕阳从后浮在她侧脸上,她垂着长睫,神情冷淡。但是这么一瞬,裴倾从她身上,看到了一种很难过的感觉,于是满腔的话卡在喉咙间,一颗心在水中泡得酸楚苦涩。裴倾禁不住绝望,觉得三年的陪伴,竟比不过她看到旧日光影一瞬间燃起的心思。在公主殿下这里,他到底算什么呢?

当日暮晚摇没有心情和裴倾相处,反而邀请了言晓舟这对兄妹住在公主府。裴倾回到自己的府邸,在书舍中平静了一会儿,心中那嫉妒仍是退不下去。他不禁自嘲。三年而已,他已为朝中六品官员,就算比不上言二郎当初的一年升数阶,这般成就已然是极有前途。然而身边每个人,都会情不自禁地提起"言二郎""言素臣"。

因为言素臣是海内名臣;因为言素臣虽然人不在长安,可他在长安办成的两件大事,让谁也忘不掉;因为言素臣那般年轻,因为他当年也和丹阳公主关系暧昧。因为裴倾和言素臣乍一看,是那么像。只有暮晚摇从不提言素臣。

裴倾以为言尚身在南阳,时间久了,身边人会忘了他。可惜随着言尚在南阳待的时间越久,政绩越出色,各种传言流入长安……到处又是言素臣的传闻!裴倾坐在书舍中,俊秀的面容有那么一瞬间的扭曲。他不服……不服自己到底输在了哪里?

自己即将和公主成亲,可是公主总是忘不掉另一个人。这成的哪门子亲?言素臣不过是比他出现得早而已,不过是离开得早而已,所以暮晚摇心里才全是那个人的好,记不住那个人的坏。但是裴倾身为男人,不相信公主心中的白月光会是真的完美无瑕。而只有打破了公主心中白月光的痕迹,也许……他才能真正走进公主心中吧。不然,这婚事……裴倾总觉得会出意外。

过了两日,长安雨水连绵,暮晚摇进宫去见皇帝。她说起兵部和吏部的事,为的是提前向父皇打招呼。她想在吏部有话语权,但是怕秦王太过警惕,她想在兵部虚晃一枪,让秦王以为她想要的是兵部的权力。说起这个,暮晚摇心中仍有些跳得厉害,怕皇帝不允许:"李家跟我推荐了一位兵法奇才,想让这个人来长安任职……我想用这个人,吸引三哥的目光。"

其实这个人,是金陵李氏向长安圈子试探的一步。大家都不知道皇帝会不会允许。

床帐后,传来皇帝虚弱的咳嗽声。咳了好一阵子,暮晚摇才听到皇帝虚声:"……可。"

暮晚摇沉吟一下,再次道:"还有……李家来信,我外大公大约快要过世了。儿臣……想去金陵一趟。一是为、为……见外大公最后一面,二是为了说我的婚事,三是为了就兵部的事和他们亲自见面商量一番,四是……"

李家的掌权人会变动,我想接触一下他们。"

皇帝声音虚弱:"朕是信你如今的能力的。喀喀,摇摇,你想做什么……喀,放手去做吧。"

暮晚摇道:"我可以通过李家,让兵马入长安吗?因我看三哥,最近风头极盛,怕以防万一……"

皇帝哂笑:"怕以防万一,朕没有安排好一切,先死了?"

暮晚摇连忙:"父皇……"

皇帝疲惫叹:"没事,照你想做的来吧。摇摇放心,朕会为你安排好路。朕只希望能够亲眼看到你披红妆,风光出嫁。喀喀,你要早早从金陵回来,不要耽误了自己的婚事。朕一直想让你嫁个你最喜欢的。如今,喀喀,看你自己吧。你自己情愿怎样,喀,就怎样。"

暮晚摇眼中溢出眼泪,她似难过无比,扑到了床边,呜呜咽咽地抓着皇帝从帐中伸出的手,开始哭泣,求父皇一定保住身体。

半个时辰后,暮晚摇洗了把脸,出了皇帝那空气中都浮着浓郁药味的寝殿,立在夜空下,长长舒了口气,心中却不如何愉快。她明显感觉到皇帝的身体越来越差。

刘文吉悄然立在了她身后,轻轻唤一声公主,说:"奴才送殿下出宫。"

暮晚摇脸上没什么表情,甚至一个眼神都没有给身后那个权倾朝野的大太监。

刘文吉如今掌北衙兵权,又有赵公这样的士人投靠他、奉承他,他在朝上,如今可不是一般人能比。但是回到皇宫中,刘文吉依然是皇帝身边伺候的内宦,依然要恭敬地跟暮晚摇自称"奴才"。刘文吉亲自送暮晚摇出宫,其他宫人离他们都有些距离,低着头,低声说了几个字:"御医说,陛下活不过今年。"

暮晚摇面无表情,就好像没有听到他的话一般,但最重要的讯息她已经知道了。不错。在皇帝病体越来越差的时候,刘文吉需要靠山,暮晚摇也需要一个人将皇帝最隐晦的状态传递给她。暮晚摇和刘文吉合作得非常低调,二人各有目的,不过是都在拿皇帝当跳板,谋各自的前程罢了。当然,这一切都要瞒着皇帝。

刘文吉送完公主后,继续回御前。他得到小内宦的通报,知道晋王殿下又拖家带口地来看陛下,不禁若有所思。一个光会尽孝的废物……一个废物当皇帝，会不会对他来说比较好？刘文吉目中阴鸷连连，郁色浓重，吐了一口浊气。毕竟他和太子关系不好，暮晚摇和太子关系不好，所以他和暮晚摇能够合作。但是皇帝目前都没有废太子的打算，太子如今又这般能忍，如果太子真的熬到了皇帝驾崩，顺理成章登位，刘文吉今日的荣耀会不会受影响？刘文吉只是这么想一想，目前皇帝还活着，他还没有那种胆子在老皇帝的眼皮下做什么。越是这个时期，越是要冷静。

只是刘文吉要进殿的时候，在外殿中见到了晋王妃。晋王妃词句严厉，正将她身后的一个女子训得劈头盖脸。那女子瑟瑟地站在阴影里，口上答话的时候，似含着泪意。

晋王妃怒："哭什么？说你两句还说不得了？就会做出一副委屈样，在夫君那里给我上眼药。要不是我当年看你可怜帮你，你能当上现在的侧王妃？你和你儿子早被后宅那些女人害死了！你这个废物……"

刘文吉冷淡道："王妃，禁内就不要如此高声喧哗了吧？扰了陛下清修可如何是好？"

晋王妃一个激灵，连忙对这位皇帝面前的得力太监赔笑脸，问起公公的身体如何，能不能见人。而阴影角落里，春华悄悄抬眼，感激地看刘文吉一眼。刘文吉没有回头，没有看她。

听说暮晚摇要去金陵，裴倾更是觉得她丝毫不重视两人的婚事。半年后就要成亲了，她还有空去金陵？就好像……婚事只是顺带的，一点都不影响她的日常一般。虽然裴倾知道公主答应下嫁是为了帮他升官，可是她表现得如此，岂不是视他如无物？他在朝中还如何混？

裴倾当即来公主这里哀求，但是暮晚摇铁石心肠，为了她的权，她压根不为他的情感让路。实在没办法，裴倾只好说："殿下要去金陵也成，只是我既然是未来驸马，殿下总不能永远将我丢下，我一点威望都没有。殿下答应让我一同随殿下去金陵吧。何、何况！既然是公主的母家，我也应有权拜访吧？"

暮晚摇无所谓："随你。"

裴倾见她不在意，一下子高兴起来，开始张罗着帮公主安排去金陵的行程。他只是试探暮晚摇会不会让他插手，看她不在意，他便更加欢喜。好玩的是有人如裴倾这般想跟暮晚摇去金陵，也有人不愿意去。这个不愿意的人，是方桐。

方桐来告假的时候,暮晚摇顿时很不高兴。这些年来,从乌蛮到长安,几乎她去哪里,方桐这个侍卫长就会跟到哪里。她习惯了方桐的存在,方桐也熟悉她的习惯,会和公主配合默契,避免很多意外。如果方桐不去,暮晚摇中间出些错,没人有那种默契帮她收场,那有什么意思?

方桐见公主不高兴,很为难。他苦笑:"殿下,臣如今不是少年了,总是拖家带口,每次出行数月,确实不太方便。最近臣的长子从我妻家回来,臣已经一年未曾和那小子说过话。若是再去金陵,等臣回来,那小子必然又被臣妻子送走练武了。臣就是……就是想和那小子多相处两日。我们父子关系挺冷淡的,臣不想总是这般冷淡。"

暮晚摇这才了解。她突发奇想:"啊,我想起来了。我见过你儿子,他不是还挺小的吗?今年才四岁吧,你们就送他去练武了?你可以让你儿子一起和我们出行啊。他没去过金陵吧?正好这一路玩一玩嘛。"

方桐一怔,说:"殿下不喜欢小孩子,不是吗?"

暮晚摇静了下,她想到了一些往事,微微笑:"没那么不喜欢。其实……我已经很久不在意这些了。没事儿,让他跟来吧,我不会烦的。"

南阳穰县县令府衙,已到深夜,依然灯火通明。雨水淅淅沥沥,从月初就开始下,到现在断断续续,已经半个月。

一个面容肃冷的郎君不顾仆从的阻拦,一路闯入县令府衙,伸手推开门。他见到一灯如豆,言尚仍坐在书籍堆满的书案后,批改公务。随着他闯入,言尚从书案后抬起头,若有所思地向他看来,唇角带着一丝笑,说:"子妾兄。"他如清和月色,雅致安然,对闯进来的男子礼貌而笑,便抚平了男子的一身不平。言尚又对跟在男子身后的韩束行点下头,说:"你先退下吧。"

韩束行点头退下,这个闯入的男子面容和缓,觉得言尚让自己的卫士退下,是给他面子。但是韩束行在后低着头,心中想的却是大魏人奸诈,言二郎是他见过最为奸诈的。言二郎明明在此办公,就是等着这人上门,偏偏还让他们拦一下,做出很为难的样子来。

这位深夜闯入县令府衙的人是姜家六郎,乃姜家嫡系出身,他凭着好本事,如今任山南道节度使,即管辖南阳这边的军事。这位姜六郎深夜闯入,是因为言尚刚下了一道公文,要剿平南阳附近的八十路山匪。此事涉及军务,这位六郎当然愤愤不平，觉得言尚越俎代庖，要来和言尚理论一番了。

姜六郎在屋中踱步，压着怒："行，你言二郎好本事。自你来到穰县做县令，兴教、劝农、治安……姜家哪里不配合你？都是为南阳好的事，你几次到姜家求我太公出世，让几大世家投票支持你办学，看在你确实为千秋社稷的分上，我们一路配合。但是你现在又要剿匪！言二郎，你只是县令啊！这种事，应该是我的职务吧？我都不着急，你着什么急？你……"

言尚微笑着看他，心中在想，姜家同意自己这般做，不过是因为这些政绩，最后自己会和姜家平分。哪里是为的什么千秋社稷？言尚看对方说够了，才温声："子妄兄，据我所知，你出身姜家嫡系，但如今南阳刺史却非嫡系出身。这些年你应该找机会揽功绩才是，为何这般既为百姓好，又有功劳的事，你反而拒绝呢？"

姜六郎苦口婆心："因为你不懂这些山匪有多难剿，那就是野火烧不尽。不花费数年是剿不干净的。我好好地当我的节度使就是，何必做这样吃力不讨好的事？而且我要是同意你的事，分明是要和刺史抢功绩。如今我们家捧的人是他，我这么明摆着和人家对着干……唉，我知道你可能不了解我们这些大家族的事，但是我真不好如此不给他面子。"

言尚轻声："你可知如今穰县的实务到了何种水平？"

姜六郎不解："穰县不过一个中县而已，能到什么水平？"大魏的州与县，都量户口，分出上中下来。南阳在其中属于中州，南阳的州治所穰县，也是中县。

而今言尚突然提这么一句，姜六郎不禁眼皮一跳，干笑："你别告诉我，穰县的户口变化很大……"

言尚轻声："若不出意外，今年重新量制时，我就会离开南阳，而南阳刺史也要升官。但是姜家在南阳势力如此，怎好甘心离开？你也说，剿匪非一年之事，我的事是脱不了，但是你们若是剿匪，情有可原，是能拖在南阳不升迁的。"

姜六郎喃声："如此一来，姜家就会支持我……"他向言尚拱手道谢，不用多说，言尚给了他这方一个出路，还让姜家无话可说。姜六郎猜，应该是多年前言尚刚来上任的时候，刺史为了拉拢言尚，对他逼婚，所以言尚看刺史不顺眼吧。

打发走了姜六郎，处理完了这件事，言尚继续办公。他虽然在穰县有房舍，房舍离县令府衙也不远，但是言尚常年大部分时间都是住在府衙中的，就如此夜这般。

言尚坐在黑暗中沉思，静默地想着长安那边的事。陛下刚给了他一道暗旨，要他将姜氏拖在南阳，一年之内无法抽身离开。言尚接到这样的暗旨，便知道长安局面有变，皇帝要他控制住南阳这边。思来想去，剿匪是拖住姜氏的最好法子了。而若真的剿匪剿干净了，百姓也能从中受益。只是……陛下这道旨意，是不是说明长安那边要对秦王出手了？

言尚微蹙着眉，心想若是如此，是否会影响暮晚摇的婚事。他在黑暗中出了一会儿神，长安那边都说她和驸马形影不离，驸马也对她极好。她是不是终于遇上真正喜欢的人了？言尚既难过，又为她高兴。他多希望她能走出旧日的影响，当个开心的公主，有幸福美满的婚姻，有一心向着她、心里只有她的驸马。她如今地位那般，若是愿意出嫁，便说明是真心喜爱的吧？她嫁人了，他才能放下心。

言尚静静地垂头坐着，漆黑中，他摸索着站起，扶着墙，从墙上一机关掩着的空墙内，取出一黑檀匣子来。他重新坐下时，将匣子打开。屋外檐下雨水滴答，屋中灯烛光一闪，照在匣子里的荷包上。言尚伸手将荷包取出，手指摩挲着这些年来已经摸了无数遍的纹路。他俯眼看着荷包，至今猜不出绣的到底是什么。看着像水草，但也像大虫。而说不定……她当初绣的，其实是鸳鸯呢。鸳鸯双双归，她当初应该想的是这个吧。

他伏在案上，肩膀轻轻颤，又手撑着额头，缓和自己的心事。言尚闭目，压下自己心头的涩然枯意，只是坐在黑暗中看着这荷包，就如往日无数次那般。

但是她如今要嫁人了。他说好要让她好的，那就应永不打扰她，永远走出她的生命才是。何况日后他也要成亲了……心里总是对一个人念念不忘，对谁都不公平。如同一团白雾坐在暗光下。言尚手指摩挲着荷包，闭上眼，既像是劝自己，又像是劝别人。他轻声喃喃："摇摇，你要好好的。日后，我再不管你了。你一定要好好的。"

他心里想，摇摇是杂念那般多的一个人。他怕她一想起他就生气，怕她一想到他就开始怀疑婚姻和爱情的意义。他也怕她一想起他就留恋，怕她被困在过去走不出来。所以他要将长安的房子全卖掉，所以他一点都不能出现在她面前。所以他要干干净净地断掉。

爱如烈火，亦如寒水。烈火绵延不绝，寒水渊渊成冰。他是想和她在一起，可是他这么差的一个人，他帮她忘掉他，才是对她最好的事。

暮晚摇这边，一路出行，离开长安。中午休憩的时候，其他人在外面用膳，暮晚摇则坐在车中，并没有下去。她翻看着一本乐谱，心中研究着古乐的时候，车门打开，夏容神情古怪，在她耳边说了几个字。

暮晚摇眉一扬，仍在低头看书："让裴倾过来。"

裴倾过来后，便向暮晚摇请安。他看到暮晚摇翻乐谱，便想到她是如此有才华的女郎。听闻丹阳公主才乐双绝，他要如何才能听到她弹箜篌，奏古琴呢？

低着头看书的暮晚摇："据说你安排的行程和我们去金陵的路有点偏差。这好像不是去金陵最近的路。"

裴倾抿一下唇，说："是。"

暮晚摇淡声："为何呀？"

裴倾："此路不是去金陵最短的，因为我们中途会经过一个地方。我们中途会经过，南阳。"他盯着车中的公主，一目不错。

暮晚摇缓缓抬起眼来，注意力终于不在书上，而是放到了他身上，冷冰冰道："你是找死。"

裴倾道："臣是觉得，殿下对旧人念念不忘，也许只是记忆太过美化。臣即将是驸马了，实在想帮殿下挑出那根刺。殿下再见到那人，就会知道，过去的都过去了。"裴倾重点强调，"有些人，是会变的。"

暮晚摇淡漠："他不会变。"

裴倾："没有人会如记忆中那般好。"

暮晚摇便看着他不说话。裴倾心中紧张，极怕她发怒。毕竟是公主，毕竟她是君，他是臣。她若坚决不想去南阳，他根本无法阻拦。

暮晚摇缓声："随便你。那你可要做好准备了……有些人，和你以为得不一样。"

三月中，暮晚摇一行人入了南阳境。这一个月来一直在下雨，淋淋漓漓，影响了车马的进程。雨水绵绵，下得人心烦意燥。好在有马车。只是丹阳公主和未来驸马并不坐同一车，因公主说她喜静，要读书，不想听到任何人呼吸。而未来驸马向来逆来顺受，自然另坐一车。

车行在山道上，到了南阳境内，裴倾紧张地来告诉公主一声。他比暮晚摇自己还要紧张很多，但是暮晚摇一直坐在车中安静地看书，对他们到了哪里完全不当回事。她有时候会情不自禁，但更多时候她能控制自己的情不自禁。忽然，马车咚的一声摇晃颠簸起来，把车里的暮晚摇吓了一跳，头撞在了车壁上，痛得眼泪掉出。

一行车马被陷入了坑坑洼洼的山路上。众人撑着伞，拼力将公主从车中救出来。暮晚摇火冒三丈，提着裙裾被夏容搀扶着，瞪着这些卡在大坑里的马车，压抑怒火："怎么回事？路上好好的，哪来这么大的坑？"

她目光望去，见这一行山路都被挖得坑坑洼洼，就算马车这会儿不陷进去，一会儿也要陷。而众人不解，谁都不知道南阳在干什么。这边人被困在这里时，夏容为公主撑着伞，裴倾领人去研究怎么把马车从坑里挖出来，而方桐立在公主身后。

暮晚摇扭头："怎么了？"她顺着方桐的视线看去，刹那间，便静了下去。

蜿蜒前道上，一路人大约听到了这边动静，向这边过来。那些人大部分穿着小吏服饰，当是这边的官吏。但为首者白袍落拓，并不是官吏的样子。他面容清隽多雅，仆从在后撑着伞，他的衣袍却还是溅上了泥污。而他眼上罩着白纱，一径覆到眼后的纱带在风雨中轻扬。他被小厮扶着手，被人指着路，向这边走来。

他声音清润："各位贵人，初来宝地，尚未曾远迎，害贵人们落难，实在惭愧。"

暮晚摇侧着肩，静静地看着言尚被人扶着走近。不曾见人，他躬身就先行礼，先说抱歉。看他眼蒙白纱，看他气质端然。看他唇角噙笑，看雨水蒙蒙笼了眉眼，挡了视线。

无数飞雪般的光从松树下飞来，天地如织，山林如烟。遍天遍地，她立淤泥中，他如玉人白。与他重逢时，正是雨水如洪，自天上而来。